Patrick Fogli

Langsam, bis du stirbst

PATRICK FOGLI, 36, arbeitet tagsüber als Informatiker. Abends bastelt er perfekt geölte Spannungsmaschinen, in denen kein Rädchen hakt. Vorsicht, wer einmal einsteigt, kommt bis zum Schluss nicht mehr raus!

Commissario Riccardi ist ein integrer Typ, der alles im Griff hat – zumindest scheinbar. Denn in einer regnerischen Nacht hat er Teresa Rizzo erschossen, ein Mädchen, das zur falschen Zeit am falschen Ort war und den falschen Mann liebte: den Mafiakiller Gaspare Nunia. Außerdem hat seine Freundin Alice ihn verlassen, einfach so, von einem Moment auf den anderen, ohne ein Wort der Erklärung.

Dann, eines Tages, als die Zeitungen von Nunias Flucht berichten, bietet jemand Alice ein Konfekt an. Sie wird krank, fällt ins Koma. Etwas setzt ihr Nervensystem außer Gefecht, langsam, aber unaufhaltsam.

Es beginnt ein seltsames Spiel, das Spiel eines Mannes, den niemand je gesehen hat und den doch alle kennen. Eines Mannes, der einem Mafioso zur Flucht verholfen und Gabriele Riccardis Exfreundin vergiftet hat. Und der dem Commissario immer eine Nasenlänge voraus ist, egal, was er tut. Bis dieser sich auf einen riskanten Deal einlässt, um seinen gespenstischen Verfolger endlich zu fassen zu kriegen.

Patrick Fogli

LANGSAM, BIS DU STIRBST

Thriller

Aus dem Italienischen
von Esther Hansen

aufbau taschenbuch
AUFBAU VERLAGSGRUPPE

Die Originalausgabe unter dem Titel
Lentamente prima di morire
erschien 2006 bei Edizioni Piemme, Casale Monferrato

ISBN 978-3-7466-2376-4

Aufbau Taschenbuch ist eine Marke der Aufbau Verlagsgruppe GmbH

1. Auflage 2008

Einbandgestaltung Mediabureau Di Stefano, Berlin
unter Verwendung eines Fotos von Jason Hosking, getty images
Druck und Binden Druckerei C. H. Beck, Nördlingen
Printed in Germany

www.aufbau-taschenbuch.de

für C.
von der Farbe des Meeres

»Ich bin eine Maske, die die Wirklichkeit verbirgt. Hinter meinem Rücken geht die Wirklichkeit weiter, vor neugierigen Blicken geschützt.«

Philip K. Dick, *Das Orakel vom Berge*

»Er denkt, Liebe ist das Gegenteil von Nehmen, denn sie gibt dir immer etwas, dann denkt er, so ist es nicht, auch die Liebe nimmt dir etwas, er denkt, die Liebe ist nicht dafür da, dass man über sie nachdenkt, sie will gelebt werden. Er drückt seine Zigarette aus, geht wieder hinein, die Liebe endet, wenn man sich Gedanken um sie macht, wenn sie zum Problem wird.«

Luigi Bernardi, *Tutta quell'acqua*

»Feiger Tod, ich habe gesehen, wie du um ihn herumgeschlichen bist, auf Beutezug. Eine leichte Beute, die sich nicht wehren kann, deren Willen schläft und keinen Widerstand leistet. Doch so leicht ist es nicht. Heute Nacht werde ich wachen.«

Patrizia Bisi, *Daimon*

Quellenangaben siehe Seite 503

Eins

»Segnet mich, Pater, denn ich habe gesündigt.«

Diese Worte hat er seit einer halben Ewigkeit nicht mehr ausgesprochen. Zum letzten Mal vielleicht nach der Firmung. Oder kurz davor. Er weiß es nicht mehr genau, nur dass es lange her ist und er nicht gern daran zurückdenkt.

Es ist neun Uhr morgens an einem Wochentag, und die Kirche San Giacomo ist fast menschenleer.

Er ist sehr früh aufgestanden, um pünktlich zu sein. Die Reise war entspannt, doch nun kann er es kaum erwarten, seinen Auftrag zu Ende zu bringen. Die Vorstellung, sich mit einem Priester zu treffen, behagt ihm gar nicht, aus Erfahrung weiß er, dass sich unter dem Talar oft grausamere Menschen verstecken als jene, die mit einer Pistole herumlaufen.

Wie er.

Das Dörfchen Soncino war leicht zu finden, auf halbem Weg zwischen Crema und Manerbio. Immer wieder hat er sich gefragt, warum gerade dort. Warum in einer Kirche.

Aber das ist nicht wichtig.

Der Priester soll ihm etwas geben von jemandem, der schwer zu finden ist. Etwas sehr Kostbares, das sofort an einen anderen Ort fern von hier gebracht werden muss. Es geht um Geschäfte, und am meisten missfällt ihm die Tatsache, dass er nicht genau weiß, mit wem er es zu tun hat.

Ganz gewiss mit einem Pedanten, nach den Anweisungen zu schließen, die er erhalten hat und die ihn hierhergeführt haben, auf diese Kniebank, mit den ungewohnten Worten.

»Segnet mich, Pater, denn ich habe gesündigt.«

»Ich mag Leute, die pünktlich sind.«

Die Stimme des Priesters ist ein tonloses Flüstern, ein Windhauch.

Er versucht, durch das Gitter zu lugen, erkennt aber nichts als den Talar und einen undefinierbaren Umriss.

Er muss schon gewartet haben. Jedenfalls hat er niemanden hereinkommen hören, seit er sich den Anweisungen getreu niedergekniet und den Vorhang zugezogen hat.

»Hast du die Tüte?«

Dieses Flüstern macht ihm Angst, weil die dazugehörige Silhouette sich nicht rührt. Es ist die Stimme eines Schattens. Da ist ihm die Pistole vor der Nase doch entschieden lieber, wenigstens kennt man da die Gefahr. Und auch das Gewicht der Waffe in seiner Manteltasche kann ihn nicht beruhigen. Sein einziger Trost ist, dass es bald vorbei ist.

»Ja, ich habe die Tüte.«

»Sieh unter dem Kniebänkchen nach.«

Er greift mit der Hand hinab und findet ein Päckchen.

»Ja, ich habe es.«

»Es enthält alles, was du brauchst. Sag ihm, er soll es gut waschen. Nur mit Wasser. Dann muss er das Salz verwenden.«

»In Ordnung.«

»Mach es nicht auf. Wenn du es abgibst, werden sie zur Kontrolle hineinschauen, aber sie werden nichts bemerken. Es sieht aus wie Schmutz.«

»Verstanden.«

»Leg nun die Tüte unter die Kniebank. Nimm deine Sachen und geh hinaus, ohne dich noch einmal umzudrehen. Wenn du es tust, stirbst du. Vielleicht nicht heute oder morgen. Vielleicht, wenn du dich gerade in Sicherheit wiegst. Aber du kannst gewiss sein, dass du stirbst.«

»Du bist ...«, stottert er, und als der andere ihn unterbricht, wird ihm klar, dass er hier keinen Mittelsmann vor sich hat, keinen Priester.

Es ist ein Geschäft zwischen ihm und dem Schatten auf der anderen Seite des Gitters.

»Dein Beichtvater«, ertönt das Flüstern. »Der um deine Sünden weiß.« Er schweigt. »Und die rechte Strafe kennt.«

Bologna, April 2003. Acht Uhr morgens

Plötzlich ist es zu hell, und Alice erwacht.

Mit geschlossenen Augen, reglos halb auf den Bauch gedreht, spürt sie, wie die Pfoten der Katze über die Bettdecke tappen.

Eine Gesellschaft, die ihr guttut. Vielleicht die einzige Gesellschaft in ihrem Leben, von der sie das sagen kann, warum auch immer. Dieses Tier, das aus reinem Zufall bei ihr ist, gibt ihr das Gefühl, auf eine Art geliebt zu werden, die ihr entspricht. Die einzige Liebe, die sie im Moment brauchen kann.

»Wo bist du, kleiner Faucher?«, fragt sie, ohne die Augen aufzuschlagen. Wie immer, wenn sie mit der Katze redet, nähert sich der Klang ihrer Stimme unwillkürlich dem einer Zeichentrickfigur an.

Sie dreht den Kopf und öffnet das rechte Auge, das nicht im Kopfkissen vergraben ist. Aus dem Augenwinkel glaubt sie einen Schatten zu erkennen, kaum einen Meter von ihr entfernt.

»Hallo, Miez«, lächelt sie. Die Katze fährt ihr mit eingezogenen Krallen über die Wange. Die Pfote fühlt sich an wie ein dickes Wattestäbchen. Ein schönes Gefühl auf der nachtweichen Haut.

Alice bleibt liegen, in die Stille des weißen Zimmers getaucht, als sei die Welt dort draußen endgültig stehengeblieben. Sie beobachtet den langen, schlanken Körper der Katze, die dunklen Linien in ihrem grauen Fell, die an den Pfoten plötzlich abbrechen, die leuchtenden, wachsamen Augen, die großen Ohren, die aufgestellt sind, um einen fernen Laut zu erhaschen.

»Na, sollen wir aufstehen?«, fragt Alice dann. »Ich geh kurz unter die Dusche, dann bekommst du dein Fressen.«

Sie erhebt sich. Mit schnellen und fließenden Bewegungen. Mit einem kurzen Handgriff zieht sie sich den Pyjama über der Schulter zurecht. Sie tritt ans Fenster, öffnet es einen Spaltbreit und sieht hinaus.

Sie riecht den Regen, noch bevor sie jenseits des kleinen Hofes die Menschen sieht, die aus dem Bus steigen und sofort schutzsuchend unter ihren Schirmen verschwinden.

Es regnet seit fast einer Woche in Bologna, und sie hat dieses Einheitsgrau so satt, das alles mit einem trüben Schleier überzieht. Sie hat es satt, morgens ohne erkennbaren Grund die Augen aufzuschlagen und dieses Gewicht auf sich zu spüren. Zur Arbeit zu gehen und zugleich mit allen Fasern des Körpers zu wünschen, es nicht mehr tun zu müssen, auszubrechen, anders zu sein. Sich selbst wieder in der Frau zu entdecken, die aus ihr geworden ist.

Mindestens tausendmal hat sie an Kündigung gedacht, doch es fehlt ihr einfach der Mut, bei der erstbesten Gelegenheit diese Plage von Chef zum Teufel zu jagen.

Oft denkt sie darüber nach, wie es wäre. Abends, wenn sich der nächste Morgen in ihrer Vorstellung zu einer unerträglichen Last auftürmt. Und nachmittags, wenn sie das Büro verlässt, geistig und körperlich ausgepumpt, und die Hoffnung, aus irgendeinem Grund nie mehr dorthin zurückkehren zu müssen, sich angesichts einer ganz anderen Realität in Traurigkeit verwandelt.

Jeden Tag dasselbe, und am Ende bleibt alles beim Alten.

Vielleicht will sie es im Grunde ihres Herzens so. Weil sie

genau weiß, dass das eigentliche Problem woanders liegt. Nicht bei der Arbeit, nicht beim Regen.

Das Problem liegt vielleicht einfach in ihren Gedanken.

Mit einem federnden Sprung landet die Katze auf dem Sessel neben dem Fenster, lässt sich nieder und guckt hinaus. Alice lächelt sie an. Sie streicht ihr mit der Hand über den Rücken. Sie spürt das leise Schnurren, wie ein kleiner Elektromotor, der den Akku ihres Lebensmuts aufladen kann. Mit der Hand auf dem Fell der Katze, lässt sie ihren Blick in die Ferne schweifen. Ein Regentropfen rinnt über die Scheibe, eine Frau steigt in den Bus, der Verkehr zieht geräuschlos an ihr vorbei.

Kurz entschlossen geht sie ins Bad, zieht sich aus und steigt unter die Dusche.

Warm strömt das Wasser über ihren Körper. Mit sanften Bewegungen seift sie sich ein, den Kopf leicht zurückgebeugt, damit die Haare nicht nass werden. Sie verteilt die Seife auf ihren großen, einladenden Brüsten und auf den Hüften. Sie hebt ihre langen Beine, wäscht sich die Schenkel, Waden und die Füße, die sie noch nie mochte. Dann wandert sie wieder höher, massiert sich sanft den Bauch, verreibt mit langsamen, beruhigenden Bewegungen den blassblauen Schaum. Trotz der entschiedenen Gesten schwingt in ihrer Art eine weiche Sinnlichkeit mit. Das ist nicht nur eine Frau, die sich wäscht. Das ist eine Frau, die ihren Körper kennt.

Als sie aus der Dusche steigt, duftet das ganze Badezimmer. Die blauen Kacheln sind beschlagen. Sie tauchen das Bad und ihren Körper in einen matten, sanften Schein.

Sie steht nackt vor dem Spiegel.

Sie betrachtet sich gerne im Spiegel, sei es in großen Kaufhausspiegeln oder in ihrem kleinen Badezimmerspiegel zu Hause. Sie sieht sich an und versucht zu begreifen, wie sie von außen wirkt, mit dem großen, festen Busen, den sie nie zur Schau stellt und gegen den sie sich viele Jahre heftig gewehrt hat, mit ihrem weichen Körper, der sich auch im schnellen Lauf langsam bewegt, mit ihren schmalen, lang geschnittenen Augen, die niemals weit offen stehen und deren Blick immer die Luft zu zerschneiden scheint, bevor er dich erreicht.

Sie weiß, dass sie schön ist. Sie wüsste es selbst dann, wenn sie nicht ihr ganzes Leben lang von allen Seiten darauf aufmerksam gemacht worden wäre. Als stecke nichts hinter der Fassade. Als bliebe sämtlicher Inhalt verborgen, alles, was da ist und was offenbar noch niemand gesehen, gefunden, berührt hat. Niemand, bis auf einen.

Sie greift sich mit ihrer kleinen, fast männlichen Hand in das nasse Haar. Sie dreht sich eine Strähne hinters Ohr und fährt dann mit allen Fingern durch den kurzen, dunklen Schopf, der widerspenstig wie ihre Gedanken im ewigen Clinch mit einer Frisur liegt, an die er sich nicht gewöhnen will.

Schließlich gibt sie auf und dreht sich wie durch Telepathie genau in dem Moment um, als das Köpfchen der Katze durch den Türspalt lugt.

»Brekkies?«

Die Katze stimmt mit einem leisen Miauen zu. Alice wickelt sich in ein Handtuch und geht durch die halbdunkle Wohnung in die Küche.

»Runter da!«, befiehlt sie dem Tier, das auf den Tisch gesprungen ist, um einen besseren Überblick zu haben. Die Katze sieht sie an, legt den Kopf auf die Seite, lässt sich auf einen Stuhl gleiten und ist mit einem Satz auf der Spüle. Ihr Blick wandert von Alices Augen zu der Packung mit dem Trockenfutter. Dann stößt sie erneut einen sanften Laut aus. Wie ein Zeichen.

»Schon gut, du bekommst sie ja.«

Alice lächelt und füllt den Fressnapf. Dann geht sie ins Zimmer zurück.

Nachdem sie sich im Grau dieses Morgens angezogen hat, bleibt sie kurz vor einer gerahmten Fotografie stehen, um sich in die Augen zu schauen. Nichts, was diese Augen sehen, gefällt ihr. Nichts, was in ihrem Leben geschieht. Dabei könnte so wenig genügen.

Ein Blick auf die Uhr markiert die endlose Fortsetzung ihres täglichen Kampfes gegen die Zeit. Sie überlegt, wie viele Minuten sie wieder vor der roten Ampel an der Kreuzung von Via Bovi Campeggi und Via Zanardi verlieren wird. Der Verkehr in Bologna ähnelt zu Stoßzeiten einem Gang zur Post am Tag der Pensionszahlungen. Man muss sich ein Buch oder eine Zeitung mitnehmen, irgendeine Art von Trost, und sich demütig in Geduld üben. Aber zugleich muss man seine Augen überall haben, damit niemand sich vordrängt, einem den Platz wegschnappt, um ein paar Meter voranzukommen.

Eine Art Krieg.

Sie ergreift ihre Tasche und wirft einen prüfenden Blick hinein. Dann nimmt sie das Handy von der Kommode. Sie schaltet es an, und sofort, pünktlich wie immer, erscheint die SMS.

»Du bist echt eine Nummer, Gabriele. So etwas …«, murmelt sie halb geschmeichelt, halb genervt, und liest die Nachricht. Den kurzen Morgengruß, den er ihr jeden Tag sendet.

»Ich bin weg, Miezchen. Sei brav. Wetz dir ruhig die Krallen am Ledersofa, wirf noch eine Vase um, und wenn du dich zu arg langweilst, häng dich an die Wäsche und reiß den Trockenständer mit.«

Sie beugt sich herab, drückt einen Kuss auf die Schnauze der Katze, die sie mit geschlossenen Augen gewähren lässt, und geht hinaus.

Sie steigt in ihren Wagen, und während der erste Regentropfen des Tages glitzernd über die Windschutzscheibe perlt, fragt sie sich zum tausendsten Mal, was eigentlich ihr Problem ist.

Letztendlich ist es ein Tag wie jeder andere.

Zumindest glaubt sie das, als sie sich in den Verkehr einfädelt und ihren ganz persönlichen Kampf gegen die Blechlawine beginnt.

Als sie an der ersten roten Ampel stehen bleibt, ahnt sie nicht, dass sich alles ändern wird, wie nach einem Hagelschlag im September, der den Herbst bringt und erbarmungslos die letzten Sommererinnerungen hinwegfegt.

Hochsicherheitsgefängnis von Marino del Tronto,
vier Uhr nachmittags

In der Stille der Zelle lässt er die kleinen Körnchen von einer Hand in die andere rieseln. Auf der Haut fühlen sie sich an, als seien sie aus demselben Material wie dieses merkwürdige gummiartige Zeug, mit dem man Postpakete auffüllt. Nur unendlich viel kleiner, winzige weiße Kügelchen.

Er hat sie ihm geschickt. Das weiß er genau. Nur er kann ihm so etwas geschickt haben. Er fragt sich, wie der Stumme an ihn herangekommen ist. Vielleicht ist ihm eingefallen, dass er vor langer Zeit einmal etwas über ihn erzählt hat. Nicht, dass das wichtig wäre. Wichtig ist nur, dass er etwas unternommen hat, um ihm zu helfen.

In dem Paket waren ein Hemd und eine Hose. Sein Vetter Luca hat es ihm gebracht. Der einzige erlaubte Besuch. Der Artikel 41b der Strafvollzugsordnung ist da sehr deutlich: ein Paket von der Familie und ein Gespräch mit einem Verwandten pro Monat, abgeschirmt durch eine Scheibe, mit Kameras und Mikrophonen, die alles aufzeichnen.

Und so musste sein Cousin ihm dieses Geschenk als anonymes Päckchen überbringen, in braunem Papier mit einem bunten Bändchen drum herum. Wer weiß, ob er den Inhalt kannte.

»Man hat mir gesagt, dass vielleicht ein paar Flecken drauf sind, die aber mit ein bisschen Wasser wieder abgehen«, hatte Luca ihm erklärt, und er hatte nicht gleich begriffen, was das bedeutete. Doch dann war er in die Zelle zurückgekehrt und hatte Hemd und Hose gewaschen. Und kaum war das Hemd trocken, sah er das Pulver. Wie Salzränder, die sich nach einem Tag am Meer auf den zum Trocknen aufgehängten Badesachen absetzen.

Vielleicht ist es wirklich Salz. Ein sehr eigenartiges Salz. Ein Salz, das es nirgendwo sonst gibt.

Er fragt sich, wer die Person in Wirklichkeit ist, die eine solche Substanz herstellt, und warum sie es tut. Denn wenn er eines im Leben begriffen hat, dann dass es für alles ein Motiv gibt. Auch für das, was einer wie er selbst getan hat und jetzt tun wird.

Und während er an dieses Motiv denkt, um seiner Angst Herr zu werden, leckt er das weiße Pulver von seiner Hand und legt sich auf die Pritsche.

Er faltet die Hände über der Brust und wartet.

Auch wenn er keine Ahnung hat, worauf.

Bologna, bei Einbruch der Nacht

»Keine Bewegung!«

Seine Stimme klingt entschieden. Eine bedrückende Stille legt sich auf die Szenerie.

»Und was, wenn ich mich doch bewege, Bulle?«

Der Mann, der ihn Bulle genannt hat, ist groß und kahlköpfig und sieht aus wie einer, den du nach Feierabend in einer Bar im Stadtzentrum triffst, um zwei Worte mit ihm zu wechseln und ein paar Cracker zu essen. Ein stiernackiger, muskulöser Typ mit einem Bart, der verzweifelt nach einer Rasur schreit, und mit der ruhigen Hand dessen, der solche Situationen kennt. Er hält eine .38er in der Hand und zielt direkt auf sein Gesicht.

»Keine Bewegung«, wiederholt Gabriele Riccardi im gleichen Tonfall. Auch er ist bewaffnet, die Beretta deutet auf die Nase seines Gegenübers.

»Ich mache jetzt zwei Schritte und entferne mich in aller Ruhe«, sagt der Glatzkopf, und am Klang der Vokale glaubt Gabriele den Brescianer oder Bergamasken zu erkennen. Sie waren von Anfang an überzeugt, dass die Villen-Bande nicht aus Bologna stammt.

Langsam schüttelt er den Kopf, den Blick fest nach vorn gerichtet.

»Keine Bewegung«, sagt er zum dritten Mal und prüft gleichzeitig aus den Augenwinkeln die Lage.

Der Eingang der Villa ist in ein mattes, rötliches Licht getaucht, vielleicht von einer Laterne.

Wichtiger sind jedoch andere Einzelheiten: Die drei Beamten neben ihm, die mit ihm zusammen den Zugang zum Garten versperren. Und die zwei, die mit den Pistolen im Anschlag in der Nähe der Haustür stehen und ihre Nervosität kaum verbergen können.

Wichtig sind auch die Füße des Mannes, der ihm gegenübersteht. Zu sehen, ob sie sich verschieben. Irgendjemand hat ihm mal gesagt, dass man an den Füßen eines Menschen erkennen kann, in welche Richtung er sich wenden wird. Und die Füße dieses Kerls zeigen genau auf ihn.

Das ist kein unwichtiges Detail.

Und wichtig ist auch, dass der Mann, der ihn Bulle genannt hat, einen Arm um den Hals eines kleinen Mädchens gelegt hat und sie vor sich festhält. Ein kleines Häuflein Mensch in geblümtem Schlafanzug, zu verängstigt, um sich auch nur einen Millimeter zu bewegen. Etwas zu sagen oder etwas anderes zu tun, als sich zu fürchten.

Das genügt. Mehr braucht er nicht.

»Hör zu, Bulle, ich und die Kleine gehen jetzt raus und verduften. Und du und deine Freunde da, ihr schaut uns einfach nach und tut einen Scheißdreck, klar?«

Er hasst diesen Akzent. Er weiß nicht, warum, aber er hasst ihn.

»Nein. Du gehst nirgendwohin. Ich hab dir gesagt, du sollst dich nicht bewegen.« Zum vierten Mal. Ein fünftes Mal wird es nicht geben, so viel ist klar.

Aus den Augenwinkeln sieht er, wie der rechte Fuß des Mannes sich fast unmerklich bewegt. Wahrscheinlich weiß er es selbst kaum. Dann verändert sich die Neigung des Pistolenlaufs minimal, als ziele er erneut, um den Abzug zu drücken.

Doch bevor es dazu kommt, schießt Gabriele.

Das Projektil bohrt sich dem Glatzkopf in Höhe des Schlüsselbeins in die Schulter. Wäre da nicht der Lärm des Schusses, würde man den Knochen splittern hören.

So hingegen geht alles in der Detonation und den Schreien unter, den Schmerzensschreien des Mannes, der ihn Bulle genannt hat, und den Angstschreien des Mädchens im Schlafanzug.

Die anderen Beamten kommen heran, um den kahlköpfigen Schrank in Empfang zu nehmen und ihn mit seinen Komplizen, die bereits in den Streifenwagen sitzen, abzutransportieren.

Gabriele Riccardi, Kommissar der Kriminalpolizei von Bologna, geht zu dem Mädchen. Er wischt ihr mit dem Taschentuch einen Spritzer fremdes Blut aus dem Gesicht und lächelt ihr zu. Von nahem sieht sie noch jünger aus. Als er ihr sanft über die Wange streichelt, fühlt er das Zittern auf ihrer eiskalten Haut.

»Es ist vorbei. Es ist alles vorbei«, sagt er leise, dann geht er.

Die Nacht draußen ist grau und regnerisch.

Er hat noch viel zu tun, doch im Moment sind es nur seine Gedanken, die auf ihn warten.

Hochsicherheitsgefängnis von Marino del Tronto,
irgendwann in derselben Nacht

Gegen elf kam ihm zum ersten Mal der Gedanke, dass der Mistkerl ihn gelinkt haben könnte. Wenn er schon in Freiheit niemandem trauen konnte, dann erst recht, solange er hier drinnen festsaß.

Da war doch etwas faul.

Das konnte einfach nicht sein, dass sein Rücken in zwei Teile zerbrach, als hätte ihm jemand von oben etwas zwischen die Nieren gestoßen, so tief, dass es bei den Eiern wieder herauskam.

Der Schmerz erinnerte ihn daran, wie er vor ein paar Jahren ein Mitglied des Corleone-Clans kaltgemacht hatte, indem er ihn nachts von einem Baugerüst stürzte. Der Mann war fünf oder sechs Meter tief auf eine Reihe von Aluminiumröhren gefallen, die aus dem Boden ragten. Als er von dem Gerüst heruntergestiegen war, hatte er gesehen, dass eine der Röhren sich durch seinen Bauch gebohrt hatte, unterhalb des Nabels. Aber er lebte noch. Wahrscheinlich hatte er weniger Schmerzen gehabt als er in diesem Moment.

Zuvor, in Erwartung dessen, was passieren würde, hatte er sich geschworen, so heftige Schmerzen vorzutäuschen wie möglich, zu schreien wie am Spieß oder wie die Typen im Kino, die sich mit aufgeschlitzter Kehle sterbend die Seele aus dem Leib brüllten. Scheiße, er hatte schon so einigen die Kehle durchgeschnitten, aber niemand hatte geschrien. Allen war das Blut herausgesprudelt, gemischt mit Speichel und Angst. Aber keine Wörter. Die hätte man nicht einmal aus einem Zentimeter Entfernung gehört.

Dann ging es los. Eine Art Jucken knapp oberhalb des Hinterns, dann ein eigenartiger Schweißausbruch und schließlich dieser Stoß, der ihm den Rücken aufgerissen hatte wie einen morschen Holzbalken. Da hatte er zum ersten Mal geschrien.

Hatte geschrien wie ein Schwein, das an den Haken gehängt wird, und die Schreie waren echt, kamen aus seinem tiefsten Innern, da war nichts gespielt. Und an diesem Punkt, als er entdeckte, dass er nichts vortäuschen musste, hatte er gedacht, dass der Mistkerl ihn gelinkt hatte.

Vielleicht gemeinsam mit dem Stummen, um an sein Geld heranzukommen, aber an das gesamte, nicht nur an die hunderttausend Euro, die ihm sowieso schon gehörten. Auch an das versteckte Geld, das er sein Leben lang würde suchen müssen, dieser verfluchte Hurensohn.

Als seine Stimme vom Schreien schon rau wie Schleifpapier war, kam der Arzt.

Für die Untersuchung mussten ihn drei Mann festhalten. Mit jedem neuen Krampf schoss sein massiger Körper von der Liege hoch, ohne dass er es verhindern konnte. Als würde ihm eine Glasscherbe vom Magen bis zu den Eiern geschoben.

»Wahrscheinlich eine Nierenkolik«, konstatierte der Arzt, und seine drei Helfer fesselten ihn mit Handschellen an eine Trage, nahmen ihn hoch und brachten ihn auf die Krankenstation, die in Marino del Tronto für die nach Artikel 41b Inhaftierten ebenerdig lag wie die Zellen.

Dort schob man ihm eine Plastikkanüle in den Arm mit einer Infusion, die gelb war wie Pisse. Einen weiteren Schlauch steckten sie ihm in den Schwanz und krönten das Ganze mit zwei Spritzen, auf die er augenblicklich pissen musste, als hätte er ein Fass Bier leer gesoffen.

Aber der Schmerz blieb. Bis mindestens drei Uhr morgens. Der Wachposten, der in einer Ecke des Zimmers auf einem Plastikstuhl saß, beobachtete, wie er schwitzte und die Finger in das Laken krallte, bis die Knöchel weiß hervortraten. Über zwei Stunden dauerte das an.

Dann kam es wieder ganz unvermittelt, wie der Stoß eines Erdbebens.

Der Schmerz war verschwunden. Einfach so, ohne jeden Anlass.

Scheiße, wer auch immer ihm dieses Paket geschickt hatte, beherrschte sein Handwerk. Und nun, da die Schmerzen vorbei waren, musste er sie vortäuschen, musste er sich erinnern, wie es gewesen war, als der Rücken zu zerbrechen schien, musste er alles genauso fortsetzen. Verrenkungen, Grimassen, Flüche.

»Wir können ihn nicht hierbehalten«, hatte der Arzt um halb vier gesagt. Kaum fünf Minuten später ketteten sie ihn wieder ans Bett und schafften ihn mit Tropf und allem in den Krankenwagen, zusammen mit dem Arzt und der Wache, mit je einem Polizeiwagen davor und dahinter. Nun hieß es nur noch schnell sein, und die Partie war gewonnen.

Bologna, mitten in der Nacht

Die leere Wohnung riecht nach der Stille und Tristesse eines x-beliebigen Tages. Im übelsten Sinne des Wortes.

Dieses Gefühl überkommt mich ganz plötzlich, angesichts der merkwürdig tiefblauen Aprilnacht vor meinem Fenster und einem Himmel, der wie eine eilig und sorglos umgeschlagene Zudecke aussieht.

Immer noch spüre ich den Regen auf meiner Haut, der, zuerst fein und dann stärker, Straßen, Autos, Bäume und Gedanken überzieht. Wie satt ich ihn habe.

Ich mache mir Notizen für meinen Bericht, das Radio ist so leise gestellt, dass der Gesang von Coldplay mehr ein Gedanke ist.

Dabei habe ich kaum Gedanken mehr.

Ich müsste zu meinen Ideen zurückfinden, um zu wissen, was ich tun soll und wie ich es tun soll. Ich müsste mir über einiges in meinem Leben klarwerden, über Dinge, die mir entgleiten, die ich verloren habe, von denen ich nicht weiß, wo sie gelandet sind und welche Farbe sie haben.

Das Telefongespräch mit dem Polizeipräsidenten hat mir nicht weitergeholfen. Zuerst gratuliert er mir. Sagt, was für ein gelungener Coup es war, die Villen-Bande festzusetzen, nun können die Menschen endlich wieder ruhig schlafen und morgen sei mein Foto in allen Zeitungen und er werde eine Pressekonferenz einberufen, damit die Polizei von Bologna endlich wieder im rechten Licht stehe und sich präsentiere, wie sie wirklich sei: gesund, sauber und ehrlich. Und dann, als ich schon nicht mehr zuhöre und hoffe, der Akku vom Handy möge bald leer sein, damit ich wenigstens auf dem Nachhauseweg meine Ruhe habe, rückt er mit dem wahren Grund für seinen Anruf heraus.

Der Bericht. Er braucht ihn morgen früh, noch vor der Pressekonferenz. Er kann nicht vor die versammelten Journalisten treten, ohne zu wissen, wie alles abgelaufen ist.

Und ich bringe es nicht über mich, ihm zu sagen, dass mir scheißegal ist, was er den Reportern morgen sagt, ebenso wie sein Bericht und seine geheime Idee, diese Geschichte für seine Kandidatur auf das Amt des Bürgermeisters im nächsten Jahr zu benutzen. Dass es mir überhaupt egal ist, ob er kandidiert, denn wählen würde ich ihn sowieso nicht. Ich schaffe es nicht einmal, ihm zu sagen, dass ich im Moment an nichts anderes denken kann als an die Stille, die in meiner Wohnung auf mich wartet. Und an meine Gedanken, die mir keine Ruhe lassen und mir unaufhörlich meine Erinnerungen und meine Erwartungen vorhalten.

Ich sehe auf die Uhr.

Es ist halb vier, und die Nacht ist noch lange nicht zu Ende. Ich lese, was ich geschrieben habe, und zerreiße es.

»Los, weiter …«, flüstere ich kaum hörbar, um nicht in lautes Fluchen auszubrechen.

Da liegt das Handy, neben der Computer-Maus. Es beobachtet mich wie ein stummes Tier, lauernd. Also versende ich eine SMS, drücke eilig die Tasten, ehe ich es mir anders überlegen kann.

Dann versuche ich, noch einmal von vorne anzufangen, den Satz, den Gedanken, den Moment.

Aber es geht nicht, und ich weiß, dass mir nichts anderes übrigbleibt, als zu versuchen zu begreifen, was ich nicht begreifen kann, und dann der Übelkeit zu folgen, die langsam in mir hochsteigt, bis ich mich irgendwann endlich über das Klo beuge und meine seit Tagen angestaute Traurigkeit herausbreche.

Das ist alles.

Außer natürlich, jeden einzelnen Augenblick an Alice zu denken.

Staatsstraße zwischen Marino del Tronto und Ascoli Piceno, im selben Moment

Der Krankenwagen kommt zügig voran, und er fühlt sich schon viel besser. Was immer in diesem verfluchten Salz war, jetzt ist es weg, vielleicht durch den Katheter hinausgeflossen, im Tiefschlaf, den ihm die geballte Ladung Medikamente beschert hat.

Jetzt aber ist es Zeit zu handeln. Solange sie noch auf der Straße sind. In der Klinik wird es zu spät sein. Wenn er schnell genug ist, kann er das Überraschungsmoment ausnutzen und alles läuft nach Plan. Ansonsten landet er wieder in der Zelle, und sein Geld löst sich in Rauch auf, und all die Schmerzen waren umsonst.

Er denkt an das Motiv für seine Flucht. Nur eine Sekunde, bevor er losschlägt. Mehr braucht er nicht.

Er brummelt etwas durch die Zähne, mit geschlossenen Augen.

Der Wachposten bewegt sich ein wenig, gerade genug, um ihm das Gesicht zuzudrehen. Wahrscheinlich sieht er den hochschnellenden Arm gar nicht. Spürt nur den Ellbogen, der ihn mit voller Wucht und dem gesamten Gewicht des massigen Gefangenen am Kinn trifft.

Dann geschieht alles auf einmal. Mit einem schnellen Griff entreißt er dem Polizisten die Pistole und versetzt ihm mit ihrem Knauf einen Schlag gegen die Schläfe. Er will keine Kugeln verschwenden und darf keinen Lärm machen.

Der Krankenwagen ist gerade schwungvoll abgebogen und die Notaufnahme nicht mehr fern. Er dreht sich zu dem Arzt und zielt ihm mit der Pistole direkt ins Gesicht.

»Du hältst die Schnauze und machst mir das Zeug ab, Dottore«, sagt er schnell. »Und fang mit diesem beschissenen Schlauch an, den ihr mir in den Schwanz geschoben habt.«

Mit angehaltenem Atem befolgt der Arzt seine Befehle.

Zwei Minuten später sieht der Fahrer des Streifenwagens hinter dem Krankenwagen, wie ein Mann aus der Hecktüre fällt, etwa auf Höhe der Kreuzung von Via di Folignano und Via Salaria.

Die Suche nach ihm dauert die ganze Nacht und verläuft ergebnislos.

Gaspare Nunia scheint sich in Luft aufgelöst zu haben.

Zwei

Bologna, 19. April. Irgendwo hinter dem Bahnhof

Vielleicht kommt sogar noch die Sonne heraus.

Ungewöhnlich für diesen Frühling mit seinem Dauerregen. Könnte ein gutes Omen sein, denkt er. Ein Sonnentag, exakt eine Woche vor Ostern, ausgerechnet heute.

Eine ganze Woche lang hat es nur geregnet. Der Himmel so dunkel, dass man es nicht glauben kann, und dann die Sonne. Gerade, als er die Hoffnung schon aufgegeben hatte.

Das ähnelt seiner eigenen Geschichte. Auch ihm ist etwas passiert, auf das er nicht mehr gehofft hatte. Diese Sonne muss ein Zeichen sein. Und er ist bereit. Nur eins muss er noch erledigen. Eine kleine, winzig kleine Sache. So unbedeutend, dass es keiner bemerken wird.

Deswegen ist er dort.

Durch die Windschutzscheibe sieht er sie herankommen. Sie trägt eine schwarze Hose und eine schwarze Lederjacke. Aus den Augenwinkeln verfolgt er, wie sie die Straße überquert und das Gittertor erreicht. Wie jeden Morgen.

Er blickt auf die Uhr. Kurz nach neun. Jeden Morgen erscheint sie zur selben Zeit bei der Arbeit. Höchstens zehn Minuten verspätet, mehr nicht. Zum Glück gibt es noch Menschen mit festen Gewohnheiten. Man braucht sie nur still zu verfolgen, geduldig ihre Termine, Orte, Zeiten, Daten zu notieren, und alles läuft wie geschmiert.

Dann muss man nur noch tun, was zu tun ist.

Als die Frau mit der Lederjacke durch das Tor verschwunden ist, betritt er eine Kaffeebar und bestellt sich einen Cappuccino.

Er trinkt ihn, an den Kühlschrank mit dem Eis gelehnt und wirft einen Blick in die Zeitungen, ob er etwas über die Nachricht findet, die er gerade im Radio gehört hat. Aber es steht nichts drin. Wahrscheinlich hatten die Druckereien schon dichtgemacht. Oder es ist zu spät passiert. Wie man es nimmt.

Aber das ist nicht wichtig, nur eine Kuriosität am Rande. Sonst nichts.

Etwas, das man sofort vergessen kann, sobald man sich den weichen Cappuccinoschaum von den Lippen gewischt hat.

Etwas, das seinen Mund zu einem Grinsen verzieht angesichts dessen, was er gleich tun wird.

»Hast du den Bericht noch geschrieben?«, fragt mich Ippoliti. Ich würdige ihn keines Blickes. Ich denke nach, sonst nichts. Dabei weiß ich nicht einmal, worüber. Ich nehme es nur wie ein Hintergrundgeräusch wahr, das mich mit der Realität verbindet, mit dem, was ich tun muss. Wie das nächtliche Summen von Stromkästen oder das eigenartige Brummen von Kühlschränken.

Und ich weiß, dass ich Angst habe.

Für einen Polizisten vielleicht der Normalzustand. Die Angst, irgendein Geisteskranker könnte dir eine Kugel durch den Kopf jagen, aus einem, hundert oder keinem Grund. Die Angst, Fehler zu machen und einen Unschuldigen zu treffen. Doch das ist nicht die Angst, die ich habe. Die mir unter die Haut kriecht. Mein Virus ist ein anderer.

Er ist mehr wie etwas, das fehlt, innen drin, und bei dem du eines Tages realisierst, dass du all deine Sicherheiten darauf gebaut hast, aber erst, als du feststellst, dass es nicht mehr da ist.

»Hast du den Bericht noch geschrieben?«, fragt mich Ippoliti noch einmal, und ich sehe ihn erstaunt an. Dann begreife ich.

»Nein, habe ich nicht.«

»Dieses Mal wird der Polizeipräsident dich in der Luft zerreißen. Den ganzen Morgen nervt er schon. Er hat angefangen, da war es nicht einmal acht. Die Pressekonferenz ist um zwölf. Diesmal reißt er dir den Arsch auf.«

»Soll er doch. Ist mir wurst«, antworte ich mechanisch. Und meine es so. »Zwei Monate lang habe ich mich abgerackert, um diese Mistkerle zu kriegen. Die ganze Zeit lag er mir in den Ohren aus Angst, die vier könnten irgendeinen steinreichen Pinkel oben in San Mamolo ausrauben. Jeden Tag! Riccardi hier, Riccardi dort. Und dann schnappe ich sie: Ich habe getan, was ich tun sollte. Wie er zum Bürgermeister gewählt wird, darum soll er sich bitteschön selbst kümmern.«

Ippoliti setzt sich vor mich. Er hat das typische Gesicht eines müden Bolognesers, leicht geschwollen, von den so wenig frühlingshaften Temperaturen gerötet. Ich sehe dieses Gesicht seit ungefähr zehn Jahren jeden Morgen. Die dichten Augenbrauen und die lange, spitze Nase eines Sechsundvierzigjährigen, der zu mager ist, um älter auszusehen, als er ist. Einer, den die Leute auf Anhieb unsympathisch finden. Aber nur, weil sie Schweigen mit Arroganz verwechseln, und einen entschlossenen Gang mit Hochmut. Ich sehe ihm in die Augen, die für das Gesicht zu blau sind, und versuche mich zu erinnern, wie es war, als ich ihn kennengelernt habe. Aber ich weiß es nicht mehr.

»Wie lange hast du nicht mehr mit ihr gesprochen?«

Ein gepresstes Flüstern. Als steckte ihm ein Bratenrost quer in der Kehle und ließe die Stimme nicht durch. Ich lächele, weil er mich durchschaut. Bis ins Innerste.

»Eine Weile.«

»Wie lange?«

»Eine Weile«, wiederhole ich nur, aber lauter. Ich möchte ihm sagen, dass ihn das nichts angeht, auch wenn ich nicht genau weiß, ob ich seine Frage richtig verstanden habe. Ich kratze mir langsam den Kinnbart. Ich drehe mich um und sehe hinaus. In der Scheibe spiegelt sich mein Gesicht, und es sieht nicht traurig aus. Nur wütend. Als Kind hatte ich oft diesen Gesichtsausdruck, wenn die Dinge nicht liefen, wie ich wollte. Und ich habe ihn heute noch, als Erwachsener, wenn ich merke, dass mein Leben mir zu entgleiten droht, und nicht weiß, wie ich es aufhalten kann, wie ich es am Schwanz packen und stoppen kann. Wenn ich auf jemanden wütend bin und zugleich auch nicht. Und ich bin wütend, auf Alice, während der Regen fällt und sein Anblick zu viele Erinnerungen in mir weckt. An einen Traum, zum Beispiel, den sie mir einmal im Auto erzählt hat, um uns herum nichts als die dunkle Straße. Einen Traum, der von einem Gefängnis handelte und einem Meer voller Matratzen, in dem sie schwimmt, schwimmt und kein Ufer findet. Träume.

Aus einem Gefängnis zu fliehen, das in dir steckt, ist schwierig. Vor allem, wenn du dir das Gefängnis deines Herzens selbst gemauert hast. Und es vielleicht nicht einmal weißt.

Dann denke ich wieder, dass seit heute die Kerle mit ihren Villen nur noch eine Akte im Archiv sind, die mit den Jahren vergilben wird. Da werde ich noch wütender. Denn ich weiß nicht, wie ich mir die Zeit vertreiben soll, womit ich mich ablenken soll.

Ich wandere um meinen Schreibtisch herum und setze mich.

»Der Bericht kann mich mal. Und der Polizeipräsident auch.«

»Mach dir keine Gedanken über den Bericht.«

Ippoliti reicht mir ein Blatt Papier. Er hat ihn geschrieben. Schließlich war er dabei und hat alles gesehen. Und was er nicht gesehen hat, weiß er trotzdem. Ich sehe ihn an, und mir fällt nichts ein. Ich kann nur den Bogen ergreifen und eine Sekunde festhalten, bevor ich ihn auf den Tisch lege. Ich nehme einen Stift und unterschreibe.

»Nunia ist ausgebrochen«, sagt Ippoliti, und meine Finger erstarren kurz, während ich die beiden »c« meines Nachnamens schreibe. Normalerweise sind sie größer. Diesmal sehen sie wie eine kleine Welle aus.

»Wann?«

»Heute Nacht.«

»Aus Marino del Tronto?«, frage ich ungläubig.

Das Hochsicherheitsgefängnis von Marino del Tronto, wenige Kilometer von Ascoli entfernt, ist das neue Zuhause Totò Riinas, eine wahre Festung, wo die Gefangenen im Strafvollzug nach dem Härtefallartikel 41b untergebracht sind. Ein Gefängnis, das nach den Morden an den Richtern Falcone und Borsellino extra für die Mafia gebaut und dann auch für Terroristen und Schwerstverbrecher geöffnet wurde. Aus so einem Gefängnis bricht man nicht aus. Da stirbt man eher.

»Aus Marino del Tronto. Es ging ihm schlecht. Sehr schlecht. Sie waren mit ihm im Krankenwagen unterwegs, und er hat die Wache k.o. geschlagen, sich vom Arzt die Handschellen abnehmen lassen und sich dann aus der hinteren Tür auf die Salaria gestürzt.«

»Krank …«, kommentiere ich mit einem ungläubigen Lächeln.

»Krank«, erwidert Ippoliti und zuckt kurz mit den Schultern. Das Äußerste an Ironie, das man von ihm erwarten kann.

»So ein Unsinn …«

»So ein Unsinn«, nickt Ippoliti und kratzt sich nachdenklich am Kinn. »Du erinnerst dich an Nunia«, sagt er dann.

Gaspare Nunia. Ein wahres Tier von über einem Meter neunzig. Privatbesitz der Familie Giulio. Ein ganz sensibles Kerlchen, das einmal die Schwester eines Bosses umbrachte, indem er sie an einem Fleischerhaken aufhing. Er war uns unverhofft in die Falle gegangen, nachdem wir einen Wink bekommen hatten. Wahrscheinlich von den Giulios selbst, die ihn nicht mehr brauchten. An einem Regentag wie heute. Vielleicht noch schlimmer.

Einen Tag, den ich nie vergessen werde.

Zuletzt habe ich ihn beim Prozess gesehen. Als ich ihn reden hörte, begriff ich, warum alle Angst vor ihm hatten. Selbst dort, angesichts einer haushohen Strafe, schien er kein bisschen erschüttert, und seine Stimme war fest wie immer.

»Keine Sorge, Dottore. Wenn eine Tür zugeht, bedeutet das nur, dass eine andere aufgeht«, hatte er zu mir gesagt, und damals hatte ich mich gefragt, ob es eine Drohung oder eine einfache Feststellung war.

Die Tür, die sich hinter ihm schloss, wog dreimal lebenslänglich.

Offensichtlich hatte er recht behalten.

»Natürlich erinnere ich mich an Nunia«, sage ich, und meine Stimme klingt leer, steril wie ein Operationskittel. Ich könne mir nicht vorstellen, dass er so dumm sei, mir einen Besuch abzustatten, sage ich zu Ippoliti, der nicht ganz meiner Meinung zu sein scheint.

»Pass auf dich auf«, sagt er.

Worauf soll ich aufpassen, möchte ich ihn fragen. Darauf, was ich tue, wie ich mich bewege, auf Schatten vor meiner Haustür oder auf das Auto, das zweimal hintereinander nicht anspringt? Soll ich auf die schaufelgroßen Hände von diesem Tier aufpassen, das wer weiß welche Krankheit vorgetäuscht hat, um aus einem Notarztwagen auf die Straße zu fallen wie ein Kind, das von seiner Mutter hinausgeworfen wird?

Einen winzigen Moment lang hoffe ich fast, dass er tatsächlich zu Hause auf mich wartet. Hinter der Tür. Um mich gebührend zu begrüßen.

Komm schon, Gaspare, ich habe bald Geburtstag. Mach mir ein Geschenk.

Schenk mir einen schönen Haken, den du mir in die Stirn

treibst, in meine Gedanken, die leise ihr Leben aushauchen, sich auflösen, verflüchtigen.

Doch ich weiß, dass es nicht so sein wird. Denn ich habe keine Angst. Nicht vor Gaspare.

Ich weiß, dass mich heute Abend hinter meiner Wohnungstür kein ehemaliger Mafiakiller erwartet, sondern meine Erinnerung. Um in einem unbeobachteten Moment über mich herzufallen wie jetzt, als ich aufspringe und Ippoliti anstarre.

»Ich gehe zum Polizeipräsidenten.«

Die Andeutung eines Lächelns erscheint auf seinem Gesicht.

»Viel Glück.«

Ich lege ihm eine Hand auf die Schulter und schüttele sie leicht. Ohne den Blick von ihm zu wenden, gehe ich aus dem Zimmer. Ich fahre mit der Hand über das Mobiltelefon in meiner Jackentasche, als könnte ich es dadurch zum Vibrieren bringen.

Was natürlich nicht passiert.

»Alice, geht es dir gut?«, hört sie die Frage.

»Ja, ja. Mir geht's gut. Nur ein bisschen Kopfweh, glaube ich«, lautet die Antwort.

Doch sie denkt an die Schokokugel.

Als der Mann sie ihr angeboten hat, konnte sie einfach nicht widerstehen, naschhaft wie sie ist.

»Da kann ich nicht nein sagen«, meinte sie und ließ sich die Füllung auf der Zunge zergehen.

»Ich weiß«, antwortete er.

Wenn sie es recht bedenkt, kommt es ihr vor, als hätte der Mann dabei eigenartig gelächelt.

Doch das ist nur ein kurzer Gedanke.

Nur ein kurzer Gedanke, bevor sich alles ändert. Bevor sie zu Boden gezogen wird, auf die Knie. Bevor sie einen dumpfen Aufprall hört und einen seltsamen Schmerz in der Schulter spürt.

Bevor ihr bewusst wird, dass dies der Beginn von etwas Neuem ist.

»Du bist fett wie ein Schwein und isst trotzdem immer weiter, bis es dir aus den Poren herausquillt! Schau dir nur mal deinen Bauch an!«

Ich kenne Max nun bald dreißig Jahre und er ist immer der alte Stänkerer. Einer, der mich überall und immer zum Lachen bringt. Selbst in so einem Moment.

»Tja, mein Lieber, von einem Körper wie meinem kannst du nur träumen. So weit wirst du es nie bringen!«, antworte ich und beiße genießerisch in das belegte Brötchen in meiner Hand.

Der Ort, an dem er mich nach bewährter Manier beleidigt, ist eine Bar zwischen den Luxusboutiquen der Galleria Cavour und den kleinen feuchten Sträßchen des Marktes. Früher war es eine Gastwirtschaft, und aus jener Zeit stammen das enge, dunkle Ambiente sowie der Saal im oberen Stockwerk, wo man auch zu den ärgsten Stoßzeiten fast immer noch einen Platz findet und Bologna aus einem anderen Blickwinkel betrachten kann.

Von hier oben sieht die Stadt noch lebenswert aus. Ist sie letztlich ja auch. Nur dass sie beschlossen hat, Stück für Stück ans Tageslicht zu zerren, was schon immer unter ihrem Kopfsteinpflaster und den Schatten der Arkaden verborgen lag. Dinge, die es immer gab und die nun hervorkommen, eins nach dem anderen. Der Mord an der Kunstkritikerin Alinovi. Die Raubüberfälle der Polizisten-Bande mit dem weißen Uno, Dinge, von denen du dachtest, dass sie hier nicht passieren könnten. Weil du dachtest, dass sie in einer Stadt wie dieser nicht passieren. Aber so betrachtet heißt das nur, dass du die Stadt nicht kennst.

»Also?«, fragt mich Max.

»Was also?«

»Wie geht es dir?«

»Dieser Kretin von Polizeipräsident will allem Anschein nach für das Bürgermeisteramt kandidieren.«

»Mist, das hätte ich fast vergessen! Ich hab dich heute in der *Repubblica* gesehen. Hättest wenigstens mal lächeln können. Natürlich hätte dein Unfehlbarer-Bulle-Image einen Kratzer bekommen, aber ein Job als TV-Flittchen wäre sicher drin gewesen.«

»Du weißt schon, dass du ein Vollidiot bist, oder?«, frage ich lächelnd und denke an das Foto. Ich weiß nicht einmal, wer es geschossen hat, genau in dem Moment, als ich aus der Villa kam. Ich blicke gerade schräg in den Himmel, um zu prüfen, ob es regnen wird oder nicht. Es sieht aus, als grübelte ich über einem komplizierten kosmischen Gesetz. Dabei denke ich nur an das Wetter.

»Vergiss den Polizeipräsidenten und hör auf, mir auszuweichen. Ich hab gefragt, wie es dir geht ...«

Ich nehme einen Schluck. »Was glaubst du denn?«

»Ich glaube, dass du einem ganzen Gebirge von Gedanken nachhängst.«

»Möglich. Dabei sind es erst drei Wochen, dass ich nichts von ihr höre. Dass sie nicht auf meine Anrufe und SMS reagiert. Was soll schon groß sein?«

»Hör mal«, erwidert er in mein Schweigen hinein. »Du musst durchhalten. Ich weiß, wie es dir dabei geht, aber sie braucht Zeit für sich. Nicht mehr und nicht weniger. Gib ihr Zeit, darüber nachzudenken, was sie wirklich will im Leben. Dann wirst du sehen, was passiert.«

»Klar. Vielleicht nervt mich an der ganzen Sache am meisten diese Warterei.«

»Weil du immer, wenn du darüber nachdenkst, das Gefühl hast, nicht mehr durchzublicken.«

»Also, das scheint mir jetzt doch etwas übertrie…«

»Nein, mein Lieber, das ist die bittere Realität! Du kapierst nichts von dem, was in deinem Leben und in deinem Kopf passiert. Ich kann mir vorstellen, dass es nicht leicht ist, die Vorgänge in diesem kleinen Dickschädel hier zu begreifen, aber so ist es nun mal. Vertrau mir.«

Mit einem letzten Schluck leere ich die kleine Wasserflasche.

»So weit ist es also mit mir gekommen. Ich soll einem wie dir vertrauen«, sage ich und stehe auf.

Max nimmt den Bon und folgt mir.

»Ich bin ein Genie, du Lümmel, was glaubst du denn?!«, erwidert er lachend.

Ich mag, wie er lacht, weil er auch mit den Augen lacht.

Draußen biege ich links in die Via Clavature ein. Eine Frau auf Stöckelschuhen geht mit schwingenden Hüften an uns vorbei. Max folgt ihr mit dem Blick, und ich frage mich, wie oft wir diese Szene schon erlebt haben.

Zehn Meter weiter am Neptunbrunnen verabschiede ich mich von ihm. Ein Regentropfen fällt genau auf meine Nase.

»Es geht schon wieder los«, sage ich und berühre die nasse Stelle.

»Ganz ruhig«, erwidert er. Dann führt er die Hand ans Ohr, um ein Telefon nachzuahmen.

»Einverstanden. Wenn es Neuigkeiten gibt, rufe ich dich an.«

»Nein, ruf mich in jedem Fall an.«

Er nimmt meine Wange leicht zwischen Daumen und Zeigefinger. Ich sehe ihn an und merke, dass ich traurig aussehe, aber ich kann mich nicht verstellen.

»Ja. Heute Abend, wenn ich früh genug zu Hause bin. Ich muss jetzt.« Ich verabschiede mich und gehe Richtung Piazza Galileo.

Der Polizeipräsident erwartet mich.

Ich verstehe nicht, was passiert. Und das nervt mich.

Heute bin ich im Büro gestürzt, unter den Blicken der versammelten Belegschaft, wie peinlich. Und diese Bohnenstange Ilaria hat mich dämlich angestarrt.

»Alice, geht es dir nicht gut?«, hat sie gefragt. Ich bin der Länge nach hingeknallt – wie geht es mir da wohl?

Sogar jetzt tut mir die Schulter noch weh. Vielleicht sollte ich sie mit Salbe einreiben. Irgendwo muss ich noch etwas haben. Auch wenn sie letztlich nicht hilft. Nur dass alles schmierig wird.

Hier liege ich auf dem Bett, und meine Beine kribbeln, die Waden. Manchmal auch die Finger. Bei dem Glück, das ich habe, verbringe ich wahrscheinlich Ostern mit Grippe im Bett. So ein Dusel! Als wär nicht so schon alles schlimm genug. Mein Kopf wiegt schwer wie ein Sack Kartoffeln, und ich glaube, ich muss mich gleich übergeben. Da hab ich mir ja was Schönes eingefangen. Hätte mich wärmer anziehen sollen. Tue ich sonst ja auch, der Jahreszeit entsprechend eben, und einmal nicht, schon ist es passiert.

Nein, ich will keine Grippe. Vor einer Woche, ja. Da wäre ich dankbar gewesen für ein paar Tage Fieber. Ich hätte schön im Bett gelegen, ohne nachzudenken, ohne Probleme zu wälzen. Faulenzen, lesen, ganz für mich allein. Ja, ich hätte gern mal meine Ruhe. Weißt du das, Katze, ich hätte einfach gern mal meine Ruhe, so wie du.

Ich will in Frieden gelassen werden. Sofort.

Hier liege ich und blättere in meiner Melancholie wie in einem Buch. Ich muss mit meinen Gedanken allein sein. Schau, wenn ich keine Lust habe, stell ich nicht mal die Waschmaschine an. Nur dein Futter, das bekommst du natürlich trotzdem.

Und ich bleibe schön zu Hause.

Ich mag meine Wohnung. Je länger ich sie anschaue, umso

mehr gehört sie mir. Weiß gestrichen, wie es mir gefällt. Voll schöner Dinge, nützlichen und überflüssigen. Wie das Bild mit der fliehenden Maus, das niemand kaufen wollte. Ich habe es sofort genommen, und die Frau, die es gemalt hat, konnte es fast nicht glauben. Und überall hängen Fotos. Ich sehe sie gerne an, schwelge in Erinnerungen, berühre sie mit Fingern und Blicken.

Und ich liebe meine Küche. Du auch, stimmt's? Man braucht sie nur zu erwähnen, und schon fallen dir die Brekkies ein. Ja, später komme ich und gebe dir welche. Später, jetzt lass mich noch ein wenig ausruhen. Ich bleibe einfach ein paar Tage zu Hause, dann geht es bestimmt schon wieder. Alles wird wieder normal. Schön. Schließlich haben wir Frühling.

Wir haben Frühling, und ich bin einsam. Sehr einsam, manchmal. Einsam, weil meine Gedanken einfach nur mir gehören und sowieso niemand sie verstehen kann. Niemand.

Ich drehe mich auf die Seite und lege das Buch weg. Dann nehme ich das Foto meiner Mutter vom Nachttisch. Ich betrachte sie und lächele sie an. Nicht das Foto, sie selbst. Wer weiß, was sie mir sagen würde und wie sie mich heute fände. Ob sie stolz darauf wäre, was ich tue, wie ich lebe. Als ich sie zurückstelle, erstarre ich plötzlich. Die Katze läuft über meine Wade, und eigentlich müsste ich ihre Pfoten spüren.

Tue ich aber nicht.

Was zum Teufel ist hier los? Vielleicht ist sie zu leicht, um sie zu spüren. Oder ich war mit den Gedanken woanders und habe nicht darauf geachtet. Ich sehe, wie sie auf den Nachttisch springt, mit einer Bewegung, die mir langsam vorkommt. Als hielte sie in der Luft inne.

Ich drehe mich wieder zurück, und das Handy vibriert. Mit der Hand fahre ich über die Tagesdecke und sehe es an.

Nachdem ich die Nachricht gelesen habe, weiß ich nicht, was ich denken soll. Wirklich. Ich weiß nicht, ob ich antworten soll oder nicht. Ich wüsste nicht einmal, was ich schreiben soll. Also lege ich es einfach wieder weg.

Zu viele Gedanken für einen einzelnen Kopf. Man bräuchte mindestens drei oder vier. Ja, drei oder vier Köpfe wären nicht schlecht.

Meine Augenlider sind schwer. Vielleicht sollte ich ein wenig schlafen. Danach sehen wir weiter. Wenn ich aufwache. Mist, ich muss Fieber haben. Bei der heißen Stirn.

Komm, Miezi, komm zu mir. Nein, nicht auf das Kissen, hier neben mich. Brav. Du bist ja so klein, weißt du das? Bleib hier bei mir, jetzt. Ich mache das Telefon aus und wir bleiben hier. Brav so. Wer weiß, woran du denkst, wenn du die Pfoten reckst und buckelst, wenn du deinen Schwanz einrollst wie eine Schlange, wenn du herumstreunst. Hm, was sagst du? Los, sag es mir … Vielleicht kannst du Dinge sehen, die ich nicht sehe. Wer weiß. Wer weiß, was du denkst.

Auch ich müsste nachdenken, Miezi.

Aber ich kann nicht. Ich schaffe es einfach nicht.

Ich habe keine Kraft dazu.

Ich bin erschöpft.

Lasst mich alle in Ruhe.

Jetzt.

»Ich kann mir denken, dass Sie bereits informiert sind, Commissario.«

Der Polizeipräsident von Bologna, Doktor Mario Piras, untersetzt wie ein Ringkämpfer, doch mit ebenmäßigen Zügen und ohne ein Gramm Fett, verfügt über eine Entschlossenheit, die in bedeutenden Momenten auf seine Stimme überspringt. Das können alle bezeugen, die bei der Arbeit oder sonst mit ihm zu tun haben: Er hat einen Tonfall für offizielle Anlässe und einen völlig anderen, in dem seine sardische Herkunft durchschimmert und der der realen Welt vorbehalten ist.

Auf Pressekonferenzen lächelt er wenig und niemals offen. In der Öffentlichkeit präsentiert er das Bild eines gestandenen Mannes, Hüter des Gesetzes, der keine Schwächen hat und nie einen Fleck auf seinen blütenweißen Hemden, die er zu diesen Anlässen trägt.

Ich hasse solche Menschen, und er weiß das.

»Ja, ich habe davon gehört«, antworte ich und denke, wenn er mich aus meiner Mittagspause geholt hat, nur um mir zu sagen, dass ein Mann ausgebrochen ist, den ich festgenommen habe, hätte er mich auch in Ruhe zu Ende essen lassen können.

»Ich denke darüber nach, Sie unter Polizeischutz zu stellen.«

Fast muss ich lachen. Ich hätte Lust, ihm frei ins Gesicht zu grinsen, doch dann halte ich mich wohlweislich zurück.

»Ich kann mich abends selbst ins Bett bringen, schon seit meine Oma tot ist, Dottore.«

»Hören Sie, Riccardi, bei mir können Sie Ihr Machogehabe ablegen. Das beeindruckt mich nicht. Ich glaube, dass es unvorsichtig wäre, sich zu sicher zu fühlen.«

»Vielleicht bin ich ja kein vorsichtiger Mensch, Dottore.«

»Das sind Sie wohl. Ich kenne Sie. Seit langem. Und ich mache mir Sorgen. Nicht um Sie, Commissario. Sondern um mich. Denn falls dieser Nunia tatsächlich beschließen sollte, in Ihrer Wohnung vorbeizuschauen, kostet Sie das vielleicht Ihr Leben, mich aber meinen Ruf. Und um ehrlich zu sein, ist mir mein Ruf wichtiger als Ihr Leben.«

»Aus Sicht eines Anwärters auf das Bürgermeisteramt nur zu verständlich. Einen Bürgermeister ohne Ruf hat diese Stadt ja schon. Da braucht sie sicher keinen zweiten.«

»Riccardi, bitte ...«

Er will noch einmal ansetzen. Aber ich kann das Geschwätz nicht mehr hören. Er braucht mich mindestens ebenso sehr wie ich ihn. Ich brauche einen neuen Ansporn, und er einen neuen Erfolg, den er der Masse präsentieren kann. Und seine

Auftritte gehen mir genauso auf die Nerven wie die Leute, die politisch auf seiner Seite stehen. »Hören Sie, Dottore, machen wir es so. Ich werde mich mal umhören, wo Gaspare Nunia sich herumtreibt, ob er hier in der Gegend ist, ob er offene Rechnungen hat und so weiter. Wenn er hier ist, werde ich ihn kriegen. Und Sie halten mir bitte irgendwelche Beamten vom Hals, die mir auf Schritt und Tritt im Weg herumstehen, kaum dass ich das Haus verlasse.«

»Die Ermittlungen liegen nicht bei uns, Commissario. Nunia ist aus keinem Bologneser Gefängnis ausgebrochen.«

»Offiziell ist es rein privat. Nach allem, was passiert ist, werde ich mich doch wohl dafür interessieren dürfen, was dieses Tier anstellt? Ich glaube nicht, dass man mir Auskünfte verweigern wird. Außerdem habe ich meine eigenen Quellen, Herr Polizeipräsident.«

»Und wenn ich es Ihnen verbiete?«

»Das wäre nicht in Ihrem Sinne, glaube ich. Wenn Nunia sich wieder in der Gegend aufhält und jemand anderes ihn uns vor der Nase wegschnappt, stehen Sie schön blöd da. Auch wenn wir nicht zuständig sind. Und wenn er mich umbringen will, ist es besser, es trifft nur mich. Kein Polizeischutz. Sie wissen sehr gut, wenn ich ihn suchen will, tue ich das auch gegen Ihren Willen. Mehr noch, wenn etwas schiefläuft, wussten Sie von nichts und kommen mit sauberem Hemd aus der Angelegenheit heraus.«

Piras lehnt sich in seinem Stuhl zurück und lässt die Finger knacken. Ein trockenes Geräusch wie von einem brechenden Zweig.

»Tun Sie, was Sie für richtig halten, Commissario. Ich habe natürlich nichts gesagt.«

»Und diese Unterhaltung hat es nie gegeben. Wie im Film.«

»Aber das ist kein Film, Commissario. Halten Sie die Augen offen.«

»Ob Sie es glauben oder nicht, ich hänge an meinem Leben, Dottore.«

Ich wende mich zum Gehen. Kaum stehe ich im Flur, höre ich ihn meinen Namen rufen.

Ich biege rechts ab in Richtung Kaffeeautomat und gehe ohne eine Antwort die Treppe hinunter.

Als hätte ich nichts Wichtigeres zu tun.

Irgendwo zwischen Salerno und Reggio Calabria,
kurz vor eins

Die Autobahn zieht sich schnurgerade durch den hellen, fast sommerlichen Sonnenschein.

So ähnlich schien die Sonne auch damals, wenn er als Kind im April mit seinem Vater in der Bucht zum Baden ging. An einem jener Nachmittage sah er die Katze. Er hatte Steine ins Wasser geworfen und ein Geräusch hinter sich gehört. Als er sich umdrehte, erblickte er eine Katze, die über die Felsen sprang und ihn misstrauisch beäugte. Sie hatte ein rotschwarz geschecktes Fell und hinkte mit einem Bein. Sie musterten sich auf zehn Meter Entfernung wie bei einem Westernduell. Er erinnert sich noch genau daran, nach so vielen Jahren. Das Meeresrauschen, sein Vater, der ein paar Meter weiter leise schnarchte, das Aufklatschen der Steine auf dem Wasser, das Geräusch des Kieses unter den Pfoten der Katze.

Und dieses Gefühl, zum ersten Mal.

Das Gefühl, es tun zu wollen.

Wie ein Kitzeln im Nacken, unter der Haut, das dir langsam den Rücken hinabrieselt. Vergleichbar mit dem, was er Jahre später empfand, als eine Frau ihn zum ersten Mal in den Mund nahm.

Er weiß auch noch, dass er sich irgendwann entschloss, das Gefühl zu ignorieren. Es wegzuwerfen, wie die Schuppen eines gehäuteten Fisches. So drehte er sich wieder um und ließ Steine über das Wasser flitschen. Beim ersten gelangen ihm zwei, vielleicht drei Sprünge, bevor er unterging wie ein Stück Blei. Er hatte weitere geworfen, und der letzte war fünfmal gesprungen, sein absoluter Rekord. Etwas, wofür er vielleicht sogar seinen Vater aufwecken konnte, um es unter seinen Blicken noch einmal zu versuchen.

Dann aber hatte die Katze miaut.

Er sah sich um. Sie war gerade mal fünf Meter entfernt. Die Augen starr auf ihn gerichtet, reglos. Als er sich ganz zu ihr umdrehte, miaute sie wieder.

Da hatte er den Stein geworfen.

Ein gerader, zielsicherer Wurf, der auf dem Wasser vielleicht sogar sechs Sprünge geschafft hätte. Oder sieben. So traf er die Katze am Kopf. Er begriff nicht, warum sie nicht ausgewichen war, sondern seelenruhig zugesehen hatte, wie der Stein auf sie zukam. Das Kätzchen setzte sich nur kurz in den Kies und sprang gleich wieder auf. Ohne zu fliehen. Mit einer Pfote fuhr es sich über eine Stelle oberhalb der Augen, eine ruckartige, mechanische Bewegung, die ihn reizte.

Vielleicht hatte gerade diese Bewegung, mehr noch als der Umstand, dass sie nicht floh, den Ausschlag gegeben. Ohne die Katze aus den Augen zu lassen, hatte er sich gebückt und einen neuen Stein aufgehoben. Einen größeren.

Diesmal hatte die Katze aufgejault und war auf eine Flanke gesunken, wie ein Boot mit Schlagseite. Sie bewegte rhythmisch den Kopf, dem Schlag des Herzens folgend. Sie senkte und hob ihn wieder, wie ein Pendel.

Dann war er näher herangegangen.

Die Katze hatte gefaucht und versucht, sich aufzusetzen. Sie war zwei Schritte zurückgewichen wie ein Betrunkener auf einem Schiff im Sturm, dann war sie wieder zusammengebrochen. Vielleicht hätte sie ihm leid tun müssen. Aber sie tat ihm nicht leid. Er spürte nur Abscheu und wusste nicht einmal, warum.

Er bückte sich wieder und ergriff einen schönen großen Kiesel. Kalt und glatt lag er ihm in der Hand. Bei seiner Bewegung hatte die Katze einen eigenartigen Laut ausgestoßen, hatte sich mühsam erhoben und versucht wegzutorkeln mit so lustigen Bewegungen, als gehörten die vier Pfoten vier verschiedenen Tieren, die sich nicht auf eine Richtung einigen konnten.

Schließlich war sie wieder hingefallen. Und er hatte begriffen, dass dies der Moment war. Er hatte sich über sie gebeugt und begonnen, auf sie einzuschlagen. Der Stein hatte sie genau auf die Stirn getroffen, und er hatte deutlich das Geräusch des splitternden Schädels gehört. Beim Zuschlagen traf ihn die Kralle der Katze, scharf wie eine Rasierklinge, oberhalb des Handgelenkes. Es hatte sich angefühlt, wie wenn man sich an einer Buchseite schneidet. Aber er hatte weitergemacht, und auf ihrer Brust hatte sich Blut gebildet, als er das Tier an der Schnauze traf. Es jaulte leise, und er schlug weiter zu, zwei-, drei-, zehnmal. Bis nichts mehr zu hören war. Nur der Stein, der fest auf die weiche, undefinierbare Masse niederging.

Dann hatte er nach unten geschaut und keine Katze mehr gesehen.

An ihrer Stelle lag ein eigenartiges Wesen, das ihr zwar ähnelte, aber anstelle des Kopfes etwas Breiiges hatte, wie das Gesicht der Stoffpuppe, die seine Mutter seiner Schwester geschenkt hatte. Etwas, das nach Katze aussah, aber keine mehr war.

Als er aufstand, brach das Tosen des Meeres über ihn herein, er fühlte den Wind auf dem Gesicht und seine Atemzüge. Vielleicht war das alles auch vorher da gewesen. Aber er hatte es nicht bemerkt. Er blickte auf den Kiesel in seiner Hand. Er war rot vom Blut der Katze und glänzte in der Sonne. An seiner Seite klebten kleine Knochensplitter, weiß und fein, wie jene, die am Messer zurückbleiben, mit dem man ein Kaninchen schlachtet.

Die Katze sah so klein aus.

Dann hatte er etwas Salziges und Warmes auf den Lippen geschmeckt und gemerkt, dass er Blut im Gesicht und auf der mageren, glatten Brust hatte. Und noch mehr Blut an der rechten Hand und am linken Unterarm und am rechten Handgelenk, wo die Katze ihn gekratzt hatte. Blut, das zwischen den Steinen ineinanderfloss.

Ein Pakt zwischen ihm und dem Tod, geschlossen mit dem Blut der Katze. Ein Pakt zwischen Männern, wie der, von dem sein Vater ihm einmal erzählt hatte.

Da dachte er, dass er nun ein Mann sei, und sah auf den Kadaver der Katze, über dem schon die Fliegen kreisten. Und ein Lächeln breitete sich über sein Gesicht, rein und echt, und das Gefühl der Macht ließ ihn den Stein noch fester packen.

Er fühlte sich gut, richtig gut.

Er hatte den Stein neben die Katze gelegt und war zu seinem Vater gegangen. Er wollte es ihm sagen, ihm zeigen, erzählen, wie er sich fühlte und was er getan hatte. Doch dann, als er ihn gerade wachrütteln wollte, hatte er es sich anders überlegt. Ohne Grund. Nur weil er meinte, dass es besser sei. Jetzt weiß er, dass dies das erste Anzeichen eines Überlebensinstinktes gewesen war, der ihn so oft gerettet hatte und ihn Jahre später aus einem fahrenden Krankenwagen springen ließ und bis in dieses Auto gebracht hatte, in dem er jetzt saß.

Nur dass er das damals noch nicht wusste.

Er hatte eine weiße Tüte gepackt, in der sie Brote mit an den Strand genommen hatten und die sein Vater unter einen Stein gelegt hatte, damit sie nicht wegflog. Er hatte alles hineingetan, die Katze, den großen, blutigen Stein und die kleineren daneben, die mit dem Blut der Katze befleckt waren. Er hatte die Tüte mit einem Knoten verschlossen und war ins Meer gewatet.

Mit den Steinen konnte er nicht schwimmen. Sie waren zu

schwer. So legte er sein Paket schnell auf einen Felsen und schwamm mit einigen Schlägen hinaus, damit das Meer ihm das Blut abwusch und forttrug. Als er sich die Haare aus dem Gesicht strich, merkte er, dass auch sie voller Blut waren wie ein Sonnenuntergang im Spätsommer. Doch das schreckte ihn nicht. Er tauchte in das Blau des Meeres, die Wasseroberfläche ein paar Meter über ihm, dann arbeitete er sich langsam wieder hoch, bis die Farbe des Himmels an die Stelle des Meeres trat. Das wiederholte er viermal, und schließlich war alles Blut herausgewaschen und nur das Salz übrig. Nun war er sauber.

Dann hatte er kontrolliert, ob die Tüte immer noch an ihrem Platz lag, und war auf den weißen Kiesstrand zurückgekehrt. Sein Vater schlief noch. Als er an Land ging, hatte er weitere, kaum wahrnehmbare Blutspritzer auf den Kieseln bemerkt. Schweigend hatte er die Steinchen eingesammelt und zu den anderen in die Tüte gelegt. Nach einem neuen Knoten hatte er die Tüte weggeschleudert, mit derselben Bewegung, die er bei den olympischen Hammerwerfern im Fernsehen gesehen hatte. Und als alles vorbei war, als er zum ersten Mal im Leben den Ort eines Verbrechens gesäubert hatte, fühlte er sich leer, mit dem einzigen brennenden Wunsch, es noch einmal zu tun. So hatte er sich umgeschaut auf der Suche nach etwas, das sich bewegte, mit dem er dieses Gefühl befriedigen könnte.

Da war der Ruf seines Vaters erklungen. »Gaspare, was machst du auf dem Felsen. Komm her, du tust dir noch weh«, und so war er wieder ein einfacher Junge geworden.

»Die Tüte ist weggeweht«, hatte er gesagt, als er bei seinem Vater war.

»Egal ... Komm, wir gehen, es ist spät«, war die einzige Antwort gewesen. Und Gaspare hatte gelächelt. Gelächelt, weil sein Vater nichts gehört hatte. Nichts gesehen hatte. Nichts gemerkt hatte.

Bei dem Gedanken muss er heute noch lächeln, während er

hinten auf der Rückbank des Autos liegt und der Stumme ihn nach Hause fährt.

»Ein frohes Erwachen?«

»Scheint so. Wo sind wir?«

»In einer Stunde sind wir da. Wie fühlst du dich?«

Er zögert kurz. Dann erinnert er sich an den Schmerz vom Vorabend, an diesen winzigen Moment, in dem er dachte, er würde sterben. »Gut, es geht mir gut.«

Und er schließt die Augen und denkt, dass es ihm tatsächlich gutgeht, denn bald schon wird er wieder dasselbe Gefühl auskosten können wie damals am Meer.

Polizeipräsidium Bologna, kurz nach drei

»Wir suchen Nunia«, sage ich zu Ippoliti, der in der Tür zu meinem Büro steht.

Aus einem mir selbst rätselhaften Grund fühle ich mich gut. Fast jedenfalls. Während ich den zur Salzsäule erstarrten Ippoliti betrachte, hoffe ich, möglicherweise einmal nicht den lieben langen Tag an Alice denken zu müssen, daran, wo sie steckt, warum sie nicht antwortet und einfach kurz vor meinem Geburtstag untertaucht.

Aber ja, soll sie doch. Ist mir doch egal.

Das meine ich ernst. Ich wandere durch mein Büro und versuche, einen klaren Gedanken zu fassen, was nun zu tun ist. Schnell ziehe ich meine Jacke aus und hänge sie gleichgültig an einen Haken. Ich meine es ernst. Vielleicht zum ersten und zum letzten Mal meine ich es zu meiner eigenen Überraschung ernst. Und bin mir dabei selbst ein bisschen unheimlich.

»Wo fangen wir an?« will Ippoliti wissen.

Ich setze mich an meinen Schreibtisch. »In Marino del Tronto. Am Anfang«, erwidere ich und greife zum Telefon.

»Und was zum Geier willst du denen in Marino del Tronto erzählen?«

Tja, was will ich denen erzählen? Das weiß ich selbst nicht. Irgendetwas. Was mir gerade einfällt, wenn ich den Anstaltsleiter endlich an der Strippe habe.

»Hier spricht Kommissar Riccardi von der Polizei Bologna«, stelle ich mich nach einer langen Odyssee durch Anrufzentralen und Sekretariate vor. Ihre Personalien bitte, schießt es mir durch den Kopf, und ich muss ein Lachen unterdrücken. Wenn ich meinen Namen aus meinem Munde höre, kommt mir das immer seltsam vor.

»Ich habe schon von Ihnen gehört, Commissario. Ich kann mir denken, warum Sie anrufen.«

Mario Santonocito, der Anstaltsleiter, hat eine sonore Schauspielerstimme. Sie klingt nach Tabak und teurem Cognac. Kräftiger, durchtrainierter Körper, schätze ich. Einer mit gebräunter Seemannshaut und großen Händen. Vielleicht ist er aber auch schmächtig und dünn wie ein Putzlumpen, den man im Winter zum Trocknen rausgehängt hat.

Ich winke Ippoliti zu, der herantritt und den zweiten Hörer aufnimmt.

»Sie werden verstehen, dass dies ein rein vertraulicher Anruf ist. Ich habe offiziell keinerlei Befugnis, Auskünfte einzuholen.«

»Keine Sorge, Commissario. Befugt oder nicht, steht Ihnen die eine oder andere Information gewisslich zu. Immerhin waren Sie es, der Nunia gefasst hat. Sagen Sie mir, was Sie wissen wollen.«

Ich lächele. Nur kurz, aber ich lächele. Ich bin so aus der Übung, dass mir dabei fast die Gesichtsmuskeln schmerzen.

»Man hat mir gesagt, er habe sich aus einem fahrenden Krankenwagen geworfen.«

Ich bemühe mich um einen neutralen Tonfall. Ich will nicht ironisch klingen. Vielleicht gelingt es mir nicht ganz, doch Santonocito scheint ein souveräner Typ zu sein.

»Ich verstehe Ihre Verwunderung, Commissario. Mir ging es genauso, als ich über die Sache informiert wurde.«

Er macht eine lange Pause. Sie ähnelt diesem eigenartigen Phänomen, wenn das Funkgerät plötzlich schweigt. Ich hoffe, er redet von allein weiter. Ich sehe Ippoliti an, und er nickt beruhigend.

»Gegen Mitternacht erreichte mich die Nachricht, Gaspare Nunia fühle sich nicht wohl«, fährt er fort. Ein kaum wahrnehmbarer Einschlag seiner Stimme lässt mich vermuten, dass er aus Rom kommt. »Ich war natürlich zu Hause. Ich habe unverzüglich Doktor Sottili in Alarmbereitschaft versetzt. Ein guter Arzt. Dann hat sich seine Lage verschlechtert. Nunia wurde untersucht, und es wurden ein paar Tests gemacht. Wahrscheinlich eine Nierenkolik.«

Obwohl er es unter Vorbehalt sagt, lässt die Ernsthaftigkeit in seiner Stimme keinen Zweifel zu: Santonocito vertraut dem Arzt hundertprozentig.

»Da haben Sie beschlossen, ihn zu verlegen?« Ich höre seine leisen Atemzüge, als rauchte er.

»Es blieb uns nichts anderes übrig. Auch einem 41b-Gefangenen müssen wir die bestmögliche medizinische Versorgung garantieren. Sie kennen Nunia, Commissario. Ich habe ihn mit eigenen Ohren brüllen hören, wie am Spieß. Und ich versichere Ihnen, das war echt.«

Ja, ich kenne Nunia. Und ich habe niemals erlebt, dass er die Stimme auch nur erhoben hat. Nicht einmal an jenem verregneten Abend mit dem Geruch von Blut auf seiner Haut.

»Ich glaube Ihnen«, sage ich einfach und wahrheitsgetreu. Keine Ahnung, warum, aber ich glaube ihm. Da leuchtet eine Idee in meinem Kopf auf, wie ein Seidenrock in einer Menschenmenge. »Hatte er vorher Besuch?«

»Sie wissen, dass die 41b-Leute nur einmal im Monat Besuch empfangen dürfen. Der mit Kameras und Mikrofonen überwacht wird. Ein Cousin war gekommen, ein gewisser Luca De Simone, er hat ihm Kleider gebracht.«

»Kleider?«

»Ja, ein normales Päckchen. Natürlich haben wir es durchsucht, bevor er es bekam. Ein kariertes Hemd und eine Hose. Billiges Zeug.«

Da ist doch was faul. Billiges Zeug. In solchen Sachen kann ich mir Nunia gar nicht vorstellen. In einem karierten Hemd. Als ich das dem Anstaltsleiter sage, schweigt er einen Moment.

»Ich versichere Ihnen, wir haben die Sachen überprüft«, beteuert er dann. »Ein Hemd und eine Hose, mehr nicht. Wir machen Fotos von allen Sachen, die die 41b-ler bekommen. Wenn Sie wollen, kann ich sie Ihnen faxen.«

»Als E-Mail-Anhang wäre noch besser, wenn es geht.«

»Dann eben als Mail.«

»Vielen Dank für Ihre Mühe.« Ich will schon auflegen, da fällt mir noch etwas ein. Ich werde noch wie Inspektor Columbo. »Noch eine letzte Frage, Direttore. Die Kleider, die Nunia bekommen hat, sind noch in Ihrer Obhut, nehme ich an?«

Es dauert eine Sekunde, bevor er antwortet. Als hätte er denselben Gedanken gehabt.

»Nein, sie sind zusammen mit ihm verschwunden. Er hatte sie bei seinem Ausbruch an.«

Sizilien, halb vier Uhr nachmittags

Die Sonne brennt stärker auf der Haut als die Wärme des Feuers in seiner Nähe.

Sein Vater machte solche Lagerfeuer, vor vielen Jahren, wenn er die trockenen Zweige hinter dem Haus verbrannte. Vielleicht hat er sich deshalb dafür entschieden. Er blickt auf das Meer in der Ferne, gleich hinter dem Hügel. Wenn man nicht aufpasst, kann man es mit dem Himmel verwechseln. An stürmischen Tagen trug der Wind in Marino del Tronto den

Duft des Meeres bis in seine Zelle. Breitete ihn über die Wände, über die Haut, über die Gedanken. Doch es war nicht derselbe Geruch. Gaspare kniet sich auf den Boden und nimmt das Paket mit den alten Kleidern. Sie sind schmutzig wie bei der Übergabe, doch nun sind es Erdflecken. Jetzt weiß er, was das für ein Dreck ist.

Nicht wie dieses Salz.

Er betrachtet sie kurz, in seinem weißen, sauberen Hemd über der hellen Jeans. Mit geschlossenen Augen versucht er sich vorzustellen, wer sie ihm geschickt hat. Doch es ist nur ein kurzer Moment, dass er sich eine solche neugierige Träumerei zugesteht.

Dann packt er das Paket und wirft es ins Feuer.

»Wenn es ausgeht, zünde es wieder an«, sagt er, an den Stummen gewandt, der die Szene ehrfürchtig verfolgt wie eine kultische Handlung. »Ich will, dass nichts davon übrig bleibt.«

Er dreht sich um und geht zum Haus. Ein leichter Windstoß verirrt sich unter sein Hemd, warm wie die Hände einer Frau.

»Was machst du jetzt?«

Er bleibt stehen. Der Rauch des Feuers steigt hoch und sättigt die Luft mit seinem beißenden Geruch. Bald ist es Abend.

»Ich gehe schlafen. Weck mich nicht vor morgen früh.«

Bologna, am Rand des Stadtzentrums. Abends

Mit einem weichen Sprung landet die Katze auf dem Bett. Es ist weich und riecht gut, warm, es duftet wie morgens die Frau mit den schwarzen Haaren. Im Zwielicht des Zimmers erkennt sie ihre Umrisse, zusammengerollt unter dem weichen Ding, das sie Federbett nennt und in dem die Pfoten versinken, wenn sie darübertapst.

Die Frau liegt still, leicht auf die rechte Seite gedreht, halb auf dem Rücken. Unter ihren gleichmäßigen Atemzügen hebt und senkt sich die Decke und kitzelt sie an den Pfoten.

So liegt sie schon eine ganze Weile. Zu lang. Normalerweise hätte sie schon dreimal gefressen. Aber die Schüssel ist leer. Und die mit dem Wasser auch.

Sie macht noch einen Schritt auf die Atemzüge zu. Sie weiß, dass von dort das Leben kommt. Das merkt sie, wenn sie sich aufs Sofa legt, die Schnauze an die Schulter der schwarzhaarigen Frau geschmiegt. Dann fahren die Finger ihr durch das Fell, wie sie es gerne mag. Und sie fühlt den warmen Hauch, sanft und unmerklich, der ihr über Ohren und Augen streicht.

Dieses Leben sucht sie, nun wo sie es braucht. Und sie spürt es wieder auf der Schnauze, als sie nach dem Gesicht der Frau fahndet, das nur halb zu sehen ist. Die andere Hälfte drückt sich traurig in das Kissen. Sie legt eine Tatze auf ihre Wange und fühlt die Weichheit. Sie hat nur Durst. Ein bisschen Wasser genügt, und ein paar von diesen Dingern, die die schwarzhaarige Frau mit dem einen bestimmten Laut benennt, brekk oder so ähnlich. Wie das Geräusch, das die Dinger machen, wenn sie zerbrechen. Das genügt schon, und dann kehrt sie zufrieden in ihren Sessel zurück. Sie liegt gerne in dem Sessel, aber nicht, wenn sie Hunger und Durst hat.

Sie fährt mit der Pfote über die Wange der Frau, aber die spürt nichts. Also noch einmal. Und noch einmal. Und dann legt sie ihre Schnauze auf ihre Nasenspitze und beißt vorsichtig, fast ohne Zähne, hinein.

Nichts.

Normalerweise öffnet die Frau bei diesem Spiel den Mund und macht eine schöne Miene. Die nach Futter aussieht. Und dann streichelt sie sie und nennt sie ihren kleinen Faucher. Aber diesmal nicht.

Dieses Mal rührt sie sich nicht. Vielleicht nur die Augen, ganz wenig. Aber immer dieselben Atemzüge. Immer dieselbe Position.

Immer.

Und so entfernt die Katze sich wieder bis zum Fußende des Bettes.

Um aus der Entfernung diese Reglosigkeit zu betrachten.

Es rollt sich in seinen Schwanz ein, das Kätzchen, und fürchtet sich vor dem, was da passiert.

Und auch als es um Hilfe ruft, kommt keine Antwort.

Eine Villa am Stadtrand von Bologna

Manche Nächte haben zu viele Lichter.

Zwanzig Jahre sind vergangen, seit das jemand zu ihm gesagt hat, aber er erinnert sich noch genau daran. Er hat ein gutes Gedächtnis, ein überdurchschnittlich gutes. Normalerweise erinnern sich die Menschen lieber an wichtige Ereignisse, an schöne Momente, während sie alles, was schmerzt, was spitz ist oder in dunklen Tiefen gräbt, zu verdrängen suchen.

Normalerweise wollen die Menschen vergessen.

Er nicht. Er erinnert sich an alles, wie zur Strafe.

So wie er sich an den Moment damals erinnert, als er den Satz hörte. An das Gesicht seines Gegenübers, an die Falten in den Augenwinkeln, die sich nur im Lachen wie ein Akkordeon öffneten, bei diesem Lachen aus dem Bauch heraus, das wie Musik klang. Er erinnert sich an den Ort, wo er den Satz hörte, an das bescheidene Haus, klein und ohne Zukunft. Das Haus eines einsamen Mannes, der schon aufgeben will.

Und er erinnert sich an die Nacht. Eine Nacht wie diese. Ohne Lichter.

In einer Nacht mit zu vielen Lichtern wächst die Gefahr, weil du selbst zum Licht wirst, immer angeleuchtet von einem Funken, einem Widerschein, einer Straßenlaterne, von Autoscheinwerfern, die über dich hinweggleiten und einen Umriss oder einen Schatten von dir zeichnen.

Licht und Regen sind deine ärgsten Feinde, das hat der Mann ihm als Erstes beigebracht, ihm eingebläut.

Am Anfang nannte er ihn manchmal Onkel, obwohl er nicht sein Onkel war.

Von ihm hat er gelernt, wie man sich Zugang zu einem Haus verschafft. Was er danach viele Male getan hat. Was er jetzt wieder tun wird. In einer Nacht ohne Lichter.

Man muss jedes Detail kennen, sogar die Gedanken. Die Gedanken der Menschen sind wie ihre Häuser, und umgekehrt.

Die Stimme hallt immer noch in seinem Kopf nach. So vertraut, dass sie ihn nicht einmal stört. Wie ein Handbuch, in dem er blättert, wenn er Rat sucht.

Aber er weiß ja alles.

Er kennt das ganze Haus. Den Grundriss, die Aufteilung, die Größe, die Eingänge. Im Internet findet man alles, wenn man nur richtig sucht.

Er weiß alles, auch über seine Bewohner. Was sie essen, was sie trinken, welches ihre Lieblingsspeisen sind. Er weiß, dass sie nicht regelmäßig Medikamente nehmen, dass sie keine Haustiere haben, dass die Frau pünktlich ihre Periode bekommt, dass sie jeden Tag die Zeitung kaufen, und an der Zeitung kann er sogar ablesen, welche Partei sie wählen. Der Müll verrät dir alles, wie das Internet.

Er kennt das Haus. Er erinnert sich gut daran. Er war schon einmal drin, in einer Nacht ohne Lichter wie dieser. Er muss es wieder tun.

Um zweimal dasselbe Haus zu betreten, musst du unsichtbar sein wie eine Katze.

Und das ist er. Katzen kennt er gut. Der Onkel und die Katzen haben ihm eine Menge von dem beigebracht, was man wirklich wissen muss. Und das Übrige haben die Bücher geleistet.

In der Villa ist es still. Ein Glück, dass sie kein Apartment bewohnen. Ein Apartment kann man nicht zweimal betreten, ohne bemerkt zu werden. So war es leicht, ein Küchenfenster an der Rückfront zu öffnen und hineinzuschlüpfen. Dann nach links die Treppe hinauf in Richtung Bad, mit langsamen Schritten, ohne Eile, eingetaucht in die grüne Welt der Nachtsichtbrille. Ein Kinderspiel, das Bad wiederzufinden und vorsichtig die Tür zu öffnen, damit sie nicht quietscht.

Die Kleinigkeiten machen den Unterschied. An die du nicht denkst und die dich am Ende reinreißen.

Er braucht vier Minuten, um die Tür zu öffnen. Einen Spalt breit, gerade genug, um hindurchzuschlüpfen. Er schaut sich in der eigenartig mintgrünen Umgebung um. Als Erstes sieht er das Stück Seife. Es ist ganz neu, und er stellt sich vor, wie die Frau es vor dem Zubettgehen austauscht. Sie denkt sogar an die Seife. Ohne die Frau wäre alles leichter. Er müsste nur das Nötige hinlegen und abwarten. Aber die Frau will er nicht. Sie trägt keine Schuld.

Wegen ihr ist er das erste Mal hineingegangen.

Wegen ihr hat er sich durch dasselbe kleine Fenster gezwängt, ist über dieselben Treppenstufen nach oben bis vor dieselbe Tür geschlichen. In dasselbe Bad. Hat getan, was zu tun war. Markieren, nennt er es, und das tut er auch jetzt. Nur dass seine Markierungen nicht zu sehen sind. Aber zu spüren. Später.

Als er zum ersten Mal in das Haus kam, hatte er exakt das gleiche grüne Bild gesehen. Zwei Zahnbürsten und zwei verschiedene Zahnpasten. Die Marken kannte er schon, er hatte sie im Müll gefunden und sich gefragt, wer von den beiden Aquafresh benutzte. Die hat er noch nie gemocht. Er hatte die beiden Tuben geöffnet und daran gerochen, um herauszufinden, ob er sich so vielleicht ein Bild, einen Eindruck verschaffen könnte. Dann waren die Zahnbürsten dran. Eine hell, die andere dunkel. Mit dem Nachtsichtgerät konnte er die Farben nicht genauer erkennen. Er hatte die dunklere genommen und daran gerochen. Wer auch immer sie benutzte, er hatte sich vor dem Schlafengehen mit Aquafresh die Zähne geputzt. Er roch den vagen Duft von Tabak. Aber das hatte ihm nicht weitergeholfen. Sie rauchten beide dieselbe Zigarettenmarke.

So musste er ein Experiment machen.

Er hatte die kleine versilberte Tube hervorgezogen und die dunkle Zahnbürste markiert. Ganz unten, am Borstenansatz, so dass der Fleck sich nicht löste, wenn man sie unter den Wasserhahn hielt und Zahnpasta darauf verteilte. Zwei Tage später wusste er, dass die gesuchte Zahnbürste die dunkle war. Der Hausherr war nicht zur Arbeit gegangen, und aus seinem Versteck unten auf der Straße hatte er gesehen, wie ein Mann mit Arztkoffer in die Villa eilte und eine halbe Stunde später wieder herauskam, begleitet von der lächelnden Frau.

Die dunkle Zahnbürste. Die des Mannes. Die er jetzt markiert. Und auch dieses Mal wird er nicht zur Arbeit gehen, in zwei Tagen. Nur dass er dann keinen Arzt mehr braucht.

Er stellt die Zahnbürste an ihren Platz zurück und schiebt die versilberte Ampulle, die er für die Markierung gebraucht hat, in eine seiner zahllosen Taschen zurück. Dann zwängt er sich wieder durch den Türspalt und geht hinaus. Am Kopfende der Treppe erblickt er die offene Schlafzimmertür und bleibt stehen. Dahinter liegen die beiden Schlafenden mit ihren tiefen Atemzügen, verloren in wer weiß welchen Träumen. Nur zwei Schritte entfernt, die keiner hören kann. Außer vielleicht ein hochsensibler Seismograph, wenn er direkt auf dem Parkett stünde.

Die Frau liegt mit dem Rücken zu ihm, unter einem Druck von Monet. Er erkennt die Umrisse ihres Körpers unter der Decke. Ihre Haare, bei Tageslicht leuchtend rot, fließen sanft über ihren Rücken.

Der Mann hingegen blickt ihn an. Das Gesicht zur Tür gedreht, weist die Neigung seines Kopfes direkt auf das Nachtsichtgerät. Hätte er die Augen geöffnet, könnte er ihn sehen, und vielleicht würde er aufschreien und glauben, sein Kindheitsalptraum sei zum Leben erwacht.

Doch seine Augen sind geschlossen. Wenn er ihn sieht, dann nur als einen Widerschein im Geist. Er träumt. Seine Pupillen schnellen unter den Lidern hin und her, als verfolgten sie etwas. So wenig würde genügen, und alles wäre dahin. Etwas in dem Traum müsste ihn hinausschicken, in diese Welt, in der er die Augen öffnen muss, um nicht zu sterben. Aber er öffnet sie nicht.

Zwei Minuten nachdem er einen letzten Blick auf den eigenartig grün gefärbten Monet geworfen hat, ist er draußen verschwunden.

Von der Nacht verschluckt.

»Warum?«, fragt die Stimme, und Gabriele betritt den Flur.

Ein langer, schmaler Gang, aus dem die Stimme herüberhallt. Dort hinten, aus dem Eckzimmer. Sie fragt immer dasselbe.

»Warum?«

Seit Monaten. Und er weiß keine Antwort. Doch er sucht sie. Die Antwort und die Stimme. Die Stimme klingt kindlich und sanft, wie ein Wiegenlied von vor vielen Jahren. Es ist die Stimme eines Mädchens.

Der Flur ist in ein rötliches Licht getaucht, wie von den Laternen vor einem Chinarestaurant. Es kommt von dort hinten. Von der Lampe in der Ecke.

»Warum? Antworte mir bitte.«

Wie jedes Mal zittert die Stimme, sobald er bei dem Foto mit den zwei sich umarmenden Kindern anlangt. Und wenn er weitergeht, weiß er schon, dass nun die Angst kommt, dass ihm ein Schauer über den Rücken laufen wird und er nach seiner Pistole tasten wird. So geht er an dem Bild vorbei, sieht es an, fühlt den Schauer und zieht die Pistole. Er hält sie fest in der Hand und zielt nach vorne.

»Warum?«

Als es passierte, war es anders, und auch die Stimme klang anders. Erwachsener vielleicht. Obwohl er natürlich weiß, warum er sie jetzt so hört. Dann nimmt er seine eigenen Schritte wahr und wendet sich nach links zu dem Zimmer.

Die rote Lampe steht auf dem kleinen Tisch. Der Polizist liegt auf dem Boden, seine offenen Augen starren ins Nichts, die dunkle Jacke ist nass von Regen und Blut.

»Warum?«, fragt das Mädchen, und Gabriele sieht zu ihr hin. Sie sitzt mit dem Rücken zu ihm in einem ebenfalls roten Sessel. Er kann nur ihre schwarzen, glatten Haare erkennen, das Nachthemd, das ihren weißen Hals unbedeckt lässt. Sie rührt sich nicht. Tut nichts. Außer reden.

»Warum?«, wiederholt sie leiernd. Und Gabriele spürt die Angst. Angst, weil er weiß, was er tun muss, weil er weiß, was er tun wird, und es nicht will, nicht darf. Deswegen ist er nicht hier, nicht wegen ihr. Er ist nicht wegen ihr gekommen.

»Sag mir, wo Gaspare ist, Teresa. Sag es mir«, befiehlt er und geht auf den Sessel zu. Sie rührt sich noch immer nicht. Dreht nicht den Kopf, wendet sich ihm nicht zu. Bleibt dort. Gabriele weiß, dass sie auf ihn wartet. Sie wartet immer.

»Warum?«

Zwischen ihm und dem Sessel liegen jetzt noch knapp zwei Meter, aber die Entfernung scheint zu groß. Zu groß für alles. Er tritt näher, dorthin, wo eben noch der Polizist lag, Carmine aus Brindisi, der für einen Monat in Bologna war. Nun ist er weg. An seiner Stelle ein dicker, mit weißer Kreide gezeichneter Umriss auf dem Boden. Und eine Blutlache auf den weißen Kacheln.

»Ich muss wissen, wo Gaspare ist, Teresa. Das weißt du. Dir wird nichts passieren, wenn du mir sagst, wo er ist.«

Er geht um den Sessel herum und sieht sie an. Zuerst ihr Profil, dann langsam alles Übrige. Alles Übrige von etwas, das vollkommen falsch ist.

»Teresa …«, flüstert er und spürt, wie sich sein Bauch zusammenkrampft, während er vor sie tritt, eine Art Kolik, die ihre Krallen in seine Darmwände gräbt.

Das Mädchen ist schön. Außergewöhnlich schön. Ihre Haare berühren kaum die Schultern, und das Oval ihres Gesichtes bildet einen leichten, feinen Rahmen für ihre dunklen Augen. Sie hat einen gutmütigen, freundlichen Blick. Sie dreht langsam den Kopf und sieht ihn an, und Gabriele möchte am liebsten schreien.

»Das verrate ich dir nicht. Erst musst du mir sagen, warum, Gabriele.«

Aus Teresas Mund rinnt ein Faden klebrigen Blutes, über die linke Seite hinab bis zum Hals. An ihrer Kehle sieht man ein Einschussloch. Es ist sauber, glatt, nicht ausgefranst, ohne versengte Ränder, und Gabriele ist überzeugt, dass er, wenn er einen Finger hineinsteckte, das kühle Metall der Kugel spüren könnte. Auf der Wunde ist kein Blut, dafür an ihren Händen, die in den Schoß gebettet sind. Ein Blutspritzer auf ihrem weißen Nachthemd, knapp über der linken Brust. Auf der Höhe der rechten Schulter erkennt man deutlich den roten Abdruck einer Hand. Ein langer Streifen, wie von einer missglückten Liebkosung. Als er frontal vor ihr steht, sieht Gabriele ihre blutverschmierten Haare. Trocken, steif, unbeweglich.

Tot.

Teresa hebt den Blick und sieht ihn an. Sieht ihm direkt in die Augen.

»Warum bringst du mich um?«, fragt das Mädchen, und aus ihrem Mund tropft das Blut in eine kleine Pfütze auf dem Boden.

Und ohne die Antwort zu kennen, setzt Gabriele ihr die Pistole an die Stirn und drückt ab.

Dann wacht er schreiend auf.

Instinktiv dreht er sich zur anderen Seite des Bettes hin und greift mit der Hand hinüber.

Aber Alice ist nicht da.

Nur das kalte Laken.

Er macht das Licht an und betrachtet an der Zimmerdecke den fahlen Widerschein der Angst.

Sizilien, 20. April. Morgens fünf nach acht

In einer weißen Staubwolke kommt der schwarze Wagen im Hof vor dem Haus zum Stehen. Auf der Türschwelle wartet eine Frau, und das Haus ist weiß wie das Licht. Die Frau ist schön. Ihre dunklen Haare werden von einer roten Spange mit einer Blume zusammengehalten, in derselben Farbe wie das schmale Armband, das ihr linkes Handgelenk schmückt. Alles andere ist schwarz. Die Bluse, die Hose, die Augen, ihre sonnenverbrannte Haut.

Gaspare Nunia steigt aus und sieht sich um. Als er noch in Sizilien wohnte, war dies sein Haus. In diesem Haus ist er zur Welt gekommen. In diesem Hof hat er Fahrrad fahren gelernt. Zwischen diesen Mauern ist er der geworden, der er ist.

Diesen Ort nach all den Jahren wiederzusehen weckt in ihm einen nie verwundenen Schmerz. Die Sehnsucht nach etwas, das einmal war und nie mehr so sein wird, wie eine Welle auf dem Sand. Er atmet tief ein, die salzige Luft und all das andere, auch die Sonne, deren Licht zu grell ist für das, was er sehen wird. Vom Haus überblickt man nach allen Seiten das Meer zu Füßen des Hügels. So sollte das Leben sein. Wie ein Blick von diesem Hügel auf das Meer.

»Du hättest nicht kommen sollen, Gaspare«, sagt die Frau mit den schwarzen Haaren. Dann umarmt sie ihn. Gegen das Weiß seines Hemdes, an die breite Brust des Mannes geschmiegt, wirkt sie wie ein kleiner Fleck.

»Du bist immer noch schön, Serena.«

Sie beugt den Kopf zurück und sieht ihn an. Er war ihr erster Mann, in der Nacht von San Lorenzo vor vielen, vielen Jahren. Ihre einzige Nacht. Danach waren sie wieder bloß Cousin und Cousine. Seine Augen sind noch dieselben. Das merkt sie auf den ersten Blick, als sie ihn anlächelt.

»Und du bist immer noch zu groß für mich.«

Er sieht sie an, einen Schatten vor dem blendenden Aprilmorgen, und möchte ihr zulächeln. Doch es bleibt ein Gedanke.

»Wo ist sie?«, fragt er.

Serena deutet mit einer Kopfbewegung auf das Haus. »In deinem Zimmer.«

Innen ist es beinahe kühl, und das Erste, was er hört, ist die Stille. In diesem Haus war es niemals still. Als kleiner Junge war er daran schuld, außerdem das Lächeln und die Stimme seiner Mutter. Er erinnert sich an ihre feingliedrigen, langen Finger, und dass sie immer in Bewegung war für ihr Tagewerk, für ihre Kinder, für ihren Mann.

Nichts davon ist geblieben.

Nichts ist von Maddalena geblieben als die Stille.

Gaspare geht in sein Zimmer.

Die Frau liegt im Bett auf dem Rücken. Eine weiße Spitzendecke ist über sie gebreitet. Die wenigen Haare, die sie noch auf dem Kopf hat, sehen aus wie ein eigenartiges Kraut, das nicht mehr wächst. Ein Arm ruht auf ihrer Brust, der andere auf der Decke neben ihrem Körper. Die Augen unter den geschlossenen Lidern bewegen sich nicht. Nur ihre Brust hebt und senkt sich wie ein Blasebalg, rhythmisch, die Lippen sind geöffnet, um so viel Luft einzulassen wie möglich. Als gäbe es nicht genug Luft zum Atmen auf der Welt.

Neben dem Bett sitzt eine alte Frau, auch sie ganz in Schwarz. Sie schläft. Er tritt auf sie zu und streicht ihr über die Wange. Die Frau öffnet langsam die Augen und hält seine

Hand, als müsse sie sich am Ende eines bösen Traums an etwas Realem festhalten.

»Du hättest nicht kommen sollen«, flüstert sie.

Gaspare sieht sie an, ihre zitternden Augen. Dann lässt er den Blick langsam über das Gesicht seiner Mutter gleiten, wie als Junge, wenn er über den Rücken des Hügels hinabgelaufen kam und sie ihn zornig erwartete.

»Wohin hätte ich gehen sollen?«, sagt er, ohne sie eine Sekunde aus den Augen zu lassen. »Ich bin der letzte Mann im Haus. Ich muss sie begleiten.«

»Komm, lass uns hinausgehen«, sagt die Frau und steht auf.

Serena sieht ihnen durch den dunklen, schmalen Flur nach. Und sie denkt, dass hier etwas endet. Dass etwas verweht wie Maddalenas Atem, der in der Luft einen Grund zum Weiterleben sucht. Etwas, das in aller Stille zu Ende geht, wie es sein soll.

Wie oft ist sie als kleines Mädchen in dieses Haus gekommen, hat mit dieser Frau, ihrem Mann und ihren Kindern gegessen. Sie denkt daran, wie sie im Hof immer die Sterne beobachtet und gezählt haben, jeden einzelnen, bis die Zahlen nicht mehr reichten. Wie sie nach dem Winter im April zum ersten Mal wieder im Meer badeten, und wie sie nach Eidechsen jagten, die im Tuffstein verschwanden, in diesem schwarzen Tuff mit all seinen Löchern, der wie Schaum auf einem Pudding aussah. Sie denkt an die Ausflüge nach Palermo, um Zio Giulio zu besuchen, im Auto, ohne zu wissen, dass er in Wirklichkeit gar niemands Onkel war. Sie denkt an die Stille, die sie bei ihrer Rückkehr empfing, die Stille des Dorfes, das so klein ist wie die Hosentasche eines Kindes und das damals so groß wirkte, wie die Träume, die sich abends in den Hosentaschen der Kinder schlafen legten. Sie denkt an Maddalenas Lächeln und versucht sich zu erinnern, wann sie es zuletzt gesehen hat. Denn sie weiß, dass es kein weiteres Mal geben wird. Dass nicht die Natur, sondern all die Toten der Grund für ihren

Tumor sind, der sie nun verschlingt, der Mord an ihrem Mann, an ihrem Bruder, an Gaspares Bruder. Und sie weiß, dass die Toten auf den Mann zurückgehen, der nun gekommen ist, um sie sterben zu sehen. Auf ihren Sohn. Auf das, was er gesagt hat oder nicht gesagt hat. Auf die Angst, die sie ihm einjagen wollten. Und sie weiß, dass den Toten andere folgen werden. Denn Menschen wie Gaspare Nunia können das Blatt nicht wenden, können die Geschichte nicht verändern.

Genauso wenig wie sie.

»Es ist alles in Ordnung, Maddalena. Bleibt ruhig«, flüstert sie den geschlossenen Augen und dem geblähten Brustkorb zu. »Es wird kein Blut mehr vergossen werden. Bald ist alles vorbei.«

Doch das ist nicht wahr.

Denn Gaspares Ankunft wird dieses Haus mit neuen Tränen und neuem Schmerz überziehen.

Dabei bräuchten die Menschen doch einfach nur Stille.

»Irgendetwas stimmt nicht«, sagt Rufolo, und Capitano Guardigli reißt sich vom Anblick des Meeres los und dreht sich mit einem prüfenden Griff an seine Carabinieri-Mütze um.

»Was ist?«

Rufolo ist jung und nicht besonders geeignet für die Observierung. Zu ungeduldig. Wer auf Beobachtungsposten ist, muss sich ruhig verhalten und darf nichts erwarten von der nächsten Minute, der nächsten Stunde. Manchmal nicht einmal vom ganzen Tag.

»Schauen Sie nur.«

Der Capitano lässt sich im Schatten des großen Baumes nieder und nimmt das Fernglas. Nichts rührt sich. Das Haus selbst ist unverändert. Sein Anblick in der prallen Sonne schmerzt ein wenig die Augen. Neu ist das schwarze Auto vor dem Haus. Und der Mann vor dem Auto. Aus dem Haus kommt eine Frau und umarmt ihn. Der Mann steht mit dem Rücken zu ihnen.

Guardigli sieht nur das weiße Hemd und die Jeans und das schwarze Auto, dann das Gesicht der Frau, die sich an den kräftigen Leib schmiegt.

Als die Frau sich löst, dreht der Mann sich um.

»Ruf die Zentrale an, Rufolo. Gib Bescheid, dass dieser Bastard von Nunia gekommen ist, um seine Mutter zu besuchen.«

Bologna, acht Uhr früh

»Herzlichen Glückwunsch, Schätzchen«, sagt Max, und ich muss unwillkürlich lachen.

Ich sitze im Auto, auf der Via Stalingrado, mit dem Headset auf dem Kopf. Heute ist mein Geburtstag, und heute Morgen bin ich zum ersten Mal aufgewacht, ohne sofort an Alice zu denken. Nicht, dass ich beim Rasieren nicht an sie gedacht hätte und mich gefragt hätte, warum ich immer noch nichts von ihr gehört habe und ob sie mir nicht wenigstens zum Geburtstag eine winzig kleine SMS schicken könnte, aber immerhin galt ihr nicht der erste Gedanke des Tages.

Der erste Gedanke des Tages galt mir.

»Pass auf, was du sagst, meine Süße. Mein Telefon wird abgehört, und am Ende weiß die halbe Welt, dass ich eine alte Schwuchtel bin!«

Draußen scheint unglaublicherweise die Sonne. So warm, als sei plötzlich der Sommer ausgebrochen. Vielleicht ist das ein gutes Omen. Es kann schließlich nicht immer regnen.

»Wie steht's?«, fragt er.

»Es steht so, dass ich überlegt habe, ob ich nicht endlich mal anfangen sollte, mich wie ein Mistkerl zu benehmen.«

»Das wäre keine Neuigkeit. Ich weiß seit über zwanzig Jahren, dass du ein Riesenmistkerl bist.«

»Nein, mal im Ernst, Max. Ich habe überlegt, dass ich irgendwie fieser sein müsste, weniger …«

»… rücksichtsvoll«, führt er den Satz zu Ende.

»Vielleicht. Hältst du das für Quatsch?«

»Hör mal«, sagt er mit erhobener Stimme, um das Geheul eines Martinshorns zu übertönen, »von allen Entscheidungen, die du treffen konntest, ist das meiner Meinung nach die sinnvollste. Hundert pro.«

»Wer weiß«, sage ich nur. »Scheiße, das ist schon verrückt. Neulich abends mit diesem Kerl und seiner Pistole vor mir hatte ich nicht die geringste Angst. Ich hatte seine Kanone zwanzig Zentimeter vor der Nase, und es ließ mich völlig kalt. Aber jetzt ...«

»... machst du dir fast in die Hose. Das ist normal. Ach, was ich dir noch sagen wollte. Als ich in der Zeitung las, was ihr da oben in der Villa geschafft habt, da war ich ... na ja ... Ich war irgendwie stolz auf dich ...«

Ich muss lachen, denn das ist wirklich ein schönes Geburtstagsgeschenk.

»Danke«, kann ich nur sagen, während ich abbiege und an der Kreuzung zwischen Via Marconi und Via Ugo Bassi vor der Ampel anhalte. Dann höre ich das Piepsen eines anderen Anrufs, und von einem auf den anderen Moment bricht alles zusammen. Eine Ewigkeit zwischen dem Moment, als ich den Ton höre, und dem, als ich auf dem Display »Unbekannte Nummer« lese. Ich gehe nicht ran. Es ist nicht Alice, und ich bin schon fast im Büro angelangt.

»War sie das?«, fragt Max, während ich mich auf die Spur für Piazza Roosevelt einordne.

»Was glaubst du?«

»Ich glaube, sie war es nicht.«

»Erraten. Keine Nummer. Wahrscheinlich Ippoliti. Aber ich bin eh gleich da.«

»Dann mach ich mal Schluss. Sag, wollen wir einen der nächsten Abende zusammen essen? Dann kann ich dir auch meine neue Wohnung zeigen.«

»Solange du nicht kochst.«

»Dann nicht. Wenn du die Wohnung sehen willst, musst du schon mit meinen Kochkünsten vorliebnehmen.«

»Ich werde die Notaufnahme in Alarmbereitschaft versetzen. Ich muss jetzt.«

»Ach, Idiot. Und meine Glückwünsche, ja?«

»Geh arbeiten, Faulpelz«, antworte ich und lege auf. Ich sehe auf die Uhr und überlege, warum Ippoliti mich wohl angerufen haben mag. Ein merkwürdiges Schloss aus Hypothesen baut sich innerhalb von Sekunden vor meinem inneren Auge auf und zerfließt wieder wie eine Eisfigur, die man in den Ofen gestellt hat, als die Wache am Eingang grüßend nickt und mich in die Realität zurückholt.

Als ich die Treppen hochgehe, lächele ich fast. Das ist mein gutes Recht, ich habe heute Geburtstag. Und fünfunddreißig ist ein großartiges Alter. Ich mag es, klingt irgendwie gut. Ich kann es spüren. Und ich bin glücklich.

Aber nur einen winzigen Augenblick.

»Doktor Salvi hat gerade angerufen«, empfängt mich Ippoliti. Er wartet mit verschränkten Armen auf der Schwelle meines Büros. Mit seltsamer Miene.

Giovanni Salvi ist Arzt am Sant'Orsola-Krankenhaus. Vor ungefähr einem Jahr konnten wir seine Tochter aus den Händen von ein paar Verrückten befreien, die sie aus Versehen entführt hatten, weil sie sie für jemand anderen hielten. Seitdem sind wir so etwas wie Freunde.

»Wann?«

»Vor fünf Minuten.«

»Und was gibt's?«

»Alice. Sie wurde heute Morgen eingeliefert«, erklärt er.

Ich spüre meinen Körper auf den Stuhl kippen wie ein alter Baum, dem man mit einem Schlag sämtliche Wurzeln gekappt hat.

Drei

Stadtrand von Bologna. Morgen

»Sag mal, hast du heute nicht den Termin beim Steuerberater?«

Paolo Biffi blickt durch die Badtür seine Frau an. Es ist halb neun und draußen scheint die Sonne. Er spürt, wie die warmen Strahlen durch das geschlossene Fenster auf seinen nackten Oberkörper fallen, grell, aber wohltuend. Er nimmt die Zahnbürste aus dem Mund und legt sie auf das Wachbecken.

»Himmel, das habe ich ja ganz vergessen. Kannst du ihn anrufen und fragen, ob er nächste Woche Zeit hat?«

Seine Frau lächelt. In Termindingen ist dieser Mann eine wahre Katastrophe, trotz seiner zwei Terminkalender und dem Organizer, den sie ihm zu Weihnachten geschenkt hat. Sie rückt sich den BH zurecht und sieht ihren Mann an. Seine Haare glänzen im Tageslicht, und er hat denselben verwirrten und besorgten Gesichtsausdruck wie damals, als sie ihn zum ersten Mal sah, vor über zehn Jahren. Einen Moment denkt sie, wie schön es gewesen wäre, einen Sohn mit seinen Augen zu haben. Und mit ihren roten Haaren, lang und seidig. Vielleicht würde sie ihn dann immer noch so lieben wie am Anfang.

Sie geht zu ihm und wischt ihm eine Spur Zahnpasta von der Lippe.

»In Ordnung, Chaot. In werde ihn anrufen, sobald ich eine freie Minute habe.«

Sie trocknet ihren Finger an einem Handtuch ab und geht hinaus. Paolo sieht ihre roten Haare um die Ecke verschwinden und hört sie leise ein Lied mitsummen, das irgendwo im Radio läuft und das er nicht erkennt. Er lauscht ihrer Stimme und denkt, dass Lucia immer noch schön ist. Vielleicht sogar noch schöner als damals, als sie sich kennenlernten. Das merkt er an der Art, wie die Männer ihr auf der Straße nachschauen, irgendwie anders als früher. Einen Moment starrt er ins Leere hinter der offenen Badtür, wo noch ihr Duft hängt, und er verjagt den Gedanken, dass ihre Beziehung vielleicht genauso geworden ist wie das Parfüm im Flur. Die verblassende Erinnerung an etwas, das nicht mehr ist. Dann spült er die Zahnbürste unter dem Wasserhahn ab und rüstet sich für den Tag.

Als er die Treppe nach unten steigt, von wo schon der Kaffeeduft heraufzieht, fühlt er undeutlich einen eigenartigen Durst wie in manchen Nächten, wenn sie tagsüber im Apennin waren und sich mit Wurst und den regionalen Crescentine-Fladen gemästet haben. Ein Durst, der sich wie eine lange, zähe Patina über den Gaumen legt, so dass du die Flasche nicht mehr absetzt, bis du nach Luft schnappst. In der Küche schenkt er sich ein Glas Wasser ein und setzt sich zu Lucia an den Tisch.

»Gestern habe ich Gerris neue Freundin kennengelernt«, erzählt er.

»Hat er etwa schon wieder eine neue? Wie oft wechselt der eigentlich seine Frauen?«

»Seitdem Angela ihn verlassen hat, waren es vier, glaube ich … in vier Monaten.«

Lucia leckt langsam und ungewollt sinnlich den Joghurtlöffel ab. »Und wie ist sie so?«

»Wie die anderen auch. Dünn wie eine Bohnenstange. Und unsympathisch wie seine Mutter. Erinnerst du dich an Gerris Mutter? Ich glaube, er sucht sich absichtlich solche Frauen. Aber nach einer Weile verlassen sie ihn sowieso wieder. Angela hat den Joker ihres Lebens gespielt, als sie ihm den Laufpass gegeben hat. Hast du sie mal wiedergesehen?«

Lucia steht auf und wirft den leeren Becher in den Müll.

»Letzte Woche. Im Supermarkt. Sie ist regelrecht aufgeblüht. Schön war sie ja schon immer. Ich habe nie begriffen, was sie an dieser Schlaftablette Gerri fand.«

»Wer kann das schon sagen …«, meint Paolo. Er leert in einem Zug seinen Kaffee und steht auf. Er gibt seiner Frau einen Kuss auf die Wange, sie spürt die Lippen auf ihrer Haut und riecht den Kaffeeduft. »Ich hole kurz oben die Schlüssel und bin dann weg. Heute haben wir diese nervtötende Sitzung mit dem Mann aus Seattle.«

Lucia sieht ihm lächelnd nach. Als er auf der Treppe verschwindet, blickt sie auf die Uhr. In einer Stunde muss sie im Klassenzimmer stehen und zwanzig völlig desinteressierten Schülern etwas beibringen. Ein sinnloser Vormittag, endlos, langweilig und erbärmlich unterbezahlt.

Mit einer schnellen Kopfbewegung wirft sie sich eine Haarsträhne aus dem Gesicht. Dann öffnet sie das Küchenfenster, um etwas Luft hereinzulassen, und als sie sich umdreht, hört sie den Laut. Zuerst reagiert sie nicht. Hält lauschend inne. Wenn sie später an diesen Moment zurückdenkt, bricht sie in Tränen aus, weil sie glaubt, kostbare Sekunden verloren zu haben. Und sie wird nie erfahren, dass dem nicht so war.

Als sie den erstickten Schrei noch einmal hört, weiß sie, was los ist. Schlagartig wird ihr klar, dass schon zu viel Zeit verstrichen ist. Dass Paolo längst wieder unten sein müsste. Dass sie sich nicht erinnern kann, die Badtür gehört zu haben, und dass er also noch im Schlafzimmer sein muss.

Sie hastet die Treppe hinauf, verliert auf der ersten Stufe einen Schuh und droht zweimal zu stolpern. Im Flur biegt sie um die Ecke und rennt ins Zimmer.

Paolo liegt auf dem Bett. Den Schlips gelockert, das Hemd aufgerissen, die weit geöffneten Augen auf den Monet gerichtet. Auf das Bild, das er nicht mehr sieht.

»Herzinfarkt«, wird eine Stunde später der Arzt mit dem jungen und gutmütigen Gesicht feststellen.

Und sie spürt, wie ihr Make-up zerläuft, zusammen mit den Tränen und allem anderen.

Und nichts, das sie tun könnte, um ihn in ihrem Leben zu halten.

Die Notaufnahme des Sant'Orsola-Klinikums von Bologna ist ein langer weißer Gang, der von zahllosen automatischen Schiebetüren unterteilt wird und fast rund um die Uhr in eisiges, gleißendes Licht getaucht ist.

Eine Menge Zeit habe ich schon dort verbracht, und als ich nun den Fuß hineinsetze, nachdem ich mit einer Ausrede alle Termine abgesagt habe, überfällt mich schlagartig die Erinnerung daran. Ich weiß nicht, ob es der Geruch ist oder die Luft, die selbst im Sommer kühl bleibt. Letztlich sind alle Krankenhäuser gleich. Entscheidend ist nur, warum man hier ist.

Ich fühle einen Kloß tief in meinem Magen. Dasselbe Gefühl, das ich hatte, als ich Teresa auf dem Boden liegen sah, inmitten von Regen und Blut.

Ich bin gedankenleer. Eine alte Frau kommt näher und sieht mich an. Sie trägt eine karierte Jacke und hat zerzauste Haare. Ich sehe, wie sie im Bad verschwindet, ungefähr auf halber Höhe, vor einem offenstehenden Behandlungszimmer. Offen wie ein Schlund.

Ein paar Meter von mir entfernt weint eine Frau mit roten Haaren leise vor sich hin. Ein Arzt berührt sie an der Schulter und lächelt ihr aufmunternd zu. Sie zieht ein Taschentuch aus der Handtasche und trocknet sich die Augen.

Ich brauche einen Joint. Ganz plötzlich. Hier, sofort. Vor der Tür zum Behandlungszimmer. Ich möchte einen langen Zug nehmen, einen von denen, bei denen man glaubt, sich übergeben zu müssen, aber nichts geschieht. Wie wenn das

Bild wieder klar wird, sobald man den Fotoapparat scharf stellt.

»Können Sie mir sagen, wo die Radiologie ist?«, fragt mich ein Mann, der wie aus dem Nichts plötzlich neben mir auftaucht.

Ich antworte nicht. Ich sehe weiter in das Sprechzimmer. Ich weiß, dass Salvi dort ist. Ich habe ihn reden hören. Ich vergrabe die Hände in meinen Hosentaschen. Sie sind kalt. Aber der Typ zieht nicht ab.

»Entschuldigen Sie, mein Herr. Die Radiologie, bitte.«

Ich sehe ihn an. Er hat glänzende Augen. Die Worte kommen nur schwer über seine Lippen.

»Sehe ich aus wie ein Arzt?«, höre ich mich erwidern.

»Wie bitte?«

»Ich meine, ich bin kein Arzt. Und wo die Radiologie ist, interessiert mich ehrlich gesagt einen feuchten Dreck.«

Er sieht mich an. Aus einem Meter Entfernung. Er riecht nach Angstschweiß. Vielleicht rieche ich genauso, obwohl meine Poren wie versiegelt sind. Auch an den Händen. Trocken wie das Holz einer Marionette.

Ich habe Lust, ihm eine reinzuhauen. Ich muss ihm eine reinhauen.

Er starrt mich weiter an, bis eine Frau auf ihn zukommt. Sie packt ihn am Arm und sagt ein paar Worte. Dann entfernen sie sich über den Gang. Plötzlich will ich ihnen folgen und etwas sagen, vielleicht dass es mir leid tut. Aber ich kann nicht.

Denn nun kommt Salvi aus dem Behandlungszimmer. Und alles andere existiert nicht mehr.

Sizilien, elf Uhr vormittags

An die Autotür gelehnt, sieht Capitano Gagliardi, wie ein schwarzer Wagen um die Kurve biegt. Das Motorengeräusch wird von dem Lärm der zwei Hubschrauber übertönt, die über der Staatsstraße zwischen Roccasole und Palermo kreisen.

Die Straße ist gesperrt, mit dieser Blockade hier und einer zweiten weiter vorne, wo der schwarze Punto schon durch ist, den Rufolo vor dem weißen Haus hat ankommen und wegfahren sehen. Und der nun um die Kurve biegt und näher kommt. Der Capitano entsichert seine Pistole. Neben ihm legen die Männer der palermitanischen Anti-Mafia-Einheit ihre entsicherten Maschinengewehre an. Sie haben den Oberbefehl bei diesem Einsatz. Und sie sind es, die den Schlächter Nunia ergreifen müssen. Aber er und Rufolo haben ihn gesehen. Und er weiß, dass auch das von Bedeutung ist.

Etwa zwanzig Meter vor der Absperrung wird der Wagen langsamer, und Gagliardi umfasst seine Waffe fester. Einen Moment ist er überzeugt, dass er eine schnelle Kehrtwende machen und zurückfahren wird, ein Fluchtversuch. Dann ist es an den Hubschraubern, die Verfolgung aufzunehmen. Einen Moment glaubt er sogar, die Augen des Mannes am Steuer zu erkennen, die in den Rückspiegel blicken. Aber das ist nur eine Täuschung.

Denn der Wagen wird immer langsamer und kommt schließlich keine vier Meter vor ihm zum Stehen.

Zwei Leute steigen aus dem Auto, ein Mann und eine Frau. Der eine heißt Luigi Pastoso, wird aber von allen nur der Stumme genannt. Er ist spindeldürr und blickt sich überheblich und triumphierend um, als hätte er gerade das entscheidende Tor im Weltmeisterschaftsfinale geschossen. Er nickt grüßend zu ihm herüber, eine ironische Respektsbekundung. Gagliardi hat ihn dreimal festgenommen. Immer wegen Bagatelldelikten. Und niemals hat er etwas finden können, das ihn zu Nunia geführt hätte. Während Pastoso sich mit erhobenen Armen um sich selbst dreht, um sich durchsuchen zu lassen, sieht Gagliardi die Frau an und erkennt sie.

Sie heißt Margherita Nunia. Die Schwester von Gaspares Vater. Er kennt sie seit seiner Kindheit, als sein Vater ihm sagte, er solle sich von dieser Frau und ihrer Familie fernhalten. Die seien mit dem Teufel per du, hat er einmal gesagt, während die Suppe auf dem Herd die kleine Küche mit ihrem Duft erfüllte. Und Capitano Gagliardi weiß, noch bevor die Anti-Mafia-Leute mit angelegten Gewehren den Kofferraum öffnen, dass Gaspare Nunia sich nicht in diesem Wagen befindet. Und auch nicht in dem weißen Haus mit Meerblick, das sie seit Monaten überwachen. In dem die Mutter an Krebs stirbt.

Er steckt die Pistole zurück und fragt sich auf dem Weg zum Wagen, warum Gaspare Nunia hergekommen ist. Warum er von einem fahrenden Krankenwagen aus direkt an das Sterbebett seiner Mutter geeilt ist, an den gefährlichsten Ort, den es für ihn gibt auf der Welt.

Er sieht die Böschung hinunter auf die Silhouette von Palermo, das wie immer unter einer Dunstglocke aus Sonne und Smog liegt, und ein Gedanke steigt in ihm auf. Ein Gedanke, der ihm ganz und gar nicht gefällt.

Der nach Blut riecht, und nach dem Pulverrauch von Pistolen.

Bologna, Sant'Orsola-Krankenhaus. Kurz nach elf

»Wie geht es ihr?«, flüstere ich und habe schreckliche Angst vor der Antwort.

»Möglicherweise Botulismus.«

»Botulismus?« Irgendwo brummt eine Neonröhre. Vielleicht im Nebenzimmer. Oder nur in meinem Kopf.

»Botulismus, eine Lebensmittelvergiftung. Wir müssen noch die Laborbefunde abwarten. Außerdem hat sie ein Pflaster am Finger. Vielleicht hat sie sich irgendwie verletzt. Das wissen wir bald.«

Botulismus. Warum haben Krankheiten immer so komische Namen?

»Wie geht es ihr?«, wiederhole ich.

»Nicht gut. Als sie gefunden wurde …«

»Wer hat sie gefunden?«, falle ich ihm ins Wort. Ich schaffe es einfach nicht, ihn ausreden zu lassen.

»Eine Nachbarin. Sie hat die ganze Nacht die Katze miauen hören. Da hat sie geklingelt, aber keiner machte auf. Und ans Telefon ging auch niemand. Dann hat sie die Feuerwehr gerufen. Sie lag auf dem Bett. Praktisch reglos. Tiere sind unglaubliche Wesen. Die Katze hat ihr das Leben gerettet.«

»Entschuldige. Ich habe dich unterbrochen. Bitte erklär mir alles.«

»Wie gesagt, als sie gefunden wurde, war sie bei Bewusstsein, aber reglos. Die Muskeln total entspannt.«

Salvi hat eine gutmütige Stimme. Sie klingt nach Minze, ernst und häuslich. Ich habe sie schon tausendmal gehört. Und doch bemerke ich das heute zum ersten Mal, als er in seinem offenen Arztkittel und dem weißen Baumwollshirt darunter auf mich zukommt.

»Botulismus«, fährt er fort, »wird durch ein Nervengift ausgelöst, das zur totalen Erschlaffung der Muskeln führt. Ein bisschen, als seien sie nicht mehr da. Die Beine tragen dich nicht mehr, die Arme fühlen sich schwer an. Du kannst die Augen nicht aufhalten. Das Reden strengt an.«

»Und dann?«

Salvi lächelt. »Dann kommt der Arzt und heilt dich wieder.« Er drückt mir aufmunternd die Schulter. Er hat große, kräftige Hände. Eher wie ein Schreiner als wie ein Chirurg. Hände, die Gutes tun können.

Meine Hände hingegen, die leblos zwischen meinen Knien hängen, können im Moment nur schwitzen.

»Beruhige dich. Es gibt ein Antitoxin. Ein Gegengift. Wenn es eine Lebensmittelvergiftung ist, kommt alles wieder in Ordnung.«

»Und wenn nicht?«

Fragen. Mein ganzes Leben besteht aus Fragen, häufig stelle ich sie Menschen, die keine Antwort geben wollen. Auch jetzt, in diesem Moment. Fragen, nichts als Fragen.

Salvi beugt sich herab. Er legt mir die Hände auf die Knie. Ich sehe ihn an. Hart. Ich versuche, alles von mir fernzuhalten, was mir weh tun könnte. Als genügte ein Blick dafür. »Vertrau mir«, sagt er. »Habt ihr etwas Komisches gegessen? Dosenkost oder so etwas?«

»Ich habe sie schon länger nicht mehr gesehen«, sage ich.

»Tut mir leid, ich wusste nicht, dass …«

Ich stehe auf. Schluss jetzt mit dem Gerede. Schluss mit dem Kopfkino.

»Kann ich sie sehen?«

»Komm mit«, erwidert er sofort. Und wir betreten den Flur.

Sizilien, zur selben Zeit

»Sie müssen verrückt sein, einfach so zu mir zu kommen.«

Der Anwalt Ludovico Accolti hat ein schmales, abgemagertes Gesicht wie Peter Cushing in *Krieg der Sterne*. Das fand Gaspare Nunia von Anfang an, seit er ihn vor vielen Jahren das erste Mal gesehen hat. Und immer, wenn er an diese merkwürdige Ähnlichkeit erinnert wird, muss er lachen.

Nur dass er das gerade aus zwei Gründen nicht darf. Einmal wäre es für jemanden wie ihn schrecklich gefährlich, Ludovico Accolti ins Gesicht zu lachen. Und außerdem braucht er diesen Anwalt. Braucht sein Wohlwollen.

»Das könnte man denken, Avvocato. Aber ganz bestimmt nicht Sie. Sie sind viel zu intelligent, um so einen Unsinn zu denken.«

Das Anwaltsbüro ist riesig und riecht nach antiken Möbeln und Bergen von Geld. Als er aus dem Auto stieg und die Hintertreppe hinaufging, mitten im Zentrum von Palermo, fühlte er sich so sicher wie noch nie in seinem Leben.

Absurderweise ist dieser den Blicken ausgesetzte Raum für jemanden wie ihn, der sich verstecken muss, ein Ort der Erholung. In der Wand gegenüber der Tür befindet sich ein großes Fenster. Davor eine weiße Gardine, fein genug, um Licht hindurchzulassen, aber nicht die Objektive der Fotoapparate, die diesen Raum überwachen.

»Möglicherweise überschätzen Sie meine Fähigkeiten«, sagt Accolti, während Gaspare vor ihm Platz nimmt und versucht, ein Fitzelchen Aufrichtigkeit in seinen kleinen, braunen Augen zu entdecken.

»Ich habe nicht viel Zeit für Formalitäten, Avvocato. Ich vermute, Sie sind informiert.«

»Ja, ich habe davon gehört.«

»Gut. Dann kommen wir gleich zum Punkt. Ich muss mit Don Beniamino Riccomini sprechen.«

Das Gelächter bricht aus Accolti heraus wie ein kraftvoller Furz in der heiligen Messe. Es springt über die Bürowände und erstirbt so schnell, wie es gekommen ist.

»Und Sie glauben, ich könnte mit Don Riccomini Termine machen, wann und wie es mir gefällt?«

»Nein, Avvocato. So dumm bin ich nicht. Aber ich glaube, dass Sie Leute kennen, die Leute kennen, die wieder andere kennen. Und vielleicht ist am Ende ...«

»Sie irren sich.«

Gaspare steht auf. Seine Schritte poltern schwer über den Holzfußboden. Er bleibt vor der großen Bücherwand stehen und nimmt eine Ausgabe des Strafgesetzbuches heraus. Es ist dick und unhandlich.

»*Amuninni*, Avvocato, kommen Sie. Don Beniamino Riccomini ist seit fünfunddreißig Jahren untergetaucht ...«

»... achtunddreißig.«

»Seit achtunddreißig Jahren, Avvocato. Einverstanden. Don Beniamino Riccomini, Avvocato. Er wird landesweit gesucht«, flüstert er, »der oberste Boss der Cosa Nostra. Keiner weiß, wie er jetzt aussieht. Keiner weiß, wo er sich versteckt hält. Seit achtunddreißig Jahren. Und Sie, Don Ludovico, sind sein Anwalt seit wie vielen Jahren?«

»Achtundzwanzig.«

»Seit achtundzwanzig Jahren. Eine lange Zeit, wie? Achtundzwanzig Jahre. Sie halten mich wohl für einen dummen Jungen, Avvocato? Einen, der glaubt, Sie wüssten nicht, wie Sie mit Don Riccomini Kontakt aufnehmen?«

Accolti sieht ihn an und lässt die Finger knacken. Er lehnt sich in seinem Sessel zurück und denkt nach. Gaspare hat sich wieder gesetzt. Ohne ihn anzuschauen, blättert er im Strafgesetzbuch. Eine Seite nach der anderen.

»Was wollen Sie von Don Riccomini?«

Gaspare lächelt. Eine Miene, die manch einer kurz vor seinem Tod gesehen hat. Er beugt sich zu Accolti.

»Jemand hat mir ein Unrecht getan. Wussten Sie das?«

»Ich habe davon gehört.«

»Sie haben davon gehört«, nickt er, plötzlich ernst geworden. »Gut. Ich bin hier, um Don Riccomini ein Geschäft vorzuschlagen. Er ist doch Geschäftsmann, oder etwa nicht, Avvocato?«

»Don Riccomini ist Geschäftsmann.«

»Dann interessiert ihn vielleicht …«

Das Klingeln seines Handys lässt ihn verstummen. Er schaut auf das Display, und sein Blick wird düster und resigniert. Er hebt den Finger, bittet um einen Moment Geduld. Dann hält er das Telefon ans Ohr. Sagt kein Wort. Schließlich legt er auf und steckt das Handy bedächtig in seine Hemdtasche zurück. Er blickt zum Bücherregal, und in seinen Augen blitzen einen Moment lang die Gefühle eines verwundeten Mannes auf.

»Ich habe gerade erfahren, dass meine Mutter gestorben ist, Avvocato.«

»Mein Beileid …«

»Das macht mein Gespräch mit Don Beniamino noch dringender. Ich zähle auf Sie.«

Er steht auf und reicht ihm die Hand.

Accolti blickt ihn an und erhebt sich ebenfalls. Er ist mindestens fünfzehn Zentimeter kleiner als sein Gegenüber. Er zögert kurz und drückt ihm dann die Hand.

»Ich tue, was ich kann, Don Gaspare.«

»Ich weiß, Avvocato. Genau das sagt man von Ihnen.«

Bologna, fünf nach elf

»Wer hat dich denn angerufen? Was machst du hier?«, fragt sie mit so leiser Stimme, dass ich nicht sicher bin, ob ich etwas gehört oder es von ihren Lippen abgelesen habe.

»Sag mir lieber, was *du* hier machst?!« Ich zwinge mich zu einem Lächeln. »Wie geht's, altes Haus?«

»Gut.«

Klar. Gut. Was soll sie auch sonst sagen? Ich sehe sie an. Sie liegt auf dem Rücken, den Kopf zur Seite gedreht, die Augen noch schmaler als sonst. Die Haare zeichnen ihr im Spiel mit der Deckenlampe merkwürdige Schatten auf die Stirn. Die Lider senken sich langsam, wie von Fäden herabgezogen. Als sie fast geschlossen sind, sehe ich nicht mehr, wohin sie blickt. Sie scheint zu schielen. Aber vielleicht bilde ich mir das nur ein.

Im Bett neben ihr schnarcht eine ältere Frau. Sie hat ein kleines Gesicht und weiße, um den Schädel geflochtene Haare, die vom vielen Liegen ganz verfilzt sind.

Ich trete ans Bett und sehe Alice an.

Ich streiche ihr langsam über das Haar. Über die Stirn. Sie ist weich. Ich fühle die warme Haut unter den Fingern, sanft wie ihr Atem auf meinen Händen, und eine eigenartige Wut steigt in mir auf. Eine Wut, die ich nicht verstehe und die mich die Zähne zusammenbeißen lässt.

Vielleicht merkt Alice es, denn sie versucht etwas zu sagen. Ich beuge mich dicht über sie, möchte verstehen, hören, aber es geht nicht. Ich frage nicht, bitte sie nicht, es zu wiederholen.

Als ich aufschaue, scheint sie zu schlafen.

Ich küsse sie auf die Stirn. Bedächtig. Ich spüre ihre Haut unter den Lippen, ihren Geruch gemischt mit dem des Krankenhauses. Ich atme ihn tief ein, um ihn in Erinnerung zu behalten, um ihn von dem zu trennen, was hier nicht stimmt.

Dann gehe ich hinaus.

Und alles ist anders.

Es wird in keiner Nachrichtensendung erwähnt.

Er hat sie alle gesehen. Landesnachrichten, Regional- und Lokalnachrichten. Er hat so viele Nachrichten gesehen, dass ihm bei der bloßen Erwähnung Saddam Husseins und des Iraks und Afghanistans und der Politik allgemein schlecht wird. Sollen sie sich doch alle gegenseitig fertigmachen und umbringen. Ihm ist das gleichgültig.

Und als er den Fernseher endlich ausmacht, nach dem letzten Gruß dieser Dumpfbacke von den Regionalnachrichten, weiß er, dass er nicht finden wird, was er sucht.

Er schaltet die Stereoanlage an, und Sergio Cammarieres Stimme klingt durch das Zimmer.

Amore disperato, amore bello e puro, säuselt sie, während er sich auf dem Sofa ausstreckt und wartet. Nur kurz, denn nach ein paar Takten kommt die Katze, schwarz und schwer. Er beobachtet, wie sie langsam auf das Sofa klettert, und ist überzeugt davon, dass nicht ein Atom sich regte, würde er den Luftstrom neben diesem Körper messen. Wie gewichtslos bewegt sie sich durch den Raum, als wäre sie ein Geist.

Die Riesenkatze lässt sich am Kopfende des Sofas nieder, und es kommt ihm vor, als bewege sie sich zu der Musik in einer Art Tanz. Er schiebt sich ein Kissen in den Rücken und klopft leicht mit der Hand auf sein linkes Bein.

Das Tier beobachtet ihn aus einem gelben und einem grünen Auge von fast irrealer Tiefe. Dann wandert es gemächlich zu seinen Beinen und lässt sich auf seinem Schoß nieder. Während er dem Kater mit einer Hand über den Bauch fährt, schließt dieser die Augen und seine Schnauze wird schwarz, in einem Ausdruck entrückter Glückseligkeit.

Er sieht das Tier an und lächelt. Er denkt an jenes Zimmer, an das Monet-Bild, an die Haare der Frau, und er fragt sich, ob er jemals mit derselben Natürlichkeit wird schlafen können, wie er es bei dieser Frau gesehen hat. Neben einem Mann, der schon tot war, ohne es zu wissen, während er wer weiß welchen Träumen nachhing.

Tot, weil er es so beschlossen hatte. Und keiner wird es je erfahren.

Vor Jahren hat ihn einmal jemand den Wissenschaftler genannt.

Und während er die weiche, schlafende Katze streichelt, ist er überzeugt, dass das, was er macht, Teil der reinen Wissenschaft ist.

In ihrer geheimnisvollsten Ausprägung.

Sizilien, späte Nacht

So wie sie auf dem Bett liegt, sieht sie ganz klein aus, klein wie die einfachen Dinge. Vielleicht ließ das Leben sie groß erscheinen.

Ein Leben, das nun nicht mehr ist.

Bei dem Gedanken fühlt er sich plötzlich unendlich müde.

Um nach Hause zurückkehren zu können, musste Gaspare die Nacht abwarten, und so ist schon alles bereitet, als er ankommt. Der Geruch von geschrubbten Fußböden erfüllt das Haus, und es brennen zu viele Kerzen. Langsam geht er umher und löscht ein paar davon. Er tritt um das Bett zu ihr hin. Dann schaltet er die kleine Lampe auf dem Nachttisch an, und ein warmes, vertrautes Licht erfüllt den Raum.

Er beugt sich langsam über den Körper seiner Mutter und berührt ihr Gesicht. Es ist kalt wie die Laken eines verlassenen Bettes.

»Ich konnte nicht einmal mehr mit Euch sprechen«, sagt er. Er sucht eine Art, sich zu verabschieden, und findet keine. Niemals schwirrten ihm so viele Worte durch den Kopf. Wenn er ihr nur in die Augen blicken könnte, vielleicht würde sie dann alles verstehen. Wie sie es immer getan hat. Aber das geht nicht mehr.

Da fühlt Gaspare wieder den Zorn in sich aufsteigen. Und er weiß, auch wenn er aus Marino del Tronto nicht bloß ausgebrochen ist, um hierherzukommen und diesen Moment zu erleben, dass dieser Raum nun einen weiteren Grund birgt. Ein Motiv, das er immer vor Augen haben wird, bis alles vorbei ist.

Alles zu seiner Zeit.

Vielleicht sollte er weinen, doch das hat ihn keiner gelehrt. Keiner hat ihm erklärt, dass es erlaubt ist und nichts Schlimmes dabei, und so weint Gaspare Nunia nicht im Angesicht seiner Mutter.

Er lächelt. Eine Geste, die dem Weinen am nächsten kommt und die ein Mann wie er zustande bringt. Dann beugt er sich wieder über sie, küsst sie auf die Stirn und nimmt ihr die Ohrringe ab. Winzig liegen sie in seiner Hand, und als er die Faust ballt, sticht er sich an dem offenen Verschluss. Er schaut ein letztes Mal seine Mutter an und verlässt das Zimmer.

In der Küche lehnt Serena am Spülbecken, mit offenen Haaren und müdem Blick.

»Hat sie noch etwas gesagt?«, fragt er.

»Nein«, flüstert sie. »Kein Wort. Sie hat nur kurz die Augen geöffnet und gelächelt.«

Gaspare kommt näher und ergreift ihre Hand.

»Nimm du sie«, flüstert er und legt ihr die Ohrringe in die Handfläche.

»Nein, das ist nicht …«

»Ich bin sicher, dass sie es so gewollt hätte.«

Serena sieht ihn an, dann steckt sie sie mit zwei einfachen Bewegungen in ihre Ohrläppchen.

»Wie stehen sie mir?«

Gaspare antwortet nicht. Er beugt sich langsam vor und küsst sie.

»Heute Nacht bleibe ich hier. Im Morgengrauen muss ich weg«, sagt er nach einem langen Augenblick.

»Dann komm.«

Serena nimmt ihn an der Hand, und sie gehen aus dem Zimmer.

In der Tür macht sie das Licht aus.

Dunkelheit legt sich über das Haus.

Im Traum wandere ich durch das Haus.

Ich weiß, dass es ein Traum ist. Denn ich habe gemerkt, dass ich eingeschlafen bin. Als die Krankenschwester kam, waren meine Augen groß wie Wagenräder. Dann habe ich sie geschlossen, und nun schlafe ich.

Ich kann die Katze nicht finden.

Ich habe sie unter dem Sofa gesucht, hinter den Vorhängen, unter der Heizung, aber sie ist nicht da.

Auf dem Schrank, aber sie ist nicht da, und mein Schrank ist auch nicht so hoch. Ich komme kaum dran, auch nicht mit der Leiter. Ich kämpfe mich die Sprossen hinauf, aber es ist, als kletterte ich fünfzehn Stockwerke hoch, und meine Beine sind so schwer. Ich schaffe es nicht. Aber ich muss hinauf. Bevor ich falle. Vielleicht gibt es einen Stuhl, auf dem ich mich ausruhen kann. Einen Stuhl auf dem Schrank, meinen

Lieblingsstuhl. Aber ich weiß nicht, ob ich es bis oben schaffe. Ich kann keinen Schritt tun.

Ich muss es schaffen, verflixter Traum. Ich muss. Das muss doch gehen. Es ist nur eine blöde Treppe, Alice. Steig hoch. Das schaffst du allein.

Aber ich falle. Nach hinten. Ich kann gerade noch denken, dass das ein übler Aufprall wird. Dass es höllisch weh tun wird.

Und dann ist der Boden weich.

Ich merke, dass ich auf dem Bett gelandet bin. Meine Lider sind geschlossen. Schwer wie Mühlsteine.

Doch ich kann sie öffnen, ganz langsam.

Die Katze sitzt einen Meter vor mir. Sie sieht mich an. Ich rufe sie, aber es kommt kein Laut heraus. Ich bewege mich, hebe die Arme, strecke sie aus, spüre nicht, dass sie sich bewegen. Ich muss aufstehen. Die Katze möchte auf den Arm genommen werden. Möchte, dass ich sie rufe, dass ich sie kleiner Faucher nenne. Deshalb guckt sie mich so erschrocken an. Ich öffne den Mund, und es kommt nur Luft heraus.

Alles, was mir über die Lippen kommt, ist Luft.

Ich kann nicht sprechen.

Ich kann mich nicht rühren.

Und auch wenn es nur ein Traum ist, weiß ich doch, dass es nicht anders sein wird, wenn ich aufwache.

Bologna, 21. April. Mittag

Irgendwo lacht ein Kind, und ich drehe den Kopf zum Fenster, aber es ist draußen auf der Straße. Geräusche einer Welt, die sich ohne mich weiterdreht.

Ich stehe mitten im Zimmer, mein Blick liegt auf dem Vorhang, den ich nicht sehe, die Hände sind in meinen Hosentaschen vergraben, im Hintergrund läuft Fossati.

Heute Morgen habe ich mich in aller Ruhe rasiert, nackt vor dem Spiegel, ich habe die Klinge sorgfältig von den Härchen gereinigt, habe geduscht, mich angezogen und extra den schwarzen Pullover mit V-Ausschnitt ausgewählt, ein weißes Hemd, Levi's.

Als ich ins Auto stieg, war es fast sechs Uhr.

Ich habe den Wagen in der Via Paolo Fabbri geparkt, in der Nähe des Sant'Orsola. In der nächsten Bar habe ich einen Cappuccino getrunken, während die Feuchtigkeit des Aprilmorgens auf Kinnbart und Fingerspitzen verdunstete.

Dann bin ich die Treppe hinaufgestiegen und erneut den langen Flur der Intensivstation entlanggegangen, und meine Schritte waren wie das Ticken einer Uhr im engen Gehäuse.

Und schließlich trat ich in das Zimmer.

Sie lag noch genauso da, wie ich sie verlassen hatte. Ich habe mich an ihr Bett gesetzt und ein paar ewige Sekunden lang die Tröpfchen beobachtet, die aus der runden Tüte am Tropf fielen, durch den Plastikschlauch glitten, in die Kanüle rollten und verschwanden. Und ich habe versucht mir vorzustellen, wo sie enden, auf welchen Feind sie in Alices Blut treffen, wie sie gegen ihn ankämpfen.

Ich habe sie angesehen, wie man etwas weit Entferntes, Unerreichbares ansieht, habe mich gefragt, was sie denkt und wie viel Angst sich hinter ihren verschlossenen Lippen verbirgt. Eine halbe Stunde saß ich nur da und habe die Farbe der Haut um ihre Augen studiert, die Form ihrer Ohren, das Lichtspiel der Bettlampe auf ihrem Haar und die kaum merklichen Bewegungen der Finger. Das minimale Zucken kam mir wie ein verzweifelter innerer Versuch vor, weiterzuleben. Doch vergeblich. Ich sah, wie ihre Augen sich unter den Lidern bewegten, traumversunken, und etwas in mir drin hat gelächelt bei dem Gedanken, dass sie sich nicht an ihn würde erinnern können.

Dann habe ich ihr mit einem Finger über den Handrücken gestreichelt und bin aufgestanden. Wortlos.

Nun stehe ich in meinem Büro vor dem Fenster und warte auf Salvis Anruf, mit dem er mir die Laborergebnisse mitteilen will. Unbemerkt ist der Morgen verstrichen, und der Mittag ist erfüllt von einer unwirklichen Stille.

Bis etwas sie unterbricht.

Etwas Banales.

Das Klingeln des Telefons.

»Verfluchte Scheiße!«, brüllt er und schlägt mit der Faust auf den schwarzen Terminkalender neben der Maus. »Wenn ich diesen Schwachkopf erwische, der behauptet hat, Windows XP sei absturzsicher, röste ich ihm die Eier auf kleiner Flamme wie Schinkenspeck.«

Zum vierten Mal drückt Guido Bignami wütend das Dreigestirn aus Ctrl, Alt und Entf, steht auf und blickt in den blauen Himmel über Bologna. Während er sich beim Anblick der Farben draußen und dem einen oder anderen abschweifenden Gedanken beruhigt, erscheinen auf dem Bildschirm in rascher Folge die BIOS-Oberfläche, dann das Desktop mit dem Show-Girl Elisabetta Canalis, die am Rand des 17-Zoll-Monitors lehnt und deren Titten jeden Mikroprozessor zum Glühen bringen würden.

Guido ist wie in Trance. Dabei kann er sich das gar nicht erlauben. Bis Mitternacht muss er die Seite am Laufen haben. Die Homepage eines Kunden, der ebenso wohlhabend wie entschlossen ist, ihm die Eier mit einem Schraubenschlüssel festzuzurren, wenn er die vereinbarte Frist nicht einhält. Als sein Blick einem schwarzen Fiat Punto folgt, der über die Via Ferrarese aus Bologna herausfährt, entdeckt er die Leuchttafel einer Bank und setzt sich beim Gedanken an seinen letzten Kontoauszug wieder an den Schreibtisch.

Er ist zu Hause in seiner kleinen Wohnung, die mit Büchern und CDs vollgestopft ist und im obersten Stock eines Wohnhauses am Stadtrand liegt. Eine triste Wohnung, die ihm mit der Zeit immer ähnlicher geworden ist.

Eine Weile läuft alles gut, in einer dieser magischen Phasen, die man manchmal hat und in denen ihm das Programmieren ganz leicht fällt, nur eine rasche Aufeinanderfolge von Befehlen, die wie von allein funktionieren.

Dann hakt etwas.

Gerade als ein Flugzeug über ihn hinwegfliegt. Es fliegt so niedrig, dass Guido die Farbe der Buchstaben an der Heckflosse erkennen kann, die Neigung des Steuerruders. Während ihm nebenbei sein Trommelfell bebt wegen des höllischen Lärms der Turbinen.

Inmitten des Lärms entsteht ein Gedanke, und Guido nimmt die Hände von der Tastatur und wendet die Augen vom Bildschirm ab. Gleich, wenn er weitermacht, wird er nicht mehr wissen, was er gerade schreiben wollte.

Doch er kümmert sich nicht darum, lehnt sich zurück und überlässt sich seinen Gedanken. Er sieht das Flugzeug durch den Fensterausschnitt fliegen und weiter über die Wand, als sei sie durchsichtig, dann über das Bücherregal und den Nachttisch. Und dort steht das Foto, das ihn ansieht.

Das Foto von Teresa. Teresa Rizzo laut Melderegister, für ihn aber Titti. Einzig und allein Titti. Auf dem Bild lacht sie, und auf ihrem Haar schimmert ein eigenartiges Licht, als strahle die Sonne nicht von dem Himmel im Hintergrund herab, der stark nach Fotomontage aussieht, sondern direkt aus ihrem Lächeln.

Guido ist in Teresa verliebt. Er hat es ihr nie gesagt. Vielleicht weiß sie es dennoch und lässt sich nur nichts anmerken. Denn Teresa liebt einen anderen. Besser gesagt, sie liebte einen anderen, denn Teresa ist tot. Schnell überschlägt er, wie viele Tage seitdem vergangen sind, und versucht sich das letzte Bild von ihr in Erinnerung zu rufen. Aber alles, an das er sich erinnert, ist ihr Foto, das in sämtlichen Zeitungen abgedruckt war, immer dasselbe. Der *Carlino* brachte es sowohl im Lokalteil als auch im landesweiten Teil, ebenso die *Repubblica*, und in den anderen tauchte sie auch auf. Selbst im *Corriere della Sera*. Das Polizeipräsidium Bologna in den Schlagzeilen.

Denn Teresa wurde von einem Polizisten getötet. Das letzte Bild, an das er sich erinnert, ist also eine Schwarzweißfotografie in der Zeitung, auf der sie lächelt. Aber das hat nichts mit dem wahren Leben zu tun. Das Bild, das auf seinem Nachttisch steht, *das* ist das wahre Leben.

Er nimmt es in die Hand und betrachtet sie. Und da sieht er die Wespe.

Vespula vulgaris. Heimisch in Wiesen und Wäldern, ernährt sie sich von Fleisch und Glucose, tötet Bienen, um den Stock zu plündern. Er weiß alles über Wespen, seitdem ihn als Kind eine gestochen hat, in der Schule. Sie saß in seiner Achselhöhle, und er hatte nur den Arm gesenkt. Da stach sie ihn. Er nahm es ihr nicht übel, er hätte dasselbe getan, wenn er zwischen Oberarm und Brustkorb eines Riesen zerquetscht worden wäre.

Doch dieser Stich hätte ihn beinah das Leben gekostet. Der Krankenwagen war gekommen, und die Ärzte redeten von einem analphabetischen Stock. Später, zu Hause, erklärte seine Mutter ihm, dass er einen anaphylaktischen Schock erlitten habe, und sie zeigte ihm auch, wie man das schreibt. Es klang nicht schön, war aber kompliziert, und in der Schule wusste keiner, was das war. Vielleicht nicht einmal die Lehrerin.

Doch dieser Schock, der ihn um ein Haar in einen definitiven Stock verwandelt hätte, hatte seine Wespenallergie ans Tageslicht gebracht. Die Wespe gehört zur Überfamilie der Hautflügler und kann mit ihren Mundwerkzeugen kauen und lecken. Sie hat sechs Beine wie alle Insekten, und das vordere Flügelpaar ist größer. Sie ist unbehaart, schwarzgelb gestreift und sitzt reglos auf dem Nachttisch. Vielleicht sieht sie ihn an. Sie muss vorhin hereingekommen sein, als er im Bad kurz gelüftet hat. Wer weiß, wie lange sie schon hier ist.

Einen Moment denkt er daran, das Fenster zu öffnen. Dann fällt ihm ein, dass noch mehr Wespen hereinkommen könnten, wenn er das Fliegengitter entfernt. Also macht er leise einen Schritt nach rechts, während ihm ein Schweißtropfen über Stirn und Schläfe läuft. Ohne hinzuschauen, streckt er die Hand aus und nimmt ein drei Finger dickes Ringbuch vom Schreibtisch. Er packt es, spürt es fest in seiner Hand liegen. Er braucht nur einen Versuch. Er hat jahrelange Erfahrung darin, diese Biester unschädlich zu machen. Mit einem zufriedenen Lächeln sieht er, wie sie unter dem Schlag verschwindet, mit dem das Buch direkt auf ihre vorderen Flügel herabsaust, die größeren.

Doch das Lächeln erstirbt auf seinen Lippen, als er sieht, womit er das Insekt erschlagen hat. Und er überlegt, wie er seinem wohlhabenden Kunden erklären soll, dass auf dem Einband seines kostbaren Originalkatalogs unauslöschlich die Reste einer *Vespula vulgaris* kleben.

»Es handelt sich um eine Vergiftung.«

Manche Dinge sind einfach. Und treffen direkt ins Schwarze. Kommen an. Die einfachen Dinge.

Ich bleibe reglos stehen, während Salvi, der hinter dem Schreibtisch sitzt, diesen Satz sagt. Als könnte ich Gedanken lesen und hätte gewusst, was kommt.

»Bitte erklär es mir«, sage ich und höre meine fast inexistente Stimme, winzig wie der kleinste Faden einer Laufmasche, der das gesamte Strickwerk aufribbelt, wenn man ihn nicht näht. Ein komplexes Gebilde, das aus unzähligen kleinen, einfachen Gebilden besteht. Genauso wie beim Menschen und bei allem, was tagtäglich passiert.

»Wir haben jetzt die Laborergebnisse vorliegen«, beginnt er und setzt sich im Sessel zurecht. In seinem Büro ist es warm, und das Licht, das durch die zugezogenen Vorhänge hereinfällt, ist anders als draußen. »Wir haben Spuren einer synthetischen Substanz gefunden. Etwas, das dem Botulinumbakterium ähnelt.«

»Willst du damit sagen, dass jemand das Bakterium im Labor verändert hat und sie damit in Kontakt gekommen ist?«

»Nein, Gabriele. Ich will sagen, dass jemand es ihr verabreicht haben muss. Vor höchstens vier Tagen. Wahrscheinlich weniger. Durch den Mund. Die Fingerverletzung liegt zu lange zurück, um die Quelle zu sein. Und es gibt keine Injektionsmale. Nirgends.« Er hält kurz inne, holt tief Luft, als bräuchte er Sauerstoff. Dann fährt er fort. »Die Substanz, die wir gefunden haben, gibt es in der Natur nicht, man kann nicht zufällig mit ihr in Berührung kommen. Außer vielleicht in dem Labor, wo sie hergestellt wird.«

»Und wo wird sie hergestellt?«

Es ist, als sei ich zwei Personen. Während mein eines Ich Fragen stellend durchs Leben geht, versucht das andere, das Leben tatsächlich zu leben.

»Wir kontaktieren gerade sämtliche Pharmaunternehmen und Chemielabore. Alles. Aber mach dir nicht zu viel Hoffnung.«

»Warum?«

Salvi sieht mich an und steht auf. Er geht um den Schreibtisch herum, unendlich langsam, wie mir scheint. Er setzt sich auf die Tischkante. Sein Kittel geht auf und mein Blick bleibt an seinem schwarzen Pullover hängen. Und ich denke, dass er dieselbe Farbe hat wie Blut in einer mondhellen Nacht. Ich denke an Teresas Blut. Schwarz.

»Im Labor sagen sie, sie hätten noch nie etwas gesehen, das diesem Bakterium gleicht.« Er dreht sich um und nimmt einen

Stift. Ein einfacher Kuli, blau, mit glatter, perfekt geformter Kappe. »Als würdest du diesen Kuli nehmen, seine Kappe abnehmen, ihn auseinanderschrauben, die durchsichtige Plastikröhre erwärmen, sie zu einem schönen S formen und alles wieder zusammensetzen. Es wäre ein s-förmiger Stift. Aber es wäre nicht mehr derselbe Stift wie vorher.«

»Es ist nicht Botulismus«, sage ich einfach.

»Nein. Ist es nicht.«

Das »nicht« hängt schwer in der Stille. Vielleicht ist es auch gar nicht still. Vielleicht stöckelt jemand vor der Tür auf Absätzen vorbei oder spricht oder ruft oder lacht. Aber ich höre es nicht.

»Die Lage ist ernst, Gabriele. Ich will ehrlich mit dir sein. Wer immer dieses Bakterium geschaffen hat, ist jemand mit großen Fachkenntnissen. Einer, der weiß, was er tut. Der sich auf seine Arbeit versteht. Es ist nicht einfach, so etwas herzustellen. Wir haben ihr ein Antiserum verabreicht. Doch es zeigt keinerlei Wirkung. Es ist ein Antitoxin gegen den Botulin, das einzige existierende. Aber es ist, als sei es Wasser. Solange wir nicht das Originalgift kennen, können wir nichts machen.«

Nichts. Das Wörtchen »nichts« ist so kurz wie »aus«, wie »null«, wie »nein«. Ich überlege, dass alle Wörter, hinter denen sich eine riesige Leere verbirgt, eigentlich kurz sind. Das ist vielleicht meine Art zu reagieren. Ich habe Angst und denke an etwas anderes. Wenn ich hingegen auf das Problem fokussiere, wird alles einfach.

»Wenn man also herausfindet, wer es war und wie er das Gift modifiziert hat, kann man ein Gegengift herstellen?«

»Ja. Aus dem ursprünglichen Toxin können wir ein Antiserum gewinnen.«

Das ist es. Man muss nur den Kameraverschluss abnehmen, die Blende öffnen, das Ziel anvisieren und Licht hereinlassen. Das Leben ist wie eine Fotografie. Alles eine Frage der

Perspektive. Der Suche nach dem richtigen Bildausschnitt. Dem nötigen Licht, dem Motiv.

Ich stehe auf, und sofort klären sich meine Gedanken.

Ich weiß, was ich tun muss.

Salvi merkt es. Es ist das erste Mal, dass ich ihn direkt anschaue. »Ich finde ihn«, sage ich. »Egal, wer es war, ich bringe ihn her.«

Es ist kalt in dem Raum, und er bewegt sich ruhig um den großen weißen Tisch herum. Früher war das hier ein Keller. Fast sechs Monate hat es ihn gekostet, das daraus zu machen, was es heute ist. Nicht eingerechnet die Zeit, in der er das Material zusammengesucht hat. Doch nun ist alles perfekt.

Geräuschlos geht er umher, seine Schritte durch Schuhschützer gedämpft. Er weiß, wenn ihn jemand so sähe, in dem Schutzanzug, damit er seine Umgebung nicht kontaminiert, würde er an eine Invasion von Außerirdischen glauben. Und letztlich hätte er es tatsächlich mit etwas Außerirdischem zu tun.

Als er vor vielen Jahren einmal einen alten Film sah, fragte er, was denn das Wort »Alien« bedeute. Es bedeute »anders«, lautete die Antwort. Und da hat er zum ersten Mal gedacht, dass die Menschen Leute nicht mögen, die anders sind, die sich von der breiten Masse unterscheiden. Die Menschen haben Angst vor Leuten, deren Reaktionen sie nicht verstehen. Vor den wahren Außerirdischen. Vor so einem wie ihm.

Und auch das, was er in den Händen hält, nachdem er die Arme in die beiden durchsichtigen Kunststoffröhren gesteckt hat, die ihn von der sterilen Arbeitsplatte an der Wand trennen. Es ist außerirdisch, weil es nicht zur Erde gehört. Von einem Ort stammt, den es nirgendwo auf der Welt gibt.

Nur in seinem Kopf.

Vorsichtig kontrolliert er die Bewegung der Zentrifuge, zieht ein Reagenzglas heraus, um den durchsichtigen Inhalt zu prüfen, dann füllt er die Probe in eine versilberte Ampulle und streift die Schutzhandschuhe ab.

Er steckt eine Spritze in die Ampulle und beobachtet, wie die Flüssigkeit hochsteigt. Er wartet, bis die Spritze zu einem Viertel voll ist, steckt die Ampulle in seine Tasche und legt die Spritze auf den Tisch.

Er bleibt einen Moment in der Mitte des Zimmers stehen und schaut zu den Käfigen hinüber. Er lächelt. Dann tritt er zu den Mäusen, die sofort zu quieken beginnen. Eine aufgeregter als die anderen, als wüsste sie bereits, dass heute die Reihe an ihr ist. Er öffnet den Käfig und nimmt sie heraus, während ihre beiden Mitbewohner wegflitzen und sich gegen das rückwärtige Gitter pressen. Er hebt das Versuchstier heraus und sieht es sich an, während er in der Hand seine hektischen Atemzüge spürt. Sie ist so weiß wie der Schutzanzug, den er trägt, wie die Wände, wie alles in dem Raum. Wenn es stimmt, dass Tiere bevorstehende Erdbeben spüren können, Unwetter, Überschwemmungen und andere Naturkatastrophen, dann hält er nun den Beweis in den Händen, dass sie auch ihren nahenden Tod spüren. Denn diese Maus hier zwischen seinen Fingern hat Angst. Wenn er sein Gesicht dichter über das weiche Fell beugen würde, könnte er sie sogar riechen, ihre Angst.

Zwei Wochen hat es gedauert, bis sie auf das Wespengift allergisch reagiert hat. Zwei Wochen, in denen er ihr regelmäßig Spritzen gegeben hat, verschiedene Dosen an ihr getestet hat, möglichst naturgetreu die Reaktionen des menschlichen Organismus nachgestellt hat. Und nun ist sie an der Reihe.

Er hebt die Spritze und versenkt sie unerbittlich in dem kleinen Körper, die Nadel verschwindet zur Hälfte im zarten Fleisch des Tieres, das vergeblich versucht, ihn in den Finger zu beißen.

Er kann gerade noch die Spritze herausziehen, bevor nach

zwei Zuckungen schon alles vorbei ist. Und während er die Maus nimmt und in die schwarze Mülltonne wirft, denkt er, dass der nächste Körper, in dem er seine Erfindung verströmen wird, ein größeres Gefäß brauchen wird.

»Entschuldigen Sie, Doktor Riccardi, was ist hier los?«

»Bitte sparen Sie sich den Titel«, erwidere ich.

Professor Stefano Farneti, Alices Chef, wirkt sympathisch. Ich hatte ihn mir anders vorgestellt, und die Kluft zwischen Vorstellung und Realität verwirrt mich. Er ist Mitte vierzig und sieht ein bisschen streberhaft aus, mit klugen, aber abwesenden und erschrockenen Augen, die er hinter einer übergroßen Brille versteckt. Das blaue Hemd und der Schlips, die pedantisch gekämmten Haare, alles weist auf jemanden hin, der daran gewöhnt ist, vor Menschen zu stehen und so zu tun, als höre er ihnen zu. Ein Hauch Freundlichkeit in den sensiblen Augen und eine Aufmerksamkeit, die er höchstwahrscheinlich nicht für jeden bereithält. Ich frage mich, ob es daran liegt, dass ich Polizist bin.

»Einverstanden, dann also ohne Doktor. Ist Riccardi besser?«

»Viel besser. Sie wissen, warum ich hier bin?«

»Na ja, nicht so ganz. Ich weiß, was Alice zugestoßen ist. Es ist unglaublich, wie manche Dinge …«

»Sie wurde vergiftet. Wahrscheinlich hier.«

Ich sehe, wie er zusammenzuckt. Seine Muskeln verkrampfen sich unter dem Hemdstoff. Ich habe es ihm absichtlich so ins Gesicht geschleudert. Klar, direkt, deutlich. Er soll sich schuldig fühlen. Das dürfte seine Kooperationsbereitschaft erhöhen. Ich habe wenig Zeit. Alice geht es nicht einfach nur schlecht.

»Sie glauben doch nicht, dass …«

»Ich glaube gar nichts, Professore. Ich versuche nur, die Fakten miteinander zu verknüpfen. Und zurzeit sieht es nicht so aus, als wäre jemand aus Ihrem Unternehmen die gesuchte Person.«

Er entspannt sich. Ich habe gelernt, die Gefühle der Menschen an ihren Händen abzulesen. Daran, wie sie sich ballen oder öffnen, am Fingerabstand, am Druck ihrer Fäuste. Alles Sachen, die man lernt, wenn man sein Leben lang Fragen stellt. Und Antworten interpretiert.

»Und wie kann ich Ihnen behilflich sein?«

»Ich brauche Alices sämtliche Termine der letzten vier Tage. Ich will die Namen der Personen wissen, die sie getroffen hat, ihre Adressen, Telefonnummern, Gesichter und Motive. Ich brauche alles. Und ich will mit ihren Kollegen sprechen.«

»Keine Sorge. Nebenan sitzt Ilaria, Alices Sekretärin. Sie gibt Ihnen alles, was Sie brauchen. Wir ... wir mögen Alice.«

Ich möchte sagen »Ich auch«, nicke aber nur kurz. Mehr geht nicht. Wenn ich meine Gefühle – die Haut, die zerspringt, das Herz, das für einen Schlag aussetzt – mit meiner Arbeit vermische, werde ich garantiert niemanden finden. Alice darf nicht mehr sein als ein Fall, den ich schnellstens lösen muss. Ohne Zeit zu verlieren. Meine Alice muss ich aus dem Fall heraushalten. In einen Winkel sperren. Die Gefühle wegschließen, in einem Zimmer verstecken, das ich nur öffnen darf, wenn ich es mir erlauben kann. Früher habe ich das immer mit Menschen gemacht, die ich liebte. Jetzt wird sich herausstellen, ob ich es noch kann.

»Ist Ihnen in der vergangenen Woche etwas Ungewöhnliches aufgefallen?«

Farneti denkt kurz nach. »Nein«, antwortet er. »Alles normal. Nichts, dass irgendwie meine Aufmerksamkeit erregt hätte.«

Ich frage mich eine Sekunde, was wohl seine Aufmerksamkeit zu erregen vermag. Dann verdrängen wieder andere Dinge den Gedanken, dringendere.

»Jetzt sollte ich wohl Ilaria kennenlernen«, sage ich und stehe auf.

Palermo, früher Nachmittag

Er hört das Geräusch des herannahenden Wagens, und instinktiv schnellt seine Hand in die Jackentasche. Kalt und zierlich liegt die Pistole in seiner Pranke. Gaspare umfasst sie fest und geht weiter.

Er hasst Pistolen.

Vor ihm, keine hundert Meter entfernt, kreuzt seine Straße, Via Cavour, die Via Ruggero Settimo. An dieser Kreuzung wohnt in einem Apartment mit Aussicht auf die Piazza Giuseppe Verdi der Notar Calogero Cantalamessa. Nach dem Anwalt Accolti ist er sein zweites Ziel.

Er muss sich beeilen, wenn er seinen Plan noch ausführen will.

Er bleibt an der Kreuzung stehen und wartet, bis die Ampel auf Grün springt. Aus den Augenwinkeln beobachtet er den Landrover, der ein paar Meter hinter ihm hält. Die Scheiben des schwarzen Wagens sind verdunkelt. Die Sonne wirft eigenartige Funken auf die Karosserie, wie kleine Geschichten, die zu rasch und achtlos vergessen wurden. Er kann nicht erkennen, wer in dem Wagen sitzt, doch er weiß, dass er wegen ihm hier ist. Er sieht dieses Auto heute schon zum dritten Mal, und in der Via Cavour hat er den Blick der Scheinwerfer auf sich gespürt wie ein Augenpaar, das ihn auf Herz und Nieren prüft, seine Bewegungen und seine Absichten.

Er weiß, wie es läuft. Es ist ein Spiel. Er muss so tun, als merkte er nichts, und sie – es sind garantiert mehrere – müssen so tun, als nähmen sie ihm das ab. Ein Schachbrett mit Figuren, ein Tisch und eine laufende Uhr. Tick tack, tick tack.

Dann wird die Ampel grün, und vor Gaspares Blick taucht nun der Eingang des Hauses in der Via Settimo auf. Der schwarze Wagen fährt normal an, zieht dann an ihm vorbei und verschwindet über die Straße. Nun lässt Gaspare die Pistole los, entspannt sich, lächelt und denkt, dass die Ereignisse der letzten Tage ihm seinen siebten Sinn und seinen Instinkt verwirrt haben. Dann geht er durch das Tor der Nummer vier, Via Settimo.

Und begreift, wie die Dinge wirklich liegen.

»Keine Bewegung«, sagt die Pistole, die sich in seinen Nacken bohrt und die Gaspare sofort wiedererkennt.

Und er weiß, dass er sich nicht zu sorgen braucht.

»*Amuninni,* gehen wir«, wiederholt die Stimme, und im Hof des großen Gebäudes öffnet sich eine kleine Tür. Auf der Schwelle steht ein Mann und sieht ihn an.

»Wie viele Jahre ist es her?«, fragt Gaspare, als er neben ihm steht.

»Steig ein«, lautet die einzige Antwort.

Dann wird es dunkel.

Bologna, fünfzehn Uhr fünfundzwanzig

Ilaria, Alices Sekretärin, ist der Typ Frau, der die Männerwelt dadurch beeindruckt, dass zu viele Zentimeter zwischen dem Boden und ihrem Kopf liegen. Doch damit erschöpft sich die Aufmerksamkeit auch schon.

Sie ist um die vierzig, steif wie ein Nähtisch, mit Haaren, die lang auf ihren Rücken herabfallen, und der Aura eines Hundes, der von seinem Gegenüber immer etwas eingeschüchtert ist und deshalb mit Bellen reagiert. Das kann man an den feinen Falten um ihre Augen ablesen, die der strenge Blick dort hineingegraben hat. Aber zu mir ist sie freundlich. Sie hat eine direkte Art, ohne dabei unhöflich zu sein. Und sie behandelt mich nicht wie einen Polizisten. Auch als ich meine kleine Rede halte und ihr erkläre, was ich brauche, ohne allzu sehr auf die Hintergründe einzugehen, betrachtet sie mich mehr als Menschen und nicht so sehr als das, was ich in der Öffentlichkeit repräsentiere. Die anderen zwei, ein junger Mann und eine Frau, wirken erschrocken. Sie nicht. Zumindest zeigt sie es nicht.

In dem Raum stehen vier Schreibtische, von denen nur einer Alices sein kann. Das hätte ich auch erkannt, wenn ich nicht wüsste, in welchem Winkel zum Fenster ihr Tisch steht. Als ich ihn anschaue, scheint meine Miene Bände zu sprechen, denn Ilaria lächelt mich kurz aus ihren merkwürdigen Augen an. Lang genug, damit ich mich auf Alices Stuhl niederlasse und durch das Fenster auf die Straße schaue, wo mein Auto falsch parkt. Sie setzt sich mir gegenüber.

»Möchten Sie den Computer sehen? Soll ich ihn hochfahren?«

Nein, möchte ich nicht. Ich möchte nicht ihre E-Mails sehen, die Dateien, was sie so schrieb und wer ihr schrieb. Ich will auch gar nicht so genau all die Papiere ansehen, die in der für sie typischen Unordnung auf dem Schreibtisch liegen. Ich will nicht wissen, was in dem Zeitraum passierte, seit das Lämpchen ausging. Ich will es nicht, doch ich werde müssen. Es führt kein Weg daran vorbei. Aber nicht jetzt. Jetzt brauche ich Namen. Nur Namen. Ich sage es ihr.

»Eigentlich gibt es da nicht viel zu erzählen. Es gab keine neuen Aufträge. Sie wissen ja, wie das ist. Vage Zusagen, mehr nicht. Die melden sich dann alle nach den Feiertagen wieder.«

Ich nicke. Versuche mich loszureißen, den Blick von dem Raum zu lösen, von den Wänden, die ich mir so oft vorgestellt habe, von dem laufenden Radio, das ihr gehört. Von allem, was diese Welt repräsentiert. Ich versuche es.

»Erzählen Sie mir bitte, was an dem letzten Vormittag passiert ist.«

Ich frage sie das nur, damit sie weiterredet und ich nichts sagen muss. Ich brauche Zeit zum Durchatmen. Ich strecke die

Beine aus, vergrabe die Hände in den Taschen meiner Jeans und drücke die Arme durch. So weit es geht.

»Es ging ihr nicht gut. Das sah man ihr an. Irgendwann ist sie aufgestanden und … zusammengebrochen. Einfach auf den Boden gefallen, als ob ihre Beine sie nicht mehr trügen. Sie war nicht etwa bewusstlos. Einfach nur … gefallen. Ich glaube, sie hat sich auch die Schulter angeschlagen. Ich habe ihr geholfen, sich aufzusetzen. Dann haben wir sie nach Hause gebracht. Ich und er.« Sie zeigt auf den jungen Mann in der Ecke. »Er hat Alices Auto gefahren, und ich habe sie in ihre Wohnung begleitet. Sie wollte nicht, dass wir mit reingehen. Sie meinte, sie wolle sich sofort ins Bett legen.«

»Natürlich. Und wann war das?«

»Das muss vor vier Tagen gewesen sein.«

»Drei.« Der junge Mann aus der Ecke. Er hat aufgeweckte, weiche Gesichtszüge. Einer von denen, die völlig abwesend erscheinen, aber in Wirklichkeit ganz aufmerksam sind.

»Wieso drei?«, frage ich ihn.

»Weil es der Tag war, als dieser Typ hier war. Anselmi, so hieß er doch, oder, Ila?«

Ilaria nickt lebhaft. »Du hast recht. Wie konnte ich das nur vergessen. Vielleicht wegen des ganzen Durcheinanders …«

»Und wer ist Anselmi?«, frage ich. Und plötzlich ist es, als würde ich die Antwort schon kennen.

Ilaria dreht sich zum Schreibtisch um.

Sie schlägt einen Terminkalender auf. Sie scheint nicht mehr zuzuhören. Ich lasse sie machen. Dann steht sie auf und zeigt auf eine Seite. Dort steht Anselmi, 11. Ich kenne die Schrift. Das kantige »n«. Das »s« und das »e« so dicht beieinander, dass sie fast verschmelzen. Das »l« ganz aufrecht, exakt. Genau so bewegt sich Alice, denke ich. Wie das »l« ihrer Handschrift.

»Dann ist es also drei Tage her«, fasst Ilaria zusammen. Ein

Urteilsspruch, denke ich. Mit dieser Frau zu streiten muss schlimmer sein, als alleine in den Punischen Krieg zu ziehen.

»Wer ist Anselmi?«

Diesmal hört sie mich. »Ein Kunde. Einer der Vormittagstermine. Er war schon zweimal da, vor etwa einem Monat. Aber es gab immer noch Probleme, die gelöst werden mussten.«

»Können Sie mir eine Liste mit den Namen machen?«

»Da ist sie«, sagt sie. Sie reicht mir einen Zettel, den sie vorher ausgedruckt haben muss, als hätte sie auf diese Frage gewartet. Ich danke ihr, nehme das Blatt und überfliege es. Alles drauf. Namen, Telefonnummern und dazugehörige Firmen. Guido Anselmi steht ganz unten auf der Liste. Alices letzter Termin. An dem Vormittag, als es ihr nicht gutging.

»Dieser Anselmi, was ist das für einer?«, frage ich und erhebe mich. Diesmal antwortet der junge Mann.

»Unauffällig. Mitte vierzig. Nicht sehr groß, nicht sehr gut aussehend. Aber herzlich, sympathisch.«

»Wir Naschkatzen freuen uns immer besonders, wenn er kommt«, fügt Ilaria hinzu. »Schade, dass er an jenem Tag zu spät war, da konnte ich gar nicht davon profitieren.«

Ich horche auf. »Schade?«

»Aber ja! Schade. Er bringt immer diese Lindor-Kugeln mit.«

»Und an jenem Vormittag auch?« Ich muss ruhig bleiben. Darf mich nicht verraten.

»Aber natürlich!« Jetzt spricht die andere Frau. Sie wirkt schüchtern und hat eine dünne Stimme, die man kaum hört.

Doch sie gibt mir die einzige Information, die ich suche.

»Alice hatte gerade eine gegessen, als Ilaria zurückkam.«

Palermo, zur gleichen Zeit

Ein Geräusch und ein leichtes Brennen. Wie von ferne.

Dann Stille. Und ein Brummen. Merkwürdiger Geruch nach Desinfektionsmittel in der Nase.

…achen

Das dringende Bedürfnis, Luft zu holen, als sei er gerade aus dem Wasser aufgetaucht, damals als Kind, wenn er mit seinem Vater darum wettete, wer länger die Luft anhalten konnte.

…wachen G…

Und dann wieder dieses Brennen. Auf der Wange, knapp unter dem Wangenknochen. Eine Ohrfeige. Wie die seiner Mutter, wenn er die Schule geschwänzt hatte, um ans Meer zu gehen.

Aufwachen, Gasp…

Ein leichter Luftstrom, und Gaspare Nunia öffnet die Augen, hebt den Arm und packt mit sicherem Griff die Hand, die ihm eine weitere Ohrfeige versetzen will. Sie gehört dem Mann, der ihm gerade noch die Pistole an die Schläfe gehalten hat. Und der jetzt auf Gaspares Finger, mächtig wie Taue, starrt und lächelt.

»Du bist aufgewacht. Gut. Das wurde auch Zeit.«

Der Griff lockert sich. Er sitzt auf einem altmodischen Stuhl mit gepolsterter Lehne und einem von unzähligen Nieten gezeichneten Profil. Das geräumige Zimmer hat hohe Decken, die etwa aus derselben Zeit stammen wie der Stuhl und die gesamte Einrichtung.

Der Raum liegt im Zwielicht. Die großen dunklen Vorhänge sind zugezogen, das matte Tageslicht zeichnet lange Schatten auf den Fußboden. In einer Ecke steht auf einem niedrigen Tisch eine kleine Lampe. Daneben sitzt auf einem Sofa ein Mann.

Gaspare hat ihn fast zwanzig Jahre nicht gesehen, und sein erster Gedanke, als er die Gesichtszüge erkennt, ist, dass alle Phantombilder, die von ihm kursieren, vollkommen falsch sind.

Don Beniamino Riccomini ähnelt nicht im Geringsten den Konstrukten, welche die Computer von seiner Physiognomie gezeichnet haben. Als er ihn dort sitzen sieht, kann Gaspare nicht umhin zu denken, dass sie ihn nie erwischen werden. Als er im Fernsehen Totò Riina in seiner Zelle kurz nach der Festnahme und später im Hochsicherheitsgefängnis gesehen hat, wusste er sofort, um wen es sich handelte, obwohl er ihm noch nie persönlich begegnet war.

Aber jetzt, bei diesem Mann keine drei Meter von ihm entfernt, hat er ein anderes Gefühl. Er weiß, wer er ist, weil nur er es sein kann.

»Wie lange ist es her, Don Beniamino.«

Gaspare tritt näher und begrüßt ihn, indem er in einer Art Verbeugung den Kopf senkt.

»Deine Mutter war eine gute Frau«, sagt der meistgesuchte Mann Italiens, und erst jetzt, beim Klang seiner Stimme, ist Gaspare sich ganz sicher, dass er es ist. Diesen tiefen und vom Rauchen leicht heiseren Klang hat er im Gespräch mit seinem Vater gehört, an einem sonnendurchfluteten Ort, der viel zu weit in der Vergangenheit liegt, als dass er sich an ihn erinnern könnte. Und es ist dieselbe Stimme, mit der er selbst gesprochen hat, und zwar einen Moment länger als die üblichen zwei Sätze, an einem weniger fernen Tag, der in der Erinnerung dennoch ganz weit weg ist.

»Ich komme, um Euch ein Geschäft vorzuschlagen, Don Beniamino«, sagt Gaspare, und hinter ihm bricht jemand in unterdrücktes Gelächter aus. Beniamino Riccomini blickt in die Richtung des Lachens, und die Verachtung darin erstirbt sofort, erschlagen von der Härte seines Blicks.

»Du bist ein toter Mann, Gaspare. Und die Toten, die noch laufen können, haben normalerweise gute Geschäfte anzubieten. Ich höre.«

Beniamino Riccomini legt eine Hand auf den freien Platz auf dem Sofa, und Gaspare setzt sich. Er hebt das Gesicht und ihre Blicke kreuzen sich. Er hält dem Blick einen Moment stand. Die Luft um ihn herum riecht nach Shampoo und Alter.

Nach etwas Großem, das man respektieren muss, gegen das man nicht aufbegehren darf. Niemals.

»Es gibt zwei Menschen, die ich beschützen muss. Ihretwegen bin ich hier.«

»Und aus welchem Grund sollte mich das interessieren?«

Gaspare sagt es ihm. Ohne lange herumzureden. Er erzählt, was er weiß. Namen, Daten, Fakten. Präzise, ohne überflüssige Worte. Und während er das tut, sieht er, wie in Riccominis Miene einen winzigen Moment lang die Erinnerung aufscheint. Nicht lange, doch lange genug, damit Gaspare den Mut findet, seine Geschichte zu Ende zu erzählen.

»Die zwei Menschen sind deine Cousine Serena und deine Tante Margherita«, sagt Riccomini, und es ist eine Feststellung und keine Frage.

Gaspare nickt.

»Dann bring mir diesen Gegenstand und tu, was du tun musst.«

Beniamino Riccomini steht vom Sofa auf und geht aus dem Zimmer. Er humpelt ein wenig, doch es wirkt nicht wie ein Zeichen von Schwäche.

Eine Sekunde später tritt der Mann, der den Landrover gefahren hat, auf ihn zu.

Und Gaspare begreift, dass es erneut dunkel werden wird.

Via Ostiense, später Nachmittag

Acilia liegt auf halber Strecke zwischen Rom und dem Meer, irgendwo auf der Via Ostiense. Während er den Wagen den Hügel hinauflenkt, denkt Gaspare, dass es manchmal schon genügt, ein paar Kilometer aus der Stadt herauszufahren, um etwas Ruhe zu finden. Die Stille hier ruft wieder das Gefühl in ihm wach, das er vor vielen Jahren in dem Wäldchen hinter Zio Giulios Haus empfand.

Er lächelt bei dem Gedanken daran, wie lange er damals

Giulio für den Vornamen des Zios hielt, und an seine Verwirrung, als er begriff, dass er eigentlich Candido hieß. Er weiß noch genau, wie er seinen Vater fragte, ob jemand auch zwei Vornamen haben könne anstatt eines Vor- und eines Nachnamens. Und er erinnert sich noch an die Antwort seines Vaters, dort am Küchentisch, während seine Mutter den Fisch zerteilte.

»Namen sind Schall und Rauch. Was zählt, sind die Menschen selbst. Und Zio Giulio ist jemand, dem man Respekt zollen muss.«

Genau das waren seine Worte.

Wer weiß, ob er das auch noch dachte, als Zio Giulio, dessen Vorname Candido war, ihn töten ließ.

Er umklammert das Lenkrad des Wagens, während vor seinem inneren Auge verschwommene Bilder seines Vaters vorüberziehen, als würden sie von einem defekten Projektor an die Wand eines dunklen Zimmers geworfen. Das letzte Mal hat er ihn beim Prozess gesehen. Denn er bekam keine Genehmigung für die Beerdigung. Zu gefährlich, haben sie gesagt. Und Gaspare hatte sich gefragt, für wen. Ob für ihn, dessen Vater getötet worden war und der bereit war, sein Leben zu geben, nur um einen Blick auf den in die Erde sinkenden Sarg zu werfen, oder für die Beamten, die ihn hätten schützen müssen.

Er wird Zio Giulio fragen, ob Gefahr bestand. Es gibt so vieles, das er ihn fragen möchte. Oder vielleicht lieber nicht. Vielleicht ist die Zeit der Worte vorbei. Vielleicht ist die Zeit gekommen, das zu tun, was getan werden muss.

Hinter der Kreuzung erblickt er das Haus.

Er erwartet, einen Streifenwagen zur Bewachung davor zu finden, aber nichts dergleichen. Zumindest sieht er nichts.

Den Blick auf die Villa geheftet, in der Candido Giulio mit seiner Familie unter Hausarrest steht, denkt Gaspare Nunia an das, was passieren wird, wenn die Nacht kommt.

Im Grunde muss er nicht mehr lange warten.

Bologna, zwanzig Uhr fünfzehn

»Wie geht es ihr?«, fragt Max, während er am Herd hantiert.

Seine Wohnung ist hell wie seine Augen und passt zu ihm. Sie hat alles, was eine Wohnung braucht, und doch etwas Unwirkliches, das mir gefällt.

»Ich weiß nicht, wie es ihr geht. Sie liegt da. Im Bett. Sagt nichts. Antwortet nicht. Regt sich kaum.«

Ich seufze mit geschlossenem Mund, als fürchtete ich, dass der Atem beim Ausströmen etwas von der Welt da draußen hereinlassen könnte.

In Wirklichkeit spüre ich, wie es mich entzwei reißt. Ich bin Polizist und zugleich ein Mann. Und Alice ist ein Fall und zugleich die Frau, die ich liebe.

»Und was sagt der Arzt?«, fragt er und viertelt die Cocktailtomaten.

Ich antworte nicht. »Soll ich dir helfen?«, frage ich und will aufstehen.

»Damit du dir die Fingerkuppe absäbelst? Abgesehen von dem königlichen Anblick, dich leiden zu sehen, glaube ich nicht, dass du mir eine große Hilfe wärst. Überlass das lieber dem Koch und bleib sitzen.«

»Ich habe schon mal den Hubschrauberrettungsdienst und das Gesundheitsamt alarmiert. Wenn diese Tomaten nicht in deinem eigenen Garten gewachsen sind, wirst du nicht einmal die Henkersmahlzeiten im Gefängnis kochen dürfen.«

»In Italien gibt es keine Todesstrafe.«

»Vielleicht weil niemand zu dir nach Hause essen kommt.« Ich höre eine Tür schlagen und schaue unwillkürlich zur Decke. »Was zum Teufel war das?«

»Die Tussi über mir.«

»Ich hoffe, ihr habt den gleichen Musikgeschmack, denn bei den Wänden wäre alles andere fatal.«

»Musik? Nein, die hört keine Musik. Die hat Besseres zu tun.«

Ich setze mich im Stuhl auf. »Besseres?«

»Ja, Besseres. Aber du hast mir nicht geantwortet. Was sagen die Ärzte?«

»Morgen fahre ich mal bei ihrer Wohnung vorbei und schau, wie es der Katze geht, dem armen Tier … Die Ärzte … Die Sache scheint noch nicht ausgestanden. Was immer in dieser Schokokugel …«

»Bist du dir sicher, dass es die Schokolade war?«

»Nein, sicher bin ich mir nicht. Sagen wir, ich habe keine Beweise. Aber wenn dich mein Gefühl interessiert, dann ja. Es war etwas in der Kugel.« Ich halte kurz inne, ohne genau zu wissen, warum.

»Und?«

»In dieser Schokolade war kein normales Gift. Es lähmt sie irgendwie. Als würde es sie fesseln. Manchmal öffnet sie die Augen und scheint mich gar nicht wahrzunehmen. Es sind fremde Augen. Ich weiß nicht … worauf ich mich noch gefasst machen muss …«

»Erst einmal auf eine Portion Pasta«, sagt Max und stellt eine riesige, duftende Pfanne auf den Tisch.

»Sind wir hier im Schnellimbiss, oder was?«

»Hör zu, du Knallbüchse, ich bin ein großer Koch, und wenn du glaubst …«

Ich lächele. Auch weil ich schon vor dem ersten Bissen weiß, dass es schmecken wird. Das erkennt man an der Farbe, am Duft.

Aber ich komme nicht zum Essen.

Los, fick mich!

Die Stimme stammt aus der Wohnung über uns, doch sie scheint irgendwo zwischen Tisch und Zimmerdecke zu schweben.

Los, du Bastard, fick mich!

»Oh, hallo«, sage ich und lasse die Gabel sinken.

»Willkommen zur Privatvorstellung von Signorina Lazzarini. It's showtime – mindestens dreimal die Woche.«

»Und immer in diesem Ton?«

»Das ist noch gar nichts.«

Max weicht meiner verblüfften Miene aus. Während er einen Schluck Bier aus seiner Flasche nimmt, hört man einen gellenden Schrei.

»Und was war das? Drum, der letzte Mandingo?«

Du bist ein Tier, schreit die Lazzarini, und Max bricht in schallendes Gelächter aus und hält sich schnell die Serviette vor den Mund.

»Wenn sie jetzt schon so schreit, stell dir erst mal die Lautstärke vor, wenn sie kommt.«

»Beim ersten Mal geht es noch, beim zweiten und dritten Mal hingegen wackeln die Wände. Ich habe die Deckenlampe abhängen müssen, aus Sorge, dass sie bei der nächsten Gelegenheit herunterkommt.«

Das Quietschen von oben wird immer stärker, ein schier endloses Crescendo. »Und der Mann …«

»Den müsstest du mal sehen. Vielleicht eins fünfzig groß, mit Bauch. Du würdest keinen Pfifferling drauf geben. Und sie ist auch nicht gerade der steilste Feger.«

Ja, lass mich deine Sau sein, schreit sie, so dass ich fast mein Handy überhöre. Ich gehe ran und verpasse den Orgasmus, der der Frau Kehle und Haut zerreißt und uns das Trommelfell.

Ich stecke das Mobiltelefon in die Tasche.

»Entschuldige mich, ich muss weg«, sage ich. »Alice atmet nicht mehr.«

Vier

Das Zimmer ist klein, an den Wänden blüht der Schimmel. Auf der Rückseite des Raumes befindet sich eine Metalltür, wie die Luke eines U-Boots oder Raumschiffs in amerikanischen Spielfilmen, mit einem Türgriff, rund wie ein Steuerrad. Beniamino Riccomini dreht ihn und tritt mit schlurfenden Schritten über die Schwelle.

Seit fast einem Jahr träumt er immer wieder von diesem Zimmer. Jedes Mal dreht er an dem Rad und betritt wie jetzt den dunklen, schmutzigen Flur, und jedes Mal riecht es muffig wie in einem lange verschlossenen Stall. Derselbe Geruch wie vor vielen Jahren, als er den Tiger im Zoo sah.

Am Ende des Flurs liegt ein Zimmer, und noch bevor er hineingeht, weiß er, was er dort tun wird. Es ist immer dasselbe.

Es überrascht ihn nicht, die Wanne zu sehen. So hat er sie sich immer vorgestellt. Dunkel, steinern, ein rechteckiger Klotz, in dem eine zähe Flüssigkeit schwappt, die wie Maschinenöl aussieht. Er greift in die Tasche seines Bademantels und findet dort einen Hühnerkopf. Er weiß es, noch bevor seine Hand die Federn des durchtrennten Halses ertasten oder die plastikartige Steife des Schnabels fühlen.

Er nimmt ihn und wirft ihn mit einer zeitlupenartigen Bewegung, die Schlieren in die Traumluft zeichnet, in die Wanne. Der Kopf schwimmt kurz auf der Flüssigkeit, dann beginnt er zu rauchen und scheint langsam zu versinken.

Doch in Wirklichkeit löst er sich auf. Denn der Wanneninhalt ernährt sich von Fleisch. Don Beniamino beobachtet, wie die feine Rauchfahne verfliegt, und dreht sich nach links. Dort wird gleich die Holztür aufgehen, wie er weiß.

Und die Holztür geht auf. Dahinter liegt wieder ein Gang, doch dieser ist von vielen kleinen Lichtern wie Kerzenflämmchen beleuchtet. Kaum ist er drin, verschwindet das Zimmer mit der Wanne, wie die Male zuvor. Und am Ende des Gangs taucht ein Licht auf.

Beniamino Riccomini geht auf das Licht zu. Er weiß noch, wie er beim ersten Mal dachte, dass er sich so das Sterben vorstellt. Ein langer Flur und am Ende eine Wiese mit weißen Blumen und mitten auf der Wiese Rosaria. Die für immer sieben Jahre alt sein wird.

Doch nicht in diesem Traum.

Im Traum erscheint am Ende des Gangs ein frisch gemähter Rasen mit einer Reihe von Grabsteinen in der Mitte. Rosaria ist nicht da, aber ein Foto von ihr, auf dem eisigen, vom Regen ausgewaschenen Marmor eines Grabsteines.

Rosaria Caltagirone 1995–2002.

Beniamino Riccomini streckt die Hand aus und berührt das lächelnde Antlitz seiner Enkelin – und erwacht.

Im Haus ist es still. Draußen bellt ein Hund.

Und wenn Gaspare Nunias Erzählung wahr ist, dann gibt es dort draußen jemanden, der nur darauf wartet, vor den Augen der Menschheit den Tod eines Mannes, einer Frau und eines Kindes zu rächen, das wie eine Lumpenpuppe in ein Säurebad geworfen wurde.

Beniamino Riccomini denkt an diesen Jemand, schließt die Augen, dreht sich auf die Seite und kann endlich einschlafen, ohne dass ihn die Träume erneut heimsuchen.

Bologna, einundzwanzig Uhr

Alice atmet leise mit dem dünnen Kunststoffschlauch zwischen den wie zu einem Kussmund aufgestülpten Lippen.

Ich stehe hinter der Scheibe der Intensivstation und lausche auf das langsam ziehende Einatmen und das kurze ploppende Ausatmen wie auf ein Mantra, das den Lauf des Lebens erklärt.

Ihr Atemstillstand trat ein, als Max mir gerade die Wohnungstür öffnete. Das hat Salvi mir berichtet, und bei seinen Worten packte mich eine blinde Wut. Warum war ich nicht da, als es passierte, als ihre Lungen beschlossen, innezuhalten. Und obwohl ich weiß, dass ich nichts für sie hätte tun können, fühle ich mich beschissen.

»Wir haben sie sediert. Das hilft uns, ihre Vitalfunktionen aufrechtzuerhalten«, hat mir Salvi erklärt, als wir hinauffuhren, und ich sehe sie an und versuche zu begreifen, wo ihre Vitalfunktionen sind. Was sie sind. Und woher dieser mit der Präzision eines Uhrwerks auf- und absteigende Atem kommt. Dieses Piep, das das rhythmische Pochen ihres Herzens markiert.

Ich lehne die Stirn an die Scheibe und atme schwer. Einen Moment bilde ich mir ein, ihrem Blick zu begegnen, hinter den geschlossenen Lidern. Einen Moment bilde ich mir ein, ihre offenen Augen zu sehen, wie einst an einem Sommerabend. Sie lächeln zu sehen, als hätte es nie einen anderen Sommer gegeben.

Dann fällt mir die Praline wieder ein, und ich spüre, wie meine Handflächen trocken werden.

Und die Wirklichkeit schiebt sich wieder ins Zentrum meiner Wahrnehmung.

»Ich will nicht leugnen, dass wir sehr besorgt sind«, sagt Salvi und betrachtet die braune Brühe in dem Kaffeebecher vor mir. Er hat mir den Chefarzt der Intensivstation vorstellt, einen gewissen De Vitis, der wie die Comic-Figur Bobo von Sergio Staino nach einer Nulldiät aussieht. »Was immer es ist, es scheint nicht nachzulassen. Und sosehr wir uns auch bemühen, es zu stoppen, fehlt uns einfach das passende Mittel.«

»Wie viel Zeit haben wir noch?«, frage ich. Die schwierigste Frage, die mir je über die Lippen gekommen ist.

Salvi schaut De Vitis an, als fehle ihm der Mut, mir den entscheidenden Schlag zu versetzen. »Wenig. Wie lange genau, kann ich nicht sagen. Wenn die Vergiftung weiter so fortschreitet, fürchte ich, kaum mehr als vierzehn Tage. Vielleicht weniger. Mit den Geräten konnten wir ihre Atmung stabilisieren. Aber alles andere … Wir wissen nicht, wogegen wir kämpfen, Doktor Riccardi.«

Ich stürze meinen Kaffee hinunter.

»Die Doktoren sind Sie. Ich bin Polizist. Und auch ich weiß nicht, wogegen ich kämpfe.«

Acilia, Mitternacht

Um ihn herum nur die Grillen und die Nacht.

Fünf Stunden hat er in dem Wäldchen vor dem Haus ausgeharrt, um zu sehen, wann die Lichter angehen, das Leben hinter den geschlossenen Fenstern erwacht. Und hat versucht zu begreifen.

Aber nichts ist passiert.

Niemand ist gekommen. Nicht einmal die Polizei für eine Kontrolle.

Also hat er das Wäldchen über die kleine Schotterstraße auf der Rückseite des Hauses verlassen, im kalten und fahlen Mondschein.

Der Vogel ist ausgeflogen. Das weiß er jetzt, als er wie zum Abschied mit zwei Fingern über die Messerklinge fährt und sie wegsteckt.

Doch aufgeschoben ist nicht aufgehoben. Wo immer sie Zio Giulio hingebracht haben.

Er schaut sich um und lauscht den nächtlichen Geräuschen. Und er erinnert sich an eine der ersten Lektionen, die Zio Giulio ihn gelehrt hat. Nicht hören, sondern zuhören. Vor langer Zeit hat er gelernt, das Rascheln des Windes von den Schritten eines Menschen im Gras zu unterscheiden. Zu begreifen, ob man in solchen Nächten den Ruf eines Käuzchens oder das Signal eines menschlichen Wesens hört. Er hat gelernt, sich im Dunkeln klein zu machen, denn *se sì picciriddu 'a notte 'un ti viri,* die Kleinen verschluckt die Nacht.

Und diese Nacht ist stumm. Bis auf die unzähligen Grillen.

Und Zio Giulios Stimme im Kopf. Eine Stimme, die er bald wieder hören wird.

Wenn er ihm in die Augen schaut.

Als er um das Haus herumgeht, entdeckt er das Fenster und schleicht näher. Es ist nicht vergittert und die Scheibe schnell eingedrückt. Er bindet sich die Jacke schützend um den Arm. Dann schiebt er die Hand durch das Loch und öffnet das Fenster.

Eine Sekunde später ist er drin. Wer immer dort gewohnt hat, er hat das Haus in großer Eile verlassen.

Die Küche ist geräumig mit einer marmornen Arbeitsplatte. Darauf stehen zwei offene Schachteln Schokoflocken, eine Minnie-Mouse-Tasse und eine Espressokanne auf einem Geschirrhandtuch. Die Tasse ist halb mit Milch und Cornflakes gefüllt. Ein Teelöffel stakt heraus wie eine in den Mond gerammte Fahne.

Die Schränke im oberen Stockwerk stehen offen. Die Schubladen ohne erkennbare Ordnung geleert. Ein Spitzenslip hängt über dem Griff eines Schubfachs. Signora Giulio hatte schon immer Geschmack. Das Bett ist zerwühlt, ein Kissen liegt auf dem Boden, das andere lehnt am Kopfteil.

Gaspare betrachtet das Durcheinander und lächelt, weil er die Angst in dem Haus spüren kann. Er spürt sie auf den Wänden, in der zurückgelassenen Unordnung, in all den Spuren einer plötzlichen Flucht vor dem Entsetzen, dass das, was dir passieren wird, überall lauert, jederzeit, an jedem Ort. Selbst in deinem eigenen Haus. Während du mit deiner Tochter frühstückst.

Die Tochter. Bei dem Gedanken erstirbt Gaspares Lächeln, und er geht um die Ecke in das Zimmer des Mädchens.

Ein Ricky-Martin-Poster hängt an der Wand. Ein pinkfarbener Invicta-Rucksack liegt auf dem Stuhl neben dem dunklen Holzschreibtisch. Auf einem Foto sieht man Zio Giulio am Meer auf einem Felsen.

Hinter dem Foto sitzt auf einer weißen Kommode ein rotes Plüschteufelchen mit verschmitztem Gesicht. Gaspare nimmt es und sieht den schwarzen Baumwollflicken auf seinem Rücken, wie eine große Operationsnarbe. Er lächelt und zerdrückt es in seiner Faust, wie er so häufig die Wirbel eines Menschen zerdrückt hat, bis er das Knacken unter den Fingern hörte.

Aber das Teufelchen ist weich und zerbricht nicht. Es bleibt hängen, klebt an seiner Haut. Und er denkt an dieses Gefühl, wenn er wieder jemanden in den Schraubstock nehmen wird, an die wilde Freude, die ihn durchströmen wird, wenn das Leben vergeht.

Und an die Antwort, die er an jenem sonnigen Nachmittag dem Mann in dem dunklen Zimmer gegeben hat.

»Du wirst nach Bologna gehen, Gaspare«, sagt Zio Giulio in dem Haus, wo er niemals war. »Ich vertraue diesem Wurm nicht mehr. Du weißt, von wem ich rede, nicht wahr?«

Gaspare weiß es. Der Wurm heißt Antonio Pizzo, einer aus seinem Dorf, den er schon seit Kindertagen kennt. Einer, der schon immer ein Dummkopf war. Nur dass es keinem auffiel. Einmal wollte er eine Eidechse mit einem Bleistift töten. Doch er stach nicht fest genug zu, und das Tier blieb mehr tot als lebendig liegen, mit einer klaffenden Wunde an der Seite. Es war nicht spaßig, einen Todeskampf mit anzusehen.

Spaß machte es, zu töten.

Diesen Unterschied hat Antonio nie begriffen. Als sei es dasselbe, sich einen Pornofilm anzusehen oder zu vögeln. Nein, Antonio Pizzo ist definitiv kein Genie, und das hat nun auch Don Giulio gemerkt. Und schon ist das Geschäft mit den Drogen, welche die Corleoneser sich direkt von den kolumbianischen Drogenhändlern liefern lassen, um sie in Venen, Nasen und Münder halb Italiens zu pumpen, kein Problem mehr für ihn.

»Und was soll ich mit ihm anstellen?«

»Er wird uns keine Schwierigkeiten machen. Ich habe schon eine Idee. Wir können ihn nicht eliminieren. Das weißt du.«

Gaspare weiß, wessen Neffe Antonio Pizzo ist. Und er weiß, dass sich Zio Giulio mit ihm keinen Krieg erlauben kann. Weder jetzt noch irgendwann. Was er nicht weiß und nicht begreift, ist, wie er ihn sich vom Hals schaffen will. Einen, der den Mund nicht halten kann, nicht halten will. Und der dir immer wieder zu verstehen gibt, dass er etwas zu sagen haben muss, obwohl ihm das Zeug dazu fehlt. Für einen wie Antonio Pizzo kennt Gaspare nur eine Lösung.

Er würde Zio Giulio gerne fragen, welche Idee er hat, aber er kommt nicht dazu. Denn gerade, als er den Mund aufmacht, tritt ein Mann ein. Er ist um die fünfzig, hat am Hals unter dem Ohr eine Narbe, die ihm wie auf dem Gemälde eines Futuristen das Gesicht zerschneidet.

Das Mädchen, das er im Arm hält, ist so klein, dass es wie eine Puppe aussieht.

In den Armen von diesem Tier erinnert sie ihn an eine alte Illustration aus *Pinocchio*. Die Holzpuppen schlafen aufgereiht in einer Ecke des großen Zirkuszeltes des Puppenspielers Feuerfresser.

Nur dass dieses Mädchen nicht schläft.

Das wüsste Gaspare auch dann, wenn er nicht ihre aufgerissenen Augen und die blauen Flecken am Hals sähe.

»Bring sie rüber und tu, was ich dir gesagt habe«, befiehlt Zio Giulio, und der Mann mit der Narbe verschwindet wortlos durch eine Tür. »Sie ist Beniamino Riccominis Enkelin«, erklärt er, als er weg ist. Und Gaspare fühlt kurz einen eisigen Stich im Nacken, der sofort vorübergeht.

»Komm.«

Zio Giulio macht eine Kopfbewegung. Gaspare folgt ihm in das Hinterzimmer. Jenseits der Tür führt eine Treppe in einen Keller hinab. Auf dem Boden befindet sich Stroh, außerdem eine leere Holzkiste, zwei Lagen mit Flaschen hausgemachten Weins, eine dreckverkrustete alte Badewanne und ein Industriekühlschrank, der mit seinem leisen Brummen die Bewegungen des Narbengesichts unterlegt, der sich an einem eineinhalb Meter hohen Kanister zu schaffen macht. Der Kanister besteht nicht aus Metall, sondern aus einem schwarzen Kunststoff, und mit seinem Durchmesser von etwa einem Meter wirkt er sehr massiv. Zio Giulio bleibt an der Wand mit den Weinflaschen stehen und sieht dem Mann mit der Narbe zu, der den Kanister in die Mitte des Zimmers schiebt und zu öffnen versucht. Gaspare stellt sich neben ihn, verschränkt die Arme und wartet, was passiert.

Das Mädchen liegt auf dem Stroh. Ihre langen, glatten Haare sind mit Erde verschmutzt. Ihre schwarzen Augen scheinen etwas zu sehen, das sie erschreckt. Dabei sind sie blind. Etwas Ähnliches hat er erst zweimal in seinem Leben gesehen: als Kind in einem Horrorfilm – einem von der Sorte, in dem eine Puppe zu Leben erwacht und gnadenlos jeden aufschlitzt, der ihr in die Quere kommt – und später bei einer alten Frau, die versehentlich an dem Ort auftauchte, wo er gerade ihrem Sohn die Kehle durchschnitt.

»Dieses Mädchen«, beginnt Zio Giulio, der seinen Blick auf die Leiche bemerkt hat, »ist unser Passierschein. Dieses Mädchen und seine Eltern werden uns reich machen. Steinreich.«

Die Eltern der Kleinen sind Tochter und Schwiegersohn Beniamino Riccominis. Und Gaspare begreift, dass es in dieser Geschichte drei Tote gibt.

Endlich hat das Narbengesicht den Behälter geöffnet. Er geht so vorsichtig zu Werke, als säße ein wildes Tier darin. Doch es ist eine dunkle, ölähnliche Flüssigkeit. Als der Deckel auf den Boden fällt, steigt von der Flüssigkeit ein dünner Rauchfaden auf, und der Geruch nach Desinfektionsmittel brennt in den Augen. Das Narbengesicht packt das Mädchen an einem Arm, und nun erst begreift Gaspare, was sich in dem Kanister befindet und was geschehen wird.

Doch als es geschehen soll, hält Zio Giulio seinen Mann auf: »Warte.«

Er tritt zu dem Mädchen, und Gaspare sieht, dass sie ein Kuscheltier in den Armen hält. Ein Plüschteufelchen. Sie umklammert es fest mit den steifen Ärmchen, und Zio Giulio muss es ihr fast entreißen.

Das Tierchen fällt auf den Boden, direkt neben die Füße des Narbengesichts.

»Das wird meiner Tochter gefallen«, sagt Zio Giulio und hebt es auf. Er nickt dem Mann zu, und alles nimmt seinen Lauf. »Scheiße, das ist ja kaputt.« Er steckt einen Finger in das Loch unterhalb des Kopfes, und im selben Moment lässt der Mann mit der Narbe das Mädchen in die Wanne gleiten. Mit einem dumpfen Laut schlägt der Körper auf die kaputte Keramik. Dazu ertönt ein Knacken, als ginge etwas zu Bruch.

»Vielleicht kann man das nähen, was meinst du, Gaspare? Ob Chiara es auch mit Flicken mögen wird?«, fragt Zio Giulio, während das Narbengesicht anfängt, Säure in die Wanne zu füllen.

»Ja. Es ist ein hübsches Püppchen.«

Rosarias Körper – so heißt das Mädchen, glaubt Gaspare –

beginnt beim Kontakt mit der Säure zu dampfen wie eine Brausetablette, die man ins Wasser wirft.

Er sieht, wie ihr Gesicht sich langsam ablöst, die Züge verschwimmen, wie die kleine, zarte Nase sich verbiegt und zusammenfällt, in den Schädel gesogen wird. Die Haut rötet sich, dann platzt sie auf und ein Geruch zwischen angebrannt und Krankenhaus zieht durch den Raum. Ein Geruch, der in dich hineinkriecht und sich festsetzt, während der Mann mit der Narbe den Kanister über der Kinderleiche entleert.

»Don Beniamino wird sehr wütend sein, wenn er erfährt, was Antonio Pizzo getan hat. Und ich werde derjenige sein, der es ihm sagt. Und auch, warum er es getan hat.«

Zio Giulios Stimme ist ein Flüstern, das das Trommelfell zerschneidet.

»Wir brauchen noch einen Kanister«, sagt das Narbengesicht.

»Dann geh, Michele. Hol ihn dir aus dem Lastwagen.«

Gehorsam geht der Packesel Michele hinaus.

Giulio blickt in die Wanne und streicht langsam über das Kuscheltier. »Wenn er seine Arbeit getan hat«, erklärt er und deutet mit dem Kopf zur Tür, »schneid ihm die Kehle durch.«

Gaspare sieht ihn an.

»Das dachte ich mir schon«, sagt er nur.

Bologna, ein Uhr achtundvierzig am Morgen

Es ist fast zwei Uhr morgens, und die Bar ist praktisch leer.

Ich gehe hinein und setze mich an den Tresen. Mein Blick ist trüb, meine Finger sind kalt, den Mantelkragen habe ich hochgeschlagen, um mich vor der nächtlichen Feuchtigkeit zu schützen, meine Augen pochen, als hätte ich Kette geraucht.

Ich kenne diesen Laden, obwohl ich nie hier war. Er ist klein und hat nur von acht Uhr abends bis zehn Uhr morgens geöffnet. Manchmal ist er voll mit grölenden Jugendlichen auf dem Nachhauseweg von irgendwelchen nächtlichen Touren. Manchmal leer wie meine Gedanken. Jetzt zum Beispiel.

Vor einer halben Stunde habe ich die Intensivstation verlassen und bin, aus dem Seiteneingang des Sant'Orsola-Krankenhauses kommend, die menschenleere Via Massarenti entlanggegangen.

Via Massarenti ist eine lange Nabelschnur, die irgendwann in die Via San Vitale übergeht und bis zur Porta Ravegnana führt, um dann hinter den zwei Türmen im Arkadendickicht der Altstadt zu verschwinden. Um diese Uhrzeit ist sie in den gelben Schein der Laternen und der Neonschilder der Notaufnahme getaucht. Es herrscht eine ganz eigenartige Stille, und ich konnte dem Widerhall meiner Schritte unter dem Bogengang nachhören, der irgendwo hinter mir verebbte.

»Was bekommst du?«

Mit seiner Glatze kommt der Barmann mir wie eine etwas ältere, etwas beleibtere Ausgabe des Schauspielers Claudio Bisio vor. Er hat eine traurige Stimme, gefärbt von dem weichen Bologneser Akzent, und er sieht mich an, als wüsste er alles, was es zu wissen gibt. Bestimmt hat er schon viele hier sitzen und ihren Kummer ersäufen sehen. Wahrscheinlich haftet uns allen derselbe Geruch an. Nach Schmerz und Desinfektionsmittel. Nach Medikamenten und dem Wunsch, etwas zu finden, das die Vorstellung erträglicher macht, hinter diesen Mauern eine Mutter oder eine Frau oder einen Sohn zu wissen, deren Leben dir unaufhaltsam entgleitet. Auch ich habe viele gesehen, die der Nacht verfielen, weil sie es nicht ertrugen, unvermittelt und völlig grundlos ein Stück ihres Lebens zu verlieren.

Ich weiß, wie das funktioniert. Ich weiß, was es mit den Menschen anstellt.

»Hast du einen Calvados?«

Bisio sagt nichts. Er dreht sich um, nimmt das passende Glas und schenkt mir zwei Finger breit Calvados ein. Ich tauche meine Nase in den Duft des Schnapses und schließe die Augen. Im Hintergrund läuft Bruce Springsteen mit *Into the fire*, dem Lied für die Feuerwehrmänner von Ground zero.

Möge deine Kraft uns Kraft geben, möge dein Glaube uns Glauben geben, möge deine Hoffnung uns Hoffnung geben, möge deine Liebe uns Liebe geben.

»… Glauben …«, flüstere ich.

»Was hast du gesagt?«

Ich hebe den Blick. Bisio trocknet sich die Hände an einem Geschirrtuch ab, wie es auch meine Großmutter benutzte.

»Ich dachte nur an das Lied und alles andere.«

»Dieses? Vom Boss? Nur ein Lied. Schöne Worte, mehr nicht.«

»Schöne Worte?«

»Ach, in dieser Welt gibt es doch für jeden Mutigen, der etwas Heldenhaftes tut und dabei draufgeht, einen, der davon erzählt, ein paar Worte dazu schreibt, vielleicht mit einer schönen Melodie, und dann einen Haufen Geld scheffelt.«

»Meinst du ihn damit?«

»Den Boss? Nein, nicht den Boss. Weißt du, dem Äußeren nach zu urteilen habe ich ein paar Jährchen mehr auf dem Buckel als du. Und ich war auf dem Konzert von '85. Am 21. Juni. Es war das erste Mal, dass er nach Bologna kam. Nein, vom Boss würde ich nie so etwas denken. Aber diese Feuerwehrleute sind einfach von zu vielen ausgeschlachtet worden. Und außerdem gibt es etwas, das mir noch keiner erklären konnte.«

Ich stelle das Glas auf den Tresen und stütze mich auf.

Ein Jugendlicher in Lederjacke – die bei der Witterung draußen stark nach Würmern für den Angelhaken riecht – kommt herein und schlägt die Tür hinter sich zu. »He, machst du mir ein Bierchen?«

Bisio hebt nicht einmal den Blick. »Nein.«

»Was hast du gesagt?«

»Ich habe nein gesagt. Du hast mir eine Frage gestellt. In unserem Fall war die Frage: Machst du mir ein Bier? Oder ein Bierchen, wie du es ausdrückst. Drei Kleinigkeiten will ich dir zu bedenken geben. Erstens hast du nicht bitte gesagt. Zweitens hast du mich geduzt, und ich bin mindestens dreißig Jahre älter als du. Drittens sind Fragen erlaubt und Antworten ein Gebot der Höflichkeit. Und ich habe dir geantwortet. In unserem Fall war meine Antwort auf deine Frage nein. Dein Bier musst du woanders trinken.«

»Komm schon, red keinen Stuss.«

Ich drehe mich auf dem Hocker um. Ich mustere den Typen in der Lederjacke. Er trägt ein afrikanisches Amulett um den Hals und macht nicht den Eindruck, als wüsste er, was es bedeutet.

»Hast du seine Antwort nicht gehört?«

»Und wer bist du, etwa sein Vater?«

»Nein, schau mal genau hin, ich bin sein Großvater. Und zufälligerweise auch Polizist. Interessiert dich das irgendwie?«

»Komm, verarsch mich nicht.« Der Jugendliche klopft mir mit der Hand auf die Schulter. Der Abdruck seiner Hand klebt an meiner Jacke wie ein Fettfleck auf einem weißen Hemd. Ich greife in meine Tasche. Dann tue ich so, als würde ich meine Schulter abwischen. Und hebe die Hand, um ihm die Dienstmarke zu zeigen.

»Meinst du, ich hätte die geringste Lust, einen Idioten wie dich zu verarschen? Also, hast du kapiert, was dieser Herr gesagt hat, oder soll ich es dir wiederholen?«

»Nein, nein … Ich hab's kapiert.«

Jetzt lächele ich. Ich hasse diese kleinen Arschlöcher, und Bologna ist voll von ihnen. Billige Aufschneider, die in ihren zu großen, zu lauten Autos durch die Stadt kurven und nichts anderes in der Birne haben, als sich vollzudröhnen. Egal mit was. Auch mit Müdigkeit.

»Also, wenn du es kapiert hast, dann beweg deinen Arsch hinaus. Sofort.«

»Entschuldigung … Wirklich. Ich wollte nicht …«

»Zieh Leine, Kleiner«, sagt Bisio mit einem mitleidigen Blick. »Zieh Leine, bevor mein Freund dich in die Tüte blasen lässt. Ich glaube nämlich, dass du schon ein paar Bierchen zu viel intus hast. Und vielleicht nicht nur Bierchen.«

Der Junge weicht einen Schritt zurück, dreht sich um und rennt aus dem Lokal. Ein paar Sekunden später hört man das Aufheulen eines hochgetunten Motors.

»Warum wolltest du ihm kein Bier geben?«

»Ich hatte keine Lust. Außerdem gehen mir diese Dünnbrettbohrer echt auf die Eier. Sie kommen in meinen Laden und spielen sich als die Herren der Welt auf, nur weil sie bezahlen. Aber wen interessiert das? Ist ja nicht mal ihr eigenes Geld.«

Ich schüttele den Kopf und stecke die Polizeimarke ein. Ich nehme mein Glas, suche etwas in den Lichtreflexen der Flüssigkeit, befeuchte mir ganz wenig die Lippen. Der Duft bleibt in meiner Nase hängen, dass es fast weh tut. Dann verfliegt er.

»Dann bist du also der Polizist mit dem goldenen Herzen?«

»Ich bin Polizist. Und ein Arschloch wie alle anderen.«

»Wie du willst. Und was macht ein Arschloch wie alle anderen um diese Uhrzeit hier mit seinem Schnaps, den er nicht trinkt?«

»Du weißt, warum ich hier bin.«

»Wer ist es, deine Mutter?«

»Meine Frau. Oder wenigstens war sie bis vor kurzem meine Frau. Jetzt weiß ich es nicht mehr. Ich weiß nicht, ob sie mich verlassen hat und nur vergessen hat, es mir zu sagen. Ich weiß überhaupt nichts mehr, wenn ich ehrlich sein soll.«

»Möchtest du einen Rat?«

»Wenn du willst …«

»Such dir eine hübsche Zwanzigjährige. Davon gibt es viele. Fick sie bis zum Umfallen.«

»Und wenn ich dir sagte, dass sie sich mein Herz gekrallt hat?«

»Oh, mein Gott! Dann würde ich dir sagen, es gibt zwei Möglichkeiten, mein Freund: Entweder ergibst du dich dem Alkohol, oder du steckst ganz schön in der Scheiße. Und du siehst mir nicht aus wie einer, der sich betrinkt.«

Ich antworte nicht. Ich nehme einen langen, warmen Schluck, der mir die Speiseröhre verbrennt. Dann stelle ich das Glas langsam auf den Tresen zurück.

»Was konnte dir noch niemand erklären?«

Bisio sieht mich verständnislos an. Er kratzt sich den kahlrasierten Schädel und lächelt.

»Meinst du die Feuerwehrleute? Mann, wenn du so munter die Themen wechselst, habe ich Schwierigkeiten, dir zu folgen um diese Uhrzeit, weißt du? Mir konnte niemand erklären, was sie da oben suchten, im Treppenhaus.«

»Du meinst, sie hätten es besser wissen sollen?«

»Sag du es mir, du bist Polizist. Ein Flugzeug ist in einen Wolkenkratzer gekracht. Menschen stürzen sich aus den Fenstern, um nicht zu verbrennen. Und du rennst die Treppen hoch. Meiner Meinung nach weißt du, dass du sterben musst. Aber du tust es trotzdem. Warum?«

»Ich weiß es nicht. Aber ich kann dir eine Geschichte erzählen.«

»Eine Polizisten-Geschichte?«

»Eine Polizisten-Geschichte.«

»Warte.« Der Barmann zieht seine Schürze aus, geht um den Tresen herum und lässt das Rollgitter halb herunter. Dann setzt er sich neben mich auf einen Barhocker. »Leg los.«

»Vor ein paar Tagen war ich in einer Villa, oben in San Mamolo. Vor mir stand ein Typ. So ein Schrank, und er hatte ein

Mädchen als Geisel. Er hielt ihr die Pistole an den Kopf wie einen Nagel. Und er drohte, sie umzubringen, wenn ich ihn nicht gehen ließe. Dann hat er auf mich gezielt.«

»Scheiße, jetzt weiß ich, woher ich dich kenne. Du bist doch der Typ mit der Villen-Bande.«

»Willst du meine Geschichte nun hören?«

»Red schon weiter.«

»Also. Dieser Kerl zielt mit seiner Pistole auf mich und will weg. Die anderen hatten wir schon festgenommen, und ich hätte ihn genauso gut gehen lassen können. Draußen standen fünf Streifenwagen. Er wäre nicht weit gekommen. Stattdessen habe ich ihm in die Schulter geschossen.«

»Damit willst du mir sagen, dass du keine Angst hattest, er könnte dich erschießen. Dass du nur da warst, um deinen Job zu machen und fertig.«

»Mehr oder weniger. Ich hatte Angst, als ich ihn sah, und ich hatte Angst, als es vorbei war. Eine Scheißangst. Aber da, in diesem einen Moment, nicht.«

»Und wenn du zu ihr ins Krankenhaus gehst, hast du da Angst?«

»So sehr, dass ich mich gar nicht aus dem Haus traue. Vielleicht spare ich mir meinen gesamten Mut für diesen Scheißberuf auf.«

»Oder das Leben funktioniert irgendwie anders.«

»Oder ich habe Angst, zu schießen und nicht zu treffen. Und dass es keine zweite Chance gibt.«

»Wie?«

»Nichts, vergiss es. Das kannst du nicht verstehen. Vielleicht war es mir auch einfach nur lieber, der Typ würde mich erschießen, als die Frau da drin zu sehen.«

Der Barmann seufzt leise.

»Mein Großvater sagte immer, lass bloß nie zu, dass eine Frau dir den Verstand raubt.«

»Und, hast du auf ihn gehört?«

»Nie, kein einziges Mal.«

»Mein Großvater hingegen hat immer gesagt, im Leben bräuchte man drei Dinge: Gesundheit, offene Augen und Glück.«

»Schönes Motto. Und hast du sie?«

»Säße ich dann hier um diese Uhrzeit, würde Calvados trinken und mit dir reden?«

Bisio grinst. »Vielleicht kannten sich die zwei Alten ja.«

Ich leere mein Glas. »Vielleicht. Ich muss jetzt gehen, bevor noch herauskommt, dass wir verwandt sind.«

»Wenn du wieder mal in der Gegend bist …«

»… erzählen wir uns wieder etwas«, beende ich seinen Satz und bücke mich unter dem Rollladen durch.

Draußen liegt nach zwei Schritten eine Träne im Hinterhalt, rollt still über meine Wange, bevor ich sie schnappe und wegwische wie ein fernes Geräusch in einer Frühlingsnacht.

Acilia, zur gleichen Zeit

Mit den Fingern in der Tasche am Öffnungsmechanismus seines Klappmessers herumspielend, verlässt Gaspare Nunia das Haus. Er atmet den Geruch des Grases ein und meint kurz, in der Nachtluft denselben schrecklichen Gestank wahrzunehmen, der von dem verätzten Körper des Mädchens und dem Blut ihres Mörders ausging.

Er spürt ihn noch unter seinen Fingern. Warm. Lebendig.

Sein Leben besteht aus Toten. Ein Leben, das er sich ausgesucht hat und das ihm gefällt. Er denkt an Serenas Körper, der ihn zu Hause erwartet, und daran, dass nichts jemals sein wird wie Teresa. Nichts.

Außer vielleicht das Töten.

»Keine Bewegung!«, sagt eine Stimme zwei Meter hinter ihm, und erst da merkt er, dass er zu sehr in Gedanken vertieft war. Er hört Schritte auf dem Rasen und dann auf dem Weg. Ein einzelner Mann.

Noch ein Schritt.

Er ist kleiner als er, das hört er an dem Gewicht der Schritte. Ein Polizist. Oder ein Carabiniere.

»Hände hoch und keine Bewegung!« Die Stimme ist jung. Zu jung für die Anti-Mafia-Einheit. Ein Wehrdienstpflichtiger. Den sie geschickt haben, um ein leeres Haus zu überprüfen, dem niemand mehr Bedeutung zumisst. Trottel.

Ohne ein Wort zu sagen, hebt Gaspare die Hände. Er atmet ein und riecht das Aftershave des jungen Mannes. Und seinen Schweiß. Wieder zwei Schritte.

»Was hast du hier zu suchen? Weißt du nicht, dass hier Betreten verboten ist?«

Der Junge hat den Mond im Rücken. Gaspare sieht seinen Schatten über den Rasen kommen. Er atmet weiter. Reglos. Er weiß, dass er nur warten muss. »Nein, wusste ich nicht.«

»Dann weißt du es jetzt.«

Die Stimme des Jungen zittert. Er hätte seinen Kollegen im Streifenwagen rufen müssen, ihm sagen, dass er jemanden gefunden hat. Aber er hat es nicht getan. Vielleicht zielt er zum ersten Mal mit der Pistole auf einen Menschen.

Noch ein Schritt.

»Jetzt dreh dich um und zwar langsam.«

Und Gaspare dreht sich um.

»Oh, Scheiße«, haucht der Carabiniere, als er ihn erkennt. Mehr kann er nicht mehr sagen.

Gaspare lässt sich aus der Schusslinie fallen und erwischt den Jungen an den Beinen. Er fühlt ihn mit Wucht nach hinten kippen und versetzt ihm sofort einen harten Schlag auf den Unterarm, so dass ihm die Pistole aus der Hand fliegt.

Dann setzt er sich breitbeinig auf ihn, die Knie auf seinen Armen, den riesigen Körper auf seiner Brust lastend wie ein erstickter Atemzug. Von weitem könnte man sie für ein Liebespaar halten, das im Mondschein vögelt.

Im Funkgerät knistert es. Die Augenlider des Jungen flattern ununterbrochen.

»Einen *picciriddu* schicken sie, einen Grünschnabel«, haucht Gaspare. Dann versenkt er das Messer in der Kehle und fühlt, wie das Blut herausspritzt. Der Kopf des Jungen zuckt im wilden Rhythmus seines verrückt spielenden Herzens. Als Gaspare das Messer packt und den Griff zweimal im Uhrzeigersinn dreht, spürt er ein Knacken, und alles wird still.

Dann zieht er das Messer heraus und wischt es mit einem Taschentuch ab.

Er nimmt die Pistole des Carabiniere und schlägt sich in das Wäldchen.

Als er die Straße erreicht, sieht er den geparkten Wagen. Sie müssen gekommen sein, als er gerade im Haus war, ohne sein ein Stück weiter verstecktes Auto zu bemerken. Den anderen Mann zu töten bereitet ihm nicht dasselbe Vergnügen.

Er steht vor dem Kofferraum.

Gaspare tritt aus dem Wäldchen heraus und schießt. Ein einziger Schuss, der durch die Stille des Hügels hallt und die Grillen verstummen lässt.

Er geht durch die Stille zu seinem Auto und steigt ein.

Als er den Motor anlässt, zirpen die Grillen weiter, als sei nichts geschehen.

Bologna, kurz vor drei

Ich fahre ohne Eile, habe sowieso zu nichts Lust. Außerdem mag ich die Nacht. Denn in der Nacht zeigt die Stadt ihr wahres Gesicht. Bologna ist ein Vampir.

Was du am Tag siehst, ist nur eine träge Fassade. Glatt und weich. Schlapp vielleicht. Aber nie sie selbst.

Des Nachts hingegen wird die Stadt eine andere. Es gibt

einen Teil von Bologna, der immer verborgen bleibt. Der unter der Oberfläche lebt und sich nur im Licht der jeweiligen In-Lokale zeigt. Läden, die man heute aufsucht und in die man vielleicht nur unter Schwierigkeiten hereinkommt, damit sie dann im nächsten Jahr schon wieder verlassen sind wie die Relikte alter Websites, die auf ewig durch das World-Wide-Web geistern.

Bologna ist aus Erinnerungen und Hoffnungen gemacht. Ein ziemlich bizarrer Ort, um Hoffnungen zu schüren und Erinnerungen nicht abzulegen. Und weder die einen noch die anderen richtig auszuleben.

Ich schalte das Radio an. Mick Jaggers Stimme, und auch er und seine *Hard woman* sind Erinnerung. An Alice. Und ich möchte wieder weinen, denn um diese Uhrzeit und hier in meinem Auto bin ich kein Polizist, sondern ein Mann, verflucht noch mal. Ich habe ein Recht darauf, müde und traurig zu sein. Doch ich weine nicht. Ich halte mich am Lenkrad fest und denke daran, wie sie dieses Lied mitsummte. Leise. Sie sang immer leise. Und wenn sie laut singen wollte, drehte sie die Musik lauter. *Drehte*. Ich merke, dass ich die Vergangenheitsform benutze, und werde noch wütender.

Draußen herrscht das ewig gleiche, gelbliche Licht, und die Tore der mittelalterlichen Befestigungsmauer sehen aus wie die Türen zu einem Zuhause, in dem man sich verstecken kann. Doch in den häuslichen vier Wänden geschehen fürchterliche Dinge. Und die Sicherheit, die der rote Stein und die engen Gassen vorgaukeln, ist in Wirklichkeit dieselbe, die keinen Lichtstrahl hereinlässt und dich dein Leben lang im Finstern sitzen lässt, während du zu begreifen suchst.

Bologna beobachtet dich und fällt ihr Urteil. Das hat diese Stadt immer getan, schweigend, wortlos. Wie Frauen, die sich den neusten Nachbarschaftstratsch erzählen, oder Männer, die von Eroberungen berichten, für die sie nie den Mut hatten.

Bologna beobachtet dich und fällt ihr Urteil. Nur dass sie raffiniert genug ist, es in aller Stille zu tun. Ohne dass du es merkst. Und irgendwann präsentiert sie dir die Rechnung.

Ich frage mich, ob der Preis zu hoch sein wird. Und ich bekomme Angst, dass der Preis mir ganz egal sein wird. Dass ich nur wissen will, wo ich den Schuldschein unterschreiben muss.

Ich ignoriere die rote Ampel auf der Via Ferrarese und bin zwei Minuten später zu Hause. An der Stelle, wo ich den Wagen parke, ist sonst nur das Rauschen der Bäume im Park zu hören und das ferne Echo eines Motors, der irgendwo aufheult.

Normalerweise, denn heute Abend scheint sich das gesamte Haus im Hof versammelt zu haben.

»Ciao, Gabriele, hast du schon gehört?«, begrüßt mich die Cecchetti aus dem dritten Stock, deren Tratsch man in der Regel nur schwer entkommt. Sie ist mit ihrem Hund draußen, und ich vergrabe meine Hand in dem weißen Fell des riesigen Mischlings, der mir zum Dank den Unterarm leckt, als sei er ein Wassereis.

»Nein, ich komme gerade aus dem …«

»Guido ist tot«, fällt sie mir ins Wort.

Ich kenne Guido. Einer, der zu Hause arbeitet, Computer programmiert und immer als Erster grüßt, wenn man ihm begegnet. Sympathischer Typ. Der sich nicht produzieren muss, der dich nicht von Kopf bis Fuß mustert. Einer, der ein bisschen ist, wie diese Stadt früher einmal war und wie ich sie gerne wieder zurückhätte.

»Was ist passiert?«

Die Cecchetti senkt den Blick, und ihr Hund erinnert mich mit leisem Gebell daran, dass ich aufgehört habe, ihn zu streicheln.

»Eine Wespe«, sagt die Frau, während ich wieder die Finger durch das Fell des Tieres wandern lasse.

Da fällt mir ein, dass ich vor rund einem Jahr einmal Guido

Bignami in der Apotheke getroffen habe. Ich brauchte etwas gegen Halsweh, und er kaufte Spritzen. Und er erzählte, dass er diese Spritzen immer dabei habe, weil er gegen Wespengift allergisch sei. So sehr, dass er an einem einzigen Stich sterben könne. Und dass er aus Angst in der ganzen Wohnung Fliegengitter vor den Fenstern und der Balkontür angebracht habe.

Und ich frage mich, wie eine Wespe in seine Wohnung kommen konnte und warum er sich keine Spritze gesetzt hat. Da werde ich morgen wohl eine kleine Ermittlung durchführen müssen, um herauszufinden, was wirklich passiert ist. Dann fällt mir ein, dass ich morgen ja schon diese Nervensäge von Polizeipräsident begleiten muss, der bei der Verlegung von Candido Giulio nach Budrio dabei sein möchte. Aber vielleicht könnte ich Ippoliti damit beauftragen.

Doch Ippoliti überprüft schon den anderen Mann, diesen Anselmi. Und plötzlich bin ich wieder bei der Intensivstation und lausche dem Auf und Ab von Alices Atemzügen.

Und ich bin wütend, dass ich eine Sekunde lang die Realität vergessen habe.

Also verabschiede ich mich von der Cecchetti, streiche dem Hund ein letztes Mal über das Fell und schlüpfe durchs Tor.

Bevor ich das Haus betrete, halte ich den Krankenträgern mit ihrer Bahre die Tür auf, die Guido Bignami in einem Leichensack abtransportieren.

Fünf

Roccasole, Sizilien. 22. April, acht Uhr fünfundzwanzig

Der Friedhof liegt am Rande des Felsens.

An stürmischen Tagen hört man von hier das Meer gegen die Umgrenzungsmauer klatschen. Und wenn man sich auf die Mauer stellt, kann man theoretisch bis nach Afrika sehen, vorausgesetzt, man hat so scharfe Augen.

Das behauptete immer Gaspares Vater. »Schau, Afrika«, und er erzählte ihm von Löwen und Zebras und von allem, was er in seiner Phantasie sah. Das war an den Tagen, wenn sie den Großvater besuchen gingen und ihm die langstieligen, blutroten Rosen brachten, um sie gegen die alten auszutauschen, die verschrumpelt waren wie die Hände der Großmutter. Dann konnte es sein, dass sein Vater ihn auf das Mäuerchen stellte, um bis nach Afrika zu sehen. Er musste immer lachen über seine Geschichten. Gaspare hatte das gleiche schöne Lachen wie sein Vater. Behauptete seine Mutter.

Seine Mutter ist auch der Grund, warum er nun hier ist, warum er aus der Ferne denselben Ort betrachtet, von dem man bis nach Afrika sehen könnte, mit den Löwen, die es nicht mehr gibt, die einer Zeit angehören, die nicht zurückkommt und die mit dieser Beerdigung endgültig ihren Abschluss findet.

Die Beerdigung seiner Mutter.

Es war der Gedanke an diese Beerdigung, der Gaspare Nunia das erste Mal die Möglichkeit eines Ausbruchs erwägen ließ. Denn dass seine Mutter irgendwann sterben würde, war ihm an dem Tag klargeworden, als sie ihn schnappten. Als Teresa starb. Als er das Mädchen auf dem Bürgersteig liegen sah, ihr Blut sah, das vom Regen weggeschwemmt wurde wie die Erinnerungen von der Zeit, hat er eine einzige Träne vergossen. Eine einzige, mehr nicht.

Für sie, deren Körper auf dem Asphalt erkaltete, und für seine Mutter, die damals noch lebte. Doch mit einem Killer auf den Fersen, der kein Blut auf dem Bürgersteig vergießt, der keinen Lärm macht und dir keinen Fluchtweg lässt.

»Tut mir leid, sie hatte nichts damit zu tun«, hatte ihm der Polizist damals gesagt, und Gaspare wusste, dass es stimmte. Jeder hat seine Aufgabe, seine Rolle. Wie in der Kindheit. Wer ist Räuber und wer Gendarm. Wer rennt weg und wer fängt. Nur, dass die wirkliche Welt anders aussieht. In der wirklichen Welt gibt es auch Menschen wie Teresa, die von einer Kugel getroffen werden, ohne zu wissen, warum.

Von weitem sieht er, wie der Sarg in die kleine Kapelle getragen wird. Indem er das Fernglas schweifen lässt, versucht er die Polizeibeamten zu zählen, die den Friedhof überwachen. Sechs, soweit er sehen kann.

»Wie lange willst du warten?«

Gaspare dreht sich um und blickt den Stummen an. Seine verschwitzte Stirn glänzt in der Sonne.

»Wenn die Beerdigung vorbei ist, werden sie sich verziehen«, sagt er. Doch er denkt, dass er vielleicht bis zum Abend warten muss, ehe er den Namen seiner Mutter auf dem Grabstein lesen kann.

»Und danach?«

»Nach was?«

»Danach. Wenn alles zu Ende ist.«

Gaspare nimmt das Gesicht des Stummen in die Hände. Er küsst ihn auf die Stirn und schmeckt den salzigen Schweiß auf seinen Lippen.

»Danach bringen wir alles in Ordnung«, sagt er und schaut ihm in die Augen. »Und jemand sollte langsam anfangen, Angst zu haben. Wenn er noch ein Mann ist.«

Peripherie von Bologna, Vormittag

Die Zivilstreife fährt die Via San Vitale entlang, und mein Blick wandert alle zwei Sekunden zum Handy. Ich warte auf Nachricht von Ippoliti, ob er etwas über diesen Anselmi herausgefunden hat.

Ich will wissen, ob zwischen all den Zetteln in Alices Mülleimer auch die Verpackung dieser Schokokugel war und ob das komische Gefühl, das mich seit heute Morgen begleitet, sich als wahr herausstellen wird oder nicht.

Der Tag draußen ist fast unnatürlich sonnig, und Bolognas Randbezirke werden langsam von einer khakifarbenen Landschaft abgelöst.

Das blaue Auto vor uns – das die Familie Giulio in ihr neues Domizil bringt – fährt zügig, ohne zu rasen. Auf meinen Knien liegt eine Ausgabe der *Repubblica*, die ich gerade gekauft habe. Auf der Titelseite das Bild der beiden Carabinieri, die letzte Nacht ermordet wurden. Vor dem ehemaligen Haus des Mannes, den wir gerade in Sicherheit bringen.

Die mit aller Wahrscheinlichkeit durch Gaspare Nunias riesige Pranken starben.

»Wir müssen sehr vorsichtig sein, Riccardi«, verkündet der Polizeipräsident.

Er sitzt auf der Rückbank, allein. Ich ertrage es nicht, hinten zu sitzen. Ich komme mir dann immer vor wie in einem Taxi. Aber ich bin der Einsatzleiter, ich lasse mich nicht zum Vergnügen herumkutschieren. Auch wenn mir das, was ich hier tue, im Grunde herzlich egal ist. Was mich betrifft, könnte Candido Giulio ruhig zwei Meter tief unter der Erde liegen, ebenso wurmzerfressen wie sie. Und wenn Gaspare Nunia dort war, um ihn auszuschalten, tja, dann wird er wohl seine Gründe gehabt haben.

»Wir werden unser Möglichstes tun. Das ist unser Job«, antworte ich, aber es nervt mich, dass er den Plural benutzt. Denn in Wirklichkeit sind dieses »wir« ich und meine Kollegen. Ich darf den Plural benutzen. Er nicht.

»Haben Sie das gelesen?«, fragt er, und ich sehe durch den Rückspiegel, dass er auf die Schlagzeilen auf meinem Schoß deutet.

»Ja, habe ich.«

»Dieser Mann ist ein Tier. Und Sie bleiben immer noch dabei, dass er nicht nach Ihnen suchen wird?«

Ich überlege. Aber nur kurz. »Nein, wird er nicht. Vielleicht wird er nicht einmal Don Giulio suchen. Vielleicht wird er einfach für eine Weile verschwinden. Vielleicht auch für länger. Und wenn wir ihn schon fast abgeschrieben haben, wird er herauskommen und ihn kaltmachen. Wenn wir es am wenigsten erwarten.«

»So wie Sie reden, könnte man meinen, Sie bewundern ihn.«

»Nein, ich bewundere ihn nicht. Ganz im Gegenteil. Aber ich verstehe ihn. Menschlich gesehen, meine ich. Und das ist der Unterschied.«

»Der Unterschied?«

Ich drehe mich halb zu ihm um. »Der Unterschied, Herr Polizeipräsident. Wenn man es mit bestimmten Persönlichkeiten zu tun hat, muss man lernen, sich in sie hineinzuversetzen. Man muss wissen, was sie als Nächstes tun. Und vor allem wie sie denken. Und ich verstehe Gaspare Nunia. Ich verstehe, dass er Candido Giulio umbringen will.«

»Nunia ist ein Tier. Gewalttätig.«

»Für manche Menschen ist Gewalt die Normalität. Das wissen Sie so gut wie ich. Sonst wären Leute wie wir arbeitslos und nur hinter den Frauen her. Doch auch bei der Gewalt gibt es

Regeln und Menschen wie Nunia, die diese Regeln befolgen. Wer sie überschreitet, muss bezahlen. Und zwar teuer. Wenn Gaspare Nunia sich im Gefängnis nicht an die Regeln gehalten hätte, wäre er niemals ausgebrochen.«

»Ich verstehe Sie nicht.«

»Wenn Gaspare geredet hätte, wäre er in Marino del Tronto geblieben. Denn was passiert ist, wäre der Preis gewesen, den er zahlen musste. Aber Gaspare Nunia war kein Kronzeuge. Ganz einfach, weil das gegen seine Regeln verstoßen hätte. Don Candido hingegen hat seine ganze Familie umgebracht. Bis auf eine Tante. Nur so, als Vorsichtsmaßnahme.«

»Und das verstößt absolut gegen die Regeln.«

»Genau.«

»Und daher glauben Sie, dass Nunia geflohen ist, um seine Familie zu rächen.«

»Genau.«

»Und dass er nicht zu Ihnen kommen wird, weil das, was mit der armen Teresa passiert ist, innerhalb der Regeln liegt.«

»Genau«, wiederhole ich und drehe mich wieder der Straße zu. Die arme Teresa, wie er sie nennt, war eine Regel, die Gaspare teuer zu stehen kam. Und die auch mich teuer zu stehen kommt.

»Und wie geht es Ihrer Freundin?«

Für einen Moment schließe ich hinter der Sonnenbrille die Augen und sehe sie vor mir, meine Freundin. Wie ich sie heute Morgen gesehen habe, bevor ich zum Dienst gefahren bin. Unter einem weißen Laken mit einem Schlauch, durch den sie atmet. Ich sehe, wie sie daliegt. »Unverändert«, sage ich.

Und öffne die Augen.

Sein Handy klingelt. Ein kurzer, flacher Ton. Eine SMS. »Und die Ermittlung?«, fragt er mich, während er sie beantwortet. Ich beobachte ihn durch den Rückspiegel. Alice und die Ermittlung interessieren ihn nicht im Geringsten. Wenn ich etwas nicht ertrage, dann bemitleidet zu werden.

»Wir gehen einem Hinweis nach. Ich halte Sie auf dem Laufenden.«

Er antwortet nicht einmal. Steckt das Mobiltelefon weg und versinkt in Gedanken. Don Giulios Wagen biegt langsam links ein, und wir folgen ihm.

Eine Prozession. Als wäre er ein Priester. Dann klingelt mein Handy. Ippoliti. »Und?«

»Bist du an der Freisprechanlage?«

»Nein.«

»Ich habe die Adresse von Anselmis Firma gefunden.«

»Anselsoft?«

»Ja. Sie hat ihren Sitz in der Via Arno 25. Wie lange bist du noch beschäftigt?«

»Nicht mehr lange. Hast du jemanden hingeschickt?«

»Cancemi und Di Biase.«

»Sie dürfen sich nicht sehen lassen. Und ich will Fotos von allen, die dort ein und aus gehen.«

»Geht klar.«

»Was ist es für ein Gebäude?«

»Ein Wohnhaus. Sechs Stockwerke. Rund zwanzig Wohnungen.«

»Wir sehen uns dort. Ist nicht sehr weit von hier.«

Ich lege auf. Der Polizeipräsident blickt mich erwartungsvoll an. »Neuigkeiten?«

»Weiß noch nicht«, erwidere ich wahrheitsgemäß.

Zuerst will ich diesem Typen ins Gesicht sehen. Vielleicht kann man an seinem Blick etwas ablesen. Vielleicht begreife ich dann, welche Richtung ich einschlagen muss.

Dann stoppt der Wagen, und die Realität holt mich wieder ein.

Ich bin wie einer dieser alten Lochkartencomputer. Mit jeder Karte muss ich perfekt funktionieren, getreu den Regeln und wie jeder es von mir erwartet, allen voran ich selbst.

Roccasole, Sizilien. Dreizehn Uhr siebenundvierzig

Die Zikaden singen, Tageslicht sickert durch die halbgeschlossenen Vorhänge, und im Radio des Stummen läuft ein Lied von Fiorella Mannoia, als das Auto kommt.

Gaspare ist im Haus. Er liegt mit geschlossenen Augen auf dem Sofa, das Hemd bis auf den letzten Knopf geöffnet, die Haare ungekämmt. Die Pistole liegt auf seiner Brust.

Er schläft nicht. Er denkt an die Beerdigung seiner Mutter. Daran, was es für ihn bedeutet hat. Von einem Hügel aus das Grüppchen zu beobachten und dann zu warten, bis alle weg sind, um dem Friedhofswärter hundert Euro in die Tasche der zerschlissenen Jacke zu stecken, damit er ihn ans Grab begleitet, wo noch der Duft der frischen Blumen in der Luft hängt und auf der weichen Erde die Fußabdrücke zu sehen sind. Und kurz zu verharren, schweigend, um auf das Fleckchen Erde zu starren, das von einem bleibt, wenn man stirbt.

In diesem kurzen Moment hat er an das Gesicht seiner Mutter am Tag der Beerdigung des Vaters gedacht. Sie hat nicht geweint, sondern ist stark geblieben, hart wie der Stumpf eines alten Baumes, dem du die Äste und auch den Stamm abschlagen kannst, nicht jedoch seine Wurzeln. Und einen Moment lang hat er wieder das Mittagessen vor Augen, als sie den Jahrestag von Zia Margheritas Hochzeit feierten.

Damals war er fast vierzehn und hatte beim Spielen im Garten des Restaurants einen Blick seines Vaters erhascht, der ihn ansah, wie er ihn nie wieder ansehen würde. Wie einen Mann. Zum ersten Mal.

Er hatte der Mutter etwas ins Ohr geflüstert, und Gaspare hatte gesehen, wie ihre Miene sich versteinerte und sich ihr Blick mit einem allzu schweren, allzu traurigen Lächeln auf ihn legte.

Dann war er weggerannt, zurück zu den anderen.

Diesen Blick hat er immer vor Augen, wenn er sich seine

Mutter am Grab seines Vaters vorstellt. Einen Blick, der genau weiß, was geschehen wird.

Der weiß, dass nichts den Lauf der Dinge ändern kann.

Und auch jetzt hat er ihn vor Augen, und als er die Schritte hereinkommen hört und das Radio des Stummen ausgeht, weiß er, dass er ihn noch oft sehen wird. Dass er ihn immer wieder in seinen Träumen sehen wird, bis alles vorbei ist.

Doch nun muss er die Augen öffnen.

»Steh auf«, sagt eine Stimme, und als Erstes bewegt Gaspare die Hände, weg von der Pistole. Er drückt sich vom Sofa ab, so dass die Waffe auf das Kissen rutscht, und erhebt sich.

Vier Männer stehen im Raum. Einer durchsucht ihn, einer zielt mit einer blank polierten Beretta auf ihn, und ein dritter kümmert sich um den Stummen. Alle drei kennt er schon vom ersten Mal.

Den vierten, der gesprochen hat, kennt er nur vom Sehen und aus Erzählungen. Er ist der Sohn des Mannes, der ihn von der Türschwelle aus ansieht.

Beniamino Riccomini macht ein paar Schritte ins Zimmer hinein.

Gaspare knöpft sich das Hemd zu. »Ich bitte um Entschuldigung«, murmelt er.

Don Beniamino sagt nichts. Sieht ihn nur an. Dann fällt sein Blick auf den kleinen Tisch in einer Ecke neben dem Fernseher. Gaspare geht hin und nimmt, was auf ihm liegt. Vorsichtig, wie etwas Lebendiges. Als Don Beniamino es aus Gaspares Hand entgegennimmt, fühlt Gaspare die leichte Berührung von zwei warmen, glatten Fingern.

Beniamino Riccomini betrachtet das Stofftier, das er einst seiner Enkelin geschenkt hat, mit derselben Aufmerksamkeit, die ein Chirurg einem Röntgenbild schenken würde.

»Er ist in Bologna«, sagt er einfach, nach einem endlosen Schweigen. »Hier gibt es nichts mehr, das du beschützen müsstest.«

Er wirft ihm einen Blick zu, der keinen Atemzug lang ist. Dann dreht er sich um und geht.

Eine Minute später ist das Haus wieder leer.

»Gehen wir«, sagt Gaspare, und der Stumme sieht ihn an.

»War das ...«

»Ja, das war er.«

»Scheiße, Gaspare ...«

»Beweg deinen Arsch. Wird eine lange Reise.«

Der Stumme verschwindet in der Küche.

Draußen scheint die Sonne, und in drei Tagen ist Ostern.

Gaspare denkt an die Augen des Carabiniere, als er ihm das Messer in die Speiseröhre stieß.

Mit Don Candido wird er sich mehr Zeit lassen.

Bologna, zwischen eins und zwei

Die Nummer 25 in der Via Arno ist ein Abschnitt eines etwa dreißig Meter langen roten Gebäudes.

»Ich habe schon versucht anzurufen«, erklärt mir Ippoliti, als wir in den vierten Stock hinaufsteigen. »Hat keiner abgehoben.«

»Die Nummer stimmt mit der auf Ilarias Liste überein?«

»Ja, die Nummer stimmt. Sie steht auch im Telefonbuch. Es geht nur keiner ran.«

Von Guido Anselmi wissen wir die Adresse seiner Wohnung und seiner Arbeitsstelle. Wir wissen, dass er ein sympathisches Auftreten hat, dass seine Firma seit zwei Jahren bei der örtlichen Handelskammer registriert ist und Verwaltungssoftware für Steuerberater herstellt.

Und dass er sehr wahrscheinlich Alice vergiftete Schokolade gegeben hat mit einem Toxin, das die Natur sich nicht einmal im Traum einfallen lassen würde.

Ich bin gespannt auf diesen Guido Anselmi, darauf, ihm ins Gesicht zu blicken und zu sehen, was er für ein Typ ist. Gespannt lausche ich dem metallischen Geräusch des Aufzugs, bis er schließlich auf der gewünschten Etage anhält.

Das Büro von Anselsoft liegt hinter der Tür, die dem Fahrstuhl am nächsten ist. Rechts und links davon befinden sich Wohnungen. Auf den Klingelschildern stehen die Namen Grandi und Palazzeschi. An der Tür klebt ein vergoldetes Firmenschild mit einem roten Logo. Etwas, das vielleicht einen Flügel darstellen soll, aber letztlich nur aussieht wie das Telecom-Logo.

In dem Hausflur herrscht eine seltsame Stille. Dieselbe Atmosphäre wie vor dem Haus, in das wir die Familie Giulio überführt haben.

Ich sehe Ippoliti an, der misstrauisch die Tür mustert. Wie man einen Menschen mustern würde, der dich im Vorbeigehen grüßt und dabei seine Hand hebt, eine Hand mit sechs Fingern.

Die Tür zu dem Apartment ist nur angelehnt. Ippoliti starrt reglos auf den schmalen Lichtstreifen, der durch die Öffnung fällt.

Dann blickt er kurz zu mir und stößt mit einer Hand die Tür auf.

In dem Büro der Anselsoft ist buchstäblich nichts, bis auf das Licht, das durch die gardinenlosen Fenster hereinflutet. Ich gehe durch die leeren Zimmer und höre den Hall meiner Schritte wie unter den nächtlichen Arkaden. Beim Blick auf den makellosen Parkettboden und die sorgfältig gestrichenen Wände kann ich mich des Gefühls nicht erwehren, dass diese Räume nie ein einziges Möbelstück gesehen haben.

»Was zum Teufel hat das zu bedeuten?«, fragt Ippoliti.

Ich überlege. Diese Wände, diese Stille, dieser Ort, der absolut keinen Sinn zu ergeben scheint.

»Dass jemand sein Spiel mit uns treibt. Und wir sind seine Spielfiguren.« Ich trete an ein Fenster und sehe hinaus. Auf der anderen Straßenseite parkt der Wagen von Cancemi und Di Biase. »Ich brauche einen Wagen, der dort unten rund um die Uhr Wache hält. Und ich will Bilder von allen, die dieses Haus betreten. Ich will wissen, wem die Wohnung gehört. Wenn sie auf Anselmi eingetragen ist, von wem er sie gekauft hat und wann. Ob sie gemietet ist und wem er das Geld überweist. Oder wie er zahlt. Wie viel. Ich will jeden befragt haben, der hier wohnt, und wissen, ob jemals einer einen Mann diese Wohnung hat betreten sehen, und wenn ja, wie er aussieht.«

Ippoliti nickt. Aber er hat Angst. Und ich auch. Weil ich es nicht verstehe. Wie ein Kind, das im Bett liegt und die Möbel knarzen hört. »Wir haben die Adresse von Anselmis Wohnung, oder?«

»Ja. Sie ist in der Via Mazzini. Nummer fünf.«

Ich nehme mein Handy und wähle eine Nummer. Mir wird bewusst, dass ich mich wie auf Schienen bewege. Ursache und Wirkung. Ich versuche, nicht zu fühlen, nicht zu denken, nicht auf meinen Kopf zu achten, der entgleisen will. Ich habe keine Zeit. Ich höre zweimaliges Tuten, dann die Stimme des Polizeipräsidenten.

»Ich brauche einen Durchsuchungsbefehl … Privatwohnung … Via Mazzini fünf … Guido Anselmi … Nein, sofort. Ich bin auf dem Weg dorthin … Wenn es nicht dringend wäre, würde ich Sie nicht auf dem Handy anrufen, Herr Polizeipräsident.«

Ich lege auf und sehe Ippoliti an. »Wollen mal sehen, ob Signor Anselmi zu Hause den gleichen Einrichtungsstil pflegt.«

»Und jetzt?«

Ippoliti blickt mich an, inmitten der vielen Leute um uns herum. Jede Bewegung ein Ziel. Jedes Objekt, das sie anfassen, ein Motiv. Alles wirkt präzise und zweckgebunden, und während ich der Spurensicherung bei der Arbeit zusehe, frage ich mich, was diese Wohnung um mich herum mir sagen will.

Als ich klingelte, kurz bevor ich merkte, dass auch diese Tür offen stand, hoffte ich noch, Signor Anselmi würde uns aufmachen und mir bei einer Tasse Kaffee alles erklären.

Dann ging ich hinein, der Einladung der offenstehenden Tür folgend, und begriff allmählich, dass ich nicht hier war, um Erklärungen zu bekommen, sondern damit alles noch verwirrender würde.

Guido Anselmis Wohnung ist schlicht und nach einem etwas altmodischen Geschmack eingerichtet. An den Wänden hängen Stadtansichten von Bologna von vor hundert Jahren. Via Rizzoli mit einer Pferdekutsche, die über die staubige Straße rumpelt.

Durch die heruntergelassenen Rollos fällt das gedämpfte Licht der Frühlingssonne wie eine lange Klinge aus Staub auf unsere Hände und die Pistolen in ihnen, mit denen wir durch die Wohnung gehen.

Bis uns klar wird, dass niemand hier ist.

Und zwar schon seit geraumer Zeit.

Dafür genügt ein Blick auf die fingerdicke Staubschicht auf den Holzmöbeln. Auf dem Küchentisch und dem Esszimmertisch, auf einem Glas in der Spüle.

Es genügt, mit einem Taschentuch in der Hand den Kühlschrank aufzumachen. Angeschlossen, aber leer. Und es genügt, den muffigen Geruch nach ungelüfteten Räumen und Kanalisation einzuatmen, der aus dem Bad kommt.

Es genügt, über die grüne Wolldecke zu fahren, die auf das Doppelbett gebreitet ist, und die feine Staubwolke zu sehen, die bei jeder kleinsten Berührung aufsteigt.

Den Schrank aufzumachen und zu sehen, dass er leer ist, ebenso wie die Schubladen, wie das Badschränkchen, die Zahnputzbecher.

Nichts.

In diesen Räumen wohnt schon lange niemand mehr.

Vielleicht hat nie jemand hier gewohnt.

»Und jetzt?«

Ippoliti kratzt sich langsam über das Kinn und sieht mich an. Ich stehe am Fenster. Draußen liegt meine alte Schule, und ein paar Erinnerungen sind auf dem Bürgersteig gestrandet.

»Jetzt …« Ich versuche, meine Gedanken zu ordnen. »Jetzt müssen wir mehr über diesen Anselmi herausfinden. Wer er ist, woher er kommt, wer ihn kennt. Wir haben ein leeres Büro, eine Firma, die es wahrscheinlich nicht gibt, und eine Wohnung, in der niemand wohnt. Wahrscheinlich nie jemand gewohnt hat.«

»Es muss doch Mietverträge geben.«

Ippoliti gefällt mir, weil er ähnlich denkt wie ich. »Verträge, Rechnungen, Bankkonten. Dieser Anselmi muss einen Personalausweis haben, vielleicht einen Führerschein. Mit einem Foto darin. Wir müssen herausfinden, wer er ist. Obwohl …«

»Obwohl?«

Ich betrachte einen jungen Mann von der Spurensicherung, der Fingerabdrücke von einem Schubladengriff nimmt. »Vielleicht ist es nur so ein Gefühl. Aber ich glaube, wir werden nichts finden.«

»Wieso?«

»Keine Ahnung. Aber wer er auch ist, dieser Kerl hat uns mit einer bestimmten Absicht hierhergelockt. Und er wusste, dass wir heute kommen würden. Die Türen standen nicht lange auf. Sonst hätten die Nachbarn etwas bemerkt.«

»Das bedeutet?«

»Keine Ahnung. Ich war davon ausgegangen, dass dieser Anselmi von jemandem benutzt wird. Dass nicht er die Schokokugel vergiftet hat.«

»Und wer sonst?«

Ich komme nicht dazu, ihm meine Überlegungen mitzuteilen.

»Commissario?« Cancemi betritt das Wohnzimmer und hält etwas in der Hand, das in einer Plastiktüte steckt. »Das haben wir in einer Schublade gefunden, im Schlafzimmer.«

Ich strecke die Hand danach aus.

»In einer leeren Schublade, nehme ich an.«

»Die Schubladen sind alle leer, Commissario. Überall.«

Der Personalausweis, den Cancemi mir in der Plastikumhüllung reicht, um eventuelle Fingerabdrücke nicht zu verwischen, gehört Guido Anselmi.

Als ich ihn aufklappe, lächelt mir von dem Foto ein älterer Herr entgegen, mit Halbglatze und graumeliertem, gepflegtem Bart.

Guido Anselmi, geboren in Bari am 13.5.1930, wohnhaft in der Via Mazzini 5, Familienstand Witwer, Beruf Ingenieur, Größe 1,82, Haare braun, Augen schwarz.

Ich zeige das Bild Ippoliti. Er blickt es ein paar Sekunden an und gibt den Ausweis dann Cancemi zurück.

»Und jetzt?«, fragt er.

Ich wende meine Augen von einem Lichtreflex auf dem Möbelstück ab und schaue ihn an.

Er lächelt.

Er sitzt auf dem Bettrand, seine Haut duftet nach dem Schaumbad, und die nassen Haare kleben ihm an der Stirn.

Wenn er noch so geschminkt wäre, wie an jenem Vormittag, könnte so mancher das Lächeln mit dem Gesicht von Guido Anselmi in Verbindung bringen. Mit einem Gesicht, das nicht mehr existiert. Er streicht sich langsam einen Tropfen lauwarmen Wassers aus der Augenbraue. Dabei denkt er, wie gern er die verblüffte Miene des Polizisten vor den geöffneten Türen gesehen hätte. Nicht mit ansehen zu können, wie Angst und Überraschung in seine Gesichtszüge treten und seine Pupillen trüben, tut ihm schon irgendwie leid.

Doch im Grunde ist es nicht wichtig.

Wichtig ist, dass das Spiel eröffnet ist. Und dass er der einzige Mitspieler ist, der die Regeln kennt, nach denen die Figuren sich über das Spielbrett bewegen.

Er steht auf und blickt auf die Straße und die Dächer hinab, auf denen die Aprilwärme lastet. Bologna ist wie geschaffen für jemanden wie ihn. Ein Ort, wo sich jeder nur um seine eigenen Angelegenheiten kümmert und Nachbarn nur dann eine Rolle spielen, wenn sie das eigene Leben stören. Eine Stadt, die ihre Neugier von einst verloren zu haben scheint.

An einem solchen Ort muss man sich nur still verhalten, um Stille zu ernten. Und an Stille ist er gewöhnt.

Die Stille seiner Arbeit.

Die Stille seiner Wohnung, in die sich nur hin und wieder ein Straßengeräusch verirrt.

Für jemanden wie ihn ist die Stille alles.

Sein Blick folgt einem Bus, dann zieht er sich langsam an. Ein Hemd, helle Jeans. Schlichte Kleider. Er öffnet die Glastür und tritt auf die Terrasse hinaus, um nach den Pflanzen zu sehen. Einen Augenblick überlegt er, dass man nur einige Wohnhäuser verschieben müsste, um mit einem guten Fernglas der Polizei auf den Schreibtisch zu sehen. Aber es ist nur ein kurzer Gedanke, während er sich versichert, dass es den Pflanzen gutgeht und die Triebe wachsen.

Es ist spät, und er muss zur Arbeit.

Letztlich unterscheidet sich sein Leben in mancher Hinsicht nicht im Geringsten von dem Leben anderer Menschen.

Ingenieur Guido Anselmi lächelt mich von der Farbkopie an.

Es ist fast ein Uhr nachts, alles ist still, das einzige Licht in dieser Etage des Polizeipräsidiums ist das in meinem Büro.

Auf dem Schreibtisch liegen die Fotos der Wohnung in der Via Mazzini, ein Zettel mit den Namen der Hausbewohner, ein anderer mit denen in der Via Arno, wo wir das leere Büro gefunden haben. Ein Fax mit dem Eintrag der Anselsoft bei der Handelskammer Bologna. Die Akten zu der Firma, deren alleiniger Inhaber Guido Anselmi ist.

Ich betrachte das breite Lächeln des Mannes in dem Ausweis und frage mich, wer er ist. Und warum er wollte, dass wir den Ausweis finden. Der erste Spielstein im Domino.

Eine Spur, die er in einer leeren, staubigen Wohnung ausgelegt hat. In einer Wohnung, deren Tür offen steht und in der sich nicht ein einziger Fingerabdruck findet. Genau wie in dem Büro.

»Du bist noch hier?« Ippoliti reißt mich aus meinen Gedanken wie die Angel einen Fisch aus dem Wasser.

»Und selbst?«

»Meine Frau ist mit den Kindern über Ostern zu ihrer Mutter ans Meer gefahren.«

Ich sortiere die Fotos. »Du weißt, dass er heute da war, nicht wahr?«

»Ja. Büro und Wohnung liegen rund zehn Minuten Fahrtzeit voneinander entfernt. Er hat beide Türen aufgemacht. Vielleicht wusste er nicht, wohin wir zuerst fahren würden. Aber er wusste, dass wir uns nach dem einen auch das andere ansehen würden.«

»Und dass wir ohne die offenen Türen nicht so schnell hineingekommen wären. Vielleicht ist er ja auf einem der Bilder, die die Jungs gemacht haben.«

»Das glaube ich nicht. Der Kerl ist nicht dumm. Und irgendetwas steckt hinter diesem Spiel. Ein Motiv. Es geht nicht nur um Alice.«

Ich runzele die Stirn und fahre mir mit den Händen über das Gesicht, drücke auf die Wangen, als könnte ich so meine Gedanken herauspressen.

Ippoliti tritt an meinen Schreibtisch. Er nimmt das Bild von

Anselmi und betrachtet es. Dann legt er es zurück. »Morgen früh müssten die Auskünfte aus Bari hier sein.«

»Ich habe bei allen Banken von Bologna nachgefragt, ob sie einen Kontoinhaber mit dem Namen Guido Anselmi haben. Es wird etwas dauern und vielleicht ein paar Widerstände geben. Aber zumindest müssten wir so herausfinden, ob er eine EC- oder Kreditkarte besitzt. Ob es Ein- und Ausgänge auf seinem Konto gibt. Wie hoch sie sind.«

»Was hältst du davon?«

Ich lasse die Finger knacken. Das tat Alice immer. Nein. Sie *tut* es. Immer noch. »Wer uns diese Szenerie aufgebaut hat, ist jedenfalls sehr präzise vorgegangen. Die gefälschte Identität, die Firma, die Fingerabdrücke, die Türen, der Ausweis. Die Schokokugel. Alice. Alles ergibt einen präzisen Sinn, ich weiß nur nicht welchen.«

»Das bedeutet?«

»Dass wir uns mit den Einzelheiten beschäftigen müssen. Mit allen, auch denen, die scheinbar nichts mit der ganzen Sache zu tun haben. Alle.«

»Du weißt aber, dass wir nicht den geringsten Beweis haben, dass dieser Anselmi, oder wie er nun heißen mag, Alice vergiftet hat?«

»Das weiß ich. Aber er war es.«

»Und der Polizeipräsident?«

»Dem reicht es, wenn ich mich mit Nunia beschäftige. Wir haben eine Art Abmachung.«

»Hast du daran gedacht, dass er mit drinstecken könnte?«

»Nunia? Das glaube ich nicht. Aber ich werde darüber nachdenken.« Ich lege die Fotos in eine Mappe und stehe auf.

»Gehst du nach Hause?«

»Nein. Ins Krankenhaus. Ich glaube, dort wartet jemand auf mich.«

Der Name der Ortschaft Budrio klingt im Winter nach Nebel und im Sommer nach Stechmücken.

Gaspare hatte diese Gegend, die so anders ist als sein Geburtsort, fast vergessen. Bei dem Geruch der Felder und der sonnenbeschienenen Erde fällt sie ihm wieder ein, diese Sonne, die den ganzen Tag am Himmel zu verharren scheint, bis sie am Abend plötzlich untergeht. Hoch oben steht sie, über den Häusern und Pflanzungen. Diese Sonne, die im Sommer alles blau färbt und zwischen Oktober und Ende März die Landschaft mit einem Grau überzieht, das aus dem Nichts kommt.

Den Geruch kennt er genau. An einem ähnlichen Ort, in einer ganz ähnlichen Gegend hat Gaspare Nunia drei Jahre gelebt.

Drei Jahre, erloschen in einer einzigen Regennacht.

Das Einzige, was im Leben zählt, ist das, was du liebst, hat sein Vater immer gesagt. Nicht das, was du besitzt. Nur das, was du liebst. Wenn er diese Straße sieht, die unter den Bäumen hindurchführt, fühlt er zum ersten Mal die Gewissheit, dass es stimmt. Und dass er es im Grunde immer gewusst hat. Noch bevor er beschloss, auszubrechen. Und hierherzukommen, nachdem er ganz Italien durchquert hat.

Der Stumme bremst ab. »Wo muss ich hin?«

»Immer geradeaus. Folge der Landstraße und am Ende biegst du rechts ab und fährst auf der anderen Seite zurück.«

Die Landstraße ist eine baumbestandene Allee, die an der Eisenbahnlinie entlangführt, gekreuzt von kleinen Sträßchen, die kaum breiter sind als die Entwässerungskanäle in den Feldern. An den Rändern der Sträßchen ducken sich unzählige kleine Zweifamilienhäuser, doch die interessieren sie nicht.

Das Haus, das sie suchen, befindet sich auf einem kleinen Hügel. Nebenan liegt ein Kindergarten und gegenüber die Eisenbahnlinie, wie eine Begrenzungsmauer. Am Fuß des

Hügels befindet sich ein kleiner Parkplatz, auf dem drei Autos stehen. Zwei Männer pro Auto. Gaspare würdigt sie keines Blickes, als der Clio des Stummen mit fünfzig Stundenkilometern an ihnen vorbeifährt.

Doch er registriert sie genau.

Und als er am Ende der Landstraße ankommt und wendet, sieht er von weitem, dass sich auch hinter dem Haus zwei Autos befinden. Zehn Männer insgesamt, um einen tollwütigen Hund zu bewachen, der in seiner gemauerten Luxushütte gefangen ist.

Zu viele auch für ihn.

Und während der Clio noch durch Canaletti di Budrio fährt und über Schleichwege nach Bologna zurückkehrt, weiß Gaspare Nunia schon, was er zu tun hat.

Und wen er um Hilfe bitten muss, um den Plan auszuführen.

Riccione ist ein seltsamer Ort, denke ich, während Signora Rimondi ihren Mann Giulio ruft und ich auf das dunkle, fast schon graue Ensemble aus Strand und Meer hinausschaue.

Giulio Rimondi ist der Eigentümer von Guido Anselmis Wohnung. Ihm zahlte Anselmi eine monatliche Miete von knapp zweitausend Euro. Als ich ihn gestern Nachmittag anrief, sagte er mir, dass er und seine Frau drei Monate im Jahr in Riccione verbringen. »Von April bis Ende Juni. Danach wird es zu voll.« Von der Terrasse aus wirkt der Strand ohne die Sonnenschirme und das Kindergeschrei wie eine Bühne ohne Kulisse. Ein Theaterstück, in dem die Schauspieler ihre Rolle mimen und der Zuschauer sich den Rest denken muss. Straßen, Häuser, Himmel.

Alles.

»Schön hier, finden Sie nicht, Doktor Riccardi?«, sagt eine Stimme hinter mir.

»Ja, schön. Es gefällt mir hier.«

»Mir auch. Zumindest bis Juli. Danach fühlt man sich wie in

einem dieser Zirkusse, wie sie in meiner Kindheit immer ins Dorf kamen. Mit der bärtigen Frau und dem Feuerspucker. Von Juli an sieht man Mädchen, dass einem fast die Augen aus dem Kopf fallen, Mütter mit Kindern und das versammelte Gesindel der ganzen Welt. Nein, das ist nichts mehr für mich. Jetzt ist es schön. Genau so, wie es sein soll.«

Giulio Rimondi ist groß und kräftig. Er ist sicher über siebzig und hat den Körperbau eines Mannes, der in seiner Jugend viel Sport getrieben hat. Vielleicht ist er geschwommen, seinen breiten Schultern nach zu urteilen.

Ich schüttele ihm die Hand. »Bitte lassen Sie den Doktor weg.«

»Wie Sie möchten.« Er lächelt. Ein schönes Lächeln, unterstrichen von seinem weißen Bart. Vielleicht hat seine Frau sich in dieses Lächeln verliebt. Und vielleicht nicht nur sie. »Wollen wir hineingehen?«

Ich folge ihm ins Wohnzimmer. Ein einfaches, aber gepflegtes Haus. Sparsame, geschmackvolle Einrichtung. Eine weiße Stehlampe, die wie eine Qualle aussieht. Ein niedriger, durchsichtiger Tisch. Ein schlichtes Regal, das hinter all den Büchern kaum zu erkennen ist.

»Schönes Haus«, meine ich.

»Finde ich auch, offen gesagt. Geht alles auf das Konto meiner Frau. Die Lampe hier zum Beispiel. Als sie die nach Hause brachte, fand ich sie zuerst fürchterlich. Dabei ist sie hübsch. Das Auge muss sich an die Dinge gewöhnen. Wie der Geschmack. Aber ich schweife ab, entschuldigen Sie. Kommen wir zur Sache. Ich habe noch nicht recht begriffen, was eigentlich passiert ist und was Sie von mir wollen.«

Ich erzähle ihm von der Wohnung. Er reißt die Augen auf, lächelt und schüttelt den Kopf. Das wiederholt er einige Male während meiner Ausführungen. Immer in der gleichen Abfolge – Augen, Lächeln, Kopfschütteln.

»Mir kam das Ganze schon immer komisch vor«, sagt er als ich fertig bin.

»Inwiefern komisch?«

»Komisch. Aber nun ergibt es endlich einen gewissen Sinn.«

Ich schweige. Warte. Er will mir etwas erzählen, und ich möchte ihn nicht stören. Ich sehe ihm in die Augen. Er weicht mir aus, setzt sich auf den Rand des Sofas und stützt sich mit den Ellbogen auf die Knie.

»Sehen Sie, Commissario, ich habe Guido Anselmi noch nie gesehen.«

Ich kann keine Überraschung heucheln. Beim besten Willen nicht. Trotzdem muss ich etwas sagen, damit er weiterredet.

»Wie das?«

»Tja, also … Ich muss gestehen, dass mir das ein wenig peinlich ist. Vielleicht war es eine Dummheit von mir. Ich weiß es nicht. Vor drei Jahren verstarb der Vater meiner Frau. Nach langer Krankheit, das übliche Procedere und Amen. Den Krieg überleben und dann so sterben müssen. Aber gut. Andere Menschen sterben viel früher. Jedenfalls war es seine Wohnung. Ich verstehe nichts von Immobilien und meine Frau auch nicht. Wir gehen also zu einem Makler. Auch dort der übliche Ablauf. Schätzung, Notar, die ganzen Wichtigtuer, die einem eine Menge Geld abknöpfen, ohne dass man genau wüsste, wofür. Dann ist eines Tages dieser Anselmi im Gespräch. Einverstanden, verabreden wir ein Treffen, sage ich dem Makler. Doch Signor Anselmi ist sehr beschäftigt, meint der. Geschäftsmann, sagt er, fährt durch ganz Italien und hat ihn beauftragt, den Vertrag abzuschließen. Instinktiv will ich schon nein sagen. Mist, du willst in meiner Wohnung wohnen und schaffst es nicht mal, dich vorzustellen? Dann aber denke ich wiederum, dass er Geschäftsmann ist, dann gibt's wenigstens keine Probleme mit der Miete, was mich schon sehr erleichtert, und ich willige ein. Und so überlasse ich alles denen.

Ende des ersten Monats bekomme ich die Überweisung. Und seitdem pünktlich jeden Monat, am selben Tag, drei Jahre lang. Vor etwa eineinhalb Jahren habe ich die Miete erhöht. Ich habe ihn angerufen, aber es ging keiner ran. Also schickte ich ihm ein Einschreiben. Ebenso per Einschreiben hat er mir geantwortet, dass er die Erhöhung akzeptiert. Nie eine Beschwerde, nie Probleme. Aber ich weiß nicht einmal, wie Guido Anselmi aussieht. Nach dem, was passiert ist, hätte ich vielleicht etwas mehr von ihm verlangen sollen.«

Ich spüre, wie das Handy in meiner Hosentasche vibriert. »Entschuldigen Sie mich eine Sekunde«, sage ich und sehe nach. Eine SMS. Den Bruchteil einer Sekunde denke ich an Alice. Aber dann trifft die Wirklichkeit mich wieder mit voller Wucht. Mein Geist verliert sich allzu gerne anderswo.

Die SMS wurde vom Internet aus verschickt. Von der Website des Internetproviders Wind. Zwei Zeilen Werbung und dann zwei Worte.

Frohe Ostern.

Sonst nichts. Keine Unterschrift.

»Probleme?«, fragt Rimondi.

»Jemand, der sich einen Spaß mit mir erlaubt«, erwidere ich. Aber nur, damit er nicht weiterfragt, während meine Gedanken schon die Rückverfolgung der Nachricht aufnehmen.

»Entschuldigen Sie, aber hat dieser Anselmi etwas Schlimmes verbrochen?« Seinem Unterton kann man die Neugier anhören.

»Ich fürchte, Sie werden keine Mietzahlungen mehr erhalten, Signor Rimondi.« Ich schweige kurz. Ich halte das Mobiltelefon noch in der Hand. Die SMS hat einen üblen Verdacht in mir geweckt, der scheinbar ohne Logik ist. »An welchen Makler haben Sie sich denn gewandt?«, frage ich. Ich muss aufs Gleis zurück. Ursache, Wirkung. Frage, Antwort. Nicht nachdenken. Nicht abweichen. Ein Problem nach dem anderen.

»Die Immobilienverwaltung auf der Via Murri. Namen kann ich mir noch ganz gut merken. Warum auch immer.«

Ich will gerade sagen, dass wenigstens die diesen Guido Anselmi gesehen haben müssen, als das Handy erneut vibriert.

»Entschuldigen Sie mich noch einmal.«

Ippolitis Stimme. Trocken. Wie immer, wenn er sich Sorgen macht.

»Was sagst du?«, frage ich und merke, dass ich unwillkürlich aufgestanden bin. »Ich komme, so schnell ich kann. Ruf die Spurensicherung. Sofort.«

»Doch Probleme, was?«

Rimondi erhebt sich. Ich ringe mir ein Lächeln ab.

»Ja, Probleme.« Und das ist noch eine harmlose Formulierung für das, was passiert ist.

»Du kommst am Ostersamstag?«

Ippoliti geht langsamer und lächelt den jungen Kollegen an. Dieselbe Frage hat ihm seine Frau schon gestellt.

»Wie, du kannst noch nicht weg?«

»Ich komme ja, ich komme nach, keine Sorge. Ich muss nur noch auf einen Sprung ins Präsidium und etwas überprüfen«, hat er ihr geantwortet, ohne genau zu wissen, was. Vielleicht nur, ob alles seinen geregelten Gang geht. Sein Wagen ist mit allen möglichen Sachen beladen, die er mitbringen soll. Das rote Kleid von Tochter Marina. Ein Badeanzug, denn es ist warm, und vielleicht kann man sich sonnen. Die Badetücher. Sonnencreme.

Der Wagen steht bereit zur Abfahrt nach Milano Marittima für zwei Tage Familienurlaub. Er kann sich denken, dass Gabriele sie im Krankenhaus verbringen wird. Er hat Angst um Gabriele. Angst, dass er es nicht durchsteht. Dass ihm alles zu entgleiten droht. Angst vor dem Blick, den er in seinen Augen gesehen hat, als er sich in dem leeren Büro zu ihm umdrehte, dem Büro des Mannes, der Guido Anselmi sein müsste und in

Wirklichkeit sonst wer ist. Der Blick eines Mannes, der in den Abgrund geschaut hat. Und einen Teil seiner selbst dort gelassen hat. Vielleicht einen Teil seines Geistes.

Er überlegt, was er tun kann, um ihm zu helfen, ob es eine andere Möglichkeit gibt, außer Alice zu heilen und aufzudecken, was hinter allem steckt. Er weiß nicht mehr, bei welcher Gelegenheit er Alice das erste und einzige Mal gesehen hat, aber er erinnert sich noch gut an ihre Augen. Die lächelten, als gäbe es auf der Welt tatsächlich einen Grund zu lächeln. Und das wird er nie vergessen.

An diese Augen denkt er, als er Gabrieles Büro betritt und den Umschlag sieht. Einen gelben, gepolsterten DIN-A4-Umschlag, wie man ihn für wichtige Unterlagen benutzt, die nicht geknickt werden dürfen.

Er nimmt ihn auf und fühlt, wie leicht er ist. Zu leicht für Unterlagen. Er hält ihn am Rand mit zwei Fingern fest, und es sieht aus, als schwebe er in der Luft. Der Umschlag gefällt ihm nicht, aus irgendeinem Grund.

Sein erster Gedanke ist eine Briefbombe. Ein Geschenk von Gaspare Nunia an den Bullen, der ihn eingelocht hat, doch dafür ist er zu leicht. Er zögert kurz, dann reißt er ihn auf. Mit zwei kurzen, entschiedenen Bewegungen.

Und blickt hinein.

»Wer hat diesen Umschlag gebracht, Salvetti?«, schreit er dem Jungen hinterher, dem er gerade begegnet ist.

Der kommt angerannt. »Er wurde vom Pförtner raufgeschickt.«

»Wann?«

»Zehn Minuten, bevor Sie kamen.«

Er läuft die Treppe hinab. Auf den letzten Stufen stolpert er und kann sich gerade noch auffangen.

»Wer hat diesen Umschlag für Kommissar Riccardi weitergeleitet?«

»Ich«, antwortet ein Polizist, der so mager ist wie ein Adressbüchlein.

Ippoliti geht auf ihn zu und sieht ihn scharf an. »Von wem hast du ihn?«

»Von einem Mann, der vor etwa zwanzig Minuten hier war.«

»Was für ein Mann?«

»Halt ein Mann. Mit Baseballkappe und dunkler Sonnenbrille. Er hatte eine raue Stimme, schien heiser zu sein.«

»Würdest du ihn wiedererkennen?«

»Keine Ahnung. Ich habe nicht weiter auf ihn geachtet ... Das war nur irgend so ein Typ ...«

»Was seid ihr hier bloß, Postbeamte kurz vorm Ruhestand oder was? Hat ihn denn keiner gesehen?«

Sie sind zu dritt in diesem Räumchen im Erdgeschoss.

»Eine Sache wäre da vielleicht, Capitano«, sagt der Dünne.

»Was?«

»Er hatte weiße Baumwollhandschuhe an. Ich weiß noch, dass ich mich fragte, ob er eine Allergie hat oder so etwas.«

Ippoliti geht hinaus und steigt die Treppe hoch. Auf halber Höhe bleibt er stehen. Er wählt eine Nummer auf seinem Handy. »Marta? Ja, ich bin's. Nein, ich bin in Bologna. Hör zu, ich weiß nicht, wann ich es schaffe. Nein, heute nicht mehr. Bitte ... Ich kann nicht. Ja. Ich rufe dich an.« Er legt auf. Steigt weiter die Treppe hoch.

»Ruf die Spurensicherung. Sofort. Verstanden, Salvetti?«

»Ja, Signor Capitano. Gibt's Probleme, wenn ich fragen darf?«

Ippoliti antwortet nicht. Er nimmt das Telefon und wählt eine andere Nummer.

»Gabriele? Ja, ich bin's. Hör zu, es ist etwas passiert.«

Sechs

Peripherie von Bologna, vierzehn Uhr fünfzehn

»Leer seine Taschen aus, Stummer«, sagt Gaspare Nunia und legt dem Mann, der mit erhobenen Händen auf der Schwelle zur Scheune steht, die Pistolenmündung an die Schläfe.

»Danke für das Vertrauen, Sizilianer. Nach all der Zeit.«

Der Stumme bewegt sich flink. Er öffnet ihm die Jacke, zieht die Pistole aus dem Schulterholster. Dann beugt er sich hinunter und tastet ihn langsam und sorgfältig bis zu den Füßen ab. Er steckt die Waffe ein und tritt zur Seite.

»Komm rein«, sagt Gaspare und lässt seine .38er sinken.

Der Mann geht drei Schritte in die alte, verlassene Scheune zwischen Cento und Ferrara hinein. Nachts, wenn die Staatsstraße leer ist, hört man die Lkw auf der A13.

»Wie lange ist es her, Sizilianer?«, fragt er und vergräbt die Fäuste in den Jackentaschen. Er ist groß und dünn. Ein Bündel Sehnen und Nerven, das es ohne weiteres mit einem dieser künstlich aufgepumpten Muskelpakete aus dem Fitness-Studio aufnehmen kann. Man hört ihm die osteuropäische Herkunft an.

»Lange genug, damit du dich nicht änderst, Roland. Oder dich schnappen lässt.«

Er zuckt mit den Schultern. »Jemand anderes war da weniger erfolgreich als ich.«

Gaspare lächelt. »Aber hohe Mauern und Wachen reichen nicht immer aus, wie du siehst.«

Roland blickt sich um. »Warum zum Teufel hast du mich

hierherkommen lassen, Sizilianer? Hier stinkt es nach Mäusepisse, dass einem schlecht wird.«

»Geld. Interessiert dich das noch oder bist du Vegetarier geworden?«

»Ich mag immer noch Fleisch. Was hast du vor?«

»Ein Mehrfamilienhaus mit zwei Stockwerken. Und drei Leuten drin.«

»Du warst nie ein Dieb.«

»Ich will auch nichts stehlen.«

Roland sieht ihn einen Moment verständnislos an. Dann begreift er. »Damit will ich nichts zu tun haben. Ich habe keine Lust zu sterben. Ich habe eine Mutter und zwei Brüder in Slowenien.«

»Sieh mich an, Slawe. Was glaubst du, warum ich ausgebrochen bin, aus Angst vor den paar Mauern? Oder glaubst du, ich sei aus dem Loch geflohen, um auch noch das bisschen Familie zu verlieren, das mir geblieben ist auf der Welt? Du weißt, was sie mir angetan haben, stimmt's?«

»Alle wissen das.«

»Dann ist jetzt der Zeitpunkt gekommen, dass sie auch andere Dinge erfahren sollen.«

»Ich habe es dir gesagt. Ich will meine Leute nicht sterben sehen.«

»Wer bei mir ist, stirbt nicht. Ich habe Garantien.«

»Garantien von wem?«

Gaspare tritt an Roland heran. In der Ferne hört man das Krächzen eines Raben.

»Von der einzigen Person, die mir garantieren kann, dass ich nicht sterben werde. Mir und allen, die bei mir sind. Genügt dir das als Lebensversicherung?«

Gaspare wendet sich ab. Unter seinen Schuhen knirscht der Kies. Roland sieht ihn an. In sein spitzes Gesicht mit dem ungepflegten, tiefschwarzen Bart tritt ein merkwürdiger Ausdruck. »Wie viel?«, fragt er barsch, um seine Angst zu verbergen.

»Hundertfünfzig.«

Der Slowene lacht. »Du bist verrückt. Sachen wie diese mache ich nicht für ein Trinkgeld.«

Mit einer schnellen Bewegung packt Gaspare ihn an der Jacke und zieht ihn zu sich heran. »Spiel dich bloß nicht auf, Roland. Du hast keinen Cent, das weißt du. Wenn du mir nur meine Zeit stehlen willst, kann ich dich auch gleich in das Rattenloch zurückscheuchen, aus dem du gekommen bist.«

»Immerhin könnte ich erzählen, was du vorhast.«

Gaspares Lippen kleben förmlich am Ohr des Slowenen. »Und du glaubst, dann würdest du deine Mutter wiedersehen? Oder deine Brüder? Ich bin Sizilianer. Schon vergessen?« Er lässt ihn los.

Roland zieht sich die Jacke zurecht. »Wie viele Leute brauchst du?«

»Vier.«

»Und zu wievielt sind sie?«

»Zu zehnt. Aber uns interessieren nur die vier an der Rückseite des Hauses. Ich brauche erfahrene Leute, die wissen, was sie tun. Leute, die kein Problem damit haben, einen Bullen umzulegen. Und die es leise tun. Um alles andere kümmere ich mich.«

»Polizei«, flüstert er und stößt in seiner Sprache einen Fluch aus. »Hast du schon einen Plan?«

»Ja. Aber der braucht dich jetzt nicht zu interessieren.«

Roland schweigt. Er vergräbt wieder seine geballten Hände in den Taschen. »Fünfzig sofort. Und den Rest danach. Am selben Abend.«

»Dreißig sofort. Und den Rest danach. Am selben Abend.«

»Einverstanden«, sagt der Slowene und geht auf den Stummen zu. Gaspare zielt mit der Pistole auf ihn und macht mit dem Kopf ein Zeichen. Der Stumme gibt Roland die Waffe zurück, der sie in sein Holster steckt.

»Zwei Tage«, sagt er, als er an Gaspare vorbeigeht. Dann ist er draußen.

»Wo kriegen wir das Geld her?«, fragt der Stumme, als das Motorengeräusch von Rolands Wagen über den Feldern verhallt ist.

»Die dreißigtausend haben wir, das weißt du. Und die vier Kugeln für später kosten nicht viel«, erwidert er. »Und einen Graben mit einer Handvoll Erde verwehrt man selbst solchen Leuten nicht.«

»Das ist ohne jeden Zweifel toxisch.«

Unter dem Elektronenmikroskop sieht der Inhalt des Umschlags wie eine komplizierte, geometrische Figur aus. Oder wie das Bild eines Kindes, das alle Farben miteinander gemischt hat.

Im Labor in der ersten Etage der kriminalistischen Abteilung der Spurensicherung halten sich außer mir und Ippoliti vier Personen auf. Der Mann am Elektronenmikroskop ist untersetzt, mit spitzer, etwas schiefer Nase und der Ausstrahlung eines Menschen, der sich selbst nicht zu ernst nimmt.

»Inwiefern toxisch, Vittorio?«, frage ich.

Vittorio Dallari hört auf, an der Brennweite herumzuschrauben, und stützt beide Hände auf den Tisch. »Tödlich, würde ich sagen.«

»Mann, diesen Hang zur Theatralik hattest du schon damals an der Uni. Hör auf damit, und sag mir, was du gefunden hast.«

Vittorio macht zwei Schritte nach rechts und nimmt eine durchsichtige Plastiktüte auf. Darin befindet sich der Inhalt des Pakets. Oder das, was davon übrig ist, nachdem die Spurensicherung einen Teil für die Analysen entnommen hat.

Es ist das Papierchen einer Lindor-Schokokugel. An dem silbernen Teil des Papiers kleben noch Reste der Milchschokolade. »Schau«, erklärt er mir, »auf den ersten Blick sieht es genauso aus wie alle anderen. Und das ist es auch. Nur dass das, was da hängt, keine Schokolade ist. Oder besser gesagt, es ist nicht nur Schokolade.«

»Willst du damit sagen, dass sie manipuliert wurde?«

»Versüßt, Gabriele. Ganz raffiniert versüßt. Mit einer Substanz, die Ricin heißt. Ein Gift aus dem Samen der Rizinuspflanze. Aus der auch das berühmte Rizinusöl hergestellt wird. Nur anders behandelt, so dass eine Zusammensetzung entsteht, die im Kontakt mit den Atemwegen zum Ersticken führt. Letztlich lässt es die Kehle anschwellen, bis du keine Luft mehr bekommst. Es wird auch für chemische Waffen eingesetzt. Oder man schluckt es, und dann führt es zu einem wesentlich langsameren und schmerzhafteren Tod. Erbrechen, Krämpfe, Durchfall und dann das Ende.«

»Hat es irgendetwas mit Botulin zu tun?«

»Absolut nichts. Verschiedene Toxine. Verschiedene Wirkungsweisen. Keine Berührungspunkte. Außer ihrem tödlichen Ausgang. Und dass es ein umfangreiches Wissen erfordert, sie herzustellen. Das kann nicht jeder einfache Chemielaborant.«

»Und wie kam es in die Kugel?«

»Wahrscheinlich mit einer Spritze. Wir haben das Papierchen untersucht und einen Einstich gefunden, der mit bloßem Auge nicht zu sehen ist. Ich würde sagen von einer ganz feinen Nadel.«

»Das ist absurd«, flüstere ich. »Wenn ich das also richtig verstehe, hat dieses Papier für niemanden eine Gefahr dargestellt.«

»Außer, du hättest es abgeleckt. Dann hättest du kaum ein paar Tage überlebt. Und es gibt kein Gegenmittel.«

»Und der Umschlag?«

»Ohne jeden Fingerabdruck. Ein normaler, gepolsterter DIN-A4-Umschlag, wie man ihn in jedem Schreibwarenladen bekommt. Die Adresse auf einem Klebeetikett, das ebenso verbreitet ist. Wenn du mir etwas Zeit gibst, finde ich vielleicht heraus, mit welchem Drucker sie geschrieben wurde. Und ob an dem Umschlag Faserreste oder Ähnliches kleben.«

»Wie lange?«

»Ein paar Tage, würde ich sagen. Ich hoffe schneller.«

Ich lege ihm eine Hand auf die Schulter. »Am liebsten gestern.«

»Hast du irgendeine Vorstellung, was hier gespielt wird?«, fragt mich Ippoliti, als wir auf dem Flur stehen. Ohne auf ihn einzugehen, reiche ich ihm mein Handy.

»Sieh mal, was ich heute bekommen habe, als ich bei Rimondi war.«

»Eine Glückwunsch-SMS. Ohne Unterschrift.«

»Ich glaube, dass es eine Unterschrift gibt. Auf diesem Schokopapier.«

»Du meinst, er hat es dir geschickt?«

Verfluchte Fragen. Immer nur Fragen. Als wüsste ich die Antwort.

Unwillkürlich werde ich lauter als beabsichtigt. »Ich meine überhaupt nichts. Ich kann überhaupt nicht mehr klar denken!«

Ich verstumme. Ziehe die Bremse. Atme durch. »Entschuldige. Das wollte ich nicht …«

»Schon gut.«

»Es muss doch ein Motiv für die ganze Geschichte geben.«

»Vielleicht glaubt er nur, eines zu haben. Was wissen wir über den Typen?«

»Dass er zwischen vierzig und fünfzig Jahre alt ist. Aussieht wie jeder andere. Ich habe unseren Zeichnern gesagt, dass sie am Montag zu Alices Arbeitskollegen gehen und ein Phantombild erstellen sollen. Auf jeden Fall handelt es sich um einen pharmazeutischen Chemiker oder einen Biologen. Jemand mit außerordentlichen Fachkenntnissen. Der mit Giften arbeiten kann.«

»Dafür braucht er entsprechende Geräte.«

»Vielleicht hat er ein eigenes Labor. Jemand, der diese Tätigkeit selbständig ausübt oder auf die Apparate einer Praxis zurückgreifen kann.«

»Oder er hat sie zu Hause.«

»Könnte sein. Jetzt wissen wir auch, dass er Alice vergiftet hat. Dieser Umschlag kommt einer Unterschrift gleich. Aber er wollte sie nicht töten.«

»Meinst du, er hatte andere Absichten?«

»Wenn einer, der solche Substanzen herstellen kann, töten will, dann tut er es. Was ich nicht kapiere, ist, ob ich das eigentliche Ziel bin oder sie.«

»Was weißt du über Alices Vergangenheit?«

»So gut wie alles, würde ich sagen. Sie hat es mir sofort erzählt. Das ist eines der Dinge, die uns zusammenhalten. Wir wissen beide voneinander, was war. Aber jetzt ...«

»Was?«

»Jetzt bin ich mir nicht mehr so sicher. Ich weiß nicht mehr, was ich denken soll.«

Ippoliti schließt den Wagen auf.

»Wir müssen wissen, wie viele Chemiepharmazeuten es hier gibt und wer sie sind«, fange ich wieder an, als der Wagen sich in Bewegung setzt. »Alle, die in den letzten ... sagen wir zwanzig Jahren ihren Abschluss gemacht haben. Die Absolventen in Pharmazie, Medizin und Chemie. Die Namen aller Labortechniker, die in einem Umkreis von hundert Kilometern wohnen. Von Reggio Emilia bis Forlì. Und ich will wissen, wer sich sonst mit Giften und giftigen Pflanzen beschäftigt. Von den Bauern bis zu den großen Unternehmen. Alle. Auch ein Student, der seine Examensarbeit schreibt.«

»Vor Montag können wir nicht loslegen. Morgen ist Ostern.

Das ist ein ganz schöner Batzen Arbeit. Weißt du, wie viele das sind?«

»Ich weiß, Ippoliti. Aber irgendwo müssen wir ja anfangen. Setz Cancemi daran. Er ist wie eine Maus hinter dem Speck her, wenn ihn der Ehrgeiz packt. Ich werde am Montag Kontakt mit dem Immobilienmakler aufnehmen.«

»Laut dem Makler, der das Büro vermittelt hat, hat Anselmi per Überweisung bezahlt. Der Vorgang wurde von einem Mitarbeiter bearbeitet, der jetzt nicht mehr bei ihnen ist. Ich habe seinen Namen. Morgen versuche ich, ihn ausfindig zu machen, Ostern hin oder her. Die Vertragsunterlagen wurden mir für spätestens Dienstag versprochen.«

Ich schaue durch das Seitenfenster hinaus. Der übliche Saxophonspieler mit seinem wunderschönen schlafenden Chow-Chow, den die Welt nicht zu interessieren scheint. Eine alte Frau, deren Kleider so bunt sind wie die Blumen, die sie seit Jahren im Stadtzentrum verkauft, überquert die Straße. Als sie mich erkennt, hebt sie grüßend die Hand und lächelt.

So gesehen scheint Bologna ganz die alte. Auch wenn du innerlich spürst, wie das Leben langsam aus dir herausfließt, einen Atemzug nach dem anderen.

»Irgendwo muss er ja sein«, murmele ich. »Irgendwo musst du sein, du Dreckskerl. Du kannst ja kein Phantom sein.«

Bologna, 24. April. Morgens

Am Ostersonntag ist etwas anders.

Ich bemerke es, kaum dass ich die Augen aufschlage und das Zimmer taghell erleuchtet ist: Ich muss gestern Abend vergessen haben, den Rollladen herunterzulassen. Bei Licht kann ich nicht schlafen. Aber ich stehe auch nicht auf. Ich klebe am Kissen, die Stirn gegen die Wand gepresst und die Augen fest geschlossen wie damals als Kind, wenn ich Angst hatte, dass etwas unter meinem Bett lauerte und zu mir unter die Decken gekrochen käme. Etwas Kaltes und Feuchtes mit tausend Augen.

So liege ich da, jetzt wo ich Polizist bin und vor nichts mehr Angst haben sollte. Jetzt, wo ich groß bin und nicht mehr weiß, wer ich eigentlich bin.

Ich liege da und denke an Alice. Heute Nacht habe ich etwas geträumt und kann mich nicht mehr daran erinnern, dabei habe ich sie immer damit aufgezogen, dass sie ihre Träume vergisst. Wohingegen ich mich immer erinnern konnte. Bis heute.

Dann drehe ich mich ruckartig um, weil ich überzeugt bin, ihren Klingelton auf dem Handy gehört zu haben. Einen Klingelton, der für sie reserviert ist, Irrtum ausgeschlossen. Schnell packe ich mein Telefon, so dass es mir fast aus der Hand fällt, aber es hat nicht geklingelt. Auch mit keinem anderen Klingelton.

Ich habe es gestern Abend ausgeschaltet, weil ich mir zweimal eingebildet hatte, es klingelte, während im Radio irgendein Lied lief. Einmal eine SMS und einmal mit der Melodie von eben.

Und beide Male war es Fehlalarm.

Vielleicht sollte ich mich einfach selbst abschalten. Vielleicht werde ich mir selbst zur Gefahr. Vielleicht weiß ich nicht mehr, wer ich bin.

Ich komme mir vor wie zwei Personen.

Beim Rasieren grübele ich weiter, während die Sonne an diesem für normale Verhältnisse viel zu warmen Sonntag durch das offene Fenster fällt. Ich grübele, weil mir mein Gesicht im Spiegel so merkwürdig vorkommt. Und ich fühle mich einsam in meiner Wohnung, mit einem ausgeschalteten Handy, das klingelt, mit dem Licht, das seltsame Schatten auf die Wände wirft, mit den Gedanken, die mich der Wirklichkeit entreißen und forttragen. Eben, als ich mir das Gesicht gewaschen und meinen Bart nass gemacht habe, hatte ich plötzlich den Duft ihrer Haut in der Nase, wie früher, wenn ich mit meinen Lippen über ihren Körper, mit meinen Händen über ihre Hüften fuhr. Dieser Geruch. Der Geruch ihrer Lippen, ihrer Schenkel.

Er war da, real.

Aber nur in meinem Kopf. Auf meiner Haut ist Alices Duft nicht mehr. Alice liegt in einem Zimmer auf der Intensivstation mit einem Plastikschlauch zum Atmen im Rachen. Sie öffnet ihre Augen nicht mehr, seit dem Tag, als sie mir kaum hörbar »Was machst du hier?« zugeflüstert hat, und wenn ich jetzt daran zurückdenke, frage ich mich, ob sie dabei gelächelt hat oder nicht. Und wann ich ihre Stimme wieder hören werde. Ob ich sie je wieder hören werde.

Und gleichzeitig frage ich mich jedes Mal, wenn ich auf die Straße blicke, wenn ich jemanden in der Bar oder im Treppenhaus oder an einer Ampel warten sehe, ob er das ist. Ob das der Scheißkerl ist, der sie vergiftet hat. Und werde wieder Polizist. Als hätte ich einen Kippschalter im Gehirn. Klick. Ermittlungen. Frage, Antwort. Ursache, Wirkung. Indizien, Beweise. Klick. Stille. Vermissen.

Und eine leere Wohnung, die mir ohne ihr Gelächter nackt vorkommt.

Es ist fast Mittag, als ich mich anziehe. Meine Eltern versuchen noch einmal, mich zum Essen zu sich einzuladen. »Ich muss arbeiten«, sage ich, und selbst für sie ist offensichtlich, dass es eine Ausrede ist. Dann verlasse ich die Wohnung, und als ich auf den Flur trete, sehe ich Guido Bignamis Mutter mit Kartons unter dem Arm.

Ich habe sie schon mehrmals getroffen. Vor ein paar Jahren wohnte sie selbst hier. Sie war immer klein, doch nun wirkt sie winzig. Ihre Haare hat sie mit einer roten Haarnadel zusammengesteckt, und sie trägt einen Jogginganzug, der ihr wie ein Jutesack am Leib hängt. Ihre Augen sind geschwollen, die Augenringe zu tief und groß, als dass sie allein auf ihre Müdigkeit zurückzuführen wären.

»Guten Tag, Signora. Und frohe Ostern trotz allem.«

»Ja, frohe Ostern, danke gleichfalls. Ich wollte ein paar Sachen von Guido abholen. Kleider, den Computer, Sachen, die ich aufbewahren möchte.«

»Es ist alles ein Wahnsinn, Signora.«

Die Frau schiebt sich eine Haarsträhne aus den Augen und schluckt, um nicht in Tränen auszubrechen.

»Ich kann es noch gar nicht fassen. Wirklich nicht. Er hatte alles abgedichtet. Er lebte mit diesen Dingern vor den Fenstern, die ich so schrecklich fand. Alles dicht. Er hatte seine Pillen, die Spritze immer griffbereit. Er hat sie nicht einmal angefasst. Als sei diese Wespe im Schlaf gekommen und habe ihn gestochen. Aber es wurde keine gefunden. Wer weiß, wo sie ist. Ich hoffe, das Biest ist krepiert. Am besten zermatscht unter einem Lkw! … Er lag im Bett, als sie ihn fanden. Er sah aus, als schliefe er. Vielleicht war es, als würde er aus einem Traum gerissen.«

Aus einem Traum gerissen. Vielleicht geschieht genau das, wenn man im Schlaf stirbt. Du träumst, und plötzlich wird alles schwarz. Ich überlege gerade, was Alice jetzt wohl träumt, als der Ehemann zu uns tritt.

Er trägt einen riesigen Karton mit dem roten Logo und der Aufschrift der Caritas. Ich muss sie laut vorgelesen haben. »Eine ehrenamtliche Tätigkeit«, erklärt Signora Bignami. »Guido ging hin, sooft er konnte. Er hatte davon gehört, als er ihre Homepage gestaltete, und irgendwann begann er, selbst mitzuarbeiten. Was wir nicht mehr brauchen, geben wir dorthin.«

Ich sehe sie an und lächele. Dann blicke ich zu ihrem Mann, der mir immer wie ein Gebirge vorkam und nun nur noch ein großer schwerfälliger Stein ist. Ich kann mich nicht erinnern, dass er beim letzten Mal schon weiße Haare hatte.

»Ich muss dann mal«, sage ich, und vielleicht stimmt es, vielleicht nicht. »Alles Gute noch einmal. In jeglicher Hinsicht«, füge ich hinzu. Dann gehe ich hinaus zum Parkplatz.

Während ich den Wagen anlasse, habe ich das deutliche Gefühl, dass beim Wort Caritas alle Alarmglocken schrillen müssten. Aber ich weiß nicht, warum.

»Frohe Ostern, Sansone.«

Der Kater sieht ihn an und verzieht das Gesicht. Das Tier stellt sich schnell auf die Hinterbeine und springt auf den Küchentisch. Es ist unglaublich agil, trotz seines Umfangs. Als es auf der Tischplatte landet, merkt man sein Gewicht kaum.

Sansone miaut leise, es klingt wie das Piepsen eines Kükens. Ein merkwürdiger Laut, wenn er von einem rund zehn Kilo schweren Exemplar von Kater ausgeht, dessen Fell schwarz ist wie das Wasser eines Brunnens bei Nacht. Er sieht sein Herrchen aus gelben Augen an und nähert sich der Schale mit Milch, die wie jeden Morgen auf dem Tisch steht. Im Hintergrund ertönt aus der Anlage ein altes Sinatra-Stück.

Sansone schnuppert an der Schüssel. Dann steckt er seine riesige Schnauze hinein und beginnt, die Milch aufzuschlecken.

»Gut, nicht?« Er hebt den Blick zu dem Mann, der in einem dunkelblauen Bademantel am Tisch sitzt und in der Zeitung blättert. Vor ihm steht die gleiche Schale wie die der Katze, gefüllt mit Cornflakes und Kakao. Ein Löffel und zwanzig Zeilen Lektüre, immer abwechselnd. Jeden Morgen.

Plötzlich steht er auf, aber der Kater achtet nicht auf ihn. Seine Schnauze versinkt zur Hälfte in der Schüssel. Der Mann deckt den Tisch ab. Dann wirft er zwei Papierservietten in den Mülleimer und tritt an das niedrige Möbelstück neben dem Fenster. Zu viel Sonne draußen. Er zieht die Gardinen vor und lauscht den Geräuschen der Katze.

Auf dem Möbel liegt ein Paar Chirurgenhandschuhe, so dünn, dass sie wie die fleischlose Hand eines Menschen aussehen. Er nimmt sie und hält sie sich an die Nase. Sie riechen nach Desinfektionsmittel und der Substanz, mit der er seine

Gefäße sterilisiert. Er mag den Geruch. Er wirft auch sie in den Abfall und beginnt, mit einem Knie auf den Stuhl gestützt, die Katze zu streicheln.

Sansone lässt von der Milch ab und dreht sich auf die Seite, die Lider gesenkt. Der Mann nimmt seine Pfoten und hält sie mit einer Zärtlichkeit in den Händen, die er nur diesem Tier gegenüber aufbringt. Nur bei Sansone.

Dann ändert sich die Musik. »*Heaven, I'm in heaven*«, singt der Mann im Duett mit Fred Astaire. »*And my heart beats so that I can hardly speak.*« Er nimmt den Kater auf den Arm. Das Tier sieht ihn an und verzieht das Maul zu einer Art Lächeln. »*And I seem to find the happiness I seek*«, singt der Mann und folgt der Musik in das Wohnzimmer, wo die Anlage steht. Und mit Sansone auf dem Arm tanzt er zu der Musik: »*When we're out together dancing cheek to cheek*« und singt mit geschlossenen Augen, bis die Katze wieder auf den Boden will. Er bückt sich und lässt sie los. Er beobachtet, wie sie auf das Parkett springt und mit wackelndem Hinterteil zu der Milchschale zurückkehrt.

»*And I seem to find the happiness I seek*«, flüstert er.

Und zum ersten Mal seit langer Zeit ist er wirklich glücklich.

Ich kraule die fressende Katze und sehe mich um.

Alices Wohnung ist weiß und klar wie ihre Gefühle. Ein stiller, lichterfüllter Ort, der so aussieht, als könnten meine Gedanken hier zur Ruhe kommen und beschließen zu leben.

Die Katze sieht mich an und frisst weiter, während ich ziellos durch die Küche wandere. Als ich das erste Mal kam, hat sie mich vorsichtig beschnüffelt, ist mir auf der Schwelle um die Knöchel gestrichen. Sie hatte mich noch nie gesehen und kam sofort angerannt, als ich die Tür aufschloss. Wahrscheinlich erwartete sie ihr Frauchen, denn als sie mich sah, blieb sie wie angewurzelt stehen. Dann senkte sie den Kopf und miaute leise und verwirrt.

Dieser kleine Laut machte mich traurig, der gesenkte Blick, der meinem so ähnlich ist. Die greifbare, fast menschliche Enttäuschung, weil jemand nicht gekommen ist. Dann hat sie allmählich begonnen, mir zu vertrauen. Ich nehme sie nicht auf den Arm, und in der kurzen Zeit, die ich jeden Tag bei ihr bin, um ihren Fressnapf zu füllen und die Katzenstreu zu erneuern, streicht die Katze um mich herum und folgt mir. Sie spielt nicht nachlaufen, wie sie es mit ihr tat. Und sie kommt mir nicht entgegen.

Sie lässt mich einfach herein.

Als wüsste ich den Weg zu Alice. Als versteckte sie sich irgendwo in der Wohnung, und sie könnte sie nur nicht finden. Und im Grunde ist es vielleicht so.

Ich streiche ihr mit der Hand über den Rücken und spüre, wie sie der Liebkosung folgt, doch nur einen Moment lang. Dann hört sie auf zu fressen und trottet zu ihrem Katzenklo.

Mein Blick fällt auf das Schlafzimmer.

Ich habe noch nicht den Mut gefunden, hineinzugehen. Habe nur von der Tür aus die Fotos betrachtet, die Bücherstapel, das Bett mit der Tagesdecke über dem Laken und den Abdruck ihres Körpers, ihres Gesichts auf dem Kissen.

Wenn ich an diesem Stoff riechen würde, fände ich dort ihren Duft, doch mich begleiten schon genug Gespenster, auch ohne dass ich meine Nase in das Nest stecke, in dem sie hausen.

»Ich muss gehen, Miez, ich werde deinem Frauchen ausrichten, dass du brav warst.«

Ich ziehe die Tür zu.

Kurz bilde ich mir ein, sie hinter der Tür kratzen zu hören.

Mit schnellen, geübten Handgriffen wechselt die Krankenschwester den Tropf, während Doktor Malvezzi Alices Zustand prüft. Anna Malvezzi ist zierlich, und neben der Krankenschwester wirkt sie wie ein Kind.

»Fertig, Dottoressa.«

»Danke, Olga. Die Patientin ist schon gewaschen, nicht wahr?«

»Wie jeden Tag. Und wir lagern sie täglich um. Wie der Professor es angeordnet hat.«

Die Ärztin lächelt, und Olga verlässt das Zimmer. Der Professor heißt Oreste De Vitis und ist trotz seiner gutmütigen Art ein harter Knochen. Sie hat schon mehr als einen seiner Wutausbrüche miterlebt, und die Patientin hier in Bett eins ist keine gewöhnliche Patientin. Wenngleich sie nicht genau weiß, warum und weshalb.

Was sie allerdings weiß, ist, dass es dieser Frau schlechtgeht. Bei der Besprechung an dem Morgen, als sie eingeliefert wurde, hat De Vitis von Vergiftung durch ein nicht näher spezifizierbares Toxin gesprochen. Eine seltene Botulin-Mutation. Patienten mit Lebensmittelvergiftung hat Malvezzi schon mehrfach gesehen. Vergangenes Jahr hatten sie ein elfjähriges Mädchen mit einer Vergiftung durch eingelegte Tomaten. Es stand auf Messers Schneide, doch am Ende konnten sie sie retten. Bei dieser jungen Frau hier würde sie keine solche Prognose wagen.

Wenn man sie so anschaut, wirkt sie wie eins jener Unfallopfer, die aus Autowracks herausgesägt werden. Solche Patienten werden mit schlaffen, hilflosen Körpern eingeliefert und bleiben manchmal jahrelang so, bis eines Tages alles zu Ende ist.

Doch das ist nur der äußere Eindruck, die klinischen Daten hat sie nicht einsehen können. Salvi, De Vitis rechte Hand, kümmert sich um alles. Nur heute, an Ostern, kann sie sich mal etwas intensiver mit dem Fall befassen. Sie hat den Feiertagsdienst übernommen, da sie sowieso keinen Mann hat, der sie zum Essen ausführt.

Sie rückt ihren Mundschutz zurecht, der ihre Nase kitzelt, und kontrolliert die Zahlen und Linien auf den drei angeschlossenen Monitoren neben dem Bett: Je ein Diagramm für die Atmung, den Blutdruck, die Herzfrequenz. Die Frau ist stabil. Aber irgendetwas passt nicht zusammen. Als sie auf Station kam, war ihr Zustand kritisch und verschlechterte sich zusehends ohne Aussicht auf Besserung. Dann verlangsamte sich die Entwicklung plötzlich, und nun ist das Krankheitsbild der Patientin quasi konstant.

Ohne dass jemand etwas getan hätte. Nichts von dem, was sie als Therapie verabreichen könnten, vermag ihr zu helfen. Sie können nur ihre Vitalfunktionen unterstützen. Diese deutliche Veränderung ist ungewöhnlich.

Sie wendet den Blick vom Monitor, um auf die Uhr zu schauen, und stößt fast einen Schrei aus.

Neben ihr, kaum zwanzig Zentimeter entfernt, steht Doktor Salvi und sieht sie an.

»Habe ich dich erschreckt?«, fragt er. Dem Tonfall nach scheint er zu grinsen.

»Ich habe dich gar nicht kommen hören. Du schleichst herum wie eine Katze.«

»Ich gehe, wie ich gehe, Anna. Was macht unsere Patientin?«

»Es geht ihr gut, soweit man das sagen kann. Was ist ihr zugestoßen?«

»Sie wurde vergiftet«, erwidert Salvi, noch bevor er die Frage ganz gehört hat. »Wohl mit Schokolade.«

»Vergiftet? Warum?«

»Das weiß man nicht.«

»Jetzt verstehe ich, warum De Vitis so viel an ihr gelegen ist.«

»Du irrst dich. Nicht aus beruflichen Gründen. Sie steht jemandem nahe, den ich kenne. Jemandem, der einer Person, die ich sehr liebe, vor einiger Zeit das Leben gerettet hat. Ich habe De Vitis darum gebeten, sie übernehmen zu dürfen.«

»Verstehe«, flüstert Malvezzi und sieht auf. Für einen Moment begegnet ihr Blick dem eines Mannes draußen vor der Glasscheibe zum Gang. Er hat die Hände in den Hosentaschen vergraben und starrt mit merkwürdiger Ergebenheit herein. »Ist das ...«

»Kommissar Riccardi«, erwidert Salvi. »Ihr Lebensgefährte.«

Lebensgefährte, denkt Anna, ein schönes Wort, weil es alles enthält. Ein Gefährte ist mehr als ein Mann oder Freund, er ist jemand, der dir immer nahe ist, auf alle Arten, wie man einer Frau nahe sein kann. Sie, Anna Malvezzi, weiß beim Klang dieses Wortes, dass sie noch nie im Leben einen wirklichen Gefährten hatte.

»Das ist der Mann, der deine Tochter befreit hat, oder?«

»Das ist er.«

Die Ärztin sieht wieder zu Gabriele, dessen starrer Blick auf Alice ruht. Und sie bemerkt, dass seine Lippen sich ganz sachte bewegen, ein unhörbares Flüstern wie eine nächtliche Brise.

Und sie denkt, dass die Frau in dem Bett ihm vielleicht tatsächlich zuhört.

»Komm doch herein, Gabriele!«

Salvi berührt mich an der Schulter, wie um mich zu wecken. Ich merke, dass ich spreche, weiß aber nicht, ob laut genug, dass er mich hört. Die Scheibe, die mich von Alice trennt, berührt fast mein Gesicht.

»Nein, ich will nicht reinkommen. Nicht jetzt. Keine Ahnung, warum. Vielleicht brauche ich eine gewisse Distanz.«

Ich drehe mich um und sehe ihn an. Er trägt seinen grünen Kittel, der Mundschutz baumelt ihm um den Hals. Keine Ahnung, warum mich Ärzte in diesem Aufzug immer an Badende erinnern, die aus dem Wasser kommend über den Strand laufen. »Wie geht es ihr?«, frage ich, und wir entfernen uns ein paar Schritte über den Flur. Ich werfe einen letzten Blick auf ihre geschlossenen Lider hinter der Scheibe und all dem, was sonst noch zwischen uns liegen mag.

»Es geht so. Ihr Zustand scheint stabil, aber unmerklich baut sie immer mehr ab. So langsam, dass man es nur an den Monitoren und Befunden merkt.«

»Wie wenn man jemanden täglich sieht und nicht mitbekommt, dass er abnimmt.«

»So in etwa. Hast du irgendeine gute Nachricht?«

»Die Spurensicherung wird dir eine Giftprobe schicken. Eine Substanz, die uns jemand zugespielt hat. Sie hat nichts mit Botulin zu tun. Wahrscheinlich hilft sie uns nicht weiter. Aber ich lasse sie dir trotzdem schicken.«

»Um was handelt es sich?«

»Um ein Pflanzenextrakt. Ricin.«

»Soweit ich weiß, besteht da kein Zusammenhang. Aber abwarten. Mach dir nicht zu viel Hoffnung.« Salvi bleibt vor einem Getränkeautomaten stehen. »Möchtest du einen Kaffee?«

»Nein, danke.«

»Du sagtest, man hat es dir zugespielt ...«

»Das Gift? Ja.«

»Wie denn?«

»In einem Lindor-Papierchen. Anonym. Der Giftstoff war in den Schokoladenresten am Papier.«

»Heiliger Strohsack ...«

Ich lächele ironisch. »Es ist ein Spiel. Ich weiß noch nicht, welches, aber es ist ein Spiel.«

»Und hast du die Absicht mitzuspielen?«

Ich betrachte, wie er an seinem Kaffee nippt.

»Ich spiele schon, Giovanni.« Instinktiv drehe ich mich zum Ende des Korridors, wo sich Alices Zimmer befindet. »Die Frage ist, ob ich gewinnen werde.«

»Machst du mir einen Kaffee?«

»Kommt sofort, Signora Dida«, sagt der Barmann. »Und frohe Ostern.«

»Dir auch, Domenico. Frohe Ostern.« Ein Lächeln huscht

über ihr Gesicht und verschwindet wieder. Wie eine ferne Erinnerung. Die Frau durchsucht ihre Handtasche nach dem Geldbeutel. Als sie ihn findet, zieht sie ein paar Münzen heraus und legt sie auf den Tresen.

»Wo soll es denn heute hingehen, Signora?«

Domenico ist jung und ausnehmend höflich. Einer dieser zurückhaltenden jungen Männer, die bei Frauen wahrscheinlich nicht allzu viel Erfolg haben. Er könnte im Alter ihrer Tochter sein. Wenn sie noch eine hätte.

»Wo soll ich schon hin mit meinem Mann? Nirgendwo, mein Lieber. Allerhöchstens einen Spaziergang zu den zwei Türmen, durchs Zentrum. Wir essen zu Hause. Ich habe Lasagne gemacht.«

»Sie sind wahrscheinlich eine Spitzenköchin«, sagt Domenico und stellt die Espressotasse vor sie auf den Tresen.

»Und du bist Spitze darin, den Frauen, die hierherkommen, Komplimente zu machen.«

Domenico lächelt sie an. Vielleicht ahnt er, dass ihr Tonfall und ihre Stimme, die lacht und scherzt wie an einem ganz gewöhnlichen Tag, nur deshalb so sind, weil sie keine andere Wahl hat. Man könnte meinen, es sei nichts passiert, hat ihre Schwester einmal zu ihr gesagt. Und sie hat sie aus ihren schwarzen, harten Augen angesehen und erwidert: Was habe ich denn für eine Wahl? Sie hat keine. Die hat ihr das Leben verweigert. Genauso wie Teresa, die ihre erste Dummheit gleich mit dem Leben bezahlen musste.

»Gibst du mir ein Glas Wasser, bitte?«

Domenico füllt mit einer Leichtigkeit, die man hinter seiner etwas linkischen Art nicht vermuten würde, ein Glas mit Mineralwasser und stellt es neben die Tasse. »Und die Béchamelsoße, machen Sie die auch selbst, Signora Dida?«

Dida. Früher hasste sie diesen Namen. Sie heißt Donatella, aber niemand hat sie je so genannt. Dona, Dida. Ein paar ganz

Fortschrittliche wollten sogar Dony daraus machen. Aber sie reagierte nicht darauf.

»Natürlich mache ich die selbst, was glaubst du denn?«, sagt sie, nachdem sie getrunken hat. »Ich habe in meinem ganzen Leben noch kein einziges Päckchen Béchamelsoße gekauft. Mein Mann sagt immer …«

Sie hält inne.

Das darf nicht wahr sein.

Das Glas fällt ihr aus der Hand und zerspringt in tausend Stücke.

»Fühlen Sie sich nicht gut, Signora?«, fragt Domenico, aber sie hört ihn nicht.

Sie blickt über ihre Schulter zurück, rechts am Tresen vorbei. Sie starrt durch die Tür nach draußen, auf einen Passanten auf dem Gehweg, der gerade um die Ecke biegen will. Mit den Blicken folgt sie ihm, sich um die eigene Achse drehend wie die Ballerina auf einer Spieldose.

Dann bemerkt er ihren Blick. Sieht sie an. Und sie weiß, dass sie sich nicht geirrt hat. Auch wenn er sie nie zuvor gesehen hat und sie ihn nur ein einziges Mal im Gerichtssaal.

»Um Himmels willen, nein …«, murmelt sie, während Domenico um den Tresen herumkommt und sie besorgt mustert.

»Alles in Ordnung, Signora Dida?«, fragt er, und da erst, als der Mann hinter den großen Fenstern der Bar verschwunden ist, erinnert sich Donatella daran, wo sie ist.

Und sie weiß, was sie tun muss.

Auch wenn es sie ein Stück ihres Lebens kosten wird, lässt sie sich das Telefonbuch geben, sucht eine Nummer heraus und tippt sie in ihr Handy.

»Mimi, wie oft muss ich dir noch sagen, dass der Sand in den Eimer gehört? Wenn du damit wirfst, triffst du die Leute und die werden böse.«

Mimi, die eigentlich Marina heißt, sieht ihre Mutter an und lacht. Dann stößt sie ihre Schaufel in den Sand, hebt sie mit beiden Händen mühsam hoch und schüttet den Sand in den Eimer. »So?«

»Ja, sehr gut. Komm, wir bauen eine Burg.«

In dem Badeort Milano Marittima ist an diesem Ostersonntag der Sommer ausgebrochen. Denn obwohl die Sonnenschirme noch nicht aufgebaut sind, ist es warm, die Hotels sind komplett ausgebucht und die Preise in den Geschäften ebenso astronomisch wie im Juli und im August.

Doch Ippoliti – der vor zwei Stunden angekommen ist und mit geschlossenen Augen in seinem Liegestuhl sitzt, das Gesicht der Sonne zugewandt und mit Sonnencreme auf der Brust – gelingt es nicht, abzuschalten und sich ganz seiner Tochter und der Familie zu widmen.

»Was hast du?«, fragt seine Frau und setzt sich vor ihn in den Sand. Er schlägt die Augen auf. »Du hast höchstens zwei Worte gesagt, seit du hier bist. Wir sehen uns doch sowieso kaum noch.«

»Du hast recht. Es ist nur … Ich mache mir Sorgen.«

»Möchtest du darüber reden?«

Er setzt sich auf. »Lieber nicht, ich weiß ja selbst nicht, warum.«

»Wie du willst.« Sie steht auf. »Spiel ein bisschen mit deiner Tochter, ja? Du hast ihr versprochen, eine Sandburg zu bauen.«

Ippoliti nickt, lässt sich in den Liegestuhl zurückfallen und schließt die Augen.

Er versucht sich zu überzeugen, dass alles gutgehen wird, dass Gabriele nichts Schlimmes zustoßen kann.

Aber sosehr er sich bemüht, es gelingt ihm nicht.

Also steht er auf und setzt sich auf den Boden zu seiner Tochter. Wenigstens das Lächeln der Kleinen lässt manche Dinge gleich viel normaler erscheinen.

Donatella Rizzo ist trotz allem, was sie durchgemacht hat, immer noch eine schöne Frau.

Sie ist wie ihre Stimme, die ich kurz vor eins über das Diensthandy vernommen habe, als ich gerade versuchte, ein zu großes Stück Pizza zusammen mit meinen Gedanken hinunterzuwürgen. Äußerlich kühl und distanziert, doch mit einer weichen und vertrauten Note, die dich verwirrt und die du nicht greifen kannst.

Wir sitzen an einem Tischchen in einer Bar auf der Piazza Maggiore. Wenige Meter vor uns gurren zwei Tauben in der Sonne.

»Wenn ich es Ihnen doch sage, Commissario Riccardi, ich habe ihn gesehen«, meint sie, und ich frage mich, warum sie das gerade mir erzählt. Wenn ich an ihrer Stelle wäre, wenn mir das passiert wäre, hätte ich nicht das Telefon genommen, um gerade demjenigen meine Beobachtung mitzuteilen, der meine Tochter umgebracht hat.

Auch wenn dieser Mann ein Polizist ist und ihre Tochter aus Versehen getötet hat.

»Ich glaube Ihnen, Signora«, sage ich.

»Nein, Sie glauben mir nicht, Commissario. Sie denken, nach allem was passiert ist, ist die Alte nicht mehr ganz richtig im Kopf. Aber ich bin nicht verrückt, Commissario. Ich habe Gaspare Nunia gesehen. Ich habe ihn genau erkannt. Mit meinen eigenen Augen. Vor einer Stunde.«

»Ich glaube Ihnen«, wiederhole ich nachdrücklicher und versuche zu lächeln. Und ich glaube ihr wirklich, obwohl die ganze Geschichte recht bizarr klingt. Denn ich meine die Absicht zu kennen, mit der Gaspare ausgebrochen ist. Eine Absicht, die er kaum wird realisieren können.

Ich habe ihr sofort geglaubt und zwei Streifen nach San Donato geschickt, in das Viertel, wo sie wohnt.

»Sie verstehen das nicht, oder?«

Ich trinke einen Schluck Wasser. »Nein, ich verstehe es nicht.«

Donatella Rizzo streicht sich eine Haarsträhne aus dem Gesicht und blickt auf die Piazza. Im prallen Sonnenlicht wirkt der Platz riesig. Ein mütterlicher Ort, an dem dir kaum etwas Schlimmeres passieren kann, als vier Euro für einen Espresso zu bezahlen. Mehr als auf dem Markusplatz in Venedig. So ist Bologna, und wer von außerhalb kommt, weiß nicht, was sich dahinter verbirgt.

Bologna ist die böse Hexe aus den Märchen. Ist Schneewittchens Apfel, rot, reif, saftig. Aber wenn du hineinbeißt und entdeckst, was sich darunter verbirgt, läufst du Gefahr, vergiftet zu werden und zu sterben.

»Wir beide haben nie miteinander geredet. Vielleicht hätten wir das tun sollen.«

Sie hat recht, wir haben nie geredet. Oder nein, das stimmt nicht. Ich habe nicht mit ihr geredet. Sie hat schon etwas zu mir gesagt. An dem Tag, als sie die Leiche ihrer Tochter identifiziert hat. »Ich bin nicht böse auf Sie. Nicht Sie haben sie getötet.« Ich erinnere mich noch genau an ihre Worte und ihre Stimme, die zwischen den glatten Wänden des Leichenschauhauses widerhallte. In diesem Moment kochte meine gesamte Wut in mir hoch. Und es fehlte nicht viel und ich wäre vor ihr zusammengebrochen, anstatt ihr die Hand zu drücken.

»Ja, vielleicht hätten wir das tun sollen …«

Unvermittelt sieht sie mich an. »Ja, ja, ich weiß, ich müsste Sie hassen. Mein Mann hasst Sie, glaube ich. Mein Mann spricht nie von unserer Tochter. Für ihn ist Teresa nicht gestorben. Sie hat nie existiert. Für ihn ist es, als hätte es meine Tochter nie gegeben. Und am Ende hasse ich ihn. Ich hasse ihn an Ihrer Stelle. Für mich haben nicht Sie sie umgebracht, Commissario. Es war der Mann, den ich heute Morgen gesehen habe.«

Ich weiß nicht, was ich sagen soll, deswegen bleibe ich stumm. Ich halte das Handy in meiner Tasche fest und hoffe, dass es klingelt und mich aus dieser Unterhaltung reißt, aus diesem Alptraum. Ich möchte weg hier. Erlöst mich von diesem Licht. Von dieser Stille.

Es reicht.

»... aber für mich hat meine Tochter gelebt«, höre ich die Signora sagen und merke, dass sie die ganze Zeit weitergeredet hat. Ich bin es, der nicht mehr zuhört.

»Denn es ist richtig, in Gedanken bei ihr zu sein und dabei zu lächeln. Alle stecken den Kopf in den Sand und wollen vergessen. Ich will nicht vergessen, verstehen Sie?«

Sie weint. Zumindest versucht sie es. Eine Träne, die nicht rollen will, als sei sie nicht schwer genug. Ich reiche ihr ein Papiertaschentuch, und sie tupft sich vorsichtig das Auge, um das sparsame Make-up, das sie trägt, nicht zu verwischen. Als sie das zerknüllte Taschentuch auf den Tisch legt, gleitet mein Blick zu dem metallenen Serviettenständer, und ich glaube, ein Geräusch zu hören.

Pling. Eine Träne. Eine heimliche Träne, die genau auf das Metall des Serviettenhalters fällt. Pling.

Manchmal genügt so wenig. Manchmal genügt schon eine Träne, um sich zu erinnern.

Oder ein Regentropfen.

»Scheiße, wie lange regnet das jetzt schon?«

»Seit zwei Tagen, Ippoliti. Zwei Tage ohne Unterbrechung«, antworte ich und blicke aus dem Streifenwagen.

Da ist das Haus. Seit sechs Stunden sehe ich es vor mir, und seit zwei Wochen überwachen wir es. Tag und Nacht. Ein Reihenhaus am Ende der Via Garibaldi in Casalecchio. Das letzte einer langen Kette von Häusern, alle gleich gebaut, gleiche Farbe, entlang derselben Stadtautobahn, doch gut abgeschirmt vor dem Verkehr der Autobahn und ganz Bolognas durch frisch gestutzte hohe Hecken.

Aus irgendeinem geheimnisvollen Grund herrscht dort immer Stille.

Außer, wenn es so schüttet wie jetzt. Wenn es so schüttet, hörst du den vorbeirauschenden Verkehr, denn die Lkw spritzen Wasserfontänen auf, die höher sind als Autos, und die Tropfen wirken so schwer, als könnten sie beim Aufprall Löcher in den Asphalt schlagen.

Von dem Wagen aus habe ich durch die Äste der Bäume das Haus im Blick. Es ist der einzig mögliche Standort, und wir sind mit zwei Transportern und zwei Autos da. Ein BMW-Geländewagen und ein Ford Galaxy mit abgedunkelten Scheiben.

Das Wohnhaus erreicht man nur über den Parkplatz, auf dem wir stehen. In einer Ecke warten Agente Giovanna Mengoli und Agente Piero Lardi. Sie sind auch in der Realität ein Paar und täuschen ohne Schwierigkeiten ein Stelldichein vor. Weiter unten, hinter der Auffahrt zur Stadtautobahn, halten sich auf dem Standstreifen zwei Überfallkommandos bereit. Und zwei weitere auf der anderen Seite, hinter dem Garten, der die Häuser von der Via Brigata Bolero trennt. Hinter dem Haus, in der Nähe der Mengoli, überwachen drei weitere Autos die Garagenausfahrt.

»Wäre besser, wenn's nicht regnete«, sagt von der Rückbank her der Mann von der Anti-Mafia-Einheit.

»Vielleicht. Aber wir können es nun mal nicht ändern.«

»Wann gehen wir rein?«

Ich sehe auf die Uhr. »Um zweiundzwanzig Uhr. Ich will so wenig Leute auf der Straße wie möglich.«

Der Typ nickt und informiert über Funk seine Männer. Während sie antworten, nähert sich ein Auto. Ein Clio in metallic Rot. Im Zickzackkurs zwischen den Pfützen, fährt er an uns vorbei, und als er auf meiner Höhe ist, höre ich aus der Anlage ein Lied von Eros Ramazzotti. Wie ein verhallendes Echo.

»Verdammt noch mal«, stößt Ippoliti aus.

Ich nehme das Funkgerät. »Wer hat den Clio des Mädchens vorbeigelassen?«, brülle ich.

»Bei uns ist sie nicht vorbeigekommen. Sie muss eine andere

Strecke gefahren sein als sonst«, bekomme ich zur Antwort und sehe, wie der Clio auf dem Parkplatz anhält, Teresa Rizzo aussteigt und durch den Regen ins Haus läuft.

Ich will das Mädchen nicht dabeihaben. Sie hat nichts damit zu tun. Jeden Abend kehrt Teresa nach der Arbeit in ihre Wohnung zurück, duscht, isst einen Happen, steigt in den Clio und fährt in dieses Haus. Sie nimmt die Stadtautobahn von San Donato aus, fährt bei Casalecchio ab, folgt der Landstraße, dann der Via Brigata Bolero, und am Ende parkt sie hier. Jeden Abend zwischen Viertel vor zehn und zehn. Wie jetzt. Wir wollten sie auf der Via Brigata Bolero abfangen. Eine Polizeikontrolle, die sie genau die halbe Stunde gekostet hätte, die wir brauchten, die wir sie noch vom Haus ihres Freundes fernhalten wollten. Ihres Freundes Gaspare Nunia. Der, auch wenn sie nichts davon weiß, einer der gefährlichsten Mafiakiller Italiens ist.

»Und was sollen wir jetzt tun, zum Teufel?«, fragt mich Ippoliti.

»Jetzt warten wir bis zweiundzwanzig Uhr und gehen rein.«

»Und das Mädchen?«

Ich überlege kurz, den Bruchteil einer Sekunde. »Morgen reist Gaspare ab. Zurück nach Sizilien, das weißt du. Bleibt bis Weihnachten dort. Und von heute bis Weihnachten kann weiß Gott was passieren. Vielleicht kommt er nie mehr zurück.«

Ippoliti weiß das und schweigt. Er selbst hat mir das alles vorexerziert. Und er hat auch den Typen gefunden, der geplaudert hat im Tausch gegen Polizeischutz und ein zugedrücktes Auge gegenüber gewissen Kreisen, die er frequentiert. Er hat mit demjenigen geredet, der Gaspare Nunia an uns verkauft hat.

Der Mann von der Mafia-Einheit rückt sich die kugelsichere Weste zurecht. »Bleiben Sie ruhig, Commissario. Meine Männer verstehen ihr Handwerk.«

»Das weiß ich. Um Ihre Männer mache ich mir auch keine Sorgen.«

Ich sehe wieder auf die Uhr. Noch fünf Minuten. Ich denke, dass ich am Abend zuvor zur selben Zeit mit Alice geschlafen habe. Aber der Gedanke hält nicht lange an, ist nur ein Wimpernschlag zwischen zwei Regentropfen.

»Auf Position«, sagt Ippoliti kurz ins Funkgerät und lauscht den Reaktionen der Männer. Dann ist das Spezialkommando dran. Und dann ist es Zeit. Ich schnüre meine kugelsichere Weste fester und steige aus dem Transporter.

Durch die Bäume im Garten gesehen, wirkt das Haus wie ausgestorben. Es brennt kein Licht, nichts rührt sich. Die Kapuze meiner Regenjacke multipliziert die Geräusche des Regens in meinem Kopf. Ohne Headset würde ich nichts hören. Irgendwo in der Nähe geht ein Blitz nieder, und einen Moment lang ist der kleine Garten taghell erleuchtet. Wenn ein Kind in genau diesem Moment am Fenster einer der Häuser stände und uns so sähe, reglos in das nasse Gras geduckt, würde es wahrscheinlich auf Jahre hinaus unter Alpträumen leiden.

Der Mann von der Anti-Mafia-Einheit nähert sich mir in einer Art Kriechgang. Er hebt den linken Daumen. Ich nicke und gebe ihm das vereinbarte Zeichen.

Dann höre ich, wie die Männer über die zwei Seiten des Gartens heranschleichen. Sie geraten in mein Blickfeld, und ich kontrolliere das Haus direkt vor mir. »Hinten alles bereit?«, raune ich in das Funkgerät. »Bereit«, lautet die Antwort einer mir unbekannten Stimme.

Dann sehe ich wieder zum Haus. Es ist noch dunkel. Es ist zehn nach zehn, Teresa ist vor etwa zwanzig Minuten hineingegangen, und immer noch brennt nirgendwo Licht. »Mengoli, siehst du irgendwo Licht im Innern?«

»Negativ. Alles dunkel.« Die Mengoli und ihr Mann sind auf der Rückseite. Auch dort alles dunkel. Zu dunkel.

»Bist du dir sicher? Schau genau hin. Kein Licht?«

»Kein Licht.«

Nein, da stimmt etwas nicht. Ich will gerade etwas in das Funkgerät sagen, als ich zwei kurze Geräusche höre. Und ich drücke mich platt auf den Boden, bevor ich sehe, was passiert. Der erste Laut ist eine berstende Fensterscheibe. Oben, im ersten Stock. Wie ein fallendes Reagenzglas. Ganz kurz.

Dann ertönt der erste Schuss. Ein Mann vom Spezialkommando, der gerade unter den Bäumen herausgetreten war, geht in die Knie, fällt ohne einen Laut mit dem Gesicht ins Gras. Von hier aus gesehen, scheint ihm ein Stück seiner Kapuze zu fehlen.

Dann bricht das Chaos los.

»Mengoli, in Deckung!«, schreie ich ins Funkgerät und werfe mich ins Gras, während meine Männer und die Leute der Spezialeinheit ihre Salven abfeuern. Dann ertönt der zweite Schuss. Dieses Mal klingt er gedämpft, von der anderen Seite des Hauses. Ich weiß nicht, ob ich ihn live oder durch das Funkgerät gehört habe. »Mengoli, was ist da los?« Ich sehe, wie Ippoliti hinter meinem Rücken vorbei in den Hof des vorderen Hauses läuft, der auf den Parkplatz mündet. Ein Mann streckt seine Nase zum Fenster heraus.

»Bleiben Sie drin, verdammt! Alle rein!«, höre ich Ippoliti brüllen.

»Was ist hier los? Ich rufe die Polizei!«

»Wir sind die Polizei! Bleiben Sie drinnen!«

»Mengoli, was ist da hinten bei euch los? MENGOLI?«

»Sie haben Piero erwischt! Scheiße, er antwortet nicht, sie haben Piero getroffen! Ein Heckenschütze, Commissario, am hinteren Fenster steht ein beschissener Heckenschütze. Vielleicht noch einer am Toilettenfenster. Wir können nichts tun.«

Ich lehne mich an einen Reifen des Kinderkarussels und blicke auf das Haus. Jetzt ist alles ruhig. Niemand schießt mehr. Die Fenster auf dieser Seite scheinen explodiert zu sein. Das Stück Rasen vor dem Hoftor ist leer. Die Männer haben sich in das Gärtchen zurückgezogen, in den Schutz der Bäume. Vorne liegt wie eine Wache der tote Mann. Mitten in der Stille höre ich die Regentropfen auf seiner Öljacke.

Ich trete ein paar Schritte zurück, ohne das Haus aus den Augen zu lassen. Ich höre die Martinshörner auf der Stadtautobahn, und kurz darauf taucht auf dem Parkplatz rechts von mir der Streifenwagen auf und überzieht die Seite des Gartens mit blauem Licht. Viel zu hell, verdammt.

Und tatsächlich schießt wieder jemand.

Dieses Mal höre ich Schreie. Zwei Meter links von mir. Schreie, die nach dem Schuss nicht aufhören, ein gutes Zeichen. »Himmelherrgott, macht endlich Sirenen und Blaulicht aus! Mengoli, bist du da?«

»Ich bin hier. Piero ist tot.«

»Hör zu, verlier jetzt bloß nicht die Nerven. Ich will, dass ihr alle in einer Minute da weg seid. Schleicht euch zurück, so wie ihr gekommen seid, durch die Gärten der angrenzenden Häuser. Macht, dass ihr wegkommt, verstanden?«

»Verstanden, Commissario.«

»Sammelt euch zwischen Parkplatz und Haus. Ich will, dass ihr den Dienstboteneingang im Auge behaltet und außerhalb der Schusslinie bleibt, klar?«

»Klar.«

»Dann los.«

Suchend sehe ich mich nach dem Mann von der Spezialeinheit um. Er bringt vorsichtig den verletzten Beamten weg. Einen der meinen. Er hält sein Knie umklammert, das Bein ist unnatürlich abgewinkelt. Ich mache ihnen Zeichen, hinter den Spielgeräten den Wald zu verlassen. Zwei Minuten später sind sie auf dem Parkplatz. Ich halte das Funkgerät in der Hand, am anderen Ende die Zentrale.

»Ich will, dass ihr die Stadtautobahn dicht macht. Von Casalecchio bis zum Flughafen, südliche Auffahrt. Vollsperrung. Auch die Autobahnausfahrten. Ihr müsst den gesamten Verkehr

über Borgo Panigale umleiten. Ist mir scheißegal, ob's Stau gibt, tut, was ich sage!«

Ich drehe mich zu meinen Männern um.

»Macht die Umgebung dicht. Hier wird gleich die Hölle losbrechen. Ich will niemanden auf den Straßen sehen, hier ist man seines Lebens nicht mehr sicher.«

Dann muss ich über das weitere Vorgehen nachdenken. Ich setze mich auf den Kofferraum eines Streifenwagens und starre auf die Straße. Läge da nicht die Leiche des jungen Mannes, sähe alles normal aus. Eine ganz gewöhnliche Regennacht. Im Haus befinden sich Gaspare Nunia, seine Freundin und mindestens drei weitere Männer. Männer, die keiner von uns hat hineingehen sehen. Die durch alle unsere Sperren geschlüpft sind.

Morgen, wenn das hier zu Ende ist, wird sich jemand ordentlich was anhören müssen. Ippoliti und der Mann von der Anti-Mafia-Einheit kommen näher.

»Wir müssen rein«, sagt der.

Ich streife meine Kapuze ab, um den Regen ablaufen zu lassen. Als ich sie wieder aufsetze, ist mein Gesicht pitschnass. Ein angenehmes Gefühl. »Wir müssen rein«, bestätige ich.

»Hast du einen Plan?«

Ich sehe Ippoliti an. »Schon. Wir gehen zu dritt. Vorne und hinten postieren wir wieder unsere Leute. Sie müssen uns Deckung geben.«

»Der einzig mögliche Eingang ist die Küche«, sagt der Mafia-Mann. Und er hat recht. Vom Wohnzimmerfenster und dem ersten Stock aus können drei Seiten des Hauses überwacht werden. Aus der Küche sieht man nur die Umgrenzungsmauer, ein paar Bäume und die Rückseite der Häuser der Via Brigata Bolero. Sonst nichts.

»Wie kommen wir da hin?«, fragt Ippoliti.

»Du bleibst hier«, sage ich. »Wenn etwas passiert, will ich keine Unklarheiten über den Oberbefehl. Jemand muss hier sein, der mich ersetzen kann. Und das bist du.«

Er nickt.

»Wir gehen über die Straße in den Hof eines Nachbarhauses, schneiden ein Loch in den Zaun und steigen über das Mäuerchen.«

»Wenn ihr bei der Mauer seid, sagt Bescheid. Wir geben euch dann von hier aus Deckung. Wir halten sie auf Trab«, erklärt Ippoliti.

»Ich nehme einen von meinen Männern mit, Commissario. Sie haben schon beinah zwei Männer verloren.« Ich antworte nicht, und er entfernt sich. Kurz darauf kehrt er mit einem Riesen zurück, der einen dieser Kinnbärte trägt, die mit Lineal und Winkelmesser rasiert zu sein scheinen. »Agente Pozzi, Signore.«

»Du weißt, was wir vorhaben?«

»Sissignore.«

»Dann los«, sage ich und verlasse den Parkplatz.

Vier Minuten später zerschneidet Pozzi den Maschendrahtzaun des Nachbargrundstücks. Das Haus ist nun keine drei Meter entfernt, hinter dem Mäuerchen, das etwa so hoch ist wie ein sechsjähriges Kind.

»Geschafft«, sagt Pozzi und lässt die Kneifzange auf den Boden fallen.

»Bereit?«, frage ich, und beide nicken. Pozzi kontrolliert seine Waffe. Er wirkt ruhig. Wir schlüpfen durch den Zaun bis zur Mauer.

»Ippoliti? Du kannst loslegen, wenn du willst. Wenn du später jemanden in der Nähe der Küchentür siehst, nachdem wir rein sind, schieß auf ihn, ohne zu fragen, wer es ist.«

»Gut.«

Ich warte. Eine eigenartige Stille, in der nicht einmal mehr der Regen zu hören ist. Vielleicht zehn Sekunden vergehen, bis die Schießerei wieder losbricht. Die erste Salve kommt von vorn, und dann sind die Kugeln überall.

Wir springen über die Mauer. Von außen sieht die Küche leer aus.

Wir zerschlagen ein Fenster und dringen ein. Bei dem Getöse ist es fast unmöglich, dass jemand das Klirren der Scheibe gehört hat. Dennoch kontrollieren wir alle drei sofort die Küchentür. Und lauschen. Im ersten Stock hört man das Geräusch von Schritten. Zwei Personen. Und eine weitere im Erdgeschoss, im Wohnzimmer. Wenn ich mich recht an den Grundriss des Hauses erinnere, liegt die Treppe, die nach oben führt, auf halbem Flur hinter der Tür, die wir anstarren, direkt gegenüber des einen Wohnzimmereingangs. Die zweite Treppe liegt am Ende des Flurs, neben der Haustür.

Hier drinnen können wir nicht schießen. Wir können die Küche nicht verlassen, um den Typen nebenan zu erschießen. Zu viel Lärm. Vielleicht könnte ich eine Ballerei auf so engem Raume riskieren, wenn Teresa nicht im Haus wäre. Aber die Dinge liegen nun einmal anders.

Sie hatte es nicht darauf abgesehen, hier hineinzugeraten.

Dann habe ich eine Idee. »Feuer! Eine Minute lang«, flüstere ich in das Funkgerät, und sobald von draußen eine neue Salve ertönt, bewege ich mich in Richtung Wohnzimmer. Ich sehe, wie der Anti-Mafia-Mann und Pozzi die Treppe hinaufhuschen.

Dicht an den Boden gepresst, krieche ich um die Ecke. Im Wohnzimmer gibt es nichts mehr zu zerstören bis auf die Möbel und einen Kerl, der hinter dem Sofa liegt. Neben ihm ein Präzisionsgewehr. In der Hand hält er eine Pistole.

»Keine Bewegung!«, schreie ich. Ich liege auf dem Boden, die Pistole nach vorne gerichtet, keine drei Meter von ihm entfernt. Bei meinen Worten fährt er hoch, erfasst die Situation und wirft sich blitzschnell, kurz bevor draußen das Feuer aufhört, herum, in der Hand die Pistole.

Da drücke ich ab. Zweimal. Ein Schuss trifft ihn unterhalb der Kehle, der andere in der Brust. Er stürzt nach hinten und lässt die Pistole in einen Scherbenhaufen neben dem Fenster fallen.

Dann herrscht wieder Stille, und ich höre, dass es draußen immer noch regnet.

Als ich zu ihm gehe und ihn berühre, ist er nur noch ein lebloser Körper. Ich nehme seine Pistole und entlade das Gewehr.

Es ist kein Laut zu hören, keine Stimmen oder Schritte. Niemand schreit. Nichts. Dicht an die Wand gedrückt, taste ich mich voran, bis ich neben der Wohnzimmertür stehe. Ich beuge mich leicht nach vorn und sehe die Treppe. Das Licht, das von draußen hereinfällt, umgibt sie mit einem bläulichen Schimmer. Der Mann von der Anti-Mafia-Einheit und Pozzi müssten längst wieder unten sein.

Die Stille gefällt mir nicht. Mit der Pistole im Anschlag, springe ich in den Flur, das Gesicht Haustür und Treppe zugewandt. Das Haus ist wie ausgestorben. Also schiebe ich mich an der Wand entlang die Stufen hinauf und versuche, sowohl das untere als auch das obere Ende der Treppe im Blick zu behalten.

Schritt für Schritt.

Auf der Mitte der Treppe sehe ich die erste Leiche.

Ein Mann, den ich noch nie gesehen habe. Er trägt einen militärgrünen Pullover mit einem Blutfleck auf der Brust. Seine Augen sind weit aufgerissen, und die Hand liegt offen an seiner Seite, als hätte er eine Waffe umklammert, die der Schuss ihm zusammen mit seinem Leben entrissen hat. Aber die Waffe ist nicht mehr da.

Ich bleibe kurz stehen, dann gehe ich weiter. Oben angelangt, sehe ich die anderen Leichen. Der Anti-Mafia-Mann hängt halb über einem Stuhl, auf dem sich eine dunkelrote Lache ausbreitet, die aus seinem Gesicht tropft. Agente Pozzi liegt rücklings auf dem Boden. Er hat die Kehle aufgeschlitzt und ein Loch in der Speiseröhre, knapp unter dem Adamsapfel.

Gaspare, denke ich.

In dem Flur, der zu den Schlafzimmern führt, hängt ein komischer Geruch. Nach Regen, der durch die von den Schüssen zerstörten Fenster hereindringt, nach dem süßlichen Gestank von Blut und dem Vanilleparfüm einer Frau. Gerade will ich in den

Flur gehen, um die Zimmer zu kontrollieren, als ich von unten einen erstickten Schrei höre. Klingt nach einer Frau. Teresa.

Da fällt mir der Stellplatz für das Auto ein. Vor meinem inneren Auge blitzt der Plan auf, und ich sehe eine kleine Tür, die neben der Haustür nach unten in die Tiefgarage führt. Hinter dem Garagentor liegen Mengolis Männer auf der Lauer. Da kommt er nicht raus.

Immer an die Wand gepresst, gehe ich die andere Treppe hinunter. »Ich komme jetzt raus«, sage ich ins Funkgerät und öffne die Haustür. Dann laufe ich auf die andere Seite des Hauses, ohne auf Deckung zu achten. Mich interessiert nur noch, was passieren wird, wenn das Garagentor aufgeht.

Als ich ankomme, steht es bereits offen. »Stehen bleiben!«, schreit die Mengoli von der Mitte des Vorplatzes aus, wo zwei Streifenwagen mit jeweils vier bewaffneten Männern warten, die Pistolen im Anschlag. Ein weiterer Streifenwagen dahinter versperrt die Ausfahrt. Einen Meter vor dem Tor steht eine junge Frau. Sie steht einfach nur da, im strömenden Regen, die nassen Haare kleben ihr an Stirn und Wangen. Sie scheint zu weinen. Sie trägt einen schwarzen Pullover und einen Jeansrock über Lederstiefeln, die im Licht der Autoscheinwerfer und Straßenlaternen glänzen.

Von meinem Standort aus, auf halber Höhe zwischen ihr und den Pistolen, etwa fünf Meter rechts von den Autos, kann ich die Szene gut überblicken. Die junge Frau, Mengoli mit dem Finger am Abzug und vor Zorn geschwollenen Augen, die Tiefgarage.

Und drinnen ein Auto.

Es ist ein schwarzer Punto, ich kenne ihn gut. Der Wagen von Gaspare Nunia. Ich wechsele einen Blick mit Mengoli und sehe, wie sie den Zielpunkt ihrer Pistole von dem Mädchen auf das Auto verschiebt. Eine kaum wahrnehmbare, aber ganz entscheidende Bewegung. Die Mengoli ist eine gute Schützin, fast zu gut für eine Frau. Ich gehe einen Schritt auf die junge Frau zu.

»Wo ist Gaspare, Teresa?«

Sie dreht sich langsam zu mir um. Sie schiebt sich eine Strähne aus dem Gesicht und sieht mich merkwürdig erstaunt an.

»Warum?«, flüstert sie.

»Es ist vorbei, Teresa«, wiederhole ich. »Wenn du mir sagst, wo Gaspare ist, ist alles vorbei.«

Ich gehe noch einen Schritt auf sie zu. Und gerade, als Teresa etwas sagen will, fährt das Auto los.

Mit überraschender Geschwindigkeit kommt es herausgeschossen und hält direkt auf die postierten Streifenwagen zu. Ich höre den Lärm der Schüsse aus den Pistolen von Mengoli und ihren Männern, die den Punto unter Beschuss nehmen, und werfe mich auf Teresa, damit sie nicht von einem Querschläger getroffen wird.

Aus den Augenwinkeln sehe ich, wie die Männer zur Seite springen und der Punto gegen das querstehende Auto zwischen den beiden anderen knallt. Ich stehe auf und drehe mich um. Gerade rappelt Agente Mengoli sich auf und starrt in das Innere des Wagens.

»Keiner drin!«, schreit ein Beamter und kommt mit einem zerbrochenen Baseballschläger in der Hand aus dem Punto heraus. Gaspare hat ihn so zwischen Sitz und Gaspedal geklemmt, dass das Auto von alleine losfuhr.

Im selben Moment höre ich hinter mir Schüsse. Das erste Projektil zischt dicht an meinem Ohr vorbei, so dass ich nur ein ohrenbetäubendes Pfeifen wahrnehme, während ich mich auf die Seite werfe. Aus den Augenwinkeln sehe ich Gaspare aus der Garage in Richtung Stadtautobahn rennen. Er schießt aus einer Maschinenpistole auf die Beamten, kommt aber nicht weit. Die Mengoli trifft ihn ins Bein, knapp oberhalb der Kniescheibe. Man hört einen erstickten Schrei, dann das Klappern der fallenden Waffe. Gaspare sinkt auf den nassen Asphalt.

»Wirf sie weg!«, schreie ich und spüre, wie mir der Regen über Kinn und Wangen rinnt.

»Gaspare!«, schreit Teresa. Ich versuche, die Frau festzuhalten, doch sie entwindet sich meinem Griff und kniet neben ihrem Freund nieder, der sich aufzurappeln versucht. Als ich aufstehe, sehe ich, wie sie miteinander tuscheln und er mir einen triumphierenden Blick zuwirft.

»Wirf die scheiß Waffe weg!«, wiederhole ich und lege meine Pistole an, bereit, zu schießen.

»Halt die Waffe vor dich«, höre ich Gaspare sagen. »Und bring sie der Frau dort.« Mit dem Kopf weist er auf Mengoli.

Teresa packt die Maschinenpistole und geht langsam auf Agente Mengoli zu. Während der drei Schritte dreht sie sich dreimal zu Gaspare um, der versucht, auf die Beine zu kommen. Er nickt ihr jedes Mal ermutigend zu, während er sich um sich selbst dreht, um sich hochzuziehen. Ich nähere mich ihm.

»Geh zur Seite«, sagt Mengoli, als sie die Waffe nimmt. Sie legt sie hinter sich auf den Boden. Teresa macht zwei Schritte auf ihren Freund zu, mit verwirrtem Blick.

Als ich keine zwei Meter mehr von ihm entfernt bin, steht Gaspare Nunia auf.

Und ist bewaffnet.

Er hat eine schwarze .38er in der Hand, die im Regen glänzt.

Und dann passiert es.

Teresa sieht, wie ich meine Pistole packe, und rennt los.

»NEIN!«

Dann drücke ich ab, einmal.

Doch ich höre zwei Schüsse.

Eine Kugel, aus Mengolis Waffe, fährt in Gaspare Nunias rechten Arm und entwaffnet ihn. Der andere war auf die Brust des Mannes gerichtet, der auf mich zielte. Und er trifft Teresa Rizzo in die Kehle, schneidet ihr den nächsten Atemzug ab.

Aus. Es ist vorbei.

Als ich herangehe, lebt sie noch.

Gaspare sagt etwas, das ich nicht verstehe, während er zum nächsten Streifenwagen geschleppt wird und Handschellen angelegt bekommt.

»Warum«, lese ich auf den Lippen des Mädchens, das mich ansieht. Dann erlischt ihr Blick, und zurück bleiben zwei Augen, so blau wie Glasscherben.

Und eine klaffende Wunde, aus der das Blut auf den Asphalt rinnt.

Teresas Mutter nippt nicht mehr an ihrem Glas.

Sie hat es fünf- oder sechsmal getan, während meiner Geschichte. Als ich anfing zu erzählen, hat sie sich zur Piazza gewandt, ihren Blick ins Leere schweifen lassen und ihn nur wenige Male zurückgeholt, um sich Wasser einzuschenken und langsam zu trinken.

Ich wische mir meine schweißnassen Hände an der Jeans ab und warte, dass sie etwas sagt. Irgendetwas. Doch sie schweigt. Auf der Piazza ist es hell. Zu hell. Das Licht schmerzt in meinen Augen. Es ist nicht die richtige Jahreszeit für so viel Licht, für diese unbarmherzige Sonne, die auf das Pflaster, die Gesichter der Menschen, die Fassade von San Petronio herabbrennt, dieser riesenhaften, nie fertiggestellten Kirche, die mich an den Zustand meiner Gedanken erinnert. Etwas, das ganz groß anfängt und nirgendwo hinführt. Immer, wenn ich ihnen in diesen Tagen zu folgen versuche, überkommt mich die Angst davor, wohin sie mich bringen. Und vor dem Menschen, der ich sein werde, wenn diese ganze Geschichte zu Ende ist.

»Sie hatte ihm ein Geschenk gekauft, Commissario«, erklärt die Frau und bricht das Schweigen. Ich verstehe nicht, was sie meint.

»An jenem Tag …«, fährt sie fort. »Sie hatte ihm ein Geschenk gekauft. Deswegen kam sie nicht über die Via Brigata Bolero. Deswegen nahm sie einen anderen Weg. Sie hatte ihm einen Pullover gekauft. Einen schönen noch dazu.«

Erneutes Schweigen. Dann steht sie auf. »Danke«, sagt sie. »Danke, dass Sie über Teresa gesprochen haben. Das war bestimmt auch für Sie nicht leicht.«

»Nein«, erwidere ich nur. Und sage nichts von meinen Träumen und dem Warum, das immer noch an meinen Lippen und Fingern klebt. Ich sage ihr nichts. Ich drücke nur ihre Hand, die sie mir zum Abschied reicht.

»Sie werden ihn kriegen, nicht wahr?«

»Ja«, antworte ich. Und ohne sagen zu können, warum, bin ich mir sicher, dass es die Wahrheit ist.

»Sie wissen nicht, was Sie heute für mich getan haben.«

Ich versuche zu lächeln. »Und der Pulli?«, frage ich.

»Er war schön. Zu schön, um ihn wegzuwerfen. Wissen Sie, meine Mutter hat mir beigebracht, dass man Sachen, die noch brauchbar sind, nicht einfach wegwirft. Wir haben ihn der Caritas gegeben.«

Ich stutze. »Der Caritas?«

»Ja. Teresa hat dort ehrenamtlich zweimal die Woche gearbeitet. Stimmt etwas nicht damit?«

»Nein, nichts, Signora«, sage ich gedankenverloren.

Und zum ersten und einzigen Mal an diesem Tag lüge ich.

Sieben

Bologna, 25. April. Morgen

»Danke. Tut mir leid, dass ich Sie am Feiertag damit belästigen musste«, sagt Ippoliti und legt den Hörer auf.

Kurz darauf schieben sich die Unterlagen Blatt für Blatt aus dem Faxgerät. Ippoliti nimmt jedes einzeln heraus, entreißt es fast der noch schreibenden Druckwalze und sortiert sie vor sich auf dem Schreibtisch.

Alles ist klar. Es ist verrückt, aber glasklar.

In Bari ist Guido Anselmi schon seit drei Jahren nicht mehr gemeldet, nachdem er zwei Jahre zuvor aus seiner Firma für Informationssicherung in Unternehmen ausgeschieden und in Rente gegangen war. Aus der gleichen Zeit rühren in Bologna der Eintrag der Firma Anselsoft und die Verträge für Büro und Wohnung. Ingenieur Anselmi ist Witwer. Seine Frau starb vor etwa fünfzehn Jahren bei einem Verkehrsunfall. Er hat nicht wieder geheiratet, hat keine Kinder, keine Geschwister, und seine Eltern leben nicht mehr seit Anfang der siebziger Jahre.

Guido Anselmi ist allein auf der Welt und – so denkt Ippoliti und lehnt sich in seinem Sessel zurück – wahrscheinlich nicht mehr am Leben, seit er aus Bari verschwunden ist.

»Kennen Sie die Wohnung gut, Signora?«, frage ich, und Guido Bignamis Mutter sieht mich lächelnd an.

»Ich habe sie sauber gehalten. Wenn ich das ihm überlassen hätte, wäre die Wohnung bald zu einem Schweinestall verkommen.« Sie öffnet die Sicherheitstür, indem sie den langen

Schlüssel im Schloss dreht. »Und nenn mich bitte Giulia. Jetzt sind wir seit sechs Jahren Nachbarn, und du siezt mich immer noch.« Sie geht hinein und atmet tief durch, als sei die Luft innen anders. Vielleicht ist sie das auch. Sie tritt in den halbdunklen Flur, während ich und Vittorio Dallari, mein Freund von der Spurensicherung, auf der Schwelle stehen bleiben. Noch so einer wie ich, der an diesem doppelten Feiertag, Ostermontag und sechzigster Jahrestag der Befreiung durch die Alliierten, nichts Besseres zu tun hat.

Es war nicht schwer, die Signora dazu zu bringen, einen Blick in Guidos Wohnung werfen zu dürfen. Als ich Sie gestern Nachmittag am Telefon darum bat, stimmte sie, ohne zu überlegen, zu, als sei auch ihr dieser plötzliche und leise Tod nicht ganz geheuer. Ich habe ihr nichts gesagt. Nur, dass ich gerne die Wohnung sehen würde und einen Kollegen mitbrächte. Ich habe sie sofort angerufen, nachdem Donatella Rizzo in der Via D'Azeglio verschwunden war. Und so beobachte ich nun die unsicheren Schritte der Frau, die sich suchend in der Wohnung des toten Sohnes umschaut.

»Kommt ihr nicht herein?«, fragt sie, an uns gewandt. Vittorio kniet auf dem Boden und untersucht das Schloss. »Geh schon, ich komme gleich«, sagt er, ohne den Blick von der Tür zu wenden.

»Sein Zimmer haben wir noch nicht ganz leer geräumt«, erklärt Giulia. »Nur den Schrank, den Kühlschrank, die Bilder und den Computer. Ansonsten ist alles, wie es war. Möchtest du hier anfangen?«

»Einverstanden.«

Guido Bignamis Zimmer ist klein und voll mit Papier. Am Fenster steht ein weißer Computertisch. Darauf ein Stapel bunter, mit Namen beschrifteter Kunststoffmappen.

Eine blaue Mappe liegt aufgeschlagen auf dem Tisch, darin ein paar Notizen, ein Ausdruck mit Programmierungsdaten, zwei Telefonnummern und Namen dahinter. Auf der Mappe steht DocuNet.

»Ist das Guidos Handschrift?«, frage ich.

»Ja. Das ist ein Kunde von ihm. Er bewahrte alles so auf. In diesen bunten Mappen. Diese Blätter waren sein Leben.« Sie dreht sich zum Fenster. Als sie hereinkam, hat sie gleich die Rollläden hochgezogen und Sonne in die Wohnung gelassen. In der Ferne sieht man ein Feld mit Sonnenblumen. Im Tageslicht glänzen sie wie kleine Spiegel. Ihr Anblick schmerzt beinah in den Augen.

Ich wende den Blick ab und sehe das Etui.

Es liegt auf einem Regalbrett an der Wand über dem Bett. Schwarzes, glänzendes Leder. Neu.

»Das habe ich ihm vor nicht einmal vier Wochen gekauft«, sagt die Mutter. »Das, was er vorher hatte, war ihm auf einer Reise abhandengekommen.«

Ich betrachte das Etui und denke an das, was Salvi mir am Telefon gesagt hat, kurz bevor ich herkam. Der allergische Schock führt zu Blutdruckabfall, Atemnot, Juckreiz und Ausschlägen.

»Wo wurde er gestochen?«

»Am Hals«, antwortet Giulia und zeigt bei sich auf eine Stelle zwischen Schlüsselbein und rechtem Ohr.

»Keine Autopsie?«, frage ich, während mein Blick immer noch an der Lederhülle klebt.

»Nein. Es bestanden wohl keine Zweifel. Merkwürdig, oder?«

»Was denn?«, sage ich und sehe sie an. Eine blöde Frage, denn ich weiß genau, was sie meint.

»Dass das Etui hier liegt. Wir haben es nämlich nicht angerührt. Es hat die ganze Zeit da gelegen.«

Natürlich ist das merkwürdig. Ich versuche mir die Szene vorzustellen. Die Wespe kommt, setzt sich auf den Nachttisch. Verfängt sich in seinen Haaren. Vielleicht verscheucht er sie im

Schlaf mit der Hand und dreht den Kopf. Und sie rutscht langsam auf seinen Hals. Bleibt hocken. Guido dreht wieder den Kopf, und sie sticht. Das war's.

Er erleidet den allergischen Schock und stirbt. Verrenkt sich nicht im Schlaf. Vielleicht wacht er nicht einmal auf, schlägt die Augen nicht auf, um sein Etui zu suchen. Greift nicht danach, lässt es einfach liegen. Versucht nicht, sich eine lebensrettende Spritze zu setzen.

Er stirbt im Schlaf, ganz einfach.

»Nein, das geht nicht auf, Giulia«, sage ich. Und ich meine es so. Es geht nicht auf, denn jemand, der dabei ist, zu ersticken, und alles, was er zum Überleben braucht, in Reichweite hat, lässt es nicht einfach da liegen. Es geht nicht auf, weil Guido Bignami von einem Wespenstich auf jeden Fall erwacht wäre. Und sich geholt hätte, was er brauchte.

»Er sah aus, als schliefe er, als ich ihn fand. Nur dieses Mal am Hals, rot und dick. Nur das.«

Ich gehe aus dem Zimmer. »Hatte Guido eine Freundin?«

Giulia lächelt. »Nein, keine Freundin in dem Sinne. Aber eine beste Freundin, die hatte er. Bis vor einer Weile zumindest. Ein nettes Mädchen. Ich glaube, er war in sie verliebt, auf seine Art. Guido war ein sehr spezieller Mensch und sehr schüchtern, wie du weißt.«

Bis vor einer Weile zumindest. Das hat sie gesagt. »Bis vor einer Weile?«, frage ich und glaube die Antwort schon zu kennen.

»Ja. O Gott, tut mir leid, wenn ich jetzt in ein Fettnäpfchen getreten bin.«

»Ich weiß nicht, wovon du sprichst, Giulia.«

»Ich dachte, du wüsstest es. Diese Freundin war Teresa Rizzo, Gabriele.«

Natürlich wusste ich es. Denn an Zufälle glaube ich nun mal nicht. Die Erwähnung der Caritas konnte kein Zufall sein.

»Hat er sie bei der Caritas kennengelernt?«

»Ja«, antwortet Giulia und starrt mit seltsamem Blick auf die Wand neben dem Fenster und auf das Bücherregal mit den zahllosen zerlesenen Bänden. »Vor ein paar Jahren, glaube ich. Meinst du, dass Guido ...«

»Ich weiß es nicht«, falle ich ihr ins Wort, und zum zweiten Mal innerhalb von zwei Tagen belüge ich eine Mutter, die vor kurzem ihr Kind verloren hat. Weil ich nicht glauben kann, dass dieses ganze merkwürdige Spiel einfach aus dem Nichts kommt. Ich kann nicht glauben, dass in demselben Moment, in dem Gaspare Nunia aus dem Hochsicherheitsgefängnis ausbricht, Alice vergiftet wird und Guido Bignami auf diese Art stirbt.

Wenn eine Logik dahintersteckt, müsste alles auf die eine oder andere Weise bei Gaspare Nunia zusammenlaufen. Aber Gaspare ist keiner, der andere vergiftet.

»Gabriele, darf ich dir etwas zeigen?«

Vittorio. Ich hatte ihn vergessen.

Ich entschuldige mich bei Giulia und folge ihm zur Wohnungstür. »Siehst du die hier?«, fragt er und zeigt auf ein paar Flecken am Rahmen, an der Seite des Türschlosses, wo die Eisenriegel in die Wand stoßen.

Ich beuge mich hinunter, um besser sehen zu können. Zwei lange schwarze Streifen. Wie mit einem weichen Bleistift gezogen. »Ich sehe sie. Was ist damit?«

»Solche Türen sind nur sinnvoll«, sagt er und senkt unwillkürlich die Stimme, »wenn die Bolzen in der Wand stecken. Ansonsten ist jede alte Holztür besser, wie man sie früher hatte.«

»Ja, aber was hat es mit diesen Strichen auf sich?«

»Wenn die Tür nicht abgeschlossen ist, reicht eine Röntgenaufnahme oder ein Plastikkärtchen, um sie zu öffnen.«

»Und das hier sind die Spuren von etwas, das zwischen Tür und Rahmen geschoben wurde?«

»Könnte eine Kreditkarte sein. Den Schlieren nach zu urteilen, dürfte sie dabei auch draufgegangen sein.«

»Willst du mir sagen, dass jemand ...«

»... unerlaubt eingedrungen ist«, schließt er.

Ich drehe mich um. Giulia Bignami steht hinter mir. Beim Sprechen habe ich gehört, wie sie im Hintergrund die Rollos heruntergelassen und die Türen geschlossen hat, so dass die Wohnung nun wieder dunkel und schweigend daliegt wie bei unserer Ankunft.

»Weißt du, ob Guido in letzter Zeit seine Schlüssel vergessen hatte?«

»Du meinst, ob er sich ausgeschlossen hatte? Nein. Ich habe den Ersatzschlüssel, das wüsste ich.«

»Gibt es irgendeinen Grund, warum er es dir hätte verschweigen können?«

»Nein, keinen.«

»Und weißt du, ob er die Tür nachts vor dem Schlafengehen richtig abschloss?«

»Mit der Sicherheitsverriegelung? Wenn er zu Hause war nie. Ich habe es ihm sicherlich hundertmal gesagt. Aber warum fragst du?«

Ich sehe, wie Vittorio die Augenbrauen hebt und seufzt.

Ich stehe auf und sehe sie an.

»Würdest du dein Einverständnis dazu geben, Guidos Leichnam zu exhumieren?«

Sie schweigt kurz und stützt sich mit einer Hand an der Wand ab.

»Er wurde ermordet, nicht wahr?«

Ich gehe einen Schritt auf sie zu. Mit dem Finger wische ich ihr eine Träne von der Wange.

Und ich beschließe, dass ich schon genug gelogen habe.

»Ja, Giulia. Ich glaube, dass er ermordet wurde.«

Doktor Anna Malvezzi tritt an Alices Bett und streicht sich mit der Hand die grüne Arzthose glatt.

Auf der Intensivstation liegen drei Patienten, und zu Alice kommt sie zuletzt. Normalerweise beginnt sie ihre Visite bei dem Bett neben der Tür, um dann rechtsherum fortzufahren. In diesem ersten Bett liegt Alice, direkt unter der Fensterscheibe, an der Kommissar Gabriele Riccardi jeden Tag steht und ihr geheimnisvolle Dinge zuflüstert.

Trotzdem hat sie sich Alice bis zuletzt aufgehoben, weil sie in aller Ruhe etwas überprüfen möchte, das ihr nicht aus dem Kopf geht, seit sie das Krankenblatt der Frau gesehen hat.

Nun steht sie an ihrem Bett und blickt auf sie herab. Ihre vom Schlaf und dem Plastikschlauch im Mund verzerrten Gesichtszüge, die nackten, von den Infusionen blau angelaufenen Arme. Die Brust, die sich als einziges Lebenszeichen gleichmäßig hebt und senkt.

Und doch lebt diese Frau. Wie der sechzehnjährige Junge drei Betten weiter, der auf seinem Mofa ein Stoppschild überfahren hat. Und wie der alte, spindeldürre Mann, der verzweifelt gegen seinen Tumor ankämpft, der ihn innerhalb weniger Tage dahinraffen wird. Auch sie sind am Leben, denkt sie. Aber Alices Am-Leben-Sein ist irgendwie anders, und Anna begreift nicht, warum. Sie prüft den Tropf, die Monitore, die Lage des Körpers. Sie berührt ihre Gesichtshaut, die sich rein und glatt anfühlt. Dann sieht sie erneut auf das Krankenblatt.

Und da begreift sie. Hier steht alles, was sie zu sehen glaubte. Hier steht es schwarz auf weiß, es war keine Einbildung. Hier steht es für alle sichtbar. Was sie nicht versteht, ist, warum es den anderen nicht aufgefallen ist. Vielleicht dachten sie, es sei normal, gehöre zum Krankheitsbild.

Aber sie kann das nicht so einfach glauben.

Sie verlässt den Raum und geht in das leere Behandlungszimmer.

Sie wählt eine Nummer und wartet.

»Cinti? Ciao, Malvezzi hier. Hör mal, könntest du mir einen Gefallen tun? Ich habe hier eine Patientin, von der du eine Blutkultur anlegen müsstest, eine Patientin von der Intensivstation … Ja. Ich weiß auch nicht genau, was ich suche. Spuren einer Substanz. Nur dass … Es handelt sich um eine sehr delikate Angelegenheit. Du darfst die Ergebnisse nur mir zeigen und mit niemandem darüber sprechen … Sie liegt in Bett eins … Alice Mantovani … Mit niemandem. Wenn du soweit bist, sag mir auf Station Bescheid. Ja, vielen Dank … Ja, dir auch frohe Ostern.«

Sie legt auf.

»Alles in Ordnung, Dottoressa?«, fragt eine Krankenschwester, die ihr im Korridor entgegenkommt.

Sie versucht zu lächeln. »Ja, danke. Nur das übliche Chaos.«

»Hier drinnen kann es einfach kein ruhiges Osterfest geben«, antwortet die Frau und geht vorbei.

Anna Malvezzi bleibt einen Moment im Flur stehen, die Schutzmaske steckt in ihrer Tasche. Dann geht sie zum Wasserspender und kommt an der Scheibe vorbei, an der Gabriele Riccardi jeden Tag steht.

Sie kann nicht anders, als hineinzusehen.

Alice ist noch da. Einen Moment lang hat sie gehofft, sie wäre nicht mehr da, und sie selbst würde in ihrem Bett aufwachen mit dem Bedürfnis, einen Mann zu umarmen, und der vagen Erinnerung an einen absurden Traum, den sie nicht mehr richtig zusammenbekommt.

Doch es ist kein Traum.

Alles ist wahr.

Und auch wenn sie noch keine Beweise hat, weiß sie doch genau, was hier gespielt wird.

Das Büro des Immobilienmaklers in der Via Murri ist kaum mehr als ein kleiner Raum mit einem Tisch und einem Computer.

In der Tür hängt ein »Geschlossen«-Schild, das perfekt mit dem Feiertag harmoniert. Vor dem Computer allerdings sitzt ein Mann um die fünfzig, der ebenso linkisch mit der Maus hantiert wie mancher Teenager mit dem ersten zu öffnenden BH.

»Das Programm ist ganz neu«, entschuldigt er sich, und Ippoliti lächelt ihm beruhigend zu. Als er sagte, er sei von der Polizei, konnte er förmlich sehen, wie der Makler erstarrte. »Nicht von der Steuerfahndung«, hatte er erklärend hinzugesetzt, woraufhin sein Gegenüber sich ein wenig entspannte.

Zuvor war er bei einem anderen Maklerbüro gewesen, Haus&Büro, doch ohne Ergebnis. Der Firmeninhaber hatte sich erinnert, die Verhandlungen um die Immobilie in der Via Arno geführt zu haben, ohne jemals den Käufer in Person gesehen zu haben. Vielleicht der Notar, der den Vertrag aufgesetzt hat, mutmaßte er und gab ihm dessen Nummer. Doch der Notar war in Urlaub und die Sekretärin selbstverständlich nicht befugt, irgendwelche Informationen herauszugeben. Schon gar nicht an die Polizei.

»Da, ich hab ihn.«

Der Mann hinter dem Bildschirm schaut triumphierend auf wie ein Junge, der gerade seinen Rekord in einem Computerspiel gebrochen hat. Er dreht den Monitor so, dass man ihn auch von der anderen Seite des Schreibtisches aus sehen kann. Ippoliti rutscht auf seinem Stuhl nach vorne, und als das Hemd ihm über den verbrannten Rücken streift, stöhnt er leise. »Gestern zu viel Sonne abbekommen«, brummt er erklärend.

Der Mann vom Immobilienbüro lächelt und hebt einen Augenblick den Kopf. »Sehen Sie«, sagt er dann und zeigt auf den Bildschirm, »das ist die Wohnung. Via Mazzini fünf. Mit diesem Programm können wir jede einzelne Immobilie sehen, die durch dieses Büro gegangen ist, ohne Einschränkungen.«

»Und bewahren Sie auch die Daten desjenigen auf, der sie gemietet hat?«

Der Mann klickt in eine Ecke des Bildschirms, und auf der Mattscheibe taucht die Karteikarte von Guido Anselmi auf. Name, Nachname und eine Handynummer. Dieselbe, die die Handelskammer ihm gegeben hat und die eben jene Telefongesellschaft vor über einem halben Jahr abgeschaltet hat, welche ihnen auch noch die Einzelauflistung schicken will.

»Da war ich Ihnen wohl keine große Hilfe.«

»Haben Sie die Verhandlungen geführt?«, fragt Ippoliti und lehnt sich wieder zurück.

»Nicht persönlich. Wir sind hier zu viert. Warten Sie, ich schaue mal nach.«

Wieder fährt er mit der Maus über das Pad. Im System ertönt ein Läuten wie von einer Glocke, woraufhin ein weiterer Mausklick folgt.

»Cantelli. Mario Cantelli. Er hat den Kunden betreut. Das Programm ist sehr genau.«

»Und wann kann ich mit Signor Cantelli reden? Wo hält er sich gerade auf?«

Der Blick des Mannes verdüstert sich, als wäre die Antwort schmerzhaft für ihn. »Ich kannte Cantelli seit meiner Kindheit. Wir waren Nachbarn.«

»Sagen Sie mir nicht, dass …«

»Doch, er ist tot, Agente. Herzinfarkt. Vor rund drei Monaten.«

Don Giulio Boschi von der Caritas ist der klassische Priester, wie ich ihn in der Schule gerne als Religionslehrer gehabt hätte. Vorausgesetzt, man will überhaupt einen Priester als Lehrer. Er ist um die sechzig und spricht, wie ein Kirchenmann sprechen sollte. Ohne zu vergessen, dass er im Hier und Jetzt lebt und nicht im Reich Gottes.

Als er mein Büro im Präsidium betritt, öffnet sein Gesicht sich zu einem freundlichen, entspannten Lächeln, und ich muss unwillkürlich denken, dass die meisten Menschen, die über diese Schwelle treten und nicht hier arbeiten, verkniffene Lippen und angespannte Muskeln haben.

Er hat mir die Liste mitgebracht, um die ich ihn gebeten habe, mit den Namen all jener, die regelmäßig für seinen Verein arbeiten oder ihn von außen unterstützen. Und nachdem er mir erklärt hat, dass die Caritas in der Altenpflege und in der Pflege von Todkranken im Krankenhaus und daheim tätig ist, sich außerdem um Obdachlose und um jene Menschen kümmert, die er die neuen Armen nennt, schweigt er, legt die gefalteten Hände in den Schoß und sieht mich abwartend an.

Er trägt keinen Talar, nur den weißen Kragen, und er sieht mich an, als sei die Reihe nun an mir.

»Sie fragen sich wahrscheinlich, warum ich Sie herbestellt habe.«

»Schon. Vor allem aber frage ich mich, inwiefern Ihre Ermittlungen unseren Verband betreffen.«

»Es hat nicht direkt etwas mit Ihnen zu tun, Pater. Ich möchte nur erfahren, wer Ihrem Verein angehört. Und mit Ihnen über Guido Bignami reden.«

Sein Gesichtsausdruck ändert sich schlagartig. Er senkt die Augen und blickt auf seine Hände. Dann sieht er mich wieder an. Abgesehen von dem einen oder anderen Kriminellen, der sich für besonders willensstark hielt, habe ich selten jemanden erlebt, der mir so frank und frei in die Augen geblickt hätte, während ich meine Arbeit tue.

»Der arme Guido, er war ein guter Junge. Einmal war ich dabei, als er gestochen wurde. Aber er hatte seine Medikamente da und hat sich blitzschnell eine Spritze gesetzt. Dass ihm das passieren musste, der arme Junge. Ein schreckliches Schicksal.«

»Schrecklich schon. Aber ich würde nicht von Schicksal reden. Zumindest nicht in Ihrem Sinne.«

»Was wollen Sie damit sagen?«

Ich versuche seine Aufmerksamkeit auf etwas anderes zu lenken. »Glauben Sie, dass er in Teresa Rizzo verliebt war?«

Er lächelt. »Das wussten alle. Aber Guido war nun mal ein schüchterner Junge. Für Teresa war er ein Freund, ein großartiger Freund. So bedingungslos, dass er bereit war, sich selbst zu schaden.«

»Sich selbst zu schaden?«

»Darf ich offen mit Ihnen über Teresa sprechen, Commissario?«

»Aber natürlich.«

»Ich frage nur, weil es durch alle Zeitungen ging … nachdem es passiert war …«

»Keine Sorge, Pater, fahren Sie fort.«

»Ja, also vor etwa eineinhalb Monaten kam Guido zu mir. ›Eine Last bedrückt meine Seele, Pater‹, sagte er. Und dann erzählte er mir eine unglaubliche Geschichte. Guido hat etwa ein halbes Jahr lang jeden Donnerstagabend Hallenfußball gespielt, in einer Firmenmannschaft, die ein Freund von ihm organisierte. Eines Abends hat Teresa ihn nach dem Spiel abgeholt, um mit ihm und den anderen noch etwas trinken zu gehen. Einer von den Mitspielern hat sie gesehen und ihm wochenlang keine Ruhe gelassen, bis er die beiden einander vorstellte. Dieser Kerl war Gaspare Nunia.«

Ich umklammere die Armlehnen meines Stuhls, um die Spannung auszuhalten. »Und Guido?«

»Sie können sich vorstellen, wie mitgenommen er war. Er fühlte sich verantwortlich für das, was Teresa zugestoßen ist. Ich habe dann versucht, ihm begreiflich zu machen, dass es nicht seine Schuld war, und schließlich hat er nicht mehr davon geredet. Aber man sah ihm an, dass er noch nicht damit abgeschlossen hatte.«

Ich nehme das Blatt Papier, das er mir mitgebracht hat, und überfliege es. Dabei kommt mir ein Zweifel, den ich sofort klären will. »Kennen Sie diese Leute alle persönlich?«, frage ich und zeige auf die Liste.

»Mehr oder weniger gut, ja.«

»Und ist einem von ihnen etwas Merkwürdiges oder Unerwartetes zugestoßen?«

Er denkt kurz nach. »Nein, ich würde sagen nein. Nichts, das ich so nennen würde.«

»Aber es gab da etwas, oder?«

»Dinge, wie sie immer passieren, Commissario.«

»Manchmal verstecken sich genau hinter jenen Dingen die Schnipsel, die mich weiterbringen, Pater.«

Er fährt sich mit den Händen ordnend durchs Haar.

»Eine der Personen auf der Liste ist gestorben.«

Ich fahre hoch. »Wer?«

»Francesco Zani«, sagt Pater Boschi und zeigt auf einen Namen auf dem Papier. »Er hatte seit vielen Jahren Diabetes, und seine Gesundheit war sehr angeschlagen, würde ich sagen.«

»Wann war das?«

»Etwa zu der Zeit, als Guido starb.«

Ich nehme einen Stift und markiere den Namen Zani farbig. Dann schlage ich eine weiße Mappe mit der Aufschrift »Alice Mantovani« auf, die in der obersten Schublade liegt. Darin liegt die Zeichnung von dem Gesicht eines Mannes. Eines Mannes wie viele andere, denen man täglich auf der Straße begegnet. Der kaum auffällt und von dem man sich keine Einzelheiten einprägt. Eines Mannes, der vielen Menschen ähnelt, die ich kenne. Und der – da bin ich mir sicher – mir zu Ostern eine SMS geschickt hat.

»Haben Sie jemals diesen Mann gesehen?«, frage ich Pater Boschi.

Er nimmt das Blatt und betrachtet es aufmerksam. »Ein sehr durchschnittliches Gesicht. Aber ich verbinde niemanden damit, nein.«

Ich lege das Phantombild zurück, das mit Hilfe von Alices Arbeitskollegen erstellt wurde. »Sollten Sie jemanden sehen, der ihm auch nur entfernt ähnelt, rufen Sie mich an.« Ich gebe ihm meine Karte. »Da steht auch meine Privatnummer drauf. Im Fall der Fälle rufen Sie mich sofort an, Pater. Es ist sehr wichtig.«

Don Giulio nickt und steht auf. Er verabschiedet sich mit einem kräftigen, entschlossenen Händedruck. Ich sehe ihm hinterher und überlege schon, was die Hinweise bedeuten könnten, die das Gespräch ergeben hat. Und welche Verbindung zwischen dem Phantombild und Gaspare Nunia besteht.

Gedanken. Immer nur Gedanken. Die Pater Boschi schwungvoll beiseitefegt, als er in mein Büro zurückgestürmt kommt, noch bevor er die Tür hinter sich geschlossen hat.

»Eins ist merkwürdig«, sagt er mit der Klinke in der Hand. »Es ist mir jetzt erst eingefallen.«

»Was?«

»Francesco Zani, dieser arme Mann, der an Diabetes gestorben ist. Er hat in der Firma gearbeitet, in der auch Guidos Freund arbeitete«, erklärt er. »Und Gaspare Nunia.«

Bologna, 26. April. Zwei Uhr nachmittags

Auf dem Friedhof der Certosa regnet es.

Als das Wetter in den frühen Morgenstunden umschlug, legte sich eine Glocke aus Feuchtigkeit über die Stadt, die einem in die Knochen zog. Dann, um die Mittagszeit herum, fing es allmählich an zu regnen. Jetzt fallen dicke Tropfen auf die Gerätschaften, mit denen die Friedhofsangestellten Guido

Bignamis Leichnam exhumieren – vor den entsetzten Augen seiner Mutter.

Und vor meinen.

Mit dem Polizeipräsidenten musste ich meinen üblichen Tauschhandel eingehen, um Guido ausgraben zu dürfen. Ich musste ihm sagen, dass Donatella Rizzo Gaspare Nunia gesehen hat und ich jemanden im Sinn habe, der mir helfen kann, herauszufinden, ob er tatsächlich wieder in der Stadt ist.

Und das ist nicht einmal gelogen. Es stimmt, dass ich jemanden kenne, der mir helfen kann, aber ich habe nicht die geringste Absicht, ihm zu sagen, um wen es sich handelt.

Vor allem weil ich nicht weiß, ob und wo ich ihn finde, und weil ich dafür mal wieder eine gewisse Dame belästigen muss, in deren Umfeld er arbeitet. Und das hat sie wirklich nicht verdient, dass einer wie ich ihr auf den Sack geht.

Giulia Bignami sucht meine Hand und drückt sie, ohne den Kopf zu wenden. Ich höre, wie sie unter ihrem karierten Regenschirm weint, aber ich sage nichts. Ich blicke auf den Sarg, der nun heraufgezogen wird, und atme den Geruch nach Erde ein, der die Luft um das Kloster sättigt. Dieser Geruch und das Geräusch des Regens sind alles, was bleibt, als der Sarg für den Abtransport bereitgemacht wird. Dann kehrt in den Kreuzgang des Klosters, in dem bis vor zwei Jahrhunderten Kartäusermönche lebten, wieder unwirkliche Stille ein.

»Du musst es mir schwören«, flüstert Giulia unter ihrem Regenschirm.

»Was?«

»Dass, wenn er ermordet wurde, du den Schuldigen findest.«

Ein Regentropfen fällt auf meine Hand. Ich sehe, wie er zu Boden rollt, und denke an Alice. »Ich schwöre es dir«, sage ich.

Und um nicht selbst in Tränen auszubrechen, hake ich Giulia unter und führe sie fort.

Doktor Carlo Bevilacqua, Spezialist für pathologische Anatomie, holt tief Luft und setzt seinen Mundschutz auf.

Die Leiche vor ihm ist bereit. Er hat unzählige solcher Leichen gesehen. Manche sahen schlimmer aus, und er weiß von Kollegen, die nachts, wenn der Wind an den Rollläden rüttelt, wachliegen und sich an sie erinnern.

Er nicht. Ihn kann der Tod nicht schrecken. Denn er durchschaut ihn, weiß, woraus er gemacht ist, wie er eintritt und warum. Er weiß, dass sein süßlicher Geruch in den Kleidern hängenbleibt, so dass er selbst nach einer Wäsche manchmal noch da ist. Und er weiß, dass er überall lauert, manchmal an den seltsamsten Orten, an denen wir niemals mit ihm rechnen würden.

Er weiß, dass es nicht viel zum Sterben braucht und dass eben dies letztlich das Geheimnis des Lebens ist. Dass man es von einem auf den anderen Moment verlieren kann.

Er blickt auf den Leichnam und notiert etwas in seinen Block.

Dann, mit einer schnellen, präzisen Bewegung, die er schon tausendmal ausgeführt hat, öffnet er den Brustkorb des jungen Mannes in der Form eines Ypsilons.

Der Tod ist nur sein Job.

Als ich am Abend Via Stalingrado hinter mir lasse und rechts in den Viale Aldo Moro einbiege, ist es erst Viertel nach elf und doch stehen schon Leute in der Warteschlange, von der diese merkwürdige Atmosphäre aus Tristesse und Prahlerei ausgeht, die ich immer verspüre, wenn ich dort vorbeikomme, egal in welcher Phase meines Lebens.

Wer als Junge in Bologna aufwächst, lernt die Landkarte der Prostitution mit ungefähr siebzehn Jahren kennen.

In dieser Straße, die quer durch das Messegelände bis zu der Multifunktionshalle della Medusa führt, diesem Marketing-Triumph aus blauen Lichterfluten, gibt es Transvestiten, die man von nahem sehen und reden hören muss, um sie von den echten Frauen unterscheiden zu können, die dich von den Werbeplakaten herab anlächeln und zum Träumen bringen.

Eine von ihnen suche ich.

Seit fast einem Jahr habe ich sie nicht mehr gesehen. Das letzte Mal trug sie eine Perücke mit glatten Haaren bis zum Po, ein schwarzes, rückenfreies Kleid und einen falschen Leopardenpelz, der kaum ihre Möpse verhüllte. Vielleicht sieht sie heute ganz anders aus, und deswegen habe ich mich hinter einem Mercedes und einem Geländewagen in die Schlange eingereiht und fahre im Schritttempo am Bürgersteig entlang.

Endlich bin ich an der Reihe. Als ich das rechte Seitenfenster runterlasse, fällt mein Blick als Erstes auf einen gigantischen Ausschnitt um zwei kaum zu bändigende Titten, so unwahrscheinlich groß und stramm, dass sie in ihrer Künstlichkeit fast peinlich sind. »Hallo, Schätzchen, ich bin Magda. Sind fünfzig Euro okay für dich?«, fragt mit tiefer, leiser Stimme die stolze Besitzerin der Silikonmassen.

»Ich suche Miriam«, sage ich. Sie lächelt.

»Warte, ich frage mal nach, Kleiner«, erwidert sie. »Silvana!«, höre ich sie rufen, während hinter mir eine Hupe ertönt. »Wo ist Miriam?«

Silvana, eine Brünette mit den Schultern eines olympischen Schwimmers und zwei Stiefeln, bei denen einem automatisch die neunschwänzige Katze in den Sinn kommt, schreit ihrerseits über die Straße hinüber. Ich verstehe nicht, was sie sagt, aber Magda klärt mich auf. »Sie ist in einen Porsche gestiegen. Wenn du dort hinten am Kiosk wartest, sage ich ihr, dass du an der Reihe bist, wenn sie kommt.«

»Meinst du, es wird lange dauern?«

»Nein, nein, keine Sorge. Du weißt ja, wie Männer sind. Kaum sehen sie zwei Titten, können sie nicht mehr an sich halten. Deine Miriam ist bestimmt gleich zurück.«

Ich lächele und bedanke mich. Sie wirft mir einen Handkuss zu und rückt sich den Ausschnitt für den nächsten Kunden zurecht.

Ich fahre links ran und parke den Wagen unter einem der Türme, in denen sich die Büros der Regionalverwaltung der Emilia Romagna befinden. Etwa zehn Minuten später kommt Miriam. Sie steigt aus einem Carrera 4, spricht kurz mit Magda und kommt dann auf mich zu.

Sie ist immer noch brünett, hat aber die Langhaarperücke durch eine kurze ersetzt. Unter dem roten Minirock trägt sie ihre weißen Dienststiefel, oben herum eine Bluse derselben Farbe. An der entschieden zu viele Knöpfe auf sind.

Als sie einsteigt, durchweht eine süßliche, penetrante Duftwolke das Auto. Und erst als sie zu reden anfängt, bin ich mir sicher, dass sie es ist.

»Stehen dir gut, die kurzen Haare«, sage ich, noch bevor sie mich ansieht.

»Gabriele!«, ruft sie und wirft sich mir an den Hals.

»Beherrsch dich! Sonst denken die noch, ich sei dein Lover!«

»Sollen die Hexen nur denken, was sie wollen. Außerdem würdest du doch sowieso gerne ein Nümmerchen mit mir schieben, du kleine Sau.«

Ich lache. »Du weißt doch, dass du für meinen Geschmack immer noch zu viel zwischen den Beinen hast.«

»In Wahrheit, mein lieber Bulle, hast du nur Angst, dass meiner größer sein könnte als deiner.«

»Du warst schon immer ein Miststück, Miriam. Schon als wir beide noch Kinder waren und du Lucio hießest.«

Sie ordnet sich die Frisur. »Ach, die Zeiten sind doch lange vorbei. Weißt du, mittlerweile nennt mich nicht einmal meine Mutter mehr Lucio. Mein Vater hingegen ist zum Neutrum übergegangen. Schatz, sagt er. Aber wenn mir jemand auf die Titten glotzt, ist ihm das peinlich. Dabei hat er manchmal selbst seine Augen nicht unter Kontrolle. Zum Totlachen. Und meine Frisur gefällt dir tatsächlich?«

»Steht dir göttlich. Gibt dir irgendwie so etwas Exquisites.«

»Oh, exquisit. Das ist gut. Eine exquisite Straßentranse. Geh, du warst schon immer ein Schleimer. Schon zu Schulzeiten. Aber wenn sie dir tatsächlich gefällt, freut mich das.«

»Hör mal, hast du schon gegessen?«

»Ja, ja, vor der Arbeit. Was tust du hier?«

»Ich brauche Montaldo.«

»Ach so«, meint sie. Sie sinkt im Sitz zurück, und ihre Stimme erlischt ihr in der Kehle wie eine Zigarette, die unter einem Absatz ausgedrückt wird. »Das hätte ich mir denken können.«

»Stimmt etwas nicht?«

»Doch, doch. Es ist nur, na ja … Ich habe ihn seit fast zwei Monaten … ja, nicht mehr gesehen. Er geht nicht mal ans Telefon, das Arschloch. Na ja, aber vielleicht, so betrachtet …«

»So betrachtet?«

Sie setzt sich auf. Der Knopf ihrer Bluse kann nur knapp der plötzlichen Wucht ihrer Titten standhalten und verhindern, dass der Stoff seinen Inhalt über mein Armaturenbrett ergießt.

»So betrachtet ist es gut, dass du gekommen bist. Weißt du, dieser Mistkerl hat mir immer gefallen. Auch wenn er zwanzig Jahre älter ist als ich und sich manchmal mit Leuten abgibt, die ich im Leben nicht anfassen würde. Aber wenn er sich schon bei mir nicht meldet und ich ihm aber sage, dass du ihn brauchst, na ja, weißt du, dann kann ich vielleicht mit ihm reden. Und eins ergibt das andere.«

»Miriam, du bist doch nicht etwa verliebt?«

»Hör zu, Riccardino, was wäre so schlimm daran? Ich bin auch nur eine Frau. Und wir sind schon so viele Jahre zusammen. Er hat mir bestimmt hundertmal den Arsch gerettet – im wahrsten Sinne des Wortes. Ohne ihn fühle ich mich irgendwie verloren.«

Ich betrachte sie und sehe sie, wie sie mit vierzehn war, in der Schule. Ein ewig plappernder, stangenlanger Hansel, über dessen Gang sich immer alle lustig machten. Aber er tat das nicht absichtlich. Er war einfach so. Schon damals, ohne es zu wissen.

»Hör mal, Miriam, wenn du raus willst aus dieser Scheiße – ich bin immer für dich da.«

Sie streicht mir zärtlich über die Wange. Ihre Fingernägel sind lang und rot, frisch lackiert. Wenn sie wollte, könnte sie mir mit zwei Bewegungen die Augen auskratzen.

»Du bist süß, Gabriele. Aber sieh mich an. Ich habe zweieinhalb Kilo Silikon am Körper, bin einen Meter zweiundachtzig groß, laufe im Minirock herum, habe einen Hintern, mit dem, in aller Bescheidenheit, nicht einmal die kleinen Fernsehnutten aufwarten können, aber wenn ich zu reden anfange, wirke ich wie eine schlecht synchronisierte Zeichentrickfigur. Und vor allem trage ich immer noch meinen schönen Schwanz mit mir herum, als wär nichts gewesen. Wer würde mir eine normale Arbeit geben? Leute wie ich eignen sich zu nichts anderem als dem hier. Man besteigt sie heimlich, still und leise im Auto und kehrt dann zu Frau oder Freundin zurück. Deswegen mag ich Montaldo. Für ihn bin ich einfach Miriam und sonst nichts. Ohne Schminke und all das.«

»Wie du willst. Aber du brauchst mich nur anzurufen. Du weißt, dass ich dir eine Arbeit beschaffen kann.«

Sie streicht mir wieder über das Gesicht und deutet dann mit dem Kopf nach draußen. »Das hier ist meine Welt, Gabriellino. Ob ich will oder nicht.« Sie küsst mich auf die Stirn und steigt aus. Bevor sie die Tür zuschlägt, beugt sie sich noch einmal herunter.

»Was soll ich dem Arschgesicht von Montaldo sagen?«

»Dass ich ihn brauche. Dringend. Und dass er auf sich aufpassen soll.«

»In Ordnung, mein Stern. Sobald ich eine Sekunde Zeit

habe, schicke ich ihm eine SMS. Noch heute Abend. Wie geht's Alice?«

Ich hole tief Luft. »Geh arbeiten, du wirst schon gerufen.«

»Probleme, Schätzchen?«

Ich sehe sie an. »Sie liegt im Krankenhaus. Ich kann ja demnächst mal vorbeikommen und dich auf ein Bier abholen. Dann erzähle ich es dir, okay?«

»Okay, Schätzchen. Wir sehen uns, wenn wir uns sehen.«

»Einverstanden, wir sehen uns, wenn wir uns sehen. Und ... danke«, füge ich schnell hinzu.

»Geh zum Teufel«, erwidert sie und schlägt die Tür zu.

Zwei Minuten später beugt sie sich über das Seitenfenster eines Audi TT, und als ich auf der anderen Seite des Mittelstreifens an ihr vorbeifahre, winkt sie mir zu.

Wie jemandem, der im Zug aus dem Bahnhof ausfährt und den du niemals wiedersehen wirst.

In der Scheune muffelt es nach Regen und nassem Gras.

Die Reisetasche steht zwischen Gaspares Füßen, und einer von Rolands Männern lässt sie keine Sekunde aus den Augen, während er von dem Stummen gefilzt wird. Gaspare mustert eingehend jeden der vier Männer, die der Slowene ihm gebracht hat. Leute, die er noch nie gesehen hat, was im Grunde auch besser ist. Außer dem Kerl mit der Reisetasche, ein Blonder mit Pferdeschwanz, der sich ständig eine Strähne aus der Stirn streicht, gibt es einen fitnessstudio-gestählten Bodybuilder mit blond gefärbtem Kinnbärtchen, einen drahtigen Kleinen, der aussieht wie aus einem alten Film noir, und einen Bulligen mit stumpfem Gesichtsausdruck.

»Ein Haus«, sagt Gaspare, als alle um den alten Tisch versammelt sind. »Etwas außerhalb Bolognas. In zwei Tagen werden wir es uns anschauen. In Zweiergruppen. Im Moment braucht euch nicht zu interessieren, wo es sich befindet.«

»Was für ein Haus?«, fragt der Kerl, der die Tasche angestarrt hat. Er hat einen harten Akzent, als steckten in jedem Buchstaben Widerhaken.

»Ein zweistöckiges Einfamilienhaus.«

»Wie viele Männer?«

Gaspare sieht zu Roland hinüber. Der nickt dem anderen zu, damit er aufhört, Fragen zu stellen.

»Gut. Das Haus wird von vier Wagen bewacht. Zwei vorne, zwei hinten. Die vorne interessieren uns nicht, nur die hinter dem Haus. Insgesamt vier Männer, vielleicht fünf. Bullen. Hat jemand ein Problem damit?«

In der Ferne hört man einen Lkw vorbeifahren. Sonst ist alles still.

»Was ist in dem Haus?«, fragt Roland, und Gaspare lächelt.

»Weißt du es nicht oder willst du, dass ich es sage, Slawe?«

»Die da wissen es nicht.«

»Sie brauchen es nicht zu wissen. Ich gehe allein hinein. Sonst keiner.«

»Ich töte keine Bullen, wenn ich nicht weiß, warum.«

Gaspare sieht den Kerl mit dem Pferdeschwanz an und lacht. »Du tötest Bullen für Geld, nicht um zu wissen, warum. Weißt du, was sie bei mir zu Hause mit jemandem machen, der zu neugierig ist? Sie reißen ihm mit den Händen die Zunge heraus. Aber du bist ja nicht neugierig, oder?«

Die Finger des Blonden huschen zu seiner Strähne, dann wendet er den Blick von Gaspares Gesicht ab und sieht wieder die Tasche an. Gaspare versetzt ihr einen leichten Tritt mit dem Absatz. »Habt ihr Schalldämpfer?«, fragt er Roland.

»Ja. Alles, was wir brauchen.«

»Gut. Die gehört dir, Slawe.« Er packt die Tasche und wirft sie hinüber. Roland macht sie auf, fährt mit der Hand durch die blauen Banknoten und schließt sie wieder.

»Dreißigtausend sollten es sein und dreißigtausend sind es«, erklärt Gaspare. »Den Rest, wenn wir fertig sind. Schick sie raus.«

Roland sagt etwas in seiner Sprache, und die anderen wenden sich ab. Beim Hinausgehen nehmen sie ihre Waffen wieder an sich, die vor dem Stummen auf dem Boden liegen.

»Zufrieden, Slawe?«, fragt Gaspare dann.

»Mit der Mafia arbeitet man immer gut, Sizilianer. Ihr haltet euch an die Abmachungen.«

»Die Mafia hat hiermit nichts zu tun, mein Junge. Das ist eine reine Privatangelegenheit.«

»Eben. Und du bist Mafioso, Sizilianer.«

Gaspare steckt die Hände in seine Jackentasche. Seine Finger spielen mit dem Pistolenlauf. »Sind deine Männer vertrauenswürdig?«

»Du kannst ganz beruhigt sein.«

»Ich will keinen Ärger, wenn es so weit ist. Bring übermorgen zwei von ihnen her, um zwei Uhr nachmittags. Und die anderen am Tag darauf. Wir sehen uns das Haus an.«

»In Ordnung.«

»Dann geh.«

Roland bückt sich vor dem Stummen und hebt seine Pistole auf. In der offenen Tür der Scheune bleibt er stehen. »Hör mal, Sizilianer, kann ich dich etwas fragen?«

Gaspare dreht sich um.

»Weißt du, was man sich erzählt? Dass du dir bei der Flucht aus dem Hochsicherheitsgefängnis von einem Mann hast helfen lassen ...«

»Es wird viel geredet, Slawe.«

»... von einem Phantom, das mit Krankheiten spielt. Berühmt. Stimmt das?«

Gaspare sieht ihn an. Einen Moment lang fühlt er im unteren Rücken wieder den schrecklichen Schmerz jener Nacht. Es überkommt ihn ganz plötzlich, und er ist sich sicher, dass er schreien und in die Knie gehen muss, mitten in der Scheune, ohne sich dagegen wehren zu können. Doch es ist nur ein Widerhall und vergeht augenblicklich.

»Sprichst du vom Wissenschaftler?«, fragt er.

»Ja, der Wissenschaftler. Er hat dir beim Ausbruch geholfen, stimmt's?«

Gaspare Nunia wendet sich dem Stummen zu und legt ihm eine Hand auf die Schulter. »Roland will wissen, ob der Wissenschaftler mich rausgeholt hat«, sagt er, und als er wieder zu dem Slowenen blickt, brennt ein merkwürdiges Licht in seinen Augen. »Es gibt keinen Wissenschaftler. Der Mann existiert nicht.«

Roland zuckt mit den Schultern.

Kurz darauf hört man das Geräusch eines zuklappenden Kofferraums und eines startenden Wagens. Gaspare Nunia tritt ins Freie und atmet die Nachtluft ein. Die Nacht hier hat eine andere Farbe als in seiner Heimat, doch der Geruch, der nach dem Regen von der Erde aufsteigt, gefällt ihm nicht minder. Es riecht nach etwas Gutem, das immer bleibt, auch wenn alles andere sich ändert und vergeht.

Er hebt den Blick und sieht die Messetürme in der Ferne. Dann denkt er an das Paket, an die Nacht auf der Krankenstation und an das Salz.

Und plötzlich fühlt er sich nicht mehr sicher, nicht einmal mit der Pistole in der Tasche.

Der Laden sieht ein wenig nach Haschisch und sehr nach dem Achtziger-Jahre-Rock aus, der aus den Boxen an den Wänden schallt.

Der Mann sitzt vor dem Computer und starrt auf den Bildschirm, als gäbe es nichts anderes auf der Welt. Zumindest, bis die Bedienung kommt und ihm das gewünschte Bier bringt.

»Danke«, sagt er und lächelt sie an, aber nur mit den Lippen.

Die Augen lächeln nicht. Das Mädchen reicht ihm den Bon, und der Mann zählt Ein-Euro-Stücke auf das Mauspad. Als er sie der jungen Frau gibt, lächelt er erneut.

Sie erwidert es nicht. Wortlos geht sie davon.

Sofort konzentriert er sich wieder auf den Monitor. Er klemmt sich die Haut unter dem Kinn zwischen zwei Finger und zieht gedankenverloren daran. Dann tippt er schnell ein paar Worte auf die Tastatur und steckt eine Diskette in den Computer. Ohne den Blick vom Bildschirm zu nehmen, ergreift er die Maus und klickt einmal. Er wartet, bis sich das Programm öffnet, dann klickt er zweimal so kurz hintereinander, dass sie wie eins erscheinen.

Das war's schon.

Er nimmt einen langen Schluck von seinem Bier, klickt auf das Icon zum Ausloggen rechts unten und trennt die Verbindung. Einen Moment blickt er noch auf den Bildschirm, auf dem eine riesige rote Blüte erscheint, und fragt sich, ob Sansone, wenn er nach Hause kommt, schon auf seinem Lieblingssessel eingeschlafen ist.

Und ob Kommissar Riccardi die Überraschung gefallen wird, die er für ihn vorbereitet hat.

Dann steht er auf, zahlt an der Kasse die Verbindung und setzt seine Unterschrift neben den Namen, den er derselben Kassiererin vor knapp einer halben Stunde genannt hat. Dabei spielt ein amüsiertes Grinsen auf seinem Gesicht, das sie nicht bemerkt.

Die Nacht draußen ist feucht, aber als er in den Himmel schaut, weiß er genau, dass es nicht regnen wird.

Acht

Bologna, 27. April. Fünf nach acht

»Der Kaffee ist wirklich ungenießbar«, sage ich zu Salvi und werfe den leeren Becher in den Abfalleimer neben dem Automaten.

Er lässt den Inhalt von vier Tütchen Zucker in der dunklen Flüssigkeit verschwinden. »Das weiß ich seit Jahren«, erwidert er, während er die träge Masse umrührt.

»Hast du dir schon die Sachen angesehen, die ich dir geschickt habe?«

»Ja. Es ist Ricin. Giftig, sogar tödlich. Aber keinerlei Ähnlichkeit mit dem, was sie Alice verabreicht haben.«

Ich drehe mich zum Fenster um und sehe hinaus. Es regnet seit sechs Uhr morgens, und alles sieht grau und verblichen aus.

Eine ältere Dame mit zwei prall gefüllten Einkaufstaschen müht sich die Stufen zur Chirurgie hinauf und versucht angestrengt, weder die Taschen noch sich selbst fallen zu lassen. Den Schirm unter den linken Arm geklemmt, humpelt sie langsam voran, als seien ihre Tüten tonnenschwer. Gerade als sie zu stürzen droht, eilt ihr eine junge Frau zu Hilfe und nimmt ihr die Taschen ab. Sie verschwinden durch den breiten Eingang. »Sag mir die Wahrheit, Giovanni«, bitte ich, während hinter mir eine Krankenschwester vorbeigeht. »Wie steht es um sie?«

»Ihr Zustand ist stabil, Gabriele. Mehr weiß ich nicht …«

Ich drehe mich zu ihm um. Dabei stoße ich gegen die Fensterscheibe, die leicht vibriert. »Ich pfeif auf deinen Medizinerjargon, Giovanni!«, rufe ich aus, um dann sofort wieder die Stimme zu senken. Eine Frau, die am Ende des Ganges ihren Tropf vor sich herschiebt, dreht sich um und sieht mich mitleidig an. »Ich will wissen, wie es ihr geht. Auf was ich gefasst sein muss.«

»Sie ist stabil«, wiederholt Giovanni mit einer Stimme, als bereiteten die Worte ihm physische Schmerzen. »Das heißt, es geht ihr genau so, wie du sie siehst. Genau so. Weder besser noch schlechter. Es geht ihr nie besser und es geht ihr nie schlechter als so, Gabriele.«

»Wie kann das sein?«, sage ich mit dem sicheren Gefühl, eine äußerst dumme Frage zu stellen.

Die Welt ist voll von Leuten, die ins Koma fallen und nicht mehr aufwachen. Autounfälle, Schlaganfälle, Blutgerinnsel, Projektile. Ursachen gibt es genug. Vielleicht verstehe ich einfach nicht, warum es gerade Alice treffen musste. Vielleicht liegt das Problem darin, dass wir die Menschen, die wir lieben, für gefeit halten gegen alles Böse. Dass wir glauben, sie würden niemals krank, wären eben nicht in dem Moment im Laden, wenn irgendein Idiot mit seiner Pistole herumfuchtelt, bekämen keinen Tumor, der Tag für Tag an ihnen nagt, bis nichts mehr übrig ist. Dabei passiert es. Unsere Liebe macht sie nicht immun. Gegen nichts.

»Ich weiß nicht, wie das sein kann«, antwortet er mir. »Ich habe schon viele Menschen mit einer Vergiftung durch das Botulinumbakterium gesehen, Gabriele. Sie sterben normalerweise binnen weniger Tage. Oder sie erholen sich binnen weniger Tage. Aber in diesem Fall … also … Alice leidet nicht an …«

»… Botulismus«, falle ich ihm ins Wort, »ich weiß.« Ich sehe wieder aus dem Fenster. Der Regen ist stärker geworden. Ich höre die Tropfen gegen die Scheiben klatschen. »Aber ich weiß nicht, worauf ich mich einstellen muss, Giovanni.«

»So wie ich die Sache sehe, könnte ihr Zustand auf unbestimmte Zeit konstant bleiben. In anderen Fällen mit anderen Problemen liegen die Patienten jahrelang im Koma, bekommen dann urplötzlich eine Krisis, und alles ist aus.«

»Oder sie erwachen.«

»Ja, auch das passiert, Gabriele. Aber in den seltensten Fällen. Alice hatte eine schwere Vergiftung durch eine Substanz, über die wir nicht das Geringste wissen. Nur, dass sie in ihren ersten Symptomen einer Lebensmittelvergiftung ähnelt.«

»Willst du damit sagen, dass sie vielleicht nie mehr aufwacht?«

»Ich sage nur, dass es passieren könnte, Gabriele. Wenn wir kein Antiserum finden.«

Das Antiserum. Durch das Fenster beobachte ich, wie ein Auto auf dem Parkplatz wendet und wegfährt, und denke, dass er darin sitzen könnte. Er könnte irgendwo im Krankenhaus sein. Vielleicht habe ich sogar mit ihm gesprochen und seine Stimme gehört. Er könnte einfach überall sein. Er und das Antiserum für Alice. Mir wird bewusst, dass ich ihn allmählich in allen Menschen zu sehen glaube, die ich nicht kenne und denen ich auf der Straße begegne. Und auch in denen, die ich kenne.

Ich drehe mich zu Giovanni um und versuche zu lächeln, doch mir gelingt nur eine unglückliche Grimasse. »Ich muss gehen«, sage ich.

»Ich bringe dich noch nach unten«, sagt er und wendet sich zum Treppenhaus.

»Entschuldigung, Doktor Salvi.«

Eine Ärztin steht auf der Schwelle zum Behandlungszimmer. Giovanni dreht sich um und sieht sie komisch an. Genervt. Die Frau ist klein und hat glänzende Augen, als hielte sie nur mühsam die Tränen zurück.

»Ich kann jetzt nicht, Malvezzi.«

»Es ist aber wichtig, Dottore. Ich muss mit Ihnen reden und mit …«

»Entschuldige mich eine Sekunde«, sagt Giovanni zu mir und geht zu der Frau.

Er stellt sich so vor sie, dass ich sie nicht mehr sehe. Sie reden leise, und Giovanni fährt mehrmals mit entschiedenen Handbewegungen durch die Luft. Dann kehrt er mit versteinerter Miene zu mir zurück. Die Frau hinter ihm sieht mich an, als müsse ich sie vor einer möglichen Strafe retten.

Doch ich tue nichts.

»Entschuldige bitte«, sagt Salvi und schiebt ein Silberkettchen in den Ausschnitt seines Hemdes zurück.

»Hübsch«, meine ich, um die Spannung zu lösen.

»Die Halskette? Ja, hübsch. Habe ich neulich während eines Kongresses gekauft.«

»Ein Kongress, klar. Sag lieber ein bezahlter Urlaub für verdiente Ärzte. Wo ging's denn diesmal hin, auf die Fidschis?«

»Schön wär's. Näher geht's gar nicht. Ein riesiges Hotel mitten im Nirgendwo. Bei Brescia. In Manerbio.«

Als er vor dem Haus steht, ist er sich nicht mehr sicher, ob er das Richtige tut.

Während der Busfahrt hatte er zweimal das Gefühl, verfolgt zu werden. Zuerst von einer blonden Frau und dann von einem Mann. Ein dunkler Typ mit komischer Sonnenbrille. Darum ist er zwei Haltestellen später ausgestiegen, bei dem Hinweisschild für das Einkaufscenter, bevor die Straße die Felder Richtung Castelmaggiore durchquert.

Als hinter ihm geräuschvoll die Bustüren zugehen, blickt er sich suchend um, kann aber niemanden entdecken. Die Bar an der Haltestelle ist geschlossen und die Straße wie ausgestorben. Dann sieht er ihn. Unter den Arkaden. Er muss vorn ausgestiegen sein, während er selbst an der hinteren Tür stand. Er trägt einen weißen Regenmantel und entfernt sich ohne einen Blick zurück mit festen und gleichmäßigen Schritten, die wie Sechzehntelnoten auf den Boden klappern.

Nein, wahrscheinlich ist mir niemand gefolgt, denkt er, als er die Treppe in den obersten Stock hinaufsteigt, weil er Aufzügen nicht traut. Vielleicht ist er lediglich paranoid und hätte sich den ganzen Weg sparen und einfach anrufen können, vor allem wo es wie aus Kübeln schüttet und er natürlich seinen Regenschirm zu Hause vergessen hat.

Und doch war ihm sofort klar, dass er persönlich kommen muss, um alles zu erzählen, was er weiß und was er gehört hat.

Alles, auch das, womit Gabriele Riccardi überhaupt nicht rechnet.

Er sieht sich ein letztes Mal um, lauscht auf das Geräusch der hochfahrenden Aufzugkabine und klingelt an der Tür.

Nun gibt es kein Zurück mehr.

»Wer ist da?«, hört er eine Stimme auf der anderen Seite, aber er antwortet nicht. Er klingelt noch einmal und lauscht auf die Stimme, die gedämpft durch die Metalltür dringt. »Wer ist denn da?« Er hat nun das deutliche Gefühl, durch den Spion beobachtet zu werden.

Dann endlich öffnet Gabriele Riccardi die Wohnungstür. Um die Hüfte hat er ein Handtuch geschlungen, seine Haare sind nass, er ist barfuß und hält mit der rechten Hand seine Dienstwaffe umklammert.

Aber er lächelt.

»Man hat mir ja gesagt, du hättest große Sehnsucht nach mir, aber dass du mir gleich splitterfasernackt die Tür aufmachst …«

»Rein mit dir, Idiot«, erwidert Gabriele seinem vom Regen durchweichten Besuch. »Lass mich nur kurz etwas überziehen.«

Die Via del Pratello führte schon immer ein Eigenleben.

Vor Jahren habe ich hier das Varieté-Theater der Gran-Pavese-Gruppe um Vito, Patrizio Roversi, Syusy Bladi und die Ruggeri-Zwillinge gesehen, bevor sie durch das Fernsehen berühmt wurden. Später kehrte ich hierher zurück, um mit jemandem in der Jugendstrafanstalt zu reden oder nachts in einem der Lokale mit Blick auf die Straße zu essen und zu trinken. Die Straße, auf der man quasi alles zu sehen bekommt, Transvestiten, Polizisten, Bettler und Punks mit ihren unvermeidlichen Hunden, feine Pinkel mit Minirockbräuten im Schlepptau, Anwohner, die in Pantoffeln ihren Müll hinuntertragen, um vor der Haustür noch ein Schwätzchen zu halten und zu rauchen oder jemanden auf der Straße zu beschimpfen, weil er zu laut ist und sie nicht schlafen können.

Eine seltsame und vielgestaltige Fauna, deren Spuren am Morgen unter den Arkaden zurückbleiben, wenn die Stadt noch schläft und nur die Straßenkehrer vorüberziehen.

In einer der zahlreichen, einander gleichenden Osterien sitze ich an einem der hinteren Tische und betrachte Montaldo, der schlückchenweise sein Bier trinkt, sich eine Marlboro nach der anderen anzündet und alle zwei Minuten fragt, ob mich der Rauch stört. Er hat keine Silbe herausgebracht, bis wir endlich hier saßen, wo uns keiner stört. Nichts außer: »Ich bin mit dem Bus gekommen«, und es ist mir rätselhaft, warum ihm so viel daran lag.

»Du hast mir vielleicht einen Schrecken eingejagt mit deiner Klingelei«, sage ich und nehme einen Schluck von meinem Adelscott.

Mit einer entschiedenen Bewegung drückt er die Kippe im Aschenbecher aus. »Tut mir leid. Aber ich dachte, es sei das einzig Richtige.«

»Miriam …«

»Lass Miriam aus dem Spiel, Gabriele. Sag mir bitte, was du von mir willst.«

»Es sieht so aus, als hättest du mir etwas zu sagen, Montaldo. Sonst wüsste ich nicht, warum du mich nicht einfach angerufen hast.«

»Sag mir, was du wissen willst«, wiederholt er und steckt sich die nächste Marlboro an. Seine vierte.

Ich trinke. Dieses Mal einen größeren Schluck. »Gaspare Nunia, Montaldo. Ich vermute, du weißt, wer das ist.«

»Ja, das weiß ich. Ganz Italien weiß das, glaube ich. Zumindest seit letzter Woche, seit seinem Ausbruch.«

»Es gibt jemanden, der behauptet, ihn in San Donato gesehen zu haben.«

»Die Leute reden viel, wenn der Tag lang ist.«

»Mag sein. Und ich sage dir noch etwas: Diese Person hätte sogar allen Grund, sich das nur einzubilden. Aber ich glaube ihr trotzdem.«

Er nimmt einen tiefen Schluck aus seinem Glas. »Bulleninstinkt?«

»Nenn es, wie du willst.«

Er zieht an seiner Zigarette und bläst nervös den Rauch aus. »Nunia ist in Bologna«, sagt er plötzlich.

»Sicher?«

»Sicher. Ich habe auch Leute, die viel reden und denen ich trotzdem traue.«

»Wen?«

»Einen Osteuropäer. Slowene, glaube ich. Ein gewisser Milan, aber das ist kaum sein richtiger Name. Einer, der den Mund nicht halten kann, auch wenn er bekommt, was er will.«

»Und was will dieser Milan?«

»Was alle Typen seines Schlags wollen. Kokain.«

»Bist du etwa unter die Dealer gegangen?«

Montaldo lacht. Er kratzt sich den Dreitagebart und stützt

die Ellbogen auf den Tisch. »Sieh mich an, Gabriele. Ich habe das typische Ganovengesicht, und keine Mutter hätte mich gerne zum Schwiegersohn, aber ich bin niemand, der sein Geld auf anderer Leute Kosten verdient. Zumindest nicht so.«

»Wie dann?«

»Indem ich Kontakte vermittle. Du weißt, womit ich meinen Lebensunterhalt bestreite. Schon immer. Ich bin einer, der überall jemanden kennt. Das ist vielleicht auch der Grund, warum ich noch lebe.«

»Milan also.«

»Milan.«

»Und was zum Teufel sagt dieser Milan?«

»Er sagt, dass ihn jemand kontaktiert hat, um ein Ding zu drehen, bei dem dreißigtausend Euro im Spiel sind.«

»Und wer hat ihn kontaktiert?«

»Er nennt ihn den Capitano, keine Ahnung, wer das ist. Ich habe ihn nur einmal gesehen, ist schon eine Weile her. Aber der Capitano hat gesagt, dass er für einen Sizilianer arbeitet. Für einen von der Mafia.«

»Und du glaubst, das ist Gaspare?«

Er zieht an seiner Zigarette und beobachtet, wie die Asche aufglimmt und verlöscht. »Milan ist zwar groß und kräftig, aber trotzdem einer, der sich sofort in die Hose macht. Die Vorstellung, für die Mafia zu arbeiten, scheint ihm nicht besonders zu schmecken. Er hat Angst vor dem Danach, verstehst du? Und der Capitano hat ihm versichert, dass der Sizilianer Rückendeckung und seinen Arsch im Trockenen hat.«

»Was noch?«, frage ich und leere mein Glas.

»Dass auch Polizisten betroffen sind. Aber das schien Milan wiederum weniger Sorgen zu bereiten.«

Ich lächele. »Weißt du wann?«

»Nein. Der Capitano hat wohl nur gesagt, dass der Sizilianer es eilig hat. Aber diese Woche garantiert nicht mehr.«

»Diesen Milan möchte ich nicht in meiner Truppe haben, selbst wenn ich nicht mehr ein noch aus wüsste.«

»Ich auch nicht. Aber er ist einer, der keine Skrupel hat, zu schießen, und Befehle ausführt. Das kann er gut.«

»Liegt wohl am Koks.«

»Vielleicht. Ich hoffe, das war es, was du wissen wolltest.«

»Ich denke schon. Das dürfte genügen, um den Polizeipräsidenten ruhigzustellen. Wenigstens fürs Erste. Aber halt weiter die Augen offen. Das war garantiert noch nicht alles.«

Montaldo sieht sich um, als fürchte er sich. Als sein Blick auf die Zigarette fällt, wird er ruhiger.

»Alles in Ordnung?«, frage ich.

»Ja. Ich wollte dich nur etwas fragen.«

»Was?«

»Wie ist Nunia ausgebrochen?«

»Was erzählt man sich denn so?«

»Man erzählt, dass er sich aus einem fahrenden Krankenwagen geworfen hat, wie es in den Zeitungen stand.«

»Und was noch?«

»Dass er wirklich krank war. Eine Nierenkolik.«

Ich muss daran denken, was der Anstaltsleiter von Marino del Tronto gesagt hat. »Das haben die Analysen bestätigt.«

Er trinkt sein Bier aus. »Weißt du, als ich die Geschichte gehört habe, fiel mir wieder ein, wie ich mal eine Nierenkolik hatte. Die mussten mich vom Boden abkratzen. Nun ist Gaspare Nunia zwar ein echter Schrank von Mann, aber glaubst du nicht, dass …«

»Ja, das dachte ich auch gleich. Aber es gibt einfach keine Erklärung dafür.«

»Vielleicht doch«, sagt er kaum hörbar. Er zieht ein letztes Mal an der Zigarette und drückt sie aus. Ohne sich gleich die nächste anzuzünden. »Weißt du noch, wie ich dir eben sagte, Gaspare hätte dem Slawen erzählt, er habe Rückendeckung?«

»Ja.«

»Was hast du da gedacht?«

»Dass er unter dem Schutz irgendeines Bosses steht.«

»Das dachte ich auch. Aber als Milan mir sagte, er müsse sich um das Danach keine Sorgen machen, habe ich ihn gefragt, warum. Und er hat jemanden genannt.«

»Wen?«

»Den Wissenschaftler«, raunt er mir zu. »Nie von ihm gehört?«

Ich denke kurz nach. »Nein.«

»Woher auch, so gesehen.« Er seufzt wieder. Er lässt seine Finger knacken und beugt sich noch weiter über den Tisch. »Es ist eine ziemlich abstruse Geschichte. Ich habe vor etwa zehn Jahren das erste Mal von diesem Mann gehört. Vielleicht ist es nur ein Schauermärchen. Jemand wie Keyser Soze aus *Die üblichen Verdächtigen*. Aber es gibt schon komische Sachen auf der Welt.«

»Erzähl.«

»Der Einfachheit halber könnte ich sagen, er ist ein Auftragskiller. Ein echtes Ass. Nur, so einfach ist es eben nicht. Denn viele seiner Opfer sind keine Mordopfer.«

»Sprich endlich Klartext.«

»Ein Herzinfarkt. Eine verstopfte Arterie. Oder eine blitzartig fortschreitende Leukämie. Ein Tumor. Immer wenn jemand Unbequemes auf diese Weise aus dem Weg geräumt wurde, hieß es, man habe den Wissenschaftler für seinen Tod bezahlt. Wie gesagt. Ein Schauermärchen.«

»Und warum erzählst du es mir dann?«

»Weil es eine Menge Leute gibt, die vor diesem Typen Angst haben. Die Osteuropäer, Milan zum Beispiel. Und an ihn haben sie auch gedacht, als Gaspare von seiner Protektion sprach.«

Allmählich verstehe ich. »Wissen sie denn etwas Bestimmtes, oder …«

»Oder. Aber jeder, der von Gaspares Flucht gehört hat und

vom Wissenschaftler weiß, dachte sofort, dass der seine Finger im Spiel gehabt haben muss.«

»Du hast mir gesagt, der Typ sei ein Killer.«

»Eben. Deswegen haben sie vor Gaspare Angst, Gabriele. Wenn an der Geschichte etwas dran ist, wäre er der Einzige, der mit dem Wissenschaftler zu tun hatte und nicht dabei draufgegangen ist. Ein bisschen, als würde man dem Teufel die Hand schütteln und es danach in der Gegend herumerzählen.«

Jetzt ist die Reihe an mir, zu seufzen. »Dieser Wissenschaftler, was ist das für einer?«

Montaldo lacht. »Wenn du jemanden findest, der dir das erzählen kann, sag Bescheid.«

»Was meinst du damit?«

»Ich meine, dass ihn nie jemand gesehen hat, Gabriele. Und wenn, dann konnte er nicht mehr darüber berichten.«

»Außer Gaspare Nunia.«

»Außer Gaspare Nunia«, sagt er. Dann sieht er mich komisch an. »Aber vielleicht nicht nur er.«

Ich packe ihn am Kragen und ziehe ihn zu mir. »Weißt du etwas, das ich nicht weiß?«

»Nur, was ihr zugestoßen ist. Mehr nicht. Und das ist nicht besonders schwer herauszufinden, du gehst ja dreimal täglich zu ihr.«

Ich lasse ihn los. Er rückt sich das Hemd zurecht. »Tut mir leid, Montaldo, entschuldige. Es ist nur …«

»Du brauchst nichts zu sagen, Gabriele. Ist nicht nötig. Aber denk darüber nach. Gaspare Nunia kann fliehen, und es heißt, dieser Typ hätte ihn herausgeholt. Und im selben Moment wird Alice krank. Ich weiß nicht, was sie hat, Gabriele. Nur, dass sie auf der Intensivstation liegt. Und dass du nicht dumm bist. Ich hab's dir gesagt, denk drüber nach.«

Ich sehe ihn an. Und dabei muss ich auch an Guido Bignami denken, der im Schlaf stirbt, ohne etwas zu unternehmen. Ich blicke ihm in die Augen. Er sieht aus wie einer, der zu viel gesehen hat, um nicht mit allem zu rechnen. »Ich werde darüber nachdenken«, sage ich. »Aber dieser Typ, glaubst du an den?«

»Ob ich glaube, dass es ihn gibt? Du weißt, dass ich vor vielen Jahren an einer Schule unterrichtet habe. Wenn mich ein Schüler fragte, ob Legenden nicht ein reines Phantasieprodukt der Menschen seien, habe ich immer mit Nein geantwortet. Keine böse Hexe ist die Erfindung eines Einzelnen. Ich weiß nicht, wer dieser Typ ist oder ob er wirklich das macht, was man ihm nachsagt. Aber ich glaube, dass es ihn gibt.«

Ich betrachte ihn einen Augenblick und versuche mir vorzustellen, was er wohl für ein Lehrer geworden wäre, wenn er sich nicht vor allzu vielen Jahren für den bewaffneten Kampf entschieden hätte. Und ich stelle mir vor, was für ein Rotbrigadist er wohl geworden wäre, wenn sie ihn nicht so schnell geschnappt hätten. Aber alles, was mir einfällt, ist, dass er wirklich gut erzählen kann.

»Vielleicht solltest du mir mal deine Telefonnummer aufschreiben.«

Ohne zu antworten, zieht er einen Stift hervor und schreibt etwas auf ein Stück der Papiertischdecke des Lokals. Ohne hinzuschauen, nehme ich die Nummer und stecke sie in meine Brieftasche. Wir sind fertig.

Als ich ihn nach Hause fahre, sagt er kein Wort. Mit halblauter Stimme summt er ein Lied von Sade mit, das im Radio läuft. Als er aussteigt, hält er mir die Hand hin. Ich schlage ein und drücke sie einen Moment.

»Halt die Augen offen«, sagt er.

»Du auch. Und Miriam?«

Er lächelt. »Ich rufe sie morgen an«, meint er und schließt die Wagentür. Ich beobachte, wie er hastig die Straße überquert, und als er im Hauseingang verschwindet, erinnere ich mich, dass es wie aus Eimern schüttet.

Und dass ich wieder ein paar Gründe mehr habe, eine Scheißangst zu spüren.

Bologna, 28. April. Sieben Uhr

Vittorio Dallari stellt seinen Kaffeebecher auf den Schreibtisch im Labor und überprüft die Analyseergebnisse des Umschlags mit dem Schokoladenpapier.

Es ist sieben Uhr morgens, und um diese Uhrzeit ist das Labor wie ausgestorben. Er nimmt einen Schluck aus dem kleinen Plastikbecher. Dann bewegt er die Maus und klickt zweimal auf das Foto.

Die Vergrößerung des Umschlags füllt nun den ganzen Monitor, und Vittorio starrt mit besorgter Miene das Bild an. Dann klickt er erneut, das Fenster verschwindet, und der Bildschirm überzieht sich mit Zahlen und Wörtern. Vittorio überfliegt sie zerstreut und klickt wieder das Bild auf.

Es ist scharf genug, um das Motiv zu erkennen, trotz der extremen Vergrößerung. Mit einer letzten Mausbewegung geht er auf Drucken und trinkt dann am Fenster seinen Kaffee aus. Es hat aufgehört zu regnen, und eine feuchte Dunstwolke liegt über der Stadt. Er wirft den Becher in den Müll und kontrolliert die Ausdrucke.

Dann steckt er sie in einen Umschlag und legt ihn auf den Tisch.

Er öffnet ein Wandbord und nimmt eine sterile Ampulle aus ihrer Verpackung.

Im Neonlicht schimmert sie silbrig wie ein Laserstrahl. Vittorio betrachtet sie kurz und steckt sie ein.

Er wird sie noch brauchen, aber erst später.

Er nimmt den Umschlag und verlässt das Labor.

Es ist kurz vor halb acht.

Trotz allem muss er lächeln.

Als ich das Präsidium betrete, ist es noch keine acht Uhr, und ich fühle mich, als wäre ich unter einen Schwertransporter mit ein paar überzähligen Rädern geraten.

»Sie müssen dringend schlafen, Signor Riccardi«, hat mir die Krankenschwester heute Morgen gesagt. Nichts lieber als das, wollte ich ihr schon antworten, wenn ich nur könnte. Und nach gestern Abend und Montaldos Bericht wird es mir nicht leichter fallen. Aber ich habe den Mund gehalten. Ich habe nur kurz gelächelt, um dann wieder durch die vertraute Glasscheibe Alice zu betrachten.

Als ich in die Nässe der gerade erwachenden Via Massarenti hinaustrat, musste ich in die nächste Bar sprinten und mich auf der Toilette übergeben, für den Preis eines Kaffees. Danach ging es mir besser. Zumindest eine Weile.

Ich bin ein Schiff mit Kurs ins Ungewisse, unter dem Kommando eines betrunkenen Kapitäns, der jeden zweiten Tag sein Ziel aus den Augen verliert und eine verfluchte Angst vor der Einsicht hat, dass er seinen Kahn unwiderruflich auf einen Felsen zusteuert.

Und währenddessen rast die Zeit dahin.

»Ich habe hier etwas für dich«, empfängt mich Vittorio, der vor meinem Büro wartet. Ich sehe ihn an, und es kommt mir vor, als ob er lächelte. In Wirklichkeit habe ich nie genau verstanden, was Vittorio für eine Miene macht, wenn er lächelt.

»Gute Nachrichten, hoffe ich«, sage ich und gehe hinein.

Er reicht mir den Umschlag. »Sieh selbst.«

Ich lasse mich auf meinen Stuhl fallen, schalte den Computer ein und öffne den Umschlag.

Zuerst sehe ich ein DIN-A4-Foto. Die Vergrößerung eines Bildausschnitts. Man sieht einen Teil des Umschlags, etwa ein Viertel seiner Längsseite. In der Mitte befindet sich etwas, das wie ein feiner Fleck aussieht. Ich blättere die verschiedenen Ausdrucke davon durch.

»Ein Haar?«

»Ja. Aber nicht von einem Menschen. Wir haben es analysiert. Es ist ein Katzenhaar. Von einer weiblichen Katze.«

Ich lege das Bild auf den Schreibtisch. »Wo habt ihr es gefunden?«

»Hinter dem Adressaufkleber. Wir haben ihn für die Analyse abgelöst, und darunter klebte dieses Haar. Ein Teil ist an dem Umschlag hängengeblieben, als wir es abgelöst haben. Der andere hing am Aufkleber.«

Ich sehe auf. »Unser Mann hat also eine Katze.«

»Schätze ja.«

»Das macht die Sache nicht viel besser, aber es ist immerhin etwas.«

»Es wäre einfacher, wenn das Tier krank wäre. Aber den Analysen nach scheint es kerngesund zu sein.«

»Kein Tierarzt also.«

»Nein, aber sie ist noch jung. Höchstens acht Monate alt, würde ich sagen. Sie muss also vor nicht allzu langer Zeit geimpft worden sein.«

»Dann sehen wir mal, ob wir fündig werden.«

Ich wende mich dem Computer zu, öffne Outlook und rufe meine E-Mails ab. Dann stehe ich auf und sehe aus dem Fenster. Ich will gerade etwas sagen, als es klopft.

Ich drehe mich um, und vor mir steht Doktor Bevilacqua, der einen ebensolchen Umschlag wie Vittorio in der Hand hält. Bevilacqua ist ein kühler Typ. Menschen, die immer denselben Gesichtsausdruck haben, sind mir unheimlich. So wie der mich immer anschaut, muss ich ihm ziemlich auf den Sack gehen. Ich vertraue ihm nicht und schiebe sicherheitshalber einen Zettel über die Bilder, die Vittorio mir gerade gebracht hat.

»Guten Morgen, Dottore«, lächele ich.

Er grüßt nicht und würdigt Vittorio keines Blickes. »Ich wollte Ihnen die Obduktionsergebnisse persönlich bringen.«

Er reicht mir den Umschlag. Auch er enthält Fotos. Sie sind allerdings wesentlich schärfer. Guido Bignamis Leichnam. Eine Großaufnahme des Halses. Eine von der Seite, wo die Wespe ihn gestochen haben soll. Die Schwellung des Stichs ist dunkelgrau verfärbt, und Guidos Haut glänzt wie Einwickelpapier eines Wurstverkäufers.

»Und?«, frage ich.

»Ich glaube ausschließen zu können, dass es sich um eine Wespe handelt, Commissario.«

Ich gehe um den Schreibtisch herum. Mit einem Seitenblick auf Vittorio trete ich näher. »Was soll das heißen?«

Bei der Bitte um Erläuterung scheint Bevilacqua aufzublühen. Als sei die Suche nach geheimnisvollen Spuren auf verwesenden Körpern seine einzige Freude im Leben. Er kommt mir vor wie eine Grufti-Ausgabe von Patricia Cornwells Kay Scarpetta.

»Tja, Commissario, der Zustand der Leiche ist nicht optimal, wie Sie sehen. Andererseits gab es gute Gründe für unsere Vermutung. Ich habe also vorsichtig den Durchmesser der Wunde untersucht, die das Insekt auf dem Hals des Opfers hinterlassen haben soll. Meine Messung, die allerdings den Hauch eines Zweifels offen lässt, scheint eher auf eine Nadel hinzuweisen als auf den Stachel einer Wespe. Wahrscheinlich eine Insulinnadel.«

»Wahrscheinlich?«

»Das war zumindest meine erste Hypothese. Die Untersuchung der Leber brachte dann die Ergebnisse, die diese Annahme bestätigten. Ich fand Spuren einer Substanz in einer Zusammensetzung, die der des Wespengifts sehr ähnelt. Nur in einer viel höheren Konzentration.«

»So als wäre er mehrere Male gestochen worden?«

»Zum Vergleich würde ich sagen zehnmal. Mindestens. Nur dass das einfach unmöglich ist, Commissario. Denn ein Stich ist immer nur einer. Es sei denn, wir hätten es mit dem höchst ungewöhnlichen Fall von mehreren übereinandergelagerten Stichen zu tun.«

»Höchst ungewöhnlich. Sonst noch was?«

»Eins noch. Sie hatten mir gesagt, der Patient habe nicht auf den Stich reagiert und das sei Ihnen merkwürdig vorgekommen. Ist aber nicht merkwürdig. Ich fand Spuren eines starken Beruhigungsmittels.«

»Sie wollen mir also sagen, jemand hat ihm eine Art Cocktail verabreicht, der ihn im Schlaf tötete, und sich dabei seine Allergie gegen Wespenstiche zunutze gemacht?«

»Leider kann ich das nicht hundertprozentig nachweisen, weil dafür zu viel Zeit vergangen ist. Aber ja. Ich glaube, dass es genau so war.«

Ich sehe ihn an und verkneife mir ein hysterisches Lachen.

»Danke, Dottore«, sage ich kurz, und Bevilacqua verlässt grußlos den Raum.

»Was zum Teufel ist hier los, Gabriele?«

Ich lasse mich in meinen Stuhl fallen und lege den Kopf in den Nacken. »Ich weiß es nicht, Vittorio. Du hast gehört, was los ist, aber …«

Ich stutze. Mein Blick fällt auf den Computer. Im Outlook-Fenster gibt es zwei neue Nachrichten. Eine davon verschlägt mir die Sprache. Sie hat einen Anhang und ein kleines Fähnchen weist auf ihre Dringlichkeit hin. Ihre Betreffzeile lautet »Miezmiez«. Absender ist ein gewisser gr@libero.it

Ich rutsche mit dem Stuhl näher und klicke zweimal auf den Anhang.

Ein kleiner Flash-Film, eine schnelle Abfolge von Bildern, die den Eindruck von Bewegung vermittelt. Als es losgeht, spüre ich, wie sich mir die Kehle zuschnürt.

Als ich ihn ein zweites Mal ansehe, nehmen die Dinge allmählich Konturen an.

»Mist …«, flüstere ich.

»Was gibt's?«

Ich winke Vittorio heran und lasse den Film noch einmal ablaufen.

Man sieht eine Katze. Sie ist grau, lang und dünn, mit einer lustigen Schnauze und zwei zu spitz geratenen Ohren. Die Fotos wurden mit einer Digitalkamera aufgenommen, und ihre Auflösung ist nicht besonders gut, aber anfangs sieht man im Weitwinkel, wie die Katze durch einen weiß gestrichenen Flur streicht. Dann hat sie die Mitte des Flurs erreicht, und man sieht nun eine offene Tüte und die um sie herum verstreuten Brekkies. Es wird nicht klar, wo es ist. Das letzte Bild, ganz offensichtlich eine Fotomontage, zeigt eine der ersten sehr ähnlichen Katze auf einem Tisch, im fortgeschrittenen Stadium der Verwesung.

Ich klicke auf den Text der Nachricht, ein einziger Satz.

Die Neugier hat die Katze getötet.

»Was zum Teufel soll das?«, fragt Vittorio, aber ich beachte ihn nicht.

»Das Fell der Katze könnte dieselbe Farbe haben, stimmt's?«

»Ja«, antwortet er, ohne lang zu überlegen.

»Ich weiß, wo er das Adressetikett ausgedruckt hat«, sage ich und stehe auf.

»Was redest du da?«

»Das ist Alices Katze. Und die Fotos wurden in ihrer Wohnung gemacht.«

»Wo zum Teufel habt ihr mich hingebracht?«

Capitano Federico Giunti sieht das Oberhaupt der seinem Schutz unterstellten Familie an und zwingt sich zu einem Lächeln. »In Sicherheit. Wir bringen Sie in Sicherheit.«

Candido Giulio rückt sich die Hose zurecht und gibt einen verächtlichen Laut von sich, einem Ausspucken nicht unähnlich.

»Das habt ihr letztes Mal auch gesagt. Hoffentlich stimmt es diesmal wenigstens.«

Capitano Giunti antwortet nicht. Er ist seit sechsunddreißig Stunden auf den Beinen, fühlt sich schmutzig wie ein Schwein frisch aus dem Viehtransporter, sehnt sich nach einer Zigarette, und wann immer er Zio Giulio reden hört, juckt es ihn in den Fingern.

Der Befehl, die Familie Giulio aus dem Haus in Budrio zu evakuieren, erreichte ihn gestern Abend, und er hat mit weiteren sechs Männern die Nacht über die Bewachung der Villa verstärkt. Am Morgen erfolgte dann die Überführung.

Er steigt aus dem Auto und blickt sich prüfend um.

Aus dem Wagen neben ihm steigt eine junge Frau, die ihre Maschinenpistole fest und geübt in der Hand hält. Drei Männer stehen schon an der Haustür. Die Straße ist menschenleer, alles wirkt ruhig.

»Mengoli, bring sie rein«, sagt er zu der Frau.

Die Polizistin tritt an Giuntis Auto und öffnet den hinteren Wagenschlag. »Kommen Sie. Los.«

Candido Giulio steigt als Erster aus, dann folgen Frau und Tochter. Das Mädchen ist spindeldürr und hat tiefschwarze Augen. Ihre langen, feinen Haare hat sie mit einem roten Gummiband nach hinten gebunden. Die Frau wirkt verschreckt. Sie hält den Blick gesenkt, dorthin, wo das Scheinwerferlicht auf dem regennassen Asphalt glänzt. Und Candido Giulio, tja, Candido Giulio – denkt Giunti – ist auch nur eine arme Sau. Gemeingefährlich, klar, aber letztlich eine arme Sau.

»Es wird nicht regnen«, sagt der Boss und hält seine Nase in die Luft.

»Nein, es wird nicht regnen«, bestätigt Giunti. »Gehen Sie jetzt hinein. Im Haus ist es sicherer.«

Candido Giulio sieht ihn an. »Sie müssen uns beschützen, wissen Sie das?«

Der Capitano wechselt einen kurzen Blick mit Agente Mengoli. Ihre Augen sind hart und kalt, doch sie waren es nicht immer. Erst seit jener Regennacht, und schuld war ein Mann, der für denselben Kerl arbeitete, der sie nun um ihren Schutz bittet. Einen Augenblick liebäugelt er mit dem Gedanken, ihm all das ins Gesicht zu schreien, aber dann nickt er Mengoli nur kurz zu.

»Gehen Sie bitte hinein. Bringen wir's hinter uns.«

Agente Mengoli geht vor, und Candido Giulio und seine Familie betreten ihr neues Zuhause.

Ich stürze die Treppen hinauf, während ich in der Tasche nach Alices Hausschlüssel suche. Einen kurzen Moment bin ich mir sicher, dass ich ihn vergessen habe, ebenso wie ich mir sicher bin, dass ich die Haustür nicht mehr rechtzeitig aufschließen kann und zu spät komme, verflucht noch mal zu spät, um meinen Zug in dieser Partie zu machen, in diesem Scheißspiel, das er mich zu spielen zwingt.

»Miez?«, rufe ich schon, während ich den Schlüssel im Schloss umdrehe und mich nach ihrem Rumoren hinter der Tür oder einem Miauen sehne. Doch alles, was ich höre, ist die verfluchte Stille.

Ich stoße die Tür auf und sehe einen Moment lang die tote Katze, auf der Seite liegend wie auf dem Bild. Aber es ist nur eine Vision, ein Streich, den mein Hirn mir spielt, das auf zu schnellen, eisglatten Schienen dahinrast. »Miez?«, rufe ich wieder in einem erstickten Schrei und blicke hastig um mich.

Dann betrete ich den Flur, in dem der Bastard seine Fotos geschossen hat, und sehe sie.

Als sie mich rufen hört, hält sie inne, dreht den Kopf und sieht mich an. Sie stößt eine Art Jaulen aus und setzt dann ihren Weg zum anderen Ende des Flurs fort.

Die Neugier hat die Katze getötet.

Am Ende des Flurs liegt die ausgeleerte Brekkies-Schachtel. Ich sehe, wie die Katze lostrottet, wie ihr Hintern kokett hin und her wackelt, und spurte los. Ich renne, bin nur wenige Schritte von ihr entfernt, höchstens vier Meter, höchstens fünf Schritte, während meine Füße über das Parkett poltern und meine Augen versuchen, die Distanz zwischen Katzenmaul und Leckerei abzuschätzen, wie viel Zeit mir bleibt, bevor es zu spät ist, wie viele Bewegungen mir bleiben und wie ich sie ausführen muss.

Die Neugier hat die Katze getötet.

Dann spüre ich endlich das Fell unter meinen Händen, gerade als sie schon das Maul öffnen und an einem der Bröckchen vor ihrer Schnauze lecken will. Ich fühle ihre Ohren an meinen Fingern und packe zu, kralle mich in das Fell und reiße sie nach oben. Ich höre, wie sie miaut und sich wehrt, drehe mich auf die Seite und pralle aus vollem Lauf mit der Schulter an die Wand, ohne dass mein Kätzchen von meinem Gewicht zerdrückt würde, während mein Schlüsselbein aufjault.

Dann sehe ich sie an. Sie hängt schlaff in meiner Hand wie ein frisch gewaschenes Laken und starrt mich scheinbar ärgerlich und überrascht an.

Ich mustere sie, um herauszufinden, ob alles in Ordnung ist, und sie scheint das gleiche muffelige Kätzchen von immer zu sein.

Ich drücke sie an mich wie ein Neugeborenes, und sie erlaubt mir, sie aus dem Flur zu tragen.

»Du kommst jetzt mit zu mir, kleiner Stinker«, sage ich und streiche ihr zärtlich über die Schnauze.

Am Ende des Flurs taucht Ippoliti auf. »Alles klar?«

Ich sehe wieder die Katze an. »Glaube schon. Aber ich bringe sie sicherheitshalber zum Tierarzt.«

»Die Spurensicherung muss jeden Moment hier sein. Bei dir alles in Ordnung? Hat sie dich gekratzt?«

Ich betrachte meine Hände und kann nichts entdecken. »Nein, ich bin okay. Warum?«

Er sagt nichts. Deutet nur mit einer Kopfbewegung in den Flur.

Und da sehe ich den Fleck.

Auf dem Boden. Ich gehe näher, die Katze weiter an mich gedrückt, und sehe ihn mir an. Kreisrund, von etwa einem Zentimeter Durchmesser.

»Blut«, sage ich zu Ippoliti.

»Blut.«

Ich beuge mich über die Katze. »Brav, Kätzchen. Was auch immer du ihm getan hast, du hast es gut gemacht«, sage ich zu ihr, und sie maunzt leise.

Dann schließt sie die Augen und kurz darauf höre ich sie schnurren.

»Die E-Mail wurde aus einem Internet-Café verschickt«, sagt Vittorio, als er, ohne anzuklopfen, in mein Büro kommt. Die Katze hebt den Kopf und sieht ihn vom Fensterbrett aus an. Vittorio schaut fragend zurück.

»Ich war mit ihr beim Tierarzt und bin dann hergekommen«, erkläre ich.

Er lächelt belustigt und sieht zu Ippoliti hinüber, der neben der Katze steht und ihr sanft über den Rücken fährt, was sie ohne einen Laut zulässt.

»Was meintest du?«, frage ich.

»Dass die Nachricht von einem Internet-Café aus gesendet wurde.«

»Von welchem?«

»Via Nazario Sauro.«

Die Via Nazario Sauro verläuft quer durch das Zentrum von Bologna. Sie ist weniger als ein Kilometer Luftlinie von meinem Büro entfernt. Mir fällt das Internet-Café am Anfang der

Straße ein, neben einem indischen Restaurant. Daran bin ich schon tausendmal vorbeigegangen.

»Das hat er mit Absicht getan«, sage ich.

»Daran besteht kein Zweifel«, erwidert er überzeugt.

»Wieso?« Ippoliti lässt von der Katze ab, die die Augen öffnet und ein enttäuschtes Miau ausstößt. »Sorry«, murmelt er mit Blick auf sie und macht weiter.

»Weil es zu leicht war, die Nachricht zurückzuverfolgen.«

Das verstehe ich wiederum nicht. »Könntest du mir das bitte erklären?«

»Ich versuche es. Jede elektronisch übermittelte Nachricht hat einen Header, einen Briefkopf sozusagen. Das funktioniert nicht anders als bei der normalen Post. Es gibt Briefkästen, Lkw oder Flugzeuge, Sortiermaschinen und Austräger. Unsere Nachricht macht sich mit dem Header auf den Weg, den sie von dem Programm bekommt, über das sie verschickt wird, und bei jeder Kreuzung auf ihrem Weg durchs Netz bekommt sie einen weiteren Header dazu, bis zum Empfänger-Computer.«

»Klingt einfach«, meine ich.

»Scheinbar. Die ans Netz angeschlossenen Computer haben einen Namen. Ihre Adresse heißt IP. Sie setzt sich aus mehreren Teilen zusammen, um es vereinfacht zu sagen. Da gibt es die Gruppe, zu der der Computer gehört, und den Namen des Computers. Den Namen des Computers zu bestimmen ist äußerst schwierig, und man braucht die Unterstützung des Providers …«

»… über den man ins Internet geht, stimmt's?«, fragt Ippoliti.

»Genau. Die Gruppe ist vergleichsweise einfach zu ermitteln. Es gibt verschiedene, öffentlich zugängliche Datenbanken, in denen man suchen kann. Oft ist die Gruppe aber derartig groß, dass es nichts bringt, wenn man weiß, welcher

Gruppe eine IP angehört. Man erfährt dann höchstens, aus welcher Gegend die Nachricht stammt. Es sei denn …«

»… es sei denn, die Gruppe ist klein genug, um sich von selbst einzuschränken.«

»Bingo«, sagt Vittorio. »Das Internet-Café in der Via Nazario Sauro hat eine eigene Domain, weil es gleichzeitig auch Provider ist. Und alle PCs des Ladens haben eine Adresse, die zu dieser Gruppe gehört.«

»Er wollte uns also wissen lassen, von wo er sie verschickt hat«, meint Ippoliti.

Das ist richtig, aber es ist noch nicht alles. »Und er war ziemlich nah an dem Ort, wo wir uns täglich sehen. Hast du die Angaben des Internet-Cafés?«

»Unten im Labor. Ich schicke sie dir sofort«, erwidert Vittorio und geht hinaus.

Ich lehne mich zurück. »Was hältst du davon?«

»Du kennst meine Meinung. Für mich ist Nunia der Drahtzieher.«

Das stimmt, ich kenne seine Meinung. Und ich weiß, dass ich der gleichen Meinung sein sollte, aber es geht einfach nicht. Ich kriege Gaspare Nunia bei dieser ganzen Sache einfach nicht in meinen Kopf. Obwohl er natürlich irgendwie damit zu tun hat. Wahrscheinlich gehört er nur zum Fußvolk, wie ich, wie Alice, wie Guido Bignami.

»Die Sache entspricht einfach nicht Gaspares Stil, Ippoliti.«

»Ich weiß, das hast du schon gesagt. Aber alles weist auf ihn hin.«

»Das glaube ich eben nicht. Ich bin mehr denn je davon überzeugt, dass Gaspare nicht der Mittelpunkt unserer Zielscheibe ist.«

Ippoliti hört auf, die Katze zu streicheln. Beleidigt springt das Tier von der Fensterbank und lässt sich auf meinem Schreibtisch nieder. »Und wer ist es dann?«

Ich lächele.

»Teresa Rizzo«, sage ich nur, und Ippoliti setzt sich mir gegenüber.

»Teresa Rizzo?«

»Ja.«

»Das musst du mir erklären.«

»Zuerst muss ich dir eine Geschichte erzählen«, sage ich und wiederhole ihm Montaldos Bericht. Als ich fertig bin, scheint er sich unsicher zu sein, ob er mir ins Gesicht lachen oder eine besorgte Miene machen soll.

»Das ist eine verrückte Story«, sagt er schließlich. »Aber ich nehme an, dass sie von unserem Standpunkt aus wahr sein könnte. Nur noch viel komplizierter.«

Ich nehme die Katze hoch. Sie öffnet einen Moment die Augen und lässt sich dann auf meinem Schoß nieder.

»Vielleicht. Vielleicht aber auch nicht.«

»Wie meinst du das?«

»Lass es uns doch mal so betrachten. Wir haben es mit einem Protagonisten wie aus einem Märchen zu tun. Mit einem, den nie jemand gesehen hat, dessen Beruf es ist, zu töten, und der das so gut macht, dass er Menschen in Angst und Schrecken versetzt. So große Angst, dass der Typ zehn Jahre lang den Tod säen kann, ohne dass wir davon Wind bekommen. Und er ist dermaßen geschickt darin, dass keine seiner Taten jemals für Mord gehalten wird.«

»Hin und wieder wird es Zweifel gegeben haben.«

»Mag sein. Aber anscheinend nie den alles entscheidenden Fehler. Nichts, das ihn hätte auffliegen lassen.«

»Sieht ganz so aus.«

»Gut. Zehn Jahre oder länger bringt dieser Typ Menschen um und lässt sich dafür bezahlen. Dann verhilft er plötzlich nicht nur Gaspare Nunia zum Ausbruch, sondern verlässt gleichzeitig seine Deckung. Er schickt das Päckchen mit dem

Schokoladenpapier und dem Katzenhaar und zeitgleich eine Mail, damit ich die Katze retten kann. Vorausgesetzt, die Brekkies sind tatsächlich vergiftet und nicht nur Teil des Spiels.«

»Er verlässt seine Deckung.«

»Er verlässt seine Deckung, genau. Und nicht nur das. Er tötet Guido Bignami. Tötet ihn auf seine Weise, so dass niemand etwas merkt. Ein Stich und fertig. Und wer ist das Bindeglied zwischen Alice, mir, Gaspare und Guido Bignami?«

»Teresa Rizzo.«

»Volltreffer.« Ich lege die Hand auf das warme Fell der Katze und lausche ihrem Schlaf. Draußen hat es wieder zu regnen begonnen. »Er will es mir heimzahlen«, flüstere ich.

»Vielleicht.«

»Und nicht nur mir, Ippoliti. Allen, die etwas mit Teresa zu tun hatten. Guido hat Teresa mit Gaspare bekannt gemacht und stirbt. Wie viele Leute kannten Teresa und sind im vergangenen Monat gestorben? Das müssen wir herausfinden. Und wie sie gestorben sind!«

»Wenn es weitere Tote gibt, was sollen wir tun, sie alle exhumieren lassen?«

»Wenn es sein muss, ja. Aber ich glaube nicht, dass das nötig sein wird. Ich glaube nicht an Zufälle. Wir müssen herausfinden, warum er das macht. Ein verschmähter Liebhaber? Jemand, den sie fallengelassen hat, ohne zu wissen, wie gefährlich er ist?«

»Müsste er dann nicht eher auf sie wütend sein?«

»Nicht unbedingt. Vielleicht ist er jemand, den sie täglich sah. Oder zumindest oft. Jemand, dem es genügte, dass sie am Leben war und er sie von weitem beobachten konnte. Solche Leute gibt es. Außerdem war Teresa jung, und dieser Typ scheint wesentlich älter zu sein. Vielleicht hat er sich gar nicht an sie herangetraut und sie nur aus der Ferne angehimmelt.«

»Bis ihm die Sicherung durchgebrannt ist.«

»Genau. Ich muss noch einmal mit Teresas Mutter reden. Sie fragen, ob ihre Tochter ihr irgendetwas erzählt hat. Herausfinden, wo sie so hinging. Wir müssen alles über Teresa wissen, Ippoliti.«

»Wenn du willst, übernehme ich das.«

»Nein, das muss ich selbst machen. Die Frau vertraut mir, warum auch immer. Wie weit seid ihr mit der Liste der Absolventen in Medizin und Chemie?«

»Sie wird gerade in die Datenbank eingespeist.«

»Irgendwie müssen wir von ihnen allen die Blutgruppe herausfinden, um sie mit dem Fleck in Alices Wohnung abzugleichen.«

Bei Alices Namen öffnet die Katze die Augen und sieht mich an. Sie scheint traurig zu lächeln, als hätte sie uns verstanden. Ich streichele ihr mit dem Finger über die Stirn, und sie schmiegt ihr Köpfchen in meine Hand. »Und außerdem müssen wir Gaspare finden, Ippoliti. Sofort.«

»Der Polizeipräsident wird sich freuen.«

»Kann sein. Doch wenn das alles stimmt, ist Nunia ernsthaft in Gefahr.«

»Aber wenn er ihm doch zum Ausbruch verholfen hat …«

»Und warum hat er das deiner Meinung nach getan?«

»Um ihn umzubringen, klar.« Er sieht mich an, als sei ihm plötzlich etwas noch viel Wichtigeres aufgegangen. »O Gott, Gabriele. Und du?«

Mir entfährt ein Geräusch, das mehr ein Fauchen als ein Lachen ist. Einen Moment lang sehe ich Alice vor mir, wie sie lacht. Und ich merke, dass ich mich kaum mehr an ihre Stimme erinnern kann.

»Ich bin das letzte Puzzleteilchen«, sage ich. »Mit mir wird er die Sache beschließen. Und nach dem zu urteilen, was er so durchblicken lässt, wird es nicht gerade angenehm sein.«

Ich drücke die Katze an mich und stehe auf.

»Cancemi!«, brülle ich durch den Flur. Der Junge ist sofort da. »Du musst für mich ein bisschen auf sie aufpassen.« Er reißt die Augen auf. »Komm schon, ich weiß doch, dass du Katzen magst.«

Ich halte sie ihm hin, und er nimmt sie vorsichtig auf den Arm. Die Katze sieht ihn mit schiefem Kopf an, maunzt leise und wälzt sich genüsslich auf die Seite, wie ein menschliches Wesen. »Siehst du? Sie mag dich. Behandele sie gut, oder ich reiß dir den Kopf ab.«

»Wird gemacht, Chef«, erwidert Cancemi und entfernt sich über den Flur.

Ich sehe Ippoliti an. »Es wird Zeit, dass wir diesem Internet-Café einen Besuch abstatten.«

»Die Sache ist geplatzt, *'un sinni fa cchiù nenti*«, sagt Gaspare und sieht Roland fest an. »Feierabend.«

Roland steht auf und macht zwei Schritte durch die Scheune. Hinter ihm unterhalten sich die anderen auf Slowenisch. »Was zum Teufel soll das heißen, Sizilianer?«

Gaspare lächelt, ein Tier, das die Zähne fletscht. Er kommt näher und legt ihm eine Hand auf die Schulter. »Die Polizei hat unseren Mann heute Morgen verlegt. Klingelt da etwas bei dir?«

»Wohin?«

»Hinsetzen, Slawe«, raunt Gaspare, und Roland gehorcht wie ein Hündchen.

In der Scheune herrscht ein merkwürdiges, gelbes Licht. Das Tröpfeln des Regens auf dem Dach ist kaum zu hören. Der modrige Geruch ist so intensiv, dass er sich wie eine zweite Haut anfühlt, die sich auch nach tausendmal duschen nicht ablöst.

Gaspare sieht den Stummen an, der von dem offenstehenden Tor aus die anderen überwacht, die Waffen aufbewahrt und mit einem Ohr auf die Landstraße und den Kiesweg horcht, der zur Scheune führt. Aber alles ist still bis auf den normalen Verkehr in der Ferne.

Der Stumme lächelt nicht. Gaspare hat ihn noch nie lächeln sehen, nicht einmal als Kind. Dennoch weiß er in jedem einzelnen Moment, was ihm durch den Kopf geht. So auch jetzt.

»Heute wollten wir uns das Haus ansehen«, setzt Gaspare an. »Und jetzt gibt es kein Haus mehr anzusehen. Dafür wird es bald ein neues Haus geben. Und dann bekommt ihr euer Geld.«

»Wie bald?«, fragt Roland, und sein Blick fällt unwillkürlich auf Gaspares Gürtel, an dem ein weißer Stofflappen hängt. Der Streifen eines alten, in Stücke gerissenen Lakens. Gaspare bemerkt seinen Blick und fährt mit einem Finger über das Stück Stoff. Dann sieht er wieder die Männer an.

Da sind sie, alle um den fauligen Holztisch versammelt. Roland sitzt am Ende des Tischs, der Blonde steht neben ihm, die anderen lehnen mit den Hintern an der Kante. Er spürt ihre Blicke auf sich. Ein Gewicht, das ihm gefällt.

Er tauscht einen einvernehmlichen Blick mit dem Stummen und geht zu Roland hinüber. Er zwickt ihn in die Wange, nur ganz leicht, wie bei einem Kind.

»Bald. Sehr bald. Versuche, deine Begeisterung zu zügeln.« Er lässt die Hand sinken, nicht aber den Blick. »Eins darf ich dir doch sagen, nicht wahr?«

Ronald nickt, und Gaspare beginnt, in der Scheune auf und ab zu gehen.

»Ihr wisst sehr gut, wer ich bin. Und wenn ihr nur einen Funken Verstand habt, wisst ihr auch, was ich tun muss. Ihr wisst, dass es Geld für euch gibt, und zwar viel Geld. Und dass Leute wie ich ihre Versprechen halten.« Er sieht sie an. Einen nach dem anderen. »Aber ihr wisst auch, dass ich *li curiusi* nicht mag, Schnüffler, die ihre Nase überall hineinstecken. Da, wo ich herkomme, halten Leute, die keine Ahnung haben, ihren

Mund. Genau wie die, die Ahnung haben. Und da frage ich mich doch: Warum hat die Polizei mir heute eine Person vor der Nase weggeschnappt, die mir sehr am Herzen liegt? Und warum muss ich ein neues Haus finden, obwohl mir das alte doch so gut gefiel?« Er verstummt und beginnt nun, um den Tisch herumzugehen. »Weil die Polizei nicht blöd ist. Und weil sie wahrscheinlich gute Gründe hatte, den Mann wegzubringen. Und dabei liegt mir dieser Mann so sehr am Herzen.« Er klopft sich mit der Faust auf die Brust. »So sehr. Mir und meiner Familie. Meiner ganzen Familie.«

Er seufzt und lacht. Aber es ist ein Lachen ohne Freude. Es ist wie die Clownsmaske in einem Horrorfilm. Er blickt zum Stummen und bleibt an der Tischkante stehen, wo der langhaarige Blonde steht, der zu viele Fragen gestellt hat, und der Kleine, Untersetzte, der nie etwas sagt und nur zuhört.

»Ich mag Leute, die ihren Mund halten können«, fährt er fort, während er dem Kleinen die linke Hand auf die Schulter legt. »Ich mag sie, denn wenn du den Mund halten kannst, weiß niemand, was du denkst. Man muss es erraten. Und raten ist nicht leicht. Man kann sich irren. Aber wenn einer redet und tut und erzählt, irrst du dich nicht. Du hörst zu und weißt Bescheid. Und ich ertrage es nicht, meine Zeit mit Leuten zu vergeuden, die zu viel reden.«

Er seufzt wieder. Der Kleine hat sich einen Hauch nach rechts gedreht und blickt von dem sprechenden Mann zu der Hand, die schwer auf seiner Schulter liegt. Der Blonde, rechts von Gaspare, sucht aus den Augenwinkeln nach ihm, ohne den Kopf zu wenden. Vorne, auf der anderen Seite des Tisches, haben sich Roland und die zwei anderen umgedreht und verfolgen verständnislos das Geschehen.

Dann sieht Gaspare den Stummen an, der die Augenlider senkt. Ein einziges Mal, ohne sich einen Millimeter von der Stelle zu rühren.

Da lächelt Gaspare Nunia erneut, und als er die linke Hand von der Schulter des Untersetzten nimmt, liegt in seiner rechten bereits das Messer, das plötzlich unter dem weißen Lappen zum Vorschein gekommen ist.

Alles dauert kaum mehr als eine Sekunde. Der Stumme packt seine Maschinenpistole und zielt auf die Gruppe um den Tisch. Gaspares Arm schnellt um die rechte Schulter des Blonden, während die Linke ihm an den Haaren den Kopf in den Nacken zerrt. Mit einer Bewegung zieht er die Klinge von links nach rechts über Milans Kehle, und ein Blutschwall spritzt aus der klaffenden Wunde bis in die Mitte des Tisches.

Der Slowene rudert mit den Armen, und Gaspare drückt ihm ein Knie in den Rücken und reißt die Haare noch fester nach unten. Das Blut spritzt ihm aus der Hauptschlagader über Hände und Gesicht, während er erneut das Messer hebt und die Klinge in der Luftröhre versenkt. Er stößt sie ein einziges Mal hinein, bis der fuchtelnde Milan einen Klumpen Blut und Speichel ausspuckt, zusammen mit einem letzten Röcheln.

Dann lässt Gaspare ihn fallen und wirft ein Büschel blonder Haare auf den Leichnam.

»Hat noch jemand etwas zu sagen?«, fragt er die übrige Runde.

Umgeben von tiefem Schweigen wischt er sich Gesicht und Hände an dem Lappen ab.

Der Besitzer des Internet-Cafés ist Mitte dreißig und hat den Schädel wahrscheinlich wegen frühen Haarausfalls kahlrasiert, sein Atem riecht nach Pfefferminz, und er legt das defensive Verhalten aller Menschen an den Tag, die aus dem einen oder anderen Grund die Polizei meiden.

Er heißt Piero Deserti und empfängt uns persönlich auf der Schwelle seines Ladens.

Es ist drei Uhr nachmittags, das Café ist fast leer. In einer Ecke des Raums sitzt ein etwa Siebzehnjähriger in kariertem

Hemd, das Gesicht von Akne entstellt, vor einem der Computer und sieht ganz so aus, als zöge er sich Dutzende Darstellungen mehr oder minder aktiver Titten und Ärschen rein.

Deserti führt uns in eine Art Büro im hinteren Teil des Lokals. Der Raum, auf den ersten Blick komplett mit Ikeamöbeln eingerichtet, ist weiß und sauber und riecht neu.

»Stört es Sie, wenn ich rauche?«, fragt mich Deserti und zündet sich auf meine abwinkende Handbewegung hin eine Camel an, die er aus einem neuen Päckchen zieht. »Der Grund Ihres Besuchs?«

»Wir versuchen, einen Ihrer Kunden ausfindig zu machen«, erklärt Ippoliti. Er zieht das Phantombild von Anselmi hervor und reicht es dem Ladenbetreiber.

Deserti betrachtet es aufmerksam, dann gibt er es kopfschüttelnd zurück.

»Nein, sagt mir nichts.« Er fasst sich an den frisch rasierten Schädel. »Wenn ich ein paar Haare mehr hätte, könnte ich es selbst sein.«

Er hat recht. Auch er könnte es sein. Ich habe jeden in Verdacht, aber ich will nicht, dass er es merkt. Deswegen beginne ich mit einer banalen Frage. »Ist Ihnen in den letzten Tagen etwas Merkwürdiges aufgefallen?«

Er blickt mich verständnislos an. »Merkwürdig in Bezug auf was?«

»Auf alles. Besonders laute oder besonders leise Gäste. Neue Kunden. Alles, was irgendwie Ihre Aufmerksamkeit erregt hat.«

Jetzt lacht er. »Bitte halten Sie mich nicht für unhöflich, Commissario. Hier drinnen bekommt man so ziemlich alles zu sehen. Ausländer, die ein paar Mails nach Hause schicken und ihre neuen Nachrichten abrufen, Jugendliche, die hier gemeinsam Online-Spiele machen, ein Bier trinken und etwas essen, Jungs wie der da drüben.«

»Der sich heimlich Titten anschaut?«

Er lacht wieder, als sei das eigentlich sein Scherz gewesen. »Genau. Er ist pünktlich wie eine Schweizer Uhr. Seit ich den Laden aufgemacht habe, kommt er jeden zweiten Tag. Er zieht sich ein Stündchen seine Soft-Pornos rein und geht wieder. Völlig unauffällig oder ohne jemals Unruhe zu stiften. Nichts. Dieser Ort hier ist ein bisschen wie das Internet. Hier gibt es einfach alles.«

»Ich nehme an, Sie führen Buch über alle Internet-Verbindungen und wer sie tätigt.«

»Klar. Letztlich tun wir das hauptsächlich für Sie. Wir wissen nur zu gut, dass hier jeder hereinkommen kann. Falls jemand unser Angebot nutzt, um damit ein Verbrechen zu begehen, müssen wir abgesichert sein, Commissario.«

»Und natürlich gibt es auch eine Auflistung aller Webseiten, die während der Sitzungen angewählt werden.«

»Ja, wir haben eine Log-Datei, in der alle Webseiten unserer Besucher protokolliert werden, sortiert nach Computern. Wenn Sie wissen, um wie viel Uhr Ihr Mann hier war, kann ich Ihnen jede einzelne Aktion nennen, die er ausgeführt hat, an welchem Gerät er saß und wie er heißt.«

Ich sehe Ippoliti an. Er reicht mir einen Zettel mit den Angaben zu der E-Mail, die Vittorio für uns herausgefunden hat. »Wir haben die IP des Computers. Es muss gegen zwanzig Uhr gewesen sein, wenn man vom Eingang der E-Mail ausgeht.«

»Darf ich mal sehen?«

Ich überlege kurz und reiche ihm dann das Blatt.

Deserti klickt ein paarmal auf die Maus und dreht dann den Computer-Monitor so, dass wir mitlesen können. Auf dem Bildschirm erscheint eine dreispaltige Tabelle. In der ersten Säule befindet sich ein kleines grünes Quadrat, dem eine Unmenge roter Quadrate folgen. In der zweiten Säule gibt es eine Reihe von Nummern, die mit Punkten in Vierergruppen unterteilt sind. Die dritte Säule ist leer bis auf die Zeile, die mit dem kleinen grünen Quadrat beginnt, in dem Michele Socci steht, eindeutig der Junge, der sich alle zwei Tage hier abarbeitet.

»Wie Sie sehen können«, erklärt Deserti, »ist im Moment nur ein Computer aktiv. Der, den Sie beim Reinkommen gesehen haben. Das ist das Gerät, das Sie suchen.« Er verschiebt den Mauspfeil auf eine Stelle in der Mitte der Tabelle, in die Spalte mit den Nummern. Die IP stimmt überein. Er klickt zweimal auf eine Zahlengruppe, und ein neues Fenster geht auf. Oben steht die Adresse des Computers und darunter zwei leere Felder, um Tag und Uhrzeit einzutragen. Deserti wirft einen kurzen Blick auf unseren Zettel und fügt die Daten ein. Wenige Sekunden später öffnet sich ein neues Fenster mit einer vierteiligen Tabelle.

»Sieht so aus, als hätte Ihr Mann nicht viel zu tun gehabt. Zuerst hat er die Online-Ausgabe der *Gazzetta dello Sport* gelesen, dann ist er auf eine Versteigerungsseite gesurft und hat sich anschließend in das Webprogramm von libero.it eingeloggt. Das Webprogramm …«

»… ist das Portal, über das man von jedem Computer aus seine Mails verschicken kann.«

»Viel mehr gibt es nicht, würde ich sagen. Auf libero.it hat er sich etwa zwanzig Minuten aufgehalten. Was er dort gemacht hat, kann ich Ihnen allerdings nicht sagen. Vielleicht seine Mails gelesen und welche geschrieben. Zumindest angesichts des Zettels, den Sie mir gegeben haben. Über andere Verbindungen steht nichts da.«

»Und über seine Identität?«, fragt Ippoliti.

Deserti schließt das Programm, das die Verbindungen auflistet, und öffnet ein anderes aus der Leiste mit den Windows-Anwendungen.

Was nun auf dem Bildschirm erscheint, sieht fast genauso

aus wie das, was er vorher ausgefüllt hat, nur dass diesmal ein Name, ein Datum und eine Uhrzeit einzusetzen sind. Ich beobachte, wie die Maus über den Bildschirm flitzt und die Maske sich langsam füllt. Wenige Augenblicke später tauchen vor uns die Details des Nutzers LOG3 auf.

Ippoliti sieht mich an, und ich lache hysterisch auf. »Sie lassen sich hoffentlich einen Ausweis zeigen, bevor sie diese Karte ausfüllen, oder?«, fragt Ippoliti. Deserti ist genauso perplex wie wir.

»Ja. Federica, das Mädchen an der Kasse, ist peinlich genau in diesen Dingen. Ich habe keine Ahnung … wirklich nicht, wie er …«

Er nicht, aber ich. Deshalb erlöse ich ihn aus seiner Verlegenheit und sage: »Keine Sorge. Ich glaube nicht, dass sie einen Fehler gemacht hat. Kann ich von dieser Karte einen Ausdruck haben und einen von den Verbindungen?«

Jetzt lächelt er wie ein Schüler, der seinen Lehrer freundlich stimmen möchte, weil er die Antwort nicht weiß und damit rechnet durchzufallen. »Natürlich«, meint er und gibt mir kurz darauf zwei Zettel.

»Das ist Wahnsinn«, sagt Ippoliti völlig zu Recht.

Dieser Bastard hat meinen Namen benutzt.

Neun

Bologna, Sant'Orsola-Klinikum. Sechzehn Uhr dreißig
Doktor Donato Aiuti betritt das Schwesternzimmer der Intensivstation und kontrolliert den Dienstplan der Nachtwache. Es ist halb fünf Uhr nachmittags, und er will eigentlich nur noch nach Hause, duschen, sich mit seiner Katze aufs Sofa legen und einen schönen Film ansehen. Wenn es nach ihm ginge, könnte dieser Tag ruhig hier enden.

Stattdessen steht ihm noch die Nachmittagsvisite bevor, und Professor De Vitis hat ihm deutlich zu verstehen gegeben, dass er mit ihm reden muss. Wann es *ihm* passt, selbstverständlich.

»Ein Hundeleben, liebe Malvezzi«, sagt er zu seiner Kollegin, die gerade hereinkommt. Sie verzieht das Gesicht zu einem Lächeln, ohne aufzuschauen.

»Stimmt etwas nicht?«, fragt er.

Sie setzt sich an den Tisch und blickt ihn an. Donato sieht nicht besonders gut aus, aber er hat etwas, das sie nicht benennen kann, das sich hinter seiner Ruhe verbirgt, hinter seiner Freundlichkeit und Hilfsbereitschaft. Einen kurzen Moment fragt sie sich, wie er wohl im Bett sein mag, ein Gedanke, der sie unwillkürlich lächeln lässt, was er wahrscheinlich gar nicht bemerkt.

»Ich dachte gerade an …«, setzt sie an.

»Du dachtest gerade an …«, ermuntert er sie und lehnt sich neben sie an die Tischkante.

»Alice Mantovani.«

»Die Patientin in Zimmer eins?«

»Genau die.«

»Und was dachtest du, wenn ich fragen darf?«

»Hast du den Eindruck, dass mit ihr alles in Ordnung ist?«

»Gott, ›alles in Ordnung‹ scheint mir da nicht ganz die richtige Bezeichnung zu sein.«

»Das meinte ich nicht.«

»Was meintest du dann?«

»Ich habe mich gefragt, ob ihr Zustand zu ihrem Krankheitsverlauf passt.«

»Denkst du dabei an etwas Bestimmtes?«

»Vielleicht.«

»Ich müsste das persönlich überprüfen. Salvi kümmert sich um sie, das weißt du.«

»Ja, ich weiß, dass sie Salvis Patientin ist. Ich weiß alles über die Sache mit seiner Tochter und diesem Polizisten … der Arme … Aber ich habe mich gefragt … Hör zu, du bist doch immer so nett. Könntest du nicht mal einen Blick auf sie werfen? Nur so, um mir zu sagen, ob ich paranoid bin oder vielleicht doch …«

»Ich kann mir nicht vorstellen, dass etwas übersehen wurde, Anna.«

»Nur einen Blick, Donato. Bitte.«

Er sieht sie eine Sekunde lang an und seufzt. »Also gut, gehen wir«, sagt er schließlich.

Ein paar Minuten später kontrolliert Aiuti das Krankenblatt.

»Siehst du?«, sagt die Ärztin. »Findest du nicht, dass …«

Aiuti klappt die Akte zu. »Es besteht tatsächlich die Möglichkeit. Doch die einzige Erklärung wäre, dass jemand …«

»Ich habe Cinti gebeten, eine Blutkultur anzulegen«, unterbricht sie ihn.

»Du hast was?«

»Wir sind befreundet«, verteidigt sie sich. »Ich habe ihn um einen persönlichen Gefallen gebeten. Mehr nicht.«

Aiuti sieht sie an. »Ich hoffe nur, du hast Salvi nichts davon gesagt.«

»Ich habe niemandem etwas gesagt, Donato.«

Er nimmt ihre Hände in seine. »Das will ich auch hoffen, Anna.«

»Hilfst du mir?«

Donato Aiuti lächelt. »Du kannst auf mich zählen«, sagt er.

»Ausweisnummer AC7851453 …«, liest Ippoliti von dem Blatt mit den Registrierungen ab, das Deserti uns mitgegeben hat. Dann schaut er auf den Computer in meinem Büro. »… gehört Guido Anselmi, geboren in Bari und so weiter und so weiter.«

»Er hat Anselmis Personalausweis benutzt, um sich einen neuen mit meinen Daten zu basteln«, erkläre ich, was letztlich nicht besonders originell ist. Man braucht nur eine Verlustanzeige aufzugeben und mit einer Vollmacht des Antragstellers zur Meldestelle zu gehen. Das ist alles. Und schon hast du zweimal denselben Personalausweis. Damit ist das meiste schon geschafft.

Ich klappe die Akte auf und nehme die Unterlagen zu Anselmi heraus. Ich betrachte das Foto, das offene Lächeln eines Senioren, der niemanden mehr hat auf der Welt. »Hast du dich einmal gefragt, warum er gerade Guido Anselmi ausgesucht hat?«

Ippoliti sieht mich an. »Wieso?«

»Ich glaube nicht, dass es Zufall war.«

»Glaubst du, er kannte ihn?«

Ich schließe die Akte. »Das Einzige, was ich bisher von diesem Kerl begriffen habe, ist, dass er ein Pedant ist. Einer, der alles ganz genau nimmt. Der nichts dem Zufall überlässt. Und wenn wir meinen, unser Mann sei tatsächlich dieser Wissenschaftler, dann ist sein ganzes Leben eine einzige Herausforderung, die ihm größte Sorgfalt abverlangt. Um deine Frage zu beantworten: Ich glaube nicht, dass es Zufall war.«

»Vielleicht hast du recht. Aber welche Verbindung besteht zwischen Anselmi und unserem Mann?«

»Das ist das Problem. Wir müssten Anselmis komplettes Leben rekonstruieren, von Bari bis Bologna. Das Leben der letzten zwanzig Jahre. Und dazu fehlt uns entschieden die Zeit.«

»Und hier in Bologna soll ihn niemand gesehen haben?«

»Da wäre ich mir nicht so sicher.«

»Was meinst du?«

»Ich glaube, dass er aus einem bestimmten Grund hier war. Der wahre Anselmi, natürlich. Und aus demselben Grund ist er geblieben und umgezogen. Er hatte keine Bindungen mehr, er hatte weder Verwandte noch eine Frau oder Freundin. Nichts.«

»Und aus welchem Grund sollte ein Siebzigjähriger von Bari nach Bologna ziehen?«

An Ippolitis Blick merke ich, dass wir dieselbe Idee haben.

»Ein Krankenhaus«, kommt er mir zuvor.

Ich lächele. »Vielleicht hatte er einen Unfall, und sie haben ihn hier eingeliefert. Vielleicht war er an der Riviera und hat sich ein Bein gebrochen oder hatte einen Infarkt oder irgendwas. Vielleicht eine Spezialklinik.«

»Das lohnt doch eine Kontrolle«, sagt er und verlässt eilig mein Büro.

Als ich Anselmis Akte zurückstelle, fällt mein Blick auf die Fotos von Gaspare Nunias Kleidern, die er kurz vor seinem Ausbruch geschickt bekam.

Ich kann nicht das Geringste an ihnen entdecken, und doch bin ich mir sicher, dass er ihnen auf die eine oder andere Weise seinen Ausbruch verdankt.

Bologna, 29. April. Morgens

Schweigend liegt das große Haus da. Als er zwölf war, schwieg es immer. Und davor auch. Er sieht zu den Fenstern des ersten

Stocks empor, hinter der Terrasse, mit den zugezogenen Vorhängen, und versucht sich vorzustellen, was seine Mutter wohl gerade macht. Außer sterben zu wollen.

Er ist versucht, hinaufzugehen und sie sich anzuschauen, doch Papa möchte das nicht, und vielleicht will er sie auch gar nicht sehen, so wie sie jetzt ist, will gar nicht wissen, wie ihr Gesicht heute aussieht. Er behält sie lieber in Erinnerung, wie sie vor einem Monat war, als sie, auf Papa und das Mädchen Ada gestützt, die Treppe hinaufging. Sie blickte ihn an und versuchte zu lächeln, während ihre Füße beinah auf den Stufen strauchelten und der blaue Seidenmantel raschelte, den sie im Sommer immer trug.

Dann ging die Tür zu, und Annarita Angeli kam nicht mehr aus ihrem Zimmer. Monatelang, auch nach dem Tag in seinem Traum, hatte er durch die mit dem Schlüssel verschlossene Tür nur Schreie, Schluchzen und Jammern vernommen. Bis es plötzlich aufhörte. Schließlich, an einem Wintermorgen, war sein Vater in sein Zimmer gekommen und hatte ihm eine Hand auf die Wange gelegt. »Schläfst du?«, hatte er gefragt.

»Nein.«

Sein Vater hatte ihn angelächelt, ein Lächeln, das dem von Mama ähnelte, als sie die Treppe hochstieg. »Mama ist gestorben«, hatte er gesagt, und nachdem er ihm noch einmal über die Wange gestreichelt hatte, war er gegangen.

Jahre später war ihm im Spiegel wieder dieses Lächeln begegnet, während er dieselben Worte zu der Tochter einer Patientin sagte. Das Lächeln seines Vaters an jenem Wintermorgen, das seiner Mutter an jenem Sommernachmittag.

Doch nun, im Traum, lebt Mama noch. Sie ist krank, so lange schon, dass er sich an nichts anderes mehr erinnern kann. Doch sie lebt, sie atmet.

Er fühlt den Schwanz der Katze, der sich um seinen Knöchel windet. Er lächelt.

»Hallo, Sansone.«

Er nimmt ihn auf den Arm und läuft über die Wiese zu dem Wäldchen, das in Terrassen nach Bologna hin abfällt. An lauen Sommerabenden sitzt er hier manchmal im Gras und betrachtet die Lichter der Stadt und versucht sich vorzustellen, was sie sind, wohin sie führen, was dort unten geschieht. Ob dort spielende und lachende Kinder sind. Ob dort überhaupt jemand ist.

Da oben in dem Haus gibt es nur Schweigen. Außer Pietro.

»Wie geht es Sansone?«

Da kommt er, Pietro. Er ist groß und dürr wie das Schilf, das er mit seinem Vater an der Po-Mündung gesehen hat. Und wie das Schilfrohr wirkt auch er zerbrechlich. Dabei hat er harte und kräftige Hände, voller Schwielen, beweglich und flink.

»Gut. Stimmt doch, dass es dir gutgeht, Katerchen, oder?«

Sansone hebt den Kopf und miaut. Dann versucht er sich aus seinen Armen zu lösen und springt ins Gras, mit einer weichen Landung trotz seiner beachtlichen Masse. Pietro lächelt und krault ihn. Dabei bemerkt er seinen Blick zur Terrasse im ersten Stock hinauf.

»Sie fehlt dir, nicht wahr?«

»Ja. Sie fehlt mir.«

»Möchtest du sie sehen?«

Er überlegt und glaubt, wieder dieselben Stimmen zu hören wie an jenem Tag in seinem Kopf. Als Pietro ihn zum ersten Mal fragte. Stimmen, die sagten, was sein Vater ihm aufgetragen hatte, Stimmen, die von seiner Sehnsucht nach der Mutter berichteten, nach dem Duft ihrer Haut. Stimmen, die all seine Kindheitsängste beschrieben und alle Sehnsüchte dieser Welt.

»Ja«, hatte er schließlich gesagt, und damals wusste er noch nicht, was die Antwort bedeutete. Sehr viel später, als er in jenes Haus zurückgekehrt war, hatte er sich wirklich gefragt, ob dieses Ja sein Leben verändert hatte oder ob es auch sonst zu dem geworden wäre, was es jetzt war. Und die einzige Antwort, die ihm einfiel, war, dass wir am Ende alle zu dem werden, was wir sind. Dass wir früher oder später entdecken, was wir wirklich tun wollen.

Er hatte es an jenem Tag entdeckt. Als Pietro ihm zum ersten Mal gezeigt hatte, wie man eine verschlossene Tür öffnet. Er hatte es entdeckt, als er seine Mutter sah, die unter der Wirkung der Medikamente schlief, ihre gelbe Haut und die abgemagerten Hände, die Arme voll blauer Flecke. Als er den Geruch des Zimmers einsog und den Atem hörte, der nicht gleichmäßig, sondern mühsam keuchend ging. Auf diese Weise hatte er entdeckt, was sich hinter verschlossenen Türen verbarg, und er hatte begriffen, dass es häufig Dinge waren, die man lieber nicht sehen wollte, aber sehen musste. Dinge wie das Wesen, in das seine Mutter sich verwandelt hatte und das Pietro ihm offenbart hatte, indem er lediglich ein Stückchen Draht in dem Schloss drehte.

»Wie hast du das gemacht?«, hatte er gefragt, als sie wieder unten waren und den Sommer über den Hügeln von Bologna einatmeten. Pietro hatte ihn von oben bis unten angesehen und sich gefragt, ob es gut war, diesem Kind Geheimnisse anzuvertrauen, die man vielleicht besser niemandem preisgab. Dann hatte er sich an den Ausdruck erinnert, den er im Zimmer der Mutter auf seinem Gesicht gesehen hatte, und es war ihm absurd vorgekommen, dass sein Vater ihm nicht erlaubte, zu sehen, was geschah. Letztlich gehörten Tod und Schmerz zum Leben dazu.

Und da hatte er es ihm erklärt.

Drei Monate später, während er Holz für den Kamin hackte, stand der Junge plötzlich neben ihm mit Sansone auf dem Arm, wie aus dem Nichts aufgetaucht. »Ich weiß, wie man sie heilen kann«, hatte er gesagt, und zum ersten Mal hatte Pietro begriffen, was dieses merkwürdige Gefühl war, das ihn seit etwa einem Monat überkam, sobald er das Kind sah.

Es war Angst.

Eine merkwürdige Angst, so wie die, die er im Gefängnis gespürt hatte beim Anblick eines Kerls, der wegen Mordes an seiner Frau und deren Liebhaber einsaß. Er sah aus wie ein ganz normaler Mensch, doch manchmal schimmerte tief in seinen Augen ein seltsames Licht. Als dächte er an Dinge, die andere sich nicht vorstellen konnten. An finstere Dinge.

Eben dieses Licht sah er in den Augen des Kindes an diesem Wintertag. Und als zwei Tage später der Arzt ihm sagte, dass die Signora verstorben sei, hatte Pietro sofort begriffen, was geschehen war.

Er hatte immer gewusst, dass Pietro Bescheid wusste. Im realen Leben wie im Traum, wenn er ein Kind war und Pietro ein Mann, an diesem Sommertag, als ihm zum ersten Mal klargeworden war, was er tun wollte.

Er wusste nun, dass er Arzt werden wollte. Wie sein Vater und sein Großvater. Und in der Regel ging sein Traum mit dem Universitätsabschluss und seinem ersten richtigen Arbeitstag weiter.

Aber dieser Traum ist anders.

Dieses Mal wacht er vorher auf, mit einem schweren Gefühl auf den Beinen, und er braucht eine Weile, um zu realisieren, dass Sansones massiger Leib über ihn hinwegsteigt.

»Ich habe von deinem Vater geträumt, Kätzchen«, sagt er mit halbgeschlossenen Lidern. »Und von meinem.«

Er wartet, ob Sansone etwas sagt, ihm antwortet wie sonst immer, wenn er ihn mit Namen anspricht, aber nichts passiert. Die Katze bleibt auf Höhe seiner Hüften stehen.

Er stützt sich auf die Ellbogen und öffnet die Augen.

Sansone ist auf die Decke gerutscht, steht immer noch reglos da, und nun erst sieht er, dass er eine dicke Maus im Maul hält und Triumph in seinen gelben Augen blitzt.

Die Maus lebt noch, obwohl sie sich nicht rühren kann. Sie

öffnet die Augen und versucht unter leisem Quieken, die Schnauze zu bewegen, die aus Sansones offenem Maul hängt.

»Brav, Katerchen«, sagt er und krault ihn zwischen den Ohren.

Da beißt Sansone kräftig zu, und die Wirbelsäule des Nagers bricht mit einem feinen Knacken.

Während der Hausherr ins Bad geht, springt die Katze vom Bett, verzieht sich in ihren Korb und widmet sich schmatzend ihrem Mahl.

Unter der Dusche denkt der Mann daran, was er vorhat, und geht im Geiste noch einmal alle Etappen des Plans durch, den er auf die Schnelle entwerfen musste.

»Ich gebe dir Bescheid«, sagt der Mann und kehrt ohne ein weiteres Wort dahin zurück, von wo er gekommen ist. Der Stumme sieht ihm nach, bis er in der Via delle Moline verschwindet, und biegt selbst in die Via Oberdan ein, um die paar Schritte bis zur Piazza Maggiore zu Fuß zu gehen.

Bologna hat eine beruhigende Wirkung auf ihn. Vielleicht, weil dies ein Ort ist wie er, der sich immer um alles kümmert, ohne dass es einer bemerkt. Er hat von klein auf gelernt, zuzuhören und zu schweigen. Sprich nur, wenn du gefragt wirst, hatte es immer geheißen, und mit der Zeit blieb er eben einfach stumm, weil niemand ihn fragte. Seine Mutter hatte darunter gelitten, doch wahrscheinlich war sie zu sehr damit beschäftigt gewesen, den Schlägen ihres Mannes auszuweichen, um sich mehr um ihren Kleinsten zu kümmern.

So war Luigi Pastoso baldmöglichst von zu Hause weggegangen und für alle zu dem Stummen geworden, auch außerhalb der heimischen vier Wände.

Er schweigt gerne. »Redest du eigentlich nie?«, hat ihn der Kerl gefragt, der gerade gegangen ist, und er hat ihn angesehen, seine Sonnenbrille etwas herabgeschoben und gelächelt.

»Nur wenn ich etwas zu sagen habe«, hat er erklärt. »Und ich hoffe, wenn wir uns das nächste Mal sehen, hast du mir etwas Wichtiges zu sagen.«

Der Kerl, der gemeint hatte, er könne vielleicht herausbekommen, wo die Polizei Zio Giulio versteckt hielt, ließ den sizilianischen Tonfall über sich hinwegrollen und dachte, dass es doch immer dasselbe war mit der Mafia: Man kann sich auf sie verlassen, gezahlt wird pünktlich und die verabredete Summe. Aber sie jagen einem auch immer Angst ein. Weil sie genau wissen, was sie wollen, und es nicht mögen, wenn sie es nicht bekommen. »Ich tue, was ich kann«, hat er erwidert, etwas nuscheliger als beabsichtigt. Der Stumme schob seine Sonnenbrille wieder zurück und nickte. Aber mit einer betont langsamen Bewegung, den Kopf beinah unmerklich nach links geneigt.

Nun ist der Mann weg, und er geht langsam die Via Oberdan entlang und betrachtet die Leute, die ihm entgegenkommen und stets genau zu wissen scheinen, wohin sie wollen, auf ihr Ziel zueilen, als bliebe ihnen nicht viel Zeit.

Er hingegen ist jemand, der langsam geht und viel nachdenkt.

Im Schweigen funktionieren die Menschen ähnlich wie ein Getriebe. Alles bleibt im Innern und fügt sich ineinander, ein Rad in das andere, ein Gedanke in den anderen.

Und er denkt nach, der Stumme, während er die Via Rizzoli überquert und dem Gewirr aus Sträßchen in Richtung Markt folgt. Daran, wie Gaspare diesen Osteuropäer getötet hat und wie sich alles ändert, nur weil einer seine Zunge nicht im Zaum halten kann. Er denkt daran, dass in seiner Kindheit alles einfacher war. Er denkt, dass es in dieser Stadt hübsche Weibsbilder gibt und dass der Tag, an dem das Blut von Zio Giulio an Gaspares Händen kleben wird, ein Festtag wird, an dem man endlich mit einem Gläschen Wein auf das Wohl all jener anstoßen kann, die er töten musste, um dieses Blut zu bekommen.

So denkt er vor sich hin, und vielleicht liegt es eben am Geräusch seiner Gedanken, dass er das Auto nicht kommen hört.

Bis ein lautes Hupen sie zum Schweigen bringt, quietschende Bremsen, der Aufschrei einer Frau, als Luigi Pastoso, genannt der Stumme, gegen den Kofferraum eines schwarzen Fiesta prallt und auf das Pflaster fällt, wo er mit aufgerissenen Augen die Welt aus einer ungewohnten Perspektive betrachtet.

»Ruft einen Krankenwagen, schnell!«, schreit eine Frau mit spitz zulaufenden Stiefeln an den Füßen. Und es ist das Letzte, was der Stumme hört, bevor er das Bewusstsein verliert.

Das Telefon klingelt, als Donatella Rizzo gerade ihr Portemonnaie in der Handtasche verstaut. Sie hat an der Kasse bezahlt und hält eine prallvolle Einkaufstüte in der Hand.

Sie stellt sie im Wagen ab und wird um ein Haar von einer Promoterin umgefahren, die auf Rollschuhen und ohne nach rechts und links zu schauen durch die engen Gänge des Supermarktes rast. Das Mädchen sieht sie wortlos mit einem erstarrten, entschuldigenden Lächeln an, und Donatella ergreift schnell das Handy, bevor der Klingelton ihr den letzten Nerv raubt.

»Hallo«, sagt sie unwirsch. Dann verändert sich ihr Gesichtsausdruck. Eilig schiebt sie den Einkaufswagen weiter, um dem Getümmel an den Kassen zu entkommen, und lauscht auf Gabriele Riccardis Worte.

»Ja, ist gut. Um wie viel Uhr?«, sie blickt auf die Uhr. »Das müsste ich schaffen. Ich fahre gleich los.«

Als sie die Verbindung trennt, fällt ihr Blick auf eine Frau mit ballonartig toupierten roten Haaren, die mühsam einen über und über mit Tüten beladenen Einkaufswagen in Richtung Rolltreppe schiebt.

Sie folgt ihr mit dem Blick, ohne sie wahrzunehmen, noch ganz benommen von Gabrieles Worten.

Ich habe noch eine Frage zu Teresa.

Der Satz saust kreuz und quer durch ihr Hirn wie der kleine weiße Punkt in dem Telespiel, das sie früher immer mit ihrer damals noch kleinen Tochter gespielt hat.

Ich habe noch eine Frage zu Teresa.

Sie hätte sich denken können, dass Gabriele Riccardi irgendwann anfangen würde, Fragen zu stellen. Und dass er damit schließlich auch zu ihr kommen würde.

Als sie den Einkaufswagen zum Parkplatz schiebt, bemerkt Donatella Rizzo den Lärm um sich herum kaum.

Ganz gefangen von ihren Gedanken, sucht sie fieberhaft nach einer Antwort auf die Frage, von der sie gehofft hatte, sie niemals gestellt zu bekommen.

Als sie merkt, dass es endlich Zeit ist, nach Hause zu gehen, spürt Anna Malvezzi, wie die Müdigkeit der letzten Stunden geballt über sie hereinbricht. Sie zieht ihren Kittel aus und geht durch den Korridor der Intensivstation. Sie hat auf nichts mehr Lust, außer auf ihr Bett, auf ein weiches Kopfkissen und darauf, der Welt für zwölf Stunden den Rücken zu kehren.

Als sie an der Scheibe vorbeikommt, streift das Bild der im Bett liegenden Alice ihren Blick, ohne Spuren in ihren Gedanken zu hinterlassen. Beim Aufzug angelangt, drückt sie auf den Knopf und verfolgt die Lämpchen, die anzeigen, auf welcher Etage der Aufzug sich befindet.

Nur fünf Etagen. Fünf kleine Etagen, dann ist sie endlich draußen.

Da fällt ihr Blick auf das große Fenster, das auf den Hof hinausgeht.

Als sie den Regen sieht, bemerkt sie, dass sie ihre Jacke vergessen hat.

»Oh, nein«, murmelt sie und macht kehrt.

Gerade erreicht der Aufzug die fünfte Etage.

Er steckt die Hand in die Tasche und tastet nach der Bonbontüte. Mit dem Finger fährt er über das Zellophanpapier wie früher als Kind, wenn sein Vater mit diesen in rubinrote Papierchen gewickelten Bonbons nach Hause kam und er so gerne das Knistern der Verpackung unter den Fingerkuppen spürte.

Er wirft einen prüfenden Blick auf seine Uhr und betritt die Station. Er ist pünktlich, und die Person, die er sucht, müsste in genau diesem Moment vor der Fahrstuhltür stehen, um nach Hause zu gehen.

Aber sie ist nicht da.

Er vergleicht seine Armbanduhr mit der Stationsuhr an der Wand über dem Aufzug. Sie gehen auf die Minute gleich.

Gerade als er über Plan B nachdenken will, hört er seinen Namen rufen.

Er dreht sich um und sieht Doktor Malvezzi mit ihrer Jacke in der Hand auf sich zukommen. »Was soll das, grüßt du mich nicht mehr?«, fragt sie.

»Doch, entschuldige«, erwidert er schnell. »Ich war nur in Gedanken.«

»Eine Frau?«

Er lächelt, und sein Gesicht hellt sich sofort auf. »Was sonst.«

»Wie steht's, fährst du mit runter? Hast du nicht Dienst?«, fragt sie und drückt wieder auf den Knopf. Der Fahrstuhl ist noch da, und die Tür geht sofort auf.

»Ich habe mein Handy im Wagen liegenlassen.«

»Sag ich doch, du solltest nicht so viel an Frauen denken.«

Dann betritt Anna Malvezzi den Fahrstuhl, er dicht hinter ihr.

Die Tür schließt sich, und sie sind allein.

»Hör mal, bist du nicht immer so wild auf Süßes und Bonbons und so?«

»Ja, warum?«

Er lächelt wieder. »Sieh mal, was ich gerade gekauft habe«, raunt er und zieht das Geschenk aus der Tasche, das er für sie besorgt hat.

Während sie das Bonbon auspackt, glaubt sie zu hören, wie draußen jemand ihren Namen ruft.

Doch sie ist zu müde, um nachzudenken, wer das gewesen sein könnte.

»Anna«, ruft er, aber die Aufzugtür hat sich schon geschlossen.

Wahrscheinlich hat sie ihn gar nicht bemerkt. Er versucht sie auf dem Handy zu erreichen, bekommt aber keine Verbindung. Also geht er über den Flur zum Schwesternzimmer zurück.

»Wann kommt Dottoressa Malvezzi wieder zum Dienst?«, fragt er die Krankenschwester.

»Morgen früh, Dottore. Wollen Sie etwas für sie hinterlegen?«

Doktor Alfio Cinti blickt auf den Umschlag in seiner Hand, denkt an das, was in seinem Befund zu Alice Mantovani steht und was Anna ihm am Telefon gesagt hat.

Er sieht die Krankenschwester an. »Nein, nichts. Ich schaue morgen noch mal vorbei«, erwidert er.

Den Umschlag fest umklammernd, sieht er sich um und verlässt die Station.

»Gehirnerschütterung«, sagt jemand, und der Stumme erwacht.

Mit geschlossenen Augen nimmt er den Geruch nach Desinfektionsmitteln wahr und hört in der Ferne ein Kind schreien. Dann fragt jemand etwas wegen eines Namens, und er merkt, dass das Zuhören ihm Kopfschmerzen bereitet. Er öffnet die Augen.

»Wie fühlen Sie sich?«, fragt ihn eine junge Frau in einem weißen Kittel.

Er antwortet nicht. Er dreht den Kopf und sieht einen Wandschirm und ein weißes Zimmer mit Neonleuchten, die ihm viel zu hell vorkommen, obwohl er genau weiß, dass sie es nicht sind.

»Keine Sorge, es ist alles in Ordnung«, sagt die Frau, und der Stumme entdeckt das Stethoskop, das aus ihrer Kitteltasche ragt, und zwei hübsche Titten, die sich gegen den Baumwollstoff ihres T-Shirts drücken.

»Mir geht's gut«, flüstert er.

»Ja, es geht Ihnen gut. Nur dass wir nicht wissen, wie Sie heißen. Sie hatten keine Papiere bei sich. Vielleicht haben Sie die bei dem Unfall verloren.«

Unfall, denkt der Stumme. Ich hatte einen Unfall, verdammte Scheiße. Und erinnere mich an nichts. Nur dass ich lief und gestürzt bin.

»Sagen Sie mir Ihren Namen?«, fragt die Frau, während sie seinen Blutdruck misst. Der Stumme dreht den Kopf zur Hand der Ärztin, die an seinem Arm werkelt. »Luigi«, sagt er.

»Luigi und weiter? Ihr Blutdruck ist in Ordnung. Nur eine üble Rippenprellung.«

Die Rippen. Das ist es also, was er am Rücken spürt. Beim Aufwachen dachte er, es liege an der Matratze, eine kaputte Feder, die ihn bei jedem Atemzug sticht. Jetzt begreift er. Die Rippen.

»Luigi«, wiederholt er, um Zeit zu gewinnen.

»Ja, Luigi. Und weiter?«

Der Stumme sieht sie an. »Silenziosi«, erwidert er und muss innerlich lächeln.

»Gut, Signor Silenziosi. Sie müssen sich ausruhen. Wir bringen Sie jetzt auf Station und morgen können Sie nach Hause gehen.«

Morgen, denkt er. Morgen ist verdammt spät. Ich muss jetzt nach Hause. Er bewegt probehalber einen Arm, doch ein scharfer Schmerz fährt ihm in den Rücken bis unter das Schulterblatt. So lässt er den Kopf in das Kissen zurücksinken und schließt die Augen. Er spürt, wie ihm eine Spritze in den Arm gesetzt wird, dann gleitet er in ein seltsames Dunkel, das Körper und Geist umnebelt.

Kurz vor dem Einschlafen glaubt er ganz entfernt eine Stimme zu hören, doch er hält sie für einen Traum.

Oder für den Beginn eines Alptraums.

»Wissen Sie, ob es jemanden gab, der sich für Teresa interessierte, bevor sie Gaspare kennenlernte?«

Das war Gabrieles Frage, und Donatella schwieg einen Moment, um ihre Überraschung zu überspielen. Denn sie hatte mit einer ganz anderen Frage gerechnet.

»Eher ein älterer Mann als ein junger. Vielleicht hat sie Ihnen gegenüber ja etwas angedeutet«, hatte Gabriele erklärend hinzugefügt.

»Nein«, erwiderte sie, und im Nachhinein ist sie überzeugt, dass ein verräterischer Unterton in ihrer Stimme mitschwang. Als hätte sie wortlos ein Aber hinzugefügt. Gabriele schien jedoch nichts bemerkt zu haben, zumindest ließ er sich nichts anmerken.

Jetzt, während sie das Abendessen zubereitet und ihr Mann mit der aufgeschlagenen Zeitung im Sessel sitzt, denkt Donatella, dass mit Teresas Tod, diesem Schuss in der Dunkelheit, alles vorbei war, wirklich alles.

Die Angst hingegen, die an ihr nagt, ist durch einen Zufall wieder aufgeflammt, wie es so häufig geschieht. Es war ein strahlender Sonnentag, genau wie heute, nur kälter. Sie denkt an den Blick, den Teresa ihr damals zuwarf, mit hochgezogenen Schultern, als sei ihr kalt. Sie denkt an dieses »Es ist nichts«, das sie ihrer Tochter lächelnd zuflüsterte, als sie, auf der Trage liegend, abtransportiert wurde.

Und sie erinnert sich an den Blick, dem sie zufällig im Flur der Notaufnahme begegnet war. Der sich zuerst auf sie und dann auf ihre Tochter gelegt hatte. Der wortlos von den Gesichtszügen der Tochter zu denen der Mutter gewandert war. Und an das Lächeln.

Vielleicht hatte sie erst bei dem Lächeln begriffen, was passiert war.

Dieses Lächeln kannte sie nur zu gut, und heute, auf ihrem Weg zu Gabriele Riccardi, hatte sie gedacht, er wolle sie nach diesem Lächeln fragen, das aus einer scheinbar längst vergessenen Vergangenheit aufgetaucht war.

Selbst jetzt, als sie die Soße für die Spaghetti abschmeckt und der Dampf aus dem Topf mit dem kochenden Wasser ihr warm die Stirn benetzt, begreift sie nicht, was jener Tag im Krankenhaus mit Gaspare Nunia zu tun hat. Dieses Lächeln aus der Vergangenheit mit ihrer Tochter, die in einer Regennacht auf dem Boden liegt.

Sie begreift es nicht, doch instinktiv weiß sie, dass alles irgendwie zusammenhängt und dieser Blick, den sie niemals wiedersehen wollte, eine Truhe geöffnet hat, in der mittlerweile auch Gabrieles Pistolenschuss liegt.

Und sie weiß nicht, warum sie solche Angst davor hat, Gabriele zu sagen, was ihr so heiß auf der Zunge brennt.

»Essen ist fertig«, ruft sie, als sie die Nudeln in das Sieb schüttet, und aus dem Wohnzimmer erklingen die Schritte ihres Mannes. Der Fernseher wird ausgeschaltet, die Zeitung auf den Tisch geworfen.

Alltag.

Schnell wischt sie sich eine Träne aus dem Augenwinkel und versucht zu lächeln, während sie die Teller verteilt.

Als sie sich schweigend an den Tisch setzt, merkt sie, dass sie Angst hat wie nie zuvor in ihrem Leben.

Als der Stumme erwacht, ist es Nacht, und in einem der anderen Zimmer weint jemand.

Der Raum liegt im Halbdunkel, nur durch die offene Tür kommt ein wenig Licht aus dem Flur herein. Er muss ein paarmal blinzeln, und als die Konturen um ihn herum klarer werden, merkt er, dass der Schmerz an den Rippen nachgelassen hat und das Bedürfnis, die Augen zu schließen, verflogen ist.

Er sieht sich um, ohne den Rücken von der Matratze zu lösen. Damit wird er sich später beschäftigen, in aller Ruhe.

Im Zimmer stehen sechs Betten. Vier davon sind belegt. Neben ihm schläft ein dürrer älterer Mann in einem blauen Pyjama. Sein Mund steht offen, und über dem linken Auge klebt ein blutgetränkter Verband. Ihm gegenüber liegt ein Junge, der sich in den Laken hin und her wälzt und bei jeder Bewegung Klagelaute ausstößt. Er hört es an seiner Stimme, dass er noch jung sein muss. Dem schnarchenden Alten gegenüber liegt reglos ein Mann mit einem Gipsarm. Die zwei Betten neben der Zimmertür sind leer.

Er atmet tief durch und lauscht auf den Flur hinaus.

Das Weinen hat aufgehört.

Die eiligen und gleichmäßigen Schritte einer Krankenschwester erklingen. Eben konnte er durch den Türspalt einen Blick auf sie erhaschen. Klein, rundlich, gleichgültig dem gegenüber, was im Zimmer passiert. Vom Fenster hört man hin und wieder die Sirenen der Krankenwagen und weiter weg den trägen Verkehr auf den Straßen. Als er versucht, sich aufzusetzen, bemerkt er die Infusion auf seinem Handrücken. Er starrt sie einen Moment lang an und überlegt, ob es einen einfachen und schmerzlosen Weg gibt, sie zu entfernen. Dann beschließt er, dass er keine Wahl hat.

Er nimmt das Laken und beißt hinein, damit kein Stöhnen aus seinem Mund dringt, das seine Bettnachbarn wecken könnte. Er packt mit der linken Hand die Kanüle, zählt bis fünf und zieht sie mit einem Ruck heraus, während er mit den Zähnen die dünne Baumwolle des Lakens zerreißt und ihm Tränen in die Augen treten. Dann sammelt er sich wieder und bewegt vorsichtig die Schultern, um herauszufinden, ob seine Rippen ihm einen Schrei entlocken werden. Der Schmerz kommt, aber sehr gedämpft. Er fragt sich, wie lange die Wirkung des Betäubungsmittels wohl anhalten mag, dann stützt er die Ellbogen auf die Matratze und drückt sich hoch. Dieses Mal ist der Schmerz stärker, und ihm entfährt ein lautes Stöhnen, das das Schnarchen seines Bettnachbarn übertönt.

Abwartend hält er inne. Nichts passiert. Mit einer zweiten Kraftanstrengung stellt er sich auf die Füße. Ihm ist schwindelig, und er stützt sich an der Wand ab, um nicht zu fallen, doch es geht schnell vorüber. Als er gerade die Schränke nach seinen Kleidern durchsuchen will, hört er den Stechschritt der Krankenschwester. Er presst sich an die Wand, und als sie vorüber ist, holt er seine Sachen. Dann löst er die Mullbinde von seiner linken Schläfe und lässt sie auf den Boden fallen.

Der Weg hinaus ist ein Kinderspiel. Er folgt dem Korridor und schlüpft ins Treppenhaus. Ein paar Ärzte kommen ihm entgegen, dann eine misstrauisch guckende Krankenschwester, der er ein gutmütiges Lächeln schenkt, wie er es von seiner Mutter gelernt hat.

Auf dem Treppenabsatz zum Erdgeschoss hält er inne.

Er weiß nicht, ob er sich verhört hat, deshalb verharrt er regungslos, wie Gaspare es ihm viele Jahre zuvor gezeigt hat. Er blendet alles andere aus, und als die Stimme wieder ertönt, läuft ihm ein kalter Schauer über den Rücken und tanzt durch seinen gequälten Schädel wie ein Trommelwirbel.

»Dieses Mal verzeihe ich dir noch«, sagt die Stimme ganz in seiner Nähe, und das darauffolgende leise Lachen der Frau ist so deutlich, dass er nur die Hand ausstrecken müsste, um es ihr von den Lippen zu reißen.

Dieses Flüstern hat er schon einmal gehört. Nur ein einziges Mal, doch das hat ihm gereicht. An die Wand des Treppenabsatzes gepresst, hört er, wie die Schritte sich über den Flur entfernen, nebeneinander. Als sie weit genug weg sind, beugt er sich vor und sieht einen Mann und eine blonde Frau mit langen, offenen Haaren und schönen Beinen.

Der Mann ist mittelgroß und hat dunkle, vielleicht schwarze Haare. Er macht gleichmäßige Schritte. Ohne die Frau anzusehen, ohne den Kopf der Stimme zuzuwenden, die auf ihn einredet. Bevor sie in den Aufzug steigen, streckt er die Hand aus und streicht ihr über das Haar, und der Stumme denkt, jetzt, wo er sie berührt hat, müssten die Haare gewaschen werden. Aber nicht erst nach Dienstschluss.

Sofort.

Die Aufzugtür schließt sich, und Luigi Pastoso geht die letzten Stufen hinunter. Als er aus der Vorhalle tritt, spürt er, wie die kühle Abendluft ihm das Gesicht liebkost. Der frische Duft der regennassen Bäume vertreibt den Geruch nach Desinfektionsmitteln.

Er tritt unter dem Torbogen ins Freie und überlegt gerade, wie er nun nach Hause kommt, als er Kommissar Gabriele Riccardi in das Gebäude hineingehen sieht, weniger als zwanzig Meter von ihm entfernt.

Da denkt der Stumme, dass es eigentlich noch zu früh ist, um nach Hause zu gehen.

Bologna, 30. April. Zehn Uhr dreißig

Als ich von meiner Unterredung mit dem Polizeipräsidenten zurückkehre, ist mein Schreibtisch unter Papieren begraben, und Ippoliti lehnt an der Fensterbank und wartet auf mich.

»Was zum Teufel ist das?«, frage ich, und mein Tonfall ist wohl ärgerlich genug, um zu vermitteln, dass die Unterhaltung mit dem Präsidenten nicht gerade erfreulich war.

»Schlechten Morgen gehabt?«, fragt er zurück.

»Schlechter geht's nicht. Dieser Mistkerl hat sich aufgeregt, weil ich ihn erst im Nachhinein über Giulios Verlegung informiert habe. Er meint, seit dem Tod des Osteuropäers sei die Sache mit Gaspare irgendwie unübersichtlich geworden. Und dass er Ergebnisse will.«

»Und du?«

»Ich habe ihn reden lassen. Habe mich brav dafür entschuldigt, ihn nicht rechtzeitig informiert zu haben, so getan, als würde ich alles einstecken. Das ist mir so was von egal … Also, sag mir endlich, was das Zeug da auf meinem Schreibtisch soll.«

Ich lehne mich an die Tischkante. Zwei Stapel mit Zetteln, so hoch wie eine halbe Enzyklopädie, und die üblichen zwei Umschläge.

Ippoliti seufzt und kommt näher. »Das da«, sagt er und zeigt auf die Papierstapel, »sind sämtliche Hochschulabsolventen in den Fächern Medizin, Chemie und Pharmazie der vergangenen zehn Jahre. Im Laufe des Tages dürfte auch die elektronische Version fertig sein. In ein paar Tagen wissen wir, wer von ihnen zwei oder sogar drei Abschlüsse hat. Mit ein bisschen mehr Muße wissen wir, wer von ihnen in der Gegend wohnt. Aber das dürfte wohl zu lange dauern.«

»Ja, ja. Ich glaube nicht, dass es etwas bringt. Doch die Vorstellung, dass der Name unseres Mannes höchstwahrscheinlich irgendwo in dieser Liste zu finden ist, macht mich ganz kribbelig.«

»Das beste Versteck ist immer in der Menge.«

»Spar dir deine Philosophie, Ippoliti. Bitte. Und die Umschläge da?«

»Der eine enthält den Bericht der Spurensicherung zum Blutfleck in Alices Wohnung. Blutgruppe 0. Allein in Bologna gibt es davon schon zu viele, um etwas damit anzufangen.

Außerdem haben sie den Drucker auf Fingerabdrücke hin untersucht und Alices Festplatte ausgebaut, in der Hoffnung, auf ihr einen Anhaltspunkt zu finden.«

»Aber natürlich alles ohne Ergebnis.«

»Natürlich. Cancemi und Battaglia habe ich zu den Nachbarn geschickt. Eine Frau, die neben Alice wohnt, hat ausgesagt, sie hätte die Katze an dem Morgen, an dem wir gekommen sind, miauen hören.«

»Ich hatte ihr am Abend zuvor ihr Fressen hingestellt, ich glaube nicht, dass sie Hunger hatte.«

»Das war wahrscheinlich er.«

»Wahrscheinlich. Fremde mag sie sowieso nicht.«

»Wie geht es der Katze eigentlich?«

»Als ich heute Morgen ging, schlief sie auf dem Küchentisch. Ich habe dreimal versucht, sie hinunterzuscheuchen, aber sie ist immer wieder hinaufgeklettert. Irgendwann habe ich es dann aufgegeben.«

Ippoliti sieht mich an und lacht. »Es gibt allerdings auch gute Nachrichten.«

»Der zweite Umschlag?«

Ippoliti nickt, während ich hineinschaue. »Guido Anselmi hat in Bologna zweimal im Krankenhaus gelegen. Das erste Mal in der Notaufnahme, das zweite Mal in der Orthopädie. Er war wohl auf der Straße gestürzt und hatte einen Oberschenkelhalsbruch. Zwei Monate nach dem Eingriff haben sie ihn noch einmal am Oberschenkel operiert. Anscheinend, um etwas besser zu befestigen. Steht alles da drin, vorausgesetzt, du verstehst es.«

Ich sehe auf Anselmis Krankenakten und den Stapel Papier mit den Tausenden von Namen der Medizin-, Biologie-, Chemie- und Pharmazieabsolventen und denke, dass wir nur die Informationen aus diesem ganzen Papierberg richtig zusammensetzen müssen, damit der Name, den wir brauchen, dabei herausspringt. Dann fällt mein Blick auf die Unterschriften unter den Berichten.

»Und wer sind die?«

»Einer ist der Chefarzt der Orthopädie. Der andere der diensthabende Arzt in der Notaufnahme. Er ist in Pension. Ich habe schon mit beiden telefoniert. Welchen möchtest du übernehmen?«

»Ich nehme den in Pension und du übernimmst den aktiven, okay?«

Ippoliti nickt. Dann tritt er ans Fenster und schaut auf die zwei Türme. »Was zum Teufel geht nur in diesem Krankenhaus vor sich?«, fragt er.

»Keine Ahnung«, erwidere ich. Und meine Gedanken wandern sofort zu Alice, die dort liegt. Und auch der Kerl, den wir suchen, könnte ohne weiteres gerade dort zu finden sein.

Donato Aiuti steht neben Alices Bett und denkt nach.

Er hält das Krankenblatt der Patientin in der Hand und versucht, sich in Erinnerung zu rufen, was Anna Malvezzi ihm gesagt hat. Alles steckt in diesen wenigen Sätzen und Zahlen, die er vor sich sieht.

Er schaut auf die Uhr. Nach einem letzten Blick auf die Daten versucht er, seine Gedanken zu ordnen, und verlässt das Zimmer.

Es gibt da etwas, das er unbedingt tun muss.

Bevor es zu spät ist.

Anna Malvezzi sitzt auf dem Boden, trinkt aus der kleinen Wasserflasche, die er ihr gegeben hat, und sieht ihn an. Die Ketten um die Knöchel und den Hals schmerzen, und der Boden unter ihren nackten Füßen ist kalt. Er hat ihr die Schuhe, die Uhr, das Halskettchen ihrer Mutter und die Strümpfe ausgezogen. Alles zusammen hat er auf ein Regalbrett an der gegenüberliegenden Wand gelegt, so dass sie die Dinge sehen, aber nicht nehmen kann, weil ihre Fesseln nicht so weit reichen.

Das Zimmer hat weder Fenster noch Möbel, bis auf einen weiß lackierten Tisch, das Brett mit ihren Sachen und den Käfig mit der Katze. Die sie ununterbrochen aus riesigen, gelben Augen anstarrt, schwarz wie ein böser Traum. Sie waren auch das Erste, was sie beim Aufwachen gesehen hat. Manchmal miaut sie unheilvoll und bleckt die Zähne.

»Wer?«, fragt er. Sie hat seine Stimme Millionen Male gehört. Sie hat ihn lachen, scherzen und flüstern hören, aber nie diesen Tonfall. Kalt klingt er, distanziert, eine Gerade in einer Welt aus Wellen. Als ob die Realität weit weg wäre und ihn in keiner Weise tangierte. Als ob er über sie bestimmen könnte.

»Wer?«, wiederholt er, doch sie antwortet nicht. Sie trinkt und sieht sich um. Auch das Zimmer ist weiß. Sie hat einmal gehört, dass die Farbe weiß beruhigend wirkt, Vertrauen einflößt, aber sie kann das nicht glauben. Weiß ist die Farbe für etwas, das nicht da ist, das fehlt und das auf Dauer unerträglich wird. Irgendwo anders hat sie gelesen, dass eine Foltermethode des Pinochet-Regimes darin bestand, das Opfer tagelang in ein Zimmer ohne Fenster und Uhr einzusperren, wo das Licht immer brennt und die unerträgliche Helligkeit ihm irgendwann das Gefühl für Tag und Nacht raubt und es verletzlich macht.

Das Licht, dieses unerträgliche weiße Neonlicht, das alles wie mit einer Eisschicht überzieht, verlöscht niemals, und über der Tür, genau ihr gegenüber, hängt eine riesige Uhr an der Wand, die auf zehn nach zehn steht.

Sonst nichts.

Keine Geräusche, kein Laut, nichts. Nur diese schreckliche Farbe, die alles erfüllt, auch ihren Kopf.

»Wer?«, fragt er zum dritten Mal, und Anna leert mit einem letzten, tiefen Schluck die Wasserflasche. Dann wirft sie das leere Plastikding in seine Richtung.

Er fängt es in der Luft auf und lächelt. Er sieht sie an, als warte er auf etwas. Setzt sich auf die Tischkante und verschränkt die Arme. Er trägt immer noch den Kittel.

»Was starrst du mich so an, Mistkerl?«

Er hört gar nicht hin. Lacht. Er geht bis an die Grenze, die sie mit ihren Ketten erreichen kann. »Du weißt, was ich wissen will, Anna«, sagt er, und ihr Name aus seinem Mund klingt so verflucht sanft. Schon immer. Er hat ihr immer gefallen.

Sie kratzt sich am Hals. Dann an der Wange. »Nein, weiß ich nicht.«

Er lacht wieder. »Ich muss zugeben, dass ich dich unterschätzt habe. Du bist eine Nervensäge, aber auf Zack. Ich sage nur eins. Alice Mantovani.«

Ihre linke Seite fängt an zu jucken. Sie schiebt sich eine Hand unter die Bluse und kratzt sich. Ein schier unerträglicher Juckreiz, der langsam unter der Haut hervorkriecht.

»Alice Mantovani«, wiederholt er, während ihr Geist sich zwischen dem Namen und der ständig wachsenden Empfindung in ihrem Körper aufspaltet. Alice.

»Ich hatte also recht …«, flüstert sie, und als sie ihre Hand ansieht, entdeckt sie ein rötliches Bläschen, das vorher nicht da war.

»Ein Erythem«, sagt er, der ihren Blick bemerkt, und stellt sich auf die andere Seite des Tisches. Er bewegt sich ganz entspannt, während sie wünscht, an den Händen gefesselt zu sein und nicht an Hals und Knöcheln, um dem Juckreiz widerstehen zu können, der ihre Haut verbrennt und sie von innen zu häuten scheint.

»Was hast du in das Wasser getan?«, fragt sie und windet sich, um das Übel irgendwie zu lindern.

»Ein Präparat eigener Herstellung«, erklärt er und zieht eine silberfarbene Ampulle hervor. »Farblos, geruchlos. Wasserlöslich … Natürlich.«

»Du bist ein mieser Bastard.«

»Und du eine Schnüfflerin, und ich kann Leute nicht ausstehen, die sich nicht um ihren eigenen Kram kümmern. Auf den Tod nicht.« Er hält inne. Dann zieht er eine zweite Ampulle hervor, die der ersten haargenau gleicht, und stellt sie auf den Tisch. »Also, Anna, ich kann nicht ewig hierbleiben. Ich will wissen, mit wem du über Alice Mantovani gesprochen hast. Ich will Namen und Nachnamen. Und ich will wissen, was du gesagt hast. Was du getan hast. In dieser Ampulle ist eine andere Erfindung, die ich für dich vorbereitet habe. Ein schönes, wirksames Gegenmittel gegen die Hautentzündung. Wenn du mir die Namen sagst, gebe ich es in ein Fläschchen mit Wasser, und alles hat ein Ende.«

Anna Malvezzi kneift die Augen zusammen. Der Juckreiz ist unerträglich, und auf der Haut bilden sich überall dort, wo sie es sehen kann, unzählige rote Pusteln, als wandere ein Heer von Bremsen über ihren Körper und tue sich nach Belieben an ihr gütlich.

Dann denkt sie an Alice Mantovani.

Dieses Zimmer und ihre Ahnung, von der sie nun wünschte, sie hätte sie nie gehabt. Und mit einem letzten Rest an Klarsicht fragt sie sich, warum ihr Kerkermeister etwas Derartiges getan haben sollte. Und was er mit jedem anderen machen könnte, dem sie davon erzählt hat.

»Scher dich zum Henker«, flüstert sie.

Der Mann nimmt die Ampullen und stellt sie auf den Tischrand, so dass sie sie sehen, aber nicht nehmen kann. Er blickt sie an und lächelt, als wäre sie ein Kind. »Es dauert etwa acht Stunden, schätzungsweise. Das Mittel befindet sich ja noch in der Erprobungsphase, weißt du.«

Er öffnet die Tür, und einen Moment lang sieht sie einen Spalt von absoluter Schwärze, der in dem ganzen unbefleckten Weiß um sie herum aufreißt. Auf der Schwelle dreht er sich noch einmal um.

»Du bist bereits tot. Warst es schon im Fahrstuhl. Aber denk dran: ich entscheide, wann du aufhörst zu atmen. Und wie. Und ich habe nicht die geringste Eile.«

Er schließt die Tür, und sie ist allein. Anna streicht sich langsam über die Beine, und die Katze faucht und miaut in ihrer unheimlichen Art.

Bevor sie die Augen schließt, fragt sie sich, warum zum Teufel er diese Kreatur in ihrem engen Käfig zusammen mit ihr in dieses viel zu helle Zimmer gesperrt hat.

»Entschuldige die Verspätung, ich hatte einen Notfall«, sagt Giovanni Salvi zu mir, und ich nicke.

»Komm, steig ein.« Mit einer Kopfbewegung deute ich auf den zivilen Streifenwagen, an dem ich lehne. »Zeig mir, wo deine Kollegin wohnt.«

Via Agnesi ist eine baumbestandene Straße, die am Poliklinikum vorbeiführt, auf der anderen Seite der Via San Vitale. Es herrscht Stille, und die Dächer der Häuser verschwinden hinter den Baumkronen. Anna Malvezzis Wohnung liegt im obersten Stock eines alten Gebäudes, das vor kurzem neu getüncht wurde. Ich steige hinter ihm die Treppen hinauf, atme den Geruch von Farbe und Putz ein. Auf halber Strecke kommt eine alte Frau aus ihrer Wohnung und stellt einen Müllsack vor die Tür. Ein Hund bellt, und die Schnauze eines Pekinesen lugt durch die angelehnte Tür. Die Frau sieht uns an, als hoffe sie, dass jemand etwas sagt. Als dies nicht geschieht, schnauft sie enttäuscht und geht wieder hinein.

Anna Malvezzis Wohnung ist die letzte auf dem Flur. An der dunklen Holztür klebt ein vergoldetes, ovales Schildchen. Giovanni klingelt zweimal.

Keine Reaktion.

Er nimmt sein Mobiltelefon und wählt ihre Nummer. Hinter der Tür läutet ein Telefon, ohne dass jemand abhebt. Er legt auf und sieht mich an. Seine Miene schwankt zwischen Besorgnis und Wut.

»Geh mal einen Schritt zur Seite«, sage ich. Ich lege meine Handfläche auf das Holz und drücke leicht. Die Tür schwingt auf. Während sie leise in den Angeln quietscht, denke ich, dass sich wieder einmal eine Tür vor mir öffnet, weil jemand sie für mich offen gelassen hat.

»Das verstehe ich nicht. Was …«

Ich lege den linken Zeigefinger an meine Lippen, und Giovanni verstummt. Mit demselben Finger bezeichne ich ihm entschieden, hier auf mich zu warten. Ich ziehe meine Waffe und gehe hinein.

Die Rollläden sind heruntergelassen, wie man es vor dem Verlassen der Wohnung tut, um die Fenster bei Regen vor Schmutz zu schützen. In der Küche stehen noch die Reste vom Frühstück, das Bett ist ungemacht, wobei nur eine Seite des Doppelbettes benutzt scheint.

»Sieht so aus, als sei sie gestern Morgen weggegangen und nicht mehr zurückgekehrt«, erkläre ich in Richtung Hausflur. Giovanni sagt nichts, sondern senkt nur den Blick. Ich schiebe die Pistole wieder ins Holster und nehme mein Handy.

»Ippoliti? Ja, schick jemanden in die Via Agnesi zwölf. Die Wohnung von Dottoressa Anna Malvezzi … Ja, du kannst sie auf die Liste der Verschwundenen setzen … Ja, die Spurensicherung auch. Die Tür stand mal wieder offen.«

Ich lege auf.

»Und jetzt?«, fragt mich Giovanni, und ich muss unwillkürlich lachen, denn diese Frage scheinen mir zurzeit in der einen oder anderen Form alle zu stellen. Als hätte ich auf alles eine Antwort. Dabei weiß ich allmählich rein gar nichts mehr.

»Du kannst gehen, wenn du willst. Ich bleibe hier, bis die Kollegen kommen.«

»Das meinte ich nicht, Gabriele.«

Ich spiele mit den Tasten des Telefons. Die kleinen Lichter gehen an und aus, und ich versuche nachzudenken. »Ich weiß, was du meinst, Giovanni«, erwidere ich und sehe ihm hinterher, wie er langsam die Treppen runtergeht und verschwindet.

»Und du hast ihn dort gesehen?«, fragt Gaspare, während der Stumme sich mühsam auf das Bett legt.

»Ja, ja, ich bin ihm sogar gefolgt. Bis hinauf auf eine Station.«

In der Wohnung ist es dunkel, die Fenster sind geschlossen, die Rollläden heruntergelassen, aus der Küche erklingt gedämpft ein U2-Lied aus dem vor sich hin dudelnden Radio. Irgendwo draußen fährt ein Bus vorbei, die blaue Linie, die diese Ortschaft mit der Stadt verbindet.

»Auf eine Station«, wiederholt Gaspare nachdenklich.

»Genau. Ich habe versucht herauszufinden, wohin genau, wen er besuchen wollte. Und weißt du, was ich entdeckt habe?«

Gaspare bedeutet ihm mit einer knappen Kopfbewegung weiterzusprechen. Er hat keine Ahnung, wie, aber Luigi bringt die Leute immer dazu, ihm alles zu sagen. Vielleicht weil sie das Bedürfnis haben, sein Schweigen füllen.

Der Stumme schiebt sich mit der rechten Hand das Kopfkissen zurecht, die linke liegt locker an seiner Seite. »Ich habe herausgefunden, dass er seine Freundin besucht. Und zwar täglich. Zwei-, manchmal sogar dreimal am Tag.«

»Seine Freundin?«

»Ja, seine Freundin. Es heißt, sie sei vergiftet worden und liege im Koma.«

Gaspare denkt schweigend nach. Er tritt ans Fenster und blickt durch die Rollladenschlitze nach draußen. Um diese Zeit glänzt die Staatsstraße, die Baricella durchquert, wie ein Atlaskleid inmitten eines Ballsaals. Er sieht einen alten Mann vorüberradeln und denkt, dass ihm die Ruhe gefällt. Diese Stille, die man sonst nirgendwo mehr findet.

»Bist du dir sicher?«, fragt er und dreht sich um. Der Stumme hat die Augen geschlossen. Das Wasserglas, das Gaspare ihm gebracht hat, steht fast leer auf dem Nachttisch, daneben eine Packung mit Voltaren, in der drei Tabletten fehlen. »Möchtest du noch Wasser?«

Luigi öffnet langsam die Augen. Sie glänzen. »Nein, kein Wasser. Und, Gaspare …«

»Ja?«

»Ich bin mir ganz sicher. Die junge Frau wurde vergiftet.«

Gaspare versucht ein Lächeln zwischen seinen Gedankenbergen hindurchzuschieben. »Schlaf jetzt, schlaf.«

Er geht aus dem Zimmer und macht die Tür hinter sich zu. Dann zündet er sich eine Zigarette an und lässt sich im fahlen Zwielicht des Wohnzimmers in einen Sessel fallen.

Gabriele Riccardi ist ein eigenartiger Mensch, und zu erfahren, was ihm passiert, ist wie eine bittere Pille, die guttut, auch wenn sie schwer zu schlucken ist. An jenem Abend, als er versucht hat, ihn zu töten, geschah es aus Notwehr und nicht aus Hass. Aus Hass zu töten ist nicht dasselbe. Das wird ihm jetzt klar, wo er es zum ersten Mal tun wird, wo er nur auf den richtigen Moment wartet, um Candido Giulio umzubringen und mit ihm die ganze Wut, die ihn auffrisst.

Als er am Nachmittag auf die Rückkehr des Stummen wartete, dachte er an das Danach, an das, was passieren wird, wenn alles vorbei ist. Das, was dann zu tun ist. Er weiß, dass er nach Sizilien zurückkehren kann und Don Beniamino bitten kann, ihn sein altes Leben wieder aufnehmen zu lassen. Oder fliehen. Nach Amerika zum Beispiel. Irgendwohin, wo er sich in einen Sessel setzen und der Stille des Hauses lauschen kann. Dieselbe Stille wie hier im Hinterland von Bologna, das im Winter vom Nebel, im Sommer von Stechmücken geplagt wird.

Das waren seine Gedanken, als er ganz allein hier saß wie jetzt. Er dachte an das Danach, um einen Gedanken zu vertreiben, der ihn seit seinem Sprung aus dem Notarztwagen nicht mehr loslässt. Eine Frage, auf die er keine Antwort findet.

Zumindest bisher nicht, bis zu der Nachricht, dass Gabriele Riccardi seine vergiftete Freundin auf der Intensivstation besucht. Zornig drückt er die Zigarette aus und geht zu dem Stummen ins Zimmer zurück.

Der schläft noch nicht und öffnet die Augen einen Spalt, als er ihn hereinkommen hört.

Gaspare setzt sich auf das Bett. »Wie hast du das mit meinem Ausbruch gemacht?«

»Du hattest gesagt, du wolltest es niemals wissen.«

»Ja, aber jetzt habe ich meine Meinung geändert. Wie hast du das mit meinem Ausbruch gemacht? Wo hast du ihn gefunden?«

Luigi Pastoso, genannt der Stumme, setzt sich langsam im Bett auf. Jetzt, da die Wirkung des Schmerzmittels nachgelassen hat und die Voltaren noch nicht angeschlagen haben, bereitet ihm jede Bewegung Schmerzen. Sogar das Sprechen, jeder einfache Atemzug. Er blickt Gaspare an und begreift, dass er bis jetzt auf eine Antwort gewartet hat und nicht länger warten kann. »Das erste Mal ist er auf mich zugekommen«, flüstert er mühsam.

Gaspare kneift die Augen zusammen. Er fühlt seine Schultermuskulatur hart werden wie eine Eisenstange. »Er ist auf dich zugekommen«, wiederholt er, als suche er nach einem Fehler in der Aussage, obwohl sie ihm völlig klar ist.

»Ja, er. Du weißt, von wem ich rede, nicht wahr?«

»Ja. Und dann?«

»Dann hat er mir gesagt, was ich tun muss.«

»Und mehr weißt du nicht?«

»Ich weiß von dem Alten.«

»Dem Alten?«

»Wenn du ihn kontaktieren willst, muss du das über den Alten tun. Das hatte man mir gesagt.«

»Und du weißt, wie man ihn findet?«

»Sie haben es mir gesagt.«

»Würdest du zu dem Alten finden?«

Der Stumme hebt langsam den rechten Arm und führt sich den Zeigefinger an die Stirn. »Es ist alles hier drin, das weißt du.«

Gaspare sieht ihn an. Er hat niemanden mehr auf der Welt, der einem Bruder ähnlicher wäre als dieser Mann. »Wie hat er dich gefunden?«

»Ein Handy. Ich bekam ein Päckchen. Mit einem Handy darin. Als ich das Paket aufmachte, nahm ich das Handy und schaltete es an. Kurz darauf bekam ich den Anruf.«

Gaspare Nunia steht auf und geht wieder zu dem Sessel.

Als er sich hineinsinken lässt, fühlt sich sein Körper plötzlich schwer und müde an.

Er hat noch ein paar Dinge zu klären, ehe er sich diese Müdigkeit erlauben darf. Und seit heute Abend noch eine mehr.

Das deutliche und unleugbare Gefühl, dass dieser Mann, den keiner je gesehen hat, ihm aus welchem Grund auch immer nur deshalb zum Ausbruch verholfen hat, um ihn umzubringen.

Zehn

Bologna, erster Mai

Als sie aus dem Bus steigt, setzt Donatella Rizzo sich schnell ihre Sonnenbrille auf.

Es ist ein lichtdurchfluteter Morgen, die Sonne strahlt vom Himmel wie häufig zwischen April und Mai, und das stört sie.

Vor der orthopädischen Abteilung des Sant'Orsola herrscht das gewohnte rege Treiben: Menschen, die aus dem nahen Tabakladen kommen, auf den Bus warten oder die Straße überqueren wollen, nichts davon nimmt sie wahr. Ihr Blick ist fest auf die riesige Krankenhausstadt vor ihr geheftet, mit ihren verschiedenen alten und neuen Gebäuden, hinter deren Mauern sich oft nur Leid verbirgt.

Seit dem Augenblick, als sie das erste Mal mit Gabriele Riccardi gesprochen hat, muss sie daran danken. Oder vielleicht schon vorher, seit dem Tag im Krankenhaus mit Teresa und dem leisen »Es ist nichts«, das sie ihrer Tochter zugeraunt hat, während sie versuchte, seinen Blick abzufangen.

Ja, vielleicht weiß sie schon seit damals, was sie tun muss, und sie ist selbst überrascht, dass sie sich endlich dazu durchgerungen hat. Sie sieht sich kurz um und tritt dann unter der Leuchtschrift der Entbindungsstation hindurch auf einen der vielen sich ähnelnden Wege, die die Stationen durchziehen wie die Venen und Arterien eines einzigen, großen Organismus.

Die Eingangstüren der Notaufnahme sind weit geöffnet, wie ein aufgerissener Mund, der sie verschlingen will, und sie merkt, dass ihr der Mut fehlt. Sie merkt, dass die Angst einfach zu groß ist, um sich ihr zu stellen.

Und obwohl sie weiß, dass die Erinnerungen sie früher oder später auffressen werden, wendet sie sich nach rechts, betritt eine nahe Kaffeebar, bestellt einen Espresso und beginnt, in einer Zeitung zu blättern, um der schrecklichen Angst Herr zu werden, die ihr immer wieder die Kehle heraufkriechen will.

Der Doktor kratzt sich eine Augenbraue und beobachtet, wie Donatella Rizzo vor den Türen des Gebäudes stehen bleibt. Sie trägt eine dunkle Sonnenbrille und hat ihr Haar kürzer geschnitten als früher, aber er irrt sich nicht. Sie ist es.

Er hat sie schon entschlossenen Schrittes aus der Via Massarenti über den Rasen kommen sehen, bis sie dann immer langsamer wurde und vor dem Eingang schließlich stehen blieb. Sie schien von irgendeiner blinden Entschlossenheit angetrieben, um dann unvermittelt zurückzuschrecken.

Er atmet leise durch und wartet, was sie als Nächstes tut. Sie bleibt einige Sekunden mit starrem Blick vor den Türen stehen. Dann senkt sie den Kopf, sieht sich um wie eine Schiffbrüchige, die gerade aus dem Meer auftaucht. Schließlich geht sie langsam zu der Kaffeebar neben dem großen Brunnen.

Und er weiß, dass sie die Eingangshalle nicht betreten wird. Zumindest an diesem Morgen nicht. Er lächelt, denn bei allem, was zurzeit passiert, hätte ihm das gerade noch gefehlt.

Während er durch den Flur geht und sich auf die Visite vorbereitet, schießt ihm durch den Kopf, dass man früher oder später für alles im Leben eine Rechnung bekommt.

Ein Bild, das entsteht, wenn man die kleinen Pünktchen miteinander verbindet.

Genau dieses Gefühl habe ich. Als kleiner Junge liebte ich dieses Spiel genauso wie ein anderes, bei dem man einzelne Felder farbig ausmalen musste, damit schließlich eine Figur hervortrat. Das hier ist genau dasselbe, dasselbe Spiel. Nur, dass die Pünktchen versteckt sind, in kleinen Schubladen, die ich nicht öffnen kann. Und vielleicht auch gar nicht will.

Vor mir sitzt Ippoliti und weiß nicht so recht, was er von unserer Entdeckung halten soll. Vielleicht bedeutet sein verlorener Blick aber auch, dass er es weiß und nur auf das letzte Steinchen wartet, um damit herauszurücken.

Vor mir liegt die Liste. Schlicht und einfach. Namen und Daten, sonst nichts. In meiner eigenen Handschrift. Blaue Druckbuchstaben mit dünnem Filzer auf einem Blatt Papier. Mehr nicht.

Paolo Biffi, sechsundvierzig Jahre, Personalleiter der Firma Galvez. Gestorben an Herzinfarkt, zu Hause in Anwesenheit seiner Frau.

Francesco Zani, sechzig Jahre, Fabrikarbeiter bei der Galvez und Trainer der Hallenfußball-Mannschaft, in der Guido Bignami und Gaspare Nunia spielten. Diabetiker. Gestorben an einer falschen Dosis Insulin.

Guido Bignami, zweiunddreißig Jahre, Programmierer. Wurde zu Hause im Schlaf vergiftet, die Tat als allergische Überreaktion getarnt.

Nur drei Namen, und ich lese sie laut vor, weil es mir in Wirklichkeit viel mehr zu sein scheinen.

»Schöne Liste«, kommentiert Ippoliti.

Schöne Liste, denn die drei wurden ermordet, davon bin ich überzeugt, auch wenn ich die Leichname der ersten zwei nicht exhumieren kann. Drei Morde wie drei Todesurteile.

Paolo Biffi, Personalchef, verantwortlich für die Einstellung Gaspare Nunias bei der Galvez. Schuldig.

Francesco Zani, Arbeiter, hat Gaspare Nunia in seine Fußballmannschaft geholt, wo er Teresa Rizzo begegnete. Schuldig.

Guido Bignami, Freund Teresa Rizzos, verantwortlich dafür, ihr Gaspare Nunia vorgestellt zu haben. Schuldig.

»Wirklich eine schöne Liste«, sage ich. Und denke, dass noch ein paar Namen fehlen.

Wenn ich als Kind Malen-nach-Zahlen spielte, konnte ich gegen Ende schon das Bild erkennen. Wenn ich den Stift vom Papier nahm und genau hinsah, ahnte ich, was herauskommen würde. Eine Flasche, ein Schiff, ein trinkender Mann.

Ein Racheakt.

Ich weiß nicht, wer dieser Mann ist, doch er ist dabei, jeden einzelnen Menschen vom Erdboden zu fegen, der zu Teresa Rizzos Tod beigetragen hat. Wie in einem anderen Spiel aus meiner Kindheit, dem Und-wenn-Spiel.

Und wenn Gaspare niemals eingestellt worden wäre?

Und wenn Gaspare nicht Hallenfußball gespielt hätte?

Und wenn Gaspare und Teresa sich niemals begegnet wären?

Fragen, Hypothesen. Und wenn.

Aber es fehlen noch zwei.

Und wenn es Gaspare Nunia nie gegeben hätte?

Und wenn Gaspare Nunia mich getötet hätte, bevor ich Teresa erschießen konnte?

Noch eine Hypothese. Und immer noch fehlen mir Pünktchen. Aber nicht mehr viele.

Nur Gaspare und ich sind jetzt noch übrig, um das Bild zu vervollständigen. Und ich als derjenige, der Teresa Rizzo letztlich getötet hat, muss am meisten leiden, ich bin derjenige, der die Angst am ganzen Körper zu spüren bekommen soll, innerlich und äußerlich, physisch und psychisch. Deswegen die verlassenen Wohnungen und der Personalausweis. Deswegen die E-Mail mit der Katze.

Und deswegen liegt Alice im Krankenhaus.

Jetzt weiß ich es.

Ich soll wissen, wie es sich anfühlt. Ich soll Angst haben. Große Angst, ständig.

»Woran denkst du?«

An das Bild, das zwischen den Pünktchen hervortritt, will ich sagen. Aber er würde es nicht verstehen. Ich müsste ihm erklären, dass in diesen Bildern manchmal auch eine Art Falle versteckt ist. Dass ein Pünktchen manchmal nicht dem Umriss dient, sondern einer Nuance in der Bildmitte. Das Lächeln oder die Nase eines Gesichts zum Beispiel. Und wenn du es mit den anderen verbindest, verlierst du das Gefühl fürs Ganze. Weil du nicht mit der Nuance gerechnet hast.

Und auch in meinem Bild gibt es eine Nuance, die ich zu übersehen drohe. Die aber genauso wie die anderen Pünktchen oder noch mehr als sie zum Gesamtbild beiträgt.

Das alles müsste ich ihm erklären, während ich auf die Liste starre mit den anwesenden und fehlenden Namen. Aber ich sage etwas anderes.

»Ich denke, dass Dottoressa Malvezzi auf der Liste fehlt.«

Anna Malvezzi schlägt die Augen auf und schaut sich verwirrt um.

Das Letzte, woran sie sich erinnert, ist, dass sie mit den Fingern einen Teller verkochte Maccheroni mit Tomatensauce gegessen hat. Dann nichts mehr. Nur diese merkwürdige Dunkelheit. Der Juckreiz ließ nach, als es ihrer biologischen Uhr nach schon tiefe Nacht sein musste. Auf ihrer Haut sieht sie noch die Spuren der Pusteln, die irgendwann wie besiegte Soldaten den Rückzug angetreten haben und gerötete Stellen zurücklassen wie farbige Flecken auf einer thermischen Landkarte.

Sie weiß noch, wie sie sich nach dem Essen die verschmierten Hände an einem Papiertaschentuch abgewischt hat, das er ihr gab, und dabei an eine Badewanne mit weichem Schaum, an leise Musik und an Hände dachte, die über ihren Körper fahren, geduldig und ohne Eile ihre Haut säubern, bis sie wieder weiß und rein ist.

Ja, wahrscheinlich war das auch der letzte Gedanke, bevor sie einschlief oder das Bewusstsein verlor. Ihr erster, als sie wieder zu sich kommt, gilt der Hitze im Raum, und dass sie schwitzt.

Dass sie nackt und gefesselt auf dem Tisch liegt, wird ihr erst im nächsten Moment bewusst.

»Willkommen zurück«, sagt die Stimme, und als sie den Kopf dreht, sieht sie ihn in einer Ecke des Raumes stehen.

Vergeblich versucht sie, die Hände schützend über sich zu breiten. In den Ecken des Tisches stecken vier Ringe. Mit zweien sind ihre Beine gefesselt, mit zweien ihre Hände in der obszönen Imitation eines großen X. So etwas hat sie schon einmal auf einem sadomasochistischen Foto gesehen. »Starr mich nicht so an«, flüstert sie, als ihr klar wird, dass sie keine andere Wahl hat.

Er lacht. »Ich sehe dich überhaupt nicht. Außerdem interessierst du mich sowieso nicht, als Frau, meine ich. Das weißt du schon lange, Anna. Wie lange kennen wir uns jetzt? Sechs Jahre?«

»Acht«, erwidert sie und denkt, dass sie ihn eigentlich erst hier drinnen kennengelernt hat und niemand, absolut niemand außer ihr die Wahrheit über ihn weiß.

Er tut überrascht. »Acht schon, tatsächlich! In diesen acht Jahren hätte ich dich vögeln können, wenn ich gewollt hätte, Anna. Ich hätte dich nur einen Abend ausführen und auf einen Drink zu mir nach Hause einladen müssen.«

»Ich hätte die Einladung nicht angenommen.«

Er lacht wieder. Dieses harte Lachen, das sie zum ersten Mal hier drinnen gehört hat. »Selbstverständlich hättest du angenommen. Und weißt du, warum? Weil du einsam bist. Einsam und bedeutungslos wie eine Hündin. Und das weißt du. Ich habe gesehen, wie du Riccardi anstarrst, wenn er der armen Alice durch die Scheibe seine kleinen Liebesbotschaften zuflüstert.«

Anna schließt schnell die Augen und dreht den Kopf weg. Einzig ihr Hals wird nicht von irgendwelchen Ringen festgehalten.

»Ja, anstarrst«, fährt er fort, »wie jemand, der sogar bereit wäre, ins Koma zu fallen, nur um solche Liebesschwüre zugeflüstert zu bekommen. Vielleicht auch für ein einziges Wort und nicht Tausende, wie Riccardi es macht.« Er verstummt und tritt an den Tisch. Er nimmt ihr Gesicht in seine Hände und dreht es grob zu sich hin. Sie reißt die Augen auf. Er nähert seine Lippen auf wenige Zentimeter den ihren. »Deswegen hättest du ja gesagt, wenn ich dich eingeladen hätte«, raunt er, »deswegen hättest du dich vögeln lassen.«

So plötzlich, wie er sie gepackt hat, lässt er sie wieder los. Annas Kopf schlägt unsanft auf die Tischplatte. Ihr entfährt ein Stöhnen, das er gar nicht zu hören scheint.

»Wer weiß, vielleicht wärst du sogar eine richtig scharfe Nummer gewesen, Dottoressa Malvezzi. Aber das werden wir nie erfahren, fürchte ich.«

Sie atmet heftig, während sie beobachtet, wie er zu dem Katzenkäfig geht. Sie erinnert sich an die Fotos vor Jahren, als das Tier noch klein war. Damals hätte sie sich nicht träumen lassen, dass daraus mal dieses riesige schwarze Monster werden würde, das sie in ihrem Kerker keine Sekunde aus den Augen lässt.

Beim Anblick des Tieres wird das Gesicht des Mannes ganz weich. »Nun ist es vorbei, Sansone. Es ist vorbei«, flüstert er. Die Katze sieht ihn an, die großen gelben Augen in einem Ausdruck der Überraschung aufgerissen.

Er überlässt den Käfig auf dem mittleren Regalbrett seinem Schicksal und kommt zum Tisch zurück. »Über eines muss ich dich jedoch in Kenntnis setzen, Anna«, fährt er fort, als hätte es die Unterbrechung nicht gegeben. »Als ich dich hierherbrachte, ging ich davon aus, dass du reden würdest. Vielleicht nicht sofort, aber doch nach einer Weile. Ich dachte, das Erythem würde genügen, um aus dir herauszubekommen, was ich wissen wollte. Ich hielt dich für schwächer. Fehleinschätzung. Kompliment!«

»Scher dich zum Henker, Mistkerl.«

»Ja, das sagtest du schon. Dein Repertoire an Beleidigungen scheint nicht besonders groß zu sein. Wie im Übrigen auch der Umfang deiner Titten. Aber kommen wir zu uns. Ich bin heute guter Laune. Vielleicht liegt es an der Hitze. Hier drinnen erstickt man ja fast. Ich muss wohl die Klimaanlage falsch eingestellt haben.« Er setzt sich auf die Tischkante neben ihre Hüfte und streicht ihr mit einem Finger über den Bauch. »Siehst du? Du schwitzt ja … Was wollte ich sagen, ja, ich bin guter Laune heute. Deswegen werde ich, bevor wir weitermachen, dir noch eine letzte Frage stellen. Nur eine. Du hast die Wahl, wie gesagt. Also Anna, zum letzten Mal: Mit wem hast du über Alice Mantovani gesprochen?«

Anna Malvezzi sieht ihren Körper vor diesem Mann ausgebreitet, den sie acht Jahre lang für einen Freund gehalten hat, und kämpft mit den Tränen.

»Tu, was du tun musst«, sagt sie, und vielleicht würde ihre Antwort anders ausfallen, wenn sie wüsste, was sie erwartet.

Der Mann kratzt sich am Ellbogen und überlegt. Er verschränkt die Finger und lässt sie knacken. »Wie du willst«, meint er. Dann tritt er zu dem Wandbord und bereitet eine Injektion vor.

»Was hast du vor?«

Er hört nicht hin. Er überprüft die Spritze und taucht sie in die Ampulle. Dann zieht er sie gefüllt heraus, lässt einen Tropfen hervorquellen und stößt sie unsanft in den Deltamuskel der Frau.

»Was war in dieser Spritze?«

Der Mann stülpt die Schutzkappe auf die Nadel und wirft Spritze und Ampulle in einen Müllbeutel. Dann ergreift er den Käfig mit der Katze und stellt ihn zwischen ihre gespreizten Beine auf den Tisch.

»Es ist kein Zufall, dass es hier drinnen so heiß ist«, erklärt er. »Und neugierig wie du bist, wirst du dich sicher schon gefragt haben, was denn nur die Katze hier soll?« Er betrachtet den Kater, und als das Tier seinen Blick auf sich spürt, wendet es ihm den Kopf zu. »Sehr schön, Sansone, sehr schön. Wo war ich? Nichts geschieht zufällig. Sieh mal, vor Jahren habe ich mich aus Gründen, die dich nicht zu interessieren brauchen, mit Tieren beschäftigt. Mein Vater hatte zwei wunderbare Katzen. Vieles von dem, was ich über die Jagd weiß, habe ich von ihnen gelernt, neben dem, was eine sehr liebe Person mir beigebracht hat. Zum Beispiel habe ich gelernt, dass es Gerüche, Düfte, Aromen gibt, die Tiere mit bestimmten Empfindungen assoziieren. Beim Menschen funktioniert das nicht anders. Aber du bist Ärztin, dir brauche ich das nicht zu erklären.«

Er lächelt.

Er geht zur Tür, macht sie auf und kommt mit einem dicken Beutel zurück. Kaum ist er im Raum, beginnt die Katze zu miauen. Anna kann nicht erkennen, worum es sich handelt, sieht nur den grauen Sack mit einer Aufschrift. Er stellt ihn hinter ihren Kopf auf den Tisch. Er stinkt.

»Und nun, *por favor*, öffne deine schönen Lippen.«

Anna sieht, wie er sich über sie beugt. So auf den Kopf gestellt, ähnelt er einem unförmigen Fisch, einem Monster von wer weiß woher. Und letztlich, denkt sie, ist er das ja auch. Sie presst die Lippen aufeinander, so fest sie kann, und schließt die Augen.

Er breitet entmutigt die Arme aus. »Siehst du das, Sansone? Was für eine Zeitverschwendung!«

Das Tier miaut, und er legt seine Finger auf ihre Nasenflügel und drückt sie zusammen. »Wie geht's denn so ohne Luft, Dottoressa?«, fragt er höhnisch und beginnt, mit der Außenseite des Daumens auf ihre Speiseröhre zu schnippen, mit Gewalt, als wolle er eine Plastikkugel so weit wie möglich über eine Sandpiste schießen.

Schließlich muss Anna husten. Schnell lässt er ihre Nase los und schiebt ihr ein Metallgerät in den Mund, das er so zwischen den Kiefern einklemmt, dass ihr Mund weit geöffnet ist.

»Danke für Ihre Mitarbeit«, sagt er, und Anna hört, wie er sich an dem Sack zu schaffen macht. Die Katze fängt wieder an zu miauen und versucht, den Käfig nach vorn zu stoßen. Im selben Moment spürt sie eine stinkende, trockene Substanz auf ihrer Zunge. Er füttert sie damit. Sie spuckt. Schnell klatscht der Handrücken auf ihre Wange. Trüge er einen Ring, hätte er ihr die Wange aufgerissen.

»Lass das. Das ist nur Zeitverschwendung. Ich fülle dir deinen Scheißmund so oder so, blöde Kuh«, erklärt er und schüttet ihr weiter das rätselhafte Zeug zwischen die Lippen. Wie der Heizer einer Dampflok schaufelt er es ihr mit einem großen Kochlöffel in den Mund. Und so fühlt sie sich auch. Wie eine Maschine, mit der der Maschinist seine Spielchen treibt.

Gerade als sie glaubt, es nicht mehr auszuhalten und husten zu müssen, hört er auf. Aus der Tasche zieht er eine kleine durchsichtige Tube und fährt ihr damit über die Lippen, um ihren Inhalt auf ihnen zu verteilen.

Anna reißt die Augen auf, weil sie begreift, was er macht, der Geruch, der aus der Tube aufsteigt, ist ihr vertraut, auch sie hat das Zeug, das er hier einsetzt, schon tausendmal benutzt. Als ihr klarwird, was geschieht, sperrt sie den Kiefer so weit auf, wie sie es niemals für möglich gehalten hätte.

»Jetzt willst du den Mund gar nicht mehr zumachen,

stimmt's? Würdest ihn lieber offen halten. Du weißt wirklich nicht, was du willst, Dottoressa Malvezzi«, kommentiert er, während er sorgfältig ihre Lippen einschmiert. Er fährt noch einmal mit der Tube über die Mundwinkel und über den fleischigsten Teil des Mundes unterhalb der Nase. Das macht er zweimal. »Immerhin hast du es begriffen«, sagt er, als er sein Werk vollendet. »Ich klebe dir die Lippen zusammen!« Mit zwei schnellen Handbewegungen entfernt er das metallene Hilfsmittel aus ihrem Mund und schlägt ihr von unten kräftig auf das Kinn, so dass die Lippen aufeinanderklatschen. Wäre die Zunge nicht unter diesem schrecklich salzigen und ekligen Zeug in ihrem Mund begraben, wäre sie jetzt wahrscheinlich ab. Dann drückt er ihr den Kopf nach vorn und den Unterkiefer nach oben und hält sie so einen Moment lang fest, der ihr wie eine Ewigkeit vorkommt. Als er sie loslässt, sind ihre Lippen versiegelt.

Er betrachtet ihre Nasenflügel, die sich im schnellen Rhythmus blähen und schließen, ein Rhythmus, der auch ihren Brustkorb durchzuckt. Er zeigt ihr die kleine Tube mit Klebstoff. »Er ist sehr stark, weißt du. Einmal wäre ich damit um ein Haar an einem Küchenschrank kleben geblieben«, erzählt er, als sei es das Natürlichste auf der Welt. »Ach ja«, fügt er hinzu, nachdem er die Tube wieder in die Tasche gesteckt hat, »was du da im Mund hast, so viel, dass du es nicht hinunterschlucken kannst, ist Katzenfutter.« Er hält ihr den Beutel hin. »Brekkies. Sansone ist ganz verrückt danach, stimmt's?«

Diesmal miaut Sansone nicht. Er faucht. Der Käfig ruckelt zwischen den Beinen der Frau hin und her und streift ihre Schenkel. Der Mann nimmt ihn und stellt ihn wieder in das Regal. »Dann bleibt nur noch eine Frage ungeklärt. Die Injektion. Wie du siehst, möchte ich dir alles erklären, was passiert. Zuerst muss ich aber noch etwas erledigen.«

Er beugt sich unter den Tisch und zieht einen Eimer hervor.

Darin liegt ein Badeschwamm, der mit einer zähflüssigen Substanz getränkt ist. Der Mann streift sich ein Paar Gummihandschuhe über, nimmt den Schwamm und beginnt, die Substanz auf Annas Körper zu verteilen, sanft und sorgfältig. Sie starrt ihn an, die Augen weit aufgerissen, mit schnellen Atemzügen, da die Nasenlöcher zu klein sind, um genügend Luft einzusaugen, den ekligen Geschmack im Mund, die Lippen verschlossen, die schon nicht mehr Teil ihres Körpers zu sein scheinen.

Und trotz allem der wilde und unbegreifliche Drang, zu erfahren, was geschehen wird.

Mit einer raschen Geste streift der Mann sich die Handschuhe ab und stellt den Eimer neben die Tür.

»In der Spritze war eine Art Reaktionsmittel. Zusammen mit der hohen Zimmertemperatur, die ich im Übrigen noch weiter erhöhen werde, wird es dir den Schweiß aus den Poren treiben. Und zwar reichlich, als würdest du joggen. Den Schweiß brauche ich, um den Geruch des Mittels zu verstärken, das ich auf dir verteilt habe. Es ist eine Art pflanzliches Aroma. Etwas, das den natürlichen Duft deiner Haut überlagert und ersetzt. Nimm es als Parfüm, auch wenn deine Nase ganz auf die Atmung konzentriert ist und es nicht riecht.

Ich kann mir vorstellen, dass du in Sansones Augen nun ein riesiges Stück köstliches Fleisch bist. Denn das ist das Aroma. Es ist dieselbe Substanz, die eingesetzt wird, um den Brekkies, die du im Mund hast, ihren Duft zu verleihen. Ein Duft, den Kätzchen wie Sansone so sehr lieben. Weißt du, er hat gesehen, dass du seine Brekkies im Mund hast. Das hat er genau gesehen, ganz genau. Und ich bin neugierig, was er tun wird, wenn ich ihn erst einmal freilasse. Ob er versuchen wird, an das in deinem Mund heranzukommen, oder lieber von etwas anderem kosten wird.

Das habe ich mich gefragt, und ich werde die Antwort nie

erfahren. Denn deine Lippen werden sich nie wieder öffnen.« Er beugt sich über Annas Gesicht und streicht ihr mit zwei Fingern über das Kinn. Dann über die Wangen. »Aber es gibt ja genügend weiche Stellen an dir, durch die er an deinen Mund herankommt. Wenn er will. Oder meinst du vielleicht, er würde lieber etwas anderes fressen? Eins nach dem anderen.« Er geht zu dem Regal mit dem Katzenkäfig. »Und noch etwas«, fügt er hinzu, als er zur Tür tritt. »Ich habe ihn seit vier Tagen nicht gefüttert. Und ich habe nicht vor, ihn zu füttern, bevor nicht alles zu Ende ist. Was glaubst du, wie hungrig er ist?«

Anna Malvezzi sieht ihn an, die Pupillen angstgeweitet. Sie möchte aufhören zu atmen, um nicht erleben zu müssen, was geschehen wird. Sie neigt den Kopf nach rechts und folgt mit dem Blick dem Mann, der nun wieder die Tür aufmacht. Er verschwindet mit dem Eimer und kommt dann zurück. Schließlich bleibt er auf der Schwelle stehen, sieht sie an und lächelt. »Leb wohl«, sagt er einfach.

Bevor sie hört, wie der Schlüssel sich im Türschloss dreht, klingt ein kurzes metallisches Geräusch an Annas Ohren, gefolgt von einem leisen Miauen.

In der Stille des Raums, in dem sie allein zurückbleibt, hört sie Sansones Pfoten über das Regalbrett tappen. Sie sieht, wie er sich Halt suchend umschaut und dann genau zwischen ihren Beinen auf dem Tisch landet.

Mit wild klopfendem Herzen beobachtet sie, wie das Tier langsam über ihren Bauch schleicht und schließlich, die gelben Augen starr auf sie geheftet, auf ihrem Brustbein innehält. Als Sansone faucht, spürt sie, wie er seine Krallen in ihre Brust gräbt.

Dann reißt die Katze das Maul auf und fletscht die Zähne.

»Roland Kresic?«, fragt jemand hinter ihm, und er dreht sich mit dem Bierkrug in der Hand um.

»Wer zum Teufel will das wissen?«, erwidert er und mustert den Mann mit dem kumpelhaften Gesicht und der Lederjacke. Den er, würde er ihn kennen, Cancemi nennen würde.

»Ich. Sagt dir das Wort Polizei etwas?«

Roland will aufspringen, in Richtung Hintertür. Doch bevor er eine Bewegung machen kann, drückt sich Cancemis Pistole in seine Rippen. »Wenn du zu fliehen versuchst, hast du keine Leber mehr, Schätzchen.«

»Was wollt ihr von mir?«, fragt Roland, während im Hintergrund ein Lied der Simply Red anfängt und zwei Männer am Eingang das Geschehen beobachten.

»Wir haben einen Kerl mit aufgeschlitzter Kehle gefunden, in einem Graben. Er hieß Milan, sagt dir das was?«

»Kenne ich nicht.«

Cancemi lächelt. »Schade nur, dass er eine Liste mit Namen bei sich hatte. Deiner stand ganz oben«, erklärt er, und Roland stellt den Bierkrug ab, weil er begreift, dass dieser Bastard von Sizilianer sie allesamt gelinkt hat.

Gaspare Nunia steigt aus der Dusche und stellt sich vor den beschlagenen Spiegel. Mit der Hand wischt er die Nässe ab und betrachtet einen Moment sein müdes Gesicht. Er fragt sich, wie lange Riccardi brauchen wird, um von Milans Leiche auf die Slowenen zu kommen.

Nicht lange, vermutet er.

Wahrscheinlich bleibt auch ihm nicht viel Zeit. Er weiß, dass sie ihn bald schnappen werden, und er weiß sehr gut, dass diese Slawenschweine aus Rache singen und alles erzählen werden. Aber das macht nichts. In Wirklichkeit wissen sie nichts.

Nur das, was er plant. Und das weiß Gabriele Riccardi selbst, falls er im Krankenhaus nicht komplett den Verstand verloren hat.

Alice.

Der Name hat ihm immer schon gefallen. Als Kind war *Alice im Wunderland* sein Lieblingsbuch, wahrscheinlich, weil er nichts davon kapierte. Die anderen Märchen, zum Beispiel Rotkäppchen mit der Großmutter, die am Ende heil und sauber dem Bauch des Wolfes entsteigt, ergaben alle irgendwie einen Sinn. Alice nicht. Alice und dieses Fest zum Nicht-Geburtstag und das weiße Kaninchen, das der Zeit hinterherrennt.

Alice Mantovani hat er nur einmal gesehen, mit Riccardi beim Prozess. Eine schöne Frau. Hocherhobener Kopf und entschlossener Gang, im Blick etwas eigenartig Zerbrechliches. Irgendwie ähnelte sie Teresa. Vielleicht in genau dieser Zerbrechlichkeit, der Ahnung von etwas, das von einem Moment auf den anderen kaputtgehen kann.

Er löst den Blick vom Spiegel und verschwindet mit dem Kopf unter einem Handtuch. Als er wieder auftaucht, stehen seine wenigen Haare ab wie Grashalme im Wind, und er hört, wie der Stumme ihn aus dem hinteren Zimmer ruft.

»*Staju arrivvannu*, ich komme!«, schreit er zur offenen Tür hin und bekommt eine Erwiderung, die er nicht versteht.

Jetzt, nach allem, was passiert ist, ist er wirklich allein. Luigi ist mit seinen Rippen zu nichts zu gebrauchen, und er kann es sich nicht leisten, Zeit zu verlieren. Don Beniaminos Garantien währen nicht ewig. Und schon würde aus einem Verbündeten ein Feind.

Nein, er hat nicht viel Zeit. Auch seine Tage sind gezählt.

Und als er alle Einzelheiten genau bedenkt, hat Gaspare eine dermaßen verrückte Idee, dass sie schon wieder vernünftig erscheint.

Doktor Alfio Cinti ist ein kleiner Mann mit spärlichem roten Haar. Das Kinn fest in die linke Hand gestützt, denkt er nach. Derselbe Gedanke, der ihn schon den ganzen Tag beschäftigt, seit er davon gehört hat.

Anna Malvezzi.

Gestern Abend hat er versucht, sie zu Hause anzurufen, aber es ging niemand ran. Heute im Krankenhaus hat er den ganzen Vormittag auf eine Nachricht von ihr gewartet. Nichts kam. So hat er auf Station angerufen, wo die ältere Krankenschwester ihm sagte, dass sie auch nichts wisse. Dass sie gestern schon nicht aufgetaucht sei und es merkwürdige Gerüchte gebe. Er hatte sie sofort unterbrochen. Tratsch war wirklich nicht das Ziel seines Anrufs.

Cinti ist ein praktisch denkender Mensch. Mit binärer Weltanschauung. Schwarz oder weiß, ja oder nein. Anwesend oder nicht anwesend.

Malvezzi ist also nicht da. Den Grund für ihre Abwesenheit will er bestimmt nicht von der Krankenschwester der Intensivstation erfahren.

Er fürchtet, ihn bereits zu kennen.

Er sieht auf die Uhr und auf die Unterlagen mit den Untersuchungsergebnissen von Alice Mantovani. Dann greift er zum Telefon und versucht noch einmal, Anna zu erreichen. Zuerst mobil. *Der gewünschte Gesprächspartner ist vorübergehend nicht zu erreichen*. Dann zu Hause. Rund zwanzig Mal hört er es tuten und stellt sich vor, wie das Telefonklingeln durch die stille Wohnung hallt.

Keiner hebt ab, und in der Stille des Raumes, mit den Analyseergebnissen vor sich und den Zahlen, die Klartext reden, bekommt Doktor Alfio Cinti allmählich Angst, nach Hause zu fahren.

»Denk nach, denk nach. Du warst doch immer gut im Denken«, flüstert er durch das leere Sprechzimmer. Dann fällt sein Blick durch die offene Tür auf den Zeitschriftenständer im Wartezimmer. Und er hat eine Idee.

»Gehen Sie schon, Dottore?«, fragt der diensthabende Pfleger, ein Typ wie ein Rugbyspieler.

»Ja, Giorgio. Mir geht's nicht besonders.«

»Sieht man, Dottore, Sie sind ja ganz blass. Da ist die Frau da auf dem Cover schon was anderes, wie?«, grinst der Pfleger und deutet auf die Zeitschrift, die Cinti fest unter den Arm geklemmt hat, als könne sie ihn vor dem Abgrund bewahren.

Doktor Cinti versucht zu lächeln. »Etwas ganz anderes. Die weiß, was sie will, würde ich sagen. Ich habe sie aus dem Wartezimmer mitgenommen, hoffentlich ...«

»Ach, das merkt doch eh keiner, Dottore. Bei dem ganzen Trubel hier? Jetzt verschwinden schon Ärztinnen.«

Cinti reagiert nicht auf Giorgios dämlichen Spaß. Er tritt in den Aufzug.

Als er merkt, dass er nicht der einzige Fahrgast ist, schrickt er zusammen. »Ich hatte Sie gar nicht gesehen, entschuldigen Sie.«

Die dickliche Frau lächelt ihn aus ihrem schönen runden Gesicht an. »Aber das macht doch nichts. Fahren Sie auch runter?«

»Ja«, erwidert er. »Und zwar schleunigst, hoffe ich.«

Bologna, 2. Mai. Drei Uhr nachmittags

Als er wieder den Raum betritt, sind vierzig Stunden vergangen.

Obwohl er nicht glaubt, sie zu brauchen, hält er sicherheitshalber eine Eisenzange in der Hand, falls die Situation eine unerwartete Wendung genommen haben sollte.

Doch als er die Tür öffnet, bietet sich ihm der erwartete Anblick.

Sansone liegt schläfrig auf dem Regalbrett, und als er die Tür hinter sich zumacht, schlägt er die Augen auf und miaut leise und freundlich wie als Willkommensgruß. Er beobachtet, wie das Tier sich streckt, während er in die Gummihandschuhe schlüpft, dann krault er ihn vorsichtig.

»Dich müssen wir wohl mal waschen, hm?«, sagt er mit Blick auf seine Schnauze und das Fell an Pfoten und Bauch. Sansone zieht den Kopf weg und beginnt sich zu lecken, zuerst gemächlich, dann immer wilder.

»Das geht nicht ab, du Bestie«, flüstert der Mann und krault ihn hinter dem Ohr. »Ist ja alles eingetrocknet. Aber ganz ruhig, darum kümmern wir uns später.«

Sansone würdigt ihn keines Blickes und bemüht sich weiter, die Klumpen geronnenen Bluts aus seinem Fell zu entfernen. Der Mann hingegen dreht sich um und betrachtet Anna Malvezzis Körper, der an den Tisch gefesselt ist.

Er kommt näher und legt ihr das Stethoskop auf die Brust. Dann nimmt er ihr Handgelenk zwischen zwei Finger und fühlt ihr gleichzeitig die Stirn. Überflüssige Gesten, die allein seiner eigenen Beruhigung dienen.

Sie ist noch warm.

Er verlässt einen Moment den Raum und reguliert die Klimaanlage auf normale Zimmertemperatur. Als er die Tür wieder öffnet, schießt Sansone durch den Spalt hinaus, schnell wie ein Kind, das vor einem Alptraum flieht. Lächelnd geht der Mann ins Bad. Er nimmt einen Eimer und lässt Wasser hineinlaufen, dann holt er aus einem Schränkchen einen neuen Schwamm, befreit ihn aus seiner Plastikverpackung und wirft ihn ins Wasser. Er gibt einen ordentlichen Schuss Desinfektionsmittel dazu, schraubt sorgfältig die Flasche zu und stellt sie an ihren Platz zurück. Er ist bereit.

Er geht zurück ins Zimmer und schließt die Tür hinter sich. Jetzt bekommt man wieder Luft hier, und auch der Gestank nach Blut und Schweiß ist fast verflogen. Er hebt den Eimer hoch, stellt ihn zwischen Anna Malvezzis gespreizte Beine und beginnt sie sorgfältig zu waschen.

Sie hat reichlich geschwitzt, bevor sie gestorben ist, und diese Katze verliert eindeutig zu viele Haare, als dass diese

Operation nicht notwendig wäre. Während er ihre Füße und Knöchel wäscht, fällt sein Blick auf Brustkorb und Gesicht der Frau.

Mit einem unwillkürlichen Lächeln denkt er, dass Sansone wirklich gute Arbeit geleistet hat.

»Verstehst du, was ich dir sage, Cancemi?«

»Ja, ich verstehe.«

»Und hast du auch verstanden, dass …«

»… ich mit niemandem darüber reden darf«, vervollständigt Cancemi lächelnd den Satz.

Ippoliti zwickt ihn sanft in die Wange.

»Du bist ein guter Polizist, mein Junge. Du hast Mumm. Aber halt die Augen offen, klar?«

»Sie kennen mich, ich bin kein Hitzkopf.«

»Das weiß ich. Das mit dem Slowenen heute hast du gut hingekriegt.«

»Hören Sie, ich würde Sie gern etwas fragen, wenn ich darf.«

»Frag nur. Im Zweifelsfall bekommst du keine Antwort.«

»Warum glauben Sie, dass Commissario Riccardi in Gefahr ist?«

»Das kann ich dir nicht genau sagen. Nenn es Instinkt, Cancemi. Du beziehst einfach ab heute Nacht Posten vor seinem Haus und hältst die Augen offen.«

Mit einem Blick über die Schulter parkt er den Wagen an dem Pfeiler.

Die Uhr auf dem Armaturenbrett zeigt ein paar Minuten vor zehn, und er weiß, dass er nicht viel Zeit hat.

Als er den Wagenschlag öffnet, hört er das metallische Geräusch des herunterfahrenden Garagentors. Eine leichte Übung, eine der Fernbedienungen zu klauen, nachdem er erst einmal wusste, was zu tun war. Reglos wartet er, bis das Tor ganz zu ist, und lauscht einige Sekunden in die Stille der Tiefgarage im Untergeschoss des Wohnhauses.

Er steigt aus und öffnet, ohne die Tür zuzuschlagen, den Kofferraum. Er betrachtet den Sack, der dort liegt, und nickt. Dann macht er kehrt, streift die Handschuhe über, schließt den Wagenschlag, packt den Sack und hievt ihn sich auf Nacken und Schultern. Er geht leicht in die Knie, um die Belastung des Rückens auszugleichen, und schließt mit einer Hand den Kofferraum.

Ohne Eile geht er zum Fahrstuhl.

Er drückt das gewünschte Stockwerk und ist in weniger als einer Minute oben.

Als er darauf wartet, dass die Tür aufgeht, spürt er, wie seine Hände in den Handschuhen feucht werden und ein Tropfen Schweiß ihm unter dem weißen Brillengestell durchrollt, das er immer zur Tarnung trägt.

Der Gang vor dem Aufzug ist leer. So steckt er, ohne den Sack abzulegen, den nachgemachten Schlüssel in das Schloss und dreht ihn vorsichtig, während er mit beiden Ohren auf die Geräusche aus den umliegenden Wohnungen lauscht.

Gerade als irgendwo ein Kind nach seiner Mutter ruft, geht die Tür auf.

Schnell betritt er den dunklen Flur und schließt die Tür hinter sich.

Ein Miauen erklingt, dann sieht er die Katze langsam aus dem Schlafzimmer kommen.

»Hallo, Kätzchen«, raunt er, »so sieht man sich wieder.«

Die Katze ist im Flur stehen geblieben und faucht. Der Mann geht in die Knie und lässt den Sack auf die Erde gleiten.

»Dieses Mal kratzt du mich aber nicht, verstanden?«, fährt er im selben Flüsterton fort und packt sie am Halsband. Er nimmt sie hoch und trägt sie vor sich her ins Bad. Er öffnet die

Tür, wirft die Katze hinein und zieht sie schnell wieder zu. Er hört sie kratzen und miauen, dann nichts mehr.

Er dreht sich zum Sack um, lädt ihn sich wieder auf die Schultern und denkt an sein Vorhaben.

Noch nie hat er so viel riskiert. Vielleicht weil noch nie etwas so wichtig war wie das hier. Vielleicht weil nichts so wichtig ist wie die Angst, die Riccardi spüren soll.

Einen Schritt nach dem anderen. Einen Atemzug nach dem anderen.

Immer weiter.

Er drückt die Knie durch und sieht sich um.

Er hat entschieden zu wenig Zeit.

Vielleicht hätte ich noch meinen gewohnten Spaziergang machen sollen. Vielleicht hätte das mein Nervenkostüm ein wenig beruhigt. Mit etwas Glück wäre es mir vielleicht sogar gelungen, an nichts zu denken.

Aber nein. Auf direktem Weg nach Hause wie ein Plastikkügelchen im Blasrohr. Mein Leben verläuft gerade in so erzwungenen Bahnen, dass ich nicht einmal mehr überblicke, was als Nächstes kommt. Eins-zwei, eins-zwei. Wie beim Militär.

Als ich rechts in die breite Straße einbiege, die zu meiner Wohnung führt, frage ich mich, ob ich eigentlich eben an dem Wohn- und Einkaufskomplex Borgo Masini vorbeigekommen bin wie sonst auch. Ich kann mich nämlich nicht daran erinnern. Es passiert mir in letzter Zeit häufiger, dass ich mich irgendwo wiederfinde, ohne zu wissen, wie ich dahin gekommen bin, als träte ich aus einer Rauchwolke in die Welt, ganz plötzlich, aus einer anderen Realität, an die ich mich nicht erinnere. Vielleicht spielt mir aber auch mein Kopf einen Streich, und ich kann nur hoffen, dass zumindest er den Rückweg kennt.

Ich kenne ihn nämlich nicht mehr, glaube ich. Und ich bin

der festen Überzeugung, dass ich, wenn sich mir die Gelegenheit für eine Lösung böte, sie sofort ergreifen und ohne langes Zögern alles zum Teufel schicken würde, was ich bisher zu sein glaubte und was ich höchstwahrscheinlich nicht mehr bin.

Am Ende finde ich mich im Aufzug wieder, mit Blick auf die schmutzige Neonleuchte über der Fahrstuhltür, die mir mit jedem Tag gelber und kränker vorkommt. Und die Zahlen wachsen meiner Etage entgegen.

Dann steige ich aus, stecke den Schlüssel ins Schloss. Gehe hinein.

Das müsste meine Wohnung sein.

Er geht gerade durch den Flur, als er den Fahrstuhl hört.

Zum Glück ist es still in der Wohnung, und der Motor des Aufzugs gibt dieses metallische Geräusch von sich. Mit einem Blick prüft er, ob alles in Ordnung ist. Er sieht auf das fahle Licht, das durch den Spalt unter dem Rollladen hereinfällt, und spürt instinktiv, dass alles perfekt ist. Dann geht er ins Wohnzimmer und duckt sich hinter das Sofa.

Als er den Schlüssel im Schloss hört, wartet er.

Beim Eintreten höre ich als Erstes die Katze jaulen.

Ich denke daran, was Alice mir gesagt hat, denke an ihre Erzählungen von dem ewig hungrigen Tier, das ihr bis in die Küche folgt und so lange keine Ruhe gibt, bis es seine Brekkies bekommt. Dabei schließe ich die Wohnungstür und knipse das Licht an.

»Miez?«, rufe ich und warte neben der Tür, dass sie aus ihrer Ecke im Flur kommt und mich prüfend ansieht, ob ich es wieder nur bin oder ob endlich ihr Frauchen gekommen ist, um sie mit nach Hause zu nehmen.

Doch heute geht das Jaulen weiter. Sie ist nicht hinten im Arbeitszimmer, wo sie sich gerne aufhält, weil es bei Wärme das kühlste Zimmer ist und bei Kälte das wärmste. Sie muss im Schlafzimmer sein.

»Miez?«, probiere ich es erneut. Dann gehe ich durch den Flur, werfe im Vorbeigehen einen Blick ins Wohnzimmer, biege um die Ecke und trete ein.

Als die Wohnungstür aufgeht, glaubt er einen Moment, entdeckt zu werden.

Der Kommissar schaltet die Deckenlampe im Flur an, deren mattes Licht bis ins Wohnzimmer fällt und sich dort mit dem Licht von draußen mischt, das unter dem Rollo hindurchfindet.

Ein komisches Gefühl, ihm so nah zu sein, eine Mischung aus Angst und Triumph.

»Miez?«, hört er ihn rufen, aber die Katze kommt nicht.

Als er sie vorhin freigelassen hat, nachdem er die letzten Feinheiten gerichtet hatte, sah die Katze ihn schief an und presste sich dicht an der Wand an ihm vorbei, ohne ihn aus den Augen zu lassen.

In diesem Blick lag eine Drohung. Er kennt Katzen gut.

»Miez?«, hört er Riccardi erneut rufen, und ihm ist klar, dass sich im Kopf des Polizisten ein Alarmschalter umlegt, wenn sie nicht kommt. Bullen riechen die Gefahr, sie merken schnell, wenn etwas nicht stimmt. Er versucht, ihn sich als Kind vorzustellen, und sieht letztlich nichts als einen einsamen Jungen wie er selbst.

Er sieht, wie er näher kommt, zählt die Schritte und beugt sich ein klein wenig vor, um einen Blick auf ihn zu erhaschen.

Als Gabriele auf der Schwelle stehen bleibt und ins Wohnzimmer schaut, sind ihre Gesichter einander so nah, dass er fast den Kaffeeduft seines Atems riechen kann. Nie zuvor hatte er bei seinen schmutzigen Kreuzzügen durch fremde Wohnungen ein waches Gesicht auf so kurze Distanz vor sich. Das ist eine neue Empfindung für ihn, und er entdeckt, dass die Gefahr, die wahre und reale Gefahr, die ihn wirklich treffen kann, ihn fasziniert wie der Duft einer sehr schönen Frau.

Dann sieht er ihn in Richtung Schlafzimmer verschwinden und hört die Katze miauen.

Das ist die Gelegenheit, seinen Plan zu vollenden.

Die Katze sitzt am Fußende des Bettes und sieht mich an. Mein Blick streift sie nur oberflächlich, um dann am Bett hängenzubleiben, das im matten Flurlicht liegt.

Ein Bett, das in grauenhafter Weise falsch aussieht.

Das Tier miaut in gleichmäßigen Abständen, als gäbe es Morsezeichen, und irgendwann stecke ich die Hand in die Tasche und ziehe die Pistole hervor. Instinktiv.

Ebenso instinktiv packe ich das Laken und hebe es hoch, um zu erfahren, was für ein merkwürdiges Ding dort in meinem Bett liegt.

Bei dem Anblick überkommt mich ein Hustenanfall, der sich schnell in einen Brechreiz verwandelt, aber abklingt, bevor er das gefährdet, was der x-te Schauplatz eines Verbrechens ist.

Während ich noch überlege, wo ich anfangen soll, höre ich ein Geräusch und fahre herum.

Wieder instinktiv.

Derselbe Instinkt, der mir sagt, dass ich gerade meine ins Schloss fallende Wohnungstür gehört habe und dass der Mistkerl noch hier war, irgendwo versteckt, auf mich gewartet hat, als ich zurückkam.

Er denkt nach.

Er tut es rasch, wie es seine Gewohnheit ist. Und er bewegt sich flink und leise. Er huscht zur Wohnungstür.

Als er draußen ist, läuft er los, so schnell er kann.

Ich reiße die Tür auf und springe auf den Flur, die erhobene Pistole fest in beiden Händen. Der Gang ist leer.

Ich blicke auf den geöffneten Fahrstuhl und die Tür, die ins Treppenhaus führt.

Sie steht offen, und ohne zu überlegen, renne ich hindurch.

Sofort höre ich ein paar Stockwerke unter mir seine Schritte. Ich beuge mich über das Geländer, um zu prüfen, ob ich eine Chance habe, ihn zu erreichen, aber ich kann nichts sehen.

Also renne ich blind hinter meinem Phantom her, das endlich beschlossen hat, eine menschliche Gestalt anzunehmen.

Im ersten Stock wäre er beinahe gestürzt, als er auf den letzten Treppenabsatz einbiegen will. Mit beiden Händen hält er sich an dem lackierten Geländer fest und kann sich gerade noch auffangen. Dann hastet er weiter.

Das Treppenhaus liegt still und dunkel da, und es hat entschieden zu viele Stufen. Um einzuschätzen, wie viele es noch sind, hat er die Stufen jeder Treppe gezählt. So fällt es ihm leichter, einen gleichmäßigen Rhythmus einzuhalten.

Wie Riccardi hinter ihm, nur dass der zweifellos schneller ist. Er hört, wie er die Luft hastig aus den Lungen pumpt, und hört seine Schritte mit jeder Treppe näher kommen.

Eine Stufe. Dann zwei.

Drei. Eine halbe Treppe.

Und er zählt. Nicht mehr weit bis zur Garage, und er steckt schon mal die Hand in die Tasche und fühlt den kalten Kunststoff der Fernbedienung unter den Fingern.

Dann sieht er die Tür, die letzte, die in den Keller führt, und stößt sie auf. Während er zu dem Auto rennt, das er bewusst mit der Kühlerhaube nach vorn eingeparkt hat, drückt er den Knopf der Fernbedienung und hört, wie das Tor sich in Bewegung setzt.

Er steckt gerade den Schlüssel ins Zündschloss, als er im

Rückspiegel Gabriele Riccardi durch die Treppenhaustür stürzen sieht.

Als ich die Tiefgarage betrete, höre ich den Motor anspringen und sehe, wie ein schwarzer Fiat Punto auf das Tor zurollt.

Ich bleibe stehen.

Jetzt habe ich dich.

Ich stelle mich mitten in die Garage und schieße.

Verrecke, du Mistkerl.

Schieße noch einmal.

Schieße, bis das Magazin leer ist und nur noch der Widerhall der Schüsse zu hören ist.

Riccardi geht in Position, und einen Augenblick lang glaubt der Mann im Auto, dass alles vorbei ist. Beim ersten Schuss zerspringt die Heckscheibe des Puntos in tausend Scherben. Er hört die Kugel über seinen Kopf hinwegpfeifen, den er so weit eingezogen hat, dass er gerade noch die Garagenauffahrt mit dem Tor sehen kann.

Der zweite Schuss trifft den linken Hinterreifen. Das Auto schlingert, er gibt Gas und reißt das Lenkrad herum, so dass die nächste Kugel, die auf den anderen Reifen zielt, am Rolltor abprallt. Mit einem weiteren Schuss zersplittert die Frontscheibe, und ein Regen von großen und kleinen Glassplittern geht auf ihn nieder.

Als er mit dem Wagen in die Auffahrt einbiegt, merkt er, dass der Hinterreifen scheppert wie eine Dosenkette am Hochzeitswagen.

Der letzte Schuss trifft die Kopfstütze vom Fahrersitz.

Er richtet sich ruckartig auf und sieht in den Rückspiegel. Riccardi ist weg.

Er sieht nur die nach unten abtauchende Rampe.

Er lächelt und tritt auf das Gaspedal. Als seine Augen wieder nach der Straße suchen, erblicken sie zwei riesige Scheinwerfer in weniger als einem Meter Entfernung. Er bremst und spürt, wie das Auto eine Drehung macht.

Und während sich das Bild vor ihm viel zu schnell verändert, als dass er es noch verfolgen könnte, denkt er, dass dies der richtige Augenblick für ein Gebet wäre, wenn er daran glauben würde.

Cancemi biegt links in die leere Allee ein und sieht weniger als einen Kilometer vor sich die Lichter des Parks vor Gabriele Riccardis Wohnblock.

Er kennt diesen Park. Als er hier in der Gegend wohnte, kam er häufig zum Joggen her. Damals war es eher eine kahle, dürre Ebene, noch ohne Bäume, die nur erahnen ließ, was einmal aus ihr werden würde.

Wenige hundert Meter vom Parkplatz entfernt hält er an, um eine Frau im Rollstuhl über den Zebrastreifen zu lassen. Dann, als er den ersten Gang einlegt und weiterfahren will, sieht er einen Wagen aus der Tiefgarage von Riccardis Haus schießen. Ein Reifen ist platt und die Windschutzscheibe zersprungen.

Er kommt direkt auf ihn zu und macht nicht die mindesten Anstalten zu bremsen.

Ich laufe auf den Hof und sehe, wie der Wagen ungebremst auf die Straße einbiegt. Ein grauer Renault Clio kommt ihm entgegen. Ich renne zum Bürgersteig und sehe, wie der Clio scharf bremst, während der Punto selbstmörderisch auf ihn zurast. Dann kreischen die Bremsen, und der Fiat gerät ins Schleudern.

Er dreht sich dreimal um sich selbst, bevor er zum Stehen kommt und sofort in die Richtung, aus der der Clio kam, durchstartet, während über der Straße der Geruch nach verbranntem Gummi liegt.

Der Renault bleibt auf der Straße stehen, und ein Mann springt heraus.

»Kommissar Riccardi, nicht schießen!«, schreit er mit Blick auf meine Pistole.

Ich erkenne ihn sofort, lasse die Waffe sinken und bleibe am Rand des Bürgersteigs stehen.

»Hast du etwas erkennen können, Cancemi?«

»Nur, dass er kein Nummernschild hatte. Und dass das Auto kaputt war.«

»Kein Wunder. Ich habe mein gesamtes Magazin auf ihn abgefeuert. Ich kann mir nicht vorstellen, dass er mit dem Wagen weit kommt«, erkläre ich und greife in den Dienstwagen, um nach dem Mikrofon zu suchen.

»Sind Sie in Ordnung, Commissario?«, fragt er mich.

Ich richte mich auf und lehne mich an den Wagen. Das Herz droht meinen Brustkorb zu sprengen.

»Ja, ich bin in Ordnung«, sage ich und muss an das Geschenk denken, dass der Mann mir in mein Bett gelegt hat. Dann sehe ich ihn an. »Aber du? Was zum Teufel hast du hier zu suchen?«

Er parkt neben seinem Wagen, in einer dunklen Seitenstraße, die er sorgfältig ausgesucht hat. Als er anhält und den Motor ausmacht, lässt er mit einem langen Atemzug die Anspannung des ganzen Tages aus sich herausfließen. Dann beugt er sich nach rechts, schüttelt den Kopf, und ein Scherbenregen prasselt auf den Beifahrersitz. Mit einer Hand, die immer noch im Handschuh steckt, fährt er sich durch die Haare und entfernt alle Glassplitter, die er ertasten kann. Der Rest muss auf die Dusche und mehr Muße warten.

Er nimmt den Müllsack aus der Tasche, den er für den Transport der Leiche benutzt hat, wirft das T-Shirt hinein, das er am Leib trug, dazu die gestohlene Fernbedienung und die Brille. Er steigt aus, schließt den Wagenschlag und betrachtet das

Auto. Es sieht aus, als sei es in einen Bombenhagel geraten. Er verkneift sich ein hysterisches Lachen, wirft die Gummihandschuhe in den Sack, betätigt die Fernverriegelung seines Autos, wirft den Müllsack in den Kofferraum und zieht sich ein Sweatshirt über.

Langsam lenkt er den Wagen nach Hause, und als er auf einer Allee an einem offenen Kiosk vorbeikommt, hält er kurz an, um eine Flasche Mineralwasser zu kaufen.

»Hast du mir den Wachhund beschert?«, frage ich, und Ippoliti will gerade etwas erwidern, als wir mein Schlafzimmer betreten und ihm die Worte im Halse steckenbleiben.

Die Szenerie ist eine völlig andere als die, die ich ihm auf der Treppe zu schildern versucht habe, doch das Gefühl ist dasselbe. Die Leute von der Spurensicherung sind schon bei der Arbeit. Das helle Licht und das weggezogene Laken offenbaren Dinge, die mir vorhin gar nicht aufgefallen waren, als ich die Bettdecke kurz anhob.

»Mein Gott …«, murmelt Ippoliti.

Mir ist schwindelig, und allmählich glaube ich, ich sollte mal wieder zu laufen anfangen, wenn eine kurze Verfolgungsjagd mich zurichtet wie einen alten Fußabtreter vor einer Disko am Samstagabend.

Dann versuche ich, mir die Einzelheiten anzuschauen.

Die Person in meinem Bett ist Anna Malvezzi, nackt. Ihre Augen sind aufgerissen mit einem entsetzlichen Ausdruck von Angst darin, ihre Lippen geschlossen, aufeinandergepresst. Ihr Körper ist von einer erschreckenden Blässe, und man sieht keinen einzigen Tropfen Blut. Der Hals ist an zwei Stellen zerfetzt, unter dem Kinn und rechts vom Gesicht. In beiden Wangen befindet sich je ein kreisförmiges Loch, durch das man die obere Zahnreihe erkennen kann.

Die Brüste, die Seiten, Teile des Bauches, die großen Schamlippen, die Schenkel sind mit unzähligen ovalen Bissen übersät, aus denen man sicherlich ohne weiteres einen Gebissabdruck wird herstellen können.

Auch wenn ich schon weiß, um was es sich handelt.

»Dieser Scheißkerl hat sie einer Katze zu fressen gegeben«, sage ich, und Ippoliti sieht mich verständnislos an.

»Schau«, sage ich und weise auf einen der Bisse in ihrer linken Brust. »Und jetzt sieh dir das an.«

»Jesses«, raunt er mit Blick auf die Zahnabdrücke, die Alices Katze mir vor ein paar Tagen beigebracht hat, um mir klarzumachen, dass sie nicht mehr auf meinem Arm bleiben möchte.

»Der Kerl hat eine Katze«, sage ich. »Und den Bissen nach zu urteilen, ein ganz schön großes Exemplar«, füge ich hinzu und merke, wie meine Knie nachgeben.

»Gabriele!«, schreit Ippoliti, während ich zusammensacke und mit der linken Kniescheibe hart auf den Boden schlage. Das Zimmer um mich herum dreht sich wie in einem seltsamen Kaleidoskop. Dann kippe ich nach hinten und rutsche auf die Seite, während Ippoliti mich noch zu halten versucht.

Wie in einem Film spulen sich alle Bewegungen, die ich in diesem Raum getan habe, vor meinem inneren Auge ab, bis zur ersten.

Ich habe das Laken angehoben.

Ich habe das Laken angefasst und Anna Malvezzis Leiche aufgedeckt.

»Nichts anfassen ohne Handschuhe«, versuche ich zu schreien, und die beiden Männer von der Spurensicherung über mir blicken auf die Handschuhe an ihren Fingern. »Ihr dürft nichts anfassen«, sage ich, doch es kommt nur noch ein Flüstern.

»Einen Krankenwagen, schnell!«, schreit Ippoliti.

Ich lasse den Kopf zurücksinken, und meine Hand taucht

vor meinem Gesicht auf. Sie ist rot, mit merkwürdigen Schwellungen an der Innenfläche.

»Ruhig«, sagt Ippoliti, der meinen Blick bemerkt. »Ganz ruhig. Alles wird gut. Versuche, wach zu bleiben.«

Das sagt man immer. Versuche, wach zu bleiben, gib nicht auf, nicht einschlafen. Das habe ich selbst viel zu oft gesagt.

»Was geht hier vor?«, frage ich und denke, dass dies das Ende ist. Dass ich nichts mehr tun kann.

Dass dieser Scheißkerl gewonnen hat.

Das Letzte, was ich höre, ist das Martinshorn des Rettungswagens.

»Schnell!«, sagt jemand neben mir.

Dann wird alles dunkel.

Elf

Bologna, 3. Mai. Zehn Uhr fünfzehn

»Ich will Namen und Adressen aller Ärzte im Haus zwischen dreißig und fünfundfünfzig.«

Als Ippoliti etwa eine halbe Stunde zuvor das Büro der Hauptverwaltung des Poliklinikums Sant'Orsola betreten hatte, war der Morgen so grau und fahl gewesen wie ein alter Trabant. Nun, nachdem er sein Anliegen vorgebracht hat, zeigt sich ein blauer Riss am Himmel, durch den ein wenig Sonne fällt, doch noch zu wenig, um auf einen Wetterumschwung zu hoffen.

»Möchten Sie einen Espresso?«

Der Klinikdirektor Paolo Venuti ist ein strenger und schweigsamer Mann. Mit im Schoß gefalteten Händen hat er seinem Bericht gelauscht, reglos bis auf einen Finger, der langsam und unaufhörlich über den Ehering wanderte.

»Gern, Professore«, sagt Ippoliti.

Venuti steht auf. »Kommen Sie. Die Brühe, die der Kaffeeautomat da hinten fabriziert, müssen Sie einfach probieren.«

Ippoliti lächelt und folgt ihm schweigend.

Vor der Maschine angelangt, drückt der Professor einen der bunten Knöpfe, und kurz darauf rinnt der Kaffee in die Becher.

»Die Bitte, die Sie an mich richten, verursacht mir ein wenig Bauchschmerzen«, sagt der Professor, als er ihm den Espresso reicht. Ippoliti nimmt den Becher vorsichtig an den Rändern und probiert einen Schluck.

»Das kann ich gut verstehen. Sie sollten allerdings wissen,

dass wir die Informationen, die wir brauchen, so oder so bekommen.«

Venuti nickt.

»Ich weiß. Und genau deswegen überlege ich, wie wir am besten vorgehen.« Er trinkt einen Schluck Kaffee. »Einerseits bin ich meinem Personal gegenüber zum Datenschutz verpflichtet. Andererseits muss ich an das Wohl der gesamten Einrichtung denken.« Er wirft den Pappbecher in den Abfalleimer und lässt seine Hände wie Waagschalen durch die Luft schweben. »Und ich bin überzeugt, wenn die Anfrage erst durch einen Richter gestellt wird, lässt sich die Sache kaum mehr innerhalb des Hauses halten. Und das würde alles nur noch schlimmer machen.«

»Das denke ich auch. Ich will Ihnen etwas sagen, Professore. Wir sind uns sicher, dass irgendwo in diesen Mauern ein skrupelloser Mörder herumläuft. Und ich glaube, dass sie mit dem, worum ich sie gebeten habe, nicht nur der Krankenhausverwaltung, sondern auch allen Ärzten hier einen großen Gefallen tun. Ich kann mir nicht vorstellen, dass Ihre Einrichtung eine bestimmte Art von Publicity in den Zeitungen gebrauchen kann.«

Venuti sieht Ippoliti einen Moment in die Augen. Dann hebt er die Brauen und verschränkt die Arme. »Ich bin selbst alarmiert wegen dem, was Doktor Malvezzi zugestoßen ist, die nach allem, was ich höre, eine fähige und kompetente Kraft war. Wie wahrscheinlich ist es, dass Sie recht haben?«

»Sehr wahrscheinlich, Professore«, erwidert Ippoliti, indem er das, was bisher immer noch reiner Instinkt ist, insgeheim zu einer Art Gewissheit aufwertet.

»Ich werde dafür sorgen, dass Sie so bald wie möglich Ihre Liste bekommen. Spätestens in ein paar Tagen.«

Ippoliti reicht Venuti die Hand. »Danke. Und wenn Sie nicht wissen, wo Sie anfangen sollen: Nehmen Sie sich als Erstes den Bereich vor, zu dem die Intensivstation gehört.«

Der Professor nickt. »Wie geht es Kommissar Riccardi?«, fragt er zum Abschied.

»Das werde ich gleich genauer wissen. Aber es sieht so aus, als sei er mit dem Schrecken davongekommen.«

Während ich mein Hemd überstreife, das mir am Vorabend jemand ausgezogen hat, unterschreibe ich die Erklärung, die der Arzt mir hinhält.

»Sie verlassen uns auf eigenes Risiko«, sagt er, und ich nicke.

Ich werfe Ippoliti einen Blick zu. Nach seiner Eröffnung, wo er gerade herkommt, war ich zunächst stinksauer. Doch wenn ich mit kühlerem Kopf darüber nachdenke, wird mir klar, dass es eine gute Idee war, die Klinikleitung aufzusuchen. Wer auch immer der Mann ist, den wir suchen, er arbeitet mit ziemlicher Sicherheit nirgendwo anders als genau hier.

Anna Malvezzis Ermordung lässt keine anderen Schlüsse zu.

»Die müssen Sie drei Tage lang nehmen. Zweimal täglich«, erklärt mir der Arzt und reicht mir einen Blister mit halb rosafarbenen, halb gelben Tabletten.

Ich stecke sie in meine Jackentasche. »Gut«, sage ich. Unter anderen Umständen hätte ich sie sofort weggeworfen. Dieses Mal nicht. Meine Angst war zu groß, als dass ich die Medikamente ignorieren könnte. Diese Angst werde ich wahrscheinlich mein Leben lang nicht vergessen.

»Was genau war denn mit mir los?«, frage ich und reiche ihm das Blatt unterschrieben zurück.

Er prüft, ob alles ausgefüllt ist, und sieht mich an.

»Wir müssen die Untersuchungsergebnisse abwarten, bevor wir ganz sicher sein können. Doch wir gehen von einer allergischen Reaktion aus, die höchstwahrscheinlich nichts mit dem Blutdruckabfall zu tun hatte, der Ihre Ohnmacht bewirkt hat. Zwei völlig unterschiedliche Problemkreise. Die körperliche

Anstrengung hat die Wirkung der Substanz, die sie über das Laken aufgenommen haben, eventuell jedoch verstärkt.«

Beim Gedanken an meine Verfolgungsjagd muss ich lächeln: Das Einzige, was dieser Bastard wirklich fürchten musste, waren die Kugeln aus meiner Pistole, und dass ich ihn vielleicht wiedererkennen könnte. Die Gefahr, gefasst zu werden, bestand jedenfalls nicht. Ich wäre bewusstlos vor ihm zusammengebrochen, anstatt ihm Handschellen anzulegen.

»Leiten Sie die Ergebnisse bitte so bald wie möglich an die Spurensicherung weiter«, sage ich, und der Arzt nickt. Er ist noch jung, doch seine allzu ernste Miene lässt ihn reifer erscheinen.

»Und denken Sie an die Tabletten«, ermahnt er mich noch einmal, als ich die Station verlasse.

»Wie geht es dir?«, fragt Ippoliti, sobald wir allein sind.

»Wie einem, der mit einem Schnellzug zusammengestoßen ist. Immerhin wiegt mein Kopf nicht mehr neunzig Tonnen. Sagen wir einfach, es geht mir gut, und wechseln wir das Thema. Oder vielmehr, zuerst muss ich mich noch bei dir entschuldigen, dass ich so …«

»Schon okay«, unterbricht er mich. »Kein Problem, wirklich.«

»Du hattest den richtigen Riecher.«

»Wir hätten viel früher darauf kommen müssen, aber stattdessen laufen wir nur seinen offensichtlichsten Hinweisen hinterher. Wir müssen ihm jetzt zeigen, dass wir auch handeln können. Für dich wäre es aber in jedem Fall besser, heute Abend nicht nach Hause zu gehen.«

»Wurde die Wohnung desinfiziert und sterilisiert?«

»Ja.«

»Dann gehe ich nach Hause.«

»Hältst du das wirklich für eine gute Idee?«

»Ja. Dass ich am Leben bin, war kein Versehen. Er wollte

mich nicht töten. Es war nur eine Warnung, um mir zu zeigen, dass er jeden treffen kann. Überall. Und dass ich mich niemals sicher fühlen darf.« Ich sehe ihn an. Er wirkt nicht gerade überzeugt, aber die Entscheidung liegt bei mir.

»Wie du willst«, sagt er, als wir das Auto erreichen.

»Aber von heute Nachmittag an möchte ich, dass ein Beamter Alices Zimmer überwacht. Dieser Scheißkerl kann mich umbringen, wenn er will, aber ihr hat er schon genug angetan.«

Er geht durch den Flur und sieht sich um. Eine Gewohnheit, die er schon als Kind hatte, die aber in den letzten Wochen eine neue Bedeutung erfahren hat. Und die er nun immer wiederholen muss wie ein Gedicht, das er bis Heiligabend auswendig können soll.

Er hat lange überlegt, ob es das wert war, Anna Malvezzi zu töten und damit die Aufmerksamkeit auf sich zu ziehen. Dann hat er begriffen, dass die Station so oder so ins Visier geraten wäre, mit ihren Fluren und Zimmern. Dass es der einzige Weg war, die Entdeckung seiner Kollegin im Verborgenen zu halten und jedem, den sie informiert haben mochte, zu verstehen zu geben, was ihn erwartete, wenn er redete.

Ein anschauliches Beispiel ist besser als viele Worte.

Natürlich kann die Situation sich jederzeit ändern. Aber er bezweifelt, dass dies so schnell geschieht, dass er sein Vorhaben nicht zu Ende bringen kann. Er arbeitet daran. Nicht mehr lange. Nur noch ein paar kleine Schritte.

Wie die, die ihn durch den Flur zu Alice Mantovanis Zimmer führen, die reglos in ihrem Bett liegt, während die Krankenschwestern sie waschen und den Tropf erneuern.

Er tritt ein, grüßt, sie antworten mit einem Lächeln.

Dann dreht er sich um, kontrolliert die anderen Patienten, spricht kurz mit einem Angehörigen und geht wieder hinaus.

Natürlich nicht, ohne den beiden Wachbeamten freundlich

zuzunicken, die Kommissar Riccardi seit dem Morgen zum Schutz seiner Freundin vor dem Zimmer postiert hat, ganz wie er es vorausgesehen hat.

»Du erinnerst dich doch an mich, oder?«, fragt die Stimme am Telefon, und der Polizeibeamte Guido Milani weiß sofort, mit wem er es zu tun hat. Ohne den Hauch eines Zweifels, obwohl er sie seit vielen Jahren nicht gehört hat. Die Stimme dieses Mannes vergisst man nicht so leicht.

»Was willst du?«, erwidert er. Er presst das Mobiltelefon fester ans Ohr und sucht unter einer Arkade Schutz vor der Nässe. Der Dauerregen muss in der Nacht eingesetzt haben, denn als er aufwachte, glänzten die Dächer, und die Straßen waren schwarz vor Wasser.

»Hör gut zu, Milani. Du erinnerst dich doch an den Gefallen, den du uns schuldest?«

Ein Auto rast mit hoher Geschwindigkeit vorbei und hinterlässt einen breiten Streifen Wasser auf seiner Hose. Er unterdrückt mühsam einen Fluch. Und nicht nur wegen der verdreckten Hose.

»Ja, ich erinnere mich.«

»Gut, jetzt ist der Moment gekommen, um unsere Rechnung zu begleichen.«

Guido Milani lehnt sich an eine Säule der Arkade in der Via Ugo Bassi und wartet. Wenn er in seinem Leben eine Riesendummheit gemacht hat, dann die, den falschen Leuten ein Päckchen Kokain zu klauen. Er hatte gerade einen Haufen Geld bei einer seiner vielen glücklosen Pokerpartien verloren. Da lag plötzlich dieses Päckchen da. Und die Versuchung war zu groß, um zu widerstehen.

Von jenem Tag an wartet er auf den Moment, in dem der Alte kommen und ihm die Rechnung präsentieren wird. Er hat nie begriffen, wie er an die Fotos gekommen war und welches Ziel er letztlich verfolgte. Er konnte ihn jederzeit ruinieren und hatte es doch nicht getan. Er hatte ihn im Ungewissen gelassen, in ständiger Erwartung. Nun sah es so aus, als sei das Erwartete endlich eingetroffen.

»Was willst du von mir?«, fragt er und kann kaum ein leichtes Zittern in seiner Stimme verbergen.

»Du musst mir alles über Gaspare Nunia sagen.«

Guido Milani bemüht sich, gelassen zu wirken. »Was zum Teufel sollte ich über ihn wissen?«

»Keine Ahnung, was zum Teufel du weißt. Aber das sind deine Hausaufgaben, mein Junge. Du arbeitest doch noch mit Riccardi, oder?«

»Ja.«

»Gut. Wenn er in Bologna geschnappt wird, dann von Riccardi. Und wenn du etwas weißt, wirst du es mir sagen. Das ist der Lohn, den ich von dir fordere, zumindest die erste Rate. Von nun an werde ich jeden Tag anrufen. Zweimal am Tag.«

»Und wenn ich meine Hausaufgaben nicht mache?«

Der Alte lacht. Ein aufgesetztes Lachen, das nach schlechten, gelben Zähnen und zu vielen Zigaretten klingt. »Ich bin mir noch nicht ganz sicher, ob dein linkes oder dein rechtes Profil das attraktivere ist. Ich werde mir gleich noch einmal die Fotos anschauen. Und schöne Grüße an deine Tochter.«

Aufgelegt.

Guido Milani steht unter der Arkade, das Handy noch am Ohr, und beobachtet den Bus, der an der Haltestelle anhält und einen Strom Leute ausspuckt, die auf der Flucht vor dem Regen sind.

»Wie geht es Ihnen, Riccardi?«, fragt der Polizeipräsident, und ich kann nicht sagen, zum wievielten Mal ich diese Frage nun höre, seit ich das Krankenhaus verlassen habe. Auch er hat sie schon einmal gestellt, zu Beginn unserer Unterhaltung.

»Gut«, bestätige ich ihm erneut, und was meine Physis betrifft, stimmt das. Aber nur sie. Was immer mir dieser Wichser untergejubelt hat, scheint verschwunden zu sein, aufgelöst wie die Gischtspur eines Schiffes.

»Ich will ehrlich zu Ihnen sein, Riccardi«, fährt er fort, nachdem er mich eingehend gemustert hat. »Ich habe lange überlegt, ob ich Ihnen den Fall entziehen soll. Sie sind mir persönlich zu involviert, zu viele ungeklärte Dinge spielen da mit. Aber dann dachte ich, dass Sie einen Grund haben, warum Sie so weit gekommen sind, und dass uns das helfen kann. Deshalb habe ich Sie weitermachen lassen. Aber dass Sie mir mit einer so ungeheuerlichen Geschichte kommen, hätte ich wirklich nicht gedacht. Die Existenz dieses Wissenschaftlers ist schlicht undenkbar.«

»Vielleicht weiß deswegen keiner, dass es ihn gibt.«

»Was haben Sie vor?«

»Gaspare Nunia zu finden. Wir müssen noch mehr Polizeisperren errichten, Kontrollen und Überwachungen verstärken.«

»Und in Bezug auf Teresa Rizzo?«

»Ich habe mit ihrer Mutter gesprochen, aber sie war keine große Hilfe. Obwohl …«

»Obwohl?«

»Ich habe das Gefühl, dass sie mir etwas verschweigt. Etwas, das sie nicht sagen will oder nicht sagen kann.«

»Das ist verständlich, es dürfte nicht gerade einfach für sie sein, mit Ihnen zu reden.«

»Wahrscheinlich ist das der Grund. Aber sicher bin ich mir nicht.«

Er steht auf. Die Unterhaltung ist beendet. Gehet hin in Frieden.

»Candido Giulio ist jetzt in Sicherheit, oder?«, fragt er.

»So sicher wie es in unserer Macht steht, Herr Polizeipräsident.«

»Seien Sie vorsichtig, Riccardi.«

Ich sehe ihn an, während ich seine Hand schüttele. »Warum sollte ich?«, frage ich.

Dann verlasse ich sein Büro.

»Ich wollte dich warnen, Pietro«, sagt der Mann, als er die große Terrasse betritt und auf Bologna hinabschaut.

»Die Aussicht hier ist fast identisch mit der, die man von unserem Haus aus hat.«

Pietro tritt neben ihn und sieht ohne Begeisterung auf den Wald und die dahinter beginnenden Dächer. »Es ist zu still«, flüstert er und hustet.

Der Mann legt ihm sanft eine Hand auf den Rücken.

»Du weißt, dass die Stadt Gift für deine Lunge ist. Mittlerweile erstickt man dort unten im Smog, wenn man nur ein Fenster öffnet.«

Pietro atmet tief durch, bis sein Gesicht wieder die natürliche Blässe zurückgewonnen hat. »Mag sein. Aber hier oben ist es zu still«, wiederholt er. Dann blickt er in die Ferne. »Hast du dich jemals gefragt, ob das, was du tust, richtig ist?«

Der Mann dreht sich um. »Ja, das habe ich«, erwidert er, ohne die Stimme zu heben. »Und du weißt, dass ich keine andere Wahl hatte.«

Pietro sieht ihm in die kalten Augen und begreift, warum er sich nach all den Jahren immer noch an diesen merkwürdigen Pakt hält, der vor so langer Zeit geschlossen wurde.

Er hat Angst vor ihm.

Während er sich wieder abwendet, um sich nicht zu verraten, denkt er, dass man immer eine Wahl hat. Auch er könnte sich diesem Mann entziehen, den er hat aufwachsen sehen. Aber er ist zu feige dazu.

»Glaubst du, sie werden darauf kommen?«, fragt er.

Der Mann sieht ihn an, und sein Blick ist nun wieder freundlich wie immer. Mehr als einmal hat er sich gefragt, ob eben dieser Blick schuld daran ist, dass die Leute sein wahres Gesicht nicht erkennen. Ob ein sanfter Blick genügt, damit man einem anderen Menschen vertraut.

»Vielleicht. Aber mit mir bringen sie dich nicht in Verbindung.«

»Das war mir schon klar«, sagt er und hustet wieder.

»Hast du die Medizin genommen, die ich dir gegeben habe?«, fragt der Mann, als der Anfall vorüber ist.

»Ja, ja. Du weißt, ich tue alles, was du willst.« Er schweigt kurz. »Immer.«

»Wir brauchen uns keine Sorgen zu machen«, sagt er, doch er scheint mehr mit sich selbst zu reden. »Du weißt, dass niemand dir etwas anhaben kann.«

Pietro sieht ihn an und setzt sich auf das Sofa. Er weiß, dass niemand ihm etwas anhaben kann. Er weiß, dass die Glasglocke, die er über ihn gestülpt hat – oder war er es selbst? – absolut unzerstörbar ist.

Ein einziges Mal hat jemand versucht, sie zu durchbrechen. Es war ein Russe. Schade, dass seine Killer ihrer Aufgabe nicht gewachsen waren.

Derjenige, der auf ihn geschossen hatte, nachdem er durch das Terrassenfenster eingedrungen war, hatte nicht besonders gut gezielt und nicht den Mumm gehabt, ihm den Gnadenschuss zu geben. Pietro hat sich oft gefragt, was er wohl gedacht haben mochte, als sich seine Kehle zuschnürte, nachdem er den Jogurt verzehrt hatte. Ob er wohl wusste, dass dies kein Zufall war. Und er hat sich oft gefragt, was der Russe gedacht haben mochte, als man ihm mitteilte, dass seine Frau im Sterben lag, weil jemand Säure in ihre Intimseife gemischt hatte.

Er hat es nie erfahren und muss immer noch manchmal daran denken. Doch er weiß, dass seitdem niemand mehr gewagt hat, Hand an ihn zu legen, und dass ein Besucher ihn sogar einmal Don genannt hatte. Ihn, einen Mann, der nicht auf Sizilien, sondern zwischen Reggio Emilia und Parma geboren ist und als kleiner Junge die Kühe im Stall gestriegelt hat.

»Nein, keiner kann mir etwas anhaben«, sagt er mit dünner Stimme. Mit der tonlosen Stimme eines Gefangenen. Er sieht den anderen an, der neben dem Fenster steht, und findet, dass er immer noch derselbe Junge ist, dem er beigebracht hat, sich lautlos zu bewegen und vor keinem Schloss haltzumachen. Ein trauriges und einsames Kind, aus dem ein starker Mann geworden ist, der ihm alles gegeben hat, was er wollte, das Haus, die richtige Therapie für seine angeschlagene Gesundheit, Geld und ein Gefühl, das der Liebe so nahekommt, wie es ihm nur möglich ist. Ein Mann, den niemand wirklich kennt außer ihm.

Ein Mann, der nach dem Schuss des Russen in sein Haus kam und ihn dort in einer schlimmen Regennacht operierte, der von zu Hause steriles Besteck mitbrachte, damit im Krankenhaus niemand dumme Fragen stellte. Und der an seiner Seite blieb, bis er wieder allein zurechtkam.

Der gefährlichste Mörder, der frei herumläuft. Der fähigste und der kaltblütigste. Der niemals Spuren hinterlässt.

Wie ein Phantom.

»Geht es dir gut?«, fragt er nun und dreht sich abrupt zu Pietro um.

»Ja. Ich fragte mich gerade, ob wir nicht allmählich mit dieser Frau reden sollten, wie heißt sie noch …«

»Donatella?«

»Ja. Donatella. Schließlich ist sie es, die …«

»Sie war im Krankenhaus, wusstest du das? Ich habe sie auf dem Gelände gesehen. Aber sie hatte nicht den Mut, hinauf auf die Station zu kommen.«

»Meinst du, sie ahnt etwas?«

Der Mann zuckt mit den Schultern. »Das ist jetzt nicht mehr

wichtig«, sagt er, und obwohl er an diese Stimme gewöhnt ist, erschauert Pietro doch, weil so gar keine Menschlichkeit darin liegt.

»Aber sie ist immerhin …«

»Ich muss zu Ende bringen, was ich begonnen habe«, sagt er und sieht ihm in die Augen. Und dieses Mal hebt er kaum merklich die Stimme. Das Maximum an Irritation, das er sich zugesteht. »Ich bin so müde, wie du es dir nicht vorstellen kannst.« Er lässt sich neben ihn fallen und nimmt seine Hände. »Im Laufe des letzten Jahres hat sich alles verändert. Alles. Dabei will ich doch nur mein Leben zurück. Ich will nur zurückhaben, was mir gehört. Ich will nur, dass derjenige, der mir weh getan hat, dafür bezahlt. Einen gerechten Preis. Ich und du, wir wissen, dass jedes Ding seinen Preis hat, nicht wahr?«

Pietro nickt. Auch seine Freiheit hat einen Preis, denkt er. Dieses Haus ist sein Preis. Dieses Leben, diese Stille. Diese Einsamkeit. Und dass auch er gern sein Leben zurückhätte. Nur dass das nicht geht. Weil er hier nur als Toter herauskommt.

»Eins habe ich noch nicht verstanden«, sagt er, und der Mann schaut ihn erstaunt an. »Warum hast du den Sizilianer befreit?«

Der Mann lächelt und erhebt sich. »Erinnerst du dich an das alte Haus?«

»Das deiner Eltern?«

»Genau das. Als meine Eltern Sansones Vater und die anderen Katzen gekauft haben, taten sie es wegen der Mäuse. Die Katze im Haus vertreibt jede Maus. So funktioniert das.«

»Und dieser Mann ist deine Katze.«

Jetzt lächelt er wirklich. Mit den Augen und mit dem Gesicht.

»Ja. Ohne es zu wissen, wird er für mich eine Maus töten, die sich in ein zu tiefes Loch verkrochen hat. Dann ist er dran. Und am Ende der Bulle. Aber nicht, bevor er nicht am eigenen Leib erfahren hat, was es bedeutet, wenn die Person, die du liebst, für immer verschwindet.«

Als ich die Liste des Personals von der Intensivstation überfliege, muss ich an Anna Malvezzis Leiche auf meinem Bett denken. An ihre aufgerissenen Augen, die etwas sehen, das zu schrecklich ist, um wahr zu sein. Und ich versuche mir eine Katze vorzustellen, eines dieser zehn Kilo schweren Riesenviecher, die über ihren Körper läuft und sie beißt. Aber nicht, um zu spielen.

Um sie zu fressen.

»Warum die Malvezzi?«, fragt mich Ippoliti, und zum Glück reißt diese Frage mich aus meinen Vorstellungen, die einem zweitklassigen Horrorfilm zu entspringen scheinen.

»Sie hat etwas entdeckt«, sage ich und lasse den Zettel sinken, den uns der Direktor des Klinikums vorab per E-Mail geschickt hat, bis die vollständige Liste fertig ist. Die Namen darauf kenne ich alle, bis auf wenige Ausnahmen.

»Schon, aber so hat er doch die Aufmerksamkeit auf sich gezogen.«

Ich lehne mich im Stuhl zurück und sehe hinaus. In der Ferne kündigt sich ein Gewitter an. Ich sehe dunkle Wolken, einen breiten, blauen Streifen Himmel und das grauviolette Licht, das sich über die Dächer der Häuser legt, deren Farbe von rot in braun übergeht. Ich mag Bologna nach einem Gewitter, abends.

Es ähnelt einer Frau, die an einem Feiertag ganz langsam aufwacht.

»Er fühlt sich sicher«, sage ich. »Was auch passiert, er ist überzeugt, dass er tun und lassen kann, was er will, ohne gefasst zu werden. Und er will klarstellen, dass er derjenige ist, der die Spielregeln diktiert. Und ich derjenige, der Angst haben muss.«

Ich stehe auf. Ich muss spüren, dass meine Beine sich bewegen.

»Außerdem«, sage ich, »glaube ich, dass die Art und Weise, wie er sie getötet hat, wichtig ist.«

»Denkst du an ein Ritual?«

Ich lehne mich an die Fensterbank. »Ich denke an ein Exempel.«

»Ein Exempel?«

»Ich habe die Malvezzi gesehen. Und sie wirkte auf mich wie eine Frau, die nicht so schnell aufgibt. Salvi hat mir gesagt, sie sei eine Nervensäge, eine, die ihren Weg verfolgt, auch wenn sie alleine gehen muss. So jemand macht sich im Krankenhausbetrieb keine Freunde.«

»Aber einen hatte sie vielleicht doch.«

»Genau. Und die Botschaft der Leiche ist deutlich. Wenn noch jemand etwas davon weiß, sollte er lieber den Mund halten. Ansonsten ...«

»Ansonsten nimmt es ein böses Ende mit ihm«, ergänzt Ippoliti den Satz.

»Mir wird ganz schlecht bei dem Gedanken, dass die Malvezzi vielleicht noch leben könnte, wenn ich nicht so dumm gewesen wäre. Sie wollte mir etwas sagen, und ich habe ihr keine Beachtung geschenkt. Hätte ich es doch nur getan!«

»Du konntest es ja nicht wissen. Und sie hätte zu uns kommen können.«

»Natürlich, sie hätte nur herzukommen brauchen. Aber du weißt genauso gut wie ich, dass Menschen manchmal komisch sind, vielleicht hoffte sie, mich mal allein auf der Station abzupassen. Oder sie wollte sich erst noch Gewissheit verschaffen über das, was sie entdeckt hatte. Aber ganz sicher war es wichtig. Und jetzt müssen wir es selbst herausfinden. Wenn Salvi sie hätte näher kommen lassen, hätte ich hören können, was sie sagte, und die Sache sähe ganz anders aus.«

»Glaubst du, Salvi könnte …«

Ich lasse ihn nicht ausreden, sondern halte ihm die Personalliste hin. »Siehst du dieses Blatt Papier?«, frage ich. »Auf diesem Blatt steht der Name unseres Mannes. Es könnte ein Arzt oder ein Krankenpfleger sein. Und Giovanni Salvi steht auch auf der Liste. Wenn du mich fragst, ob ich ihn verdächtige, sage ich dir, dass ich ab sofort überhaupt niemandem mehr traue.«

Ich lege das Blatt auf den Schreibtisch zurück.

»Niemandem«, wiederhole ich und meine es wirklich genau so.

Nicht einmal mir selbst.

Zehn Minuten nach Mitternacht herrscht auf den Fluren der Intensivstation praktisch vollkommene Stille. Draußen regnet es seit über einer Stunde. Regengüsse wie aus Eimern wechseln mit feinem herbstlichen Nieselregen ab, der sich auf die Gedanken legt und einen melancholisch stimmt.

Auch Francesca Aliprandi hat melancholische Gedanken, die Krankenschwester der Nachtschicht, die mit ihren Clogs durch die Stille klappert. Mit geschwollenen und vom Weinen geröteten Augen kommt sie aus dem Badezimmer. Das hat dieser Blödmann Gianni, ihr Freund, sich fein ausgedacht, ihr mit ein paar SMS kurz und bündig mitzuteilen, dass er sie verlässt. Sie hat versucht, ihn anzurufen, aber er hat sie beim dritten Klingeln weggedrückt. Und das Handy anschließend abgeschaltet.

Als sie die Ansage der Telefongesellschaft hörte, konnte Francesca nicht mehr an sich halten und schloss sich im Bad ein, um den Tränen, die sie in sich aufsteigen spürte, freien Lauf zu lassen.

Als sie jetzt das Bad verlässt, fühlt sie sich etwas besser. Doch sie weiß, dass das Einbildung ist. Wie bei einem Unfall, wenn man sich etwas bricht. Den Schmerz fühlt man nicht sofort, erst nach einer Weile.

»Alles in Ordnung, Francesca?«, fragt der Arzt sie, und sie sieht ihn an und verzieht das Gesicht zu einer Art Lächeln. Dann gibt sie es auf, denn auch beim Lachen kommen ihr die Tränen.

»Nehmen Sie«, sagt er und reicht ihr ein Taschentuch.

»Nicht nötig, Dottore.«

»Lassen Sie mich doch den Kavalier spielen, hm? Wofür bin ich denn sonst hier.«

Francesca nimmt das Taschentuch und wischt sich damit über das Gesicht. Zum Glück ist es nur er. Hätte der Professor sie so erwischt, wäre das ihr Ende gewesen. Der Doktor hingegen ist nett. Das erkennt man an seinen Augen.

»Es regnet immer noch«, sagt er und lugt aus einem Flurfenster, um dann Richtung Intensivstation zu gehen. Hinten, am anderen Fenster, steht einer der zwei Wachleute von Alice Mantovani. Der andere geht keine zwei Meter entfernt nervös auf und ab.

Francesca sieht sie an und denkt, dass hier wirklich eine schlimme Geschichte läuft. Zuerst das Mädchen mit ihrem Polizisten, der einem wirklich leid tun kann, so wie der leidet. Dann Doktor Malvezzi, die zwar nicht gerade nett war, aber ein solches Ende dann doch nicht verdient hatte. Und jetzt auch noch Polizisten auf der Station.

Sie blickt wieder zu ihnen hinüber. Der eine spricht mit dem Doktor. Sie reden leise und scheinen zu lachen. Auch sie lacht gerne. Manchmal zu viel. Ihr Freund – verflucht soll er sein – hat einmal zu ihr gesagt, wer so lacht, den halten die Leute am Ende noch für dumm. Und sie wusste gar nicht, was sie darauf antworten sollte.

Einen Augenblick schaut sie den Arzt an, der mit den Polizisten spricht, dann entfaltet sie das Taschentuch, schnäuzt sich so leise wie möglich und geht ins Schwesternzimmer.

Kaum hat sie den Fuß hineingesetzt, ertönt der Alarm.

Bett eins. Alice Mantovani. Sie läuft aus dem Zimmer und über den Flur. Der Arzt ist schon da.

»Herzkrise«, sagt er ernst, als er sie sieht.

Und Francesca Aliprandi weiß, dass sie diese Nacht vielleicht keine Muße mehr haben wird, um an die Nachrichten ihres Gianni zu denken.

Bologna, 4. Mai. Sieben Uhr siebenundfünfzig

Als ich die Intensivstation verlasse, ist es fast acht.

Ich habe die Nacht dort verbracht, bin den Flur auf und ab gelaufen, habe einen Kaffee nach dem anderen in mich hineingeschüttet und mit Giovanni und Donato Aiuti gesprochen.

Und Alice betrachtet, die hinter der Scheibe liegt und sich an den immer dünner werdenden Faden ihrer Atmung klammert.

»Eine starke Frau«, haben mir alle gesagt. Und ich dachte bei mir, eine Frau, die alle für stark halten, sieht von außen immer gesund und munter aus. Dabei müssten die Leute nur mal in sie hineinschauen.

Da liegt Alice, in dem Bett, schon viel zu lange, tagein, tagaus, und von hier durch die Scheibe betrachtet, scheint sie zu schlafen. Wenn es einem gelingt, die Schläuche und Monitore auszublenden und nur die Frau in dem Bett zu sehen, schläft sie. Selbst heute Nacht, selbst mit Giovanni Salvis düsterer Miene wie eine durchgebrannte Glühbirne, wirkte Alice, von hier draußen betrachtet, wie eine Frau, die schläft.

Ein wenig wie im Leben, wenn du blauäugig glaubst, es würde dich berieseln wie eine warme Dusche. Nur weil der Schmerz im Innern verschlossen ist. Und es nicht hinaus schafft.

Ein wenig wie mein Schmerz, als ich von der Intensivstation kommend in die Bar bei dem großen Brunnen schlüpfe und schweigend einen Kaffee trinke. Und ein Kind anlächele, das einen riesigen Krapfen isst und sich von Kopf bis Fuß mit Schokocreme beschmiert.

Auch mein Schmerz ist im Innern verschlossen, und keiner würde merken, dass es mir schlechtgeht. Sie merken nur, dass ich eine schlaflose Nacht hinter mir habe, an meinen Augenringen, dem unrasierten Gesicht und dem zerknitterten blauen Hemd, das ich mir in die Hose stecke, bevor ich in den Wagen steige.

Der Anruf von Doktor Bevilacqua erreicht mich, als ich gerade in Höhe der Leichenhalle wende, und schon um diese Uhrzeit sind die Straßen voll mit Autos und Autofahrern, die angesichts des seit gestern Abend anhaltenden Nieselregens leicht hysterisch wirken.

Während er mir berichtet, wie Anna Malvezzi gestorben ist, übersehe ich um ein Haar einen Jungen, der blindlings über die Straße zum Bus rennt. Zwanzig Zentimeter vor seinen dürren Beinchen komme ich zum Stehen, und er hält kurz inne und sieht mich an, während ich einen mordsmäßigen Fluch auf ihn niedergehen lasse und ihn am liebsten auf den Mond schießen würde.

»Sie wäre sowieso gestorben«, hat Bevilacqua gesagt, und dieser Satz brummt weiter durch meinen Kopf, während ich mit dem Wagen die Via San Mamolo hinauffahre. Es ist nicht so sehr von Bedeutung, dass er ihr die Lippen mit einem äußerst wirkungsvollen Sekundenkleber versiegelt hat, und auch nicht, dass er ihr zuvor den Mund mit Katzenfutter irgendeiner Billigmarke gefüllt und – »keine Ahnung, wie«, meinte Bevilacqua – den Appetit der Katze auf sie angestachelt hat. Es ist nicht von Bedeutung, dass er sie an den kreuzförmig ausgebreiteten Händen und Füßen gefesselt hat. Es ist dieses »sowieso«, das mir keine Ruhe lässt. Denn bevor er sie fesselte, hat er ihr ein Pflanzenextrakt gespritzt, Eisenhut. Ein giftiges Extrakt, tödlich.

Anna Malvezzi wäre sowieso gestorben. Er hatte beschlossen, sie zu töten, bevor er ihren Tod inszenierte. Und wieder denke ich, als ich an der großen Villa oberhalb von Bologna klingele, dass ihr Tod eine Warnung sein sollte.

Ein Exempel.

»Hier ist Kommissar Riccardi«, erwidere ich auf das Krächzen der Sprechanlage, und das elektrische Gitter fährt langsam zur Seite und gibt den Blick auf die Allee und das rote Backsteinhaus an ihrem Ende frei. In der Haustür steht eine Frau. Sie ist Mitte vierzig, und die fast eisige Haltung, die sie an den Tag legt, verunsichert mich.

»Meinem Vater geht es nicht gut, wie Sie sicherlich wissen«, erklärt sie, während wir die Treppe in den ersten Stock hinaufsteigen. Und selbst als sie von der Krankheit des Mannes erzählt, wegen dem ich hier bin, bleibt ihre Stimme ausdruckslos und kalt, distanziert. Wie auch das Haus wirkt die Frau, als käme sie von einem anderen Stern, vollkommen gleichgültig gegenüber dem, was hier passiert.

Sie bleibt vor einer Holztür stehen, ganz am Ende eines langen Flurs mit vielen Fenstern und einer riesigen Terrasse davor, die einen weiten Ausblick auf Bologna bietet.

»Aber bitte«, sagt die Frau, bevor sie die Tür aufmacht, »ermüden Sie ihn nicht zu sehr.«

»Keine Sorge. Und entschuldigen Sie, dass ich Sie so überfalle.«

»Bitte«, erwidert sie nur und lässt mich eintreten.

»Mach die Tür zu«, ruft eine tiefe alte Stimme, kaum dass ich drin bin. Augenblicklich schließt sich die Tür.

Professor Franco Dossenas Zimmer ist so groß wie meine halbe Wohnung. An zwei Wänden reichen Bücherregale bis an die Decke. Vor dem Fenster, das auf die Terrasse hinausgeht, steht ein niedriger Holztisch mit drei Ledersesseln. Links vom Eingang dann das Bett: schlicht, wie die gesamte Einrichtung.

Der Professor steht am Fenster und hat mit der linken Hand den Vorhang zurückgeschoben. Er blickt geradeaus auf den Wald, der den Hügel bedeckt und im Dunst verschwindet. Er hört mich nicht, bis ich praktisch einen Meter hinter ihm stehe.

»Guten Morgen, Professore«, sage ich. Er schaut sich um.

Er ist groß und dünn wie ein Bambusrohr, doch sein gerader Rücken und die lebhaften Augen lassen erkennen, dass er sich dem Alter noch nicht ergeben hat. In seiner rechten Hand hält er einen Stock. Mit seiner Hilfe dreht er sich um, sehr langsam, wie mir scheint. Einen Moment lang bin ich versucht, ihm zu helfen, doch sein stechender Blick erstickt meinen Vorstoß im Keim. Bei seinem Anblick wird mir klar, von welcher Seite der Familie die Tochter ihre Erbanlagen hat.

Er reicht mir die Hand. Der Händedruck, der einst fest gewesen sein muss, ist nur noch eine Andeutung. »Freut mich, Sie kennenzulernen«, sagt er und lässt sich in der gleichen Zeitlupe wie eben in einen Ledersessel sinken. Dann bedeutet er mir mit dem Stock, gegenüber von ihm Platz zu nehmen.

»Ihre Tochter hat mir …«

»Meine Tochter hält mich für einen Kretin«, unterbricht er mich sofort. »Ich hingegen halte sie für den Kretin. Auf diese Weise sind wir quitt. In Wahrheit konnten wir uns nie besonders leiden. Aber das war vermutlich meine Schuld. Zumindest glaubt sie das.«

Ich weiß nicht, ob ich lächeln soll oder lieber unbeteiligt tue. Dossena sieht mich an. Während ich seinem Blick standhalte, überlege ich, dass er wahrscheinlich den Grund für meinen Besuch herausfinden will. Das Einzige, was ich ihm gestern sagen konnte, war, dass ich im Fall eines ehemaligen Patienten von ihm ermittle und wissen möchte, ob er sich noch an etwas erinnern kann.

In Wirklichkeit erwarte ich mir nicht viel davon und hätte ihn auch einfach am Telefon befragt. Aber er wollte unbedingt, dass ich hochkomme, als bekäme er so selten Besuch, dass ihm sogar ein Polizist willkommen ist.

»Also, Commissario, wollen Sie mich nun etwas fragen oder lieber weiter schweigen?«, beginnt er. »Sie wissen, dass ich Diabetes habe, seit Jahren. Nur dass mein Herz darüber in letzter Zeit nicht besonders begeistert ist. Genauso wenig wie mein Bein. So musste ich mich zur Ruhe setzen.« Mit dem Zeigefinger klopft er sich an die Schläfe. »Mit meinem Kopf allerdings ist alles in bester Ordnung. Nur mein Körper lässt mich im Stich. Fragen Sie also. Es sei denn, Sie möchten auf meinen nächsten Herzinfarkt warten, zwei hatte ich schon. Und ich gehöre einer Generation an, die noch an Redensarten glaubt.«

»Ich führe eine Ermittlung über eine Person durch«, beginne ich, und Dossena bedeutet mir, weiterzureden. »Über einen Mann, der vor etwa drei Jahren verschwunden ist. Das Letzte, was ich von ihm weiß, ist, dass Sie ihn operiert haben.«

»Oberschenkelfraktur, nehme ich an. In diesem Zeitraum habe ich meine letzten Operationen durchgeführt, und es waren allesamt Oberschenkel. Ich kann mich also nicht irren.«

»So ist es. Ein gebrochener Oberschenkel. Ein gewisser Anselmi.«

Noch bevor ich den Namen zu Ende gesagt habe, höre ich den Stock auf den Fußboden knallen. »Guido Anselmi?«, fragt er, und um ein Haar erleide ich den Herzinfarkt, der ihm noch fehlt, um das Sprichwort zu bestätigen.

»Kennen Sie ihn?«

»Ein paar Jahre älter als ich, Geheimratsecken, helle Augen, graumelierter Bart?«

Ich stecke die Hand in die Tasche und ziehe die Kopie des Fotos im Personalausweis hervor. »Der«, sage ich und reiche ihm das Bild.

»Heiliger Bimbam, Guido Anselmi«, flüstert er. »Ingenieur, wenn ich nicht irre«, sagt er und gibt mir das Foto zurück.

»Ingenieur.«

»Und was ist dem lieben Ingenieur passiert?«

Ich stütze mich mit den Ellbogen auf meine Knie. »Nur, dass es keine Spur mehr von ihm gibt, seit er das Krankenhaus verlassen hat.«

»Tja, für einen Abend etwa zehn Tage nach seiner Entlassung kann ich Ihnen sagen, wo er war. Er saß da, wo Sie jetzt sitzen, und hielt ein Glas Wein in der Hand.«

Nein. Das muss ich erst verdauen. Ich setze mich im Sessel zurecht, schaue kurz aus dem Fenster und suche dann Dossenas Blick. »Erzählen Sie.«

Er wirkt nicht im mindesten erregt. »Das ist alles sehr einfach. Anselmi lebte in Bari, soweit ich weiß. Er hielt sich in Bologna auf, um einen Freund zu besuchen. Eines Tages hatte er einen Unfall. Er wäre fast von einem Auto überfahren worden. Er hat sich erschrocken und ist gestürzt. Leb wohl, Oberschenkel. So muss es mehr oder weniger gewesen sein. Außer dem Oberschenkel hatte er noch ein anderes Problem, an das ich mich nicht mehr erinnere: Als er bei mir in der Orthopädie landete, hatten sie ihn schon anderswo operiert. Was es war, können Sie ja in seiner Krankenakte nachlesen. Ich weiß es offen gestanden nicht mehr. Aber ich weiß noch, dass ich ihm einen schönen neuen Oberschenkel gemacht habe. Eine eiserne Gesundheit hatte der Mann. Bis auf eine lästige Lebensmittelallergie, aber wogegen genau, kann ich Ihnen nicht mehr sagen.«

Da ist sie, denke ich. Die Allergie.

»Jedenfalls«, fährt er fort, »als ich ein paar Tage nach dem Eingriff in sein Zimmer komme, sitzt er gerade mit einem Mann zusammen, den ich seit zwanzig Jahren kenne, dem Freund, den er besuchen wollte. Die Welt ist klein, und wenn es nicht die Frauen eines anderen sind, sind es seine Freunde. Irgendwo sieht man sich immer wieder. Sante Guerrazzi hieß er. Armer Mann. Er hatte einen Tumor an der Leber und ist vergangenes Jahr gestorben. Schreckliches Ende. Jedenfalls kannte ich Guerrazzi durch einige Renovierungsarbeiten, mit denen ich seine Firma in meinem damaligen Haus in der Stadt beauftragt hatte. Anselmi hatte ihn wohl im Urlaub getroffen, vor vielen Jahren. Sie teilten ihre Leidenschaft für alte Gebäude. So jedenfalls haben wir uns kennengelernt.«

»Und dann?«

Dossena setzt sich mühsam mit Hilfe des Stockes in seinem Sessel um. »Nichts dann. Während seines Krankenhausaufenthaltes trafen wir uns häufig auf ein paar Worte in seinem Zimmer. Dann, nach seiner Entlassung, haben wir einmal gemeinsam hier zu Abend gegessen.«

Ich bin enttäuscht. »Sonst nichts?«

»Nein, ich glaube nicht. Etwa eine Woche nach unserem Essen hat Guerrazzi versucht, ihn auf dem Mobiltelefon zu erreichen, doch Anselmi hob nicht ab. Er hat es mehrere Male versucht, ohne Erfolg. Eine Weile haben wir ihn noch gesucht. Dann haben wir es aufgegeben. Aber er tauchte immer mal wieder in unseren Unterhaltungen auf, Ingenieur Anselmi. Deswegen erinnere ich mich an ihn.«

Er hustet. »Würden Sie mir freundlicherweise einen Schluck Wasser holen? Die Flasche muss auf dem Nachttisch stehen.«

Ich stehe auf und schenke ihm Wasser ein.

»Es tut mir leid, wenn ich Ihnen keine große Hilfe bin, Commissario. Aber darf ich fragen, warum Anselmi Sie interessiert?«

Ich überlege kurz. Dann erzähle ich ihm eine unausgegorene Lügengeschichte, die er schnell durchschaut.

»Ich verstehe«, sagt er schließlich. »Sie dürfen nicht darüber reden. Das ist in Ordnung.«

Ich reiche ihm das Glas Wasser und sehe zu, wie er trinkt, langsam. Draußen hat es aufgehört zu regnen.

»Um die Wahrheit zu sagen, es gibt etwas, das ich Ihnen verschwiegen habe«, sagt er, als er das Glas zurück auf den Tisch stellt.

»Was denn?«

»Der Mann, der ihn beinahe überfahren hätte, hat ihn im Krankenhaus besucht. Ich vermute, eine Art Buße, um sein Gewissen zu entlasten. Solche Verhaltensweisen habe ich unzählige Male beobachtet. Sie gingen auch zusammen essen, vor unserem Wiedersehen. Merkwürdig war allerdings, dass ich den Mann schon früher gesehen hatte.«

»Sie kannten ihn?«

»Nein, von kennen kann keine Rede sein. Ich wusste nur, wer er war, das ist alles. Er hieß Pietro. Aber fragen Sie mich nicht nach seinem Nachnamen, den kenne ich nicht. Ich hatte ihn im Hause eines Kollegen gesehen, einer medizinischen Koryphäe auf dem Feld der Nierentransplantation. Antonio Foschi, falls Sie von ihm gehört haben.«

Mir kommt eine Straße in den Sinn, die parallel zur Via Indipendenza das Zentrum Bolognas durchquert. »Entschuldigen Sie meine Unwissenheit, meinen Sie den mit der Straße?«

Dossena lächelt. »Nein, das ist sein Vater. Der hieß auch Antonio. Und war Arzt wie er. Wären wir in Amerika, hätten wir meinen Kollegen wahrscheinlich alle nur den Junior genannt. Dieser Pietro jedenfalls arbeitete in der Villa Foschi als eine Art Hausmeister. In der Villa der Familie, die ihm sein Vater hinterlassen hatte. Mit meiner Frau verbrachte ich dort häufig die Sonntagnachmittage im Frühling, bevor sie mich für immer verließ. Ein herrlicher Ort.«

»Pietro also …«, überlege ich laut.

»Ja, Pietro. Einer aus Reggio, glaube ich. Scheint wohl früher mal Dieb gewesen zu sein. Ein kleiner Fisch, der in Wohnungen einbrach.«

»Und was ist aus Professor Foschi geworden?«

»Ich bin der einzige Überlebende, Commissario. Wenn auch nicht mehr lange, fürchte ich. Aber Foschi war einer der ersten, der verschied. Seine Frau starb an einem Tumor, die Arme. Er fiel in eine Depression, aus der er nicht mehr herausfand. Antonio hatte nie viel geredet. Nicht davor, und danach erst recht nicht. Er verbrannte bei lebendigem Leib in seinem Schlafzimmer. Er rauchte viel, und wenn ich mich recht entsinne, war er mit der brennenden Zigarette eingeschlafen. Der Teppich ging in Flammen auf. Damals war Teppichboden noch in Mode.«

»Hatten sie Kinder?«

»Einen Jungen. Marco. Er muss etwa zwölf gewesen sein, als es geschah. Ich habe mich immer gefragt, was wohl aus ihm geworden ist. Ein beunruhigendes Kind.«

»Inwiefern?«

»Das lässt sich schwer erklären«, sagt Dossena, nachdem er tief durchgeatmet hat, um einen erneuten Hustenanfall zu unterdrücken. »Immer so allein und schweigsam. Er und seine riesige Katze, die nie von seiner Seite wich. Er redete kaum etwas, und wenn, immer in derselben Stimmlage. Monoton. Eine absolute Ruhe, die unheimlich war. Die Krankheit der Mutter muss für ihn schwer zu ertragen gewesen sein. Ebenso die kalte und distanzierte Art des Vaters. Wenn die Leute wüssten, was in den Köpfen von Kindern vorgeht, würden sie vielleicht keine in die Welt setzen.«

Ich schweige. Versuche, die Teilchen zusammenzufügen. Der verschwundene Anselmi, Pietro, Familie Foschi, die Katze und der Junge. Das Gebilde, das sich aus all den kleinen Schnipseln, die mir durch den Kopf schwirren, zusammensetzt, hat noch keine klare Form. Aber es gefällt mir nicht.

»Es stimmt nicht, dass Sie mir keine Hilfe waren, Professore«, sage ich und stehe auf.

»Sie gehen? Dann muss ich meine Tochter rufen«, sagt er, und sein Tonfall wird härter.

»Nein, ich finde allein hinaus«, sage ich lächelnd. »Und bleiben Sie ruhig sitzen, bemühen Sie sich nicht.«

»So schlimm steht es noch nicht um mich, dass ich meine Gäste nicht mehr verabschieden könnte. Und vor allem einen so angenehmen Gast wie Sie.«

Er steht mühsam auf und krallt sich an seinem Stock fest. Dann reicht er mir die Hand. Dieses Mal ist sein Griff fester.
»Danke«, sage ich und habe wirklich das Gefühl, ihm danken zu müssen. Er ist der erste Mensch, der den Vorhang vor Guido Anselmis Leben ein wenig lüften konnte, der mir einen Hinweis gegeben hat, wo ich weitersuchen kann.

»Ich danke Ihnen. Und kommen Sie mal wieder. Auch ohne verschwundene Personen.«

Ich lächle und gehe zur Tür.

»Commissario?«, ruft er, bevor ich sie aufmache. »Sie halten mich doch auf dem Laufenden wegen Guido Anselmi, nicht wahr? Sie werden verstehen, nach all den Jahren …«

Ich sehe ihn an, und ein Blick von ihm genügt, um meine Gedanken zu lesen. »Natürlich«, sage ich nach kurzem Zögern. Dann dreht Professor Dossena sich wieder zu seinem Fenster um und blickt auf den Wald.

Und dabei sieht er zum ersten Mal wirklich wie ein Überlebender aus.

Als er etwas weniger als fünfzig Gramm Rigatoni in das kochende Wasser wirft, muss Pietro an Guido Anselmi denken. Als er das erste Mal zu ihm kam, wollte er ihm beim Kochen helfen. Pietro war sehr verlegen. Doch bei der freundlichen Art des Ingenieurs war er langsam aufgetaut, und schließlich standen sie wie zwei alte Tanten vor dem Herd, die sich Geschichten aus ihrem Leben erzählen und Rezepte austauschen.

Schön war es gewesen. Lustig. Und vor allem war es echt, eine Echtheit, die ihm jetzt sehr fehlt. Er hat ihn verraten, den

Ingenieur Anselmi, und das Gewicht dieses Verrats wird sein Leben lang auf ihm lasten.

Denn es war ein doppelter Verrat. Zuerst durch Worte, indem er von der Begegnung und der Geschichte des Mannes erzählte, und dann durch Taten.

Für jemanden, der eine brauchbare Identität sucht, ist ein Mensch, der niemanden mehr hat auf der Welt, eine äußerst rare und willkommene Gelegenheit. Dort ist er gestorben, der Herr Ingenieur. Auf dem Wohnzimmersofa. Kurz nach seinem Espresso. Und nun ist er zurückgekehrt, um Gerechtigkeit zu fordern.

Er weiß noch, wie er in der Via D'Azeglio auf der Straße lag, vor dem alten Entbindungsheim. Das Bein unnatürlich verrenkt und die Stirn schweißgebadet, obwohl es kalt war. Er weiß auch noch, dass er ganz plötzlich vor ihm aufgetaucht war und dass er, wenn er sich nicht so erschreckt hätte, ihn sicher nicht einmal gestreift hätte.

Die Angst spielt einem manchmal böse Streiche.

Und die Angst kennt Pietro genau. Früher, als er noch Wohnungen in Mailand ausräumte, hatte er vor nichts Angst. Und auch nicht im Knast. Die Angst kam erst später.

Sie kam mit dem Kind, und sie wuchs, je mehr er nach und nach begriff, gleich nach dem Tod der Signora. An einem Regentag wie diesem war er kurz davor gewesen, zu Doktor Foschi zu gehen und ihm alles zu sagen. Er weiß noch, wie er appetitlos die Pasta aß, die er hatte verkochen lassen, und auf einen günstigen Moment wartete, in dem der Doktor ihn anhören würde. Auf einen guten Tag, wie er es nannte. Als der Tag da war, stieg er die Treppe zu seinem Büro hinauf und streckte schwer schluckend die Hand aus, um an die Tür zu klopfen.

Da hatte das Kind auf der Schwelle des Badezimmers gestanden, auf dem Arm die Katze, die niemals von seiner Seite wich. In diesem Moment war die Angst aufgeflammt. Vor dieser Tür, an die er niemals klopfen sollte.

»Was tust du, Pietro?«, hatte das Kind ihn gefragt, und er hatte geschwiegen.

»Nichts«, hatte er dann gesagt und war die Treppe wieder hinuntergegangen. Eine Woche später brach das Feuer aus, und danach alles andere, eine endlose Folge bis zu der Nacht, in der Gabriele Riccardi Teresa Rizzo erschossen und damit unwissentlich eine lange Reihe von Todesurteilen unterschrieben hatte.

Darunter auch das, da war Pietro sich sicher, seines bisherigen Lebens.

Eine Sache ist seltsam, und er hat sie weder vorhergesehen noch bisher ganz begriffen.

Vielleicht ist es nur ein Gefühl. Wie wenn sich ein Muskel deiner Kontrolle entzieht und unwillkürlich zuckt, nur ganz kurz. Nachdenklich streift er sich den Kittel über und betrachtet sein Spiegelbild, das normale, aber müde Gesicht. Die Augen, die alle als ruhig bezeichnen würden, die aber in ständiger Bewegung sind, wie seine Gedanken. Zu viele Gedanken.

Er muss aufpassen. Er balanciert auf einem seidenen Faden, und die Entfernung zum Boden war noch nie so groß. Wenn er danebentritt, ist es aus, wie eine lange Stille, die ein Hustenanfall durchbricht.

Während er seine Hände anfeuchtet und sich damit durch die Haare fährt, fragt er sich, wie viel Zeit noch ins Land gehen wird, bis der Sizilianer endlich tut, was er tun muss.

Und dann Pietro. Pietro, der niemals irgendwelche Fragen gestellt hat und auf einmal anfängt, zu viele zu stellen, wie alte Menschen es manchmal tun. Pietro mit seiner bedingungslosen Treue. Pietro ist der einzige Mensch auf der Welt, der ihm wie ein Vater ist. Und er muss sich mehr Zeit nehmen für ihn, damit er sich nicht so entsetzlich allein fühlt, wie er es seinem Blick ansieht.

Einsame Menschen können gefährlich werden.

Im Grunde läuft es gar nicht so übel. Der Faden ist dünn, aber stabil. Und er hat nur noch wenige Schritte bis zum Ziel.

Er lächelt, und sein Gesicht gefällt ihm schon viel besser. Er denkt an den kleinen Umweg, den er gemacht hat, bevor er zu seiner Schicht kam. An die Überraschung, die er Gabriele Riccardi in einem Umschlag im Briefkasten hinterlassen hat.

Er knöpft seinen Kittel zu und verlässt das Umkleidezimmer. Als er durch den Flur geht, lächelt er immer noch. In seinen Gedanken begleitet ihn immer das Bild von Teresa, wie er sie das letzte Mal gesehen hat, federleicht und leuchtend, an einem sonnendurchfluteten Morgen vor viel zu langer Zeit.

Die Fahrstuhltür geht auf und reißt mich aus meinen Gedanken.

Es ist für alles zu spät, selbst zum Atmen. Der Krankenhausgeruch haftet an mir, und mein Kopf quillt über von Vermutungen, Ideen, Hirngespinsten, Fakten.

Die Geschichte von Professor Dossena ist korrekt. Der Brand, der Professor Foschi getötet hat, der Tod der Frau, der Sohn Marco, die Katze und Pietro. Der mit Nachnamen Giannelli heißt und der nach dem Feuer nach Reggio Emilia zurückgekehrt ist, wo er vor etwa zehn Jahren an Knochenkrebs gestorben ist. Das war nicht schwer zu überprüfen. Er musste nur den entsprechenden Bericht von damals heraussuchen. Es gab auch eine Obduktion. Alles korrekt. Er muss nur noch herausfinden, was danach passiert ist. Marco Foschi, der Junge, war etwa dreizehn Jahre alt, als er Waise wurde. Er kommt zu seinen Großeltern mütterlicherseits nach Suzzara in der Gegend von Mantua, und dort bleibt er bis zu seinem achtzehnten Geburtstag. Dann verliert sich seine Spur.

An der Universität von Bologna hat er sich noch für Medizin eingeschrieben, aber keine Prüfungen abgelegt. Und als Wohnsitz ist immer noch die Adresse der Großeltern angegeben. Kein Foto. Er verschwindet einfach und taucht nirgendwo mehr auf. Es gibt keinen Führerschein auf seinen Namen, keinen Ausweis, kein Examen. Nichts. Und angesichts dieses absoluten Nichts kommt mir der Gedanke, dass ich nun vielleicht den wahren Namen meines Phantoms kenne. Bleibt allerdings die Frage, überlege ich, als ich von der Garage ins Erdgeschoss hinaufgehe und die Post kontrolliere, was Teresa Rizzo mit alldem zu tun hat.

»Marco Foschi«, murmele ich und drehe gedankenverloren den Schlüssel im Briefkastenschloss. Ich nehme die Post heraus, steige in den Aufzug und drücke auf mein Stockwerk, während ich achtlos die Rechnung für Licht und Gas überfliege, eine Supermarktreklame, einen Flyer für einen Entrümpelungsdienst, einen Brief von der Versicherung. Ganz unten, als sei die Reihenfolge gewollt, liegen ein weißer Umschlag ohne Adresse und Absender und ein zweimal gefaltetes Blatt Papier.

Als ich meine Etage erreiche, lese ich die Nachricht zum zweiten oder dritten Mal, immer wieder, als wolle ich sichergehen, dass sie keine Einbildung ist. Ich steige aus dem Fahrstuhl und schließe beinah die Tür meines Nachbarn auf. In meiner Wohnung setze ich mich an den Küchentisch, lege die restliche Post beiseite und lese noch einmal den Zettel, dieses Mal um größtmögliche Ruhe bemüht.

Es sind wenige Worte.

ICH KENNE JEMANDEN, DER DICH INTERESSIERT. PARKPLATZ CENTRO BORGO. MORGEN ABEND UM HALB ZWÖLF. ALLEIN.

GASPARE NUNIA

Die Notiz wurde per Hand geschrieben, in Blockschrift. Man hat den Eindruck, dass sich jemand um besondere Sorgfalt bemüht hat, damit die Schrift nicht unleserlich wird. Wie der Glückwunsch eines Kindes zum Geburtstag seiner Mutter, denke ich kurz. Dann grübele ich, was Gaspare von mir wollen kann und ob die Nachricht tatsächlich von ihm stammt.

Und bevor ich noch zu einem Ergebnis komme, ist mir klar, dass ich hingehen werde, selbst wenn es eine Falle ist. Ich will wissen, was er mir zu sagen hat. Ich will wissen, wen er kennt und ob er erraten hat, dass es nur einen einzigen Menschen auf der Welt gibt, der mich wirklich interessiert. Alice und der sehnlichste Wunsch, sie die Augen öffnen und lächeln zu sehen.

Die Neugier hat die Katze getötet, stand in der E-Mail. Vielleicht bin ich jetzt die neugierige Katze.

Ich stehe auf und trinke einen Schluck eiskaltes Wasser aus der Flasche. Dabei fällt mein Blick auf den weißen Umschlag auf dem Tisch. Ohne die Flasche in den Kühlschrank zurückzustellen, lehne ich mich an die Spülmaschine und öffne ihn. Darin liegt ein Computerausdruck mit zwei Fotos und einer Bildunterschrift.

Leben und Tod liegen bei mir. Und bei deiner Schweizergarde.

Die Fotos sind unmissverständlich. Auf dem linken sieht man Anna Malvezzi. In Großaufnahme. Ihre Augen sind geschlossen, und sie scheint zu schlafen, den Mund einen Spalt geöffnet. Am unteren Rand des Fotos erkennt man undeutlich eine Kette, die um ihren Hals liegt.

Auf dem rechten Foto sieht man Alice im Krankenhaus. Das Objektiv befindet sich in etwa eineinhalb Meter Höhe, als hätte es jemand heimlich auf Brusthöhe gehalten, um nicht von hinten dabei beobachtet zu werden.

Ich lege das Blatt auf den Tisch und starre darauf.

Ich war naiv, an einen Zufall zu glauben. Als sich Alices Zustand gleich am ersten Abend der Bewachung verschlechterte. In meinem Leben geschieht nichts zufällig.

Nicht einmal eine Herzschwäche.

Ich greife zum Telefon und rufe die zwei Wachmänner im Krankenhaus an. Trentin, der ältere, geht ran.

»Verzieht euch«, sage ich, und er begreift nicht und will etwas einwenden. »Ich habe gesagt, ihr sollt von dort verschwinden«, wiederhole ich.

»Gibt es etwas Neues, Commissario?«

Nun brülle ich. »Scheiße, Trentin, neu ist, dass ich dir einen Befehl gebe und du herumzickst! Geh nach Hause oder saufen oder ficken, aber verlass augenblicklich dieses Krankenhaus! Hast du verstanden?«

»Sissignore«, erwidert er mit fester, aber kaum hörbarer Stimme.

»Gut. Zuerst will ich aber noch etwas wissen. Und gib acht, was du sagst. Bevor sich der Zustand der überwachten Person gestern verschlechterte, hast du da jemanden in das Zimmer gehen sehen? Denk zuerst nach. Zuerst und nicht hinterher.«

»Niemand«, sagt er nach einem kurzen Schweigen, und ich bin drauf und dran, ihn wieder anzubrüllen. Dann fällt mir ein, dass das vollkommen logisch sein könnte.

»Frag Sterpi«, sage ich.

»Moment«, erwidert er, und ich höre ihn reden. »Niemand«, bekräftigt er dann.

Mir entfährt ein eigenartiges, hysterisches Fauchen. »In Ordnung. Und jetzt raus da und zwar ein bisschen plötzlich.«

Ich lege auf.

Leben und Tod liegen bei mir.

Das sind seine Worte, und plötzlich verstehe ich, warum Anna Malvezzi gestorben ist. Und dass ich ein schrecklicher Idiot war, ihr an jenem Tag nicht zuzuhören.

Aber jetzt weiß ich genau, was ich zu tun habe.

Ich setze mich wieder an den Küchentisch, betrachte den

Brief, den Zettel mit der Verabredung und dann die zwei Fotos.

Ich lächele traurig, als mein Blick über Alices Gesicht wandert.

Dann lasse ich mich im Stuhl zurücksinken und starre dumpf an die Wand.

Zwölf

Bologna, 5. Mai. Acht Uhr zwölf

Der Kaffeeautomat spuckt seine schlammfarbene Brühe aus, und Doktor Donato Aiuti nimmt vorsichtig den Becher heraus, um sich nicht die Finger zu verbrennen. Die Luft an diesem Vormittag ist überraschend klar, und er bleibt kurz vor einem Fenster im Gang der Intensivstation stehen, um in den blauen, mit vereinzelten feinen weißen Schlieren wie mit Fusseln überzogenen Himmel zu schauen.

»Komischer Tag«, hört er eine Stimme hinter sich sagen und dreht sich um.

»Komischer Tag«, bestätigt er und blickt Giovanni Salvi in die Augen. Er kennt ihn seit zwanzig Jahren, seit sie zusammen ihr Studium begonnen haben und noch nicht wussten, was sie später einmal tun würden. Und er kannte auch Francesca, seine Frau. Zumindest bis sie sich trennten, kaum ein Jahr nach der Hochzeit. Er hat ein merkwürdiges Gesicht, Giovanni. Das Gesicht eines Menschen, der etwas sagt und gleichzeitig schon an den nächsten Satz denkt. Immer das richtige Wort zur richtigen Zeit. Er hat nie verstanden, ob das eine besondere Begabung oder ein Trick von ihm ist oder ob es ganz unwillkürlich geschieht.

»Probleme?«, fragt Giovanni und legt ihm eine Hand auf die Schulter.

»Malvezzi, die Arbeit. Das Übliche. Hast du den Jungen in Bett fünf gesehen?«

»Das Trauma? Der mit dem Polo?«

»Ja, er ist heute Nacht reingekommen.«

»Hattest du Dienst? Ich dachte, du seiest gerade erst gekommen.«

»Wie man's nimmt. Ich hatte Bereitschaft, um halb drei wurde ich angerufen. Immerhin habe ich es kurz nach Hause und unter die Dusche geschafft. Und den Kaffee«, erwidert er und hebt seinen Becher.

Salvi lächelt. »Ich versuche gerade, ohne dieses Zeugs auszukommen. Ich wollte stattdessen mal das Wasser aus dem Heizkörper probieren.« Er macht eine Pause. »Wo waren wir?«

»Bei dem Jungen. Er fuhr auf der Via della Barca. Betrunken, den Blutuntersuchungen zufolge. Er ist von der Straße abgekommen und gegen die Leitplanke gerast. Bei der Tankstelle unmittelbar vor dem Kreisel der Stadtautobahn. Zum Glück war sonst niemand da. Weder in der Tankstelle noch im Auto. Er war nicht angeschnallt, und der Airbag hat ihn mit voller Wucht am Hals getroffen. Neben allem anderen.«

Salvi seufzt und runzelt die Stirn. Ihn überrascht immer wieder, was die Leute sich alles einfallen lassen, um ihr Leben wegzuschmeißen. Als gäbe es nicht schon genug Todesursachen auf der Welt. »Wird er es schaffen?«, fragt er.

»Innerhalb einer Woche zu sterben, ja«, erwidert Donato mit dem ihm eigenen Zynismus, und Salvi sieht ihn etwas schief an. »Ich bin müde«, fährt er fort.

»Kann ich verstehen. Wenn du nach Hause willst …«

»Nein. Nicht körperlich. Ich habe das alles so satt, Giovanni. Das ist nicht das, wovon ich einmal geträumt habe. Es ist mir zu spät klargeworden. Diese Arbeit ist nicht das, was ich wirklich machen will.«

»Ich weiß«, antwortet Salvi, und nun ist es an Donato, ihn schief anzuschauen.

»Nein, du weißt es nicht. Du kannst es dir nicht einmal vorstellen.«

Schweigend betrachten sie die Tauben, die über den Rasen zwischen den Gebäuden trippeln. Dann durchbricht Francesca Aliprandis Stimme die Stille.

»Doktor Salvi?«

Giovanni wendet sich der Krankenschwester zu, und sie macht eine Kopfbewegung in Richtung Flur, über den Professor De Vitis herannaht.

»Danke, Francesca. Donato? Die Kavallerie ist da.«

Aiuti dreht sich langsam um. Er scheint sich nur schwer vom Anblick der Tauben lösen zu können. »Ich komme.«

»Hör mal, denkst du noch an heute Abend?«, fragt Salvi, während sie sich zur Morgenbesprechung aufmachen.

»Dein Geburtstagsfest? Mist. Ich wollte noch auf die Schießbahn.«

»Ich dachte mir schon, dass du es vergessen hast. Zum Teufel mit dir und deiner Pistole, die du immer herumschleppst. Das wird noch zur Manie.«

»Mensch, Giovanni, tut mir leid. Trotzdem meine Glückwünsche.«

»Schon gut, danke. Aber heute Abend hätte ich dich wirklich gerne dabei.«

»Das lasse ich mir doch nicht entgehen. Sobald ich hier raus bin, lege ich mir eine Infusion, um auf den Beinen zu bleiben, und komme. Wen hast du eingeladen?«

»Die üblichen Verdächtigen. Und Gabriele Riccardi.«

»Riccardi auch?«

»Ihn auch, ja.«

»Das war gut«, sagt Donato. »Manchmal frage ich mich, wie der Mann das alles durchsteht …« Im selben Moment hört er die donnernde Stimme von Professor De Vitis und merkt, dass die Zeit zum Plaudern abgelaufen ist.

Aber nicht die zum Denken.

Giovanni Salvis Geburtstagsparty ist eine Art Ärzteversammlung, bei der ich mich ziemlich fehl am Platz fühle. Aber ich musste kommen. Hier ist mein Mann.

In Giovannis Wohnung war ich vorher schon zweimal. Hier habe ich ihn befragt, um etwas über seine Tochter Beatrice zu erfahren, am Tag ihrer Entführung. Seine Exfrau war auch dabei, und allein an der Spannung, die sich beim kleinsten Wortwechsel zwischen den beiden aufbaute, obwohl sie seit zehn Jahren getrennt waren, merkte man, dass sie nicht im Guten auseinandergegangen waren. Dann war ich noch einmal nach der Befreiung seiner Tochter hier und aß am selben Tisch mit ihm zu Abend, von dem ich mir nun ein Thunfischsandwich angele. Jetzt also erneut, aber in einem völlig anderen Gemütszustand, den ich zu verbergen versuche, indem ich alles, was sich bewegt, anlächele.

In der Wohnung in der Via Galliera befinden sich rund zwanzig Leute. Viele von ihnen habe ich schon im Krankenhaus vor Alices Monitor stehen sehen. Wenn ich sie betrachte, fühle ich mich wie ein Schiffbrüchiger, der auf einer Insel gestrandet ist, auf der die Welt verkehrt herum funktioniert. Keine Ahnung, warum, aber es kommt mir so komisch vor, dass die Leute, die über das Leben der Frau wachen, die ich liebe, ganz normale Menschen sein sollen. Leute, die ein Bier nach dem anderen trinken, die lachen und schmutzige Witze reißen, sich mit Chips vollstopfen und über Mode, Politik, Fußball, Frauen und Männer reden, vor allem aber über Medizin. Langweilige und unterhaltsame Menschen. Eben ganz normale Menschen.

Ich wandere durch das Wohnzimmer und versuche, mich zu unterhalten, doch ich bekomme nie mehr als zwei, drei Worte heraus. Ich sehe mir die Wohnung an, die Möbel, die Fotos. Auf einem sitzt Giovanni als kleiner Junge auf einer Wiese und strahlt über das ganze Gesicht.

Und vor allem sehe ich mir die Leute an, versuche Brocken

ihrer Gespräche aufzuschnappen, wie eine Wanze an der Deckenlampe, die alles Wort für Wort registriert, damit ein Dritter es ruhig und aufmerksam übertragen und anschließend analysieren kann.

Und über allem schwebt die Verabredung, die ich noch vor mir habe. Den ganzen Tag harre ich darauf, angespannt wie ein Kind im Wartezimmer des Zahnarztes. Ängstlich und schicksalsergeben darauf hoffend, dass die nervenaufreibende Warterei möglichst bald ein Ende hat.

»Wie geht es dir?«, fragt mich Giovanni, während ich mir zwei Finger Prosecco einschenke.

»Es geht«, sage ich und trinke. »Übrigens, herzlichen Glückwunsch. Wie alt wirst du eigentlich?«

»Alt genug, dass ich mit dem Zählen bald nicht mehr nachkomme«, sagt er mit gespielter Koketterie. »Ich habe eben auf der Station angerufen. Es ist alles in Ordnung. Alices Zustand hat sich stabilisiert.«

Ich sage nichts. Ich sage ihm nicht, dass ich eben noch auf der Station war, als er anrief, und dass mir dasselbe dort bereits mitgeteilt worden war. Ich bin da, um ihn und seine Kollegen zu observieren. Denn ich traue niemandem. Weder ihm noch irgendjemand sonst. Auch nicht Donato Aiuti, der wie ein Rettungsboot bei seinem Freund andockt.

»Guten Abend, Commissario. Amüsieren Sie sich?«

»Um ehrlich zu sein, fühle ich mich ein wenig wie ein Fisch an Land.«

Aiuti lächelt und schenkt sich nach. »Das kann ich verstehen. Wir Ärzte haben die schlechte Angewohnheit, immer über unsere Arbeit zu reden. Auf lange Sicht wird man wie Mitglieder einer Sekte. Andererseits werden Sie selbst schon gemerkt haben, dass einem wenig Zeit bleibt für Interessen außerhalb des Krankenhauses.«

»Mein Job lässt einem auch keine Freizeit.«

»Und ist dazu noch gefährlich«, kommentiert Aiuti.

Ich merke, dass ich schon wieder mit den Gedanken woanders bin. »Entschuldigung?«

Der andere grinst. »Ich meinte, dass Ihre Arbeit gefährlich ist. Wie die Geschehnisse der letzten Zeit eindeutig belegen.«

Ich zucke mit den Schultern. »Ich bin da, glaube ich, Fatalist. Meine Adresse steht in jedem Telefonbuch. Wie Sie vielleicht wissen.«

Ich sehe ihn an und harre auf eine Reaktion. Ich bilde mir ein, dass er verdächtig sein Gesicht verzieht, indem er die Augenbrauen hebt, aber vielleicht ist das nur eine alte Angewohnheit von ihm, und ich kenne ihn nicht gut genug, um sie richtig einschätzen zu können.

»Nein, das wusste ich nicht«, sagt er fast entschuldigend. Aus den Augenwinkeln sehe ich, wie Giovanni sich bückt und etwas vom Boden aufhebt.

»Hier, Donato. Wie oft hast du die schon verloren?«, sagt er und reicht ihm das gleiche dünne Kettchen, das auch er um den Hals trägt.

»Hübsch«, sage ich und zeige mit dem Finger darauf.

Aiutis Gesicht erhellt sich in einem Anflug bemühter Jovialität. »Gefällt Sie ihnen? Giovanni hat die gleiche. Wir haben sie auf einem Kongress gekauft, vor kurzer Zeit. Wenn man sich zu lange kennt, legt man sich irgendwann dieselben Laster zu. Sie war das einzige Souvenir, das wir uns von einem Ort wie Manerbio mitbringen konnten.«

»Ja, er hat mir davon erzählt. Aber Sie kommen doch hin und wieder sicher auch an vergnüglichere Orte.«

»Manchmal schon«, sagt Giovanni und verfolgt die Bewegungen des Freundes, der sich das Kettchen in die Jackentasche steckt. Wir schweigen. Ich sehe auf die Uhr.

»Ich muss dann mal«, sage ich.

Giovanni wirkt überrascht. »Du willst schon gehen?«

»Ja«, antworte ich, und meine Stimme scheint so überzeugt zu klingen, dass er nickt.

»Gabriele, ich wollte nur, dass du weißt, dass …«

Ich weiß, worauf er hinauswill. Genauso wie ich weiß, dass es nur zwei Gründe geben kann, weswegen er mich eingeladen hat: weil er mich im Auge behalten will oder weil ich ihm leid tue.

»Ich muss«, wiederhole ich und gebe ihm die Hand. »Einen schönen Geburtstag noch. Und danke für die Einladung.«

»Danke, dass du gekommen bist.«

Im Hinausgehen winke ich Doktor Aiuti zu, der ein paar Schritte zur Seite getreten ist, um zu telefonieren – die jüngste Tochter ruft ihn alle zwanzig Minuten an –, und der mir eines seiner serienmäßigen Lächeln zuwirft. Draußen, auf der Treppe, kann ich ein wenig durchatmen.

Ein verschwendeter Abend, abgesehen von dem guten Wein, den ich nur probiert habe, und dem Thunfischsandwich, das jeden Lazarus vom Sterbebett hätte aufstehen lassen. Sonst nichts. Nur ein Rauschen aus Worthülsen, die ich nicht verstanden habe. Früher konnte ich in Menschenmengen sehr gut bestimmte Signale auffangen. Wenn es irgendwo einen Misston gab, habe ich ihn sofort herausgehört wie ein Musiker, der die Stimmen der einzelnen Instrumente in einem Orchester auseinanderhalten kann.

Diesmal nicht, ich habe nichts gehört. Vielleicht ist mein Gegner einfach zu gut für mich. Oder vielleicht bin ich nicht mehr so gut wie früher.

»Sie sind der beste Ermittler, mit dem ich je gearbeitet habe«, hat der Polizeipräsident mir gesagt, als ich ihm von dem Wissenschaftler erzählt habe. Bis vor kurzem hielt ich mich auch für den Besten.

Jetzt, während ich ins Auto steige und den Motor anlasse, halte ich mich nur noch für ein armes Schwein wie viele andere.

Einer, der den Geschehnissen hinterherhechelt und versucht, nicht abgehängt zu werden. Bis mir jemand sagt, dass der Wettlauf zu Ende ist und ich nicht schnell genug war.

Als ich das Handy an das Ladegerät im Auto anschließe, fällt mir plötzlich Donatella Rizzo ein. Ich habe heute dreimal versucht, sie anzurufen, ohne Erfolg. Also nehme ich ein Post-it aus dem Spender und schreibe ihren Namen darauf. Dann klebe ich den Zettel gut sichtbar auf das Lenkrad.

Als ich links in die Via dei Mille einbiege, wandern meine Gedanken zu der Verabredung, der ich entgegenfahre. Unbewusst rutscht meine Hand an den Pistolenknauf in meinem Schulterholster.

Dort ist er, kalt und hart wie meine Gedanken.

»Glaubst du, dass er das war?«, fragt der Stumme und blickt auf die Straße.

»Nein. Wenn er es tun wollte, hätte er es anders getan«, antwortet Gaspare seelenruhig. Mit starr nach vorn gerichtetem Blick schaltet er langsam zurück, bis der schwarze Peugeot stehen bleibt, hinter den anderen Autos, die an der Ampel auf Grün warten.

Es ist zwanzig nach elf, und sie sehen schon die Leuchtschilder des Ipercoop von Centro Borgo vor sich, kaum dreihundert Meter hinter der Ampel.

Die Polizeikontrolle kommt erst danach, kurz hinter der Kreuzung.

Auf dieser Landstraße, die die Außenbezirke Bolognas mit der Via Emilia verbindet, herrscht immer reger Verkehr. Denn das vierspurige Asphaltband ist gesäumt von einer schier endlosen Schlange osteuropäischer und albanischer Prostituierter, eine Fleischbeschau, die ebenso viele Neugierige wie metallicfarbene Autos anlockt, deren Besitzer sich die Dienste der Mädchen leisten können.

Das Angebot beginnt am Verkehrskreisel der Umgehungsstraße und bricht die ganze Straße entlang nicht ab, außer an dem Punkt, wo der Streifenwagen steht und die Polizei heute Nacht ihren Kontrollpunkt eingerichtet hat.

Kurz bevor die Ampel auf Grün springt, legt Gaspare den ersten Gang ein und setzt den Blinker. Währenddessen schiebt der Stumme das Magazin in seine Pistole und lässt es mit einem Knacken einrasten.

»*'Un fari u fissa*, sei nicht albern, Luigi. Leg die Pistole weg. Wir fahren von hinten auf den Coop-Parkplatz«, sagte er, lenkt ruhig nach rechts, um den Polizeiposten zu umfahren, und beschleunigt langsam auf der Seitenstraße. Dabei genießt er im Rückspiegel den Anblick eines slawischen Frauenhinterns in Minirock, dessen Besitzerin sich sorglos bückt, um etwas aus ihrer Tasche zu holen, und dabei ihren fast nicht existierenden Slip zur Schau stellt.

Donato Aiuti entfernt sich ein paar Schritte vom Tisch und hält sich sein Handy ans Ohr.

»Ja?«, sagt er auf der Suche nach einem ruhigen Eckchen. Die Stimme am anderen Ende der Leitung ist dünn und unsicher. Doktor Cinti hat oft diese Stimme, wenn ihm etwas zusetzt.

»Erzähl mir alles. Mach dir keine Sorgen. Hast du getan, was ich dir gesagt habe?«, ermutigt er ihn, woraufhin der andere berichtet. Alles. Als es still wird, sieht Donato sich um, ob jemand mitgehört hat.

»Wer weiß noch Bescheid außer dir?«, fragt er und verabschiedet mit erhobener Hand Gabriele Riccardi, der gerade geht. »Gut. Sehr interessant. Sag mir wann.«

Und während sein Gesprächspartner antwortet, merkt er, dass er lächelt.

Um diese Uhrzeit ist der Parkplatz von Centro Borgo ausgestorben wie an einem Feiertag. Ich stelle mich mit dem Wagen unter eine Laterne und betrachte den Verkehr auf der Landstraße mit ihrer bunten Mischung aus Huren, Freiern und Schaulustigen. Am Rand des Abhangs, der die Straße von dem Parkplatz trennt, hockt ein blondes Mädchen in schwarzem Minirock im Gras und wartet. Die Autos fahren vorüber, hin und wieder beugt sich jemand aus dem Fenster, sagt etwas und fährt mit quietschenden Reifen weiter, wenn sie nicht reagiert.

Diese Typen machen mich wahnsinnig. Ich habe sie zur Genüge kennengelernt, als ich noch Streife fuhr. Sie kommen her und mimen die Macker und coolen Typen. Aber letztlich sind es alles Idioten.

Ich habe Angst.

Das wird mir bewusst, als ich die Autoscheinwerfer sehe und die Laternen, die den Parkplatz taghell erleuchten. Sie kommen mir kälter vor als sonst, und plötzlich finde ich die Vorstellung, alleine hier zu sein, wenngleich bewaffnet, nicht mehr besonders vielversprechend. Nervös klopfe ich mit dem Zeigefinger auf den Knauf meiner Pistole und merke, dass ich feuchte Hände habe.

Gerade wische ich sie an der Jeans ab, als ich den Peugeot sehe. Er ist schwarz und biegt mit nervtötender Langsamkeit auf den Parkplatz ein. Erst jetzt, wo ich ihn herankommen sehe, bin ich mir sicher, dass Gaspare Nunia der Absender der Nachricht ist. Und ein wenig bedaure ich es. Unterbewusst habe ich wohl tatsächlich gehofft, Marco Foschi, oder wie auch immer er heißen mag, aus dem Nichts auf den Parkplatz einbiegen zu sehen. Endlich sein Gesicht zu sehen und endlich das Spiel zu durchschauen.

Drei Meter von mir entfernt kommt der Wagen zum Stehen, mit der Nase in Richtung Ausfahrt. Ich steige aus dem Auto und stelle mich vor die geöffnete Fahrertür. Ich will kein Risiko eingehen. Der Schlüssel steckt im Zündschloss, bereit zum Anlassen. Ich mache die Jacke auf und spüre den Nachtwind auf dem Hals. So können sie deutlich sehen, dass ich bewaffnet bin.

Als der Peugeot anhält und jemand auf der Beifahrerseite aussteigt, bin ich fast ein wenig enttäuscht. Ich dachte, Gaspare käme allein. Aber er hat diesen Kerl dabei, der ihm nicht von der Seite weicht. Luigi Sowieso – ich weiß seinen Namen nicht mehr –, den alle nur den Stummen nennen.

Er stellt sich vor den Wagenschlag und sieht mich schweigend an.

Dann steigt Gaspare aus.

Er lässt die Fahrertür offen und tritt vor das Auto. Er trägt einen unförmigen schwarzen Pullover, unter dem sich hundertprozentig eine Waffe verbirgt. Vielleicht nicht nur eine Pistole. Er ist eher ein Typ für Hiebwaffen, der gute Gaspare.

Ich sehe ihn an, seine zerzausten Locken, den Dreitagebart, das müde Gesicht mit den wachsamen Augen. Das letzte Mal, dass ich ihm so unmittelbar gegenüberstand, war in dem Hof kurz vor Teresas Tod.

Wir sehen uns ein paar Sekunden schweigend an, dann entferne auch ich mich von dem Auto und trete näher.

»So sieht man sich wieder«, sage ich.

»Ja, so sieht man sich wieder.«

Ich hatte seine Stimme tiefer in Erinnerung.

Ich blicke mich um. In der Ferne höre ich das Brummen eines Lastwagens. Ich stecke die Hände in die Hosentaschen. Meine Angst ist wie weggeflogen. Wie die Müdigkeit nach einer langen, ruhigen Nacht. Ich sehe ihm in die Augen. Ich muss wissen, ob ich ihm trauen kann. Ich muss es jetzt wissen, denn nur dann kann ich es wagen, ihm etwas im Tausch für das anzubieten, was er mir sagen wird.

»Ich hatte nicht damit gerechnet, dass Sie so schnell darauf kommen würden«, beginnt Gaspare. »Dass Sie überhaupt kapieren, mit wem Sie es zu tun haben. Besser gesagt, mit wem wir es zu tun haben.«

Das ist mir zu umständlich. Es geht mir jetzt schon auf die Nerven. »Hör zu, Gaspare, sieh uns an. Es ist Mitternacht, und wir stehen mitten auf diesem Parkplatz. Stehen uns gegenüber wie in einem alten Western und reden um den heißen Brei herum, obwohl wir beide genau wissen, wie die Dinge liegen. Und was wir riskieren. Also tu mir den Gefallen: Sag, was du mir zu sagen hast, oder steig in dein Auto und verschwinde, und von morgen an spielen wir wieder Räuber und Gendarm wie eh und je. In meinem Leben ist im Moment wenig Platz für Gelaber.«

Nun schaut er mich an. Er verschränkt die Arme über der Brust. Dann nickt er dem Stummen zu. Und der Stumme beginnt zu reden.

»Er hat mir per Post ein Mobiltelefon zukommen lassen. Und mich angerufen. Er meinte, er könne mir helfen. Dass es nur gerecht sei, wenn dieses Schwein stirbt.«

»Zio Giulio?«

»Genau, Zio Giulio. Ich habe ihn gefragt, was ich tun soll. Und er hat es mir gesagt.«

»Hast du ihn gesehen?«

»Nein. Ich habe ihn in einer Kirche getroffen, im Beichtstuhl. Ich habe ihm das Geld und das Telefon gebracht. Und er hat mir die Sachen gegeben.«

»Die Kleider? In einer Kirche? In welcher?«

»Braver Junge, unser Bulle«, mischt sich Gaspare ein und geht unvermittelt zum Du über. »Wenn du den Rest hören willst, müssen wir einen Pakt schließen.«

»Den Rest, welchen Rest?«

»Das, was du vielleicht brauchen kannst.«

»Los, sag mir, was du vorhast, um unterzutauchen.«

Gaspare lacht mir ins Gesicht. »Unterzutauchen? Hältst du mich für einen Feigling? Ein Weichei? Von wegen untertauchen. Wenn ich fliehen will, dann tue ich es. Niemals würde ich dafür ein Geschäft abschließen. Du bist klug, Bulle. Du musst das doch kapieren. Du weißt, was ich von dir will.«

Er hat recht. Es liegt auf der Hand. Vielleicht wollte ich es nicht wissen, weil es alles verändert, weil es zu viel ist, weil der Preis zu hoch für mich ist.

»Nein«, sage ich und muss mir auf die Lippen beißen, um nicht zu schreien.

Gaspare lächelt und blickt den Stummen an. »Siehst du, Luigi, er hat es kapiert! Er sagt, er kann nicht.« Er kommt noch ein paar Schritte auf mich zu und ist nun zwanzig Zentimeter von meinem Gesicht entfernt. Sein Atem riecht nach Pfefferminz und Bier. Ich kann den Duft seines Duschgels wahrnehmen. »Du weißt besser als ich, warum ich ausgebrochen bin, Commissario. Vielleicht hast du kurz gedacht, ich wollte dich kaltmachen. Aber du bist mir scheißegal. Du interessierst mich nicht. Mich interessiert nur er. Du verstehst das, oder? Weißt du, wie er meinen Vater getötet hat? Er hat ihm den Kopf mit einem Stein zerschlagen. Er wollte wissen, ob ich gesungen habe. Ob ich singen würde. Und dann die anderen. Er hat alle umgebracht. Er sagte, ich gehöre ihm. Du weißt so gut wie ich, Riccardi, wie es ist, wenn man jemanden sterben sieht. Weißt du, was ich gedacht habe, als ich hörte, dass meine Mutter krank ist? Dass es besser so ist, damit Zio Giulio sie nicht zu töten braucht, was vielleicht schmerzhafter gewesen wäre als der Krebs, der ihr die Eingeweide herausgerissen hat. Verstehst du?«

Er redet aus Kussentfernung auf mich ein. Er flüstert die Worte, und ich spüre seinen Atem und das Gewicht seines Blickes. Wenn er wollte, könnte er mich jeden Moment töten. Aber ich habe keine Angst. Jetzt wirklich nicht mehr.

»Weißt du, warum wir noch leben?«, fragt er nun. »Hast du dich das jemals gefragt? Wir leben, weil er uns lebend braucht. Dich mit deinem Schmerz und mich mit meiner Vendetta. Deswegen hat er mir zum Ausbruch verholfen. Und später, wenn ich getan habe, was ich tun muss, bringt er mich um. Und es wird schmerzhaft sein. Ich weiß das. Ich habe von seiner Medizin gekostet, und ich weiß, was es heißt. Aber wir können ihn kriegen, Commissario. Ich und du. Und weißt du, wie? Ich bekomme meine Vendetta und sage dir dafür, was ich über ihn weiß. Ich werde dir sagen, wo das Phantom sich aufhält. Wo du ihn finden kannst. Und dann bringst du mich wieder ins Gefängnis.«

Überrascht reiße ich die Augen auf. Ich hatte also rein gar nichts von dem begriffen, was er mir sagen wollte.

Nunia ist meine Überraschung nicht entgangen. »Damit hast du nicht gerechnet, was, Riccardi? Ich vertraue dir. Du bist ein tüchtiger Bulle. Aber wenn er dir entwischt, wenn du stirbst und sie mit dir, bin ich allein. Und früher oder später wird er mich finden. Nur ins Gefängnis kommt er nicht. Wenn ich Glück habe. Hast du kapiert, was ich dir anbiete?«

Er schaut mich einen Moment an. Dann dreht er sich um und geht zu seinem Auto zurück. Der Stumme starrt ihn an. Mir schießt die Frage durch den Kopf, ob er weiß, was Gaspare für die Zeit plant, nachdem er Zio Giulio umgebracht hat. Dann wandern meine Gedanken weiter.

»Nein«, sage ich. »Das kann ich nicht tun.«

Gaspare Nunia bleibt gefasst, steht reglos mit verschränkten Armen da. »Morgen Abend um dieselbe Zeit bin ich wieder hier. Wenn du da bist, gut, wenn nicht, werden wir uns wohl nicht wiedersehen. Ich warte nur zehn Minuten, aber ich weiß, dass du pünktlich bist.«

Er geht um das Auto herum zur Fahrertür.

»Schöne Grüße an Alice«, sagt er, bevor er einsteigt. »Eine

tolle Frau. Wirklich schade, dass sie auf diese Weise sterben muss.«

Der Peugeot entfernt sich so langsam, wie er gekommen ist. Ich merke mir routinehalber die Autonummer, obwohl ich weiß, dass sie mir nichts bringen wird.

Als er verschwunden ist, steige ich ein und lasse den Motor an.

Und bei laufendem Motor und einem Lied aus dem Radio, das ich nicht höre, sitze ich dort und denke nach, viel zu lange, wie es mir vorkommt.

Gedanken, die nirgendwo anders hinführen als in eine Sackgasse.

Während er durch den Flur zu dem Zimmer geht, zählt er innerlich die Schritte, um sich zu konzentrieren. Die Zahlen helfen ihm, zur Ruhe zu kommen, das war schon immer so.

Alice Mantovani liegt dort vor ihm.

Ihre Haare sind über das Gesicht gerutscht, und er schiebt sie ihr sanft hinter die Ohren. Dann sieht er sie einen Moment lang an. Er hat nichts gegen diese Frau. Oder gegen irgendeinen der Menschen, die er in dieser Geschichte getötet hat oder töten wird. Er verspürt keinerlei Hass gegen Alice, keinen Ärger oder Neid. Er fühlt nichts, außer einer merkwürdigen Zärtlichkeit, die der seltsame Schnitt ihrer Augen in ihm auslöst und die lustige Art, wie sie die Hände bewegte, als sie nach der Praline griff.

Doch während er sie so ansieht, weiß er genau, dass Alice sterben wird.

Er weiß es mit derselben Gewissheit, mit der er weiß, dass er mindestens alle zwanzig Stunden zu ihr gehen und ihr diese winzige Injektion geben muss, die er normalerweise direkt in den Tropf laufen lässt.

Ohne diese minimale Dosis Antiserum wäre sie längst tot.

Er gibt sie ihr jeden Tag, seit sie hier liegt, und hat nur einen Tag ausgesetzt, als nämlich Gabriele Riccardi seine Wachhunde vor dem Zimmer postiert hatte.

Diese Injektion hält sie am Leben, sie reicht gerade aus, um das Toxin in seiner Wirkung zu bremsen. Diese Substanz, die er ihr injiziert, nachdem er kontrolliert hat, dass niemand in der Nähe ist, kann nicht verhindern, dass sie stirbt, doch sie kann bewirken, dass ihre Agonie noch die Zeitspanne andauert, die er braucht, um sein Spiel zu Ende zu bringen.

Er steckt die Sicherheitskappe auf die Nadel, steckt die Spritze in die Tasche und geht hinaus. Als er am Schwesternzimmer vorbeikommt, grüßt er die diensthabende Schwester und geht weiter zum Kaffeeautomat.

Auf der Station geht die Nacht ihren ganz normalen Gang.

Die Buchhandlung in der Via dei Mille ist mein Rückzugsort.

Sie hat die ganze Nacht geöffnet, und wenn ich nachdenken muss, wenn ich einen roten Faden in meinen Gedanken finden muss, dann komme ich hierher. Den Wagen habe ich vor dem Laden geparkt, habe mich vom Autopiloten hierherfahren lassen und es erst gemerkt, als ich eingeparkt hatte.

Es ist nach Mitternacht, und in der Buchhandlung befinden sich ebenso Leute, die die druckfrische Bologneser Tageszeitung *Il Resto del Carlino* suchen, wie eine schweigsame Masse, die zwischen Bücherregalen und Videokassetten umhergeht und auf der rechten Seite hinter dem Eingang in den Zeitschriften blättert.

Ich halte gerne Bücher in der Hand. Normalerweise wähle ich sie auch so aus. Indem ich sie in der Hand halte, die erste Seite lese und den ein oder anderen Absatz aus der Mitte, ohne System, vor und zurück durch die Kapitel blätternd. Manchmal denke ich, dass die Bücher mich aussuchen und nicht umgekehrt.

Ich ergreife eine Ausgabe von Arturo Pérez-Revertes *Der*

Club Dumas. So oft, wie ich diesen Roman schon gekauft und verschenkt habe, hat der Schriftsteller sich von den anfallenden Autorenrechten sicher schon das eine oder andere lukullische Mahl leisten können. Jetzt nehme ich es nur in die Hand und lese noch einmal den letzten Satz auf der letzten Seite.

Diese Art von Streichen spielen einem die Bücher nun einmal, und jeder hat den Teufel, den er verdient.

Ich denke an meinen Teufel und weiß nicht, ob ich ihn verdient habe.

Vielleicht habe ich ihn verdient, weil ich so viele Dinge nicht verstanden habe, weil ich sie falsch ausgedrückt habe, und diese ganze Geschichte, angefangen bei Alices Schweigen bis hin zu Gaspares wahnwitzigem Vorschlag, ist schlicht und einfach mein Teufel, der mir endlich begreiflich machen will, was im Leben wirklich zählt.

Ich lege das Buch zurück und denke an all die Male, die ich Alice ein Buch gekauft habe, und an die fast kindliche Ehrfurcht, mit der sie darin blätterte. Und ich denke daran, wie sie mir manchmal von einem Roman erzählte, der ihr besonders gefallen hatte, oder von etwas anderem in ihrem Leben, und ich muss an ihre Stimme denken, die ich so lange nicht gehört habe, und wer weiß, wann ich sie wieder hören werde. Und am Ende kommt alles hoch, wie ein reißender Fluss, den ich zu lange zurückgehalten habe. Ich gehe hinaus, steige in den Wagen und fahre eilends los. Ich missachte alle Verkehrsregeln, habe eine wilde Wut im Bauch und rede wirre, unzusammenhängende Worte, die ich im nächsten Augenblick schon wieder vergessen habe. Dann, auf dem Parkplatz vor meinem Haus, lehne ich die Stirn an das Lenkrad und versuche zu weinen. Ich versuche es mit ganzer Kraft und würde mir am liebsten die Augen auskratzen, wenn dann das herauskäme, was ich in mir vergrabe und nicht ausspucken kann.

Und schließlich spüre ich einen Gedanken, der wie ein

Tausendfüßler unter der Haut durch meinen Körper krabbelt, wer weiß, wie lange schon, und der nur auf den richtigen Moment gewartet zu haben scheint, auf die Stunde der Wahrheit, um endlich mit seiner Meinung herauszurücken.

Ich packe die Pistole, setze sie mir an die Schläfe und verharre so, den eiskalten, harten Lauf an der Haut, den Finger am Abzug.

Es würde alles so viel leichter machen, und ich wusste schon immer, dass ich ein Feigling bin. So oft sollte ich schon kaltgemacht werden. Auch Gaspare Nunia hat es versucht, bevor er begriffen hat, dass er mich noch braucht. Viele haben es versucht, und niemand hat es geschafft, denn wenn mich etwas innerlich nicht berührt, kann ich es aushalten, kann der Angst widerstehen und sie ertragen. Und es gibt fast nichts, das mich wirklich berührt. Nichts. Wie meine Mutter immer sagt, ich kümmere mich um nichts und niemanden.

Doch das hier ist selbst für mich zu viel. Dieser Teufel ist zu groß, ihm kann ich nicht ins Gesicht sehen.

Ich ertrage den Menschen nicht, der nach und nach aus mir geworden ist. Ich kann mir selbst nicht eingestehen, dass alles, woran ich geglaubt habe, verdorben ist, vergammelt wie ein Stück Fleisch in der Sonne. Und jetzt am Ende hier vor mir liegt, wie ein Spiegel, in dem ich sehe, was ich bin und vor allem was ich nicht mehr bin.

Einen Moment lang, während mein Blick auf der Parkplatzmauer klebt und hinter mir der Lichtschein von Mond und Laternen auf dem Rasen verschwimmt, denke ich, dass ich den Abzug drücken werde, dass ich tatsächlich die einzige funktionierende Nervenzelle, die ich noch habe, über Armaturenbrett und Sitze verspritzen werde.

Der Finger zittert am Abzug wie der Fuß eines Badenden, der fühlt, ob das Wasser warum genug ist, um hineinzuspringen.

Dann nimmt das Zittern ab, und ich fürchte mich beinahe,

den Finger zu bewegen und das Gleichgewicht zu verlagern, das den Schuss lösen könnte. Schließlich lasse ich die Pistole über Wangen und Hals auf den Beifahrersitz gleiten und sichere sie mit einem schnellen Griff.

Ich weiß nicht, warum ich das getan habe. Doch einen Moment schien es mir, als wäre es leichter, aufzugeben und alles zur Hölle zu schicken.

Dann ist es wieder anders, und als ich aus dem Wagen steige, schwant mir, dass ich vielleicht selbst mit meinem Teufel einen Pakt schließen kann, und sei er mit Blut geschrieben.

Ich ignoriere den Fahrstuhl und nehme die Treppe, betrete meine Wohnung und werfe mich in voller Montur aufs Bett. Im selben Moment bin ich eingeschlafen.

Ich träume von einer Frau, die halb Teresa Rizzo und halb Alice ist. Ein konfuser Traum, in dem ich durch lange Flure mit zahllosen Türen irre. Ich weiß, dass er da drin ist, aber ich sehe ihn nicht. Ich höre ihn hinter den Türen herumlaufen, doch wenn ich eine öffnen will, verschwindet die Klinke unter meiner Hand, als sei sie Luft.

Dann merke ich, dass alles aus Luft besteht, auch der Flur, und ich falle scheinbar eine Ewigkeit, bis ich in meinem Bett aufwache, mit Halsschmerzen und pochendem Kopf.

Es ist Morgen, und durch den halb geöffneten Rollladen fällt ein langer Streifen gelben Lichts herein, in dem Hunderte kleiner Staubpartikel herumwirbeln.

Eine Klinge aus Licht, die mein Leben entzweiteilt.

Mein Leben, wie es bis gestern war und wie es von heute an nicht mehr sein wird.

Bologna, 6. Mai. Zehn Uhr

Es ist zehn Uhr und ein stürmischer Morgen. Die Sonne überzieht den Himmel mit einem leuchtenden, blitzblanken Blau, als er sie auf sich zukommen sieht.

Sein erster Gedanke ist, dass Donatella immer noch schön ist. Sie trägt einen weißen Pullover und einen schwarzen Rock, der ihr bis an die Knöchel und die einfachen Stiefeletten reicht und sie noch schlanker aussehen lässt. Sie sieht ihn an und lächelt, versucht natürlich zu wirken, doch an der Art, wie sie die dunkle Handtasche an sich presst, merkt er, dass es sie Mühe kostet, die Unbeteiligte zu spielen.

»Hallo«, sagt sie, und er versucht herauszufinden, was hinter ihren glänzenden Augen vorgeht.

»Hallo«, erwidert er und schweigt eine Sekunde. »Nicht hier«, sagt er dann, bevor sie den Mund öffnen kann. »Gehen wir hinunter.«

Schweigend gehen sie zum Aufzug, und während sie versucht, mit einem Hüsteln ihre Verlegenheit zu überspielen, denkt er fieberhaft darüber nach, ob von Donatella Rizzos Besuch irgendeine Gefahr ausgehen könnte.

»Was nimmst du«? fragt er am Tresen der Bar.

»Einen Espresso und ein Glas Wasser«, sagt sie, und er bestellt alles zweimal.

Schweigend setzen sie sich an einen Tisch in der Ecke, direkt vor das große Fenster, das auf den Brunnen hinausgeht und durch das man das Pfeifen des Windes hört, der über den kleinen Platz fegt.

»Viel Zeit ist vergangen«, beginnt Donatella.

»Viel Zeit, ja«, bestätigt er und denkt, dass es das nicht ganz trifft, denn nicht die Zeit misst den Abstand zwischen zwei Momenten, sondern die Ereignisse, die dazwischenliegen, das, was passiert ist. Manchmal reichen Jahre nicht, um Menschen einander zu entfremden. Manchmal hingegen reicht ein Tag, ein unausgesprochenes Wort oder eine Lüge.

»Du weißt, was passiert ist, nicht wahr?«, fragt sie ihn, nachdem sie stumm ihre Tasse geleert hat.

So war Donatella immer.

Schweigen und klare Sätze, die direkt ihr Ziel treffen, ohne Umwege und lange Worte.

Er sieht sie an und weiß nicht, ob er angesichts dieser absurden Frage oder ihrer Naivität lächeln soll, mit der sie nach all den Jahren ankommt und diese Geschichte vom Ende her aufrollen will. »Ja, ich weiß. Ich lese Zeitung. Und eine Woche lang war es das einzige Gesprächsthema. Andere Dinge sind es, die ich nicht weiß und die ich mich immer wieder frage.«

»Das kann ich mir vorstellen.«

»Nein, das glaube ich nicht, Didi«, erwidert er in dem weichen Tonfall von früher, und sie zuckt zusammen. Nur er hat sie so genannt. Didi. Es klingt wie etwas Kleines, Beschützenswertes. Sie liebt diesen Spitznamen und hasst ihn dafür.

»Dann sag es mir.«

»Wie konntest du zulassen, dass das geschah?«, fragt er.

»Ich hatte Angst. Wir waren jung, und du wolltest nichts von mir. Nur vögeln. Sonst nichts. Ich hatte Angst. Aber …«

»Das meine ich nicht«, unterbricht er sie, und seine Stimme wird ohne Vorwarnung scharf, wie die Kante einer Buchseite, an der du dich beim Umblättern schneidest.

»Ich weiß nicht, was du meinst, entschuldige …«

»Wie konntest du zulassen, dass sie stirbt. Das verstehe ich einfach nicht«, erklärt er. Sein Tonfall ist wieder weich, gedehnt und fast ruhig.

Donatella Rizzo sieht ihn an und sucht vergeblich den Mann, den sie einmal kannte. Als säße sie vor einer Maske, vor einem Schauspieler, der unter zwei Zentimetern perfekt aufgetragener Schminke seine Rolle spielt.

»Was hätte ich denn tun sollen?«, fragt sie mit zitternder Stimme. Dann hustet sie und versucht, ihre Verletzlichkeit zu verbergen. »Was hätte ich tun sollen«, wiederholt sie, doch nun ist es keine Frage mehr. Eine Antwort bekommt sie sowieso nicht.

»Als ich euch damals gesehen habe«, fährt er ungerührt fort, »war mir alles sofort klar. Es war nicht zu übersehen, wenn man euch ansah, wenn man sie ansah. Einen Moment dachte ich, ich könnte die Zeit aufhalten. Ich könnte einfach hingehen und Hallo sagen, als sei es das Selbstverständlichste auf der Welt. Als wäre nicht so viel Zeit vergangen. All die Jahre. Dann habe ich deine erschrockene Miene gesehen. Und ich wusste Bescheid. Ich wusste, dass Teresa eine ganz andere Wahrheit kannte als die, die ich sofort erahnte. Und deshalb hielt ich den Mund. Doch danach war alles anders. Alles. Innerlich. Es war anders. Da habe ich gedacht, ich müsste mit dir reden. Und ich wollte es tun. Und wenn ich es getan hätte, wäre vielleicht alles anders gekommen.«

»Nichts wäre anders, und du …«, versucht Donatella einzuwerfen, doch der Mann vor ihr hört sie nicht. Er redet mit sich selbst.

»Dann ist passiert, was passiert ist, und jetzt gibt es viel zu tun. Zu viel, was ich tun muss …«

Der Satz bleibt in der Schwebe. Er beendet ihn nicht. Es ist, als erwache er plötzlich aus einem Traum.

Donatella drückt eine Tablette aus einem Blister und schluckt sie mit ein wenig Wasser.

»Bist du krank?«, fragt er.

»Nein, nur ein paar Beschwerden seit dem Unglück.«

»Zeig mal.«

»Aber nein, es ist nichts.«

Er lächelt. »Ich bin doch Arzt, oder nicht?«

Er nimmt die Tablettenpackung und mustert sie. In einem Winkel seines Hirns speichert er den Namen des Medikaments. Als sie die Schachtel zurücknimmt und seinen Blick sieht, denkt Donatella, dass er im Grunde nur jemanden zum Reden braucht. Auch mal etwas sagen will. Und vielleicht sogar das Recht dazu hat.

»Vor ein paar Tagen war die Polizei bei mir«, sagt sie und stellt das Glas auf den Tisch. »Kommissar Riccardi. Er hat mich gefragt, ob Teresa einen Verehrer hatte. Ich habe nicht begriffen, warum. Aber es hat mir gutgetan, mit ihm zu reden. Vielleicht weil ich verstehen möchte. Deswegen bin ich hier. Glaube ich zumindest.«

»Und was hast du ihm gesagt?«

»Die Wahrheit. Dass ich es nicht weiß. Sonst habe ich ihm nichts gesagt.«

»Weiß dein Mann von Teresa?«, fragt er und nimmt endlich einen Schluck von seinem Kaffee.

»Ja, natürlich. Als ich ihn kennenlernte, war Teresa schon geboren. Du kannst dir nicht vorstellen, wie ich dich gehasst habe … Und du?«

»Was ich?«

»Hast du Kinder?«

»Eine Tochter, ja.«

»Und seit wann bist zu verheiratet?«, fragt sie mit Blick auf den Ehering an seinem Finger.

»Das ist nicht meiner. Es ist der meiner Mutter«, sagt er, und Donatella denkt, dass dies das Einzige ist, was er ihr je von seiner Familie erzählt hat. Sie sieht ihn kurz an, dann zieht sie etwas aus ihrer Handtasche und gibt es ihm.

Der Mann nimmt Teresas Foto und betrachtet es. Kurz meint Donatella, er werde sich eine Träne wegwischen, doch dann wird sein Blick hart und boshaft, und sie hofft, dass er nichts sagt.

»Ich wollte, dass du eins hast. Es ist nur eine Erinnerung, ich weiß. Es wiegt das andere nicht auf. Aber letztlich ist es richtig so. Sie war auch deine Tochter.«

»Danke«, sagt der Mann, und seine Hand schwebt einen Moment in der Luft, als warte sie auf etwas. Dann nimmt er seine Brieftasche und steckt das Bild zwischen die Geldscheine.

»Ich muss gehen«, sagt er und steht auf.

»Ich weiß nicht, wie es war, dich nach all den Jahren wiederzusehen«, sagt Donatella und küsst ihn auf die Wange, kühle Haut, frisch rasiert. »Ich weiß nur, dass ich es für mich getan habe. Ich hoffe, ich habe dir nicht zu viel Zeit gestohlen.«

»Nein, du hast mir nichts gestohlen.«

Donatella sieht ihn an und wartet. Das kann es nicht gewesen sein. Da muss noch mehr sein. Einen Moment lang will sie ihn fragen, was er damit meinte, wie sie das zulassen konnte, dann denkt sie, dass es keinen Sinn hat. Dass es tatsächlich nichts gibt, was sie mit diesem Mann verbindet, und dass es nicht anders wäre, wenn ihre Tochter noch am Leben wäre.

Schweigend dreht sie sich um und geht.

Und während er ihr nachsieht, wie sie sich festen Schritts entfernt, überlegt er, dass vielleicht auch Donatella Rizzo sterben muss.

Die Wohnung, in der Candido Giulio unter Hausarrest steht, befindet sich im obersten Stock eines Wohngebäudes in einem Außenbezirk und erstreckt sich über die ganze Etage. Es sollte nur eine vorübergehende Bleibe sein, bis etwas gefunden wäre, das leichter zu überwachen ist, doch nun ist die Familie Giulio immer noch hier. Es ist mein dritter Besuch bei ihnen, seit wir sie hergebracht haben.

Agente Mengoli steht mit einem Beamten, den ich nicht kenne, auf dem Treppenabsatz. Ein dritter Beamter ist hinuntergegangen, um herauszufinden, wo die Ablösung bleibt. Vor dem Haus parkt rund um die Uhr ein ziviler Streifenwagen mit weiteren zwei Männern.

»Guten Morgen, Commissario«, begrüßt sie mich, als sie mich sieht.

»Guten Morgen, Mengoli. Alles ruhig?«

Sie zieht eine gleichgültige Miene. »Ja, alles ruhig.«

Ich sehe sie an. Seit dem Abend, als wir Gaspare geschnappt haben, habe ich sie nicht mehr lachen sehen, und ihre Augen sind von einer anderen Farbe, metallisch und wie erloschen. Im Licht des Vormittags sehen sie aus wie zwei Münzen, wie das Zehn-Lire-Stück von früher. »Möchten Sie hineingehen?«, fragt sie.

Ich nicke. »Danke.«

Sie klingelt, und kurz darauf geht die Tür auf.

»Commissario«, begrüßt mich Zio Giulio, »kommen Sie doch herein. Das ist ja letztlich Ihre Wohnung.«

Ich hasse seine Ironie und seine Unverfrorenheit. Er ist unser Gefangener ebenso wie wir seine Gefangenen sind. Mengoli, die zwölf Stunden am Tag draußen auf dem Treppenabsatz steht, riskiert genauso eine Kugel in den Kopf wie er. Und obwohl er das wissen müsste, erinnere ich ihn daran. Für gewisses Geschwätz bin ich einfach zu erschöpft.

»Regen Sie sich nicht auf, Commissario. Es war nur ein Scherz. Ein harmloser Scherz.«

»Italien ist voll von Leuten, die im Scherz das sagen, was sie wirklich denken. Vielleicht bin ich heute Morgen einfach nicht zum Scherzen aufgelegt.«

»Wie Sie wollen, Commissario. Möchten Sie einen Kaffee? Gerade frisch gekocht.«

»Ja, danke. Einen Kaffee nehme ich gerne«, sage ich und folge ihm ins Wohnzimmer. Die Wohnung ist einfach. Geräumig zwar, aber ganz gewiss weniger luxuriös als die, in der er auf Sizilien oder auch in der Nähe von Rom gewohnt hat. Wahrscheinlich überhaupt die schlichteste Unterkunft, die er in seinem ganzen Leben hatte. Candido Giulios größtes Laster ist sein Hang zum Luxus.

»Haben Sie gute Nachrichten für mich, Commissario?«, fragt er und lässt sich in einen der beiden Sessel im Wohnzimmer fallen.

Ich setze mich ihm gegenüber. »Nichts Neues. Ich wollte nur schauen, ob alles in Ordnung ist.«

»Also ein reiner Höflichkeitsbesuch.«

»Sagen wir halb halb«, sage ich und verstumme, weil Giulios Frau mit den Kaffeetassen hereinkommt. »Guten Tag, Signora«, sage ich und stehe auf, wie der Anstand es gebietet.

»Commissario«, begrüßt sie mich und zieht dabei die Vokale spöttisch in die Länge. Sie hat ein kantiges, hartes Gesicht. Die Gerüchte, die über sie kursieren, sind nicht gerade erbaulich und berichten von einer natürlichen Grausamkeit, die die Jahre an der Seite ihres Mannes zur vollen Reife gebracht haben. Es gibt keine Beweise dafür, doch aus der Nähe betrachtet, könnte man angesichts der robusten Schultern, des schneidenden Blicks und ihrer abgehackten Gesten den Eindruck bekommen, dass etwas Wahres daran ist.

»Entschuldigen Sie meine Frau«, sagt Zio Giulio, kaum dass sie den Raum wieder verlassen hat. »Sie mag keine Polizisten.«

Ich vermeide darüber nachzudenken, ob ich überhaupt noch Polizist bin, und trinke meinen Kaffee. Er ist kochend heiß und schmeckt nicht besonders. »Tut mir leid, dass Polizisten vor der Wohnungstür zu Ihrem Leben gehören. Oder sollte ich sagen, zum Überleben …«

»Sie haben ihn also noch nicht geschnappt?«

»Nein, haben wir nicht. Aber ich denke auch nicht, dass die Überwachung ein Ende haben wird, wenn Gaspare Nunia gefasst ist.«

»Wie kommen Sie darauf, dass Sie ihn fassen werden?«

Ich sehe ihn an. Er ist so von sich eingenommen, dass er sich für unantastbar hält. Gaspare hat zweimal versucht, ihn umbringen zu lassen. Wenn er nur einen Funken Verstand hätte, wäre ihm das Sprichwort eine Warnung und er würde sich nicht weiterhin jenseits von Gut und Böse fühlen, als unterschiede sein Leben nichts von dem der übrigen Menschheit.

»Ich weiß, dass wir ihn fassen werden, Don Giulio«, sage ich, und der Brustton der Überzeugung scheint ihn zu beeindrucken, denn er senkt den Blick einen Moment und studiert das blaue Muster der Espressotasse. »Jedenfalls werden wir, wenn alles gutgeht, Sie in wenigen Tagen an einen anderen Ort bringen, der geeigneter für Sie ist und besser zu überwachen. Ich hoffe, Sie werden damit zufrieden sein.«

»Ich hoffe, es wird die letzte Reise sein.«

»Wahrscheinlich schon. So gut wie sicher sogar.«

Er reicht mir die Hand, und ich drücke sie. »Danke für den Besuch, Commissario.«

»Danke für den Kaffee«, sage ich, nicht minder kurz angebunden.

Er bringt mich zur Tür.

Mit einem letzten Blick in die Wohnung trete ich hinaus und begrüße die drei Männer der nächsten Schicht. Ich bin froh, dass Giovanna Mengoli nach Hause gegangen ist und zumindest für heute nicht mehr vor dieser Tür stehen wird.

Ich gehe die Treppen hinab und lausche, wie meine Schritte durch das stille Haus hallen. Draußen schlägt mir die beinah frische Morgenluft ins Gesicht.

Der Stumme betrachtet durch das Fenster die Nachmittagssonne, die sich in den Bäumen der Allee verfängt. »Ob er kommen wird?«, fragt er.

»Er wird kommen«, sagt Gaspare und kontrolliert den Stoffbeutel. Darin liegen zwei Pistolen, ein Dutzend Magazine und eine Maschinenpistole, gebettet in einen schönen Batzen Hundert-Euro-Scheine. Schnell zieht er den Reißverschluss zu und wirft die Tasche auf den Boden neben das Sofa. Dann streckt er sich aus.

Der Stumme dreht sich um. »Wie machen wir's?«

»Ich gehe allein hinein«, sagt er in einem Ton, der keine

Widerrede duldet. »Wenn etwas passiert, bist du mir sowieso keine Hilfe, mit deinen kaputten Rippen.«

Der Stumme wendet sich ab und starrt wieder auf die Straße. Er kann nichts tun als warten, und das ist die Übung, die er am wenigsten beherrscht. »Und dann?«

»Was dann?«

Er dreht sich wieder um. »Was passiert dann?«

»Dann kehrst du nach Sizilien zurück, Luigi. Und fängst ein ganz normales Leben an. Niemand wird dir je etwas anhaben können. Dir und deiner Familie. Niemand. Das passiert.«

»Und du?«

Gaspare schließt lächelnd die Augen. »Mach dir um mich keine Sorgen. Ich habe an alles gedacht.«

»Und was hast du gedacht?«

»Dass ich jetzt schlafen will. Ich bin müde.«

Luigi blickt wieder auf seine Allee. Er mag es, Leute auf Fahrrädern vorbeifahren zu sehen. In diesem Dorf scheinen alle Fahrrad zu fahren. »Schlaf nur, schlaf. Dann merkst du vielleicht, dass alles ein Traum ist«, flüstert er, während langsam ein alter Mann vorüberradelt.

Und Gaspare, die Augen geschlossen, tut so, als hätte er nichts gehört.

»Auf einem Feld wurde ein ausgebrannter schwarzer Punto gefunden, unweit des Barca-Viertels«, sagt Ippoliti zu niemandes Überraschung. Wir müssen nicht einmal die Fahrgestellnummer überprüfen, um sicher zu sein, dass es sich um den Wagen aus meiner Tiefgarage handelt.

»Das hilft uns nicht weiter, wahrscheinlich war er sowieso geklaut«, antworte ich und lausche Keith Jarretts *Country*, das im Hintergrund läuft. Es entspannt mich, und das kann ich gut gebrauchen. Seit mindestens einer Stunde wische ich mir die feuchten Hände an dem Jeansstoff meiner Hose ab, doch ohne nachhaltigen Erfolg.

Ich nehme die Liste mit dem Personal der Intensivstation in die Hand. Aus den Zetteln, die die Verwaltung uns gegeben hat, haben wir eine Art Büchlein gebastelt mit Angaben und Fotos von jedem. Wenn man die Frauen abzieht sowie jene, die zu alt, zu dick oder zu dünn sind, bleiben noch sechs Personen übrig.

»Einer von denen ist es«, sage ich zu Ippoliti und wedele mit den sechs Porträts durch die Luft. Wenn ich ihm sagen könnte, was ich weiß, wenn ich ihm sagen könnte, was Anna Malvezzi entdeckt hatte und dass ich glaube, dass unser Mann selbst Alice aus welchem Grund auch immer am Leben hält, dann würde er verstehen, dass es nicht anders sein kann. Doch ich kann es ihm nicht sagen. Denn würde ich ihm alles erzählen, von dem Foto von Alice und dem Brief, den ich bekommen habe, würde ich ihm sagen, dass ich die Wachen abgezogen habe, damit er sie am Leben halten kann, nachdem er sie fast umgebracht hat, wenn ich ihm das alles erzählen würde, dann, weiß ich, hätte ich meine letzte Chance vertan.

Wir sind fast am Ende, und die letzten Spielzüge der Partie muss ich alleine tun, niemand kann mir dabei helfen. »Einer von denen«, wiederholte ich, während er mich zweifelnd ansieht.

»Du verheimlichst mir doch etwas«, sagt er. Und es klingt nicht nach einer Frage.

Ich erwidere nichts und blättere in der Akte.

»Wie auch immer«, meint Ippoliti dann. »Ich habe jedenfalls getan, worum du mich gebeten hast. Wir ermitteln jetzt gegen alle sechs. Vielleicht verrätst du mir irgendwann, warum. Ich kann nur hoffen, dass du richtigliegst.«

Ich falte die Blätter so, dass nur noch die Fotos von Aiuti und Giovanni zu sehen sind. »Wenn du mich fragst, ist es einer von den beiden.«

»Ich gebe dir recht: Wenn unser Mann auf dieser Liste steht, muss es einer von ihnen sein. Sie haben beide Posten mit Verantwortung, sie sind beide De Vitis' rechte Hand, Malvezzi hatte mit beiden zu tun. Beide könnten mitbekommen haben, was nicht stimmte und warum.«

Ich nicke. »Und wenn ich recht habe, könnte einer der beiden in großer Gefahr schweben.«

»Sollen wir sie überwachen lassen?«

Ich überlege kurz. Dann denke ich an Alice und schüttele den Kopf. Wer auch immer es ist, er braucht freie Hand. Ich sehe auf die Uhr und stehe auf. Draußen geht die Sonne gerade hinter den Häusern unter und taucht die Piazza Galileo in gelbes und orangefarbenes Licht.

»Ich gehe, ich bin müde«, sage ich und schlüpfe in meine Jacke. Ich muss noch ein paar Dinge besorgen. Dinge, die ich brauche. Als ich an ihm vorübergehen will, bleibe ich stehen und sehe ihn an.

»Warum vertraust du mir?«

Er lächelt melancholisch. Er hat sich seit Tagen nicht rasiert und sieht müde aus.

»Weil bei der ganzen Geschichte für dich viel mehr auf dem Spiel steht, als du aufbieten kannst. Weil ich nicht weiß, ob ich an deiner Stelle mit derselben Zähigkeit kämpfen würde. Weil du dich, seit wir uns kennen, kein einziges Mal geirrt hast und ich in all den Jahren noch nie jemanden wie dich getroffen habe, auch wenn ich nicht genau weiß, was du machst und warum. Darum vertraue ich dir«, sagt er. »Du vermittelst den Eindruck, als wüsstest du, was zu tun ist.«

Nun ist es an mir, melancholisch zu lächeln. »Dabei habe ich keine Ahnung, ob das, was ich tue, richtig ist.« Ich zwinkere ihm zu und gehe.

Noch auf dem Flur fühle ich seinen Blick schwer auf meinem Rücken lasten.

Gaspare Nunia parkt seinen Wagen mit der Kühlerhaube in Richtung Ausfahrt und lässt den Motor laufen. Er glaubt nicht, dass Gabriele Riccardi versuchen wird, ihn auszutricksen, aber er will auch kein Risiko eingehen.

Es ist zwanzig nach elf, eine klamme, windstille Nacht, und in spätestens zehn Minuten hat das Warten endlich ein Ende. Hat er die letzte Etappe erreicht.

Neben ihm blickt Luigi schweigend aus dem Fenster, die rechte Hand mit der geladenen Pistole ruht in seinem Schoß.

Seit ihrer kurzen Unterhaltung hat er kein Wort mehr gesagt, Gaspare Nunia schloss die Augen und stellte sich schlafend, um keine schmerzhaften Lügen erzählen zu müssen. Auf dem Sofa liegend, mit der Zimmerdecke vor seinem inneren Auge, fühlte er sich wieder wie im Gefängnis mit aller Zeit der Welt, um sich vorzustellen, was draußen gerade passiert. Und ob die Welt sich weiterdreht wie eh und je.

Er hat keine andere Wahl. Er weiß, dass er keine hat, denn er glaubt nicht, dass Gabriele Riccardi diesen Mann fassen wird. Wenn er versucht, sich die Schluss-Szene der ganzen Geschichte vorzustellen, sieht er nur Tote. Dieser Mann ist zu raffiniert, so raffiniert, dass er seit Jahren unentdeckt töten kann. Er ist ein Tier, das instinktiv die Gefahr spürt und flieht. Und dann siehst du ihn nicht wieder, bis er eines Abends, müde, ausgehungert und wutentbrannt, vor deiner Haustür steht, gerade wenn du aufgehört hast, daran zu denken, dass es ihn gibt.

Wenn er nur mehr wüsste, würde er wahrscheinlich alleine losziehen und die Sache in Ordnung bringen, und wäre er nicht selbst ein einsamer Wolf, auf der Flucht wie alle, hätte er vielleicht sogar Erfolg. Aber keiner kann ihm helfen, und selbst Don Beniamino muss sich heraushalten. Denn letztlich brauchen sie diesen Kerl, alle.

Und so bleibt ihm nichts als Gabriele Riccardi und die Hoffnung, zu seiner Vendetta zu kommen und ein Phantom aufzuspüren, indem er der Spur eines Gerüchts folgt. Die Hoffnung auf ein Happy End. Dann macht es auch nichts, in das Hochsicherheitsgefängnis zurückzukehren. Denn von dort findet man immer wieder einen Weg hinaus.

Er sieht auf die Uhr am Armaturenbrett, dann auf den Stummen. Er will etwas sagen, doch die Worte bleiben ihm im Halse stecken. Vor ihm biegt langsam Gabriele Riccardis Wagen in die Einfahrt und nähert sich mit grellem Scheinwerferlicht, das sich ihm in die Augen bohrt.

»Meinen Männern darf nichts passieren«, sage ich, und das Possessivpronomen klingt falsch in meinen Ohren.

Gaspare sieht mich ausdruckslos an. Ich habe ihn gebeten, in meinen Wagen einzusteigen, allein, was er wortlos getan hat. »Das ist keine Bedingung. Es ist ein Befehl«, erkläre ich. »Du brauchst mich und ich brauche dich. Du wirst tun, was du tun musst, und ich werde tun, was ich tun muss. Aber keiner meiner Männer darf heute Abend sterben.«

Gaspare blickt einen endlosen Moment lang auf die Straße und die Laternen des Parkplatzes.

»In Ordnung«, sagt er, als er sich wieder zu mir dreht.

Daraufhin schalte ich das Handy auf Vibrationsalarm, lege es ins Handschuhfach, lasse den Motor an und fahre los.

Durch den Rückspiegel versichere ich mich, dass der Stumme uns folgt.

Als sie durch ihr stilles, nächtliches Haus wandert, fühlt Donatella Rizzo sich plötzlich sehr einsam. Vor kurzem noch lastete das Gewicht der Stille nicht so schwer auf ihr, war es ein Segen, vom Lärm der Autos und der Menschen auf den Straßen verschont zu sein.

Jetzt ist alles anders, vor allem an einem solchen Abend, wenn ihr Mann Nachtschicht hat und sie sich nicht ablenken kann, sondern ganz ihren Erinnerungen und Selbstvorwürfen ausgeliefert ist.

Ja, vielleicht hätte sie etwas dagegen tun können. Sie hätte fragen können und versuchen können zu begreifen. Vielleicht wäre aber auch alles umsonst gewesen. Sie schenkt sich ein Glas Wasser ein und greift nach ihren Pillen. Als er die Tabletten heute Morgen gemustert hat, hatte er so ein komisches Lächeln auf den Lippen, irgendetwas zwischen Hohn und Mitleid. Ein hässlicher Ausdruck, den sie nicht an ihm kannte, den sie nicht unter den Dingen gespeichert hatte, die sie von ihm zu wissen glaubte.

Wie der Hass, den sie manchmal aus seiner Stimme herausgehört hatte, und seine Distanz gegenüber allem, der Welt und den Erinnerungen, die ihr immer aufgesetzt und brüchig vorgekommen war wie eine dünne Eisschicht über dem Schlund eines Vulkans.

Sie schluckt ihre Pillen hinunter und sieht auf die Uhr.

Seit sie das Krankenhaus verlassen hat, denkt sie darüber nach.

Es ist nicht zu spät. Vielleicht schafft sie es noch rechtzeitig, kann diese letzte Last abwerfen, um dann friedlich zu schlafen. Aus irgendeinem Grund, den sie nicht versteht, glaubt sie, ihm dieselbe Ehrlichkeit zu schulden, die er ihr gegenüber gezeigt hat.

So tippt sie zum zweiten Mal an diesem Tag Gabriele Riccardis Nummer. Nur dass sie dieses Mal den Anrufknopf drückt und die Nummer gewählt wird.

Dann klingelt das Telefon, klingelt und klingelt. Es klingelt, ohne dass jemand antwortet.

Unter dem Auto schießt eine Katze hervor und verschwindet in einem Garten.

Sie ist klein und grau, und ihre Augen glänzen wie Stecknadeln. Ich sehe sie wegflitzen und weiß, dass dies meine

Erinnerung an diese Nacht sein wird: Die Augen der Katze, die unter dem Auto hervorblitzen und meinen Blick kreuzen.

Vor mir steht Gaspare und hebt seine Nase in die Luft, als suche er etwas. Ich müsste ihm Handschellen anlegen und ihn verhaften. Ihn und den Stummen, der weiter vorne geparkt hat und jetzt, sich skeptisch das Kinn kratzend, auf uns zukommt. Alle beide müsste ich festnehmen und dem Ganzen ein Ende bereiten. Es wäre sogar relativ einfach. Sie rechnen nicht damit, und hundert Meter weiter steht der Wagen meiner Männer vor Zio Giulios Haus. Praktisch ein Klacks. Doch ich tue es nicht. Ich tue es nicht, weil ich jedes Mal, wenn ich in Versuchung gerate, an den Grund denke, aus dem ich hier bin. Einen Grund, der reglos in einem Krankenhausbett liegt und nicht mit mir spricht, so lange schon nicht mehr, dass ich gar nicht weiß, wie ich es überhaupt aushalte.

Ich bin kein Polizist mehr, jetzt.

»Also? Wo ist er?«, fragt Gaspare.

Schweigend werfe ich ihm einen Blick zu und öffne den Kofferraum. Ich nehme die wollene Gesichtsmaske und stecke sie mir in die alte, verblichene Hose, die ich angezogen habe, weil ich sie sonst nie trage und in ihr nicht so schnell erkannt werde. Dabei entdecke ich die Pistole und sehe, wie Gaspare sie mit seltsamem Blick mustert.

»Dachtest du, ich komme mit Pfeil und Bogen? Oder unbewaffnet?«

»Ich dachte, du wolltest dir die Hände nicht schmutzig machen.«

»Und wie nennst du das sonst, was ich hier tue? Du weißt, was mit einem Polizisten geschieht, der einem Typen wie dir hilft, seine Rechnungen zu begleichen? Ihr von der Mafia seid nicht die Einzigen, die Regeln haben, Gaspare. Unsere sind nicht weniger streng. Und manchmal haben sie nicht das Geringste mit dem Gesetz zu tun.«

Er sieht mich schweigend an. Vielleicht gerät sein Vertrauen in mich ein wenig ins Wanken, doch wir sitzen im selben Boot und müssen in dieselbe Richtung rudern. »Wo ist er?«, fragt er erneut.

Ich zeige mit dem Finger auf einen Punkt vor uns. »Da um die Ecke verläuft eine lange Straße. Am Ende steht ein dreistöckiges Haus. Ganz oben befindet sich seine Wohnung.«

»Gehen wir«, sagt Gaspare und will loslaufen.

Ich packe ihn am Arm und kralle die Finger in seinen Bizeps. Er sieht mich an, als hätte ich ihm an die Eier gefasst. »Ganz ruhig«, sage ich. »Zuerst müssen wir noch ein paar Dinge klären.«

»Was willst du noch?«

»Mit euch die Lage checken. Vor dem Haus steht ein Auto. Ein schwarzer Toyota. Darin sitzen zwei Männer. An sie müssen wir zuerst denken. Sie stehen in Verbindung mit Zio Giulios Bewachern oben im Haus, auf dem Treppenabsatz seiner Wohnung. Noch einmal drei. Wenn drinnen etwas passiert, geht der erste Alarm ins Auto. Klar?«

»Klar«, erwidert Gaspare. »Aber du willst nicht, dass sie sterben, richtig?«

»Keiner meiner Männer darf heute Nacht sterben. Das war abgemacht, erinnerst du dich?«

»Also?«

»Also hör mir zu. Du bist nicht der Einzige, der weiß, wie man Menschen kaltstellt, Gaspare. Und vielleicht wird es dich überraschen, zu erfahren, dass man ihnen dafür nicht immer die Kehle aufschlitzen muss.«

Ich schließe den Kofferraum, ziehe mir Handschuhe über und beginne meine Ausführungen. Und kaum begreift Gaspare Nunia, worauf ich hinaus will, lächelt er.

Ein Lächeln, das mich unfassbarerweise mit Stolz auf das erfüllt, was ich gerade tue.

»Mann ey, gestern war die Ferilli im Fernsehen. Ich kann dir sagen, eine geile Braut.«

Agente Massimo Giannini sieht seinen Begleiter Lillo Verardi an und lächelt. In zehn Meter Entfernung liegt die Eingangstür zu dem kleinen, dreistöckigen Haus, ebenso still wie die Sackgasse, die auf dem Parkplatz endet, auf dem sie seit sechs Stunden Dienst schieben.

»Zwei solche Riesentitten. Weißt du? In die man am liebsten sofort sein Gesicht versenken will. Kannst du dir vorstellen, wie warm es dazwischen sein muss?«

»Ich wette, du würdest nicht nur dein Gesicht darin versenken wollen.«

»Du etwa nicht?«

Er will gerade sagen, dass ihm beim Anblick der Ferilli noch ganz andere Gedanken kommen, die ihm die Schamesröte ins Gesicht treiben. Aber er schafft es nicht mehr. Alles geht viel zu schnell.

Mein Knie schmerzt, als ich auf allen vieren über den Asphalt krieche. Diesen Ausflug über den Parkplatz werden mich meine Bänder wochenlang büßen lassen.

Das Auto, auf das ich es abgesehen habe, befindet sich keine zehn Meter vor uns, zuvorderst in der Reihe. Ich sehe es an und halte inne. Zwei Meter neben mir tun Gaspare und der Stumme dasselbe. Sie drehen sich zu mir um und schauen mich verständnislos an. Ich hebe den linken Zeigefinger und bedeute ihnen, eine Sekunde zu warten.

Ich bleibe lauschend liegen und höre deutlich Verardis herzliches Lachen. Wahrscheinlich redet er über Frauen, wie immer. Ich atme tief ein und sehe mich um.

Keine Ahnung, ob mir klar ist, was ich hier eigentlich tue. Doch ich tue es, und deshalb versuche ich abzuschätzen, wie viel Platz uns bleibt, bevor wir unsere Deckung verlassen müssen. Vielleicht genug. Noch zwei Autos, und dann müssen wir schnell sein.

Als ich wieder Verardis Stimme höre, schöpfe ich Hoffnung. Sie sind entspannt in dem Auto, es wird ein Leichtes sein, sie zu überraschen. Einen Moment lang stelle ich mir das Donnerwetter vor, das ich morgen früh über die beiden herabgehen lassen werde.

Dann robbe ich weiter, und Gaspare und der Stumme tun es mir gleich.

Als unvermittelt die schwarze Figur vor dem offenen Fenster auftaucht, lässt Verardi vor Schreck seine Zigarette auf die Straße fallen, genau vor die Füße des Typen mit der Maske über dem Gesicht.

Dann versucht er, seine Waffe zu ziehen, doch ein anderer Mann, unvermummt, setzt ihm den Lauf seiner Pistole an die Schläfe und schnalzt tadelnd mit der Zunge.

Er kennt den Mann. Luigi Pastoso, genannt der Stumme. Aus den Augenwinkeln sieht er, wie Giannini aus dem Auto steigt, und als auch er draußen ist, erkennt er Gaspare Nunia auf der anderen Seite. Und was eben noch eine Frage war, wird Gewissheit.

Draußen lehnt er sich mit dem Rücken an das Auto und blickt sich um, in der Hoffnung, jemand möge kommen und die drei Männer ablenken, damit er etwas unternehmen kann.

Der Typ mit der Gesichtsmaske gibt dem Stummen ein Zeichen, der ihn daraufhin ausführlich nach Waffen durchsucht, während Lillo Verardi weiter den Mann anstarrt, der keine Sekunde die Pistole von ihm abwendet. Er sieht ihm kurz in die Augen, dann senkt er den Blick.

Der Stumme beendet sein Werk und geht auf die andere Seite, um Giannini zu durchsuchen. Dann nimmt er die beiden Pistolen, die noch im Auto liegen.

Der Rest geht ganz schnell.

»Kofferraum aufmachen«, befiehlt Pastoso, und Verardi beugt sich in die geöffnete Fahrertür und betätigt die Entriegelung. Der Mann mit der Maske zieht eine Rolle Klebeband hervor und klebt ihm einen Streifen über die Lippen. Obwohl Lillo sein Gesicht nicht sehen kann, ist er sicher, dass er dabei lächelt. Dann dreht er ihn unsanft zum Auto hin und bindet ihm mit demselben Band die Hände auf den Rücken.

Dann sind die Fußknöchel an der Reihe.

Um Giannini zu fesseln, brauchen sie eine weitere Rolle Klebeband.

Kurz darauf findet Agente Verardi sich zwischen Rückbank und Vordersitzen wieder, während sein Kollege ordentlich verschnürt im Kofferraum des Toyotas liegt.

Beide werden später erzählen, dass der Vermummte der Anführer der Bande zu sein schien und dass es sich wahrscheinlich um einen angeheuerten Profi gehandelt habe.

Was der Realität immerhin schon ziemlich nahekommt.

Als ich mich vom Toyota entferne, ziehe ich die Wollmütze vom Kopf und wische mir die schweißnasse Stirn ab. Gaspare Nunia sieht mich an wie eine Waldfee.

»Das hättest du auch alleine geschafft«, sagt er zu mir.

»Den Quatsch heben wir uns für später auf, wenn du nichts dagegen hast.« Ich sehe den Stummen an. »Du weißt, was du zu tun hast, oder?«

Luigi nickt.

Also streife ich mir meine Mütze wieder über, und mit Hilfe der Schlüssel, die ich Verardi abgenommen habe, betreten wir das Haus.

Es ist Matteo Bellinis erste Bewachung – eine ziemlich öde Angelegenheit, findet er –, als es plötzlich losgeht. Neben ihm spielt der Leiter der Schicht, Agente Freddi, mit seinem Freundschaftsbändchen aus bunter Baumwolle. Er wickelt es sich um einen Finger und lässt es dann zurückschnalzen wie ein Yo-Yo. Auf der Treppe sitzt gedankenverloren Antonio Sottili, das Gewehr liegt neben ihm auf einer Stufe.

Dann geht das Licht aus, und es kommt Bewegung ins Spiel.

Der Mechanismus, mit dem das Flurlicht sich nach einiger Zeit von selbst ausschaltet, ist von einem Elektriker der Polizei so verändert worden, dass es nun durchgehend brennt, auch tagsüber.

Eigentlich.

»Ich gehe schon«, sagt Sottili. Er schaltet die Taschenlampe an, die er am Gürtel hängen hat, packt sein Gewehr und geht die Treppe hinunter.

Unter der Treppe riecht es feucht und schimmelig.

Der Geruch dringt durch die Kellertür hinter mir, jenseits der Stufen, unter denen ich mich versteckt habe, während Luigi die Hauptsicherung gelockert hat. Jetzt ist er wieder draußen beim Toyota, um sicherzustellen, dass dort alles ruhig bleibt, während Gaspare und ich unter der Treppe kauern und warten, was passiert.

»Ich gehe schon«, höre ich jemanden sagen und erkenne Sottilis Stimme, ein umsichtiger Mann, präzise wie ein Koordinatensystem. Dann hört man Schritte, und Gaspare und ich sehen uns im Dunkeln an, um herauszufinden, wie wir weitermachen.

Als er das Erdgeschoss erreicht, macht Agente Sottili die Taschenlampe aus.

Ein bläuliches Licht fällt durch das Milchglas der Haustür in die Eingangshalle.

Während er mit seiner Linken kontrolliert, ob die Haustür

verschlossen ist, hält er das Gewehr fest in der Rechten. Dann dreht er sich um und mustert den Sicherungskasten für das Treppenhaus. Der sieht aus wie immer, doch als er näher tritt, entdeckt er seitlich einen feinen Spalt, als schlösse die Klappe nicht mehr richtig, nachdem sie gewaltsam geöffnet wurde.

Also steckt er den Schlüssel hinein und macht ihn auf. Das war seine Anweisung für den Fall, dass das Licht ausgeht. Aufmachen und kontrollieren. Und er ist ein Mensch, der Anweisungen befolgt. Komme, was wolle.

»Was für ein Mist«, flüstert er, dann geht ein Schlag auf seinen Kopf nieder, und um ihn herum wird es dunkel.

Gaspare klopft sich zweimal mit dem Finger auf die Brust, und ich hocke mich wieder hin.

Ich kann nur hoffen, dass er sich an unsere Abmachung hält. Ich hoffe, er weiß, was er tun muss und wie er es tun muss. Ansonsten steckt in meinem Lauf eine Kugel für ihn.

Während ich beobachte, wie er die Deckung verlässt und auf Sottili zuschleicht, der mit dem Rücken zu uns vor dem Sicherungskasten steht, frage ich mich, wie viele Menschen er in seinem Leben wohl schon getötet haben mag, ohne zu schießen.

Lautlos wie ein Schatten legt er die paar Meter zurück. Erst ganz am Ende bemerkt Sottili etwas, doch da ist es schon zu spät. Der Knauf der Waffe saust auf seinen Kopf herab, und Gaspares Hand legt sich ihm über den Mund, um jeden Ton zu ersticken.

Sottili gibt ein Stöhnen von sich, das schon kaum bis zu mir dringt.

Das kann oben niemand gehört haben.

Während Gaspare ihn unter die Treppe zieht und ich das Klebeband vorbereite, um ihn zu knebeln, höre ich, wie sein

Funkgerät krächzt und Agente Bellinis Stimme von oben um Meldung bittet.

Die ihm niemand geben kann.

»Das dauert zu lange.«

Matteo Bellini ist nervös und denkt schon länger nicht mehr, dass so eine Bewachung eine öde Angelegenheit ist, und zwar genau seit dem Moment, als das Licht ausging. Er hasst die Dunkelheit. Immer schon, von klein auf. Die Dunkelheit hat seine Kindheit mit monströsen Alpträumen bevölkert, mit einem niemals endenden Schatten.

Ein Schatten, in dem sich alles verstecken kann.

»Zu lange«, wiederholt er und leuchtet mit der Taschenlampe in Agente Freddis Richtung.

»Nicht in die Augen, du Idiot.«

Er lässt die Lampe sinken.

»Entschuldigung.«

Dann nimmt er sein Funkgerät und spricht hinein.

Doch er erhält keine Antwort.

»Was machen wir jetzt, Freddi?«

»Du bleibst hier«, sagt der. Er hält sein Armbändchen fest in den Fingern, macht die Taschenlampe an und geht langsam mit gezogener Waffe die Treppe hinunter.

Ich lehne mich ein wenig vor, und an dem Lichtkegel einer Taschenlampe, der über die Wände im Treppenhaus tanzt, erkenne ich, dass jemand herunterkommt. Wahrscheinlich Freddi, dieses Mal. Ich habe die Schichten geprüft, bevor ich losging, und er ist der Leiter. Ich mag Freddi. Obwohl er immer so tut, als ginge ihm alles am Arsch vorbei, ist er doch ein Mensch mit Sinn und Verstand.

Da kommt mir eine Idee.

Ich beuge mich zu Gaspares Ohr.

Es ist ziemlich dunkel, doch an seinem Blick glaube ich zu erkennen, dass er nicht gerade begeistert ist.

Aber er nickt.

Ich wickele noch eine Lage Klebeband um Sottilis Füße und mache mich bereit.

Fabio Freddi geht langsam die Treppe hinunter, die Taschenlampe nach vorn gerichtet, wie um sein Ziel ins Visier zu nehmen.

Irgendetwas stimmt hier nicht, es liegt etwas in der Luft, das ihn alarmiert. Das hat er zum letzten Mal in diesem Haus gespürt, wo er zusammen mit Riccardi die Villen-Bande geschnappt hat, kurz bevor der behaarte Schrank mit dem Mädchen als Geisel auftauchte.

Er drückt sich dicht an der Wand entlang, möglichst entfernt von dem Geländer und dem Treppenhausschacht.

Als er den letzten Treppenabsatz erreicht, sieht er zu seiner Rechten den Sicherungskasten.

Die Tür steht offen, und ein Mann schaut hinein.

Ein Mann, der, wenn ihn nicht alles täuscht, Gaspare Nunia ist.

Er hört ihn kommen. Hört seine Schritte auf der Treppe und erstarrt vor dem Sicherungskasten, das Messer gegen die angespannten Bauchmuskeln gepresst. Er weiß, wenn etwas schiefläuft, wird er es benutzen müssen. Aus den Augenwinkeln beobachtet er die Spur der Taschenlampe auf dem Boden. Dann erlischt sie plötzlich, wie ein Schatten, der in der Wand verschwindet, sobald sich eine Wolke vor die Sonne schiebt.

Und er weiß, dass er sich nicht bewegen darf, sondern still abwarten muss.

Wenn man den Feind fangen will, muss man manchmal die Beute spielen.

Agente Freddi hält auf der untersten Treppenstufe inne. »Keine Bewegung!«, sagt er mit Nachdruck.

Ich sehe, wie er mit der Pistole auf Gaspares Kopf zielt, der sich steif zur Waffe hingedreht hat und sich nicht rührt.

»Die Hände! Zeig mir die Hände! Geh einen Schritt zurück, dreh dich langsam um und heb deine Hände!«

Gaspare wendet sich gemächlich zu Freddi. Mit einem frechen Grinsen sieht er ihn an, als hätte er nur auf ihn gewartet. »Da hast du ja den ganz großen Coup gelandet, Bulle«, sagt er, und seine theatralische Art macht mich wahnsinnig.

»Alles in Ordnung?«

Bellinis Stimme erklingt von zwei Treppen höher.

»Bleib oben, Bellini. Bleib oben und halt den Mund!«, schreit Freddi und geht auf Gaspare zu. Mit einer kurzen Bewegung schließt er den Sicherungskasten. »Dreh dich um. Arme weit auseinander auf den Kasten legen. Beine breit.«

Gaspare wirft ihm einen Blick zu. Dann folgt er der Anweisung und beugt sich nach vorn, die Arme breit, um sich abzustützen.

»Gut so?«

Freddi geht um ihn herum und stellt sich hinter ihn. Mit einer Hand zieht er die Handschellen hervor. »Jetzt leg eine Hand nach der anderen auf den Rücken. Ganz langsam«, sagt er, und ich weiß, dass ich handeln muss. »Denk immer daran, dass du eine Pistole an der …«, setzt Freddi an, kann aber nicht zu Ende sprechen. Er dreht sich unvermittelt um, und der Griff meiner Pistole trifft ihn hart an der Stirn.

Im Fallen drückt er Gaspare gegen den Sicherungskasten.

Auch für ihn haben wir Klebeband.

»Alles in Ordnung?«, fragt Bellini und kommt langsam die ersten beiden Treppen hinunter.

Er glaubt, Freddi gehört zu haben, ist sich aber nicht sicher, und die Vorstellung, allein da oben zu sein, vor Zio Giulios Wohnung, behagt ihm ganz und gar nicht.

»Bleib oben, Bellini. Bleib oben und halt den Mund!«

Freddis Stimme erklingt aus dem Erdgeschoss. Er will noch einmal fragen, ob alles in Ordnung ist, aber er soll schweigen, und wenn er etwas begriffen hat bei Freddi, dann, dass man seinen Befehlen ohne Umstände Folge leisten muss.

Also schweigt er.

Er glaubt, wieder Freddis Stimme zu hören. Und noch eine andere. Er bleibt reglos stehen und versucht, etwas aus der Stille herauszuhören. Ein hartes Knacken. Dann wieder ein paar Worte. Dann ein dumpfes Geräusch und eine Art Piepsen.

Spätestens jetzt trauert er endgültig den Stunden nach, in denen man nur müßig die Zeit verstreichen lassen musste.

Er sieht zu Zio Giulios Wohnungstür hinauf, die verschlossen hinter ihm liegt, und horcht dann wieder auf das Schweigen am Fuß der Treppe. Und ihm wird klar, dass man Befehle manchmal auch missachten muss. Er rafft sich auf und geht weiter hinunter.

Dann hört er Schritte. »Freddi?«, sagt er.

»Pscht. Ich hab doch gesagt, du sollst den Mund halten«, flüstert der Mann, der ihm auf den Stufen entgegenkommt. Er macht die Taschenlampe an und sieht als erstes die Jacke einer Polizeiuniform. Dann die Pistole, die direkt auf sein Gesicht zielt.

Da versucht er, die seine zu heben.

»Das würde ich nicht tun an deiner Stelle«, sagt eine andere Stimme, und Matteo Bellini merkt, dass er zwei Männer vor sich hat. Dass sie bewaffnet sind. Dass einer von ihnen Gaspare Nunia ist.

Dass der andere ihm Zeichen macht, die Pistole wegzuwerfen und sich umzudrehen. Und dass alles, was er von dem

Mann in Freddis Jacke sieht, zwei Augen sind, die ihn hart durch die Schlitze der Wollmütze anschauen.

Alles ist ruhig auf dem Treppenabsatz.

Während sie in den obersten Stock hinaufgestiegen sind, hat unten jemand leise die Tür geöffnet. Wahrscheinlich im Erdgeschoss. Sie hören ein paar Schritte, dann geht die Tür wieder zu und ein Riegel wird mit vielen Umdrehungen vorgeschoben, bis wieder Stille im Haus einkehrt.

Gaspare Nunia sieht, wie der Mann mit der Maske vor ihm den Schlüssel in das Schloss zu Zio Giulios Wohnung steckt.

Und er weiß, dass er endlich am Ziel seiner Rache ist.

Als ich die Tür aufmache, sieht die Wohnung ganz anders aus als heute Morgen. Vielleicht liegt es am Licht, vielleicht an der Stille oder noch wahrscheinlicher daran, dass ich nicht mehr derselbe bin. Die Maske klebt mir an Stirn und Bart, und mein Gesicht schwimmt im Schweiß, der mich meine Angst riechen lässt.

Ich weiß nicht, ob ich mir die Frage gestellt habe, was wirklich geschehen wird, als ich Gaspare in mein Auto einsteigen ließ, als ich es anmachte und meine Männer verriet. Ich weiß nur, dass der Gedanke mich in dem Augenblick streift, als Gaspare das Messer zieht und an mir vorbeihuschen will.

Die Klinge blitzt im Halbdunkel kurz auf, und ich halte ihn zurück, indem ich ihm auf die Schulter klopfe.

»Das Mädchen nicht«, raune ich, und er verzieht den Mund zu einem Grinsen, wie ein Haifisch, der lange gefastet hat und endlich seine Beute in Reichweite sieht.

»Ich töte keine Kinder. Aber was jetzt passiert, geht dich nichts mehr an«, erwidert er und zeigt mit der freien Hand auf die zwei Türen am Ende des Ganges. Ich deute mit dem Kopf nach links, und er geht weiter. Ich halte kurz inne, um zu entscheiden, was ich tun soll, dann folge ich ihm. Ich weiß nicht, ob aus krankhafter Neugier, aus dem Wunsch, den Umriss unter der Bettdecke zu sehen, oder aus dem merkwürdigen Bewusstsein heraus, dass ich letztlich genau das Gleiche tue, was er vorhat. Ich weiß nicht, warum, aber ich will es sehen.

Es ist wichtiger als alles andere.

Als ich auf der Türschwelle stehe, ist Gaspare schon im Schlafzimmer.

Durch den Rollladen zeichnet das Licht der Straßenlaternen eigenartige längliche Streifen auf die Wände. Gaspare bewegt sich geräuschlos, und ich ertappe mich dabei, wie ich auf seine Füße starre, weil ich sicher bin, dass sie nicht den Boden berühren, sondern durch die Luft schweben.

Dann sehe ich das Bett. Rosa, Zio Giulios Frau, liegt auf dem Rücken und hat sich die Decke über die Brust gezogen. Ihr Mann hat sich zum Fenster gedreht und schnarcht laut.

Gaspare betrachtet sie aus weniger als einem halben Meter Entfernung. Langsam bewegt er das Messer, die Spitze seiner Klinge zeichnet kleine Kringel in die Luft. Im Zwielicht des Zimmers sieht er aus wie ein alter Mann, der mit seinen Erinnerungen kämpft. Und genau so ist es im Grunde auch.

Dann geht er plötzlich auf die Frau zu, während Zio Giulio im Schlaf etwas murmelt, gefangen in einem Alptraum vielleicht. Gaspare sieht ihn genervt an, wie ein Dirigent, der von einem Handy-Klingeln gestört wird. Da wird mir klar, dass er nicht improvisiert, sondern jedes Detail genau geplant hat. Dass er sich diese Szene monatelang vorgestellt hat und jetzt lediglich seiner Phantasie folgt.

Er beugt sich über die Frau und legt ihr mit festem Griff die Hand auf den Mund. Rosa Giulio reißt die Augen auf und sieht ihn entsetzt an, wie das Monster ihrer schlimmsten Träume. Sie versucht, die Hände nach ihm auszustrecken, doch Gaspare lässt sein ganzes Gewicht auf ihren Magen sinken. Die linke Hand der Frau umklammert die Pranke auf ihrem Mund. Man hört deutlich das Geräusch der Fingernägel, die über Gaspares Haut kratzen, in dem verzweifelten Versuch, sich zu befreien.

Dann zeigt er ihr das Messer, und Rosa Giulio zuckt mit dem Kopf in das Kissen zurück, als wollte sie in der Matratze verschwinden. Gaspare nutzt die Gelegenheit, um ihr Kinn nach oben zu schieben. Er sieht sie an und lächelt.

Die Klinge fährt in die Haut des Halses, und der erste Blutschwall, der aus der Kehle spritzt, ergießt sich auf Gaspares Pullover.

Langsam, die Hand in das Blut getaucht, schneidet Gaspare ihr die Kehle durch, mit der Routine und Genauigkeit eines Bauern, der für ein Fest sein dickstes Schwein schlachtet.

Plötzlich schlägt er die Augen auf.

Das Display seines Weckers zeigt halb drei in der Nacht. Im Dunkeln sehen die Zahlen aus wie mit Blut geschrieben.

Das Herz klopft ihm bis zum Hals, so wild wie selten zuvor, als wäre er wie besessen gerannt, um seinem Traum zu entkommen. Also atmet Candido Giulio durch, er atmet durch und sucht mit dem Blick die Zimmerdecke nach etwas Ungewöhnlichem ab. Aber es ist zu dunkel, um etwas zu erkennen.

Und doch ist es da.

Ein Geruch und ein klebriges, feuchtes Gefühl am Laken, als er sich herumwälzt. Jetzt fällt es ihm wieder ein, während er darauf wartet, dass seine Augen sich an das gedämpfte Licht gewöhnen, das durch die halb geschlossenen Rollläden fällt. Seine Frau hat Angst im Dunkeln.

»Bist du wach?«, flüstert Zio Giulio und merkt, dass von links kein Laut kommt. Nicht einmal ein Atemzug. Da dreht er sich ganz um und sieht sie. Und alles wird klar und deutlich.

Wie der blutverschmierte Schlafanzug.

Wie seine aufgeschlitzte Frau neben ihm, ihr aufgerissener Mund und die verdrehten Augen.

»Ich grüße dich, Zio Giulio«, sagt eine Stimme irgendwo im Zwielicht.

Dann geht das Licht an, und die Wirklichkeit ist zu erdrückend, um sich nicht vor ihr zu ängstigen.

Vielleicht kann ich es schaffen, denkt Fabio Freddi und versucht, das Paketband um seine auf den Rücken gefesselten Hände zu bewegen.

Seine Stirn schmerzt höllisch, und sein Kopf pulsiert in einer Art Schraubstock, den jeder Arzt als Schädeltrauma identifizieren würde, doch davon abgesehen hat er nichts. Immer wieder muss er innehalten, um durch die Nase die Luft einzuatmen, die er für die nächste Kraftanstrengung braucht, doch er spürt, wie das Band Millimeter um Millimeter nachgibt und der Spielraum seiner Hände allmählich wächst. Es ist noch nicht genug, um zu versuchen, das Klebeband einzureißen, aber er ist auf dem besten Weg dorthin.

Er zerrt kräftig und begreift zum ersten Mal in seinem Leben, wozu all die Stunden im Fitnessraum gut waren, zu denen sie gezwungen wurden, dann hält er inne und lauscht in das Haus hinein.

Es herrscht eine unwirkliche Stille, ein Frieden, der so gar nicht zu den Vorgängen hier passen will und zu dem dumpfen Schmerz, der ihm mit jedem Kraftakt den Kopf aufbläht. Einen Moment ist er versucht aufzugeben, die Augen zu schließen und zu warten, bis alles zu Ende ist. Wenn die Typen sie hätten töten wollen, hätten sie es gleich getan, ohne sie vorher wie Salamis zu verschnüren. Dann, ohne darüber nachzudenken, atmet er tief ein und zieht fest mit beiden Händen.

Und er hört, wie etwas zerreißt.

»Ich grüße dich, Zio Giulio«, sagt Gaspare, und Candido Giulio lehnt sich mit dem Rücken an das Kopfteil des Bettes.

»Gaspare …«, flüstert er, und seine Augen zucken zwischen Nunias Gesicht, dem Messer, von dem das Blut tropft, und meinen Augen hin und her, die ihn durch die Schlitze der Wollmaske ausdruckslos anstarren.

Ich spüre kein Mitleid mit diesem Mann. Weder mit ihm noch mit Gaspare. Beide wussten genau, was für ein Leben sie führten und was sie riskierten. Und dass auch Momente wie dieser dazugehören.

»Meine Tochter«, sagt Zio Giulio. »Was hast du mit ihr gemacht, du Tier?«

»Kennst du mich so schlecht, Zio Giulio? Du bist doch derjenige von uns, der kleine Mädchen tötet. Weißt du, Don Beniamino hat es sehr gefallen, zu hören, wie die Dinge gelaufen sind. Er war hocherfreut.«

»Du hättest zu mir kommen können. Wir hätten alles geregelt. Du hättest mich fragen können. Ich hätte dich da rausgeholt.«

Zio Giulios Stimme klingt wie das Ticken eines Morsegerätes, das gehetzte Stakkato einer Flucht, als könnten seine Worte ihm das Leben retten, je zahlreicher, desto eher. Als wäre unter all den Versprechungen eine, die Gaspares Messer stoppen könnte.

»Es gibt Regeln, Zio Giulio«, sagt Gaspare. »Du kennst sie genauso gut wie ich. Dinge, die man respektieren muss. Versuch wenigstens, wie ein Mann zu sterben.«

Gaspare geht einen Schritt auf ihn zu, und Zio Giulio rappelt sich auf, um in Richtung Tür zu fliehen. Ich sehe, wie er über die Leiche seiner Frau hinwegsteigt, auf mich zukommt, trete vor und versetze ihm mit dem Knie einen Stoß gegen die Brust. Ich höre das Knacken einer brechenden Rippe und sehe Zio Giulio vor mir auf die Knie sinken, wie es wahrscheinlich unzählige seiner Schützlinge vor ihm getan haben. Er hebt den Blick und sieht mich an, um Hilfe flehend, die ich ihm nicht geben will.

Das Einzige, was ich jetzt will, ist, dieses Haus verlassen und erfahren, wo ich meinen Mann finde. Erfahren, was ich wissen muss, damit Alice die Augen aufschlägt und von dem Bett aufsteht. Niemand anderes kann ihr dabei helfen. Sie hat nur mich auf der Welt.

Ich sehe Gaspare an. »Beeil dich«, raune ich, und Don Giulio starrt mich an, als hätte er meine Stimme erkannt. Er will etwas sagen, doch Gaspare packt ihn am Kragen seines Pyjamas und zerrt ihn hoch, presst ihn an sich.

»Sei ein guter Papa«, höre ich ihn flüstern. »Weck die Kleine nicht auf.«

Candido Giulio will etwas antworten, doch die Klinge ist schneller als sein Mund. Die Spitze bohrt sich zwei Zentimeter tief in seinen Hals, und ich kann bis zehn zählen, ehe die Schneide ihren Halbmond vollführt hat, als wolle Gaspare ihn den Schmerz des herannahenden Todes ganz auskosten lassen.

Dann lässt er den Körper zu Boden fallen, und mit einem Blick auf das blutgetränkte Bett und die beiden Leichen senkt er das Messer und atmet tief durch.

Ein langer Atemzug, mit dem er weit mehr als nur Luft ausstößt.

»Mama?«, ruft eine Stimme aus dem hinteren Zimmer und holt uns schlagartig in die Realität zurück.

»Raus«, sage ich und gehe zur Tür.

Als wir sie hinter uns zuziehen, hören wir den Schrei des Mädchens durch das Haus gellen.

Er hat gerade seine Füße befreien können, als er im obersten Stock eine Tür hört. Hastig sucht er nach seiner Pistole, nimmt sie, ohne zu überlegen, in die Hand und steht auf.

Sie haben ihm die Jacke ausgezogen, aber nicht die Waffe abgenommen. Eine dumme Nachlässigkeit.

Während er hinaufsteigt, glaubt er ganz oben den Schrei eines Kindes zu hören.

Auf dem Hausflur schließe ich die Wohnungstür ab und reiße mir die Wollmaske vom Kopf. Ich spüre, wie mir der Schweiß übers Gesicht rinnt und bis auf den schwarzen Pulli tropft.

»Wir müssen uns beeilen«, sage ich, und Gaspare nickt.

Er wischt sich die blutverschmierten Hände an seinem dunklen Pullover ab. Ein Schwall ist ihm mitten auf die Stirn gespritzt und über seine Wange geflossen, ein merkwürdiges schwarzes Gebilde, das wie eine verheilende Wunde aussieht.

Ich höre erneut das Mädchen schreien und laufe zur Treppe. Uns bleibt nicht viel Zeit, bald wird jemand sie hören und das reine Chaos losbrechen. In spätestens zehn Minuten, und dann müssen wir weg sein. Während ich die Stufen hinunterspringe, höre ich plötzlich Gaspares Schritte nicht mehr. Also halte ich inne und sehe mich um. Er steht auf dem Absatz im zweiten Stockwerk und blickt das Treppenhaus hinab.

»Was zum Teufel tust du, beweg dich«, sage ich. Dann drehe ich mich um.

Und drei Meter vor mir biegt Fabio Freddi, die Pistole im Anschlag, im ersten Stock um die Ecke und nimmt die nächste Treppe in Angriff.

»Was zum Teufel tust du, beweg dich«, sagt der Mann in Schwarz, und Fabio erstarrt. Er biegt gerade im ersten Stock auf die nächste Treppe ein, und aus den Augenwinkeln sieht er schon Gaspare Nunia, der im zweiten Stock am Geländer lehnt. Für ihn hat er die nächste Kugel reserviert.

Die erste ist für den Mann in Schwarz, der ihn wie einen viertklassigen Grünschnabel niedergeschlagen hat. Er hat die

Pistole in der Hand, er ist der gefährlichere. Dann hört er ihn reden, und einen winzigen Moment glaubt er, zu halluzinieren.

Doch dann dreht er sich um, und Fabio Freddi sieht direkt in die Augen von Kommissar Gabriele Riccardi.

Ich schieße.

Ich schieße, ohne mich auch nur eine Zehntelsekunde nach dem Warum zu fragen. Zwei Schüsse hintereinander, die im Treppenhaus explodieren wie Knallfrösche in einer Plastikschachtel.

Der erste Schuss trifft ihn unterhalb des Halses, und Fabio lässt die Pistole fallen. Der zweite fährt ihm direkt in die Stirn und schleudert ihn gegen die Wand des Treppenhauses.

Einen winzigen Moment sieht er mich an, starr und ungläubig, und es ist noch Leben in seinen Augen. Dann rutscht er an der Wand herab wie eine Kugel in ihrer Bahn und stürzt leblos zu Boden, mit einem dumpfen Schlag, bei dem etwas in mir zerbricht.

Ich will schon die Pistole fallen lassen, als ich Gaspares Arm spüre, der mich fortreißt. »Los, Commissario, bloß weg hier!«

Ich lenke den Wagen zum Park und steige aus. Zwanzig Minuten vollkommene Stille, das Radio ausgeschaltet und die Gedanken viel zu aufgewühlt, um ihnen zu folgen.

Ich brauche Luft. Ich atme tief ein und aus und blicke auf das Spiel des Laternenlichts in den Baumkronen. Es ist windig, und je nachdem, wie ich mich drehe, fühlt der Wind sich warm oder kalt an.

»Er hätte dich umgebracht«, sagt Gaspare nun schon zum dritten Mal. Ich kann es nicht mehr hören. Ich drehe mich um und kralle mich in seinen blutgetränkten Pullover. Ich schiebe ihn zum Auto und sehe ihn an. »Sag nicht mehr, er hätte mich umgebracht. Sag es nicht mehr. Verstanden? Hast du mich verstanden?«

Gaspare schweigt und lässt mich in Ruhe. Nach dem, was er heute Abend gesehen hat, kann er sich denken, dass ich nicht minder gefährlich bin als er. Letztlich habe auch ich jemanden umgebracht, der bis vor kurzem noch auf meiner Seite stand.

Ich lasse ihn los, und er zieht sich die Kleider zurecht. »Mit welcher Pistole hast du geschossen?«, fragt er mich. Das war tatsächlich auch mein erster Gedanken, als Fabio vor meinen Augen starb. Mit welcher Pistole habe ich geschossen. Einen kurzen Moment war ich überzeugt, dass es meine gewesen sein muss, die Dienstwaffe, aber so war es nicht.

Die Ballistik wird feststellen, dass Fabio Freddi mit der Waffe seines Kollegen Verardi erschossen wurde, der im Dienstwagen liegt, nachdem ein maskierter Mann ihn gefesselt und geknebelt hat. Derselbe Mann, der Agente Freddi überwältigt und gefesselt hat und dabei vergaß, ihn zu entwaffnen. Es gibt nichts, was den Vorfall mit mir in Verbindung bringen könnte. Und letztlich ist es gerade diese Unantastbarkeit, die mir Ekel einflößt. Ich bin genau das geworden, was ich immer bekämpft habe.

Aber es ist noch nicht zu Ende.

Ich drehe mich zu Gaspare Nunia und Luigi dem Stummen um. Jetzt bin ich nicht mehr auf ihrer Seite. Jetzt bin ich nur noch auf meiner eigenen Seite, auf meiner und der von Alice, sonst nichts.

»Wie fühlst du dich?«, frage ich ihn.

Gaspare sieht mich an. »Manche Dinge muss man einfach tun. Irgendwann werde ich wissen, wie ich mich fühle. Du verstehst das.«

Er hat recht. Es gibt Dinge, die muss man einfach tun. Ich habe getan, was mir richtig erschien. Ich habe mein ganzes Leben zum Teufel gejagt, um einem Mörder zu der einzigen Art von Gerechtigkeit zu verhelfen, die seine Welt kennt. Und ich habe damit bezahlt, dass ich einen Mann, der immer zu mir gestanden hat, kaltblütig getötet habe, um meinen Arsch zu retten.

Jetzt muss er bezahlen. »Gib mir, was mir zusteht«, sage ich, und Gaspare macht dem Stummen ein Zeichen.

»Ich habe ihn nur einmal getroffen«, beginnt dieser. »Sonst habe ich immer am Telefon mit ihm gesprochen, das sagte ich ja schon. Er hat mir vorgeschlagen, Gaspare zu befreien. Die Idee gab es schon lange. Es waren alles kurze Telefonate. Er sprach mit leiser Stimme, fast ein Flüstern. Es klang sehr eigenartig.«

»Wahrscheinlich hat er einen Stimmenverzerrer benutzt.«

»Als ich ihm sagte, ich sei dabei«, fährt Luigi fort, ohne auf meinen Einwurf zu reagieren, »hat er mir einen Treffpunkt in einer Kirche genannt, morgens. Er hat mir gesagt, ich würde einen Priester treffen und solle den Beichtstuhl betreten, den ersten auf der rechten Seite. Er hat mir den Weg erklärt und das Dorf und wie ich die Kirche finde.«

»Alles am Telefon?«

»Alles am Telefon. Und dann habe ich ihn getroffen. Ihn, keinen Priester. Er saß schon drin, als ich kam, und er flüsterte. Die Stimme war furchteinflößend. Er hat das Geld genommen und mir das Paket gegeben.«

»Das Paket mit den Kleidern.«

Er nickt. »Und ich habe es genommen. Er hat gesagt, ich solle hinausgehen, ohne mich umzudrehen. Sonst sei ich tot. Früher oder später.«

»In Ordnung. Jetzt sag mir, was ich wissen will, Luigi.«

»Die Kirche war in Manerbio«, meint er.

»Manerbio? Bist du dir sicher?«

»Natürlich bin ich mir sicher, Bulle. Manerbio. Bei Brescia«, erklärt er, und ich spüre einen Schauer, der mir über den

Rücken läuft, und höre meine Großmutter sagen, das ist der Tod, der an dir vorübergeht. In den Sprichwörtern der Alten steckt immer ein Körnchen Wahrheit.

»Weiter.«

»Vor ein paar Tagen hatte ich einen Unfall und war im Krankenhaus. Ich habe gesehen, wie du auf die Station kamst, und bin dir gefolgt, weil ich wissen wollte, was du da machst. Vorher, im selben Gebäude, habe ich es gehört.«

»Was hast du gehört?«

»Ihn. Er sprach mit leiser Stimme mit einer Frau. Ich habe ihn nur von hinten gesehen, aber er war es, er stand mitten auf dem Flur. Ich habe ihn an seinem Flüstern erkannt. Seine richtige Stimme habe ich ja nie gehört.«

»Du hast ihn auf der Intensivstation gehört?«

»Ich weiß nicht, ob es die Intensivstation war. Nur, dass es in dem Gebäude war, wo du warst. Nur ein paar Stockwerke tiefer. Er ist Doktor.«

Ein Arzt. Doch der Titel Doktor bezeichnet auch jemanden, der sich auf seine Sache versteht. Nicht nur beim Heilen. Und dieser Typ ist ein Doktor. In jedem Wortsinn.

»Was noch?«

»Eine Sache noch.«

»Es ist spät.«

»Es gibt eine Möglichkeit, Kontakt mit ihm aufzunehmen.«

Der Schlüssel! Seit ich von der Existenz dieses Mannes weiß, frage ich mich, wie ich Kontakt mit ihm aufnehmen kann. Bisher dachte ich an eine Zeitungsannonce, doch nun bin ich mir nicht mehr so sicher.

»Es gibt jemanden, zu dem man gehen kann.«

Pietro, denke ich, und fordere ihn mit einer Handbewegung auf, weiterzureden. Der Tonfall seiner Stimme hat sich verändert, als hätte er Angst, ein Geheimnis preiszugeben, das ihn das Leben kosten könnte. Und vielleicht ist es tatsächlich so.

Er wirft Gaspare einen Blick zu, dann fährt er fort. »Ein alter Mann. Er wohnt in Bologna, in einer Villa oben auf den Hügeln. Zumindest sagen das die, die ihn gesehen haben. Er heißt Mario. Mehr weiß ich nicht. Vielleicht findest du ihn.«

Ich sauge die Feuchtigkeit der Nacht durch die Nase ein. Meine Augen tun weh. »Natürlich finde ich ihn«, sage ich, und einen Moment lang denke ich an die Halskette, die Salvi und Aiuti sich von ihrem Kongress mitgebracht haben. Aus Manerbio.

»Ich finde ihn«, wiederhole ich und erkenne meine eigene Stimme kaum wieder, als betrachtete ich die Szene von außen. Ich bin gar nicht hier, das bin nicht ich.

»Sei vorsichtig«, mischt Gaspare sich ein. »Es heißt, einmal habe ihn jemand drankriegen wollen, mit dem Alten als Köder. Das war vor vielen Jahren, vielleicht ist es nur eine Legende. Aber man erzählt sich, er sei zu ihm nach Hause gegangen und habe die Fotze seiner Frau weggeätzt.«

Ich reiße die Augen auf.

»*Proprio accussì*, Bulle, so war es. Er hat ihr die Fotze in Säure aufgelöst.

Ich reibe mir die brennenden Augen und sehe die beiden an.

»Morgen Nachmittag«, sage ich dann nach einem langen Schweigen, in dem ich meine Gedanken neu ordne.

Gaspare wird plötzlich ernst. Er sieht mich an. »Baricella, Via Garibaldi. Dort gibt es eine Trattoria. Da drüber.«

»Gasp…«, will der Stumme sagen, doch Gaspare bringt ihn mit einem Blick zum Schweigen.

»Er nicht«, sagt er, an mich gewandt.

Ich nicke. »Bis morgen früh um elf muss er verschwunden sein. Ich werde einen Wagen schicken, um das Haus zu überwachen. Um acht Uhr abends komme ich dich dann holen.«

»In Ordnung«, sagt er, und der Stumme senkt den Blick.

Ohne ein weiteres Wort steigen sie ins Auto.

Ich blicke ihnen nach und bleibe mit meinen Gespenstern allein zurück. Dann ziehe ich mir den blutigen Pullover aus und werfe ihn in eine Mülltonne.

Schließlich gehe ich.

Es ist halb vier in der Früh, und es gibt jemanden, mit dem ich reden muss.

»Blutrünstiger Mord in einem Außenbezirk Bolognas«, krakeelt es aus dem Radio, und er setzt den Kaffeebecher auf seinem Schreibtisch ab.

»Was ist passiert, Dottore?«, fragt die Krankenschwester. Mit dem Zeigefinger an den Lippen bedeutet er ihr lächelnd, zu schweigen.

Er hört den Radiobericht und weiß, dass es nun wirklich bald vorbei ist. Gut gemacht, Gaspare, denkt er. Endlich hast du es geschafft.

In einem Zug leert er seinen Espresso und steht auf.

»Das sind doch alles Tiere«, sagt die Krankenschwester.

Er sieht sie an und bemüht sich um einen empörten Blick, ohne zu wissen, ob er ihm gelingt.

»Tiere«, bestätigt er und verlässt das Behandlungszimmer.

Den ganzen Weg nach Baricella spricht Gaspare Nunia kein Wort.

Er lauscht auf die Straße, die unter den Rädern des Clios dahingleitet, und hat das Gefühl, dass ein Abschnitt seines Lebens nun endgültig ein Ende gefunden hat, zugleich mit dem Messerschnitt, der durch Zio Giulios Kehle fuhr wie durch einen warmen Laib Brot. Er hatte geglaubt, er würde beim Drehen der Klinge in dem weichen Fleisch größeren Genuss empfinden. Er hatte geglaubt, wenn er auf den Fingern, im Gesicht, auf den Lippen das warme Blut des Mannes spüren würde, der seine Familie ausgelöscht hat, würde er sich stark und erlöst fühlen.

Doch so ist es nicht. Das Einzige, was er am Ende dieser merkwürdigen Nacht fühlt, zu der es fast durch Zufall gekommen ist, ist eine lange und tiefe Einsamkeit. Deswegen scheint ihm die Vorstellung, ins Gefängnis zu gehen, auch gar nicht so schrecklich. Und nicht nur, weil er überzeugt davon ist, auch ein zweites Mal ausbrechen zu können. Nicht nur, weil er weiß, dass er hinter diesen Mauern vor dem Mann in Sicherheit ist, der ab morgen Jagd auf ihn machen wird.

Sondern vielmehr, weil er dort drinnen sein Leben nicht neu zu erfinden braucht. Nicht jemanden darstellen muss, der er vielleicht längst nicht mehr ist.

»Morgen um zehn verlässt du das Haus. Du nimmst das Auto. Ich will keine Schwierigkeiten«, sagt er in die Stille hinein. Der Stumme neben ihm nickt. Beim Einsteigen hat er versucht, seine Einwände vorzubringen. Doch die erhobene offene Hand genügte, um dem Stummen zu bedeuten, dass er nicht reden durfte. Dass Reden nicht half.

»Danke«, sagt er, als er vor dem Haus den Motor ausmacht. »Und weck mich nicht auf. Wir brauchen uns nicht zu verabschieden.«

Die Krankenschwester, die ihn herankommen sieht, ist nicht überrascht. Kommissar Gabriele Riccardi erscheint zu jeder beliebigen Tages- und Nachtzeit auf der Station.

Er bleibt vor der Fensterscheibe stehen und sieht hinein, als befände sich auf der anderen Seite eine geheimnisvolle Welt, die sich innerhalb eines Tages komplett verändern könnte.

Dabei ist sie immer dieselbe.

Sie will gerade im Schwesternzimmer verschwinden, als sie ihren Namen rufen hört, und sie tritt langsam näher. Gabriele Riccardi hat gerötete, tief umrandete Augen und einen Dreitagebart. Er sieht aus, als hätte er seit Monaten nicht mehr richtig geschlafen.

»Ja, Commissario?«

»Ich würde gern hinein, darf ich?«, fragt er.

»Natürlich«, erwidert sie, ohne zu zögern, und als sie ihm die Tür zu Alice Mantovanis Zimmer aufhält, denkt sie aus irgendeinem Grund, dass diese Nacht anders ist als alle anderen.

Ich habe Fabio Freddi umgebracht. Erinnerst du dich an Fabio Freddi? Der gerade mit seiner Freundin zusammengezogen ist. Der Lange.

Ich habe ihn umgebracht, Alice.

Er hat mir ins Gesicht gesehen, und ich habe ihn umgebracht. Er hat nichts gesagt, hat mich nur angeschaut. Und jetzt ist alles anders.

Wenn du mich jetzt sehen könntest, du würdest mich vielleicht nicht wiedererkennen. Vielleicht würdest du sagen, dass es das nicht wert war, was ich für dich getan habe, und vielleicht habe ich dasselbe gedacht, als ich ihn sterben sah. Doch jetzt weiß ich nicht mehr, was ich denken soll.

Ich fühle mich entzweigerissen, als sei ich im einen Teil meines Lebens gezwungen, mich auf eine bestimmte Art zu verhalten, und im anderen auf eine andere, und alles ist eine absurde Mixtur aus Fiktion und Realität. Ich habe so viele Masken, dass ich gar nicht mehr weiß, welche ich gerade aufsetzen soll.

Wenn ich im Dienst bin, muss ich vergessen, dass es dich gibt. Nur als Akte, ein Ding ohne Hände, ohne Augen. Als hättest du keinen Körper, der in der ewig gleichen Position in demselben Bett liegt. Und jetzt muss ich so tun, als wäre Fabio von jemand anderem umgebracht worden. Und ich muss so tun, als wäre ich immer noch der Alte. Scheiße, ich werde nie mehr der Alte sein.

Nie mehr.

Wer weiß, wo du bist. Manchmal frage ich mich, wo du bist.

Schon vorher, als du plötzlich verschwunden warst, habe ich das nicht verstanden. Na, und jetzt erst! Ich frage mich, ob du Angst hast oder dich in Sicherheit fühlst. Ob Stille herrscht oder ob deine Gedanken Lärm machen.

Wenn ich zu Hause bin, wenn ich schlafe, wenn ich nur Gabriele und nicht Kommissar irgendwas bin, dann frage ich mich das. Und dann fehlst du mir. Wie jetzt, wie eben. Und deswegen habe ich ihn umgebracht, weißt du? Weil du mir fehlst, weil ich so nicht weitermachen kann, weil ich entweder ihn oder mich umbringen musste. Oder ich hätte es so eingerichtet, dass er mich umbringt. Aber du fehlst mir zu sehr, als dass ich mich töten lassen könnte. Zu sehr, um deinen Anblick so noch länger zu ertragen.

Ich schnappe ihn. Heute Abend weiß ich, dass ich ihn schnappen werde. Eben war ich versucht, es durch den Flur zu schreien. Ich schnappe dich, Hurensohn! Ich weiß sowieso, dass er hier ist. Und wenn nicht heute Nacht, dann wird es sicher jemanden geben, der es ihm morgen berichtet.

Zum Teufel. Ich bin müde. Zu müde, und die wenigen Male, die ich träume, träume ich von Teresa und dir, als wärt ihr ein und dieselbe Person. Als hätte ich euch beide umgebracht. Hätte ich damals nicht auf Gaspare geschossen, lägst du jetzt nicht hier. Vielleicht wären wir nicht zusammen, vielleicht würde ich mal wieder deinem Schweigen, deinem endgültigen Schweigen hinterherlaufen. Aber du lägst nicht hier, und ich könnte immer noch mit einem Hauch von Melancholie denken, dass du glücklich bist, irgendwo. Ich fühle mich schuldig. Zu viele Menschen sind durch meine Schuld gestorben. Zu viele. Jetzt reicht es. Jetzt wird es Zeit, dass ich ihnen etwas zurückgebe.

Wer weiß, ob dir jemals aufgefallen ist, dass ich nie mit dir geredet habe. Jemand hat mir sogar gesagt, ich sei ein Feigling und es sei nicht richtig, weil man mit Komapatienten immer reden müsse. Aber ich hatte dir nichts zu sagen, als hätten die Dinge, die ich fühlte, sich in mir zu einer dicken Mauer aufgestaut. Zu viele Gedanken, zu viele Worte.

Wie bei dir.

Um Hilfe bitten ist nicht erlaubt. Schreien, dass es dir schlechtgeht, nur dann, wenn niemand dich hört.

Zum Teufel auch mit dir, Alice. Ich spiele nicht mehr mit. Vielleicht habe ich das erst heute Nacht begriffen. Vielleicht musste ich Fabio Freddi erschießen, um zu kapieren, dass das alles ein ungeheurer Unsinn ist, dass das Schweigen nur eine eiserne Maske ist, die wir uns alle aufsetzen, weil wir unser Innerstes nicht mehr verstehen. Eine Maske wie eine Panzertür, die alles abschirmt, von außen und innen. Und darum zum Teufel mit allem.

Wenn es mir schlechtgeht, will ich es sagen. Dir, die du mich jetzt nicht hörst und früher vielleicht so getan hast, als hörtest du mich nicht. Denn mich zu hören hätte bedeutet, Antworten geben zu müssen, und Antworten sind teuer, die gibt es nicht umsonst. Gute wie schlechte. Und auch jemandem zu sagen, dass er dir fehlt, dass du ihn vermisst hast, dass es dir gutgeht bei ihm, dass er dir scheißegal ist, bedeutet eine viel zu große Mühe.

Ich weiß nicht, ob du mir jetzt zuhörst, dumme Kuh. Ich weiß nicht, ob du mich hören kannst, aber wenn du mich hörst, hoffe ich, dass es da drinnen kein noch so winziges Eckchen gibt, in das du dich flüchten kannst. Denn dann bist du gezwungen, anzuhören, was ich dir zu sagen habe.

Ich werde ihn fassen, diesen gesichtslosen Hurensohn. Ich fasse ihn und bringe ihn hierher zu dir. Ich bringe ihn her, und der Bastard wird dir zurückgeben, was er dir wegen mir genommen hat. Und dann sind alle quitt. Auf die Gefahr hin, ihm mein Leben im Tausch zu überlassen. Selbst wenn er der Teufel in Person wäre, würde ich ihm diesen Pakt anbieten.

Das ist alles, was ich für dich tun kann, Alice. Alles, was ich alleine schaffe. Dir helfen, wieder zu leben. Und dich so sehr lieben, dass ich es dir nicht richtig sagen kann, es nicht richtig zeigen kann.

Für den Rest brauchen wir dich. Das, was in dir steckt, was du versteckst, was du manchmal hervorziehst und dann schnell in eine Ecke wirfst aus Angst, jemand könnte es zerschlagen, fast mit der Gewissheit, dass früher oder später sowieso alles zu Bruch geht.

Allein komme ich nur so weit.

Aber so weit, das verspreche ich dir, schaffe ich es.

Danach, keine Ahnung.

Danach musst du entscheiden.

Als ich mit meinen Lippen ihre Stirn berühre, ist ihre Haut kühl, aber ich nehme ihren Duft wahr wie eine Erinnerung, die nach langer Zeit wieder in meinem Gedächtnis aufscheint.

Nach zu langer Zeit.

Draußen geht ein Gewitter nieder, wie es manchmal im Frühjahr geschieht. Ich laufe zum Auto und spüre das Klopfen des Regens auf dem Asphalt und auf der Haut.

Dann fahre ich langsam nach Hause.

Und warte auf den Anruf.

Dreizehn

Bologna, 7. Mai. Neun Uhr fünfundzwanzig

»Was zum Teufel ist da passiert?«, brüllt der Polizeipräsident mir ins Gesicht und knallt die *Repubblica* auf meinen Schreibtisch.

MAFIABOSS UNTER POLIZEISCHUTZ IN SEINER WOHNUNG ERMORDET. EIN POLIZIST STIRBT.

Ich werfe einen kurzen Blick in die Zeitung, nur damit er zufrieden ist. Ich habe sie alle schon gesehen. Der *Corriere della sera* formuliert es etwas aseptischer, der *Resto del Carlino* reißerischer, aber letztlich steht bei allen dasselbe.

»Also, darf ich nun bitte erfahren, was da los war, Riccardi?«

Ich erzähle ihm, was passiert ist. Ich spreche langsam und deutlich, bemüht um größtmögliche Klarheit. Ich habe keine zehn Minuten geschlafen und muss aufpassen, alles genau so wiederzugeben, wie es mir berichtet wurde, nicht wie ich es weiß. Das ist das Schwierige daran.

»Ein Profi, was?«

»Scheint so. Ein bekanntes Gesicht. Oder einer, der nicht bekannt werden will, daher die Maske.«

Er hört mir gar nicht zu. Er starrt auf die Titelblätter der Zeitungen und brüllt weiter herum. »Und was haben wir zum Schutz von Candido Giulio getan? Was zum Teufel haben wir getan, Riccardi?«

Ich versuche ruhig zu bleiben, aber es kostet mich all meine Kraft. Es gelänge mir schon dann kaum, wenn ich neutral wäre, ausgeschlafen und reinen Gewissens wie eine geweihte Hostie.

Also das komplette Gegenteil von meinem aktuellen Gemütszustand.

»Einer unserer Männer ist dabei draufgegangen«, zwinge ich mich zu sagen, und er schweigt. »Es gibt keinen hundertprozentigen Schutz, wissen Sie das nicht?«

Der Polizeipräsident lässt sich auf einen Stuhl sinken. »Die Medien werden uns in der Luft zerreißen. Das ganze Präsidium. Ich darf gar nicht daran denken.«

Allmählich überkommt mich die Wut, denn ich, der ich weiß, was vorgefallen ist, trauere um Freddi. Ihm hingegen, der keine Ahnung hat, scheint er völlig egal zu sein. »Ich scheiß auf die Medien, Herr Polizeipräsident«, sage ich, schreie ihm fast ins Gesicht. »Es geht mir am Arsch vorbei, was die erzählen werden, und es geht mir ebenso weit am Arsch vorbei, was Sie denken.«

»Passen Sie auf, was Sie sagen, Riccardi.«

»Soll ich gehen? Wollen Sie mich loswerden? Perfekt. Wenn Sie wollen, bin ich sofort weg. Keine Ahnung, ob Sie das wussten, aber ich kannte Freddi gut. Ich habe ihn hergeholt. Und darüber hinaus habe ich genug anderes am Bein. Wie Sie sich vielleicht vorstellen können.«

»Reden Sie keinen Unsinn, Riccardi.«

»Unsinn? Ich habe den Unsinn, den ich mir ständig anhören muss, so satt, das können Sie sich gar nicht vorstellen. Wissen Sie überhaupt, was hier läuft? Ist Ihnen das wirklich klar, oder sind Sie zu beschäftigt damit, herauszufinden, von welcher Seite Sie besser aussehen, wenn jemand die Kamera auf Sie hält? Wissen Sie überhaupt, was in der realen Welt passiert?«

»Sie haben ja keine Ahnung ...«

Ich lasse ihn nicht ausreden. »Es gibt einen Mann da draußen, irgendwo, der seinen ganz speziellen, persönlichen Rachefeldzug führt. Ein Mann, der Gaspare Nunia zum Ausbruch verholfen hat, nur damit er das tut, was er gestern Abend getan hat. Ein Mann, der, keiner weiß warum, versucht, sich an allen zu rächen, die irgendetwas mit Teresa Rizzos Tod zu tun hatten, und der zu diesem Zweck die Frau, die ich liebe, ins Koma versenkt hat. Ein Mann, der es am Ende des Spiels auf mich abgesehen hat. Und der mich auf die schlimmstmögliche Art wird sterben lassen, aber erst nachdem er mich lange genug mit dem Gefühl gequält hat, dass er allein frei über mein Leben und das der Menschen, die mir nahestehen, bestimmen kann. Ich bitte Sie also, Herr Polizeipräsident, erzählen Sie mir nicht, ich hätte keine Ahnung. Denn ich wiederhole Ihnen, das sind die Dinge, die in der realen Welt zählen. Nicht Ihre verdammten Zeitungen, egal welcher Couleur.«

Stille. Irgendwo höre ich einen Bus vorbeifahren, und ich weiß, dass draußen vor der Tür mindestens fünf oder sechs Leute stehen und mein Geschrei mit anhören.

Polizeipräsident Piras sieht mich an, als wüsste er nicht, ob ich verrückt, verbohrt oder nur verzweifelt und am Rande eines Nervenzusammenbruchs bin, einer, der sich verlaufen hat und den Rückweg nicht mehr findet.

»Die Überwachung lag in meiner Verantwortung. Wenn Sie wollen, trete ich zurück.«

»Kommt überhaupt nicht in Frage, Riccardi«, sagt er, und es klingt wie eine abgeschossene Tontaube.

»Dann lassen Sie mich meine Arbeit machen. Und wenn alles gutgeht, bringe ich Ihnen Gaspare Nunia schneller, als Sie glauben.«

Seine Augen leuchten auf. »Haben Sie denn eine Spur?«, fragt er und versucht, skeptisch zu wirken.

Ich lächele, weil er wieder einmal nichts begriffen hat. Er will einfach nicht verstehen, dass ich, wenn ich mit ihm rede, immer schon sehr viel mehr als eine Spur in der Hinterhand habe.

Ich stehe auf. »Allerdings, und die ist mehr als warm, Herr Polizeipräsident.« Ich sehe auf die Uhr. Es ist fast zehn. »Und nun entschuldigen Sie mich. Es ist schon spät.«

Ich gehe hinaus und schließe die Tür hinter mir, bevor er noch etwas sagen kann.

Der Mann schläft, doch das interessiert ihn nicht.

Solange er nur tief atmet, versunken in einem Traum wie ein Wrack auf dem Meeresboden. Außerdem braucht er nicht lange.

Was er tun muss, geht schnell, wie alles, was das Ergebnis einer schwierigen Entscheidung ist. Letztlich läuft es doch immer gleich. Man denkt lange darüber nach, und wenn man sich entschieden hat, geht alles ganz schnell.

So auch, Donatella Rizzos Tabletten auszutauschen. Dreimal am Tag muss sie eine nehmen. Morgens, mittags und abends. In dem von ihm präparierten Blister befinden sich fünf Tabletten. Und nur eine ist die richtige.

Spätestens morgen Abend passiert es also, und es wird nicht schmerzhaft sein.

Donatella verdient keine Schmerzen. Sie ist nur ein belangloser Zwischenfall, wie ein Nagel, der sich in deinen Autoreifen bohrt und dich zwingt, den Wagenheber anzusetzen. Mehr nicht.

Ganz langsam schließt er das Wandschränkchen und geht zur Wohnungstür zurück. Er blickt durch den Spion und lauscht. Als alles still ist, schlüpft er hinaus und geht die Treppe hinunter.

Kaum steht er draußen im Regen, klingelt sein Handy.

»Was gibt's, Pietro?«, fragt er.

»Mein Freund bei der Polizei. Er hat mir Neuigkeiten zukommen lassen.

»Interessant. Gute Nachrichten?«

»Riccardi hat Nunia gefunden.«

Er verzieht die Lippen zu einem zufriedenen Grinsen. »Bemerkenswert. Weißt du Genaueres?«

»Ich weiß alles. Er hat einen Wagen zur Überwachung hingeschickt.«

»Weißt du, wann es losgeht?«

»Sicher nicht mehr heute Nachmittag. Riccardi ist im Moment auf dem Weg zu mir.«

»Ich bin sofort da«, sagt er und legt auf.

Während er den Wagen anlässt, weiß er nicht, ob er lachen oder besorgt sein soll.

»Bitte entschuldigen Sie den Überfall«, meint Ippoliti, doch Mario Tellarini beachtet ihn gar nicht. Er schaut mich an. Es war nicht schwer, auf ihn zu kommen. Von den Eigentümern und Mietern der Villen auf den Hügeln oberhalb Bolognas ist er der Einzige mit diesem Namen und dem passenden Alter. Schwieriger war es, Ippoliti davon zu überzeugen, dass ich den Tipp von einem alten Vertrauensmann bekommen habe. Ich glaube nicht, dass er es geschluckt hat, aber das spielt keine Rolle.

Wichtig ist die Person hier vor uns, die mich skeptisch mustert wie ein Dompteur, der über den Kauf eines wertvollen Tieres entscheiden muss.

»Keine Sorge«, sagt Tellarini und legt dabei den Kopf ein klein wenig schief, genau wie auf dem alten Foto. Auf dem Foto, das im Archiv aufgetaucht ist und auf dem er viel jünger ist und noch volles Haar hat, kastanienfarben und glänzend. Auf jenem Foto lächelt er in das Objektiv ohne einen Hauch der Melancholie und der Wut, die heute in seinen grünen Augen liegen.

Auf jenem Foto heißt er noch Pietro Giannelli.

Ich bräuchte diesen Beweis nicht unbedingt, um zu wissen, dass der Mensch hier vor mir die einzige lebende Verbindung zu dem Mann ist, den ich suche. Ich erkenne es an dem Blick, mit dem er mich fixiert.

Also erwidere ich seinen Blick und überlasse Ippoliti das Reden. »Wir wüssten gern, ob Sie sich an Guido Anselmi erinnern«, fragt er, und das Gesicht von Pietro oder Mario, oder wie immer er heißen mag, zeigt nicht die mindeste Regung, als habe er die Frage erwartet.

»Ich erinnere mich gut an ihn. Ingenieur Anselmi«, sagt er. »Denn er hätte mir beinahe eine Menge Schwierigkeiten bereitet. Das war vor ein paar Jahren. Ich vermute, Sie kennen die ganze Geschichte, da Sie hier sind.«

Ippoliti sieht ihn ungerührt an. »Ja.« In dem Protokoll über Guido Anselmis Unfall taucht sein Name auf. Mario Tellarini. Das hat Ippoliti gestern herausgefunden.

»Was wollen Sie denn über den Herrn Ingenieur wissen?«

»Alles, woran Sie sich erinnern. Ob Sie nach dem Unfall noch einmal etwas von ihm gehört haben. Solche Sachen.«

Unser Gastgeber hustet lange. Ippoliti und ich sehen uns einen Moment lang an mit der Befürchtung, der Anfall könnte niemals enden. Dann hört es auf. Eine Weile sitzt er mit gesenktem Kopf da und atmet nur, schließlich hebt er den Kopf und lächelt.

»Entschuldigen Sie. Meine Gesundheit ist nicht mehr die beste«, sagt er und sieht mich forschend an. Doch mein Gesicht bleibt undurchdringlich. »Ingenieur Anselmi, also«, beginnt er wieder. »Nach dem Unfall habe ich ihn noch ein paar Mal im Krankenhaus gesehen und dann ein Mal hier zu Hause, zum Abendessen. Das erschien mir das mindeste, wo ich ihm einen solchen Schrecken eingejagt hatte. Er schien ein herzlicher Mensch zu sein, unverfälscht, ein Ehrenmann aus dem Süden, wie es sie heute nicht mehr gibt. Ich weiß nicht, ob Sie wissen, was ich meine.«

»Und sonst nichts?«, frage ich. Er dreht sich zu mir, als überrasche ihn meine Einmischung.

»Sonst nichts«, sagt er, und sein Tonfall unterstreicht die absolute Gewissheit der Aussage.

»Das wage ich zu bezweifeln«, sage ich ruhig.

»Bezweifeln Sie, was Sie wollen, Kommissar Riccardi.« Er lächelt ironisch. »Das ändert nichts an meiner Antwort.«

Ippoliti und ich sehen uns an, ein kurzer Blick des Einverständnisses. Dabei glaube ich zu beobachten, wie Giannellis Blick zu einer geschlossenen Tür am Ende des Wohnzimmers schweift, als suche er dort Unterstützung. Aber vielleicht irre ich mich auch.

»Sie haben ein wunderschönes Haus, Signor Tellarini«, sagt Ippoliti.

»Vielen Dank.«

»Darf ich fragen, wie Sie dazu gekommen sind?«

Nun ist die Ironie nicht mehr zu überhören. »Ach, wir wechseln also das Thema, wie es scheint. Wenn Sie es genau wissen wollen, es war die Erbschaft einer entfernten Verwandten. Einer Tante aus Genua, die Schwester meines Vaters. Sie hat mir ein hübsches Sümmchen hinterlassen, vor Jahren, und davon habe ich dieses Haus gekauft und renovieren lassen, um schließlich einzuziehen.«

»Eine großzügige Tante«, meine ich. »Ich vermute, Sie haben einen Kaufvertrag oder andere Beweise dafür.«

»Sie vermuten richtig, Kommissar Riccardi«, erwidert er, und die penetrante Nennung meines Namens beginnt mich zu nerven. »Aber Sie können sich auch denken, dass Sie, um ihn zu sehen, schon etwas mehr vorweisen müssen als Ihre Visitenkarte.«

»Und ich vermute, dass Ihr freundliches Entgegenkommen sich in einer Antwort ohne Unterlageneinsicht erschöpft, Signor Tellarini.«

»So ist es. Wenn Sie mich jetzt entschuldigen, diese Unterhaltung dauert mir allmählich zu lange. Ich habe zu tun und …«

Er starrt auf das Tischchen vor uns, auf das ich eine Fotografie lege, ohne sein Gesicht aus den Augen zu lassen. Wieder zuckt sein Blick kurz zu der Tür hinüber. Und der Satz erstirbt ihm im Mund, als hätte jemand den Ton abgedreht.

Er nimmt das Foto in die Hand, um es zu betrachten, und für einen Moment sieht er aus wie ein ganz normaler alter Herr, der von seinen Erinnerungen überwältigt wird.

»Da war ich noch jünger«, sagt er, als er es zurückgibt.

Ich stecke das Bild in die Tasche. »Die Zeit verschont niemanden, Signor Giannelli.«

Jetzt lächelt er richtig. »Ach deswegen sind Sie hier. Wegen Pietro Giannelli.« Er macht eine Pause, und als er weiterspricht, klingt seine Stimme wieder fest und sicher. »Sie wollen mich doch nicht etwa einsperren, weil ich meine Personalien geändert habe?«, fragt er ironisch.

»Sie haben sie nicht geändert, sondern gefälscht. Und das ist strafbar«

Pietro atmet schwer, als müsse er einen neuen Hustenanfall unterdrücken. Dann sieht er mich an, und dieses Mal nennt er mich nicht beim Namen. »Ich bin alt«, sagt er. »Und krank. Kein Gericht würde mich noch verurteilen, und ich kann mir auch nicht vorstellen, dass Sie das wollen.«

Er sieht wieder zu der Tür, und als er merkt, dass mein Blick ihm folgt, wendet er sich schnell dem Fenster zu. »Mir bleibt nicht mehr viel Zeit«, murmelt er wie im Selbstgespräch. Er betrachtet das Nachmittagslicht, das durch die zugezogenen Vorhänge hereinfällt, dann dreht er sich wieder zu mir. »Sagen Sie mir, warum Sie hier sind, Commissario. Ich bin sehr müde.«

Er hat recht. Er sieht wirklich müde aus. Und auch sein schroffer Tonfall wirkt mehr wie eine Attitüde, die er sich im Laufe der Zeit zugelegt hat, nicht wie ein Teil seines wahren Charakters. Ich sehe auf die Hände in seinem Schoß und denke an die Tür. Dann stehe ich auf und bemerke, wie er zusammenzuckt. Ich drehe eine Runde durch das Wohnzimmer, bleibe kurz vor dem Kamin stehen, auf dem in Filmen immer die Fotos der lieben Verwandten aufgereiht sind, anders als hier, wo das Sims leer ist. Ich betrachte aus der Nähe eine blaue Vase mit frischen Blumen, die auf einem antiken Möbelstück steht, ein Stück, das allein meine ganze Wohnung wert wäre. Dann halte ich vor der Tür in der Ecke inne.

»Marco Foschi«, sage ich mit erhobener Stimme.

Pietro sieht mich ohne jede Überraschung an, und ich bekomme allmählich das Gefühl, dass er jede Sekunde unserer Unterredung schon vorab mit jemanden geprobt hat, wie die Zeugen in amerikanischen Gerichtsfilmen, und dass er auf jede Frage, auf jeden Schmutz, den ich aus seiner Vergangenheit hervorziehen könnte, schon eine einstudierte Antwort parat hat.

Einstudiert vielleicht mit dem Mann hinter dieser Tür, die mir Angst einflößt. Eine Tür, hinter der sich alles verstecken könnte, höchstwahrscheinlich das letzte Detail, das mich noch von dem Kerl trennt, den ich suche und von dem Pietro Giannelli das Geld für dieses Haus bekommen hat.

Mit ruhigen Bewegungen mache ich sie auf, ohne dass der Hausherr etwas täte, um mich aufzuhalten.

Dahinter liegt die Küche, groß, still. Und vor allen Dingen leer.

»Dachten Sie, er wäre dort drinnen?«, fragt mich Pietro. Ja, will ich wahrheitsgemäß antworten. Stattdessen schweige ich und setze mich.

»Erzählen Sie uns von Marco Foschi«, sagt Ippoliti und stützt die Ellbogen auf die Knie.

»Ich weiß nicht viel über dieses Kind«, meint er und unterdrückt einen Hustenanfall. Im Präsens, als sei die Zeit nicht vergangen. »Ich wusste nie viel über ihn. Ich vermute, Sie kennen die Geschichte. Ich glaube, er war traumatisiert von dem, was passiert ist. Von allem.«

Er redet langsam, als wolle er jedes Wort einzeln abwägen. Als stünde irgendwo jemand und lauschte. Und ich bin mir sicher, dass dem so ist. Ich bin mir sicher, dass sich irgendwo in diesem Haus Marco Foschi aufhält, dass er über unseren Besuch informiert ist. Deshalb habe ich uns angekündigt, anstatt überraschend zu kommen. Deshalb wird das Haus seit heute überwacht, rund um die Uhr, Tag und Nacht.

»Wann haben Sie ihn das letzte Mal gesehen?«, fragt Ippoliti.

»Vor etwa fünfzehn Jahren. Vielleicht länger«, erwidert er mit einer Grimasse, die unterstreicht, dass wirklich viel Zeit vergangen ist. »Manchmal frage ich mich, was aus dem Kleinen geworden ist.«

Dem Kleinen. Er redet, als sei Marco Foschi nicht erwachsen geworden. »Sie haben also keine Vorstellung, wo er sich aufhalten könnte«, meine ich, und es ist eine Aussage, keine Frage.

Er sieht mich mit einem höflichen Lächeln an. »Nicht die geringste.«

Ich stehe auf. »Ich denke, wir werden uns wiedersehen, Signor Giannelli. Es macht Ihnen doch sicher nichts aus, wenn ich Sie bei Ihrem richtigen Namen nenne?«

Er reicht mir die Hand. Ein kräftiger Druck der trockenen, ruhigen Hand. »Warum sollte es? Ich weiß nur nicht, was Sie noch von mir wollen könnten.«

Ich sehe ihn in gespieltem Erstaunen an. »Wirklich nicht?«

»Nein, wirklich nicht.«

»Aber ich bin überzeugt, sobald wir weg sind, kommt jemand, der es Ihnen ganz genau erklären kann. Apropos, tun Sie mir doch bitte einen Gefallen. Richten Sie ihm aus, dass ich ihn bald treffen werde.«

»Marco Foschi«, sagt Kommissar Riccardi, und ihm läuft ein Schauer über den Rücken. Etwas, das sich wie die abgestorbene Haut eines Reptils anfühlt.

Er hat nicht damit gerechnet, dass er so schnell hierherfinden würde. Seit langem hat ihn niemand mehr mit diesem Namen angeredet. Seine Mutter nannte ihn Kleiner und sein Vater mein Sohn. Dabei war Marco doch ein einfacher Name. Kurz und weich irgendwie, obwohl er aus Riccardis Mund wie eine Drohung klingt.

Ein Name, den niemand benutzt.

Er sieht, wie Riccardi durch den Raum läuft und vor der Küchentür stehen bleibt, durch die er eben unter Pietros Blicken entschwunden ist, als es klingelte. Den er glauben lassen wollte, er würde dort stehen bleiben und lauschen, und dessen Blick ihn verraten hat, so dass Gabriele Riccardi sie mit theatralischer Geste öffnet und doch nur einen leeren Raum vorfindet, in dem vielleicht noch der Duft des Ragouts vom Mittagessen hängt.

Hinter der anderen Tür verborgen, die zum Ausgang führt, muss er lächeln. Er lächelt über das Unbehagen, das seine bloße Anwesenheit in diesem Haus bewirkt, und er lächelt bei dem Gedanken, dass bald der Moment kommen wird, in dem seine Anwesenheit für Riccardi greifbar wird, er sie sehen und am eigenen Leib spüren kann.

Zusammen mit dem Anblick, dem Geruch und dem Schmerz des Todes.

Davor hat er aber noch einiges zu erledigen. Kleinigkeiten, wie alle abschließenden Dinge. Innerlich pfeift er *Over the rainbow* von Tori Amos und denkt, dass sein Leben sich ändert.

Und dass er in wenigen Stunden wieder ein Stück des Mannes abgelegt haben wird, der einst Marco Foschi war. Er betrachtet den kleinen Ausschnitt von Pietros Hals, den er durch das Schlüsselloch sehen kann, und fühlt einen Stich in der Brust.

Und in Erinnerung an seine Mutter und seinen Vater weiß

er, dass dies der Schmerz ist, der sich einstellt, wenn man erkennt, dass man etwas Fürchterliches tun muss, um weiterleben zu können.

»Er war da.« Ippoliti nickt, während wir durch das große Gittertor der Villa und an dem Polizeiwagen vorbeigehen, der das Haus überwacht.

»Vielleicht wäre es angebracht, sich einen Durchsuchungsbefehl zu besorgen und nachzuschauen, was sich in dem Haus verbirgt.«

Ich bin erstaunt, obwohl ich genau dasselbe gedacht habe. Neben dem Impuls, sofort wie ein Verrückter durch alle Zimmer zu rennen. »Ich vermute, dass wir nichts finden werden.«

»Aber herauskommen muss er doch irgendwann, vorausgesetzt, er ist tatsächlich drinnen.«

»Das ist er«, sage ich und blicke die Straße entlang, die sanft über den Hügel zu den Alleen hinabführt. »Es wäre schön, wenn sie ihn erwischten, wenn er hinausschlüpft. Wir brauchen ein Bild von ihm, ein halbes Bild. Etwas, das uns wenigstens die Andeutung eines Gesichts zeigt.«

Ippoliti will etwas sagen, aber ich komme ihm zuvor. »Halt an«, rufe ich, und er starrt mich an, als sei ich gerade mitten auf der Piazza Maggiore einem Raumschiff entstiegen. Dann merkt er, wo wir sind, und schaltet.

Das Haus liegt hinter einem schmiedeeisernen Zaun, der mit den Jahren Rost angesetzt hat. Ein langer, abschüssiger Weg führt zu der Villa, und dahinter erstreckt sich wie ein breites Lächeln die vom Regen verwaschene Stadt. Der Rasen, der einmal kräftig und schön gewesen sein muss, ist mit verfaulenden Blättern übersät, gelbliches Unkraut bedeckt ihn bis an den Rand des kleinen Wäldchens. Der durchdringende Geruch von nasser Erde sättigt die Luft, und die abblätternde, verblasste Fassade des Hauses scheint den Besucher abwartend anzusehen.

»Das ist doch die alte Villa der Foschis, stimmt's?«, fragt Ippoliti.

»Das ist sie«, sage ich. »Als Kind bin ich bestimmt tausend Mal hier vorbeigegangen. Ein Klassenkamerad behauptete immer, es spuke da drin. Vielleicht hatte er gar nicht so unrecht, nach allem, was hier passiert ist. Lass uns lieber fahren.«

Ippoliti legt den Gang ein, lässt die Kupplung kommen, und der Wagen rollt über die regennasse Straße. Der Himmel ist immer noch grau, aber nicht mehr furchterregend.

»Hast du heute Morgen Freddis Bild in der *Repubblica* gesehen?«, fragt er, aber ich höre ihm nicht zu. Vielleicht war es das Haus, das mich auf einen Gedanken gebracht hat. Ich nehme das Handy und wähle die Nummer von Professor Dossena. Seine Tochter ist am Apparat, und es kostet mich einige Zeit, sie zu überzeugen, dass es dringend ist und ich unbedingt eine Sekunde mit ihrem Vater reden muss.

»Commissario, ich freue mich, Sie zu hören«, sagt er, und ich merke seiner Stimme an, dass er geschlafen hat.

»Ich störe Sie nur ungern, Professore. Ich wollte fragen, ob ich kurz vorbeikommen und Sie um einen kleinen Gefallen bitten dürfte.«

»Morgen gern. Heute Abend geht es mir nicht besonders gut. Bitte verzeihen Sie. Worum geht es denn?«

»Ich wüsste gern, ob Sie Fotos haben.«

»Fotos?«

»Von Marco Foschi.«

Einen Moment hört man nur die schweren Atemzüge des Professors. »Entschuldigen Sie, ich musste kurz überlegen«, sagt er dann. »Kommen Sie morgen, dann sehen wir nach. Ruhig auch in der Früh, alte Leute schlafen nicht mehr so lang.«

»Dann bis morgen.«

»Bis morgen«, sagt er und legt auf.

»Hat er?«, fragt mich Ippoliti.

»Vielleicht. Vielleicht haben wir Glück.«

Er antwortet nicht, und als ich ihn ansehe, ist er in Gedanken versunken.

»Was hast du?«

Er bremst langsam hinter einem Galaxy ab und bleibt an der Ampel stehen. »Ich musste an Fabio denken«, sagt er leise. Sein Blick reißt mich in die Wirklichkeit zurück. Als würde ich aus einem Alptraum erwachen und feststellen, dass das, was ich geträumt habe, alles wahr ist.

»Verardi hat gesagt, dass sie zu dritt waren.« Mehr bekomme ich nicht heraus.

»Umgebracht hat ihn der mit der Maske«, sagt er und sieht mich an, als könnte er plötzlich alles, was passiert ist, an meinen Augen ablesen.

»Einer von außerhalb.«

»Vielleicht«, flüstert er und sieht mich weiter an.

»Es ist grün«, sage ich, und er wendet sich ab und gibt Gas. Ich sehe auf die Uhr und rufe die Streife an, die Gaspares Haus überwacht. Sie haben ihn mehrmals am Fenster gesehen, zuletzt vor wenigen Minuten. Ich sage es Ippoliti, der den Blick nicht von der Straße wendet. »Schnappen wir ihn uns«, sagt er. Er gibt Gas und fädelt sich in den Verkehr auf dem Viale Aldini ein.

Hinter einem Vorhang im oberen Stock der Villa lugt Marco Foschi nach dem Wagen, der knapp hinter der Einfahrt am Straßenrand parkt. Er weiß, dass sie wegen ihm hier sind, und er weiß auch, dass sie ihn nicht kriegen werden, dass sie wie Jagdhunde sind, die vor dem unzerstörbaren Käfig des Fuchses sitzen. Er beobachtet sie und überlegt, was sie wohl durch ihre Teleobjektive erkennen können, die sie garantiert dabei haben. Er stellt sich vor, wie sie sich den Kopf zerbrechen, wer hinter dem Schatten stecken könnte, der an dem weißen Vorhang vorübergeht. Und als er vom Fenster wegtritt, muss er über ihre hilflosen Versuche lächeln.

Der Einzige, der sein Gesicht sehen wird, ist Gabriele Riccardi. Und der wird nichts mehr erzählen können. Und wenn alles vorbei ist, wird eine ganze Weile niemand mehr von ihm reden. Zumindest so lange, bis er ein neues Gesicht hat, das er spazieren führen kann.

Alles zu seiner Zeit. Jetzt gibt es andere Dinge, die Vorrang haben, die organisiert werden wollen, damit alles perfekt ist.

Er geht über den Flur und lauscht auf die Stille des Hauses. Am Ende des Ganges liegt Pietro in seinem Zimmer. Er hat ihm ein Beruhigungsmittel gegeben, als Riccardi weg war. Etwas, das seinen Husten lindert und ihn schlafen lässt.

Pietro muss sich ausruhen. Er braucht Stille und Ruhe. Die Stille und die Ruhe, die der Tumor ihm nicht mehr lässt. Eben, als er mit dem Kommissar sprach, kam ihm sogar seine Stimme verändert vor. Dünner und feiner, irgendwie undeutlich.

Da wurde ihm klar, was er tun muss, und dass diese Blicke auf die Tür bewusste oder unbewusste Hilfeschreie an Riccardi waren, damit er ihn dort herausholte. Da ist er sich sicher.

Als er bei Pietro zum ersten Mal den Tumor in der Lunge entdeckte, wusste er sofort, dass dieser Tag kommen würde. Er wusste sofort, dass der Moment kommen würde, in dem die Krankheit ihn so sehr schwächte, dass er zur Gefahr würde.

Damals ist Pietro für ihn gestorben.

Mit diesen Gedanken betritt er das Zimmer und sieht auf den Schlafenden herab, lauscht seinen Atemzügen, die ihm mühsam und geräuschvoll über die halbgeöffneten Lippen kommen, betrachtet seine Haut, die in der Abenddämmerung aschfahl wirkt. Vergilbtes Papier, das zu lange in der Sonne gelegen hat.

»Danke«, hat er gesagt, als er ihm die Schlaftablette gegeben hat, und dieses Danke wird das Letzte gewesen sein, was er von ihm hörte.

Ein schönes Ende. Ein schöner Abschluss: Pietro Giannellis Dank für alles, was er im Leben bekommen hat. Und alles, was er bekommen hat, verdankt er ihm. Geld, Ruhe, Zuneigung und die notwendigen Therapien. Und am Ende den Tod.

Als er das Kissen auf das Gesicht des Mannes legt, denkt Marco Foschi, dass er auf diese Art schon seine Mutter getötet hat. Indem er das weiche Kissen langsam auf das Gesicht der Frau herabsenkte, die ihm das Leben geschenkt hat. Und dann drückte, wie er es jetzt bei Pietro tut.

So war es, und so ist es jetzt, als müssten die einzigen Menschen, die er wirklich geliebt hat, auf dieselbe Art durch ihn sterben.

Pietro wacht nicht einmal auf. Und wenn, dann nur einen Moment und ohne sich zu wehren, als hätte er sich schon vor langer Zeit mit seinem Schicksal abgefunden.

Als er sich sicher ist, dass er tot ist, nimmt er das Kissen weg, klopft es zurecht und legt es an seinen Platz zurück, auf die leere Seite des Ehebetts. Er bleibt kurz stehen und betrachtet den Leichnam, legt ihm die Hände zurecht, streicht die Decke glatt und fährt leicht mit den Fingerspitzen über die noch warme Stirn. Dann verlässt er das Zimmer und, durch den Hinterausgang, das Haus in dem Bewusstsein, dass er es nie wieder betreten wird.

Draußen erwartet ihn ein feuchter, frischer Abend, und ein Blick auf die Uhr sagt ihm, dass er es noch rechtzeitig zu seiner Schicht schafft.

An den Kühlschrank mit dem Eis gelehnt, beobachtet der Stumme durch das Fenster der Bar Claudia das Haus auf der anderen Straßenseite. Als er es heute Morgen um zehn Uhr verließ, stand noch keine Polizeistreife an der Ecke und auch nicht der Galaxy mit den abgetönten Scheiben wenige Meter entfernt.

Und auch nicht dieser Typ mit Brille, der hin und wieder über die Straße läuft und prüfend nach oben schaut, ob Regen droht und sich etwas hinter den Fenstern im dritten Stock bewegt.

Als er heute um zehn herauskam, war nur Gaspare da, der noch schlief oder zumindest so tat, weil er Abschiede nicht leiden kann.

So hat er schweigend die Wohnung verlassen, hat die Tür vorsichtig hinter sich zugezogen, weil es ja immerhin Gaspare Nunias letzter Schlaf als freier Mann war. Der letzte, bevor er sich wieder auf einer Pritsche ausstrecken würde, um dort wahrscheinlich die Zeit zuzubringen, die dem Preis für mehrere Menschenleben entspricht.

Seit einer halben Stunde steht der Stumme an den Eisschrank gelehnt und beobachtet, was passiert, überlegt, ob auch er sich auf unerwartete und unsichtbare Besucher in tiefster Nacht einstellen muss, und versucht in einem Anfall von Melancholie, die Zeit anzuhalten.

Er war schon auf der Autobahn, um halb elf, an der Mautstation Bologna-Casalecchio Richtung Süden. Dann jedoch ist er bei Barberino del Mugello wieder abgefahren und umgekehrt. Er fühlte sich wie ein Hasenfuß, wie jemand, der sich nächtens davonstiehlt, bevor die Frau, mit der er einige vergnügliche Stunden verbracht hat, aufwacht und ihn bei Tageslicht sieht.

So einer ist er nicht. Deswegen hängt er nun über der aufgeschlagenen *Gazzetta dello Sport* und beobachtet das Haus, um Gaspare in Handschellen herauskommen zu sehen. Oder auf der Bahre, unter einem Tuch, falls er es sich im letzten Moment noch anders überlegen sollte.

Er blickt zum Küchenfenster hinauf und sieht seine Silhouette hinter dem halb zugezogenen Vorhang stehen, der das blaue Licht der Laternen hereinlässt.

Dann hört er vom Ende der Straße her ein Auto und erkennt den Wagen von Gabriele Riccardi, der gemächlich näher kommt.

Er sieht auf die Uhr. Es ist fünf vor acht, der Kommissar ist pünktlich. Er steigt auf der Beifahrerseite aus, sein Vize folgt ihm kurz darauf auf der Fahrerseite. Sie winken zu einem der Autos hinüber, und vor der Haustür stoßen zwei Männer zu ihnen mit offenen Jacken und Pistolen im Schulterholster.

Riccardi drückt auf den Klingelknopf, und nach einer Weile, die ihm wie eine kleine Ewigkeit vorkommt und die ihn fast schon Hoffnung schöpfen lässt, sieht der Stumme die Männer im Gänsemarsch im Hausflur verschwinden, wie Leute, die einen alten Freund besuchen gehen, den sie lange nicht gesehen haben.

»Einen Espresso«, sagt er zu dem Mann hinter dem Tresen. »Mit Schuss, dann schmeckt er besser.«

Jemand lacht, aber er weiß nicht, warum.

Dann spürt er das warme Getränk durch seine Kehle rinnen und wartet.

Als die Sirenen aufheulen, zahlt er und geht.

Vor der Bar hat sich eine kleine Menge schwatzender Senioren versammelt, die ihn nicht beachten. Er geht zu seinem Auto, das er in einer Seitenstraße abgestellt hat. Er hat eine lange Reise vor sich, und er wird das Radio nicht anmachen, um nur der Stille seiner Gedanken zu lauschen.

Was danach passiert, wird er erst nach seiner Ankunft erfahren, und sein ganzes restliches Leben wird er sich den Kopf darüber zerbrechen, ob er es hätte verhindern können.

»Ich habe Sie erwartet, Commissario«, sagt Gaspare. Ich blicke ihn nur wortlos an. Sehe, wie sein Blick Ippoliti und die drei Männer streift, die uns mit gezückten Waffen folgen.

Er steht im Wohnzimmer, die Tür war offen. Zu seinen

Füßen liegt ein schwarzer Sack mit Kleidern. Kein Geld, keine Waffen. Die hat wahrscheinlich der Stumme mitgenommen.

»Bist du bereit?«, frage ich, und er hält mir schweigend die Hände hin, Handgelenke parallel zueinander im richtigen Abstand.

Ich lege ihm Handschellen an, und wir verlassen die Wohnung.

Draußen empfängt uns eine kleine Menschenmenge, die von der gegenüberliegenden Straßenseite aus zuschaut. Angst, Neugier, Distanz und Respekt, den die Waffen einflößen.

Ein Beamter lässt sich auf die Rückbank meines Wagens nieder, während sein Kollege auf der anderen Seite Gaspare hineinschiebt. Dieser gibt ein merkwürdiges Stöhnen von sich, als er durchrutscht. Dann folgt Ippoliti auf der Fahrerseite und schließlich ich neben ihm.

»Los«, sage ich, die Sirenen jaulen auf, und die Autos setzen sich in Bewegung.

Und dann kommt das Ende.

»Es geht ihm nicht gut«, sagt einer der Wachbeamten, und ich drehe mich um, während Ippoliti in den Rückspiegel schaut.

Gaspare Nunia atmet schwer und ist weiß wie ein Leintuch. Er lehnt sich mit den Schultern mal an den einen, mal an den anderen Beamten und starrt mit aufgerissenen Augen zur Decke. Dann spürt er meinen Blick und sieht mich an. Und ich begreife, was passiert ist. Begreife, dass es keine Finte ist, um im letzten Moment zu fliehen.

Ich nehme das Funkgerät und rufe einen Notarzt.

Ippoliti hält auf dem Parkplatz eines Sportplatzes an. Eine Fußballmannschaft unterbricht ihr Training und beäugt uns, angelockt von den Scheinwerfern und Martinshörnern.

Die zwei Beamten hinten steigen aus und wollen den Gefangenen auf die Rückbank legen.

»Da ist etwas«, sagt einer von ihnen, als ich aussteige, um nach hinten zu gehen.

»Nicht anfassen!«, schreie ich, und er fährt überrascht zurück. Genau zwischen den beiden Sitzen steckt eine kleine Nadel. Etwa so lang wie ein Fingerglied. Ich rufe Ippoliti und zeige sie ihm. Dann bitte ich einen Beamten um Hilfe und fasse die Nadel mit zwei Taschentüchern an. Am unteren Ende befinden sich Spuren von Klebstoff, und ich muss Gewalt anwenden, um sie von dem Polster zu lösen. Ich lasse sie in eine Tüte fallen und sehe den Beamten zu, die Gaspare nun auf die Rückbank legen.

Seine Atemzüge sind nur noch ein leises, unterdrücktes Röcheln, das unter dem Heulen des herannahenden Krankenwagens kaum mehr zu hören ist.

Ich lasse ihm die Handschellen abnehmen, und seine Arme fallen schwer an den Seiten herab. »Er hat mich drangekriegt«, sagt er zu mir, und während er um Atem ringt, glaube ich fast ein Lächeln zu sehen.

Er stirbt, noch bevor der Krankenwagen da ist, und als ich es merke, sehe ich Ippoliti an, der vor dem Auto steht.

»Jetzt fehle nur noch ich. Ich und Alice.«

Marco Foschi trinkt seinen Kaffee aus und lässt den Becher in den Abfalleimer fallen.

Es ist elf Uhr an einem ruhigen Abend. Vor einer knappen Stunde wurde er kurz für eine Untersuchung in die Notaufnahme gerufen, nichts Ernstes. Die übliche, ungeordnete Routine der Nächte vor dem Wochenende. Es ist ja noch früh. Das wahre Chaos bricht später aus, dann, wenn du gerade auf ein wenig Schlaf hoffst.

Durch das Fenster neben dem Schwesternzimmer sieht er auf die nasse Grünanlage hinaus, und ein Luftzug jagt ihm einen kalten Schauer über den Rücken. Er steckt eine Hand in die Tasche und versichert sich, dass er alles dabeihat.

Es hat ihm leid getan um seine Nieswurz. Die Blüten waren vor nicht einmal vier Wochen aufgegangen, grün und herrlich rotgerändert. Sie sind so schön, dass man ihren Gestank fast vergisst, mit dem sie die Bienen anziehen. Sie zu pflücken ist fast ein Verbrechen.

Aber er brauchte sie. Aus diesen Blüten gewinnt er das Akonitin, ein Alkaloid, das er häufig zur Senkung der Herzfrequenz und Erhöhung des Blutdrucks verwendet. Etwas Ähnliches war auch in den Tabletten, die er für Donatella Rizzo hergestellt hat. Und in der Ampulle, die er in der Tasche hat, als er nun Alices Mantovanis Zimmer betritt für ihre abendliche Dosis, wie er es nennt.

Nur dass sie dieses Mal nicht zur Stabilisierung ihres Zustands beitragen wird.

Er injiziert ihr die Substanz und verharrt einen Moment neben der Frau, die an ihrem Beatmungsgerät hängt wie ein Taucher, die Augen geschlossen, die Haut fast durchsichtig. Er kann sich nicht erinnern, wie sie aussah, als sie noch ein menschliches Wesen war. Er erinnert sich an nichts mehr, nicht einmal an ihre Stimme.

»Nicht mehr lange«, sagt er und streicht ihr mit einem Finger über die Stirn. »Nicht mehr lange, Alice.«

Dann zieht er eine kleine Videokamera hervor. Seit etwa sechs Monaten hat er sie zu Hause, ersteigert auf einer Art Internetauktion für Spionagezubehör. Sie ist nicht größer als ein Finger, eine nahe Verwandte jener optischen Fasern, die für Endoskopien verwendet werden. Neben der Linse befindet sich eine winzige Antenne, gerade stark genug für seine Zwecke.

Er fixiert sie mit einem Stück Klebeband über der Zimmertür und tritt prüfend einige Schritte zurück. Nichts zu sehen. Wahrscheinlich wird man sie früher oder später finden, aber dann ist es schon zu spät.

Er kontrolliert die ganze Anordnung und geht hinaus, kurz bevor sein Piepser sich meldet.

»Schläfst du?«, fragt seine Frau, und Ippoliti an ihrer Seite rührt sich nicht, das Gesicht zur Wand gedreht. Er will nicht antworten. Will nicht erzählen, was ihm durch den Kopf geht, was in ihm vorgeht, von seinem Gefühl, auf ein vorbestimmtes Ende zuzuschlittern, auf ein Finale, das er nicht verhindern kann.

Jetzt fehle nur noch ich. Ich und Alice.

Gabrieles Satz brummt ihm durch den Kopf wie eine dieser Schmeißfliegen, die in deine Wohnung kommen und die du nicht mehr los wirst. Er brummt ihm durch den Kopf, weil er wahr ist, in seiner ganzen Schlichtheit. Und weil Gabrieles Stimme klang wie die des Soldaten, der am Ende der Schlacht erschöpft das Gewehr fallen lässt, ohne überhaupt wissen zu wollen, wer gewonnen und wer verloren hat.

Mit dem alleinigen Wunsch, auszuruhen.

Wenn er die Augen schließt, sieht er ihn vor sich im Flutlicht des Fußballfeldes, mit diesem merkwürdigen Glühen in den Augen und dem angespannten, traurigen Gesicht. Und dieser Anblick gefällt ihm gar nicht.

»Ich weiß, dass du wach bist«, flüstert seine Frau und streicht ihm über den Rücken, doch er antwortet immer noch nicht. Er kneift die Lider fester zusammen und versucht zu fassen, was an der ganzen Geschichte nicht zusammenpasst. Er denkt an Fabio Freddi, der mit aufgerissenen Augen in seinem eigenen Blut sitzt, an Gaspare Nunia auf der Bahre, mit einem Laken bedeckt, unter dem eine Hand herausbaumelt. Er denkt an die kleine Nadel, an das Gesicht von Pietro Giannelli, der von seinen Gespenstern verfolgt wird, und an das Gespenst, das innerhalb einer Regennacht aus Pietro Giannellis Leben in sein eigenes getreten ist. Das erste Mal, als er in Gabrieles Blick einen ähnlichen Ausdruck gesehen hat wie heute Abend.

Nur dass damals noch Hoffnung in ihnen lag.

Jetzt, fürchtet er, hat ihn auch diese verlassen.

»Nein, ich schlafe nicht«, flüstert er und ergreift die Hand seiner Frau, die über seine Schulter kommt.

Er küsst leicht ihre Finger und wartet ergeben auf den Schlaf.

Vierzehn

Bologna, 8. Mai. Acht Uhr fünfunddreißig

Noch vor halb neun am nächsten Morgen bin ich bei Professor Dossena, mit roten und müden Augen von der quasi durchwachten Nacht. Ich lebe in einem Trance-Zustand, und alles, was ich tue, wenn ich mit der Arbeit fertig bin, geschieht fast wie von selbst, als schaltete mein Gehirn auf den Autopiloten, der ausweglos auf seine kranke und triste Routine programmiert ist.

Ich war bei Alice, habe sie durch die Scheibe betrachtet, und plötzlich fand ich mich in meinem Auto wieder, mitten im Straßenverkehr auf den Alleen, mit dem Gedanken, dass ich von nun an auf alles achten muss, was ich berühre, esse, rieche, einatme.

Um in meine Wohnung zu kommen, habe ich den Türgriff mit einem Taschentuch angefasst. Ohne etwas zu berühren, habe ich mit Desinfektionsmittel jeden Winkel gereinigt, alle Spalten, Türen, Fenster, das Telefon, den Computer, die Möbel, den Tisch. Dann habe ich das Bett abgezogen, die Kleider aus dem Schrank geräumt und sie zu einem großen Haufen im Bad aufgeschichtet. Dann habe ich sie, ohne sie direkt anzufassen, in die Waschmaschine gestopft. Ich werde alles waschen und abkochen, werde nichts anziehen, was nicht zuerst heißes Wasser und Waschmittel gesehen hat.

Als die erste Maschine lief, bin ich mir eine Pizza holen gegangen. Nicht einmal dem Pizzaboten traue ich mehr, der sie ins Haus bringt. Ich habe sie verzehrt und mir die Hände gewaschen. Dann habe ich ohne Eile zwei Müllsäcke genommen und den gesamten Kühlschrankinhalt hineingeworfen. Von Wasserflaschen über verschweißte Dosen, alles, und am Ende habe ich mich erschöpft in Kleidern auf das abgezogene Bett gelegt und meinen Gedanken zugesehen, die wie ein Film über die Zimmerdecke zu flimmern schienen.

Ich weiß nicht, wann ich eingeschlafen bin, übermannt von einem Schlaf voll rastloser Formen, an die ich mich nicht erinnern kann, aber ich weiß, dass der Wecker mich schlagartig in die Wirklichkeit zurückgerissen hat, dass ich in Embryonalstellung auf dem Bett lag und zitterte, keine Ahnung, ob vor Angst oder Fieber.

Ich habe kein Fieber gemessen. Mir reicht es, zu wissen, dass ich lebe und dass, wenn etwas geschehen muss, es noch nicht geschehen ist. Aber ich werde die Wohnung nun jeden Abend nach der Arbeit reinigen. Und ich werde die trockenen Kleider am Morgen in einem Beutel mit ins Büro nehmen und sie am Abend anziehen.

Ich bin nirgendwo mehr sicher, auch nicht in meinem Wagen, und bevor ich heute Morgen eingestiegen bin, habe ich meine Lederhandschuhe übergezogen, die ich sonst nur im Winter bei Temperaturen unter Null benutze, und alles kontrolliert, zwischen den Sitzen, auf dem Schalthebel, am Steuer, auf der Suche nach Auffälligem. Dann habe ich die Handschuhe anbehalten und bin hierhergefahren, durch den diesigen Morgen, durch die gelbliche Luft, die sich vergeblich müht, einen Sonnenstrahl durchzulassen.

Dossenas Haus sieht um diese Uhrzeit noch trister aus, und das einzige Zugeständnis an unsere Bekanntschaft, das seine Tochter sich erlaubt, ist ein kaum merkliches Lächeln, als sie mir die Hand gibt.

Der Professor hingegen ist ganz anderer Laune. »Commissario, ich freue mich wirklich, Sie zu sehen«, begrüßt er mich.

»Ich auch, Professore. Sie sehen gut aus.«

»Tattergreisen wie mir geht es früh am Morgen immer besser. Nur dass die Definition von früh sich immer weiter nach vorne verschiebt, in Richtung Nacht, und die Dauer der guten Momente sich stetig verkürzt. Es ist schrecklich.«

Ich lächele, während ich mich an dasselbe Tischchen wie letztes Mal setze. Darauf liegt heute kein Buch, sondern ein Stapel kleiner bunter Fotoalben.

»Kaffee?«, fragt er, bevor er meinem stieren Blick auf die Alben entnimmt, dass mich nichts anderes interessiert, als sie aufzuschlagen und zu erfahren, was er für mich gefunden hat. »Es ist wichtig, nicht wahr, Commissario?«

Ich sehe ihn an. »Verdammt wichtig.«

»Ich habe mich nach Ihnen erkundigt, Riccardi«, sagt er, ohne meine Ungeduld zu beachten, und einen Augenblick lang hasse ich ihn. »Das hatte ich Ihnen letztes Mal verschwiegen. Ich habe erstaunliche Dinge über Sie gehört. Normalerweise mag ich die Polizei nicht besonders. Das hat wahrscheinlich mit meiner Einstellung zu Behörden zu tun, deren Befugnisse ich als Einschränkung meiner Freiheit empfinde. Aber bei Ihnen ist das ganz anders. In Ihrem Blick liegt eine Melancholie, die … ich könnte sagen, die mich fasziniert, wenn das nicht missverständlich wäre. Lange Rede, kurzer Sinn – bei Ihnen mache ich eine Ausnahme. Und das aus zwei Gründen, abgesehen davon, dass Sie mir sympathisch sind. Erstens hege ich den Verdacht, dass die Frage nach dem Foto daher rührt, dass der Junge etwas ausgefressen hat, als er kein Junge mehr war. Und zweitens wurde mir gesagt, Sie täten das alles für eine Frau. Und vielleicht beneide ich Sie darum. Vielleicht glaube ich, ich hätte es genauso machen sollen wie Sie, vor vielen Jahren. Das ist alles.«

Ich sehe zu, wie er sich mühsam in seinem Sessel nach vorne beugt und ein Album nimmt. Das oberste. Er blättert darin und hält bei einem Foto inne. Er lächelt.

»Haben Sie ein Foto von Marco Foschi, Professore?«
Er hebt den Kopf und sieht mich an.
»Natürlich habe ich eins«, erwidert er.
Dann reicht er mir das Album.

Ippoliti steht um kurz vor neun mit einem Durchsuchungsbefehl vor Pietros Haus. Nach Gaspare Nunias Tod war es ein Kinderspiel, ihn zu bekommen. Außer dem Parkplatz des Polizeipräsidiums war der einzige Ort, an dem Gabriele Riccardis Wagen länger gestanden hatte, der Hof von Pietro Giannellis Villa.

Der Mann war in diesem Haus, und wenn er hereingekommen war, musste er auch irgendwo herausgekommen sein. Wahrscheinlich mit dem Auto oder zu Fuß.

Nach den Regengüssen der letzten Tage muss er irgendeine Spur hinterlassen haben. Abdrücke von Schuhen oder Reifen, wenn es einen Seiteneingang gibt.

Er blickt kurz an den roten Ziegeln hinauf, zu den geschlossenen Fenstern, lauscht der Stille des Viertels, sieht die beiden Wagen, die mit ihm gekommen sind.

Dann drückt er entschlossen auf den Klingelknopf an dem schmiedeeisernen Tor.

»Wo bist du?«, erklingt Donato Aiutis Stimme, die Giovanni Salvi verdächtig vorkommt. Diesen Tonfall hat er normalerweise nur bei sehr wichtigen Angelegenheiten. Wichtigen und ernsten.

»Zu Hause«, antwortet er. »Es war eine anstrengende Nacht, und ich wollte mich ein wenig hinlegen. Warum?«

Schweigen. Man hört einen Krankenwagen vorbeifahren, dann den Motorenlärm eines Busses. Eine alte Frau sagt etwas in einem unverständlichen Dialekt.

»Donato, bist du noch dran?«

»Ja, ja … Hör mal, ich muss dich sehen.«

»Mich sehen? Ist etwas passiert?«

»Ich habe gesagt, ich muss dich sehen«, wird er unterbrochen in einem Ton, der keine Widerrede zulässt. Der Klang eines abbrechenden Astes, ganz anders als seine sonst so weiche Stimme.

»Ich komme. Gib mir eine halbe Stunde.«

»Nein, ich komme«, sagt Donato und legt auf.

Giovanni Salvi guckt erstaunt auf das Telefon in seiner Hand.

Dann legt er es auf den Küchentisch und steigt unter die Dusche.

Um in Pietros Villa zu gelangen, mussten sie über den Gitterzaun steigen.

Nachdem sie dreimal vergeblich geklingelt hatten, versuchte Ippoliti anzurufen, auch ohne Erfolg. Also hat er beschlossen, selbst nachsehen zu gehen.

»Rührt nichts an«, hat er alle gewarnt. »Keiner darf das Haus ohne Schutzhandschuhe betreten.«

Die Haustür der Villa war offen, der Schlüssel steckte von innen im Schloss. Durch die Stille des Hauses rief er nach dem Besitzer, und als keine Antwort kam, hastete er mit zwei Männern die Treppe hinauf, ohne sich in der offensichtlich leeren Küche und dem Wohnzimmer aufzuhalten. Nun steht er in der Zimmertür und starrt in das merkwürdig ausdruckslose Gesicht von Pietro Giannellis Leichnam, der mit auf der Brust gefalteten Händen auf dem Bett liegt, die Augen geschlossen, im Gesicht ein blauer Fleck an der Nasenwurzel.

»Er hat ihn sogar noch zurechtgelegt«, murmelt er. Dann dreht er sich zu seinen Leuten um. »Ruft die Spurensicherung. Wir werden diesen Ort umkrempeln.«

Auf dem Foto lächelt Marco Foschi.

Ich hatte gedacht, dass es eine andere Wirkung auf mich haben würde, endlich sein Gesicht zu sehen. Vielleicht, weil jetzt alles zusammenpasst. Vielleicht, weil ich genau weiß, was ich zu tun habe, und nur eine große Wut spüre, die alles in mir aufwühlt.

Auch den leblosen Körper Fabio Freddis, den ich nicht hätte umbringen müssen, wenn ich den Professor vorher um das Bild gebeten hätte, das ich jetzt anstarre.

Mit dem Foto zwischen den Fingern will ich aufstehen.

»Behalten Sie das Foto. Sie kennen ihn, nicht wahr?«, fragt mich Professor Dossena.

Ich zwinge mich zu einem freundlichen Lächeln. Ich möchte ihn warnen, dass auch er in Gefahr schweben könnte, doch dann überlege ich es mir anders. Letztlich hängt nun alles von mir ab. Davon, ob ich schnell genug bin, sobald ich dieses Haus verlasse.

»Ja, ich kenne ihn«, sage ich nur. »Und jetzt muss ich los und ihn festnehmen.«

Dossena nickt und gibt mir aus seinem Sessel heraus die Hand.

Eine Minute später sitze ich im Wagen und verlasse die kleine Seitenstraße. Dabei stelle ich das Foto auf das Armaturenbrett. Ich will ihn sehen.

Ich schaue ihn an und denke, dass man die Dinge manchmal deswegen nicht durchschaut, weil man sie für komplizierter hält. Dabei ist ihre Lösung am Ende ganz einfach, so banal, dass man sie schon lange verworfen hat, ohne ihr richtig auf den Grund zu gehen.

Ich biege rechts ab, um nach Bologna hinunterzufahren, und will gerade Ippoliti anrufen, als das Telefon in meiner Hand klingelt.

Marco Foschi blickt den Mann vor sich an und hat das Gefühl, einem Unbekannten gegenüberzustehen.

In den vergangenen zehn Jahren hat er dieses Gesicht beinah täglich gesehen, doch seit jenem Morgen ist es ihm fremd.

Vielleicht ist es letztlich besser so. Am Ende klärt sich alles. Kommt alles ans Licht.

Er sieht ihn an, mit verwirrter Miene.

Dann passiert alles auf einmal.

»Störe ich Sie, Commissario?«, fragt mich Donatella Rizzo, während mir das Headset fast in den Mund rutscht. Auf dem Display sehe ich einen eingehenden Anruf von Ippoliti und bin versucht, ihn dazwischenzunehmen. Dann lasse ich sie jedoch reden. Ihre Stimme klingt eigenartig.

»Nein, Sie stören nicht.«

»Es geht auch ganz schnell. Wissen Sie noch, was Sie mich fragten? Ob es jemanden gab, der hinter Teresa her war, einen älteren Mann?«

Ich erstarre. Das ist das einzige Bindeglied, das mir noch fehlt, und vielleicht das entscheidende. Das Einzige, was ich noch nicht weiß. Marco Foschi und Teresa Rizzo.

»Sie sagten, es gäbe niemanden ...«

»Ich habe gelogen«, fällt sie mir ins Wort. »Oder besser gesagt, ich habe nicht gelogen. In Wahrheit war niemand hinter Teresa her. Es gab jedoch einen reiferen Mann in ihrem Leben. Ihren Vater.«

»Ich verstehe nicht, was Ihr Mann damit ...«

Wieder fällt sie mir ins Wort, als sei das, was sie mir zu sagen hat, so wichtig, dass sie mich nicht zu Ende sprechen lassen kann. »Ich rede nicht von meinem Mann. Mein Mann ist nicht Teresas Vater.«

Ich erreiche die Allee, und kaum sehe ich die Autoschlangen vor der ersten Ampel, fahre ich das Seitenfenster hinunter, stelle das Blaulicht aufs Dach und schalte es ein. Dann gebe ich Gas.

»Erzählen Sie mir alles, Signora. Alles.«

Und sie erzählt. Mit einfachen Worten, schnörkellos. Ohne den Sinn dessen zu begreifen, was sie mir da sagt, und dass es einen Kreis schließt, den ich ohne sie niemals hätte vervollständigen können. Sie ist heute schon die zweite, die mir sagt, wie unendlich sinnlos Fabios Tod war. Ich hätte ihn vermeiden können, einfach in dem ich mich umgeblickt hätte, versucht hätte, zu verstehen. Am Ende entschuldigt sie sich, dass sie mir das nicht schon früher erzählt hat. »Was geschieht nur?«, fragt sie.

»Das kann ich Ihnen nicht erklären. Aber ich möchte, dass Sie tun, was ich Ihnen jetzt sage, und keine Fragen stellen, verstanden?«

»Ja«, sagt sie, und ihre Stimme zittert leicht. Ich ängstige sie, ich weiß. Doch es ist wichtig, dass sie Angst hat. Sie darf nichts unternehmen.

»Sind Sie zu Hause?«

»Ja.«

»Gehen Sie auf keinen Fall hinaus. Auf keinen Fall. Machen Sie niemandem auf, benutzen Sie nicht das Telefon, tun Sie gar nichts. Ich schicke Ihnen jemanden, so schnell ich irgend kann. Er ist schon so gut wie da. Okay?«

»Aber was ist denn los, Commissario?«

Ich höre, wie ich ins Telefon brülle. »Versprechen Sie mir, dass Sie tun, was ich Ihnen gesagt habe, Signora!«

»Ja«, flüstert sie.

»Gut. Entschuldigen Sie bitte meinen Ton. Teresas Vater ist eine äußerst gefährliche Person. Aber wenn alles gutgeht, ist es bald zu Ende. Also, tun Sie, was ich Ihnen gesagt habe.«

»Ja, ich bleibe zu Hause. Ich fühle mich auch nicht besonders. Ich habe schreckliche Kopfschmerzen.«

»Ich schicke Ihnen einen Mann, der Cancemi heißt, Signora. Ihm können Sie aufmachen. Ein guter Mann. Nun entschuldigen Sie mich.«

Ich beende das Gespräch und biege mit quietschenden

Reifen links ab. Dann wähle ich Ippolitis Nummer und nehme dabei das Blaulicht wieder herein.

Ich bin schon nahe dran, und er soll mich nicht hören.

»Pietro Giannelli ist tot«, sagt er, bevor ich den Mund aufmachen kann.

»Das ist jetzt egal, Ippoliti. Ich habe hier ein Kinderfoto von Marco Foschi. Es ist Giovanni Salvi. Ich habe dasselbe Foto bei ihm zu Hause gesehen.«

»Wo bist du?«

»Auf dem Weg zu ihm. Fahr du ins Krankenhaus, wahrscheinlich ist er da, und wenn nicht, komm zu mir. Irgendwo muss er sein. Stell zwei Beamte zur Bewachung vor Alices Zimmer und rede mit niemandem. Nur mit Professor De Vitis. Nicht mit Krankenschwestern, nicht mit Ärzten. Mit niemandem. Und schick sofort Cancemi zum Haus von Donatella Rizzo. Sag ihm, er soll seinen Namen nennen, wenn er klingelt, sonst macht sie nicht auf. Frag mich nicht, warum, das erkläre ich dir später.«

»In Ordnung.«

»Dieses Mal kriegen wir ihn, verflucht. Ich will ihn lebend. Ich brauche ihn lebend.«

Ich stecke das Handy in die Tasche und stelle den Wagen ab. Ein Schutzmann kommt mir entgegen mit dem Blöckchen in der Hand, und ich halte ihm schnell meinen Dienstausweis hin. Er nickt und sieht mir hinterher.

Ich stelle das Handy auf Vibrationsalarm und betrete das Haus.

Die Wohnung liegt im obersten Stock, und es gibt keinen Aufzug. Hastig springe ich die Treppe hinauf und lausche dabei dem vertrauenerweckenden Rappeln der Pistole im Schultergurt. Ich glaube nicht, dass ich sie brauchen werde.

Er ist nicht der Typ, der eine Pistole benutzt. Er tötet in aller Stille.

Ich frage mich, was er für mich vorbereitet hat und ob mein Besuch für ihn wirklich unerwartet kommt, dann bin ich oben.

Ich klingele. Ein dumpfer Ton wie ein Knurren. Wie erwartet, macht niemand auf.

Ich nehme ein Taschentuch und rüttele an der Tür, doch sie ist zu. Da fällt mir ein, was Vittorio mir zu Sicherheitstüren erklärt hat, und nehme meine EC-Karte aus dem Portemonnaie. Ich ziehe sie entschlossen von oben durch den Türspalt. Ich höre, wie sie an einer Art Schiene entlangfährt und schließlich in Höhe des Schlosses stecken bleibt. Ich drücke fester, und während der Kunststoff quietschend hinabrutscht, lässt das Schloss ein feines Klicken ertönen und geht auf.

Als ich die EC-Karte herausziehe, sieht die Hälfte des Plastiks aus, als habe ein Pferd darauf herumgekaut, aber die Tür ist offen.

Ich packe meine Pistole und betrete die Wohnung von Giovanni Salvi.

Es ist dunkel und auffällig still. Eine Angst steigt in mir auf, die ich nicht haben darf. Ich fühle mich wie damals als kleiner Junge, wenn ich vergessen hatte, den Rollladen ganz herunterzulassen, und das Licht des Morgens seltsame Schatten auf Wände und Decke warf. Unheilvolle Dinge, die über mich hereinzubrechen drohten.

Ich lasse die Tür offen und schleiche im matten Licht von draußen durch den Wohnungsflur. Ich halte mich in der Mitte, weil alle Dinge um mich herum potentielle Feinde sind, potentielle Gefahrenquellen. Sie gehören einem anderen, nicht Giovanni Salvi.

Sie gehören dem, der Giovanni Salvi in Wahrheit ist, den er verborgen hält.

Auf der Hälfte des Flurs überprüfe ich das Wohnzimmer. Es ist leer. Auf dem Tisch liegt eine aufgeschlagene Zeitung, die Seite mit den Wohnungsanzeigen. Ich gehe wieder hinaus, darauf bedacht, Tür und Flur nicht den Rücken zuzukehren. Dann gehe ich weitere vier Schritte durch den Flur. Ich zähle sie, um einen klaren Kopf zu behalten. Ich habe Ohrensausen vor Anspannung, und mein Rücken ist steif wie in Beton gegossen. Ich fahre herum, die Pistole im Anschlag, und betrete die Küche.

Auf der Schwelle bleibe ich stehen.

Neben dem Kühlschrank liegt die Leiche eines Mannes.

Blutspuren, winzige Knochensplitter und Gehirnmasse kleben an der Kühlschranktür, als habe der Körper beim Abrutschen eine Spur dort hinterlassen. Und das Einschussloch eines Projektils. Wahrscheinlich steckt es im Kühlschrank, irgendwo in der Rückwand.

Ich gehe einen Schritt hinein, inspiziere den Ort in dem schwachen Lichtschein, der durch einen Spalt im Rollladen fällt.

Der Mann hat keine Gesichtszüge mehr. Ihm wurde aus nächster Nähe ins Gesicht geschossen, vielleicht mit dem Lauf einer großkalibrigen Waffe direkt am Nasenflügel. Zur Identifizierung bräuchte man einen DNA-Test, wenn ich ihn nicht schon am Körper erkennen würde.

Ich erkenne Hose und Hemd. Ich erkenne die Segeltuchschuhe.

Ich erkenne Giovanni Salvis Kleider, und mein erster Gedanke ist, dass er sich die Pistole an den Kopf gesetzt hat, um dem Ganzen ein Ende zu machen.

Doch das passt nicht zusammen. Er ist niemand, der mit großkalibrigen Pistolen herumläuft. Keiner, der schießt. Keiner, der einfach aufgibt und alles fahrenlässt und das eigene Spiel kurz vor dem Sieg abbricht.

Ich trete noch einen Schritt näher und versuche zu verstehen, was passiert ist.

Nein, er hat sich nicht umgebracht. Es liegt ja nicht einmal eine Pistole auf der Erde.

Und doch sieht alles so ruhig aus. Kein umgeworfener Stuhl, kein Anzeichen eines Kampfes. Nur dieser gesichtslose Leichnam auf der Erde, mit ausgebreiteten Armen.

Dann nehme ich etwas wahr, das ich viel früher hätte bemerken müssen, das ich sofort hätte bemerken müssen.

Es riecht nach Rauch. Aber Giovanni raucht nicht. Donato Aiuti raucht. Philip Morris Blu. Wie die in dem kleinen Aschenbecher auf dem Tisch. Und Donato Aiuti hat eine Pistole.

Da begreife ich, dass ich in Gefahr bin.

Doch noch bevor ich etwas unternehmen kann, legt sich mir eine Hand vor das Gesicht und der Raum verschwindet in einem dichten, weißen Nebel.

»Gut so, leg dich ruhig hin«, sagt eine Stimme hinter mir.

Und ich habe das Gefühl, aus dem hundertsten Stockwerk in die Tiefe zu stürzen.

Das Erste, was er sieht, ist Gabrieles Wagen in zweiter Reihe. Er hat versucht, ihn vom Krankenhaus aus anzurufen, aber es ging niemand ran.

Salvi hat kurz vor neun das Sant'Orsola-Klinikum verlassen, nach einer langen, anstrengenden Nachtschicht. Er wird am späten Vormittag zurück erwartet, doch Ippoliti bezweifelt, dass er je wieder die Station betreten wird. Der einzige Ort, wo sie Doktor Salvi werden treffen können, ist ein gut bewachter Raum im Polizeipräsidium von Bologna.

Doch nun, wo er Gabrieles Wagen sieht, hat er ein ungutes Gefühl, etwas, das er nicht versteht, und so hastet er die Treppe bis zum Apartment des Doktors hinauf.

Die Tür steht weit offen, kein gutes Zeichen. Vom Hausflur aus gesehen, scheint die Wohnung nur auf sie zu warten, auf Ippoliti und seine Männer.

»Dieselben Regeln wie in der Villa«, sagt er den zwei Beamten, und sie nicken. Er streift sich Handschuhe über, packt die Pistole fester und geht hinein.

Die Wohnung ist still und perfekt aufgeräumt. Er war noch nie hier, aber alles sieht genau so aus, wie Gabriele es beschrieben hat. Im Wohnzimmer, auf einem offenbar antiken Holzmöbel, steht ein Foto von Salvi als Kind. Er hockt auf einer Wiese und lacht. Er will es gerade in die Hand nehmen, als er in die Küche gerufen wird.

»Rührt nichts an und ruft die Spurensicherung, den Gerichtsarzt und einen Krankenwagen«, sagt er, als er die entstellte Leiche neben dem Kühlschrank sieht. Er beugt sich hinunter. »Scheint noch nicht lange tot zu sein.«

Er steht auf und zieht die Nase hoch. Ein merkwürdiger Geruch liegt in der Luft, eine Mischung aus Rauch und Desinfektionsmittel. Er nimmt das Handy und wählt erneut Gabrieles Nummer, doch nun ist das Handy ausgeschaltet, und während er sein Telefon wieder wegsteckt, fällt ihm ein, dass der Geruch von Chloroform stammen könnte.

Er tritt hinaus auf den Hausflur und denkt, dass die Lage sich wieder einmal komplett gewandelt hat.

Und wie immer zum Schlimmstmöglichen.

Fünfzehn

Ich umfasse ihre Hüften und dringe in sie ein, langsam, aber entschieden.

Ich lasse meine Finger über ihre Haut gleiten, suche mit der Hand ihren Busen, nehme ihre Brustwarze zwischen die Finger, spielerisch, fordernd.

Dann wandert meine Hand ihren Rücken hinauf, und ich spüre, wie sie sich sachte aufbäumt, als sei ich eine Messerspitze, während ihre Hüften sich meinen Bewegungen anpassen.

Seltsame Bewegungen. Wie ein unanständiges Wort, obszön, ein Murmeln, das bald schon zum Schrei wird.

»Alice«, flüstere ich und wandere mit den Lippen über ihren Hals, und sie hebt die Brust. Sie dreht ein wenig den Kopf und sieht mich an, kurz. Dann schließt sie wieder die Augen, und ich spüre ihre Finger direkt neben meinem Schwanz, als sie sich streichelt, als sie ein wenig abrückt und mich findet.

Wir sind umgeben von einem seltsamen Nebel, den ich gar nicht sehen möchte, deshalb schaue ich sie an, atme den Duft ihrer Haut ein, den ich sofort wiedererkannt habe, mit meinen Händen, mit meinen Lippen. Ein Duft, wie ich ihn mir nicht vorstellen konnte, bevor ich ihn das erste Mal eingeatmet habe.

Ich sehe sie an, ihre gesenkten Lider, die zerzausten Haare, die langen Strümpfe, die ihr über die Beine herabgerutscht sind, wie sie sich mit einer Hand abstützt, vielleicht an einer Wand, die Zähne in der Unterlippe vergraben, und denke, wie lange es her ist, dass ich sie so gesehen habe. Also stoße ich kräftiger zu, fast gewaltsam, und ihr entfährt ein langes, weiches Stöhnen, denn es genügt mir nicht, sie zu haben, sie zu nehmen, sie zu spüren. Ich will sie ficken.

Ficken, bis es schmerzt, sie und mich. Ficken ohne Wenn und Aber. Ficken, versunken in Nebelschwaden, die ihr genussvolles Stöhnen ebenso dämpfen wie ihre Bewegungen und Atemzüge, die sich in ihren Haaren verstecken wie ein ungebetener Gast.

Das Geräusch meines Schwanzes, der sie erfüllt, ihres Körpers, der ihn empfängt, sich für ihn öffnet, ihn aufnimmt.

»Ich will dich, verdammte Hure«, sage ich und merke, dass ich beinah schreie und meine Stöße immer fester werden.

Da dreht sie sich um und lächelt mich an. »Gabriele«, sagt sie, doch kein Laut erreicht mein Ohr. Ich sehe nur die feuchten Lippen, die meinen Namen formen. »Gabriele«, wiederholt sie und leckt sich in einer unschuldigen Bewegung über die Lippen. Ich werde noch härter. Und da denke ich, wie gerne ich schreien möchte, sie kommen hören und mit ihr kommen will, überall, als sei sie mein Territorium, das mir gehört und das ich verteidigen und beschützen kann.

Zurückerobern.

Ich lege meine Hand an ihren Hals, versenke die Finger in ihrem Haar und ziehe. Ich sehe, wie sie erstarrt, und ziehe ihren Kopf zurück. Sie lächelt mich an, schmerzvoll, zufrieden, öffnet die Lippen und lässt den Kopf in den Nacken sinken.

Da spüre ich, wie ich komme, ich schreie, spüre, wie sie sich windet und laut stöhnt, spüre ihre Haare zwischen meinen Fingern und ihre Haut, die gegen meine klatscht, zu stark, und mein Traum versinkt in einem grauen Meer.

Kurz darauf entfernt sie sich, nackt und vollkommen, mit ihrem sicheren Gang, dreht sich nur noch ein paar Mal zu mir um.

Und ich kann ihr nicht folgen.
Ich kann sie nicht berühren.
Bis sie im Nebel verschwindet und ich erwache.

»Sie wollen die Wahrheit wissen, Herr Polizeipräsident?«, fragt Ippoliti.

»Ja.«

»Die Wahrheit ist, dass es einen Toten gibt, dem man mit einem Schuss aus nächster Nähe das halbe Gesicht weggeblasen hat. In dessen Taschen sich Giovanni Salvis Papiere fanden, der Giovanni Salvis Kleider trug, Giovanni Salvis Geldbörse bei sich hatte und daher meiner Ansicht nach Giovanni Salvi ist, Herr Polizeipräsident. Aber die Wahrheit ist auch, dass wir einen Kerl suchen, der Marco Foschi heißt und der unseren Ermittlungen zufolge derselbe Giovanni Salvi sein müsste. Und daher kann ich Ihnen im Moment nicht sagen, was die Wahrheit ist, Herr Polizeipräsident.«

Piras schnaubt ärgerlich.

Vor dem Polizeipräsidium wartet eine Schlange von Journalisten, die mit jemandem reden wollen, und er hat wenig Lust, dieser Jemand zu sein. Abgesehen davon, dass er nicht die geringste Ahnung hat, was er ihnen sagen soll.

»Und Riccardi?«

Jetzt ist es an Ippoliti, geräuschvoll auszuatmen. Er beugt sich vor, die Hände auf den Schreibtisch des Präsidenten gestützt.

»Wenn Sie auch darüber die Wahrheit wissen wollen, Herr Polizeipräsident, muss ich Ihnen sagen, dass ich zurzeit nicht die leiseste Ahnung habe, wo zum Teufel Kommissar Riccardi steckt. Aber ich bin mir hundertprozentig sicher, dass dieser Marco Foschi, wer immer er auch sei, in diesem Moment bei ihm ist.«

Der Raum ist weiß und sauber.

Meine erste Wahrnehmung, als ich aufwache. Dann folgen die Schmerzen im Nacken und im Rücken, aber erst danach.

Zuerst der Raum. Er hat keine Fenster, und die Wände scheinen von innen zu leuchten. Sie sind weiß, wurden offenbar erst vor kurzem mit großer Sorgfalt gestrichen. Auch der Boden ist weiß, glänzende Fliesen, die nach Zitronenputzmittel riechen. Mein Kopf versucht, sich an vertraute Dinge zu klammern, weil er das, was ich sehe, nicht als seine Wirklichkeit erkennt.

Weiß.

Auch der Tisch ist weiß. Lackiert, mit Beinen aus Eisen, blank, glänzend. Auch eine der ersten Wahrnehmung, als ich die Augen aufschlage.

Dann spüre ich die Ketten. Eine liegt um meinen Hals. Schwer und eng. Sie kneift mich unter dem Kinn, wenn ich den Kopf senke. Eine andere fesselt meine Knöchel, mit zwei schweren Klötzen daran, wie man sie von Sträflingen in alten amerikanischen Spielfilmen kennt.

Jetzt weiß ich, woher die Male an Anna Malvezzis Körper stammten. Jetzt weiß ich, was sie gesehen hat, bevor sie starb.

Instinktiv fasse ich mir mit den Händen an den Hals und merke, dass sie frei sind. Ich taste mit der rechten in meinen Nacken und beuge den Kopf nach vorne. Ich umklammere die Kette und ziehe. Irgendwie ist sie an der Wand befestigt, ich kann nicht sehen, wie, merke nur, wie schrecklich fest sie sitzt. Um den Widerstand zu brechen, müsste ich mich erwürgen, und vielleicht würde selbst das nicht genügen.

Ich versuche, die Beine seitlich wegzustrecken. Die Knie tun mir weh, als hätte ich zu lange in der Hocke gesessen. So bin ich aufgewacht, ich weiß nicht, wie lange ich geschlafen habe. Ich sehe nach meiner Uhr und stelle fest, dass er sie mir nicht weggenommen hat. Er hat mir nichts weggenommen. Nur die

Jacke, die Schuhe und den Gürtel. Und die Pistole. Ich trage noch dasselbe Hemd. Meine helle Avirex-Hose, und meine Uhr sagt, dass ich mich seit gerade mal einer Stunde hier drinnen befinde.

Dann höre ich ein Geräusch.

Jetzt erst bemerke ich die Tür in der Wand hinter dem Tisch. Ich höre das Miauen einer Katze, und plötzlich steht mir das Bild von Anna Malvezzis Leiche vor Augen.

Dann geht die Tür auf.

Und ein Phantom kommt herein.

»Fühlen Sie sich nicht gut, Signora?«, fragt Cancemi und betrachtet Donatella prüfend.

Obwohl er sie nie zuvor gesehen hat, fand er sie auf Anhieb gespenstisch blass.

»Nur ein kleiner Schwindel, ist schon vorbei …«, stammelt sie und bricht auf dem Sofa zusammen.

Wenn irgendetwas ist, ruf sofort den Notarzt, hat Ippoliti ihm aufgetragen. Beim leisesten Zweifel.

Also nimmt Cancemi das Telefon und wählt den Notruf. Während er noch erklärt, was passiert ist, beobachtet er, wie Donatella Rizzos Atemzüge immer schwächer werden gleich dem Motorengeräusch eines Autos, das sich in der Ferne verliert.

Ippoliti schließt die Augen und lässt sich auf einen Stuhl sinken.

Auf dem Schreibtisch liegt die Akte, alles, was er und Gabriele von Beginn an zusammengetragen haben. Er ist überzeugt, dass das, wonach er sucht und was die ganze Geschichte in eine herabdonnernde Lawine verwandelt hat, sich nicht zwischen diesen Seiten befindet.

Und er ist überzeugt, dass Gabriele etwas wusste, das er ihm verheimlichte. Dass der Schlüssel zum Ganzen in Gabrieles Kopf liegt, oder vielleicht in dem von Gaspare Nunia oder dem angeblichen Vertrauensmann, über den er an Nunia herangekommen sein soll und an dessen Existenz er nicht glaubt.

Und jetzt ist keiner mehr da. Nur diese Blätter.

Und die Stille, in die die Situation gestürzt ist, zu schwer, als dass einer alleine sie ertragen könnte.

Gabriele wurde entführt. Nun ist er an der Reihe. Von den anderen ist keiner mehr übrig.

Und er hat keine Zeit, die DNA-Analyse abzuwarten, um zu erfahren, wer die Leiche in Giovanni Salvis Wohnung war und wo Gabriele versteckt gehalten wird.

Er muss vorher handeln.

Er muss sofort handeln.

Er hat nicht mehr viel Zeit, wenn überhaupt.

»Willkommen«, sagt er, als er im Zimmer steht, und der Kater verharrt neben seinen Füßen, als dürfe er seinem Herrchen nicht von der Seite weichen. »Ich hoffe, du findest meine Gastfreundschaft nicht zu … unbequem.«

Er spricht mit einer harten Stimme, die ich bisher nicht an ihm kannte, als hätte die Aufdeckung seiner wahren Identität auch seine wahre Stimme ans Tageslicht gebracht.

Mir fallen Professor Dossenas Worte ein.

Dieses Kind hat mir immer Angst eingeflößt.

Der Erwachsene hier vor mir ist ein Mensch von einer fürchterlichen, rationalen Ruhe. Ich habe häufig Menschen gesehen, die ihre Gefühle verbergen und irgendwo in ihrem Innern vergraben mussten. Aber es gab doch immer irgendwelche Hinweise darauf, wie es in ihnen aussah. Abgehackte Bewegungen, flackernde Augen und ein unsicheres Leuchten im Blick. Hastige Worte, wie aus Angst, unterbrochen zu werden, oder schwitzige Hände.

Irgendetwas.

Hier nicht. Marco Foschi steht vor mir, ein Notebook unter dem Arm, und ist absolut Herr seiner selbst und seiner Gefühle. Wahrscheinlich auch seiner Gedanken.

»Ich hatte es schon bequemer«, sage ich und rüttele demonstrativ an der Kette um meinen Hals.

Beim Klang des Metalls lächelt er amüsiert und stellt den Computer auf den Emaille-Tisch. »Daran wirst du dich gewöhnen müssen, fürchte ich«, flüstert er und klopft sich zweimal mit der Hand auf das Bein. Die Katze miaut. Dann tappt sie vor ihn, und er nimmt sie hoch.

»Du kommst mir vor wie der SPECTRE-Boss aus einem alten Bond-Film«, sage ich und tue so, als sei mir mein Schicksal und das, was er mit mir vorhat, vollkommen gleichgültig. Ihn scheint meine zur Schau gestellte Gelassenheit nicht zu überraschen. Als wüsste er, dass in Wirklichkeit alles nur ein Spiel ist, eine Maske.

Er krault die Katze. »Du scheinst dich nicht besonders dafür zu interessieren, was mit dir passieren wird.« Die Katze sieht mich an, und dieser Blick versetzt mich möglicherweise in größeren Schrecken als die Vorstellung, auf welche Art er mich töten könnte.

Ich bewege erneut die Beine. »Das scheint mir doch offensichtlich.«

»Offensichtlich? Vielleicht. Vielleicht auch banal. Du wirst sterben, was letztlich kaum verwundert. Täglich sterben unzählige Menschen eines natürlichen Todes. Du wirst einer von vielen sein. Sonst nichts. Aber du weißt, dass das noch nicht alles ist, nicht wahr?«

Ich will schon den Blick senken, tue es aber nicht. Ich habe beschlossen, ihn weiter herauszufordern. Ich möchte, dass diese Farce schnell zu Ende ist.

»Ich weiß.«

Er lässt die Katze los. Sie ist riesig, und als sie auf dem Boden hockt, dreht sie den Kopf ihrem Herrchen zu und sieht ihn an.

»Keine Sorge, Sansone hat schon gefressen«, sagt er und klappt das Notebook auf. Wenige Sekunden später erklingt die Melodie des Betriebssystems. Dann zieht er ein Satellitentelefon aus der Tasche und legt es auf den Tisch.

»Ich hatte nicht damit gerechnet, dass du bereits heute kommen würdest«, erklärt er. »Aber letztlich war es eine höchst willkommene Überraschung. Die Sache muss ein Ende nehmen. Und zwar schnell, Gabriele.«

»Du hättest mich an jenem Abend in meiner Wohnung töten können. Sicher hast du darüber nachgedacht, Marco.«

Als er seinen wahren Namen hört, verzieht er unwillig das Gesicht.

»Nein, daran habe ich nicht gedacht. Nicht einen Moment. Du solltest Angst haben. Du sollst immer noch Angst haben. Wissen, dass ich dich jederzeit treffen kann, dass du und Alice, dass euer beider Leben in meiner Hand liegt. Dass ich sie jeden Moment töten kann, wie dich. Und dass niemand etwas merken würde. Aber das reicht nicht.« Er beugt sich über das Notebook und überprüft den Systemstart. Dann starrt er mich an. Mir war nie aufgefallen, wie dunkel seine Augen sind. »Und nenn mich nicht Marco. Das ist der Name einer Person, die nicht existiert.« Er überlegt. »Die nie existiert hat, glaube ich.«

»Obwohl es dein richtiger Name ist?«

»Namen sind Schall und Rauch. Nur eine Art, das zu katalogisieren, was wir zu sein scheinen. Mehr nicht. Nenn mich, wie du mich immer genannt hast.«

Er bückt sich und krault die Katze am Kopf, die sich erfreut in seine Hand schmiegt.

»Die Leiche in der Wohnung ist Donato Aiuti, stimmt's, Giovanni?«

»Ich hasse Pistolen. Das weißt du. Und seine Leidenschaft für sie hat mich immer … genervt. Der arme Tropf. Er wollte Erklärungen. Als wäre ihm nicht sowieso schon alles klargewesen.« Er steckt die Hand in die Tasche seines Kittels und zieht zwei zusammengeheftete, doppelt gefaltete Blätter hervor. »Als ob hier nicht alles stünde. Die blöde Malvezzi war mein einziger Fehler. Sie hat Analysen durchführen lassen, wusstest du das?«

»Analysen, aus denen hervorging, dass mit Alices Zustand etwas nicht stimmen konnte. Dass ihr jeden Abend etwas verabreicht wurde.«

Sein Gesicht hellt sich auf. »Sie hätten nichts nachweisen können. Aber eine Störung war es trotzdem. Und so kam Donato heute Morgen zu mir und bat um Aufklärung. Ich kann nicht mehr schlafen, hat er gesagt. Wer könnte das sein? Das fragt er mich. Armer Irrer. Als ich seinen Kopf an die Küchenwand geschlagen habe, hat er nicht einmal reagiert. Er ist auf den Boden gefallen, und da habe ich seine Pistole gesehen. Da hatte ich einen Einfall. Die Zeit war knapp, aber sie reichte, um ihm meine Kleider anzuziehen. Ich wusste, dass jemand meine Hose wiedererkennen würde und er zumindest einen Tag lang nicht vermisst würde. Und DNA-Tests dauern ihre Zeit. Zeit, die ich brauchte.

»Zeit wofür?«

»Um deinen Abgang vorzubereiten. Und nicht nur deinen, Gabriele. Zeit vor allem, um selbst zu verschwinden. Ich muss gestehen, dass es mir nicht leichtfiel, ihm ins Gesicht zu schießen. Aber manche Dinge muss man einfach tun.« Er sieht auf die Uhr.

»Warum bringst du mich um, Giovanni? Warum hörst du nicht einfach auf mit diesem Wahnsinn und verschwindest? Letztlich warst du immer ein Phantom, bis heute. Es ist ein Leichtes für dich, es wieder zu werden.«

Er lächelt, und ich bereue es, ihm Anlass für dieses Lächeln gegeben zu haben. Wie eine Hyäne fletscht er die Zähne.

»Wenn alles vorbei ist, werde ich wieder der werden, der ich immer war. Vorher aber musst du bezahlen für das, was du getan hast, Gabriele. Und du wirst es mit deiner ganzen Person bezahlen. Mit allem. Von jetzt an.«

Er dreht den Computer zu sich. Ich höre ein Klicken und sehe, wie er das Telefon in die Buchse für das Modem steckt. Klar und deutlich ertönt das Freizeichen. Dann Tastengeräusche. Schließlich dreht er mit triumphierender Miene das Notebook so, dass ich es sehen kann.

Er beugt sich über den Tisch und schaut mich über den Bildschirm hinweg an.

»Kapierst du jetzt, warum ich dich nicht sofort sterben lasse, Kommissar Riccardi?«

Er schiebt den Computer an den Tischrand, so nah wie möglich an mich heran.

»Du bist noch nicht an der Reihe«, sagt er, und ich weiß nicht, wie ich es schaffe, ihm nicht all die Sätze an den Kopf zu werfen, die wie eingesperrte Fliegen kreuz und quer durch meinen Schädel jagen.

Das Gespräch mit Professor Dossena hat ihm nur die Gewissheit verschafft, dass die Leiche in Giovanni Salvis Küche nicht der Hausherr ist. Die Fotos von Marco Foschi als Kind, die der Professor ihm gezeigt hat, belegen das zweifelsfrei.

Giovanni Salvi und Marco Foschi sind ein und dieselbe Person. Das Kind auf dem Foto ist lediglich eine Verkleinerung des Erwachsenen, den er selbst kennengelernt hat, und bis auf winzige Nuancen von Härte und Gemeinheit in seinem Blick sind das Lächeln des Kindes und des Erwachsenen völlig identisch.

Als er mit dem Wagen Professor Dossenas Haus verlässt, ist

Ippoliti überzeugt, dass die Ereignisse des heutigen Morgens nur ein seltsamer Zufall waren. Jemand hat Salvi zu Hause aufgesucht, und der hat ihn erschossen. Vielleicht jemand, der etwas wusste oder einen Verdacht hatte. Oder der einfach zur falschen Zeit am falschen Ort war.

Eine Nachbarin aus dem Stockwerk darunter hat laut und deutlich einen Schuss gehört, der von oben kam, und sie war überrascht, weil der Doktor, wie sie sagte, doch so ein ruhiger Mensch sei. Ruhig und herzensgut. Dann kam Gabriele, und wahrscheinlich hat Foschi oder Salvi, wie er nun heißen mag, die Gelegenheit beim Schopf ergriffen.

Das Ende dieses seltsamen Spiels ist jedenfalls nicht mehr fern, und obwohl er das Gesicht seines Gegners und sogar seinen Namen kennt, wird es nicht leicht sein, ihn aufzustöbern. Aber vielleicht hat er noch etwas Zeit.

Nur Alice und ich fehlen noch.

Dieser Satz lässt ihm keine Ruhe. Er greift zum Telefon und ruft Agente Mengoli an, die Alices Krankenzimmer überwacht.

»Es geht ihr schlecht«, erklärt die Beamtin. »Der Oberarzt ist jetzt bei ihr. Sie scheinen nichts mehr tun zu können. Nur abwarten.«

»Wie lange noch?«, fragt er. »Ich muss wissen, wie lange noch.« Aus irgendeinem Grund, den er selbst nicht versteht, ist er sich sicher, dass Gabriele der Letzte sein wird. Solange Alice lebt, lebt auch er.

»Eine Frage von Stunden«, sagt die Mengoli, und im Hintergrund hört man jemanden laut mit einer Krankenschwester sprechen.

Ippoliti legt auf. Manchmal zählt jede Minute.

Er hält an, um einem Twingo die Vorfahrt zu lassen, und sieht die Abzweigung, die nach Casaglia hinaufführt. Spontan biegt er rechts ab, einer Eingebung folgend, die so unsinnig erscheint, dass sie schon wieder wahr sein könnte.

Als Cancemi ihn anruft, um ihm von Donatella Rizzo zu berichten, ist der Teilnehmer leider nicht erreichbar, abgetaucht im Funkloch der Hügel von Bologna.

Auf dem Monitor erkennt man Alices Zimmer.

Die Bilder sind matt und grobkörnig und lösen sich in einer schnellen Folge von Einzelbildern ab.

Doch es ist Alices Zimmer. Ich sehe Professor De Vitis und zwei andere, die an ihrem Bett beschäftigt sind. Jemand setzt eine Injektion, indem er die Nadel in die Verweilkanüle schiebt. Vielleicht hat Giovanni es genauso gemacht.

Alice kann ich nicht richtig sehen. Zu viele Menschen stehen um ihr Bett herum, und ich bin versucht, mich vorzubeugen, um einen Blick auf ihr Gesicht zu erhaschen und an ihrer Miene zu erkennen, wie es ihr geht, irgendetwas, das mehr sagt als das hastige Hin und Her von Menschen in weißen Kitteln.

Dann dreht De Vitis sich um und verschwindet aus dem Bild. Die Videokamera muss irgendwo oberhalb der Tür installiert sein, weil er am unteren Bildschirmrand verschwindet. Er sieht angespannt und besorgt aus.

»Was hast du mit ihr gemacht, Giovanni? Was zum Teufel hast du ihr angetan?«

Giovanni Salvi bleibt ruhig. Er sitzt mit verschränkten Armen am Tisch, die schreckliche Katze neben sich, und sieht mich an.

»Was ich mit ihr gemacht habe? Nichts. Du willst wohl wissen, was ich *nicht* mit ihr gemacht habe. Ich habe ihr gestern Abend nicht die gewohnte Spritze gegeben, und das ist ein Teil der Reaktion. Natürlich ist auch mein Anteil dabei. Ich habe ein wenig eines Alkaloids in ihren Tropf gegeben. Das Extrakt einer Pflanze, die sich Nieswurz nennt und die ich selbst züchte. Wie alle Pflanzen, die ich benutze. Normalerweise verlangsamt es den Herzschlag und erhöht den Blutdruck. Nur ein kleines Heilmittel der Natur.«

Ich fahre hoch und höre, wie eine Art Schrei aus meiner Kehle kommt. Ich strecke beide Arme aus, um ihn zu schlagen, doch die Kette um meinen Hals reißt mich zurück, so dass ich zu Boden stürze und mit dem Kopf gegen die Wand schlage, während meine Beine sich durchbiegen. Ich höre, wie mit einem trockenen Knall das Band im linken Knie reißt, und sinke schreiend in mich zusammen.

Er lächelt immer noch, genießt das Schauspiel. Dann beugt er sich vor und äugt auf den Bildschirm, während ich mich mit Hilfe meiner Hände in eine sitzende Position bringe. Ich spüre, wie mein Knie anschwillt, und mit zusammengekniffenen Augen versuche ich, mein Bein in den richtigen Winkel zu legen.

Dann hebe ich den Blick und sehe Alice.

Die Leute um ihr Bett sind verschwunden, keine Ärzte mehr, kein Kommen und Gehen. Nur sie, allein im Zentrum des Bildes, aufgenommen aus zweieinhalb Meter Höhe, und eine Krankenschwester, die an einem der Monitore hantiert.

»Warum?«, flüstere ich. »Warum?«

Salvi steht auf und geht um den Tisch herum. Er vollführt einen Halbkreis um mich, damit ich nicht an ihn herankomme. Die Katze auf dem Tisch neben dem Notebook verfolgt seine Bewegungen wie eine Odaliske.

»Es ist leidvoll, nicht wahr? Leidvoll zu wissen, dass man nichts tun kann, dass sie so oder so sterben wird, egal was du tust. Und du wirst sie sterben sehen. Leidest du, Gabriele? Leidest du genug?«

Er stützt seine Hände auf den Tischrand, wie ich aus den Augenwinkeln sehen kann. Meine Augen wollen sich nicht von dem Monitor lösen, von Alice oder dem, was von ihr übrig ist.

»Ich möchte dir eine Geschichte erzählen.« Er holt tief Luft. »Ich wusste nicht, dass Teresa meine Tochter war. Ich wusste nicht einmal, dass Donatella schwanger war. Dann kam ich eines

Tages für eine Untersuchung in die Notaufnahme, und da sehe ich sie und Teresa. Da war mir alles klar. Mir genügte ein Blick auf Teresa und die Art, wie Donatella mich ansah. Sie hatte Angst, verstehst du? Angst, ich könnte den Mund aufmachen.

Ich wusste nicht, was ich sagen sollte. Ich wusste nichts. Ich musste nur Teresas Geburtsdatum auf dem Anmeldezettel der Notaufnahme überprüfen, um die Bestätigung zu haben. Ich hatte eine Tochter, verstehst du? Eine Tochter. Etwas Eigenes.«

»Du hattest schon eine Tochter«, sage ich, und meine Stimme ist trocken wie ein Pistolenschuss.

Er lacht mir ins Gesicht.

»Meine Frau war unfruchtbar, Gabriele. Die, die du befreit hast, war nicht meine Tochter. Wir haben sie adoptiert. Ich tat es nur, um sie zufriedenzustellen, ich wollte nie den Bastard irgendeines Kretins in meinem Haus. Aber ich dachte, es sei eine gute Gelegenheit, mir ein neues Leben zu basteln. Verstehst du nicht, dass es das war, was ich wollte? Ein Leben, das diesen Namen verdient. Jemanden, der mich daran hinderte, zu sein, was ich bin. Jemand, der mir einen Grund gab, nicht zu sein, was ich bin!«

»Und du bist ein Mörder. Meinst du das? Einer, der Spaß am Töten hat?«

»Ja«, sagt er einfach. »Ich habe Spaß am Töten. Und weißt du was? Das kann ich auch am besten. Es ist leichter, jemanden zu heilen, als ihn so zu töten, wie ich es tue. Es ist leichter, jemandem ein Medikament zu geben, damit er gesund wird, als ihn in aller Stille sterben zu lassen, in seinem Bett, ohne dass es jemand merkt. Ohne dass jemand erfährt, was passiert ist. Sie nennen es einen natürlichen Tod.«

»Du bist krank«, sage ich, während die Schwester aus dem Bild herausgeht und ich wieder Alices Lippen sehen kann, die leicht geöffnet sind in dem zu einer Grimasse der Anstrengung verzogenen Gesicht.

Doch Giovanni hört mich nicht. »Meine Mutter ist eines natürlichen Todes gestorben. Sie war krank. Und ich durfte sie nicht sehen. Niemals. Ich war ein Kind, und vor Kindern muss man die Wahrheit verborgen halten. Also habe ich mich selbst darum gekümmert. Pietro hat mir beigebracht, wie man in verschlossene Räume kommt. Wie man Schlösser aufbricht, wie man sich lautlos bewegt. Und da konnte ich meine Mama sehen. Aber sie war es nicht, sie war nicht meine Mama. Meine Mama hatte weiche Haut, nicht so faltige, und rosafarben, nicht gelb und vertrocknet. Meine Mutter war nicht so mager, sie war eine schöne Frau. Nicht dieses Monster. Da habe ich sie umgebracht. Ganz langsam, mit einem Kissen. Ich konnte nicht zulassen, dass sie weiter in dem Bett meiner Mama lag. Es dauert nicht lange, wirklich nicht lange, bis ein Mensch aufhört zu atmen. Meine Mutter, ein Unbekannter, Alice. Teresa.

Teresa war noch am Leben, als sie nach deinem Schuss ins Krankenhaus eingeliefert wurde. Gerade so, aber sie lebte. Aber sie starb, ohne noch einmal die Augen aufzuschlagen. Sie war meine letzte Chance. Eine Tochter, die du lieben kannst und die dich liebt. Eine Tochter, die dir hilft. Eine Tochter, der du etwas beibringen kannst.«

»Du hättest ihr nur beibringen können zu töten, Giovanni.«

Er lacht, als redete ich wirres Zeug. Er lacht, doch seine Stimme ist ausdruckslos.

»Ihr habt sie mir genommen. Ihr alle. Angefangen bei ihrer Mutter, die sie auf die Welt gesetzt hat, bis zu dir, der du sie erschossen hast.« Mit der Fingerspitze tippt er auf Alices Gesicht auf dem Bildschirm. Er klopft zweimal darauf, gemein, fest. Dann muss er den Bildschirm wieder aufrichten, damit ich ihn sehen kann. »Und nun wirst du sie sterben sehen, Gabriele. Und du wirst wissen, dass ich sie getötet habe, wie du meine Tochter getötet hast. Dann komme ich zurück, und wir rechnen ab. Für immer. Jetzt lasse ich dich allein. Mit deinem Schmerz.«

Ich sehe ihn nicht an. Ich höre nur das Miauen der Katze und die Tür, die krachend ins Schloss fällt.

Ich sehe Alice an. Ich muss Alice ansehen.

Und ich weiß, wenn ich sie weiter ansehe, werde ich sie bald sterben sehen.

»Wir haben jede Handbreit abgesucht«, sagt der Mann von der Spurensicherung. »Ohne Ergebnis.«

Ippoliti sieht ihn schweigend an, als erreichten ihn seine Worte mit ein paar Sekunden Verzögerung.

»Keine Reagenzgläser, keinerlei chemische Ausrüstung, Verbindungen, irgendetwas in der Richtung? Etwas, dass euch entgangen sein könnte?«

Der Mann von der Spurensicherung sieht ihn bedauernd an. »Ich bin Chemiker. Ich glaube, es wäre mir aufgefallen. Die einzige medizinische Ausrüstung in dieser Wohnung ist die ein oder andere Tablette, eine tragbare Sauerstoffflasche und eine Mappe mit verschiedenen Untersuchungsberichten. Signor Giannelli hatte Lungenkrebs auf dem rechten Lungenflügel und Metastasen in der Leber und in einer Niere. Ich weiß nicht, ob Sie darüber informiert waren.«

»Ich dachte es mir«, sagt Ippoliti und dreht sich um, um hinaus auf das verhangene Bologna zu sehen. Ein Sonnenstrahl bricht durch die Wolkendecke und fällt auf einen winzigen Dächerausschnitt im Zentrum wie ein Scheinwerfer auf eine Bühne.

Irgendwo dort draußen versteckt sich Marco Foschis Labor. Wo er seine geräuschlosen und unsichtbaren Waffen herstellt. Es ist weder hier noch in Giovanni Salvis Wohnung, in der er gerade telefonisch um Neuigkeiten gebeten hat.

Es muss etwas geben.

Es muss.

Er verlässt die Villa und streift mit einem flüchtigen Blick die wartenden Journalisten, die ihm ein Wort entreißen möchten und ihre Aufnahmegeräte an die Wagenscheiben pressen, dann fährt er langsam in Richtung Bologna.

Auf halbem Weg hält er an. Er stellt den Wagen auf einem kleinen Vorplatz ab und steigt aus, um sich die alte Villa der Foschis anzusehen.

Dort hat alles angefangen, vor zwanzig Jahren. Und Menschen hängen in der Regel viel stärker an ihren Wurzeln, als man glauben möchte.

Er packt seine Pistole und beginnt einen Rundgang um das Grundstück, um die Stelle zu finden, wo der Zaun am leichtesten zu überwinden ist.

Jetzt geschieht nichts mehr.

Jetzt sehe ich nur das Bett und Alice, die reglos daliegt. Zwei Mal dachte ich schon, sie sei tot, und musste intensiv auf den Monitor neben ihrem Bett starren, um eine leichte Bewegung der Kurven zu entdecken, einen Hoffnungsschimmer, eine Idee von Besserung oder irgendetwas.

Und jedes Mal hat diese minimale Bewegung, die mir zeigt, dass sie doch noch lebt, ein Gefühl der Leere in mir hinterlassen, der Verzweiflung, des Schmerzes. Ich musste mir auf die Lippen beißen, um nicht laut durch das leere Zimmer zu schreien, meine insgeheime Hoffnung herauszubrüllen, sie möge sterben.

Sie soll sterben.

Sie soll sterben und nicht mehr aufwachen, nichts mehr sehen, nichts mehr hören. Nicht wissen, dass ich in der einzigen Sache versagt habe, die mir im Leben wirklich wichtig war.

Ihr das Leben zu retten.

Mein Hals brennt, und das geschwollene Knie drückt schmerzhaft gegen den Stoff der Hose. Wahrscheinlich ist es dick wie eine Melone. Wenn ich den Stoff berühre, fühlt sich die Masse darunter weich und wässrig an. Aber wenn ich das Knie im richtigen Winkel ruhig halte, tut es nicht weh.

Der Schmerz liegt in mir drin. In dem Wissen, dass es etwas gab, das ich hätte tun können und das ich nicht getan habe, dass ich mich irgendwo geirrt habe, eine Kleinigkeit übersehen habe, die ich nicht hätte übersehen dürfen, ein Detail, über das ich zu schnell hinweggegangen bin, um es wahrzunehmen.

Der Schmerz liegt in meinem Blick, der auf dem Monitor ruht, der inständig hofft, dass etwas passieren möge, und zugleich, dass alles bald zu Ende ist.

Der Schmerz liegt in mir drin, in der Erinnerung, dass ich die Frau, die ich liebe, zur Heilung in die Hände des Mannes gegeben habe, der sie töten wollte.

Ich wende kurz meine Augen vom Bildschirm ab. Immer, wenn ich das tue, um die Krämpfe zu lösen, die mir durch den steifen Nacken und die verspannten Schultern fahren, fühle ich mich schuldig, als könnte mein Blick etwas an dem ändern, was er mit der schrecklichen Substanz, die er ihr gespritzt hat, dekretiert hat.

Ich schaue mich in dem fensterlosen Raum um und versuche mir vorzustellen, was draußen ist. Es könnte ein Keller sein, ein Souterrain. Er hat den Raum garantiert schallisoliert.

Er ist zu schlau, um das zu vergessen.

Oder es ist ein Ort, wo mich sowieso niemand hören kann. Nicht seine Wohnung und auch nicht Pietros Haus.

Woanders, aber nicht weit, ein sicherer Ort.

Während ich versuche, meinen Geist mit sinnlosen Spekulationen auf Trab zu halten, betreten zwei Ärzte den Bildausschnitt. Ich erkenne sie nicht, aber die Fotokette zeigt, dass Alices Zustand sich verschlechtert hat. Ich kann eine Reihe bunter Lichter erkennen, die auf einem der Monitore aufblinken, und Alices Körper, der sich fast unmerklich nach links bewegt. Jemand setzt ihr eine Spritze und dann noch eine, und ich spüre, wie sich meine Handflächen mit Schweiß überziehen. Ich versuche sie an meiner Hose abzuwischen, doch vor lauter Nervosität komme ich an mein Knie und löse einen Schmerz aus, der mir bis in die Hüfte fährt.

Einer der Ärzte dreht sich zur Tür und öffnet den Mund, wie um jemanden zu rufen. Und tatsächlich schiebt sogleich eine Krankenschwester ein Wägelchen mit seltsamen Geräten herein, die mir nichts sagen, wenngleich eins davon ein Defibrillator sein könnte. Ich spüre, wie etwas in mir hochsteigt, und denke, dass er verdammt noch mal recht hat. Er hat recht, dass ich zahlen muss, denn vielleicht hätte ich an seiner Stelle dasselbe getan.

Es muss jemanden geben, der bezahlt für das, was passiert.

Jetzt kann ich Alice nicht mehr sehen. Sie ist wieder von Kitteln und Menschen und Instrumenten umringt. Ich versuche, einen Blick auf sie zu werfen, und bemerke gar nicht den Kopf, der im Hintergrund des Bildschirms auftaucht, den Blick, den er in die Kamera wirft, und die Hand, die sich nähert.

Kurz sehe ich Alices Gesicht zwischen zwei Ärzten aufscheinen, dann verschwindet das Bild plötzlich.

Gleichzeitig öffnet sich die Zimmertür.

Alice Mantovani liegt im Sterben.

Agente Mengoli beobachtet von draußen das Kommen und Gehen der Ärzte und Krankenschwestern, und sie hat den Eindruck, dieses Spektakel schon unzählige Male erlebt zu haben.

Jemand, den sie kennt, jemand, den sie gesehen hat, der Freund eines Freundes, ein Kollege, ein Verlobter, beendet das Rennen, durchbohrt von Nadeln und vollgepumpt mit Medikamenten, ohne noch etwas sagen oder tun zu können.

Sie hat es so satt. Sie hat es satt zu sehen, dass immer alles schlecht ausgeht und dass es trotz aller gegenteiligen Beteuerungen, die man so hört, nichts gibt, was man tun könnte, damit es anders läuft.

Sie ist zynisch geworden mit der Zeit. Vielleicht wird man das, wenn man jemanden sterben sieht, den man kennt, hart wie ein Stein, der dir im Meer in die Fußsohle schneidet. Oder sie hat einfach ihr Limit erreicht, kann es nicht mehr ertragen, immer nur dazustehen und zuzusehen.

»Eine Frage von Stunden«, hat ihr der Arzt vorhin auf ihren fragenden Blick hin gesagt, und sie konnte nur nicken. Und es an Ippoliti weitermelden, der sie danach fragte.

Zusehen und weitermelden.

Sonst kann sie nichts tun, nichts.

»Machen Sie mir bitte auf?«, sagt eine Schwester atemlos, die den Wagen mit dem Defibrillator vor sich herschiebt. Mengoli streckt die Hand aus und hält die Tür auf, damit sie das Zimmer betreten kann.

Dann fällt ihr Blick auf einen Punkt über der Neonlampe am oberen Türrahmen.

»Was zum Teufel ist das?«, murmelt sie und stellt sich auf die Zehenspitzen, um mit der Hand an der Lampe entlangzufahren.

Zwischen den Fingern spürt sie ein kleines, ovales Ding aus Kunststoff, das mit Klebeband oben auf der Leuchte befestigt ist. Sie packt es und reißt es ab, und dabei fällt etwas, das wie eine kleine Antenne aussieht, auf den Boden neben ihre Füße.

Einen Augenblick starrt sie auf die winzige Webcam in ihrer Hand. Dann hebt sie die Antenne auf und geht hinaus.

»Verdammter Hurensohn«, flüstert sie. Und verschwindet am Ende des Gangs.

Er hat einen Riss in der Hose und Kratzer an Arm und Wange, aber er hat es geschafft. Kurz hinter dem Gartentor beschreibt die Straße einen Halbkreis, und dort wächst die Hecke etwas niedriger, so dass man auf das Mäuerchen klettern und den Versuch wagen könnte, sie zu übersteigen. Nur dass Ippoliti dafür rund zwei Meter groß sein müsste und kaum die eins fünfundsiebzig erreicht.

Also hat er sich einfach in die Hecke geschlagen und ist auf der anderen Seite wieder herausgekommen, mit brennenden Stellen im Gesicht und an der linken Hand. Und mit dem unschönen Geräusch von zerreißendem Stoff im Ohr.

Dann beansprucht der Blick den Abhang hinunter, an dessen Fuß das ehemalige Haus der Foschis liegt, seine ganze Aufmerksamkeit. Von weitem und in dem von Baumkronen und Wolken verhangenen Licht wirken die Mauern, als versteckten sie nur alte, verbrauchte Erinnerungen, außer einer ansehnlichen Zahl von Ratten, die hier ihren festen Wohnsitz haben. Und im Gebälk des Dachgeschosses auch das ein oder andere Wespennest.

Er wagt einen Schritt durch das hohe Gras und hält gleich wieder inne. Vielleicht ist das eine riesengroße Dummheit. Jetzt weiterzugehen und nachzusehen ist vielleicht nur eine andere Art, sich zu verstecken, abzuwarten, was ganz woanders, weit weg von hier in aller Einsamkeit geschieht, und sich gleichzeitig einreden zu können, nicht untätig gewesen zu sein.

»Ich drehe nur eine kurze Runde«, sagt er in die Stille des verwahrlosten, zugewucherten Parks hinein. Immerhin hat seine einem jungen Murmeltier würdige Kletterpartie einen Kontrollgang verdient.

Und vor allem Gabriele.

Er holt tief Luft und geht auf die Villa zu.

Je näher er herankommt, umso deutlicher nimmt er den Gestank nach Fäulnis wahr. Ein kleiner Baum ist umgestürzt und hat ein Fenster im Erdgeschoss eingedrückt. Es wirkt wie eine leere Augenhöhle. Im Eingangsbereich steht das nasse Gras fast kniehoch. Von der Haustür blättert die Farbe, sie ist mit undefinierbaren Flecken übersät und sieht so morsch aus, als müsste sie schon nachgeben, wenn man nur die Hand auf die von der Zeit zerfressene Messingklinke legt.

Das ganze Haus wirkt wie einem Horrorfilm entsprungen, wie ein Ort, an dem Kinder sich früher ihren Mut bewiesen.

Knapp zwei Meter vor dem Haus bleibt er stehen. Der Rasen ist leicht abschüssig, und das Haus scheint beim Näherkommen vor seinen Augen zu wachsen. Von hier aus kann er die Vorderfront überblicken, eine Seite und die ganze Terrasse im ersten Stock mit den zerbrochenen Fenstertüren.

In diesem Haus ist nichts. Nichts, dass irgendwie überlebt hätte.

Er spürt etwas zwischen seinen Füßen rascheln, und als er sie hastig hochhebt, schleudert er eine Eidechse von seinem Schuh. Sie fällt eineinhalb Meter links von ihm zu Boden und verschwindet eilig zwischen den hohen Gräsern.

Und bei dem Anblick der unmerklich schwankenden Gräser sieht er etwas.

Anders wäre ihm das kaum aufgefallen. Er macht ein paar Schritte nach links auf die erste Baumreihe des kleinen Wäldchens zu. Die Rasenfläche fällt an dieser Stelle weiter ab, wer weiß, wo sie endet.

Das Gras steht hier weniger hoch, es wurde umgetreten. Er erkennt Fußspuren, die genau so aussehen wie die, die er selbst eben in der Wiese hinterlassen hat. Er dreht sich um und vergleicht sie.

Hier ist jemand durch das Gras gegangen. Jemand, der von unten den Abhang heraufkam, durch die Bäume. Er zieht die Pistole und folgt den Spuren bis zu einem niedrigen Törchen. Es ist alt und verrostet, und dahinter verläuft ein schmaler Trampelpfad, von dem man nur die ersten Meter erkennen kann. Danach verliert er sich im Schatten der Bäume und Büsche.

In dem nur die Motorhaube eines Autos zu erkennen ist.

Dunkelblaumetallic und feucht glänzend.

Bei ihrem Anblick wird Ippoliti bewusst, dass er mit dem Rücken zur Villa steht, und er dreht sich blitzartig um, die Pistole im Anschlag, überzeugt davon, dass jemand hinter ihm lauert.

Niemand zu sehen, nur das Haus.

Er blickt auf die Fußspuren im Gras, die sich hinter dem Gebäude verlieren.

Und während er versucht, nicht auf seine Angst zu achten, beginnt er langsam, auf die Villa Foschi zuzugehen.

Er ist sich sicher, dass jemand im Haus ist.

Vielleicht schon am Kopf der Treppe, vielleicht noch in der Halle vor dem Wohnzimmer. Da ist jemand. Das hat er schon bemerkt, bevor Sansone mit aufgestelltem Schwanz die Ohren spitzte und auf dem Boden des kleinen Labors buckelte.

So wird er erst einmal ganz still und lauscht reglos. Häuser bewegen sich aus eigenem Antrieb, Möbel ächzen, Mauern setzen sich, Balken knarzen, permanent, Tag und Nacht. Und doch hören wir sie erst, wenn wir still sind. Und wenn wir uns nicht zu sehr erschrecken, können wir auch das Atmen eines Hauses von dem Klang von Schritten unterscheiden.

Marco Foschi weiß, wie man das macht. Er hat es so oft getan.

Er bleibt im Zimmer stehen und versucht, das feine Summen der Neonröhre von allem anderen zu isolieren, bis es in den Hintergrund tritt und schließlich in einem Winkel seines Gehirns verschwindet.

Dann hört er die Schritte. Er hört, wie sie näher kommen, und kann genau den Moment bestimmen, als sie anfangen, die Treppe hinunter ins Untergeschoss zu steigen. An der Mauer entlang schleicht er zur Tür, die zum Dienstbotenbad führt und sich in derselben Wand wie die Labortür befindet, drückt sie mit dem Hintern auf und postiert sich dort. Sansone folgt ihm und setzt sich reglos wie eine Porzellanfigur auf seine Füße.

Dann öffnet jemand die Tür zum Labor und lugt vorsichtig herein.

Marco Foschi steckt die Hand in die Tasche seines Kittels und stellt fest, dass er Donatos Pistole nicht dabei hat. Er versucht sich zu erinnern, wo er sie vergessen haben könnte, und während er seine Etappen zurückverfolgt, stößt sein ungebetener Gast mit einer kurzen Bewegung die Tür zu Gabriele Riccardis Gefängnis auf.

Als er die Stimmen hört, verlässt er das Bad, nimmt eine Spritze und stellt sich darauf ein, den kleinen Zwischenfall zu beenden.

Auch von innen wirkt das Haus verlassen.

Die Möbel sind noch da, von Holzwürmern und Motten zerfressen. In einer kleinen Glasvitrine im Wohnzimmer stehen vom Staub erblindete Kristallgläser, und oben an der Decke ist die Wand schwarz verbrannt. Alles, was er sieht, ist am Tag des Feuers zum Erliegen gekommen, und Ippoliti stellt sich vor, dass im oberen Stockwerk noch der alte Professor Foschi in seinem Bett liegt mit der Zigarette zwischen den Lippen, die Arme schlaff an seiner Seite ruhend. Und wenn er das Zimmer beträte, das früher das Schlafzimmer war, sähe er das alte, vom Rauch geschwärzte Skelett, das ihm zulächelt und vielleicht eine Zigarette anbietet, die es immer in seinem Nachtschränkchen liegen hat wie der alte Veteran im Overlook Hotel aus *Shining*.

Doch es ist nicht das obere Geschoss, das ihn interessiert. Dort wird er nichts finden. Dazu genügt ein Blick auf den Boden. Durch die zerbrochenen Fensterscheiben fällt das Licht des frühen Nachmittags herein, und im Widerschein auf den Stufen im Flur erkennt Ippoliti, dass dies der richtige Weg ist.

Die Treppe führt in einem leichten Bogen hinab in den Keller, und sie ist sauber.

So sauber, als hätte sich jemand aus irgendeinem Grund die Mühe gemacht, sie zu wienern. Das Geländer ist mit zwei neuen, glänzenden Mutterschrauben in der Wand befestigt. Als er die obersten zwei Stufen betritt, entdeckt er an ihren Unterkanten eine Art Verkleidung, die die Treppe stützt.

Er blickt zurück in den Flur und glaubt im Staub den Abdruck eines Fußes zu erkennen, wahrscheinlich von demselben Mann, der auch den Trampelpfad durch das Gras getreten hat. Aber vielleicht ist es auch nur Einbildung.

Ohne Eile und vor allem möglichst lautlos beginnt er, die Treppe hinabzusteigen. Nach ein paar Metern hat er das Gefühl, in einem Meer aus schwarzer, dicker Finsternis zu waten, dann geht er um die Biegung und sieht ein Licht. Und zwei Türen. Eine direkt vor ihm und eine etwas weiter rechts, senkrecht zur ersten. Sie ist einen Spaltbreit geöffnet, so dass er von den letzten zwei Stufen aus ein weiß emailliertes Regal erkennen kann, darauf etwas wie eine versilberte Ampulle.

Weiter weg hört man deutlich das Brummen eines Stromgenerators, der das Haus zu versorgen scheint. Er dreht sich in Richtung Erdgeschoss, um die Lage zu überblicken, dann nähert er sich langsam der angelehnten Tür und drückt sie mit dem Fuß auf.

Endlich erblickt er das Labor. Aus seiner Position hinter der Treppe kann er deutlich drei Wände erkennen. Vor der einen steht ein großer Tisch voll mit Geräten, die er nicht kennt.

Gerade will er einen Schritt nach links in den Raum hinein tun, um ihn ganz zu überblicken, als er hinter der anderen Tür ein unterdrücktes Stöhnen vernimmt.

Ohne zu überlegen, dreht er sich um und stößt sie mit einem Ruck auf.

Im ersten Moment bin ich gar nicht erfreut, Ippoliti zu sehen.

Als die Tür aufgeht, hoffe ich nämlich, es möge Foschi sein, der mir den verdammten Bildschirm wieder richtet, der mich mit seinem grauen Nebel anstarrt. Ich will meine Alice zurück haben, ich will sie sehen. Selbst wenn das bedeutet, ihr beim Sterben zuzusehen, ist es immer noch besser, als die totale Leere vor meinen Augen.

»Geht es dir gut?«, fragt er mich und holt meinen Geist auf den Boden der Realität zurück. Vielleicht kommen wir noch rechtzeitig, wenn wir ihn jetzt kriegen. Vielleicht muss ich sie gar nicht sterben sehen.

»Mir ist ein Band gerissen«, erwidere ich und versuche aufzustehen, aber er hält mich mit einer Handbewegung zurück.

»Wo ist er?«

»Ich hatte gehofft, das würdest du mir sagen. Ich weiß nicht einmal, wo wir sind.«

Er zieht eine Grimasse, die einem Lächeln ziemlich nahe kommt, und kniet sich neben mich. Er begutachtet die Ketten an meinen Füßen und das Schloss, das sie zusammenhält. Dann fixiert er einen Punkt hinter meinem Kopf, wahrscheinlich den Haken der zweiten Kette in der Wand.

»Ich mache dich jetzt los, auch wenn das laut wird. Kannst du dann laufen?«

»Ich werde es versuchen«, antworte ich und blicke zur Tür. Er zielt mit der Pistole auf die Kette und drückt ab. Der Knall ist laut und hallt im Treppenhaus wieder. Ich höre, wie er die Stufen hinaufwandert, als sei er ein lebendes Wesen, wie das Echo eines Schreis. Dann ziehe ich kräftig an der Kette und schleudere sie mit den Füßen irgendwo unter den Tisch.

Auf meine Hände gestützt, beuge ich mich vor, ohne die Tür aus den Augen zu lassen. Jetzt, wo Ippoliti geschossen hat, kann er jeden Moment hereinkommen.

Ich höre einen zweiten Schuss und das Geräusch von abbröckelndem Putz, und als ich den Kopf drehe, pendelt die Kette an meinem Hals wie eine herrenlose Hundeleine.

Dann setze ich mich auf, gebe Ippoliti eine Hand und komme mit seiner Hilfe auf die Beine. »Ich schaffe es«, sage ich und tue einen Schritt auf die Tür zu – mein Knie schmerzt, aber es trägt mein Gewicht. Mit einer Kopfbewegung weise ich auf seine Pistole. »Hast du noch so eine?«

»Nein.«

»Dann behalte sie. Du bist klarer im Kopf als ich. Wenn du schießt, pass auf, dass du ihn nicht umbringst. Wenn möglich. Hast du Verstärkung angefordert?«

»Kein Netz. Wir müssen zum Auto zurück und den Funk benutzen. Es sei denn, wir haben draußen Empfang«, erwidert er und wendet sich zum Gehen.

Ich blicke auf den grauen Computerbildschirm.

»Warte«, sage ich. Ich nehme das Satellitentelefon und stöpsele es aus dem Notebook. Dann wähle ich die Nummer der Zentrale, aber die Verbindung kommt nicht zustande. Einmal, zweimal, dreimal.

Jedes Mal werde ich um die Eingabe einer PIN-Nummer gebeten, die ich natürlich nicht weiß. Dieser Mistkerl hat einen Filter vor die ausgehenden Anrufe geschaltet.

»Vergiss es, raus hier.«

Er geht einen Schritt auf die Tür zu, als ich ihn noch einmal zurückhalte.

»Alice?«, frage ich.

»Ist nicht tot«, sagt er nur. Das genügt mir, um neue Kräfte zu mobilisieren. Immerhin eine Hoffnung, wenn auch eine schwache.

Ich humpele zur Tür. »Dann los.«

Er ist zwei Meter vor mir, und als er über die Türschwelle tritt, höre ich einen dumpfen Schlag und sehe, wie er fällt, als gäbe es in der Finsternis hinter der Tür nichts als den bodenlosen Abgrund.

»Hast du irgendjemanden hineingehen sehen, Olga?«

Agente Mengoli mustert die Frau mit finsterer Miene, so dass diese einen Schritt zurückweicht, als hätte sie eine Ohrfeige bekommen.

»Nein, niemand Ungewöhnliches. Doktor Salvi, Doktor Aiuti, den Professor. Alles normal.«

Mengoli nickt. Doktor Salvi, klar. Andererseits ist sie hier, um auf ihn zu warten, und wenn sie irgendetwas in ihrem Beruf verstanden hat, dann, dass sie kaum in den Genuss kommen wird, ihm die Arme auf den Rücken zu drehen und Handschellen anzulegen. Nicht hier, nicht jetzt.

Hier und jetzt gibt es nur das nervende Geräusch der Monitore, das Alice Mantovanis Herzschlag begleitet. Und das hektische Treiben der Ärzte und Krankenschwestern, die umherlaufen und versuchen, sie am Leben zu halten.

»Sie hatte schon zweimal einen Herzstillstand«, sagt die Krankenschwester, die den Blick der Polizeibeamtin durch die Scheibe bemerkt hat. »Wenn kein Wunder geschieht, können wir nichts mehr für sie tun.«

Mengoli hört zu und sagt nichts.

Sie ist schon seit geraumer Zeit zu der Überzeugung gelangt, dass das Leben ein riesengroßer Mist ist, und was sie hier sieht, ist sicher nicht dazu geeignet, sie umzustimmen.

Polizisten sind wie junge Mädchen in öffentlichen Räumen. Immer pärchenweise unterwegs, denkt er, während er lauscht, wie Gabriele unter seltsamem Kettengerassel auf die Beine kommt.

Er legt eine Hand auf seine Kitteltasche und spürt den harten Kunststoff der Spritze unter den Fingern.

In der Rechten hat er die Zange, die er für die Reparatur der Treppe benutzt hat. Er hält den roten Plastikgriff fest in der Hand, und als Ippoliti einen Fuß aus der Zelle setzt, schlägt er ihm hart in den Nacken.

Dann befreit er mit geübter Geste die Nadel von der Sicherheitskappe.

»Das halte ich für keine gute Idee«, sagt er, als er meinen Blick sieht.

Unter der Wucht des Schlages ist Ippoliti die Pistole aus der Hand geflogen, und ich starre ihren schwarzen, glänzenden Lauf an. Einen Meter neben der Treppe. Mit einem entschlossenen Sprung könnte ich sie selbst mit meinem zur Melone geschwollenen Knie leicht erreichen.

Aber leider hat er recht. Es ist keine gute Idee. Aus zwei Gründen.

Erstens benutzt er Ippolitis ohnmächtigen Körper als Schutzschild.

Und zweitens hält er ihm eine Nadel an den Hals, den Finger einsatzbereit auf dem Kolben der Spritze.

Lächelnd sieht er mich an. Auch Schlangen wirken manchmal, als lächelten sie. Dabei reißen sie nur den Mund auf, um dich zu beißen.

»Ich weiß, was du denkst«, sagt er. »Du denkst, du könntest dich auf den Boden werfen und die Pistole packen. Du denkst, du seiest geschickt genug, mir einen Schuss zwischen die Augen zu setzen, bevor ich deinem Freund dieses Zeug in die Venen schießen kann.«

Ich mache einen Schritt nach rechts. Einen kleinen Schritt, ohne ihn aus den Augen zu lassen. In seinem Blick glimmt ein hartes Licht. Als ich den linken Fuß aufsetze, schreit mein Knie mir etwas zu, das mich das Gesicht verziehen lässt. Und sein Lächeln wird breiter.

Er hält Ippoliti mit einem Arm um den Brustkorb fest und lehnt dabei mit dem Rücken an der Wand.

»Weißt du, was in dieser Spritze ist, Gabriele? Dasselbe, was ich bei Alice benutzt habe. Nur in einer viel höheren Konzentration. Sehr viel höher. Ein Schuss davon, und das Herz deines Freundes findet sein glorreiches Ende. In einem einzigen Atemzug.« Er macht eine winzige Pause. »Wenn du also nicht willst, dass ich es tue, geh brav in dein Zimmer zurück und warte, bis du an der Reihe bist. Ich verspreche dir, dass ich ihn nicht umbringe. Ihn.«

Ihm scheint diese Programmeinlage Vergnügen zu bereiten, er wirkt völlig in seinem Element. Aber ich habe nicht die geringste Absicht, seinem Wunsch nachzukommen. Einen Moment überlege ich, ob ich ins Zimmer gehen und die Kette holen soll, um damit nach ihm zu schlagen. Doch es wäre zwecklos. Wenn ich nur eine Bewegung auf den Raum zu mache, nimmt er die Pistole, und meine Chance ist dahin.

Die Zeit verrinnt, und mein Hirn schwankt zwischen dem Anblick hier vor mir und der Vorstellung, dass Alice hinter dem erloschenen Bildschirm schon tot sein könnte.

Ich muss denken, dass sie lebt, ich muss daran glauben, dass sie lebt, sonst verliert alles seinen Sinn, sonst laufe ich Gefahr, mich zu ergeben.

Also versuche ich einen weiteren Schritt, immer in Richtung Treppe, und dieses Mal tut es nicht weh.

Er scheint von meiner mangelnden Kooperation sehr enttäuscht zu sein.

»Bring mich nicht auf die Palme, Commissario«, sagt er und treibt die Nadel unsanft in den Hals seiner Geisel. Ich sehe, wie Ippoliti bei dem Einstich das Gesicht verzieht, als würde er aufwachen. »Du hast es doch nicht etwa auf die Pistole abgesehen? Du willst mich doch nicht erschießen? Oder denkst du vielleicht daran, deinen Freund für deine Frau zu opfern? Um sie zu retten, wärst du bereit, ihn zusammen mit mir zu töten? Er hat nichts mit alldem zu tun, du weißt, dass ich ihn nicht umbringen würde. Genau wie dieser arme Polizist, den Gaspares Leute umgelegt haben. Der arme Junge auf der Treppe. Die Zeitungen waren sehr beredt. Sie lieben solche Geschichten.«

»Hör auf, Giovanni«, sage ich schroff, und er unterbricht sich. Jetzt lächelt er wirklich. Aus reiner Freude.

»Du hast es schon einmal getan, nicht wahr? Der Maskierte, das warst du, stimmt's? Du hast einen deiner Männer getötet, um etwas zu bekommen, das sie retten würde. Nicht Zio Giulio, einen Mörder, sondern einen Polizisten, sage ich. Einen von deinen Männern. Und jetzt überlegst du, ob du es noch einmal tun sollst, stimmt's, Gabriele?«

»Hör auf, Giovanni!«, schreie ich, denn er hat recht. Ich denke darüber nach. Ich überlege, ob ich Ippoliti retten könnte, wenn ich auf ihn schieße. Ich überlege, ob ich das riskieren kann oder Ippoliti besser direkt erschieße, in der Hoffnung, dass das Projektil ihn durchbohrt und auch Giovanni trifft. Ich überlege, dass in dem Fall, dass Giovanni stirbt, in seinem Labor alles vorhanden ist, um Alice zu retten, und dass ich schon Fabio Freddi erschossen habe, obwohl es mir nicht weitergeholfen hat. Ich denke, dass er endlich aufhören soll zu reden, damit ich in Ruhe entscheiden kann, was zu tun ist.

Er schüttelt zweimal den Kopf und bohrt die Nadel tiefer in Ippolitis Hals. Jetzt ist er für die Injektion bereit. »Geh wieder rein und Schluss. Du bist nicht besser als ich. Du verdienst es, zu sterben.«

Jetzt bin ich derjenige, der lächelt. »Ja, mag sein. Aber sie nicht, Giovanni«, erwidere ich.

Dann passiert etwas, dass das Gleichgewicht stört.

Plötzlich muss ich nicht mehr nachdenken.

Ich muss nur noch Polizist sein.

»… hör auf, Giovanni«, hört er von irgendwoher und wacht auf.

Er spürt einen Stich im Hals und begreift, dass ihm eine Nadel in der Haut steckt. Er kann nicht genau sagen, ob am Hals oder hinter dem Ohr, er weiß nur, dass sie da ist.

Dann fällt ihm wieder ein, wo er ist und was passiert ist, und in seinem Kopf beginnt es zu wummern wie von einem verstimmten Schlagzeug. Jedes Pochen ein dumpfer Schmerz, der sich über den Rücken bis in den Trapezmuskel zieht. Dieser Mistkerl hat ihn mit einem verdammt harten Gegenstand niedergeschlagen, und jetzt hält er ihn um den Brustkorb gefasst, einen Arm unter seinen Achseln und ein Bein in den Rücken gestützt.

Und er hat keine Pistole mehr.

Er macht die Augen einen Spalt weit auf und sieht Gabriele, der vor ihm steht. Und die Pistole neben der Treppe. Da wird ihm klar, dass er Gabrieles Stimme gehört hat, und kann sich den Grund für die Spritze denken.

»Du hast es schon einmal getan, nicht wahr? Der Maskierte, das warst du, stimmt's?«, sagt Salvi, und plötzlich ist alles klar. Irgendetwas stimmte nicht mit Fabio Freddis Tod und dem geheimnisvollen Mann mit der Wollmaske, der aus dem Nirgendwo auftauchte und das Versteck verriet, von dem nur ganz wenige wussten. Und etwas stimmte nicht mit Gabriele und der plötzlichen Festnahme Gaspare Nunias, der ihnen wie aus heiterem Himmel in die Hände gefallen war.

Natürlich, plötzlich ist alles klar, beinah zu klar. Und kaum kennt Ippoliti die Wahrheit, kommt es ihm vor, als habe er sie unterschwellig schon immer gewusst.

»Hör auf, Giovanni!«, schreit Gabriele, und er hat recht. Es ist Zeit, Schluss zu machen. Es ist Zeit, dass diese Sache auf die eine oder andere Art ein Ende findet.

»Du verdienst es, zu sterben«, sagt Salvi, und Ippoliti schlägt die Augen auf und begegnet Gabrieles Blick. Er sieht ihn kurz an, noch bevor Gabriele realisiert, dass er bei Bewusstsein ist. Er sieht ihn an, um zu begreifen, ob er ihn umbringen wird oder nicht, ob er seine Leiche als Passierschein für Giovanni Salvis Tod benutzen wird und für die Chance, Alice zu retten.

Endlich bemerkt Gabriele seinen Blick.

Und Ippoliti tut das Einzige, womit diese Geschichte noch eine Chance hat.

Und während er das tut, fühlt er, dass er dem Mann vor ihm trotz allem noch vertraut.

Mit einer schnellen Bewegung presst Ippoliti Marco Foschis Hand um den Kolben der Spritze. Ich wusste, dass er das tun würde, sobald ich seine geöffneten Augen sah.

Ich höre das leise Knacken der zerbrechenden Nadel und stürze mich auf die Pistole. Während ich schwer zu Boden falle, höre ich ein Stöhnen und weiß, dass Giovanni ihn wieder niedergeschlagen hat. Ich packe die Waffe in demselben Augenblick, als Salvi sich mit seinem ganzen Gewicht auf meinen Rücken wirft.

Vor Schmerzen im Knie schreie ich auf. Die Pistole fällt mir aus der Hand und rutscht in einen Winkel unter der Treppe, wo er nicht hinreicht, nur ich – theoretisch.

Da fasst mir Giovanni brutal in die Haare und knallt meinen Kopf auf die Erde. Ich sehe, wie die Welt einen Moment lang in einer grauen Sternenwolke versinkt, aber ich kann dennoch die Hand ausstrecken und spüre das Metall des Pistolenlaufs unter den Fingern.

Dann fühle ich, wie er mir die Knie in den Rücken stößt und sich nach vorn zu meiner Hand beugt, die die Pistole umklammert. Als er wieder in meine Haare greift, hole ich mit dem Ellbogen aus und treffe ihn einmal auf die Brust und einmal am Kinn.

Er stöhnt und lockert den Griff, in seiner Hand ein Büschel Haare. Ich verberge das Gesicht unter der Treppe, halte die Pistole fest und will mich umdrehen.

In dem Moment spüre ich den Griff.

Er umfasst mein linkes Schienbein kurz unter der Kniescheibe und schiebt es nach außen. Gleichzeitig drückt er den Oberschenkel in die entgegengesetzte Richtung. Ich spüre, wie etwas vom Knie aufwärts kriecht, wie es seine scharfen Zähne in mein Fleisch gräbt. Ich kann mich nicht zum Schießen auf den Rücken drehen, kann nur auf die Seite rollen, während er immer stärker mein Bein verdreht.

Ich höre einen kurzen Knall, wie das Knacken eines brechenden Astes, und brülle aus voller Kehle, während mein Bein auf den Boden zurückfällt, und ich weiß, dass mein Knie jetzt endgültig hinüber ist. Also packe ich die Pistole noch fester, drehe mich auf die Seite und schieße blind hinter mich. Zweimal, drei, dann reicht es.

Ich glaube, ihn schreien zu hören.

Dann sehe ich, wie er die Treppe hinaufrennt, und beiße mir auf die Lippe, um nicht ohnmächtig zu werden.

Es ist, als sei die Schulter explodiert.

Er kann seinen linken Arm nicht bewegen, und bei jedem Schritt scheint ihm jemand mit dem Finger in der Wunde zu bohren und an seinen Sehnen zu ziehen wie an einem Gummiband. Der Kittel ist voll Blut, Blut, das ihm von der Höhe des Schlüsselbeins herabtropft und den Ärmel seines Kittels tränkt.

Er müsste ihn ausziehen und irgendwie die Wunde tamponieren, aber er hat keine Zeit. Er muss raus aus dem Haus und zu seinem Auto gelangen.

Und dort muss er entscheiden, ob er den Motor anlassen und wegfahren oder Donato Aiutis Pistole holen und wieder hineingehen soll, um das zu Ende zu bringen, was er gerade erst begonnen hat.

Um aufzustehen, stecke ich mir die Pistole in den Hosenbund und ziehe mich mit den Händen bis an die unterste Treppenstufe. Dann packe ich das Geländer und helfe mir mit der Kraft meiner Arme auf die Füße.

Besser gesagt, auf den Fuß.

Anstelle des Knies spüre ich eine unförmige, geschwollene Masse, die gegen den Stoff der Hose drückt und fürchterlich weh tut.

Es fühlt sich an, als hätte ich ein Aquarium zwischen Ober- und Unterschenkel, in dem die Kniescheibe halt- und herrenlos herumschwimmt.

Meine Augen tränen, und mein Kopf wiegt so schwer wie eine faule Melone, aber ich muss etwas unternehmen. Ich kann nicht hierbleiben. Ich muss Hilfe holen, muss es hinaus bis an Ippolitis Auto mit dem Funkgerät schaffen, damit er mir hier nicht stirbt, in einer Ecke dieses verfluchten Kellers, der nach Schimmel und Fäulnis stinkt. Oder mein Handy benutzen, draußen, oben auf der Treppe.

Und alles, was in diesem Haus ist, so schnell wie möglich ins Krankenhaus bringen lassen, um vielleicht etwas zu finden, was Alice das zurückgibt, was sie zum Leben braucht.

Ich muss es schaffen. Und zwar allein. Auch wenn ich für den Rest meines Lebens am Stock gehen muss oder an Krücken. Scheißegal. Jetzt bin ich dran. An Salvi, wo er auch stecken mag, denke ich später.

Ich setze die Fußspitze auf den Boden, dann versuche ich es mit der Sohle, am Ende steht das ganze Bein auf dem Boden, in einer Dreißig-Grad-Beugung und ohne es zu belasten, aber immerhin.

Also versuche ich zu laufen. Mit winzigen Schrittchen und

ohne auch nur ein Gramm Gewicht auf das haltlose Knie zu legen, schaffe ich es immerhin bis zu Ippoliti.

Er kauert mit dem Rücken an der Wand auf dem Boden. Sein Mund steht offen, und als er meine Hand auf der Stirn fühlt, schlägt er die Augen auf und sieht mich an. Er hat rotgeränderte Lider und einen glasigen Blick. Sein Atem scheint sich durch einen dichten Wald aus dicken Baumstämmen kämpfen zu müssen, bevor er den Weg hinaus findet. In meinem Zustand kann ich ihn nicht nach oben tragen, und alleine kann er nicht laufen.

Er steckt eine Hand in die Tasche und zieht die Autoschlüssel hervor.

»Nein«, sage ich, nehme sie und stecke sie in seine Tasche zurück. »Ich gehe jetzt hoch und rufe Verstärkung. Dann komme ich zurück, und wir warten hier. Diesen Ort verlassen wir gemeinsam.«

»Mach dir keine Sorgen«, sagt er mit schmerzverzerrtem Gesicht. Und ich weiß nicht, ob er damit seinen Gesundheitszustand meint oder das, was er gerade mit angehört und über mich erfahren hat. Dann reicht er mir sein Handy. Es ist angeschaltet, hat aber hier unten keinen Empfang.

Ich nehme es, berühre dabei seine Hand. Sie ist kalt.

Er schließt die Augen, und es kommt mir vor, als nicke er. Ich weiß nicht, was ich sagen soll. Also drehe ich mich um und konzentriere mich auf die Treppe, die ich nun bewältigen muss. Bei ihrem Anblick scheint es mir ein aussichtsloses Unterfangen.

Doch die Zeit, als man sich noch entscheiden konnte, ist nun endgültig vorbei.

Flucht wäre die richtige Entscheidung, das weiß er.

Dafür muss er nicht erst auf seine Angst hören. Den Motor anlassen und wegfahren, irgendwohin. Das gesamte Geld nehmen und neu anfangen. Neuer Name, neue Identität, neues Gesicht. Diesen Gedanken hatte er schon bei anderen Gelegenheiten.

Ohne diese seltsame Angst, die sich in seinem Inneren schlagartig ausbreitete, als Gabriele Riccardi auf ihn schoss und ihm die Schulter zertrümmerte. Das hat noch niemand getan, und wenn es ihm ein intensives und ganz neuartiges Vergnügen war, Donato ins Gesicht zu schießen, so hat diese Kugel so nahe an seinem Kopf, so nahe an seinem Tod, ihn nur fürchterlich erschreckt.

Diesen Schrecken spürt er in sich, während er den Trampelpfad zum Auto hinabeilt. Auf diesem Pfad hat er schon als Kind gesessen und Eidechsen gejagt, hat ihre Fluchtversuche beobachtet, die sie selbst dann noch unternahmen, als er sie schon mit einer alten Haarnadel von Mama aufgespießt hatte.

Sie bewegten sich hektisch, genau wie er jetzt, auf demselben Weg, auf dem er vorsichtig die Äste wegschiebt, damit sie nicht an seinen Arm stoßen, der beinah gefühllos an seiner Seite herabbaumelt.

Er steigt in den Wagen und lässt den Motor an. Auf dem Beifahrersitz liegt Donatos Pistole. Er erinnert sich, sie dorthin gelegt zu haben, um Gabriele besser tragen zu können. Der Gedanke, sie in die Tasche oder den Hosenbund zu stecken, wie man es in Filmen sah, war ihm gar nicht gekommen.

Und jetzt liegt sie da. Schussfertig. Sieht ihn still und verführerisch an. Er braucht sie nur zu nehmen.

Er packt sie. Sie fühlt sich kalt an.

Er weiß, dass Flucht die richtige Entscheidung wäre.

Aber er hat es immer gehasst zu fliehen, und er hat es immer gehasst, Angst zu haben. Es ist nun an der Zeit, die Dinge zu Ende zu bringen. Und sich daran zu erinnern, warum er hier ist und was in diesem Moment seines Lebens am wichtigsten ist.

Also macht er den Motor wieder aus und steigt mit der Waffe in der Hand aus dem Wagen. Im Grunde erwarten ihn am Fuß der Treppe nur zwei Krüppel, von denen einer nicht laufen und der andere überhaupt nichts mehr tun kann.

Danach, wenn abgerechnet ist, kann er immer noch verschwinden.

Als er erneut auf das Haus zugeht, denkt er an Teresa und lächelt ein wenig.

Das Netz ist sofort da, als ich die letzte Stufe hinaufsteige und in der riesigen Vorhalle der Villa stehe, die einmal das Heim der Familie Foschi gewesen sein muss. Aber der Empfang ist noch zu schwach und instabil zum Telefonieren. Ich muss versuchen, ins Freie zu gelangen.

Vor mir erstreckt sich eine große Fensterfront. Ich löse mich vom Geländer und versuche, freihändig zu laufen. Sich am Handlauf festzuhalten und hinaufzuziehen war gar nicht so schwer, aber ohne Unterstützung scheint jedes Gehen fast unmöglich. Auf einem Bein hüpfend, halte ich auf die zerbrochenen Scheiben zu und kontrolliere immer wieder die kleine Säule auf dem Handydisplay. Als sie die Hälfte erreicht hat, bleibe ich stehen und tippe die Nummer ein.

Unbeweglich in der stillen Halle stehend, die nach Moder und Feuchtigkeit riecht wie alle verlassenen Häuser, fühle ich mich wie ein Phantomjäger, der einen ihm überlegenen Geist getroffen hat.

Und im Grunde ist es genau so. Sollte Giovanni zurückkehren und mir irgendwo auflauern, werde ich es kaum schaffen. Ich muss mich beeilen und ein Versteck finden, muss dort warten und langsam die Angst abfließen lassen, derer ich mittlerweile nicht mehr Herr bin.

Hier befinde ich mich wie auf dem Präsentierteller, aber ich habe keine andere Wahl.

Als Cancemi abhebt, merke ich, wie mein rechtes Bein, das gesunde, vor Anstrengung zu zittern beginnt. Ich kann nicht mehr lange hier stehen wie ein Kranich im Schilf.

»Hallo!«, sagt er und bekommt ein leises Stöhnen zur Antwort, das ich nicht unterdrücken kann, als ich versuche, den linken Fuß auf den Boden zu setzen, um etwas auszuruhen.

»Commissario, was …«, will er sagen, aber ich falle ihm sofort ins Wort.

»Sei still und hör mir zu«, beginne ich, und meine müde Stimme hallt merkwürdig an den Wänden der Halle wider. »Ihr müsst sofort zur alten Villa der Foschis kommen. Ich weiß die Adresse nicht, aber die findest du heraus. Auf den Hügeln. Giovanni Salvi ist wahrscheinlich hier. Oder er flieht gerade. Vielleicht ist er verletzt. Ruf im Krankenhaus an und sag, dass wir in Kürze das ganze Labor von dem Mann haben, der Alice vergiftet hat. Sie sollen sich bereithalten. Und kommt mit zwei Krankenwagen. Sofort, verstanden? Ippoliti ist schwer verletzt, und ich kann nicht laufen. Beeil dich, Cancemi. Beeil dich, oder es geht schlimm aus.« Ich atme kurz durch. »Ist Alice am Leben?«, frage ich, doch bevor er antworten kann, höre ich einen Schuss und lasse das Handy fallen, um mich schnell zu ducken.

Nicht schnell genug.

Als er gerade antworten will, hört er einen dumpfen Schlag und ein Geräusch wie von einem Silvesterknaller, der unter einer Treppe gezündet wurde.

»Commissario!«, schreit er, »Commissario!«, doch die einzige Antwort ist erneut dieses Geräusch. Das Cancemi nur zu gut kennt.

Also legt er auf, rennt hinaus auf den Parkplatz der Notaufnahme, wo er Donatella Rizzo abgeliefert hat, und tut, was ihm aufgetragen wurde.

Als er am Hintereingang des Hauses anlangt, hört er Gabriele Riccardis Stimme. Er muss in der Vorhalle stehen, und er redet mit jemandem. Wahrscheinlich, um Verstärkung anzufordern.

Er denkt kurz nach und lauscht, aus welcher Richtung die Stimme kommt. Er hat gelernt, eine Person anhand ihrer Stimme genau zu orten. Ton und Timbre verraten alles, was er wissen muss, und Riccardis Stimme sagt ihm, dass der Kommissar wahrscheinlich in seine Richtung guckt und, wenn er den Dienstboteneingang öffnete, genau vor ihm stände. Bewaffnet.

Und Gabriele Riccardi ist garantiert ein besserer Schütze als er.

Wenn er also auf ihn schießen will, dann aus dem Hinterhalt, überraschend.

Er entfernt sich wieder von der Hintertür und geht um das Haus herum, das die Form eines Hufeisens hat. In der Senke über Bologna hängt ein Gewitter, und dieses Gewitter wird bald hier sein. Wenn er zu Ende führen will, was er begonnen hat, muss er sich beeilen.

Er geht um das Gebäude herum und nähert sich, eng an die Mauer gepresst, der Vorhalle. Nun sieht er ihn. Er steht genau zwischen Fensterfront und Treppe. Er hat das Telefon noch in der Hand und fixiert einen Punkt vor sich, in Richtung des Dienstboteneingangs. Er kann ihn nicht bemerken.

Also stellt er sich mit beiden Füßen fest auf die Erde, hebt den rechten Arm, atmet tief durch, um das Stechen zu vertreiben, das von seiner verletzten Schulter in die Seite zieht, und mit einer seltsamen Grimasse der Befriedigung schießt er.

Zwei Mal hintereinander.

Ich falle schwer auf den Rücken, während zu meiner Rechten eine Fensterscheibe zu Bruch geht. Die zweite Kugel bohrt sich in die Wand hinter mir, über den untersten Stufen der Treppe, die ins Obergeschoss führt. Die hätte mich niemals treffen können. Wahrscheinlich hat er nicht mit dem Rückstoß vom ersten Schuss gerechnet. Zu meinem Glück ist er mit Handfeuerwaffen ungeübt.

Aber der erste Schuss hat mich getroffen. An der rechten Seite.

Das merke ich, als ich den Arm hebe, um auf gut Glück zwei Schüsse Richtung Fenster abzugeben, und spüre, wie mir etwas knapp oberhalb der Hüfte ins Fleisch beißt. Ich habe nicht die geringste Ahnung, was da unten los ist, aber es tut höllisch weh und blutet für meinen Geschmack entschieden zu stark. Ich versuche, mit der linken Hand die Wunde zuzuhalten, doch meine Finger sind im Nu voll mit Blut.

Ich schwitze. Ich schwitze zu viel.

Dann wird mir in einem lichten Moment klar, wo ich bin. So gut ich kann, krieche ich zur Treppe hinüber und versuche, wieder hinunterzusteigen. Wenn ich mich in einem der zwei Räume einschließen kann, halte ich vielleicht durch, bis Cancemi kommt. Wenn ich nicht vorher verblute.

Da höre ich einen weiteren Schuss über meinen Kopf hinwegpfeifen. Entweder kann er mich in dem Halbdunkel schlecht erkennen, oder er ist tatsächlich ein miserabler Schütze.

Ich komme einen Meter voran und rolle mich auf die linke Seite, um meine Beine zu den Treppenstufen zu schieben. Ich stoße mir das verletzte Knie und schreie auf, auch wenn ich nicht mehr lokalisieren kann, woher der Schmerz genau kommt. Ich muss beide Hände zu Hilfe nehmen, um mich hinunterzuhangeln. Also stecke ich die Pistole in die Hose und schiebe mich weiter, setze mich auf der ersten Stufe wieder auf meinen Hintern. So versuche ich hinunterzurutschen, so schnell ich kann, und die zweite Hälfte der Treppe nehme ich im Liegen.

Ich werfe Ippoliti einen schnellen Blick zu. Mit geschlossenen Augen und geöffnetem Mund liegt er da, eine Hand auf der Brust. Er atmet noch, aber sehr schwach.

Hinter mir höre ich ein Geräusch, und ungeachtet dessen, was meine Kniescheibe mir zuruft, drehe ich mich um und schieße ins Blaue hinein. Aber es ist keiner da.

Ich muss nachdenken. Nachdenken ist alles. Nicht den Kopf verlieren. Klar bleiben. Ich lehne mich kurz an die unterste Stufe und sehe die zwei Türen an. Dann klammere ich mich wieder an den Handlauf und stehe auf. Dieses Mal ist es noch schwerer, denn als ich den rechten Arm anspanne, scheint sich ein Feuerrad aus Klingen in der verletzten Hüfte zu drehen. Also ziehe ich kräftig mit links, stehe auf und humpele, so gut ich kann, zu der Tür gegenüber.

Dahinter liegt ein Labor. Ein langes Möbelstück, ähnlich einer Küchenspüle, nimmt die ganze linke Wand ein. Darauf stehen Geräte, die ich nicht kenne, außerdem eine verschmutzte Spritze und eine saubere, offenbar neue. An einer Wand hängt ein Schrank mit durchsichtigen Türen. Darin befinden sich Tabletts mit Blättern. Etwas Ähnliches habe ich als Kind einmal gesehen, in dem Haus, wo mein Urgroßvater seine Kaninchenzucht betrieb. Aber ich glaube nicht, dass es sich um dieselben Blätter handelt.

Ich versuche nachzudenken. Irgendwie muss ich Ippoliti hier hereinschleppen und uns verbarrikadieren, warten. Einen Moment lang glaube ich ein Martinshorn zu hören, in der Ferne, aber es ist eine Täuschung. Ein Tropfen kalter Schweiß rollt mir über die Stirn ins Auge. Er brennt wie mittlerweile vieles in mir.

Doch ich will nicht aufgeben, ich will nicht aufgeben, weil meine Leute unterwegs sind, weil es zu viele sind, als dass er etwas gegen sie ausrichten könnte, weil nur so wenig fehlt, bis jemand mit diesen verdammten Ampullen und Gefäßen wegeilt und etwas für Alice getan werden kann, weil sie gerettet werden wird und weil ein Krankenwagen für Ippoliti auf dem

Weg ist und alles vorbei sein wird, auch diese Müdigkeit, die mich bei lebendigem Leibe verschlingt mitsamt meiner Gedanken.

Alles.

In der gegenüberliegenden Wand des Labors ist eine Tür. Sie ist verschlossen, und aus dem Raum dahinter erklingt ein dumpfes Brummen. Neben der Tür ragt durch ein Loch in der Mauer ein Kabelbündel in das Zimmer, und ich begreife, dass dort ein Generator stehen muss.

Ich drehe mich um und höre Schritte über meinem Kopf. Ich ziehe die Waffe und humpele, so schnell ich kann, zur Tür. Ich ziele hinauf ins Erdgeschoss auf einen Schatten, der sich bewegt. Das ist er, ich bin mir ganz sicher, und deshalb schieße ich weiter mit einer dumpfen Wut auf etwas, das ich nicht einmal sehen kann.

Er erwidert das Feuer nicht, und als das Echo der Schüsse verhallt, höre ich nur noch die Stille. Ich wende mich um. Ippoliti hat die Augen geöffnet.

»Hilf mir«, sage ich und reiche ihm die linke Hand. Ich versuche, ihn in das Räumchen zu ziehen. Dafür muss ich den linken Fuß auf die Erde setzen, und während ich ziehe, glaube ich ein Reißen zu hören, oberhalb des Schienbeins. Um nicht aufzuschreien, beiße ich mir auf die Lippen, und mein Mund füllt sich mit dem metallischen Geschmack von Blut. Auch aus meiner Seite fließt immer noch das Blut, tränkt mir Hemd und Hosen.

Endlich ist Ippoliti drin. Ich habe das Gefühl, eine Ewigkeit gebraucht zu haben, doch das stimmt nicht. Also ziehe ich die Tür hinter mir zu. Was auch immer sich da bewegt, was auch immer herein will, ich schieße, bevor ich frage, wer es ist.

Ich lehne mich an den Schrank und warte ab, beide Türen im Blick.

Außer meinem keuchenden Atem ist es still, viel zu still.

Er weiß, dass er Riccardi getroffen hat.

Der zweite Schuss ist weggestoben wie ein kaputter Luftballon, aber der erste nicht. Der erste hat ihn getroffen. Zuerst stand er dort, mit angehobenem Bein wie einer dieser komischen rosa Vögel, und dann fiel er zu Boden, als sei sein Körper zu schwer geworden.

Er ist sofort in Deckung gegangen, hinter der Wand, als auch schon in Augenhöhe die zwei Kugeln in einem Meter Entfernung vorüberpfiffen, genau wo er eben noch stand. Ja, Gabriele kann besser schießen als er, aber er hat ein unbrauchbares Bein. Und er ist verletzt, wenngleich er nicht weiß, wo. Er hatte auf den Brustkorb gezielt, aber dann müsste er jetzt tot sein. Mit einer Hand kann er es eben nicht besser.

Nach einem weiteren Augenblick kommt er hinter der Wand hervor und sieht einen Schatten über den Boden in Richtung Treppe kriechen. Er feuert noch einmal, aber ohne Erfolg. Einen Moment überlegt er, ob er durch die kaputte Fensterfront hineinsteigen soll, um es von nahem noch einmal zu versuchen, doch das ist zu riskant.

Er geht um das Haus herum und bleibt vor dem Dienstboteneingang stehen. Er lauscht und versucht zwischen dem Gezwitscher eines Vogels, der ausgerechnet jetzt singen muss, etwas aus dem Inneren des Hauses herauszuhören.

Er lauscht – nichts. Also öffnet er die Tür und geht hinein.

Gabriele ist nicht mehr in der Halle. Er hört ein dumpfes Geräusch und sieht ihn vor seinem inneren Auge die Treppe Richtung Labor hinabrutschen. Vielleicht kann er ihn von hinten erwischen. So schleicht er zur Treppe, doch als er anlegen will, hört er einen Schuss von unten. Das Projektil zischt einige Meter links von ihm vorbei, dort wo er sich eigentlich postieren wollte, um auf den Gegner ein Stockwerk tiefer zu schießen. Er wirft sich auf den eisigen Boden, hört weitere, schnell aufeinanderfolgende Schüsse, die in die Wand hinter ihm dringen.

Dann nichts mehr.

Er bleibt liegen und versucht herauszufinden, was Gabriele vorhat.

Und als er es begreift, schleicht er denselben Weg zurück, den er gekommen ist, und verlässt wieder das Haus.

Allmählich wird es ein Spiel gegen die Zeit.

Plötzlich schwingt die Tür am anderen Ende des Raumes auf, ohne jede Ankündigung, mit einem schnellen Klacken, und ich schieße in die dunkle Öffnung.

Nichts war dem vorangegangen, kein Geräusch, keine Schritte. Nichts. Nur die Tür, die plötzlich aufgeht.

Dahinter liegt eine Art Garage, in die bequem zwei Limousinen passen und die am anderen Ende auf den Vorgarten hinausgeht. In einer Ecke steht der Generator, und sein rhythmisches Brummen dringt durch die Ohren in dich ein und nagt an deinem Innern.

Kein Mensch da. Nur dieses Brummen.

Die Pistole im Anschlag, warte ich. Ich starre mit derselben Panik auf die leere Schwelle, mit der ich als Kind manchmal meine geöffnete Zimmertür ansah, in der Überzeugung, jemanden dort gesehen zu haben, der nur wegen mir gekommen war. Ich stellte ihn mir groß und dürr vor, mit eingefallenem Gesicht, tief liegenden, finsteren Augen und langen, knochigen Fingern. Vor allem die Finger machten mir Angst, und einen Moment lang bin ich überzeugt, dass genau dieses Wesen in jener Tür auftauchen wird, in einen schwarzen Mantel gehüllt und mit einer merkwürdigen martialischen Waffe in der Hand, irgendetwas zwischen Hackebeil und Machete.

Aber da ist niemand. Nur das Brummen des Generators und das Geräusch des Windes, der sich im Freien erhoben hat und einen leichten Geruch nach Regen hereinträgt.

Ich weiche einen Schritt zurück, langsam, verlagere das

Gewicht sofort auf das gesunde Bein und versuche, die Pistole mit beiden Händen zu greifen, um ihr mehr Halt zu geben. In meiner rechten kribbelt es eigenartig, und als ich ruckartig den Blickwinkel ändere, dreht sich mir alles vor Augen. Ich fröstele und habe Angst, von einem auf den anderen Moment in Ohnmacht zu fallen.

Als ich spüre, dass meine Kräfte nachlassen, beiße ich mir noch einmal fest auf die Lippe, mit einem entschiedenen Ruck des Unterkiefers.

»Komm schon raus, du Mistkerl«, flüstere ich, und es ist mehr ein Flehen als eine Drohung.

Ich komme mir allmählich vor wie ein geschlagener Soldat, nicht wie einer, der zum Kampf bereit ist. Aber immerhin stehe ich noch.

Ich versuche ganz vorsichtig, einen Teil meines Gewichts auf das kranke Bein zu verlagern, und kippe fast um. Schmerzverzerrt kneife ich die Augen zusammen und weiche noch einen Schritt zurück. Jetzt habe ich den Garagenausschnitt vor mir ganz unter Kontrolle.

Es ist niemand drin. Augenblicklich wird mir alles klar, und im selben Moment höre ich hinter mir ein Geräusch und fahre herum, indem ich mich gegen den Schrank zu meiner rechten lehne.

Ich fege mit dem Hintern zwei leere Reagenzgläser und die Spritzen zu Boden. Ich schreie auf vor Schmerz, während die Tür zur Treppe hin aufgeht, Giovanni hereinkommt und schießt.

Die Kugel streift meine linke Schulter.

Dann feuere ich, höre aber nur ein winziges Klick, kurz und hart wie ein Todesurteil.

Also lasse ich die Pistole sinken und sehe ihn an.

»Los, bring es zu Ende«, sage ich, und er kommt näher. Der eine Arm hängt an seiner Seite herunter, und sein Schlüsselbein sticht seltsam spitz unter der Haut hervor. Sein Arztkittel ist bis zum Ellbogen blutverschmiert, und noch mehr Blut klebt an seinem Hemd, auf der Brust, wie eine merkwürdige, dunkelrote Medaille.

Er sieht mich an und kommt auf mich zu. Dann spüre ich den kalten Lauf seiner Pistole, der sich mir in die Stirn bohrt.

»Knie dich hin«, sagt Marco Foschi, und das erste Mal in seinem Leben empfindet er eine brennende Ungeduld. Schauer laufen ihm über den Rücken, die nicht nur vom Fieber kommen, und auch der unerträgliche Schmerz scheint sich kurz zu beruhigen.

Und doch empfindet er eine schreckliche Melancholie, und einen Moment lang ist er sich sicher, dass er in Tränen ausbrechen wird, sobald er den Rest des Magazins in Gabriele Riccardis Kopf entleert haben wird. Es macht immer irgendwie traurig, wenn Dinge zu Ende gehen, wie Wünsche, die sich endlich erfüllen, nachdem man mit Leib und Seele danach gestrebt hat.

Er sieht zu, wie Gabriele mit Hilfe der Hände mühsam in die Knie geht, den Kopf gesenkt.

Er hat ihn nicht hinknien lassen, um eine Exekution zu zelebrieren, sondern weil der erhobene Arm ihm schreckliche Schmerzen an der verletzten Schulter bereitet und er Angst hat, einen Fehler zu machen. Er hat Angst, dass aus irgendeinem undefinierbaren Grund ein Schuss nicht genügen könnte und er noch einmal schießen muss, und dann wieder und wieder, ohne sein Ziel zu treffen.

Er sieht, wie sein Gegenüber das gesunde Bein auf dem Boden absetzt und das kranke ein Stück in der Luft hält, indem er es nach hinten schiebt und die Hände nach vorn, wie ein Hundert-Meter-Läufer, der in Startposition geht. Er hat den Kopf gesenkt, blickt nicht auf. Marco Foschi lässt langsam die Pistole sinken und nähert sie Gabrieles Stirn.

Jetzt muss er nur noch den Abzug drücken.

Und gerade als er es tun will, ist ihm, als würde Gabriele mit gesenktem Kopf lachen.

»Knie dich hin«, befiehlt er mir, und sobald ich mich rühre, nimmt er den Lauf von meiner schweißnassen Stirn. Er hat rote Augen und sieht aus, als ginge es ihm nicht viel besser als mir, aber er hat die Pistole in der Hand. Geladen. Und dieses Detail ist entscheidend.

Während ich mit Hilfe meiner Hände so gut ich kann zu Boden gehe, überlege ich fieberhaft, warum er diese Mafia-Hinrichtung inszeniert, und die einzige Erklärung gibt er mir selbst, indem er sofort den Arm sinken lässt, während ich mich niederkauere.

Er kann seinen Arm nicht halten.

Er lässt mich nicht in die Knie gehen, um mich zu demütigen oder das Urteil zu vollstrecken. Seine Spielzüge sind schon lange nicht mehr geplant, seitdem Ippoliti ihm in die so sorgfältig vorbereitete Szenerie geplatzt ist.

Jetzt ist alles frei improvisiert, und alles, was zählt, ist, zu töten und sich sicher zu sein, dass es gelingt.

Ich setze die Hände auf den Boden und strecke das kranke Bein nach hinten aus, instinktiv. Ich muss fast lachen, weil ich gleich eine Kugel in den Kopf bekomme und mir Sorgen um meine Schmerzen im Knie mache oder um die Frage, warum er mich nicht im Stehen umbringt. Als hätte das noch irgendeine Bedeutung.

Ich setze die Hände ein paar Zentimeter weiter vor und warte.

Wenn ich den Mut hätte, würde ich den Kopf heben, wie man es in Geschichtsbüchern immer liest. Keine Augenbinde, Herr Major, ich will die Kugel heranfliegen sehen. Aber mir ist es scheißegal, ob ich die Kugel sehe oder nicht. Mir ist scheißegal, wie ich sterbe.

Das Einzige, was mich in diesem Moment erschreckt, ist, dass ich so müde und erschlagen bin, dass ich nicht einmal mehr Angst habe. Besser jetzt und hier den Löffel abgeben, als zu überleben und alles verloren zu haben.

Alles, was ich retten wollte.

Ich höre, dass er den Arm bewegt, und verfolge aus den Augenwinkeln, wie er den Lauf auf meine Stirn richtet. Der Gedanke schießt mir durch den Kopf, dass er aus dieser Entfernung die freie Wahl hat, mich abzuknallen oder sich von mir einen blasen zu lassen, und ich kann ein kleines hysterisches Lachen einfach nicht unterdrücken, das er hören muss und das mich auf eine Irrsinns-Idee bringt.

Und in dem Moment, als ich denke, dass ich es wagen kann, bricht die Angst hervor. Angst davor, dass er den Abzug drückt und dass das Geräusch, das ich gehört habe, nur ein Scherz ist, den meine Einbildung mir spielt, und nicht das Heulen einer herannahenden Sirene, Angst, sterben zu müssen, ohne es versucht zu haben.

Bevor ich nicht wirklich alles probiert habe.

Und während ich es tue, höre ich den Schuss.

Marco Foschi atmet leise. Er ist sich sicher, eine Sirene gehört zu haben, die näher kommt, aber das kümmert ihn nicht. Es gibt mindestens drei Wege, um aus der Villa zu verschwinden, ohne gesehen zu werden, und er hat noch einen sicheren Rückzugsort, an dem er sich eine Weile verstecken kann. Einen Ort, den sie niemals finden.

Er betrachtet Gabrieles gesenkten Kopf.

Dann schießt er.

Ich drücke mich kräftig mit den Händen ab und ramme ihm meinen Kopf in die Eier, lasse mich mit meinem gesamten Gewicht gegen ihn fallen.

Wir fliegen übereinander auf den Boden, und ich höre, wie der Schuss losgeht.

Einen Moment lang bin ich überzeugt, dass er mich am Rücken getroffen hat, doch es ist nur das Bündel aller Schmerzen, die mich, von Knie und Hüfte ausgehend, durchbohren. Ich hebe den Blick und sehe, dass er seine Pistole verloren hat. Sie ist nach links gerutscht, einen guten Meter weit, und er tastet mit dem rechten Arm nach ihr, dem einzigen, den er benutzen kann.

Ich versenke meine Faust in seinem Magen, und während ihm ein Stöhnen entfährt, zuckt seine Hand gerade weit genug von der Waffe weg, um sie nicht zu erwischen. Ich schlage ihm zweimal ins Gesicht, einmal auf den Wangenknochen, das zweite Mal auf die Nase, dann hebe ich die Hand, mit der Absicht, die schmerzende Faust auf sein gebrochenes Schlüsselbein niedergehen zu lassen, doch er kommt mir zuvor. Er trifft mich mit seinem Knie an der verletzten Seite, ich brülle auf, rolle mich von ihm herunter auf den Rücken und schließe kurz die Augen.

Als ich sie wieder öffne, klettert er gerade auf mich drauf, die Pistole in der Hand.

Ich versuche, einen weiteren Schlag zu platzieren, doch immer wenn er sein Knie in meine Seite drückt, scheint etwas in mir zu explodieren. Ich treffe ihn, aber zu sanft, als dass es große Wirkung hätte. Also beginne ich mit den Händen zu rudern wie ein Ertrinkender und versuche, mich aus seiner Umklammerung zu befreien. Ich spüre, wie etwas unter meinen Fingern durchrutscht, und kurz darauf streckt Giovanni die Pistole vor und schießt erneut.

Nur dass es diesmal ihm an Munition fehlt. So beginnt er, mir mit dem Pistolenknauf fest ins Gesicht zu schlagen und gleichzeitig weiter meine Seite mit dem Knie zu traktieren. Er keucht heftig, wie ein gejagtes Tier.

Der erste Schlag bricht mir das Nasenbein und füllt meinen

Mund mit Blut, und bevor ich verstehe, was los ist und was ich tun muss, landet der zweite Schlag auf meinen Lippen.

Kleine Zahnsplitter rutschen mir in die Kehle, und als ich versuche, den rechten Arm für einen Schlag zu heben, merke ich, dass ich etwas in der Hand halte.

Ich hole tief Luft, schiebe den Kopf leicht zur Seite, um den Schlag zwischen die Augen abzumildern, und versenke die leere Spritze in seinen Hals. Luft in seinen Venen, die einzige Waffe, die mir geblieben ist. Er setzt sich auf, als die Nadel in seine Haut dringt, und versucht, meine Hand wegzuschlagen, die auf seinen Hals presst. Mit letzter Kraft drücke ich den Kolben bis zum Anschlag in die Spritze hinein.

Ich sehe, wie er hasserfüllt die Augen zusammenkneift gleich einem Tier, das von seinem Herrn verletzt wurde, dann schlägt er wieder auf mich ein, immer fester. Ich lasse die Spritze los und strecke die Hände nach vorn, ohne den Schmerzen allzu viel Beachtung zu schenken, die ununterbrochen durch meinen Körper jagen. Mit beiden Fäusten packe ich sein Handgelenk und versuche es zu drehen, doch wieder trifft er mich in die Seite, und ich muss den Griff lockern.

Ich sehe, wie er die Pistole durch die Luft schwingt wie eine Keule, mit dicken Halsschlagadern, die Augen gerötet, die blutige Spritze mit der ganzen Nadellänge im Fleisch steckend. Aber er schafft es nicht mehr, den Schlag auszuführen. Plötzlich ist es, als verliere sein Körper jedes Gefühl, als verließen ihn schlagartig alle Kräfte, als hätte er keine Kontrolle mehr über seine Bewegungen.

Er sperrt den Mund auf zu einem Schrei, doch kein Laut kommt heraus.

Die Finger öffnen sich langsam, und die Pistole fällt zu Boden, während Giovanni Salvi die Augen aufreißt und die Zähne fletscht, in dem verzweifelten Versuch, seinen nicht mehr gehorchenden Körper zu bewegen.

Dann fällt der rechte Arm herab, seine Augen verdrehen sich, und er stürzt schwer nach hinten, schlägt leblos auf dem Boden des Labors auf.

»Ich habe es geschafft«, flüstere ich, während ich zusehe, wie er stirbt.

Da höre ich die Stimmen aus dem Erdgeschoss und Schreie, die näher kommen.

Und endlich kann ich die Augen schließen.

Ippoliti öffnet die Augen einen Spaltbreit, während ein Mann in orangefarbener Jacke ihm eine Nadel in den Arm sticht. Er liegt auf einer Trage, und Cancemi lächelt ihn an. Mit diesem Lächeln sieht er viel zu jung aus für einen Ort wie diesen.

Er dreht langsam den Kopf und legt seine linke Wange auf das Kissen der Liege. Bevor sie ihn wegtragen, sieht er gerade noch die zwei Körper in der Mitte des Raumes. Einer von ihnen ist Gabriele.

»Er kommt durch«, sagt eine Stimme, die er nicht kennt, und er will fragen, wer gemeint ist. Aber alles wird viel zu dunkel, zu dicht und schwer.

Ende Juni liegt ein Licht über Riccione wie zu keiner anderen Jahreszeit. Am Strand stehen schon die ersten Sonnenschirme, die aber heute, mitten in der Woche, fast alle geschlossen sind und einen erwartungsvoll ansehen.

Ich gehe langsam über den Strand und pfeife einen Springsteen-Song, den ich vorhin im Radio gehört habe.

Ich gehe langsam, um das Licht und die Ruhe und die Wärme des Tages zu genießen, die mir über die Haut streichelt. Ich gehe langsam, weil ich nicht anders kann. Auf dem Sand merkt man weniger, wie ich humpele, und vielleicht merken die Leute, die mich sehen, gar nicht, dass ich mich zum ersten Mal ohne Krücke hinaustraue und der viele Platz mir Angst einjagt.

Zwei Monate sind vergangen, und der Arzt meint, dass es noch zwei weitere braucht, bis alles wieder in Ordnung ist. Ich mache täglich meine Übungen, und allmählich beugt das Knie sich wieder, wie es soll. Sie haben mir alle Bänder geflickt und eine neue Kniescheibe eingesetzt. Ich weiß nicht, was sie alles gemacht haben, ich weiß nur, dass mein Knie nach der Operation um einiges mehr weh tat als vorher.

Mit der Seite ging es besser. Etwas weiter zur Mitte hin, und er hätte meine Leber getroffen. So hat er nur eine große Sauerei veranstaltet. Manchmal, wenn das Wetter umschlägt, schmerzt die Wunde. Aber ich weiß nicht, ob wegen der Erinnerung oder ob es wirklich ein körperlicher Schmerz ist.

Natürlich erscheint hier, in der Sonne und mit dem Geruch nach Strand, der dich zur Begrüßung anspringt wie ein freundlich wedelnder Hund, alles in einem anderen Licht. Auch was danach passierte, vor Marco Foschis Villa. Auch Ippolitis Herzversagen, das ihn beinah das Leben gekostet hätte, und sein Blick, mit dem er mich letzte Woche musterte, als wir uns auf ein Bier trafen.

»Ich weiß nicht, ob ich noch Polizist bin«, habe ich zu ihm gesagt, und es war die Wahrheit. »Ich weiß nicht, ob ich es noch kann.« Er hat eine ganze Weile nichts gesagt. Hat auf das Treiben des Marktes gestarrt und mit seltsamer Miene eine kleine, rundliche Alte beobachtet, die an einem Stand Fisch begutachtete.

»Ich hätte wahrscheinlich dasselbe getan«, hat er dann plötzlich gesagt, und ich weiß nicht, warum ich im selben Moment ein fürchterliches Stechen im Knie verspürte. Wie eine Erinnerung. »Ich hätte dasselbe getan, wenn es meine Frau oder meine Tochter gewesen wäre.«

»Dasselbe was ich getan habe, oder dasselbe, was er getan hat?«, fragte ich, aber er ging nicht darauf ein.

»Aber ich bin noch Polizist, Gabriele. Das ist eins der wenigen Dinge, die ich weiß. Immerhin etwas, das ich begriffen habe.«

Ich habe mein Getränk geleert, und wir haben schweigend gewartet, dass die Sonne hinter den Dächern versank. Dann sind wir gegangen.

»Ich kehre Anfang Juli in den Dienst zurück«, hat er beim Abschied gesagt. »Denk darüber nach.«

Ich hätte gerne gelächelt, aber ich weiß nicht, was dabei herausgekommen wäre. Dann habe ich noch abgewartet, bis er hinter der nächsten Ecke verschwunden war, bevor ich selbst ging, wie wenn man seine Liebste nach Hause bringt.

Über den Mord an Fabio Freddi ist nichts herausgekommen.

Ich träume manchmal von Fabio. Nur, dass er es nicht wirklich ist, denn er hat zwar seine Statur, seine Haare, seine Uniform, aber er hat kein Gesicht. Ich halte kurz erstaunt inne, wenn ich ihn die Treppe heraufkommen sehe, aber am Ende schieße ich jedes Mal, und sobald ich schieße, trägt er keine Uniform mehr. Wenn ich das noch öfter träume, werde ich vielleicht mal jemanden fragen, was es zu bedeuten hat. Jetzt nicht. Jetzt ist es noch zu früh, um auf alles eine Antwort zu haben.

Ich träume nicht mehr von Teresa. Das letzte Mal während einer der drei Operationen, während der zweiten, glaube ich. Ein wirrer Traum, an den ich mich nicht einmal richtig erinnere, und das ist vielleicht auch besser so.

Es hat mir wirklich leid getan, nicht an Donatellas Beerdigung teilnehmen zu können. Ich habe ihr gestern eine Blume aufs Grab gelegt. Aber es ist nicht dasselbe. Wenn ich daran denke, war Giovannis letztes Opfer die einzige Person, die von ihm, wenngleich unwissentlich, auch etwas Gutes bekommen hatte. Und vielleicht hatte sie ihn geliebt. Und war wie alle, die ihn geliebt hatten, am Ende durch seine eigene Hand gestorben.

Alles im Leben ist Zufall. Diese Tochter, die wer weiß woher kam. Er, der sie nach vielen Jahren wiedersieht, als sich alles verändert hat und nichts mehr geht. Alles im Leben ist Zufall.

Auch die Embolie, die ich mit der Injektion bei ihm ausgelöst habe. Sie hätte eine Minute später auftreten können. Oder sein Schuss ins Leere hätte nicht losgehen müssen, nachdem ich ihn zwischen den Beinen erwischt hatte.

Alles im Leben ist Zufall, und alles könnte ganz anders sein. Auch jetzt.

Jetzt laufe ich über den Strand und rieche den Duft von Alice, die schweigend neben mir hergeht.

Vittorio Dallari hat mir berichtet, dass es nicht besonders schwer war, mit den Pflanzenteilen aus Salvis Labor ein Antidot herzustellen.

Ich war nicht da, als sie aufwachte, und als ich sie das erste Mal sah, waren wir beide noch im Krankenhaus. Sie hat »Ciao« gesagt und dann lange nichts. Sie ging langsam durch das saubere, schwach beleuchtete Zimmer und schien sich erneut von den Dingen, Personen und Worten distanzieren zu müssen. Von allem.

Kaum waren wir draußen, habe ich ihr die Katze zurückgebracht. Ippolitis Frau hat fast geweint, als sie sich von ihr trennen musste. Zurück bei ihrem Frauchen schwänzelte die Katze eine Weile um sie herum, als traue sie ihren Augen nicht. Doch als Alice sich aufs Sofa setzte, kletterte sie auf die Rückenlehne und von dort aus langsam in ihre Arme.

Alles auf Anfang. Alles als ob.

»Wie geht es dir?«, frage ich, ohne sie anzusehen.

»Gut«, erwidert sie mit hauchdünner Stimme, und ich könnte fast glauben, dass alles wieder normal ist. Aber ich weiß, dass das nicht stimmt.

Sie hat mich nicht gefragt, was passiert ist. Sie wollte es nicht wissen, und ich habe es nicht erzählt. Ich weiß sehr gut, dass nicht ich derjenige sein werde, der ihr alles erzählt, dass sie nicht mich fragen wird, sondern vielleicht Ippoliti oder seine Frau, mit irgendeiner Ausrede.

So läuft das.

Vielleicht hätte ich Lust, sie so manches zu fragen. Etwa, an welchem Punkt wir wieder anknüpfen sollen, ob bei ihrem Schweigen, als sie mich verlassen hat, ohne es mir zu sagen, oder vorher. Vielleicht ganz vorne, am Anfang. Denn so etwas passiert nicht, ohne alles mitzureißen, wie eine Flutwelle, die die erste Reihe von Sonnenschirmen hinwegspült.

Doch ich tue es nicht.

Ich gebe mich damit zufrieden, zu sehen, dass sie lebt, zu wissen, dass ich ihr das Leben gerettet habe, und sie bei mir zu haben und zu hoffen, dass sie mir sagen wird, was ich von ihr hören möchte. Ich gebe mich mit diesem Tag am Meer zufrieden, an dem wir wenig reden und so tun, als sei nie etwas passiert.

Ich gebe mich mit ihrem harten, verschlossenen Schweigen zufrieden, auch wenn ich nicht weiß, wie lange ich das aushalte, weil es tief in meinem Innern nagt.

Ich bleibe stehen und betrachte, wie sie weitergeht.

Mit erhobenem Kopf und gedankenverlorenem Blick, die Beine in langsamen, entschlossenen Bewegungen unter dem Jeansrock, ihre Schultern ein klarer Umriss vor der Sonne. Ich halte den Wunsch zurück, diesen Körper zu fühlen, zu streicheln.

Dann dreht sie sich um.

»Hör mal …«, setzt sie an, und ich weiß nicht, ob sie mir oder einem ihrer Gedanken zulächelt, die weich durch ihr Haar gleiten.

Also warte ich.

Und hin und wieder, während ich sie so ansehe, stiehlt sich ein kleines Lächeln auf meine Lippen.

Danksagung

Es gibt immer jemanden, dem man danken möchte.

Umso mehr bei einem Erstlingswerk.

Ich danke also Eraldo Baldini, der mir im richtigen Moment den richtigen Rat gegeben hat. Und der den ersten Dominostein angestoßen hat.

Caterina Spina, die meinem improvisierten Sizilianisch das Fell gebürstet hat.

Ale – Dottoressa Alessandra Carta –, die geduldig meine Fragen zu ihrer Arbeit beantwortet hat. Alles, was mit Viren, Krankheiten und Behandlungsmethoden zu tun hat, mit Krankenhäusern und Medizin im Allgemeinen ist ihr Verdienst. Alle Irrtümer hingegen gehen einzig und allein auf mein Konto. Und sollte es welche geben, weiß ich, dass sie eine ungewöhnliche Art finden wird, sie mir aufzuzeigen.

Carlo Lucarelli, weil jedes Wort seine Bedeutung hat.

Gianfranco Nerozzi, der in einer der zwei Zeitzonen, in denen er lebt, seinen Dickschädel gegen meine Worte und meine Starrköpfigkeit geschlagen hat. Ich glaube, ich habe immer noch blaue Flecken.

Und Luigi Bernardi, der an mich und meine Geschichte geglaubt hat.

Ein einfaches Dankeschön wäre selbst für einen Juve-Fan wie ihn entschieden zu wenig.

Quellenangaben

Philip K. Dick, *Das Orakel vom Berge*
Heyne Verlag, 2007

Luigi Bernardi, *Tutta quell'acqua*
Dario Flaccovio Editore, 2004

Patrizia Bisi, *Daimon*
Giulio Einaudi Editore, 2005

Arturo Pérez-Reverte, *Der Club Dumas*
Ullstein Taschenbuch Verlag, 2005

Fred Vargas:

»Es gibt eine Magie Vargas.« LE MONDE

Fliehe weit und schnell
An einer Pariser Metrostation steht ein ausgemusterter bretonischer Seemann und verliest zweimal täglich anonyme Nachrichten. Sehr düstere darunter, die den Menschen Schreckliches ankündigen. Zur gleichen Zeit erscheint auf einigen Pariser Wohnungstüren eine seitenverkehrte 4. Die Vieren mehren sich, und eines Morgens liegt hinter einer der gezeichneten Türen ein Toter – schwarz, wie die Legende von den Pesttoten des Mittelalters berichtet.
Kriminalroman. Aus dem Franz. von Tobias Scheffel. 399 Seiten. AtV 2115-1

Es geht noch ein Zug von der Gare du Nord
Auf Pariser Bürgersteigen erscheinen über Nacht mysteriöse blaue Kreidekreise, darin liegt stets ein verlorener oder weggeworfener Gegenstand. Keiner hat den Zeichner je gesehen, die Presse amüsiert sich, niemand nimmt die Sache ernst. Aber eines Nachts geschieht, was Kommissar Adamsberg als einziger befürchtet hat: es liegt ein toter Mensch im Kreis. »Wer Donna Leon liebt, wird Fred Vargas vergöttern.« P.S., ZÜRICH
Kriminalroman. Aus dem Französischen von Tobias Scheffel. 212 Seiten. AtV 1512-7

Bei Einbruch der Nacht
Ein Wolfsmensch, so sagen die Leute, zieht nach Einbruch der Dunkelheit mordend durch die Dörfer der provenzalischen Alpen. Der halbwüchsige Sohn eines Opfers und ein wortkarger Schäfer nehmen die aussichtslose Verfolgung auf. Ein urkomisches Roadmovie und eine zarte Liebesgeschichte um die schöne Camille und Kommissar Adamsberg.
»Prädikat: hin und weg.« WDR
Kriminalroman. Aus dem Franz. von Tobias Scheffel. 336 Seiten. AtV 1513-5

Der vierzehnte Stein
Kommissar Adamsberg, der Schweiger, Träumer, Einzelgänger – in diesem Roman ist er auf der Flucht. Im Wettlauf mit der Zeit muß er, scheinbar schuldig geworden, seine Unschuld beweisen und einen Mörder finden, den es für andere gar nicht gibt. Eine Geschichte von dramatischer Spannung, furiosem Tempo und – reiner Poesie!
»Vargas' neuer Roman ist das vollendetste ihrer Bücher.« LE NOUVEL OBSERVATEUR
Kriminalroman. Aus dem Franz. von Julia Schoch. 479 Seiten. Gebunden. ISBN 3-351-03030-4. Auch als Hörbuch: 5 CDs. 378 min. ISBN 3-89813-515-2

Mehr unter www.aufbau-verlagsgruppe.de oder bei Ihrem Buchhändler

Jeffery Deaver:

»Der Großmeister der atemlosen Spannung.« WESTDEUTSCHE ZEITUNG

Jeffery Deaver, geb. 1950 in Chicago, gilt als einer der weltweit besten Autoren intelligenter psychologischer Thriller. Für seine Bücher erhielt er zahlreiche renommierte Auszeichnungen. »Der beste Thrillerautor weit und breit!« THE TIMES

Manhattan Beat
Eigentlich will Rune Filme machen, doch vorerst jobbt sie in einer New Yorker Videothek. Einer ihrer Kunden ist Robert Kelly, ein merkwürdiger Zeitgenosse, der sich immer wieder den Klassiker »Manhattan Beat« ausleiht. Als Rune seine Leiche findet, gerät sie selbst ins Visier eines Killers. Ein umwerfender Deaver mit gekonnt inszenierten Wendungen und rasanten Verfolgungsjagden.
Thriller. Aus dem Amerikanischen von Gerold Hens. 319 Seiten. AtV 2101

Hard News
Hobbyermittlerin Rune jobbt beim heißesten Nachrichtensender New Yorks und hat eine hochbrisante Story: Der Verurteilte Randy Boggs bestreitet, den Sendeleiter ermordet zu haben. Rune will seine Unschuld beweisen, doch ihre Zeugen werden nach und nach tot aufgefunden.
Thriller. Aus dem Amerikanischen von Gerold Hens. 325 Seiten. AtV 2240

Tod eines Pornostars
Rune hat große Pläne: Sie möchte ihren eigenen Film machen. Als sie miterlebt, wie ein Pornokino in die Luft fliegt, beginnt sie Nachforschungen anzustellen. Rune will einen Dokumentarfilm über die zwielichtige Branche und die Hintergründe des Anschlags drehen. Nachdem Shelly Lowe, eine berühmte Porno-Queen, ihr bereitwillig Auskunft gegeben hat, geht die zweite Bombe hoch. Shelly stirbt, und Rune begreift, daß auch sie in höchster Gefahr schwebt.
Thriller. Aus dem Amerikanischen von Gerold Hens. 357 Seiten. AtV 2169

Mehr unter
www.aufbauverlagsgruppe.de
oder bei Ihrem Buchhändler